Dubbelleven

CW01639255

Judith Lennox bij Boekerij:

Het winterhuis
Schimmenspel
Voetstappen in het zand
Schaduwkind
Bloedzusters
Het zomerverblijf
Wilde aardbeien
Voor mijn zussen
Moederziel
Stilte voor de storm
Het hart van de nacht
De Italiaanse minnaar
Oude vrienden
De laatste dans
Een verliefde vrouw
Verborgen levens
Dubbelleven

boekerij.nl

Judith Lennox

Dubbelleven

Twee zussen rouwen om hun overleden vader – tot ze ontdekken dat hij een onmetelijk groot geheim had

BOEKERIJ

Voor Macsen James Bethencourt-Smith

Eerste druk 2021
Derde druk 2023

ISBN 978-90-225-9921-1
ISBN 978-94-023-1691-9 (e-book)
NUR 302

Oorspronkelijke titel: *The Secrets Between Us*
Vertaling: Mireille Vroege
Omslagontwerp: Johannes Wiebel | punchdesign, München
Omslagbeeld: Shutterstock
Zetwerk: ZetSpiegel, Best

© 2020 Judith Lennox
© 2021 Nederlandse vertaling Meulenhoff Boekerij bv, Amsterdam

Niets uit deze uitgave mag openbaar worden gemaakt door middel van druk, fotokopie, internet of op welke andere wijze ook, zonder voorafgaande schriftelijke toestemming van de uitgever.

DEEL 1

HET WEER SLAAT OM
1937-1939

1

December 1937

Patrick, de man van Rowan Scott, had geen zin in de borrel bij de Manninghams en was thuis gebleven. Rowan had het hem kwalijk genomen en zijn weigering geweten aan de ruzie die ze die ochtend bij het ontbijt van gekookte eieren en toast hadden gehad, toen hij voorstelde om de dag voor kerst al naar het huis van zijn vader in Guildford te rijden, terwijl zij dat liever zo lang mogelijk uitstelde en er pas op kerstochtend heen wilde gaan. Omdat Patrick niet meeging, was Rowan met haar vaste groepje gegaan, de Charlbury's, de Wiltons en de Vaughans – en met Nicky Olivier, die die avond in vorm was en vanuit een leunstoel, omringd door een stuk of vijf volgelingen, hun gastvrouw en gastheer belachelijk maakte.

Aan één kant van de grote salon, waarvan de muren met dieprood behang waren bekleed, stond de bediende van Davey Manningham stevige cocktails te mixen, die ter ere van de kerst waren versierd met een prikkend takje hulst. Een piano mompelde arrangementen van kerstliedjes en het rook in de kamer naar kruidnagel en sinaasappels. In de haard smeulden takken van appelbomen. De jurken waren verrukkelijke wolken van smaragdgroen, blauwgroen, turquoise, oranje en zachtroze.

'Mevrouw Scott, wat leuk dat u er bent!' klonk een stem, en Rowan, die op een van de diepe banken zat, keek op en zag Simon Pemberton staan. Simon was een neef van Artemis Wilton, Rowans beste vriendin. Ze was hem al eens eerder tegengekomen op bals en bij concerten. Ze begroette hem mompelend.

'Ik ben een tijdje uit de running geweest,' zei hij, terwijl hij tegen de bank aan leunde. 'Een familielid van me was ziek en had gezelschap nodig. Ik heb drie weken in de provincie gezeten en ben dolblij om weer terug te zijn in de beschaafde wereld.'

Hij huiverde aanstellerig; ze vond het leuk dat hij haar probeerde te vermaken. Toen hij haar aankeek, voelde ze opwinding – een vermoeden van troost en avontuur. Simon Pemberton was lang, had kortgeknipt kastanjebruin haar en donkerblauwe ogen. Hij had het profiel van een knappe Romeinse senator: een haviksneus, een ietwat wrede welving rond zijn lippen.

'Houdt u niet van het buitenleven?' vroeg ze.

Zijn mondhoeken trokken omlaag. 'Ik hou niet zo van de buitensporten, en verder valt er niet veel te doen, toch? Er zijn geen gerenommeerde galeries in Suffolk, waar mijn oom woont, en er wordt ook alleen maar op bedenkelijk amateurniveau gemusiceerd. En dan de mensen die je daar tegenkomt – hoe komt het toch dat velden en bossen het vermogen om een gesprek te voeren om zeep helpen? Of misschien kíézen de mensen die niets te vertellen hebben er wel voor om zich in de provincie te begraven.'

'Ik mis het buitenleven juist als ik te lang in de stad ben,' zei Rowan. 'Dan voel ik me verstikt.'

'Maar toch woont u in de stad.'

'Dat kan niet anders, voor Patricks werk.' Haar man was advocaat.

Simon kwam naast haar zitten. 'Het instituut huwelijk heeft me nooit getrokken. Daar beperk je toch alleen je vooruitzichten en kansen maar mee?'

Hoewel haar eigen huwelijk een enorme teleurstelling was gebleken, en hoewel ze al een tijdje het gevoel had dat ze Patrick volkomen koud liet, was ze toch gepikeerd over Simons strenge oordeel.

'Het biedt zekerheid,' zei ze. Achteraf vroeg ze zich af of ze door met Patrick te trouwen zekerheid niet ten onrechte voor liefde had aangezien.

'Ik heb het geluk gehad dat ik nooit geldzorgen heb gekend,' zei hij. 'Dat ligt voor vrouwen anders; jullie zijn afhankelijk van mannen. Maar is liefde dan alleen in een huwelijk te vinden? Kent een huwelijk, als je heel eerlijk bent, na de eerste heerlijke maanden nog wel geluk?'

'Wat een cynische opvatting. Heel modieus.'

'Neem me niet kwalijk. Cynisme is een onbetrouwbare en onaantrekkelijke eigenschap. U hebt gelijk: voor optimisme moet je meer je best doen, vooral in deze tijd.'

Rowan nam aan dat hij hiermee op het nieuws doelde, op de gruwelen van de burgeroorlog in Spanje en op de onheilspellende opmars van het fascisme in Duitsland en Italië.

'Je durft de krant bijna niet open te slaan,' beaamde ze.

Hij loodste hun gesprek snel en behendig een andere kant op. Ze hadden het over moderne kunst – hij was een bewonderaar van Ben Nicholson en Stanley Spencer, maar moest niets hebben van Henry Moore.

Toen de beeldende kunst was afgehandeld, begonnen ze over toneel. Ondertussen timmerde de pianist 'The Holly and the Ivy' op de toetsen. Simon beweerde dat hij in Londen elk toneelstuk had gezien dat de moeite waard was. 'Niet dat dat er veel zijn. Het toneel is nog maar een schim van wat het in zijn hoogtijdagen begin deze eeuw was. Op West End wemelt het van de verschrikkelijke revues en vulgaire musicals.'

'Houdt u niet van musicals?'

'Dat doet toch geen mens met een greintje intelligentie?'

'Ik ben dol op musicals. En de bioscoop? Gaat u wel naar de bioscoop?'

'Nooit. Ik ben er één keer geweest en ik vond het een verschrikking.'

Ze glimlachte. 'Misschien was het gewoon de verkeerde film.'

'Ik kan het me niet voorstellen. Het was er warm, het stonk er naar sigaretten en goedkoop parfum... de opeengepakte meute met zijn popcorn en ijsjes. En dan het verhaal dat zich op het doek afspeelde, zo banaal. Het was onverdraaglijk.'

'Ik ga er graag in mijn eentje heen, 's middags.' Simon was zo stellig dat Rowan wel tegen hem in móést gaan. 'Dat geeft me een heerlijk decadent gevoel.'

'Hebt u daar dan bewondering voor? Ik veracht mensen die decadentie omwille van de decadentie najagen, mensen die beweren dat ze van een morsige nachtclub of van snerpende jazz genieten omdat ze denken dat ze daar interessanter door worden.'

'Toe maar.' Ze wierp hem een spottende blik toe. 'Zal ik jazz en nachtclubs dan ook maar op de lijst zetten met dingen waar u niet van houdt?'

'Dat soort idioterie is toch niet te vergelijken met een aria uit *Die Zauberflöte*... of met een schilderij van Velázquez? Of met de scène uit *Giselle* waarin de ballerina een geest speelt en over het toneel lijkt te zweven?'

Rowan had zelf op dat soort momenten haar adem voelen stokken. Ook zij had bewondering voor intensiteit en passie en een hekel aan geesteloosheid en halfhartigheid. Dat hij zo eerlijk voor zijn mening uitkwam nam haar voor hem in.

'U hebt het over het verhevene,' zei ze, 'maar dat komt maar zelden voor en is dan heel vluchtig. Ondertussen moeten we de moed erin zien te houden.'

'Maar u zult het toch met me eens zijn dat dingen die goedkoop en oppervlakkig zijn ons omlaaghalen? Die stompen ons vermogen om schoonheid te waarderen af, en wat rest ons dan nog?' Zijn donkerblauwe ogen fonkelden geamuseerd. 'Ik geef toe dat ik aan schoonheid nooit weerstand kan bieden. Waarom denkt u dat ik hier met u zit te praten, lieve mevrouw Scott, terwijl we zo weinig met elkaar gemeen hebben?'

Haar hart ging tekeer. 'U bent erg complimenteus,' zei ze.

Hij schudde zijn hoofd. 'Ik geef nooit complimentjes. Als het om schoonheid gaat, spreek ik altijd de waarheid. U zou die kleur bijvoorbeeld niet moeten dragen. Die kleur blauw haalt het vuur uit uw haar. U moet rood dragen. Vrouwen met roodbruin haar durven nooit rood te dragen. Ze zijn bang dat het hun niet staat, maar daar vergissen ze zich in. De juiste tint Venetiaans rood zou u juist prachtig staan. Als een vlam, een hoge flakkerende vlam. O, ik merk het al: u vindt me vrijpostig.' In zijn toon was geen greintje spijt te bespeuren.

'Helemaal niet,' zei ze, en toen er luchtig achteraan: 'Praktisch kledingadvies is altijd fijn.'

Ze babbelden nog wat verder en toen nodigde hij haar uit om met hem uit eten te gaan. Toen Rowan het huis van de Manninghams en het gezelschap van haar vrienden verliet, wist ze dat ze zich op gevaarlijk terrein begaf, maar ze ging toch.

Bij Simpson's aan de Strand werden ze omgeven door muren met donkere lambrisering en zaten ze onder een rijkversierd plafond. Onder het genot van een biefstuk vroeg Rowan aan Simon wat hij met kerst ging doen.

'Ik blijf thuis,' zei hij. 'Ik ga nooit weg met kerst. Als ik naar familie ga, zijn er luidruchtige baby's en gillende kinderen, en die verdraag ik niet. Er komen een paar goede vrienden lunchen, mensen die net als ik afkerig zijn van familie. De avond breng ik door in gezelschap van de essays van Samuel Johnson en een mooie oude port. Ik verheug me er enorm op. En jij, Rowan?' Ze waren elkaar al vlot gaan tutoyeren.

'Wij gaan met kerst altijd naar Patricks vader en zijn zus Elaine, in Guildford.' Ze zag er nu al tegen op: de zwakke en knorrige oude man, de wrok en bitterheid van Patricks ongetrouwde zus, die voor hun vader zorgde. Machtige gerechten, bloedhete kamers en verveling. 'Mijn jongere zus, Thea, gaat met ons mee,' ging ze verder. Thea was zestien en vierde de kerst altijd bij hen. Hun vader was weduwnaar. Hij had een hekel aan kerst en ging dan liever vissen of door de heuvels wandelen met een oude vriend van hem, Malcolm Reid, een kluizenaar die in de afgelegen Schotse Hooglanden woonde en die geen van hen ooit had ontmoet. 'En dan gaan we met z'n drieën naar Glasgow, voor oudjaar.'

'Ik heb gehoord dat ze in Schotland nieuwjaar vaak nog uitgebreider vieren dan kerst.'

'Ja, dat is inderdaad zo. Heb jij familie, Simon? O ja, die oom in Suffolk.'

'Denzil is met kerst ook het liefst in z'n eentje, thuis op Ashleigh Place. Dat is misschien wel het mooiste kleine landhuis van Engeland.'

‘Ah, daar is de schoonheid weer.’

‘Ik ben eraan verslaafd.’ Hij keek haar doordringend aan. Een onhandigere man had er waarschijnlijk een of ander afgezaagd complimentje aan vastgeknoopt. Hij deed dat niet, en dat maakte dat ze gespannen en ongedurig werd, dat ze naar meer verlangde.

Ze vroeg of Ashleigh Place al lang in de familie was.

‘Nee, helemaal niet. Denzil heeft het gekocht toen hij vijfentwintig was. Het was van een soort gek geweest, een exhibitionist die graag theatervoorstellingen gaf. Daarvoor was het in bezit van een oude familie uit Suffolk, de familie Gardiner, die het heeft laten verwaarlozen. Denzil heeft Ashleigh Place gerestaureerd. Dat was een gigantische klus, zijn levenswerk. Je zou het nu niet denken, omdat hij een slechte gezondheid heeft, maar toen hij jonger was, kon hij een ontzettende energie en kracht aan de dag leggen.’

‘Je bent erg op hem gesteld, hè?’

Hij glimlachte. ‘Ja, inderdaad. Afgezien van Denzil zijn er niet veel leden van mijn familie met wie ik wil omgaan. Ik heb een zus, Anne, die getrouwd is met Edwin, een enorm saaie piet. Ze heeft twee kinderen. Henry is een fijn ventje. Ik stuur hem een walnotencake om mee naar kostschool te nemen. Mijn nichtje, Zorah, is onnozel en geestloos. Wat moet ik voor haar voor kerst kopen, vind je?’

‘Hoe oud is ze?’

‘Dat vergeet ik steeds. Vijf of zes.’

Rowan dacht er even over na. ‘Een verfdoos misschien? Ik vond het als kind altijd heerlijk om te verven.’

‘Schilder je nog steeds?’

‘Bijna nooit meer. We wonen heel klein en ik heb nergens plek om mijn spullen neer te zetten. O jee, nu zit ik uitvluchten te bedenken, hè?’ Ze zuchtte. ‘Ik zou gewoon niet meer weten wat ik zou moeten schilderen, als ik heel eerlijk ben. Denk jij dat je ideeën opraken als je oud wordt?’

‘Jij bent toch niet oud?’

‘Ik ben drieëntwintig. Ik vóél me soms wel oud.’ Drieëntwintig was in haar ogen stokoud. Ze was bijna negentien geweest toen ze van Glasgow naar Londen verhuisde. Dat leek wel een eeuwigheid geleden. Ze wist nog hoe spannend ze het had gevonden, hoe ze zich had verheugd op alle nieuwe mogelijkheden die het leven voor haar in petto had, en hoe heerlijk ze het had gevonden om de stad te ontdekken.

'Ik ben zesendertig,' zei Simon. 'Ik voel me nog net zo oud als op de dag dat ik van school kwam.'

In het korte gesprek dat Rowan met Artemis had gevoerd terwijl ze haar jas ophaalde, had haar vriendin gezegd dat Simon inderdaad niet getrouwd was en dat hij niet hoefde te werken. 'Jij bent rijk,' zei ze. 'Jij hoeft jezelf alleen maar leuk bezig te houden.'

'Keur je dat af of benijd je me erom?'

'Geen van beide. Althans, ik geloof van niet.'

Hij moest lachen. 'Wat was dat? Een aanval van Schotse presbyteriaanse censuur?'

'Maar is het niet een beetje... doelloos, desoriënterend zelfs, om het alleen maar jezelf naar de zin te hoeven maken?'

'Nee, het is juist heerlijk. Waarom probeer je het zelf niet eens?' Ze wilde iets zeggen, maar hij legde haar het zwijgen op door zijn vingertoppen tegen haar pols te drukken. 'Je gaat me toch niet heel afgezaagd vertellen dat je een huishouden te runnen en een echtgenoot te verzorgen hebt, hè, Rowan? Dat zou ik heel teleurstellend vinden.'

Toen hij zijn hand terugtrok, was het alsof hij een afdruk ervan op haar had achtergelaten, als een afdruk in klei. Ze bedacht dat ze nu eigenlijk moest weggaan, dat ze tegen hem moest zeggen dat ze een afspraak had of dat Patrick op haar wachtte – wat dan ook.

Maar ze bleef zitten. 'Iedereen heeft verplichtingen,' zei ze. 'Zelfs jij.'

'Iedereen doet voorkomen alsof hij verplichtingen heeft, maar de meeste mensen zijn net als ik en doen alleen wat ze leuk vinden. Ik spreek natuurlijk over mijn eigen milieu. Het leven van de lagere klassen kent noodgedwongen zijn beperkingen. Of je moet echt een doel voor ogen hebben. Ik heb er zo mijn redenen voor om de ontberingen van het platteland in Suffolk te verdragen.'

'Schoonheid.'

'Ja.' Hij keek haar onderzoekend aan. 'En, Rowan, ik neem aan dat jij je huishoudelijke verplichtingen en sociale leven verdraagt omdat... omdat die je voldoening schenken?'

Toen ze drie jaar geleden met Patrick trouwde, was ze ervan uitgegaan dat het niet moeilijk kon zijn om een huishouden te runnen, aangezien veel dingen die daarbij kwamen kijken zowel onbenullig als saai waren. Het was inderdaad onbenullig en saai, maar het was daarnaast ook tijdrovend en zwaar gebleken. Ze had geleerd om met de kruidenier en de groenteman, de slager en de vishandelaar, de bezorger van de wasserij en de werkster om te gaan. Ze had redelijk leren koken: hun dienstmeisje, Gwen, had haar geleerd om verschillende gerechten te bereiden, die Rowan voor Patrick en haarzelf maakte als Gwen een avond vrij had. Haar vrienden en vriendinnen vonden haar een onderhoudende en originele gastvrouw. Maar toch merkte ze dat ze steeds vaker dacht: en nu? Ze moest een uitlaatklep zien te vinden voor de energie die binnen in haar borrelde en ziedde, de rusteloosheid die ertoe leidde dat ze 's avonds niet rustig binnen kon zitten lezen of naaien, maar hoe? Nog meer boodschappenlijstjes, etentjes, nog twintig of dertig jaar lang?

'Niet echt,' zei ze met een lachje.

Hij stak twee sigaretten op en gaf er een aan haar. 'Of je verdraagt het voor je man, die je aanbidt,' zei hij zacht.

'Híj aanbidt míj in elk geval niet,' zei ze, maar ze had er meteen spijt van. Als hij wist dat haar man haar niet begeerde, werd ze misschien minder aantrekkelijk voor hem.

Maar hij trok zijn wenkbrauwen op. 'Dan is hij niet goed bij zijn hoofd.'

'Jawel,' zei ze verbitterd, 'Patrick is heel goed bij zijn hoofd.'

'Maar waarom dan niet?'

Ze schudde kort haar hoofd. Ze wist niet waarom Patrick haar niet begeerde. In hun gesprekken omzeilden ze het onderwerp altijd. Ze was bang om hem ernaar te vragen, voor het geval het haar schuld was. Ze was kil. Ze werd ouder. Ze had geen sexappeal. Schoonheid en begeerlijkheid hoefden niet per se hetzelfde te zijn. Steeds vaker bekroop haar de gedachte dat ze het gewoon niet waard was om van te houden.

In de hoek van het restaurant ontstond wat consternatie toen een klant die te veel gedronken had wijnglazen omverstootte. Ze was blij met deze afleiding. Obers renden heen en weer om de boel op te ruimen.

'Wat kijk je verdrietig,' zei Simon lief. 'Vertel.'

De ober kwam hun borden afnemen. Toen hij weg was, zei ze: 'Toen ik Patrick net kende, woonde ik in mijn eentje in Londen. Ik was nogal somber... ik had een mislukte relatie achter de rug. Bij Patrick had ik het gevoel dat ik vaste grond onder de voeten had. Dat had ik nodig. Heb jij je nooit stuurloos gevoeld, dat je geen idee had welke kant je op moest?'

'Nee, nooit.'

In het begin had ze zich aangetrokken gevoeld door Patricks deugdzaamheid en kalmte. Ze vond het zelf moeilijk om kalm te zijn en beschouwde zichzelf ook niet echt als deugdzaam. Maar nu ze drie jaar getrouwd was, drie jaar waarin hun lichamelijke intimiteit, die toch al nooit erg frequent was geweest, helemaal was stilgevallen, bezorgden de stiltes waartoe Patrick zijn toevlucht nam haar angst en woede.

Simon glimlachte lief naar haar. 'Ik doe wel alsof ik een estheet en een stadsmens ben, maar als je even verder kijkt, kom je tot de ontdekking dat ik uit een familie stam die een paar generaties geleden uit een lange lijn van koppige kleine landeigenaren uit Hertfordshire bestond. Ik zou nu eigenlijk mijn varkens moeten hoeden.'

Ze lachte erom. 'Dan verpest je je kleren, Simon.' Zijn smoking was onberispelijk op maat gesneden.

'Inderdaad.' Hij gaf haar een klopje op haar hand en ze moest haar best doen om zijn hand niet stevig vast te pakken en zich er als een drenkeling aan vast te klampen. Toen hij met zijn duim over haar handpalm streek, liepen de rillingen haar over de rug. 'Rowan, lieveling, ik bewonder je vuur en je glanzende schoonheid nu al de hele tijd,' zei hij met zachte stem. 'Ik heb alleen maar afstand gehouden omdat ik bang was me aan je te branden.'

Hoe moest een vrouw in vredesnaam op zo'n uitspraak reageren? Gelukkig kwam de ober met de dessertkaart en ebde de spanning weg. Ze wilden allebei geen nagerecht; zij had geen trek meer en Simon vertelde dat hij nooit een nagerecht nam. Bij de koffie met petitfours hadden ze het over van alles en nog wat, maar Rowan wist dat ze een brug waren overgestoken en dat ze voetje voor voetje dichter bij het gevaar kwamen – nee, voor hem was er geen sprake van gevaar, want hij was een man en vrijgezel; alleen voor haar dreigde er gevaar.

Haar angst ging de strijd aan met een vurig verlangen. Het leek heel lang geleden dat ze naar een man had verlangd, dat haar zintuigen en emoties in beroering waren gebracht en dat voorzichtigheid zich tegen de aandrang had moeten verzetten. Schemerlicht trok weg. Ze was de persoon die ze kon zijn kwijtgeraakt, maar nu was ze er weer, schudde ze de as van haar huwelijk van zich af en scheen er kleur door het grauw heen. Dat hij haar wilde en daar geen geheim van maakte, gaf haar het gevoel dat ze weer leefde.

Ze dronken hun koffie op en gingen weg. Op straat waren de gaslantaarns omgeven door een glinsterende bleke, mistige lichtkrans. Ze stak een hand op om een taxi aan te houden, maar die reed door. Op dat soort momenten neemt je leven een andere wending, dacht ze – als de taxi was gestopt, zou hij niet de kans hebben gekregen om haar te kussen. Zijn kus was hartstochtelijk en bracht haar van haar stuk; hulpeloos van genot en verlangen beantwoordde ze die.

Toen ze in de vroege uren van de ochtend in een taxi door de winterse straten van Londen reed en naar buiten keek, zag ze hoe de reclameborden in de mist een geel waas vormden. De gezichten van de mensen op straat zagen er bevroren, wit en verwrongen uit, met open monden en door schaduwen afgesneden. Een zwerver die in een portiek lag te slapen zag eruit als een berg vodden en oude dekens met niets erin. De donkere winkels en kantoren oogden uitgehold en leeg.

Rowan ging met het puntje van haar tong over haar bovenlip, die pijnlijk aanvoelde. Haar euforie was verdwenen en nog niet vervangen door spijt, maar door weemoed. Ze zag ertegen op om naar Mallord Street terug te moeten. Ze hadden het huis in een opwelling gekozen, omdat ze de losbandige kunstenaarsscene van Chelsea leuk vonden, maar het was hun gaan tegenstaan omdat het zo claustrofobisch was. Het was een voormalig atelier, en het was klein en smal. Beneden had je een keuken en bijkeuken, een woonkamer en eetkamer, boven waren drie slaapkamers. De zolderkamer had schuine wanden en onhandige hoeken en werd gebruikt om de siervoorwerpen en meubels op te slaan die ze van Patricks grootmoeder hadden geërfd. De logeerkamer, waar Thea altijd sliep als ze bij hen was, lag aan de achterkant van het huis, met uitzicht op het souterrain. De kamer van Rowan en Patrick lag aan de voorkant. Het erkerraam, aangebracht door de aannemer die de verbouwing had uitgevoerd, lekte als het hard regende.

Als ze hun slaapkamer binnensloop, zou Patrick doen alsof hij sliep. Hij zou haar niet vragen waar ze was geweest en zij zou het hem niet vertellen. Geen van beiden zou het pact verbreken dat ze wederzijds en stilzwijgend in het leven hadden geroepen, een pact waardoor ze zich steeds meer gevangengezet voelde. Ze liepen op hun tenen om elke confrontatie heen, net zoals zijzelf zo meteen op haar tenen door de slaapkamer zou lopen, zich stil zou uitkleden en haar make-up eraf zou halen, waarbij ze het spelletje meespeelde en net deed alsof ze dacht dat hij sliep.

Je kreeg met Patrick niet snel ruzie. Als ze schreeuwde of huilde, werd hij nog passiever en afstandelijker. Hun ruzies gingen over onbelangrijke dingen – dat ze een afspraak met vrienden uit de advocatuur was vergeten, dat hij nog geen vakman had gevonden die de druppelende kraan in de bijkeuken kwam repareren. De kloof tussen hen, dat ravijn van verdriet en wrok, was te groot om erover te kunnen praten.

Patrick was een tengere man, met blond haar, kleine blauwe ogen en fijne gelaatstrekken, op een beheerste Engelse manier knap. Hij was een goede kostwinner, een trouwe vriend, een uitstekende gastheer. Rowan wist dat ze hem verschrikkelijk zou kwetsen als ze hem zou verwijten dat hij haar niet begeerde. Soms ving ze, vlak voordat hij zich in bed van haar omdraaide, even een glimp in zijn ogen op van zowel schuldgevoel als schaamte, naakt en vernederd. Toch kwam het niet alleen door medelijden dat ze hem niet met de leegte van hun huwelijk wilde confronteren. Als ze erover zouden praten, werden er ongetwijfeld barrières doorbroken. En dat bracht misschien wel een stortvloed van emoties en beschuldigingen op gang.

Deze situatie kan niet eeuwig zo blijven voortduren. Deze woorden kwamen in haar op toen ze in de taxi door de straten van Chelsea reed. Patrick en zij stonden wankelend op de rand van een ravijn. Die avond voelde ze zichzelf vallen. Door Simon wist ze weer wat verlangen was en wat voor kracht daarvan uitging, sterker dan logica, gezond verstand en plichtsgevoel. Verbitterd en vol spijt dacht ze aan de tijd die ze had verspild, aan de droge, uitgedroogde jaren van haar huwelijk.

Nadat de taxi haar in Mallord Street had afgezet en ze zichzelf had binnengelaten, voelde ze dat ze ineenkromp, alsof ze in de kamertjes en binnen de restricties van haar huwelijk moest passen. In de gang keek ze in de spiegel of haar lippenstift niet was uitgesmeerd. De eettafel lag bezaaid met Patricks papieren. Ze vond dat de kerstboom die ze had gekozen te groot was voor de woonkamer. Rowan trok haar schoenen uit en liep naar boven.

Ze sliep een paar uur. Patrick maakte haar om zeven uur 's ochtends wakker om te zeggen dat haar zus aan de telefoon was.

Thea belde om te vertellen dat hun vader longontsteking had en ernstig ziek was. Thea was aan het eind van het semester, op 17 december, vanaf haar kostschool in Yorkshire naar huis gegaan, naar Glasgow. Hun vader was de volgende dag thuisgekomen van een zakenreis in het zuiden van het land. Hij had zich niet goed gevoeld, was koortsig geweest en hoestte, maar wilde niet dat Thea de dokter belde. Daarna was hij nog zieker geworden, en de volgende dag had Thea alsnog de dokter gebeld. Dokter Waring had longontsteking bij hem geconstateerd. De medicijnen sloegen niet aan. Sinds de Eerste Wereldoorlog had hij last van zijn longen, doordat hij blootgesteld was geweest aan mosterdgas.

Patrick belde een taxi die Rowan naar Euston Station moest brengen, waar ze de trein naar Glasgow kon nemen. Overspoeld door angst vouwde Rowan met onhandige vingers blousejes en rokken op en stopte potjes crème en lotion in een toilettas. Ergens knaagde het vermoeden dat het haar schuld was dat haar vader ziek was, dat het een soort straf was voor haar hartstochtelijke ontmoeting met Simon.

Er klonk een claxon. Ze keek naar buiten; de taxi stond voor de deur. Ze duwde haar koffer dicht en liep snel de trap af.

2

December 1937

Het was niet de eerste keer dat Hugh Craxton met kerst niet thuis bij zijn gezin was. Een paar jaar geleden had hij vlak voor kerst nog voor dringende zaken naar Glasgow gemoeten (o, wat werkte hij toch hard, die arme Hugh), waardoor hij niet op tijd thuis had kunnen zijn. En het was ook meer dan eens voorgekomen dat sneeuwstormen en slecht weer wegen en spoorlijnen onbegaanbaar hadden maakten, zodat hij niet terug naar huis kon wanneer hij zijn in de Hooglanden als kluizenaar levende vriend Malcolm Reid had bezocht voor een wandelvakantie. Dit jaar was het begin december erg koud geweest, met zware sneeuw in het zuiden van Engeland, maar in de week voor kerst was het weer zachter geworden. Zijn vrouw Sophie had ingespannen naar het weerbericht geluisterd, maar de nieuwslezer had niets over sneeuwstormen in Schotland of iets dergelijks gezegd.

Alle andere keren dat Hugh was opgehouden, had hij naar huis gebeld of een telegram gestuurd om haar te laten weten dat alles goed met hem was. Dat had hij nooit nagelaten. Als hij weg moest, belde hij altijd regelmatig naar huis. Maar deze keer niet. Het feit dat de telefoon niet ging, wierp een schaduw over de kerst, waardoor het een ingetogen en prikkelbare bedoening werd. Sophie was zelf ook bedrukt, maar probeerde haar zonen gerust te stellen. Hun vader kwam heus snel thuis, er was vast iets tussen gekomen. Toch was Stuart van vijftien van streek, en haar oudste zoon, Duncan, boos en verontwaardigd.

Het afgelopen jaar had Duncan vaak met zijn vader in de clinch gelegen. Hij was achttien, een moeilijke leeftijd, wist Sophie, geen jongen meer, maar ook nog niet echt een man. Volgend jaar september zou hij naar de universiteit gaan. Hugh had erop gestaan dat hij tot die tijd op kostschool bleef, vanwege de wrijving die er tussen hen bestond. Sophie had geen zin in weer ruzie en had haar man hierin dus maar gesteund, hoewel ze zich achteraf afvroeg of ze niet meer haar best had moeten doen om Hugh over te halen Duncan te laten doen wat hij wilde, namelijk van school af gaan en een baan zoeken tot zijn studie begon. Hugh had misschien wel iets tijdelijks voor hem kunnen regelen in de fabriek of op kantoor, zodat hij tot september iets omhanden had. Werken en geld verdienen was misschien wel precies wat Duncan nodig had. Ze had het geopperd, maar Hugh had zijn bedenkingen gehad.

Het was de dag na tweede kerstdag. Duncan en Stuart waren naar hun vrienden, Michael en Thomas Foster. Nu ze weg waren leek het huis, dat aan een doodlopende straat in South Kensington lag, onnatuurlijk stil. Het enige wat je hoorde, was het gebrom van verkeer in de verte en een zacht geruis, van wind die door een niet goed sluitend keukenraam woei. Uit een pan op het fornuis klonk geborrel: van de botjes van de kip die ze met kerst hadden gegeten, trok ze nu bouillon.

Sophie waste de taartvorm af en droogde hem af. Stuart, die voortdurend honger had, had de avond ervoor bijna de hele kersttaart soldaat gemaakt, en dat betekende dat Hugh er geen stukje van had gehad. *Jouw kersttaart is de lekkerste die er bestaat, lieve Sophie.* Bij de herinnering aan die woorden golfde het gevoel van angst, van iets ergs, dat ze had proberen te onderdrukken, over haar heen.

Toen ze door het huis liep en mechanisch dingen opruimde en opborg, vond ze de kamers opeens doods. Sophie huiverde en sprak zichzelf streng toe. Ze moest niet zo somber doen. Hij was opgehouden door het weer. Of door zijn werk.

Maar deze geruststellende zinnetjes boden geen troost meer. *Wees eerlijk, Sophie.* Hugh was een week voor kerst uit Londen vertrokken. Hij had zich de hele maand december niet fit gevoeld en had een gemene hoest ontwikkeld, maar in de fabriek in Glasgow zaten ze met een probleem waarvoor hij onmiddellijk moest komen, dus was hij in allerijl naar het noorden vertrokken om dat op te lossen. Toen hij haar bij zijn vertrek een kus had gegeven, had hij beloofd dat hij op zijn laatst op de dag vóór Kerstmis terug zou zijn.

De tweede avond had hij haar kort gebeld. Hugh had verteld dat hij in Glasgow was aangekomen. Zijn hoest was erger geworden en hij dacht dat hij misschien koorts had. Hij had beloofd naar bed te gaan en goed voor zichzelf te zullen zorgen. Sindsdien had ze niets meer van hem gehoord en de bezorgdheid die ze voelde, ging met het uur meer pijn doen.

Ze streek een vel cadeaupapier glad dat achter de bank lag en borg het op voor volgend jaar. Hugh had er vóór zijn vertrek zo bleek en afgetobd uitgezien dat ze er bij hem op had aangedrongen om thuis te blijven en zijn afspraken af te zeggen, maar dat had hij niet willen doen. Net als veel mannen vond hij het vreselijk om te moeten toegeven dat hij verzwakt was en ging hij niet graag naar de dokter. Had hij soms bronchitis of griep gekregen? Lag hij in een hotelkamer in bed, alleen en zonder dat hij verzorgd werd? Of misschien wel in het ziekenhuis, koortsig en doodziek, in levensgevaar?

Toch konden deze verschrikkelijke gedachtespinsels niet kloppen. Hij had vanuit zijn hotel kunnen bellen. Zelfs als hij ijlde en naar het ziekenhuis was gebracht, zou er vast wel iemand hebben gebeld of een telegram gestuurd. Dan hadden ze zo'n bericht gezonden dat je wel op de radio hoorde: *Wil de familie van meneer Hugh Craxton contact opnemen met dat en dat ziekenhuis, waar meneer Craxton ernstig ziek is opgenomen?*

Maar nee, niks.

Hugh had zo zijn demonen. Hij dronk. Een dag werd voor Hugh ingedeeld met tijdstippen voor een neutje, een borrel, een drankje, een glaasje en *one for the road*, liefje. Drank was Hughs verdedigingsmuur tegen de wereld, de rituelen van een drankje bereiden waren bijna net zo belangrijk als de alcohol zelf. Als hij een elegante cocktail mixte, hoefde hij even niet aan problemen op zijn werk te denken; als hij een fles champagne ontkurkte, haalde hij de scherpe randjes van zijn somberheid. Was hij soms met een glaasje te veel op achter het stuur gaan zitten? Had hij weer een van zijn zeldzame, maar wel spectaculaire zuipfestijnen gehad en lag hij nu ergens bewusteloos in een akelige kamer in een pension langs Great North Road?

Hugh en zij waren met de kerst nooit zo sociaal. Op kerstochtend gingen ze naar de kerk, maar verder zagen ze geen andere mensen. Hugh wilde altijd liever met zijn viertjes zijn, ongeacht de gelegenheid. *Waarom zou ik mijn tijd met andere mensen doorbrengen als ik hier iedereen heb die ik wil zien?* Dat had hij tegen haar gezegd toen Duncan en Stuart klein waren, en dat had ze hartverwarmend gevonden en ze was daardoor nog meer van hem gaan houden. Hoewel ze door dat gebrek aan sociaal contact geïsoleerd was geraakt, was ze daar dit jaar met kerst blij mee geweest, want nu hoefde ze zich niet in allerlei bochten te wringen om uit te leggen waarom Hugh er niet was.

In de woonkamer zaten de kieren tussen de vloerplanken vol met droge bruine naalden van de kerstboom. De kaarsjes in het kerstmolentje met de engelen waren helemaal opgebrand. Sophie keek naar buiten en zag dat het sneeuwde – minuscule vlokjes die oplosten zodra ze het trottoir raakten. De auto's en bestelbusjes waren langzamer gaan rijden en hadden hun koplampen aan, en daar hing een spookachtig groene gloed omheen. Het was net drie uur, maar het werd vroeg donker in dit laatste restje van het jaar. Het schemerduister daalde over Londen neer en de dag zou snel ten einde zijn.

De telefoon ging, met schrikbarend kabaal. Sophie rende eropaf om op te nemen. Dat móést Hugh zijn. Hoop laaide in haar op, en ze griste de hoorn van de haak.

'Hallo?' hijgde ze.

'Sophie? Met Viola.' Viola Foster was een vriendin van Sophie; ze woonde een paar straten verderop en was de moeder van Michael en Thomas, vrienden van haar zonen. 'Ik wilde even vragen of je het goedvindt dat Duncan en Stuart hier blijven eten.'

'Ja hoor, prima,' wist Sophie uit te brengen. Ze werd overspoeld door teleurstelling. Ze wisselden nog wat beleefdheden uit en toen hing ze op. De stilte keerde weer, akelig en onverbiddelijk.

Ze deed de deur van Hughs kleine studeerkamer open. Ze kwam hier zelden; de kamer werd één keer per week door mevrouw Leonard, haar hulp, gestoft en gezogen. 'Mijn privédomein' noemde hij het voor de grap. Toen ze de bovenste la opentrok, klopte haar hart in haar keel.

Briefpapier, enveloppen, vloeipapier, pennen, potloden en een notitieboekje dat ze zorgvuldig doorbladerde, maar waarin alleen de kosten voor het huishouden stonden. Er lag een map waarin de schoolrapporten van de jongens veilig opgeborgen zaten, en er was nog een map voor rekeningen. De enige verrassing was de halve fles whisky in de onderste la, met nog een bodempje erin. Geen glas. Sophie kreeg opeens het afschrikwekkende beeld voor ogen van Hugh die aan het bureau zat en hun wekelijkse uitgaven noteerde, met tussen de vingers van zijn linkerhand een Turkse sigaret uit de doos op het bureau, terwijl hij zo uit de fles een slok whisky nam.

In het fotolijstje op het bureau zat een foto van hen vieren, een paar jaar geleden genomen door een strandfotograaf toen ze een dagje naar Ramsgate waren. Duncan zag er lang en knap uit, maar niet op zijn gemak. Twee jaar geleden had hij zichzelf al te oud gevonden voor een gezinsuitstapje naar zee; ze wist nog dat hij die dag niet erg meegaand was. Stuart had daarentegen een opgewekte glimlach op zijn gezicht.

Haar blik ging naar Hugh. Hij stond een stukje bij zijn gezin vandaan. Lang, goed gebouwd, een knappe, aantrekkelijke man met een kaarsrechte militaire houding. Met zijn lange gezicht, hoge voorhoofd en geloken lichtbruine ogen kon hij afstandelijk, zelfs streng overkomen, maar zijn glimlach was innemend en hartverwarmend.

Sophie zocht in de zakken van het oude tweedjasje dat over de rugleuning van de stoel hing – 'mijn schrijfjasje' noemde Hugh het. Het leverde alleen een zakdoek, een kam en een kaartje voor de metro van Glasgow op. De bestemming op het kaartje, Buchanan

Street, zei haar niets. Ze was nog nooit in Glasgow geweest. Hugh had haar noch de jongens ooit meegenomen naar Craxton & Sons, het bedrijf in kantoorartikelen waarvan hij de eigenaar was. 'Waarom zou je in vredesnaam honderden kilometers willen reizen om lawaaiige machines te bekijken die briefpapier en enveloppen maken?' had hij gezegd. 'Dat vind je vast vreselijk, Sophie. Ik vind het zelf vreselijk. Het enige goede eraan is dat het geld oplevert.'

De vastbeslotenheid en het opstandige gevoel die tijdens de afwezigheid van Hugh binnen in haar waren gaan broeien, werden heviger. Sophie ging naar hun slaapkamer. Ze maakte zijn ladekast open. Hij was nog net zo netjes als hij in militaire dienst had geleerd. Mevrouw Leonard, haar hulp, of zijzelf legde zijn schone was altijd op het bed neer, en dan borg Hugh zelf alles op. Als er een knoop moest worden aangezet of een voering gerepareerd, legde hij het kledingstuk in haar naaihoekje. Zo had Hugh het graag; ze had gezien dat hij elk kledingstuk opnieuw opvouwde als het niet naar zijn zin was. Ze zocht tussen zijn hemden en ondergoed in het volle besef dat ze zijn privacy schond. In de tweede la lagen sokken, sjaals, handschoenen en slobkousen. In de la eronder lagen truien en een vest dat ze voor hem had gebreid, waarvan hij zei dat hij het mooi vond, maar dat hij zelden droeg. Het was te warm en te zwaar, vermoedde ze.

In de onderste la vond ze een stuk of vijf pakjes, in bruin papier met een rood satijnen lint eromheen. Sophie las wat er op de kaartjes stond. *Voor mijn lieve Sophie. Voor Duncan, van papa, liefs. Voor Stuart, mijn lieve jongen, papa.*

Ze ging op haar hurken zitten, met haar kerstcadeau tegen haar borst gedrukt, en de tranen sprongen haar in de ogen. *O, Hugh, wat is er met je gebeurd? Kom naar huis, ik heb je hier nodig! Kom alsjeblieft naar huis!*

Sophie strompelde de keuken in en zette de fluitketel op. Terwijl ze een schep thee in de pot deed, probeerde ze helder na te denken. Moest ze de politie bellen? Moest ze vertellen dat haar man vermist werd en dat ze bang was dat er iets heel ergs met hem was gebeurd? Ze voelde zich op dit moment niet in staat hier een beslissing over te nemen. Ze kon niet eens bedenken of ze Duncan en Stuart de kerstcadeautjes van hun vader moest geven. Zou Hugh willen dat ze dat deed? Ze wist het niet.

Maar ze kon wel voorspellen wat voor vragen de politie zou stellen en wat voor antwoorden ze zou moeten geven. Waar logeerde uw man als hij in Glasgow was, mevrouw Craxton? *Dat weet ik niet. Dat heb ik hem nooit gevraagd.* Maar u zult hem toch wel eens een brief geschreven hebben? *Nee, hij belde mij altijd.* Weet u het adres van zijn bedrijf daar? *Nee, dat weet ik niet. Dat was nooit ergens voor nodig.*

Ze goot kokend water in de pot, roerde erin en schonk voor zichzelf een kop in. Na een paar slokken thee ging ze terug naar haar slaapkamer, waar ze nogmaals voor de onderste la op haar knieën ging zitten. Tussen allerlei verschillende voorwerpen vond ze de doosjes met Hughs militaire onderscheidingen, een zaklamp, een paar oude pijpen, een zilveren doopbeker en een paar stukjes ijzerdraad in een bruinpapieren zak.

Onder de papieren zak lag een notitieboekje, zo'n boekje dat je in de binnenzak van een jasje hebt zitten om dingen in op te schrijven die je wilt onthouden. Het blauwe leren omslag was op de hoekjes versleten. Sophie bladerde het door. Hugh had er telefoonnummers in opgeschreven. Naast de nummers stonden initialen. Ze probeerde fronsend te bedenken waar die voor stonden. Ze zeiden haar allemaal niets, tot ze een bladzijde opsloeg en een telefoonnummer zag staan waar Hugh *C & Sons* naast had geschreven.

Ze fronste haar voorhoofd en aarzelde. Er was maar één manier om erachter te komen.

Ze belde de centrale en vroeg of ze haar wilden doorverbinden met dit nummer in Glasgow. Het duurde een paar minuten, de lijn kraakte, en toen zei een jonge vrouw: 'Craxton and Sons, briefpapier en kantoorartikelen.'

Haar hoop laaide op. 'Ik zou graag meneer Hugh Craxton even willen spreken,' zei Sophie.

'Het spijt me, mevrouw, maar meneer Craxton is overleden.'

Had de receptioniste haar niet goed verstaan? Of had ze het sterke Schotse accent van de vrouw zelf verkeerd verstaan? 'Meneer Hugh Craxton,' zei Sophie nog een keer, luid en geïrriteerd. 'Ik moet meneer Hugh Craxton spreken.'

'De familie van meneer Hugh Craxton heeft ons laten weten dat hij op tweede kerstdag aan een longontsteking is overleden,' zei de vrouw op verveelde toon. 'We geven de telefoontjes die voor hem binnenkomen door aan meneer Ross en meneer Paterson. Is het goed als ik u doorverbind?'

'Nee. Dank u wel.' Ze zei het op fluistertoon.

'Neemt u mij niet kwalijk, maar bent u klant bij Craxton?'

Ik ben Hughs vrouw. Maar ze was opeens doodsbang dat de vrouw zich níét vergist had en dat Hugh inderdaad dood was, en de woorden bleven steken in haar keel.

De receptioniste sprak verder. Haar toon klonk zachter nu. 'De twee dochters van meneer Craxton regelen de begrafenis. Zal ik u het nummer van het privéadres geven?'

Ze wilde 'Dochters? Wat voor dochters?' door de telefoon schreeuwen; die impuls zwol aan, bereikte zijn hoogtepunt en zakte toen in als een mislukte soufflé, en Sophie verbrak de verbinding. Ze zakte door haar benen en bleef misselijk en bevend op de grond zitten. Ze drukte haar knokkels hard tegen haar tanden.

De familie van meneer Hugh Craxton heeft ons laten weten dat hij op tweede kerstdag aan een longontsteking is overleden. De twee dochters van meneer Craxton regelen de begrafenis. Haar hoofd tolde. Ze begreep er niets meer van.

Het duurde even voordat ze zichzelf weer overeind wist te hijsen. In de woonkamer schonk ze met bevende hand een glas cognac voor zichzelf in. Ze morste spetters op het blad van de kast. Ze zeeg neer in een leunstoel en dronk de cognac met langzame, kalmerende slokjes op, terwijl ze strak naar buiten bleef kijken: de lantaarnpalen, het lichte randje sneeuw op de bovenkant van muren en brievenbussen. Alles zag er onnatuurlijk levendig uit. Geluiden klonken schel en trilden, wat een aanslag op haar zenuwen was.

De twee dochters van meneer Craxton regelen de begrafenis. Als Hugh dood was – maar dat kon toch niet waar zijn? – maar als dat, God sta hen allemaal bij, toch het geval was, dan nóg had Hugh geen dochters. En dat betekende dus – dat kón niet anders – dat dit één grote vergissing was. De receptioniste had vast een andere Craxton bedoeld.

Toch was het nummer dat ze gebeld had, het nummer uit Hughs notitieboekje, het nummer van de fabriek in kantoorartikelen geweest. En Craxton was geen veelvoorkomende achternaam.

De familie van meneer Hugh Craxton heeft ons laten weten dat hij op tweede kerstdag aan een longontsteking is overleden. Sophie zag door het wazige grijs van de avond twee bekende figuren naar het huis toe lopen. Duncan en Stuart kwamen thuis. Ze zette de cognacfles en het glas terug in de kast en veegde de druppels weg. Toen ze de kamer uit liep, zag ze zichzelf in de spiegel boven de schoorsteenmantel: ze vond dat ze er maar verdwaasd uitzag. Ze ging met een hand over haar gezicht, alsof ze die blik weg wilde vegen, en deed toen open voor haar jongens.

Ze verdrongen elkaar om binnen te komen en bakkeleiden op luidruchtige, vriendelijke toon ergens over, met rode wangen van de kou en een spoor van modder en water op de tegels in de gang.

'Is papa al thuis?' vroeg Stuart.

Sophie schudde haar hoofd. 'Hou je kop, idioot!' zei Duncan.

'Ik dacht dat hij misschien thuis was gekomen.'

'Niet dus, dat zie je zelf toch ook wel? Dus kop houden.'

Duncan ging naar boven. Stuart schopte zijn schoenen midden in de gang uit en liep naar de keuken. 'Ik rammel,' zei hij.

'Ik dacht dat jullie bij de Fosters zouden eten.' Ze verbaasde zich erover dat het er zo kalm uit kwam, terwijl ze toch trillend wist dat er een ramp in aantocht was.

'Ze hadden alleen wat kliekjes.' Stuart reikte naar een hoge plank in de voorraadkast en haalde er een blik met crackers af. Duncan had roodbruin haar en lichtbruine ogen en dezelfde teint als Hugh, maar Stuart leek echt sprekend op haar, met zijn blonde haar, blauwe ogen en zachte karakter. Hij bevond zich in die tussenfase die ze zo ontroerend vond, die van de jongen die man werd, lang en slungelig, met vaak van die rode pukkeltjes, maar nog steeds aanhankelijk en lief.

'Is er kaas?' vroeg hij.

'Alleen nog wat kaas die ik bij het koken gebruik. De kruidenier is niet langs geweest.' Sophie moest goed nadenken welke dag van de week het was. Maandag, het was maandag. De kruidenier bezorgde meestal op maandag. Niets ging zoals het hoorde.

Stuart schudde een stuk of vijf crackers op een bordje en haalde het papier van de kaas. Hij vertelde over het potje voetbal dat Duncan en hij en de jongens van Foster in het park hadden gespeeld, in de sneeuw. 'Als het blijft sneeuwen, kunnen we morgen een sneeuwpop maken.' Hij was meer dan een kop groter dan zij, maar van dat soort dingen kon hij nog steeds heel blij worden.

Sophie riep naar boven of Duncan thee wilde; 'Nee, bedankt,' riep hij terug. Stuart en zij gingen aan de eettafel zitten en Stuart ging verder met zijn kerstpuzzel, een afbeelding van de Royal Scot-trein die over een brug reed. Na een poosje kwam Duncan naar beneden en ging bij hen zitten. Op de radio was symfoniemuziek, Duncan deed de lucht en Sophie en Stuart begonnen aan de locomotief en de rijtuigen. Dat wil zeggen, Stuart begon eraan. Sophie voelde zich zo misselijk en in shock dat ze niet eens een poging waagde.

'Mam, maak je je zorgen om papa?' vroeg Stuart opeens.

'Natuurlijk maakt ze zich zorgen om papa, stommerd, hij wordt al langer dan een week vermist,' zei Duncan.

Vermist, dacht Sophie. Niet 'weg'.

'Maar hij komt toch gauw weer thuis?' vroeg Stuart.

Sophie kneep in de hand van haar jongste zoon. 'Zullen we lekker een beker warme chocola drinken?'

'Ik maak het wel even,' zei Duncan. Hij liep de keuken in.

Ze was blij toen Stuart een uur later gapend aankondigde dat hij naar bed ging en naar boven vertrok. Sophie stond ook op en wenste Duncan welterusten, die graag tot laat opbleef. Ze liep naar boven en ging met al haar kleren aan op bed liggen. Het leek nu al alsof het bed alleen van haar was. De kuil in Hughs kussen was er door mevrouw Leonard uit geschud en de kamer was gelucht en rook niet meer naar Hughs sigaretten.

Ze had Hugh tijdens de oorlog, begin 1918, leren kennen. Ze was toen eenentwintig en werkte in een herstellingsoord voor officieren dat was opgericht door een vriend van haar ouders, in een huis in Knightsbridge. Ze moest er bedden opmaken, vloeren vegen, ondersteken schoonboenen, dat werk. Hugh kwam er op bezoek bij een vriend van hem, die bij Passchendaele gewond was geraakt. Toen het bezoekuur voorbij was, liet Sophie hem uit en vroeg hij haar mee uit eten. Ze had ja gezegd; het was niet eens in haar opgekomen om geen ja te zeggen. Hugh had twee weken verlof en ze gingen naar het theater en de bioscoop, liepen hand in hand langs de Theems en keken etalages in Piccadilly. En ze kusten elkaar vurig, onder gaslantaarns en in vrieskoude parken.

De dag voordat Hugh terug moest naar het front omhelsden ze elkaar in de schaduw van een brug, waar de mistige grijze rivier tegen de modderige oever klotste. Hij maakte het bovenste knoopje van haar blouse open, en toen nog een knoopje. 'Niet doen, Hugh,' zei ze. Toen hij een derde knoopje wilde openmaken, zei ze: 'Nee, Hugh,' en trok ze zich van hem los.

'Sorry, het spijt me,' mompelde hij. Hij glimlachte naar haar. 'Je bent ook zo'n verdomd mooie meid, Sophie, en ik verlang zo naar je,' zei hij quasi-zielig.

Niet dat zij niet ook naar hem verlangde, ze was alleen doodsbang, net als elk meisje, om tot de schandelijke ontdekking te komen dat ze als ongehuwde vrouw zwanger was. Vanaf het moment dat ze oud genoeg was om dat soort dingen te begrijpen, was haar ingeprent dat haar leven ten einde was als dat gebeurde. Zedeloosheid leidde onvermijdelijk tot de ondergang, verloedering en maatschappelijke uitsluiting.

Maar toen ze later voor het herstellingsoord afscheid van Hugh nam, drukte ze zich stevig tegen hem aan en wilde ze dat ze de klok kon terugdraaien. Ze was bang dat ze hem beledigd had of dat hij haar maar een flirt vond. Misschien raakte ze hem wel kwijt, zonder hem ooit de kans te hebben gegeven haar te beminnen. Wat was ze preuts geweest, en dom.

Hugh ging terug naar de slachtpartij aan het westfront. Hij schreef haar twee keer per week; ze lééfde echt voor die brieven en werd misselijk van bezorgdheid als ze later kwamen dan verwacht. In april kwam hij per trein terug naar Engeland, nadat hij bij de Slag om Picardië gewond was geraakt. Hij was nog suf van de narcose toen hij haar ten huwelijk vroeg. Toen ze twee weken later voor de burgerlijke stand trouwden, zat zijn rechterarm dik in het verband en in een mitella. Hij zou nooit helemaal van zijn verwonding herstellen en hield het handschrift van een onhandige scholier.

Wie konden dat in vredesnaam zijn, die 'dochters' over wie de receptioniste het had gehad? Had Hugh soms een verhouding gehad? De tranen prikten in haar ogen en stroomden over haar wangen. Als een man er een maîtresse op na had willen houden, had hij, zo bedacht ze, zijn leven misschien wel zo had ingericht als Hugh had gedaan. Het feit dat een van zijn bedrijven in Glasgow zat, betekende dat hij veel reisde en vaak van huis was. Zou hij een paar jaar geleden in Schotland een maîtresse hebben genomen en bij haar een paar onwettige kinderen hebben verwekt? Maar nee, dat klopte ook niet. *De twee dochters van meneer Craxton regelen de begrafenis.* Een onwettige dochter moest minstens zestien zijn om een begrafenis te kunnen regelen – en dus ongeveer net zo oud als Stuart. Sophie kon zich niet voorstellen dat Hugh al die tijd een maîtresse zou hebben gehad zonder dat zij daar iets van had gemerkt. Bovendien zou elke maîtresse, hoe diep gezonken of verdorven ook, het fatsoen hebben gehad om haar, zijn echtgenote, ervan op de hoogte te stellen dat haar man was overleden. Er moest een vergissing in het spel zijn. Ze zou het morgen uitzoeken.

Toch stapelden de twijfels zich op. Wat wist ze eigenlijk over Hugh? Niet veel. Dat hij een ongelukkige jeugd had gehad, in een sombere, vochtige pastorie in Devon, waar hij op achttienjarige leeftijd was vertrokken en nooit meer naar was teruggegaan. Zijn ouders waren overleden voordat Sophie hem had leren kennen; hij had geen familie. Haar moeder had hem nooit erg graag gemogen. 'Met een knap gezicht alleen kom je er niet,' had mevrouw Torrance snuivend gezegd nadat ze Hugh voor het eerst had ontmoet.

En verder? Hij had een hekel aan grote groepen mensen, dus gingen ze niet naar de bioscoop of het theater en brachten ze hun vakanties door in een rustig kustplaatsje of provinciestadje. Als ze uit eten gingen, dan meestal naar een bescheiden gelegenheid bij hen in de buurt, hoewel Hugh het liefst gewoon thuis at, want hij vond dat ze heerlijk kon koken. Hij was geen gezelschapsmens en was liever thuis bij zijn gezin dan dat hij een avond met vrienden doorbracht. Voor zover ze wist had hij zelf geen vrienden, op Malcolm Reid na. Hij vond haar vrienden en hun buren saaie mensen, dus ging ze meestal in haar eentje bij hen op bezoek. Er werden geen etentjes over en weer georganiseerd. Hugh had haar nog nooit aan een van zijn collega's voorgesteld. 'Een stelletje saaie pieten,' had hij gezegd. 'Dat ga ik je niet aandoen, liefje. Het is misschien egoïstisch van me, maar ik heb je liever voor mezelf.'

Hugh was slim en geestig, vindingrijk en gul, en kon van een doodgewone dag iets avontuurlijks maken. Hij was een man die, indien nodig, stoïcijns en moedig kon handelen – dat bewezen die medailles wel die hij had ontvangen in die drieënhalf jaar dat hij tijdens de Eerste Wereldoorlog had gevochten. Maar hij raakte ook snel verveeld, en die rusteloosheid leidde ertoe dat hij 's avonds meestal in zijn eentje een wandeling ging maken, zelfs als het al donker was en het koud was en regende. Hij was niet verbonden aan een kerk of politieke partij en had haar een keer verteld dat hij in de oorlog zijn vermogen om waar dan ook in te geloven was kwijtgeraakt. Hij was innemend, charmant, maar kon ook stil en introvert zijn. Soms sloot hij zich helemaal voor haar af.

Hugh was een liefhebbende en hartstochtelijke man, maar had zijn ogen niet in zijn zak. Ze betrapte hem er wel eens op dat hij op straat naar vrouwen keek. Dat had haar altijd verdriet gedaan. Zou hij deze vreselijke daad op zijn geweten kunnen hebben? Zou hij twee dochters kunnen hebben verwekt, halfzussen van Duncan en Stuart, die hij jarenlang voor hen verborgen had weten te houden? Vast niet, hield ze zichzelf voor, en ze stond op en trok de spelden uit haar haar. Tot dergelijk bedrog was hij vast niet in staat.

Ze moest uiteindelijk toch in slaap zijn gevallen, want ze werd de volgende ochtend om zes uur wakker, verstrikt in de lakens en dekens. De temperatuur was die nacht gestegen, want toen ze naar buiten keek, zag ze dat de sneeuw verdwenen was. De weersomslag droeg bij aan de spanning en verdeeldheid die haar gezin parten speelden. De jongens waren chagrijnig en maakten ruzie, en Sophie had hoofdpijn.

Maar ze had bedacht wat ze ging doen. Zodra Duncan en Stuart de deur uit waren, zou ze de centrale bellen en uitleggen dat ze het telefoonnummer van een begrafenisondernemer in Glasgow zocht. Toen ze in de hal ging zitten, met de hoorn in haar hand, voelde ze een knoop van spanning in haar maag. Een oude vriend van haar was overleden, vertelde ze tegen de telefoniste. Ze had daarover een brief gekregen, maar er stond verder geen informatie in, en ze wist niet wie ze moest bellen over de begrafenis. Ja, heel zorgwekkend. Zou ze zo goed willen zijn haar met een paar begrafenisondernemers in Glasgow door te verbinden, dan kon ze informeren welk bedrijf de begrafenis regelde. Nee, ze wist niet in welk deel van de stad er als eerste gezocht moest worden. Niet in de arme wijken, als de juffrouw daar iets aan had.

Idioot eigenlijk, bedacht ze later, dat je zo navraag zat te doen om erachter te komen of je man dood was of nog leefde en je je tegelijkertijd druk maakte over de telefoonkosten. De achtste begrafenisondernemer, ene meneer Peasgood van de firma Peasgood and Price, bevestigde het nieuws dat de receptioniste van Craxton haar de vorige dag had verteld. Sophie vertelde nog een keer haar verhaal, waarbij ze haar meisjesnaam Torrance gebruikte om eventueel lastige vragen te voorkomen. De begrafenisondernemer liet haar met zachte stem weten dat Peasgood and Price inderdaad de dochters van meneer Craxton bijstond bij het regelen van de begrafenis van meneer Hugh Craxton, die op tweede kerstdag was overleden, en ja, meneer Hugh Craxton was de directeur geweest van Craxton & Sons, fabriek in kantoorartikelen.

Ongeloof en paniek. Sophie moest diep ademhalen om rustig te worden en meneer Peasgood nog een vraag te kunnen stellen. Zou hij de volledige naam van meneer Craxton kunnen noemen?

Ritselende papieren; daarna werden de honingzoete klanken hervat. 'Hugh James Dashwood Craxton, mevrouw Torrance.'

Ze perste er een 'Dank u wel' uit en hing op. Ze had misschien gedacht dat ze verdriet zou voelen nu haar grootste angst was bevestigd en er geen ruimte voor twijfel meer was, maar in plaats daarvan joeg er een kolkende woede door haar heen. Ze ging de woonkamer in, klom op een stoel en trok op haar tenen staand de papieren slingers van het plafond. Daarna veegde ze in één beweging de kerstkaarten van de schoorsteenmantel.

Naar adem happend bleef Sophie midden in de kamer staan, omringd door een zee van gekleurd papier, roodborstjes en sneeuwpoppen.

3

Januari 1938

De astrakankraag van Thea's zwarte jas kriebelde; toen ze hem met haar hand weg wilde duwen streek ze langs de kastanjebruine kasjmieren sjaal van haar vader die ze om haar hals had en waarbij vaag een zweem van Turkse tabak en Blenheim Bouquet vrijkwam, geuren die ze altijd met hem associeerde. Ze hapte naar adem, en Rowan, die naast haar zat, legde een hand op haar arm. Rowan had haar zwarte voile omlaag gedaan, zodat Thea haar troostende glimlach niet goed kon zien, maar ze wist zo ook wel dat Rowan naar haar glimlachte. Haar zus had een mooie zwarte jas aan, een zwarte hoed op, zwarte kousen en zwarte schoenen aan. De enige kleurtoets was afkomstig van haar lichte haar, dat in een wrong in haar nek lag.

Patrick zat aan Thea's andere kant. Als naaste familieleden zaten zij in de voorste kerkbank. Thea had liever achterin gezeten, maar dat mocht niet. Het was steenkoud in de kerk, en van de parochianen die achter hen zaten, steeg een zacht gemompel op. De aanblik van hun vaders kist, voor het altaar, bracht zo'n storm van akelige gedachten in Thea's hoofd teweeg dat ze haar tanden in haar onderlip zette. Ze wilde niet hier gaan zitten huilen. Geen logische gedachte, want als je ergens mocht huilen, dan toch zeker op de begrafenis van de enige ouder die je nog had. Maar ten overstaan van al die onbekende mensen had ze het gevoel dat ze te kijk zat, en daar had ze een hekel aan. Bij prijsuitreikingen op school zag ze ook altijd vreselijk op tegen het moment waarop ze het podium over moest lopen om haar exemplaar van *The Master of Ballantrae* of wat dan ook in ontvangst te nemen. Mocht ze ooit trouwen, dan ging ze liever naar Gretna Green, zodat ze door niemand zou worden aangestaard.

Thea probeerde zichzelf af te leiden door aan de begrafenisgebruiken in de oudheid te denken – aan Egypte bijvoorbeeld, aan het mummificeren van lichamen, aan de voorwerpen die samen met de overledene werden begraven, aan bezweringsformules die door priesters werden uitgesproken. Was het heiligschennis om de gebeden van de dominee als bezweringsformules te beschouwen? Aan de grafkamers van Ur, met hun offerlichamen, de vervangbare slaven en vrouwen die noodzakelijk waren om de voorname overledene te begeleiden. De orgelmuziek ging maar door en haar gedachten dwaalden af naar neolithische begrafenissen en naar de langwerpige grafheuvels van Wiltshire en de cairns van Schotland, waar de overledenen te ruste werden gelegd naast de voorwerpen die bij leven belangrijk voor hen waren geweest, zoals de gepolijste stenen speerpunten, ivoren gespen en kralensnoeren. Wat zou zij naast haar vader in het graf hebben gelegd? Zijn wandelschoenen, dacht ze, zijn verrekijker, een pakje Turkse sigaretten en een fles whisky. Maar niet die kasjmieren sjaal; daar zou ze nooit afstand van hebben kunnen doen.

Het gemompel verstomde enigszins; de dienst zou zo beginnen. Thea, die de afgelopen nacht bijna geen oog dicht had gedaan – ze had de tweeënhalve week sinds haar vaders ziekte, overlijden en de nasleep daarvan heel weinig geslapen – was bang dat ze en plein public in tranen zou uitbarsten en schakelde daarom in haar hoofd over op een ander onderwerp, te weten het verschijnsel van de psychopompos. Dat woord was ze op haar dertiende voor het eerst tegengekomen, in een boek over mythologie. Het was heel lang haar lievelingswoord geweest. De psychopompos had als taak de zojuist overleden ziel naar het hiernamaals te begeleiden. Een psychopompos kon een god, een engel of zelfs een dier zijn. Wie zou haar vader naar de hemel begeleiden? Hij had niet in de hemel geloofd; betekende dat dat er voor hem geen hulpvaardige psychopompos zou komen? Haar zicht werd opnieuw vertroebeld door tranen. Wat voor wezen zou haar vader door het land van de doden begeleiden? Een hertenbok, besloot ze, want ze moest opeens denken aan die keer dat ze op een prachtige herfstdag samen door de Hooglanden hadden gewandeld. Op een heuvel hadden ze staan kijken naar twee hertenbokken die met elkaar in gevecht waren, en het geluid van de tegen elkaar stotende geweien had ver door de koude lucht gedragen. Haar vader had gefascineerd toegekeken. Hertenbokken waren trots, mooi, sterk en gereserveerd, net als hij.

Luid dreunende orgelmuziek verstoorde haar gedachten, en toen zwol een welluidende opeenvolging van akkoorden aan tot het intro van 'Dear Lord and Father'. Thea veegde haar tranen weg en stond net als alle andere aanwezigen op.

Het was voorbij, de dienst en de begrafenis, en ze moest concluderen dat het klopte wat een paar mensen van tevoren tegen haar hadden gezegd: ze voelde zich inderdaad enigszins opgelucht. Ze liepen in de snijdende wind van het graf weg en de sneeuw knerpte onder hun schoenen.

Rowan legde een hand op Thea's mouw. 'Gaat het, lieverd?'

Thea knikte. 'En met jou?'

'Ik zal ontzettend blij zijn als vandaag achter de rug is. Maar wat moet dat moet. Zou jij de secretaresses en typistes willen bedanken? Dan neem ik de bedrijfsleiders voor mijn rekening.'

Het personeel van Craxton & Sons was in groten getale naar de begrafenis van de directeur gekomen en stond nu in eerbiedige groepjes over de begraafplaats verspreid zachtjes met elkaar te praten. De fabriek en het kantoor waren die dag uit respect gesloten. Thea schudde handen en bedankte de in het zwart geklede vrouwelijke personeelsleden. Ze mompelde de beleefde vragen die Rowan er die ochtend bij het ontbijt bij haar had ingeprent, maar ze voelde zich toch ongemakkelijk en was bang dat ze er niet veel van terechtbracht.

Ze zag een vrouw die in haar eentje vlak bij het kerkportaal stond, naast een grafsteen die helemaal bedekt was met grijze en oranje korstmossen. Ze zag eruit alsof ze zich net zo voelde als Thea zelf en het haar zwaar viel. Thea liep naar haar toe en stak haar hand uit.

'Goedemorgen, ik ben Thea Craxton.'

De vrouw keek Thea eerst met grote saffierblauwe ogen aandachtig aan en schudde haar toen de hand. 'Mevrouw Torrance.'

Vraag één. 'Hebt u nauw met mijn vader samengewerkt, mevrouw Torrance?'

Hoofdschudden. 'Ik ben geen werknemer. Ik ben een... ik ben een vriendin.'

Mevrouw Torrance was ongeveer net zo lang als Thea. Onder de rand van haar hoed kwamen blonde krullen tevoorschijn. Thea, die steil donker haar had, was altijd intens jaloers op vrouwen met echte krullen, want die hoefden niet te hannesen met krullers en papillotten.

Ze ging verder met vraag twee. 'Komt u van ver?'

'Uit Londen.'

'Mijn zus woont in Londen, in Chelsea. Woont u daar ook?'

'Nee, in South Kensington.'

Mevrouw Torrance keek opeens vreselijk verdrietig. Thea had met haar te doen. 'Akelig hè, zo'n begrafenis?'

Mevrouw Torrance staarde haar aan. Thea was bang dat ze iets verkeerds had gezegd. Ze probeerde te bedenken hoe ze de situatie kon redden, maar toen zei mevrouw Torrance zelf weer iets.

'Heeft hij... heeft hij geleden?'

'Nee, niet heel erg,' mompelde Thea. Dat was niet waar, maar ze wilde niet meer aan de laatste week van haar vader denken, en bovendien had Rowan gezegd dat ze dit moest zeggen. *Ik weet dat het niet waar is, Thea, maar sommige mensen werken al jaren voor papa en het heeft geen zin om ze nog erger van streek te maken.* Mevrouw Torrance was misschien geen werknemer van Craxton, maar voor haar gold vast dezelfde regel.

Mevrouw Torrance liet haar blik over de begraafplaats gaan, naar Rowan, die met meneer Paterson stond te praten. 'Is dat uw zus? Die met dat rode haar?'

'Ja, dat is Rowan. En dat is haar man, Patrick, naast haar, die blonde man.'

De getergde blauwe blik richtte zich weer op haar. 'Is uw zus getrouwd?'

'Ja.'

'Hoe oud is ze dan?'

'Rowan is bijna vierentwintig.'

'Vierentwintig...' Mevrouw Torrance keek haar aan met een blik van... afgrijzen – Thea kon er niets anders van maken. 'En u?'

'Ik ben zestien.'

Stilte.

Thea werd afgeleid door hun buren, meneer en mevrouw Macdonald, een echtpaar van in de zestig, die haar aandacht trokken omdat ze even wilden zeggen dat ze tot hun spijt niet bij de koffietafel aanwezig konden zijn. Toen ze zich weer omdraaide, was mevrouw Torrance tot haar verbazing verdwenen. Ze zag verderop iets bewegen. Een kleine gestalte in een zwarte jas snelde de straat op, weg van de kerk.

Ze had vast iets stoms gezegd, dacht Thea somber, maar toen ze het gesprek terughaalde, leken haar opmerkingen haar eerder onbeholpen en onhandig dan ergerlijk of storend. Ze moest er niet aan denken om nu nog meer onbekenden te woord te moeten staan, en bovendien viel haar oog op een mooi stukje goudkleurig korstmos op een grafsteen vlak bij haar: *Caloplaca flavescens*, meende ze, terwijl ze er met half dichtgeknepen ogen naar tuurde.

Rowan maakte beleefd een eind aan het gesprek met meneer Paterson, de bedrijfsleider van haar vader in de kantoorartikelenfabriek. Op straat hielden grote zwarte auto's stil, die Thea, Patrick en haar, en de mensen die oud en slecht ter been waren, naar het hotel zouden brengen waar de koffietafel werd gehouden. Het was maar iets van vierhonderd meter lopen, dus de overige begrafenisgangers gingen er te voet heen.

Patrick was nog in gesprek met mejuffrouw Naylor, de secretaresse van haar vader. Rowan moest haar man nageven dat hij in dit soort situaties heel goed was. Hij deed wat er gedaan moest worden, had ontzettend goed geholpen bij alle akelige dingen die er geregeld moesten worden en was de hele tijd ontzettend lief en troostend geweest. Hij was in sommige opzichten echt geweldig, dacht ze met een steek, en zelf was ze verre van dat, omdat ze hem bedroog.

Ze wilde maar dat deze dag achter de rug was en dat ze terug konden naar Londen. Het was afschuwelijk van haar dat ze op de dag van haar vaders begrafenis aan Simon Pemberton liep te denken, maar dat was wel zo, en dat nam ze zichzelf heel erg kwalijk. Sinds ze op de avond van het feestje bij de Manninghams bij zijn appartement afscheid van elkaar hadden genomen, had ze niets meer van hem gehoord. Ze was bang dat hij misschien dacht dat ze hem ontliep, nu hij haar niet meer zag op de plekken waar hij haar normaal gesproken tegenkwam.

Een stem noemde haar naam, en ze schrok op uit haar gedachten. Rowan keek om en zag een gedistingeerde man van in de vijftig staan.

'Meneer Ross,' zei ze. Meneer Ross was de hoofdboekhouder van Craxton & Sons. 'Dank u wel dat u gekomen bent.'

Meneer Ross nam zijn hoed af en schudde haar de hand. 'Neem me niet kwalijk dat ik u stoor, mevrouw Scott, maar zou ik u, wanneer het u schikt, onder vier ogen kunnen spreken?'

'Morgen?' stelde Rowan voor. ''s Middags misschien...'

'Het is dringend, vrees ik. Het gaat over de zaak. Ik moet u echt vandaag spreken.'

'O.' Ze had al een onverdraaglijk lange dag vol vreselijke verplichtingen voor de boeg, maar ze glimlachte en zei: 'Vanmiddag dan. Kunt u om vijf uur?'

'Ja, dank u wel, mevrouw Scott.'

Ze keek om of ze Thea ergens zag. Wat wilde meneer Ross in vredesnaam met haar bespreken, en waarom had hij zo aangedrongen? Ze wist niets over het bedrijf. Haar vader had er nooit veel over verteld, en ze had eerlijk gezegd nooit de geringste belangstelling voor enveloppen en visitekaartjes kunnen opbrengen. Rowan zag Thea – ze zat op haar hurken in de sneeuw een grafsteen te bekijken – en liep naar haar toe.

Sophie zat in de trein naar Londen. Toen dat meisje 'Woont u ook in Chelsea, mevrouw Torrance?' had gezegd, had ze heel even 'Nee, Hugh en ik wonen in South Kensington' willen antwoorden. Misschien had ze dat ook moeten doen, dacht ze fel. Of misschien had ze, toen ze Hughs kist in het graf lieten zakken, door de kring van mensen heen moeten breken en 'Hij was met míj getrouwd!' moeten roepen.

Dat ze dat niet had gedaan was deels te wijten aan een ingebakken beleefdheid en haar afkeer van drama, en deels aan het feit dat ze nu wist dat Hugh en zij nooit wettelijk getrouwd waren geweest. Sophie brak een stukje af van de plak cake die ze op het station van Glasgow in het café had gekocht en stopte het in haar mond. Ze had al dagen bijna niets gegeten en rammelde opeens van de honger.

Ze keek naar buiten, naar de rijen fabrieken en huurkazernes, met hun glazuur van sneeuw, en ze rekende het in gedachten nog een keer allemaal na. Ze had moeite met rekenen nu haar hoofd tolde van de shock, de vermoeidheid en de zorgen, maar het moest. Ene meneer Paterson had de speech gehouden en was begonnen met de meest in het oog springende gebeurtenissen in het leven van de overledene op te sommen. Hugh was in 1912 getrouwd met zijn vrouw Sigrid, zes jaar voordat zij, Sophie, hem had leren kennen. Zes jaar! In 1914 was hun dochter Rowan geboren – de mensen hadden hun meelevende blik op de voorste rij gericht. Daarna vertelde meneer Paterson dat Hugh Craxton zijn land tijdens de oorlog heldhaftig had gediend en dat in 1921 een tweede dochter, Thea, was geboren. Dat betekende dat Hugh tussen de geboorte van zijn twee zonen, Duncan en Stuart, in nog een kind had verwekt, namelijk dat meisje, Thea, die nu zestien was.

Dit alles had Sophie haar laatste fragiele beetje hoop ontnomen, de hoop dat Hugh misschien weduwnaar of gescheiden was geweest, maar op de een of andere manier had nagelaten haar dat, tegen de tijd dat ze zelf met hem getrouwd was, in 1918, te vertellen. De deprimerende, kille rekensom van dit alles bevestigde wat ze diep in haar hart al had geweten vanaf het moment dat ze met Thea Craxton had gesproken: háár huwelijk was bigamie, háár kinderen waren buitenechtelijk.

Het was allemaal te groot en te verschrikkelijk om echt tot zich te kunnen laten doordringen. Dat Hugh twee volwassen dochters had. Dat hij, toen hij haar ten huwelijk vroeg, al met een andere vrouw getrouwd was. Dat haar huwelijk nooit geldig was geweest en dat hij twintig jaar lang tegen haar had gelogen, gelogen en nog eens gelogen. Ze begreep niet hoe het haar was gelukt om in de goede trein te stappen.

Meneer Paterson had maar doorgepraat en spijkers in Sophies hart geslagen. Hij had de dood van Hughs innig geliefde vrouw Sigrid genoemd, door een tragisch ongeluk, waarna een intens verdrietige Hugh, volgens meneer Paterson, zijn twee jonge dochters dapper alleen had grootgebracht. Hugh Craxton was een man van humor en goede luim geweest, zei hij tot slot. Op dat moment was meneer Paterson tot clichés vervallen, toen hij zei dat Hugh de wisselvalligheden van het lot moedig had overwonnen. Hij had een grote voorliefde voor het Schotse platteland... en voor dat andere geweldige product van Schotland, mooie maltwhisky. Nou, dát was in elk geval waar, dacht Sophie boos, terwijl er zacht gelach uit het publiek opsteeg. Sophie was zelf bang geweest dat ze zou moeten overgeven. Haar omhoogkomende maag had haar in elk geval wat afleiding bezorgd van de gruwelijke ontdekking dat de man die ze had gedacht te kennen, de man van wie ze had gedacht dat hij haar echtgenoot was, in werkelijkheid een vreemde voor haar was geweest.

Sophie at de cake verder op, liet haar hoofd tegen de steun rusten en sloot haar ogen. Ze was gisteren uit Londen naar Glasgow gegaan en had de jongens verteld dat ze naar Cornwall ging om een vriendin van vroeger te bezoeken die ziek was. Ze wist dat Duncan haar niet had geloofd.

Na de lange reis had ze een kamer genomen in een klein pension, een paar straten van de kerk waar Hughs begrafenis gehouden zou worden. Ze had die nacht geen oog dichtgedaan, van de angst en ontzetting, en doordat het ijskoud was in haar kamer, waar geen vuur brandde. 's Ochtends was ze naar de kerk gelopen, een groot, imposant gebouw van rood zandsteen, en had in het bushokje aan de overkant van de straat staan wachten tot de begrafenisgangers arriveerden. Sommigen kwamen met de auto, anderen met de bus of te voet. Tot op het allerlaatst kon ze niet besluiten of ze de dienst zou bijwonen, maar ze werd uiteindelijk door de kou de kerk binnengedreven (haar voeten waren ijsklompen) en was in een bank helemaal achterin gaan zitten. Op de een of andere manier was het haar gelukt om bij de liederen op te staan en bij de gebeden te knielen.

En nu was ze honds- en hondsmoe, uitgewrongen, en wilde ze zo snel mogelijk naar huis. Ze kon maar één schrale troost bedenken, en dat was dat de strohalmen waaraan ze zich de afgelopen tweeënhalve week had vastgeklampt eindelijk vernietigd waren, tot grijze asdeeltjes vervallen. Hughs bedrog was zo gigantisch groot dat het niet te bevatten was, maar ze hoefde nu in elk geval geen excuses meer voor hem te verzinnen.

Als ze dacht aan wat hij gedaan had, telkens wanneer dat akelige besef zich na een of andere korte afleiding opnieuw in haar hoofd drong, spoelde er een nieuwe golf van pijn en verdriet door haar heen. Hugh had haar de afgelopen twintig jaar meedogenloos en systematisch bedrogen. Hij had haar zonen ook bedrogen, en dat nam ze hem nog wel het meest kwalijk.

Hij had waarschijnlijk ook tegen zijn dochters en hun moeder gelogen, al waren die haar zorg niet. Ze sloot opnieuw haar ogen en zag meteen de dochters van Hugh voor zich. De jongste van de twee, Thea, was klein en tenger, met donker haar en bruine ogen; de oudste, Rowan, met rood haar, was lang, elegant en beeldschoon. Beide jonge vrouwen waren goedgekleed. Sophie had er oog voor en had gezien dat de kleren van de jongedames Craxton van superieure kwaliteit waren en nieuwer dan haar eigen kleren. Misschien was Hughs eerste gezin welgestelder dan zijn tweede gezin.

Dat nam ze hem ook kwalijk, niet voor zichzelf (ze had van huis uit geleerd om zuinig te zijn), maar voor haar zonen. Nou, ik kan dat aangename leventje van je zo in duigen laten vallen, Rowan Craxton, of hoe je ook mag heten, dacht Sophie gemeen. Ik kan die beleefde glimlach en die serene blik met een paar woorden van je gezicht vegen. Het volgende moment maakte haar woede plaats voor angst, want ze moest opeens denken aan iets anders wat Thea Craxton tegen haar had gezegd. Rowan en haar man, Patrick, woonden in Chelsea, en dat was vlak bij South Kensington. Haar zonen en de dochters van Hugh waren bijna buren van elkaar. Ze konden elkaar elk moment op straat tegenkomen. En dat vond ze zo erg dat ze er niet eens over na durfde te denken.

Een witte rookvlaag onttrok het landschap aan het zicht, maar toen de trein ratelend verder reed, werd die dunner en verschenen er hoge heuvels en schaduwrijke dalen, die toen de schemering viel, verlicht werden door sneeuw. Toen Sophie Thea Craxton had gevraagd of Hugh had geleden, wist ze eerlijk gezegd niet op wat voor antwoord ze hoopte. Hij verdiende het om te branden in de hel voor zijn leugens en voor het bedrog, waarvan ze zich niet kon voorstellen dat ze er ooit overheen zou komen. En toch werd ze overspoeld door een gevoel van vergeefsheid. Het maakte nu allemaal niets meer uit. Wat hij haar had aangedaan, kon nooit meer goedgemaakt worden.

Ze moest luidkeels hebben gekreund, want de man die tegenover haar zat – in de veertig, een respectabel voorkomen, een grijze wollen jas – zei: 'Neemt u mij niet kwalijk dat ik u stoor, mevrouw, maar ik wilde net naar de restauratiewagen gaan. Kan ik voor u iets meenemen? Een glas cognac misschien?'

Sophie mompelde beleefd dat ze niets hoefde. De man in de grijze wollen jas verliet de coupé. De vrouw met de lelijke groene hoed die naast Sophie zat, keek haar aan. Sophie keek terug en de vrouw sloeg haar ogen neer. Zag zij eruit als een vrouw die in de trein een drankje aannam van een vreemde man? Het zou niet eens vreemd zijn geweest. Ze was in het tijdbestek van een dag zo'n soort vrouw geworden. Ze was een maîtresse, een slet. Er bestonden nog ergere woorden voor wat zij was, voor een vrouw die meer dan negentien jaar had samengeleefd met een man met wie ze niet getrouwd was.

Hoe had Hugh de schijn weten op te houden? Hoe kon het dat de druk van twee verschillende levens hem niet had gesloopt, uitgeput en tot wanhoop gebracht? Misschien was dat wel gebeurd, of misschien had hij er juist van genoten, dacht ze, en haar woede laaide opnieuw op. Had hij zich geschaamd voor zijn geheimen of had hij daar juist genoegen aan beleefd? Het kostte haar geen moeite om zich voor te stellen dat Hugh ervan genoot om de touwtjes in handen te hebben en het systeem te slim af te zijn. Hij had altijd al een hekel gehad aan gezag en zijn neus opgehaald voor sociale conventies. Misschien had hij door twee levens te leiden het gevoel gehad dat hij interessanter was dan de meeste mannen. Hugh was er altijd prat op gegaan dat hij erg slim was. Misschien was zij alleen maar een tegengif geweest voor de verveling en rusteloosheid waaraan hij leed.

Ze oordeelde snel en hard over zichzelf. Hoe kon het dat ze niet had gemerkt dat er iets helemaal mis was? Had hij haar gekozen omdat ze stom, verliefd en blind was? Er waren namelijk wel aanwijzingen geweest; dat zag ze inmiddels wel in als ze aan de plotselinge grillen en wijzigingen van plannen dacht waar Hugh een handje van had en die haar soms uit haar evenwicht brachten. Een restaurant waar ze op haar verjaardag naartoe waren gegaan, waar Hugh een tafel had gereserveerd. Toen ze aankwamen, had hij om zich heen gekeken en besloten dat hij het er maar niks vond, en toen waren ze zonder een woord tegen het bedienend personeel te zeggen vertrokken. Een zomervakantie in Torquay; ze hadden over de boulevard gelopen en opeens had Hugh hen zonder te waarschuwen een andere kant op geloodst. Later die dag had hij erop gestaan dat ze uit het hotel uitcheckten en waren ze teruggegaan naar Londen.

Ze herinnerde zich belangrijke gelegenheden waarbij Hugh niet was komen opdagen, zoals sportdagen en prijsuitreikingen. Hij was te laat geweest op de begrafenis van haar moeder. Hugh en haar moeder hadden nooit goed met elkaar kunnen opschieten;

Sophie had indertijd gedacht dat hij haar moeder er opzettelijk mee wilde kleineren. Hugh en zij hadden een leven geleid alsof ze op een eiland zaten, afgezonderd van de rest van de wereld. Zo wilde hij het per se, maar zij had het gefaciliteerd.

Ze werd verteerd door een nieuwe vlaag woede. Waarom dacht ze aan Hugh, waarom dacht ze aan die ellendige, vervloekte Hugh? Ze wilde geen seconde meer aan hem verspillen. Alleen haar zonen waren nog belangrijk. Ze moest een manier zien te vinden om hen te beschermen, want ze hadden nu alleen haar nog maar. Toch zag ze er vreselijk tegen op om Duncan en Stuart de waarheid over hun vader te vertellen, en dat werd erger met elke omwenteling van de treinwielen die haar dichter naar Londen bracht. Wat Hugh had gedaan was gruwelijk, en daar zouden de jongens ondraaglijk verdriet van hebben. Ze kon hun beter laten geloven dat Hugh haar had verlaten of dat hij van de aardbodem was verdwenen. Alles was beter dan dat ze de waarheid te horen zouden krijgen.

Maar als ze hun niet vertelde dat hun vader dood was, zouden ze misschien de rest van hun leven naar hem blijven zoeken. Stuart in elk geval wel; Duncan was zo kwaad op Hugh dat het nu al voelbaar was. Ze vroeg zich af wat wreder was: hun vertellen dat hun vader dood was en dat hij zijn hele leven tegen hen had gelogen, of hen met een volstrekt valse hoop opzadelen? Dan was zij toch net zo'n bedrieger als Hugh zelf?

Ze zou pas om een uur of negen thuis zijn. Ze bedacht dat ze naar alle redelijkheid eerlijk kon zeggen dat ze moe was van de reis. Ze zou meteen naar bed gaan en het praten nog even uitstellen.

Nee. Terwijl de trein op station Carlisle langzaam tot stilstand kwam, besloot ze dat ze, wat er ook gebeurde, altijd eerlijk zou zijn tegen haar jongens. Ze hadden al genoeg leugens te verstouwen gehad. Het zou hoe dan ook verschrikkelijk zijn om hun over Hugh te vertellen, het maakte niet uit wanneer.

De fluit snerpte en de deuren sloegen dicht. Hoeveel pijn het haar ook deed, ze zou hun de waarheid vertellen, zo zachtmoedig en vriendelijk mogelijk. Van nu af aan zouden haar zonen alleen nog maar de waarheid te horen krijgen.

Zelfs het huis kwam haar onbekend voor, dacht Thea toen ze de salon binnenliep. Niets was zoals het zou moeten zijn. De benedenverdieping rook helemaal naar de nogal misselijkmakende geur van lelies, en Jessie, het dienstmeisje, liep met overdreven lichte tred van de ene kamer naar de andere om de haarden aan te steken, terwijl ze anders altijd rond kloste. De hele dag waren voor de drie grote ramen de vouwgordijnen neergelaten en de lichtgroene gordijnen deels dichtgeschoven. Jessie had het nodig gevonden om maar een paar lampen aan te doen, waarschijnlijk omdat ze het schemerlicht bij de recente gebeurtenissen vond passen, zodat de vleugel nu in een donkere schaduw baadde, net als het crèmekleurige bureau en de met lichtgroene stof beklede leunstoelen met hun gekrulde leuningen en gewelfde rug, die Thea's moeder toen ze trouwden uit het ouderlijk huis in Zweden had ingebracht.

Meneer Ross, de hoofdboekhouder van het bedrijf van haar vader, was aan het eind van de middag langsgekomen. Ze hadden hem hier in de salon ontvangen en een kort gesprek gevoerd. Toen dat ten einde was, wist Thea dat alles voorgoed veranderd was.

Meneer Ross had hun verteld dat er niet genoeg geld op de bankrekening van Craxton & Sons stond om het salaris van het personeel te betalen. Het bedrijf in kantoorartikelen had het al jaren zwaar, legde meneer Ross uit, nadat het eerder in dat decennium, tijdens de jaren van de Depressie, bijna failliet was gegaan. Sindsdien waren de cijfers nog verder in het rood gezakt. De ene klap na de andere had het te verduren gehad, met de kracht van een voorhamer waarmee een tentharing in de grond werd geslagen. Hugh Craxton had het bedrijf op de been weten te houden door nog een hypotheek op zijn huis te nemen – dit huis. Meneer Ross had dat Hugh afgeraden. Hij had hem gezegd dat het onverstandig was om het woonhuis als onderpand te gebruiken voor de financiering van een noodlijdend bedrijf. 'Nóg een hypotheek,

Ross?' had Patrick gevraagd, en meneer Ross had dat beaamd: hij had begrepen dat er al een hypotheek op het huis rustte.

Toen meneer Ross vertrokken was, had Rowan de notaris gebeld, meneer Macready, die beleefd, maar kil had bevestigd dat alles wat de boekhouder hun had verteld klopte. En er was nog meer: meneer Macready had hun verteld dat er niets meer op de persoonlijke bankrekening van meneer Craxton stond. Op beide hypotheken was een achterstand van betaling. Er zat voor de dochters van Hugh Craxton niets anders op dan het huis te verkopen. Het geld van de verkoop was in de huidige financiële situatie waarschijnlijk niet genoeg om beide hypotheken af te lossen.

Thea had hier niets van geweten. Het bedrijf, het huis – het waren zulke constante factoren in haar leven geweest dat ze zich zelfs nu, een paar uur later, afvroeg of er niet een vergissing in het spel was. Dat ze jarenlang in een onzekere financiële situatie hadden geleefd, dat hun ogenschijnlijk welgestelde leven op drijfzand was gebouwd, was voor haar niet te bevatten.

Rowan kwam de kamer binnen. Ze had haar rouwkleren uitgetrokken en droeg nu een grijze rok en een Fair Isle-trui. Ze liet zich naast Thea op de bank vallen.

'Lieve hemel, wat een dag,' zei Thea.

'Zeg dat wel.'

'Dus we zitten aan de grond.'

'Dat is nogal melodramatisch, maar het ziet er wel naar uit, ja.'

'Heeft papa er ooit iets over gezegd?'

'Geen woord.'

'Misschien wilde hij ons niet bezorgd maken. Arme papa.'

Thea moest denken aan de ene keer dat ze, jaren geleden, toen ze nog klein was, in de fabriek was geweest: de geur van papier en geoliede machines, en de visitekaartjes die een van de mannen voor haar had gemaakt, met golvende vergulde rand. Haar vader had niet eens geprobéérd om zuinig te leven. Terwijl hij toch op de hoogte moest zijn geweest van hun wankele financiële situatie, waren ze gewoon op de oude grote voet verdergegaan.

Ze vroeg aan Rowan waar Patrick was.

'Die moest even wat voor zijn werk doen. Hij moet morgen terug naar Londen. Ze hebben een nieuwe zaak – een vrouw die haar man met een pook op het hoofd heeft geslagen en zijn lijk in de kolenkelder heeft verstopt.' Rowan gaapte. 'Hij heeft papa's bureau even vluchtig doorgekeken en een factuur gevonden voor jouw schoolgeld voor volgend semester. Dus dat is gelukkig betaald.'

Met geleend geld, dacht Thea. Ze kon zich bijna niet voorstellen dat ze terug zou gaan naar haar kostschool in North Yorkshire; ze had het gevoel dat ze die school ontgroeid was, dat er te veel was gebeurd om zomaar weer mee te doen aan de normale gang van zaken in de klas en op het sportveld.

'Als het voorjaarssemester afgelopen is, moet je maar bij ons komen wonen,' zei Rowan. 'Je bent bij ons altijd welkom, dat weet je toch, hè. Je mag net zo lang bij ons komen wonen als je wilt.' Toen Thea haar probeerde te bedanken, legde Rowan haar het zwijgen op. 'Dat is nooit een vraag geweest, Thea.'

Rowan was zo lief dat ze bijna weer moest huilen. Maar ze had genoeg van al dat huilen, dus zei ze: 'Heb jij papa wel eens over ene mevrouw Torrance gehoord?'

'Ik geloof het niet. Hoezo?'

'Ze was op de begrafenis. Ik heb op het kerkhof even met haar gesproken. Een kleine vrouw, ongeveer mijn lengte, met blonde krullen en blauwe ogen. Heel knap.'

Rowan schudde haar hoofd. 'Ik geloof niet dat ik haar ken. Werkte ze voor papa?'

'Nee. Ze zei dat ze een vriendin van hem was.' Toen Thea aan het gesprek terugdacht, vond ze bepaalde vragen van mevrouw Torrance toch een beetje vreemd. Waarom had ze in vredesnaam willen weten hoe oud Rowan en zij waren? Waarom had ze naar hun moeder gevraagd? Als ze hun vader zo goed had gekend dat ze helemaal uit Londen naar zijn begrafenis was gekomen, had hij haar toch vast wel verteld dat hun moeder verdronken was?

'Ze was erg aangeslagen, had ik de indruk,' zei ze. 'En opeens was ze weg. Ik hoop maar niet dat ik iets verkeerds gezegd heb. Ik vroeg me af...'

Er werd op de deur geklopt. Jessie stak haar hoofd naar binnen en vroeg of ze thee en sandwiches wilden.

'Nee, ik niet, dank je wel, Jessie,' zei Rowan. 'Jij, Thea?'

'Nee, dank je.'

Toen het dienstmeisje de deur dichtdeed, zei Rowan zacht: 'Als iemand mij nog één sandwich met paté en een kop lauwe thee geeft, ga ik gillen. Wat vroeg je je nou af?'

Thea wond er geen doekjes om. 'Of mevrouw Torrance soms papa's maîtresse was. Ik vroeg me af of ze elkaar soms hebben ontmoet toen papa op het kantoor in Londen was en of zij zijn minnares was, of iets in die trant.'

'En wat dan nog? Hij had toch recht op een beetje geluk?'

Rowan zei het op zo'n defensieve toon dat Thea er liever niet verder op in wilde gaan. Haar blik dwaalde naar het portret van hun moeder, dat boven de schoorsteenmantel hing. Sigrid Craxton kwam uit Zweden, opgegroeid in het koude, barre landschap van meren en bossen. Op het schilderij droeg Sigrid een witte blouse en een crèmekleurige rok. Haar hoogblonde haar hing los tot aan haar middel, en ze had een enigszins uitdagende blik in haar blauwe ogen. Door het vlekkerige zonlicht dat door hoge bomen viel, leek het wel alsof ze opging in het landschap, alsof ze zelfs toen al aan het vervagen was.

Sigrid was gestorven toen Thea zes was, bij een zeilongeluk waarbij Thea zelf ook bijna verdronken was. Rowan, die indertijd dertien was geweest, had haar gered en had met haar in haar armen zevenhonderd meter gezwommen, van de plek van het ongeluk bij een uitstekende rots voor de kust van het Isle of Corran naar het vasteland van Schotland. Het feit dat Thea haar leven letterlijk aan Rowan te danken had, had voor een onverbrekelijke band gezorgd. Zussen hadden vaak een hechte band, maar de zusjes Craxton hadden een nog hechtere band dan de meeste anderen. Toch waren er onderwerpen waarvan Thea wist dat ze die niet met Rowan kon bespreken. Rowan sprak nooit liefdevol over hun moeder. Ze had het eigenlijk zelden over haar. Als Thea over Sigrid wilde beginnen, sloeg Rowan dicht. Thea vroeg zich af of ze tijdens Sigrids leven misschien met elkaar gebotst hadden, omdat het allebei van die energieke vrouwen met een sterke wil waren.

Thea had, net als Rowan, erg van hun vader gehouden, maar had wel geweten dat hij zo zijn tekortkomingen had. Hij flirtte graag met knappe vrouwen. Ze herinnerde zich een vakantie in Zuid-Frankrijk toen een donker, pruilerig vrouwmens dat hij op het strand had leren kennen, een groot deel van zijn aandacht had opgeëist. Thea had die week vaak in haar eentje door de zanderige dennenbossen gesjouwd, op zoek naar tapuiten en grote lijsters. En ze herinnerde zich nog een ander voorval, in een hotel in Balmoral, toen Hugh gezelschap had gehad van ene mevrouw Vale. Thea had prehistorische opgravingen in de omliggende heuvels bezocht en het verder niet erg gevonden, ze was alleen een beetje bang geweest dat haar vader met mevrouw Vale zou trouwen, die wat te veel lippenstift op had. Gelukkig was dat niet gebeurd.

Ze stapte op een ander onderwerp over. 'Ik kon ook het adres van Malcolm Reid niet vinden.'

'Van wie?'

'Je weet wel, die vriend van papa.' Er ging bij Rowan nog steeds geen lichtje branden. 'Papa zou met kerst toch naar hem toe gaan, in de Hooglanden, weet je nog?' legde Thea uit. 'Hij ging altijd jagen en vissen met meneer Reid.' Omdat ze geen adres in de spullen van haar vader had kunnen vinden, had ze meneer Reid nog geen brief kunnen schrijven om hem te vertellen dat hun vader was overleden. Ze moest nog een keer goed zoeken. Er moesten toch brieven zijn, een telefoonnummer, íéts. Ze herinnerde zich dat haar vader zich ontzettend op zijn visvakantie had verheugd en beet met haar tanden in haar onderlip.

'Wat een akelige kerst voor jou, lieverd,' zei Rowan lief.

'Voor jou ook.'

'Het heeft me in elk geval het jaarlijkse bezoek aan de schoonfamilie bespaard,' zei Rowan cynisch. 'Dat is tenminste enige troost.' Ze keek de kamer rond. 'O jee, dit moeten we dus allemaal uitzoeken.'

Al deze vertrouwde, geliefde voorwerpen moesten verkocht worden. Het huis van Rowan en Patrick was te klein voor zelfs maar een deel van de inboedel. Thea voelde het verdriet opnieuw steken. Het was alsof je afscheid moest nemen van oude vrienden.

Verman je, Thea, sprak ze zichzelf streng toe. Het heeft geen zin om over tafels en stoelen sentimenteel te gaan zitten doen. 'Ik zoek papa's papieren wel uit,' bood ze aan.

'Echt?'

'Ik heb al veel doorzocht, om adressen bij elkaar te zoeken. En ik weet dat jij aan dat soort dingen een hekel hebt.'

'Dat klopt, maar je moet mij ook iets te doen geven,' zei Rowan ferm. 'Ik wil niet dat jij die vreselijke brieven allemaal in je eentje gaat zitten schrijven.'

Thea vroeg zich af hoe mevrouw Torrance te weten was gekomen dat Hugh Craxton dood was. Misschien dat iemand van het kantoor in Londen het haar had verteld. Was er eigenlijk iemand van het kantoor in Londen op de begrafenis geweest? Ze wist het niet.

Patrick kwam de kamer binnen. 'Kan ik iets te drinken voor jullie inschenken? Sherry... thee... iets anders?'

Ze wilden allebei niets. 'Rowan, voor ik morgen vertrek, geef ik je wat geld, zodat je Jessie en mevrouw Williams kunt betalen,' zei Patrick. Mevrouw Williams kwam elke dag naar het huis om vloeren te schrobben en haardroosters leeg te halen. 'Je kunt mevrouw Williams het best maar nu meteen haar ontslag geven, maar het lijkt me verstandig om Jessie aan te houden tot het huis verkocht is. Jullie zien er allebei bekaf uit. Waarom gaan jullie niet naar bed?'

Hij legde zijn hand op Rowans schouder. Rowan verstijfde, ging verzitten en maakte zich snel van hem los.

Thea stond op, gaf hun allebei een kus en ging toen naar boven, naar haar kamer. Maar hoewel het donker was en ze braaf schaapjes lag te tellen, kon ze de slaap niet vatten. De gedachten wervelden door haar hoofd. In de loop van de middag was een gekoesterde oude droom, namelijk dat ze aan de universiteit geschiedenis zou gaan studeren, verschrompeld en gestorven en verwaaid als as in de wind. Die droom was nu verkeken.

En toch kon ze geen medelijden met zichzelf hebben. Patrick zou het loon van Jessie en mevrouw Williams betalen, maar hij kon niet de salarissen voor het voltallige personeel van het bedrijf betalen. Iedereen die bij Craxton & Sons werkte zou binnenkort zijn baan kwijtraken. Het salaris over de afgelopen weken zou niet uitbetaald worden.

Twee hypotheken, een lege bankrekening en een familiebedrijf dat op het punt stond failliet te gaan. Wat had haar vader nog meer geheimgehouden?

Thea's gedachten dwaalden af naar de laatste keer dat ze met haar vader was wezen wandelen, in de Yorkshire Dales, halverwege het najaarssemester. Het getik van de regen en het geritsel van de droge bruine bladeren, door de wind uit de bomen gejaagd. Het gesop van hun wandelschoenen op het modderige pad, de heuvel af naar een hoeve waar ze thee konden drinken. Als ze zich heel erg concentreerde, kon ze zijn arm nog om haar schouders voelen. Hij moest toen al geweten hebben dat het bedrijf noodlijdend was en dat hij alles zou kwijtraken. Thea vroeg zich af of het moedig was om te doen alsof je vrolijk en optimistisch was wanneer je aan de rand van de afgrond stond, of dat het juist dom was. Had haar vader zelfs voor zichzelf verborgen willen houden dat zijn wereld op instorten stond?

Rowan zat aan de kaptafel in wat vroeger haar kamer was geweest en smeerde koelzalf op haar gezicht. Ze vroeg zich af of Thea gelijk had, of hun vader inderdaad in Londen een maîtresse had gehad.

Ze zette de gedachte van zich af. Het waren haar zaken niet, en die van Thea ook niet. Beneden gingen deuren dicht en Rowan hoorde voetstappen op de trap. Ze veegde snel de koelzalf van haar gezicht en stapte voordat Patrick binnenkwam in bed, knipte de lamp uit en deed haar ogen dicht.

'Waar ga je naartoe?' vroeg Sophie.

'De deur uit,' zei Duncan. De dreun van de voordeur weergalmde door het hele huis.

Stuart was in de keuken, waar hij een koud stuk bacon naar binnen zat te schrokken.

'Heeft Duncan tegen jou nog gezegd waar hij naartoe ging?'

Stuart schudde zijn hoofd. Sophie keek naar buiten. Het was nog niet echt licht, een grijze, regenachtige ochtend. Bij de gedachte aan die arme Duncan, die in de kou doelloos door Londen doolde, nam een ongelukkig gevoel bezit van haar.

'Hij is gewoon boos over papa,' zei Stuart.

'Dat weet ik, lieverd.' Duncan had niet ontbeten. Duncan was kwaad op Hugh, maar hij was ook kwaad op haar. Dat zei Sophie niet tegen Stuart, want Stuart zou dat misschien onredelijk vinden van zijn broer. Ze snapte wel dat haar kleine, gekrompen gezin zich gemakkelijk in verschillende kampen kon opsplitsen als ze niet uitkeek. En bovendien begreep ze heel goed waarom Duncan het haar ook kwalijk nam, waarom hij het onachtzaam en dom van haar vond dat ze Hugh had vertrouwd, dat ze hem zo lang zijn gang had laten gaan.

'En als hij nou niet meer thuiskomt?' Het was eruit voor ze het wist, vermengd met tranen.

Stuart keek op. 'Hij komt wel thuis, mam. Straks krijgt hij honger.'

'Maar misschien vlucht hij wel naar zee, weet ik veel!'

'Nee, dat doet hij niet. Duncan houdt niet van schepen, hij houdt van vliegtuigen. Zal ik afwassen?'

'Heel lief, maar dat hoeft niet.'

'Maar ik wil afwassen.' Stuart gooide van alles en nog wat in de gootsteen: bestek, glazen, kommetjes. Toen zei hij: 'Mam, weet je het echt heel zeker van papa? Dat het niet één grote vergissing is?'

'Ja, ik weet het zeker.' Ze legde troostend een hand op zijn rug. 'Ik wilde dat het een vergissing was, maar ik ben bang van niet.'

Stuart deed er het zwijgen toe. De kraan liep. Toen ze haar zonen de avond ervoor, toen ze uit Glasgow thuis was gekomen, had verteld dat hun vader dood was, was hun reactie voorspelbaar geweest. Stuart had gehuild en Duncan had de zaak niet vertrouwd. Waarom waren Stuart en hij niet bij de begrafenis van hun vader geweest? Waarom had die in Glasgow plaatsgevonden en niet in Londen? Als hun vader op tweede kerstdag was overleden, waarom wisten zij daar dan niets van? Of had zij het wel geweten, maar het voor hen verborgen gehouden?

Toen ze op deze vragen antwoord gaf, was alles aan het licht gekomen. Hughs andere gezin, de twee dochters – halfzussen van Duncan en Stuart, godbetert – en de ongeldigheid van haar huwelijk: ze had het allemaal verteld. 'Jezus christus,' had Duncan zacht gezegd toen ze haar verhaal had gedaan. En toen was hij naar boven gegaan – weer met slaande deuren. Later had ze op zijn deur geklopt en zijn naam geroepen, maar hij had niet gereageerd.

Stuart stond af te wassen zoals een puber dat doet: hij was zo wild met borden en kommetjes in de weer dat het water over de rand van de gootsteen gutste, dat hij vervolgens niet erg succesvol met het vaatdoekje wegveegde. Sophie droogde af en haalde daarbij met de theedoek de achtergebleven etensrestjes weg.

'Mam, denk je... denk je dat het een ongeluk was?' vroeg Stuart plotseling.

'Dat je vader met mij getrouwd is, bedoel je?'

'Ja.'

'Ik zie niet in hoe dat een ongeluk geweest moet zijn.' Ze zag dat Stuart zijn best deed om niet weer te gaan huilen. 'Je bedoelt denk ik of het misschien in een opwelling is gebeurd,' zei ze zacht. 'Dat Hugh in een opwelling met mij is getrouwd, zonder goed over alles na te denken. Ja, dat zou kunnen, denk ik. We zijn in de oorlog getrouwd. In die tijd waren er heel veel stelletjes die overhaast met elkaar trouwden. Misschien dacht je vader dat hij de oorlog niet zou overleven. Of misschien was zijn eerste huwelijk niet erg gelukkig en vond hij dat hij wel een beetje geluk had verdiend na alles wat hij had meegemaakt. Ja, ik kan me wel voorstellen dat hij zoiets gedacht moet hebben.'

'Mis je hem, mama?'

Hij keek haar verlangend aan. Ze wist dat hij wilde dat ze ja zou zeggen, dat ze Hugh daarmee vrijpleitte, hem een ontsnappingsmogelijkheid bood.

Maar ze had beloofd de jongens de waarheid te vertellen, dus zei ze: 'Op dit moment... niet. Ik ben te boos op hem.' En te gekwetst. Er waren momenten, heel veel momenten, waarop ze Hugh haatte, waarop ze blij was dat hij dood was, waarop ze hoopte dat Thea Craxton gelogen had en hij in werkelijkheid wel had geleden.

'Ik mis hem wel, mama.'

'Natuurlijk mis je hem.' Ze sloeg haar arm om hem heen. 'Hij was je vader.'

Toen ze later die dag alleen thuis was, verbrandde ze Hughs brieven in het fornuis. Liefdesbrieven die hij haar had geschreven op flinterdun papier toen hij in het leger zat, op hoogwaardig briefpapier toen hij op zakenreis was. Ansichtkaarten en verjaardagskaarten, jarenlang gekoesterd, en de lieve briefjes die hij haar elke dag had gestuurd toen ze in het ziekenhuis werkte. Ze gooide ze in het fornuis, zag de woorden zwart worden en omkrullen – allemaal gelogen, stuk voor stuk.

4

April – juni 1938

Thea lag op haar buik op bed in de logeerkamer van het huis van haar zus en zwager *De reis van de Beagle* te lezen. Er werd op de deur geklopt en Rowan kwam binnen.

Thea maakte zich met moeite los van de Galápagos-eilanden en keek op. 'Wat een prachtige jurk,' zei ze. De rok van de avondjurk die haar zus droeg viel in lichtrode plooien van haar heupen. 'Nieuw?'

'Ja, vrij nieuw.' Rowan had een ontwijkende blik. 'Ik vind het vreselijk om het te vragen, maar zou je iets voor me willen doen?'

'Zeg het maar.'

'Zou jij een brief naar een vriend van me willen brengen?'

'Nu meteen, bedoel je?'

'Ja, nu meteen, sorry. Het is nogal dringend.'

Thea pakte de brief aan die Rowan haar toestak en keek even snel op de envelop naar het adres. *De heer S. Pemberton... Charles Street.*

'Ik ken Simon nog van vroeger,' legde Rowan haastig uit. 'Hij is erg geïnteresseerd in antieke meubels. Ik dacht dat het kaarttafeltje van papa misschien Frans was en dat Simon er interesse voor zou hebben, maar het blijkt niet Frans te zijn. Ik zou hem vanavond bij de Charlbury's zien, maar ik was vergeten dat we bij de Stanleys dineren, dus dan zie ik hem toch niet.'

'Kun je hem niet bellen?'

'Hij heeft geen telefoon.' Rowan kreeg een geïrriteerde blik. 'Hij vindt telefoons storend en onaangenaam modern.'

'Wel reuze handig, anders. Natuurlijk, ik breng hem wel. Ik kan wel een wandelingetje gebruiken.' Thea trok de flessengroene regenjas van haar schooluniform aan en stopte de brief in een zak.

'Dank je wel, heel lief van je.' Rowan omhelsde haar. Ze gaf Thea een briefje van tien shilling. 'Neem een taxi.'

'Nee, dat hoeft niet, ik ga wel lopen.'

'Maar het regent. En niet op dit uur, niet in je eentje. Echt, ik wil dat je een taxi neemt.' Rowan fronste haar voorhoofd. 'Niet tegen Patrick zeggen, hè? Hij wordt vast boos dat ik dat stomme etentje vergeten ben.'

'Ik zeg niks.'

'Thea, je hoed.'

Thea keek de kamer rond. Haar hoed, een geval van zwart vilt, was nergens te bekennen. Ze zette de capuchon van haar regenjas op, glimlachte naar Rowan en liep naar buiten.

Ze was totaal niet van plan om een taxi te nemen. Het miezerde maar een beetje en ze moest nodig haar benen strekken. In de tuinen waar ze langsliep, hing de appel- en perenbloesem, gezwollen en lichtgevend, over stenen muurtjes en houten hekken. Een magnolia hief zijn bleke, opzichtige bloemen op naar de schemerdonkere lucht; ze bleef even staan om de roze blos op de wasachtige bloemblaadjes te bewonderen. Ze snoof de sterke geur van een of andere struik op – ze zou later wel opzoeken wat voor struik het was –, stak haar handen in haar zakken en liep naar Sloane Square.

Ze woonde nu twee weken bij Rowan en Patrick, aan Mallord Street. Niet elke zwager zou een ontheemde, onbemiddelde schoonzus onderdak hebben geboden, en ze hield nu nog meer van Patrick, omdat hij zo ruimhartig en vriendelijk was.

Londen was reusachtig, weerspannig en verwarrend, een reusachtige, bedrijvige, zwartberoete zee van huizen, overheidsgebouwen, paleizen, theaters, bioscopen, fabrieken, loodsen en kantoren. Thea vond het leuk om zichzelf te leren om zich in deze grote stad op haar gemak te voelen. Ze wilde er net zo intuïtief de weg kunnen vinden als de onberispelijk opgemaakte meisjes van haar leeftijd die zich, in een chique jas en met een hoedje met veren schuin op het hoofd, met de gehaaide handigheid van een Londenaar door de stad verplaatsten en zich aan het dwingende, rauwe ritme aanpasten.

Thea schoot tussen de auto's door en stak Sloane Square over. Een zilverachtige regen zorgde ervoor dat het asfalt en de trottoirs glommen en dat het nieuwe gebouw van warenhuis Peter Jones, dat in een spinnenweb van steigers oprees vanaf de grond, helemaal wazig werd. Auto's en taxi's schoten aan haar voorbij, glanzend van de regen, gezichten achter het raam: een vrouw met blond haar in dezelfde futloze kleur als haar bontkraag; een man met een hard gezicht die een sigaret rookte, zijn zijden sjaal een veeg wit. Over de stoep fladderde een drijfnatte dubbele krantenpagina, met een schreeuwende kop over Sudetenland en Tsjechoslowakije.

Ze liep langs een rij hoge, statige gebouwen, dook weg voor een groepje van een stuk of vijf luidruchtige heren in rok en struikelde vervolgens bijna over een oude vrouw die gehurkt in een portiek zat en wier handen en gezicht overdekt waren met zweren. Thea zocht in haar zak en liet een paar muntjes in de blikken beker vallen. Voor haar liep een bejaard echtpaar hand in hand, samen onder één paraplu.

Het was druk op het verregende Piccadilly Circus, een aaneenschakeling van felle lichten en de zich vermengende geuren van natte trottoirs, Shalimar en de muffe kleren van een eenbenige oorlogsveteraan die om muntjes bedelde. Thea keek vol bewondering naar de jurken en hoeden in de etalages en tuurde naar binnen bij autoshowrooms waar Bentleys en Wolseleys opgepoetst waren tot ze glommen als spiegel. Stelletjes stapten uit taxi's en repten zich door de regen naar theaters en restaurants; er kwamen een stuk of vijf meisjes lachend en kwebbelend een bioscoop uit, terwijl ze hun sjaal omdeden en door de regenplassen plonsden.

Ze liep Half Moon Street in. Haar hand streek langs de envelop in haar zak. Achter de ramen van de hoge, indrukwekkende huizen brandde licht. Onder aan een keldertrapje blafte een hond naar haar; ze klakte met haar tong en het dier werd stil.

Ze kwam bij het vier verdiepingen tellende pand waar meneer Pemberton woonde. Het huis was zo mooi en oud dat ze het heel even jammer vond dat ze haar hoed niet had kunnen vinden, en voordat ze aanbelde, deed ze een halfhartige poging om haar vochtige haar wat te fatsoeneren. Een conciërge deed open, en Thea legde uit wat ze kwam doen, werd binnengelaten en naar boven verwezen, een fraaie centraal gelegen trap op.

Een kleine, pezige man in een donker jasje en een gestreepte broek deed de deur van het appartement van meneer Pemberton open.

'Meneer Pemberton?' zei Thea.

'Ik ben meneer Pembertons bediende, mevrouw. Wat kan ik voor u doen?'

Thea stak hem de brief toe. 'Dit is voor meneer Pemberton.'

'Ben jij dat, Rowan?' klonk een chagrijnige stem. 'Wat ben je laat. Ik had je een half uur geleden al verwacht.'

'Het is Rowan niet, meneer Pemberton,' riep Thea terug. 'Ik ben Thea Craxton, de zus van Rowan.'

Simon Pemberton verscheen in beeld. Hij was lang en heel erg knap. 'Zo, dus jij bent Rowans zus.' Hij bekeek haar eens goed. 'Je lijkt anders helemaal niet op haar.'

'Dat hoor ik wel vaker.' Ze stak hem de brief toe. 'Rowan vroeg of ik u deze wilde brengen.'

Hij bedankte haar, maar maakte de brief niet open. Hij tikte ermee tegen zijn handpalm en zei: 'Ze zal wel weer een of ander excuus hebben.'

'Ze zei dat de kaarttafel uiteindelijk toch niet Frans was. Ze wilde het u bij het etentje vertellen, maar herinnerde zich toen dat ze een andere afspraak had. Ik neem aan dat ze u dat in haar brief wel uitlegt.'

'Denk je? Mijn ervaring met Rowan is anders dat ze het zelden nodig vindt om dingen uit te leggen.' Meneer Pemberton fronste zijn voorhoofd. 'Kaarttafel? O ja, de kaarttafel. Je bent doorweekt. Kom even binnen.'

'Dat is heel vriendelijk van u, maar...'

Meneer Pemberton onderbrak haar beleefde weigering. 'Geef je jas maar aan Leach, die droogt hem wel voor je.'

Thea deed wat haar gezegd was en gaf haar regenjas aan de bediende. 'Kom, we drinken een cocktail,' zei meneer Pemberton, waarna hij haar weer aan een vorsende blik onderwierp. 'Je bent toch wel oud genoeg voor een cocktail, neem ik aan?'

'Ja, ik ben negentien.'

Ze was zeventien. Maar dit was Londen, en dit was het echte leven, eindelijk.

De hal van het appartement – olieverfschilderijen, beelden en vergulde en marmeren tafels – beloofde dat er nog meer pracht en praal zou volgen, en de grote salon met het hoge plafond waar ze binnen werd gelaten, stelde haar dan ook niet teleur. Gordijnen in een gouden terracottatint vielen in gebeeldhouwde banen neer aan weerskanten van de drie hoge ramen die uitkeken op straat. De drie grote banken, gestoffeerd met crème- en goudkleurige stof, stonden rond een marmeren haard. Langs de zijkanten van de kamer stonden elegante, spichtige stoeltjes en bankjes, hier en daar een tafeltje en decoratieve kastjes. De grandeur en weelderigheid van het vertrek werden verzacht door de boeken en kranten waar de lage tafel in het midden mee bezaaid lag.

'Wat een prachtige kamer!' riep ze uit.

'Ik ben blij dat je hem mooi vindt. Rowan vindt hem maar benauwd en veel te vol. Kom, ga zitten.'

Thea ging op een bank zitten en lette daarbij goed op dat ze met haar natte schoenen niet tegen de crèmekleurige stof aan kwam. 'Rowan houdt meer van moderne dingen,' zei ze.

'Ah, daar is Leach met onze drankjes. Leach maakt de lekkerste pink gin-tonics van heel Londen. Meubels zijn een van de vele onderwerpen waarover Rowan en ik het niet eens zijn,' zei Simon Pemberton erachteraan.

Thea had een te grote slok van het bittere drankje genomen en moest daar nog even van bijkomen. Haar wandeling had haar dorstig gemaakt.

'Het spijt haar heel erg,' zei ze. Rowan had niet gezegd dat het haar speet, maar het leek Thea gepast om dat toch maar te zeggen.

'Hmm. Hebben jullie een goede band?'

'Ja, heel goed.'

'Ik heb ook een zus, maar daar heb ik helemaal geen goede band mee. Zou je Rowan alles vergeven?'

'Ja, ik denk van wel,' zei ze geschrokken.

'Dan ben je erg begripvol. Dat lijkt me wel prettig met een zus als Rowan.'

'Hoe bedoelt u?'

'Je zou haar niet bepaald als betrouwbaar kunnen omschrijven, toch?'

'Ze is volstrekt betrouwbaar in zaken die belangrijk zijn,' zei Thea gepikeerd. 'Ik heb mijn leven zelfs aan haar te danken. Ze heeft me toen ik klein was van de verdrinkingsdood gered.'

'O ja? Wat geweldig van haar. Ik zie het al helemaal voor me: Rowan die met een kind in haar armen door de golven zwoegt. Het is me inderdaad opgevallen dat ze fysiek gezien niet bang is.' Hij maakte een sussend gebaar. 'Neem me niet kwalijk, ik heb je beledigd. Ik heb een slecht humeur vandaag.'

Hij maakte een gouden sigarettenkoker open en bood haar er een aan. Thea nam er een sigaret uit en Simon stak allebei hun sigaretten aan en klikte de koker toen dicht.

'Vind je het leuk in Londen, juffrouw Craxton?'

'Ja, dank u, ontzettend leuk.' De sigaret smaakte smerig, maar anders dan de gin, vond ze. 'Ik probeer een baan te vinden,' voegde ze er nog aan toe.

'Ach, wat fascinerend. Waar denk je aan?'

'Het liefst iets op kantoor. Dat wordt beter betaald dan werk in een winkel of als serveerster.' Ze vroeg zich af of hij haar ordinair vond, omdat ze het over geld had. Ze vermoedde dat Simon Pemberton zich niet zo veel zorgen over geld hoefde te maken.

'Is dat je hoogste ambitie, op een kantoor werken?'

'Nee, ik wilde geschiedenis gaan studeren, maar toen is mijn vader overleden en kon dat niet meer.'

'Dus je bent een echte boekenwurm?' Uit zijn mond klonk dat woord geringschattend.

'Ik denk het.'

Hij maakte losjes een handgebaar. 'Zelf heb ik geen enkele ambitie.'

Ze wist niet of hij nu van haar verwachtte dat ze hem zou feliciteren of dat ze juist medelijden met hem moest hebben, dus nam ze haar toevlucht tot een clichévraag. 'Bent u al lang bevriend met Rowan, meneer Pemberton?'

'Simon. Zeg maar Simon. Nee, nog niet zo lang. Ik kende haar wel van gezicht. Ze is nogal een opvallende verschijning.'

Hij keek haar aan en fronste opnieuw zijn voorhoofd. Thea vroeg zich af of ze een modderige voetstap op het kleed had achtergelaten of dat ze een vieze veeg op haar gezicht had. Maar toen zei hij: 'Je hebt mooie ogen, veel mooier dan Rowan. Dat zul je in de toekomst wel van heel veel mannen te horen krijgen. Vertel eens, in wat voor periode van de geschiedenis ben je geïnteresseerd?'

Ze spraken over het oude Egypte, en Simon liet haar zijn verzameling amuletten in de vorm van scarabeeën zien, die ze heel fascinerend vond. Na een poosje merkte ze dat hij zijn belangstelling voor haar verloor, dus stond ze op en zei dat ze moest gaan. De butler, Leach, bracht haar haar regenjas, die nu wonder boven wonder droog en heerlijk warm was. Ze zag dat de kreukels eruit waren gestreken.

Ze was blij dat ze weg kon, zowel bij Simon Pemberton als uit zijn schitterende appartement. Toen ze terugliep naar Piccadilly Circus, motregende het nog maar heel zachtjes. Simon had die opmerking over haar ogen, die stom was en ook niet waar, gemaakt om haar van haar stuk te brengen. Hij had het leuk gevonden om haar te plagen. Afgezien van hun gesprek over de geschiedenis van Egypte was geen enkele mening van hem oprecht op haar overgekomen en elke opmerking was vergezeld gegaan van een spottende of provocerende ondertoon. Maar dat hij zich kritisch over Rowan had uitgelaten vond Thea nog wel het ergst. *Je zou haar niet bepaald als betrouwbaar kunnen omschrijven, toch?* De brutaliteit!

Met een ongemakkelijk gevoel bracht ze dingen met elkaar in verband. Het huis aan Mallord Street had heel dunne wanden, en

’s avonds laat hoorde ze dat er in de kamer van Rowan en Patrick met stemverheffing werd gesproken, vooral door Rowan, en ze hoorde Patrick dan ontevreden brommen. Ze vond het niet prettig om van zo dichtbij getuige te zijn van haar zusters huwelijk. Het schuurde tussen die twee; geen van beiden leek bij de ander te kunnen vinden wat hij of zij zocht.

Rowan en Patrick leidden grotendeels ieder hun eigen leven. ’s Avonds ging Rowan uit, met een vossenbontje als een witte wolk om haar blote schouders gedrapeerd, met een geborduurd tasje in haar hand met daarin een portemonnee, zakdoek, lippenstift en poederdoos. Patrick kwam terug uit de raadkamer en at in zijn eentje de maaltijd die de hulp, Gwen, voor hem in de oven warm had gehouden. Na het eten werkte hij aan de eettafel verder. Hij had geen studeerkamer en in de slaapkamer was niet genoeg ruimte voor een bureau. Rowan kwam veel later pas thuis, met de vos half van haar schouders gegleden, in gezelschap van vrienden die met hun luide stemmen en bulderende gelach tot in de vroege uurtjes het huis vulden. Soms bleef een of andere verstekeling die nergens anders naartoe kon op de bank in de woonkamer slapen, en die lag daar de volgende ochtend dan nog, in dekens gewikkeld, comateus in slaap, heel onhandig voor Patrick, die zich moest klaarmaken om naar zijn werk te gaan.

In het weekend was er altijd bezoek in het huis in Chelsea. Rowan nodigde mensen uit voor een etentje of er kwamen wat vrienden langs, en dan maakte Patrick cocktails klaar. Rowan en Patrick waren een uitstekende gastvrouw en gastheer; Rowan was sprankelend en onderhoudend en Patrick was op een stille manier charmant en zorgde ervoor dat niemand zich buitengesloten voelde. Gasten hadden altijd een drankje binnen handbereik en een interessante gesprekspartner.

Simon Pemberton had zich niet alleen kritisch ten aanzien van Rowan betoond, maar ook bezitterig. Het was wel duidelijk dat het verhaal over de kaarttafel volledig uit de duim gezogen was. Hij had niet eens de moeite genomen om te liegen. Hij was knap en cultureel onderlegd, en dat waren allebei eigenschappen die

Rowan vast aantrekkelijk vond. Thea realiseerde zich tot haar afgrijzen dat Rowan wel eens verliefd op hem kon zijn.

Ze liet zichzelf binnen in het huis aan Mallord Street. Het was er donker. Ze maakte een beker warme chocolademelk voor zichzelf en nam die mee naar haar kamer. Tegen één muur van de kamer lagen de dossiermappen opgestapeld met daarin de papieren van haar vader, zijn correspondentie, notitieschriften, adresboekjes en dagboeken, die ze uit het huis in Glasgow hadden meegenomen, dat was verkocht om de crediteuren te kunnen betalen. Het bedrijf was ook opgedoekt en er waren wat vervelende verrassingen aan het licht gekomen. Craxton & Sons had helemaal geen kantoor in Londen. Er was ook nooit een kantoor in Londen geweest. Toen Thea meneer Ross daarnaar had gevraagd, had hij gezegd dat alle transacties in Glasgow werden uitgevoerd en dat een team vertegenwoordigers door het land reisde om klanten te werven.

'Maar mijn vader ging heel vaak naar het kantoor in Londen,' had Thea verbijsterd gezegd.

'Hugh ging inderdaad vaak naar Londen.' Er was medeleven – of misschien medelijden – in de heen en weer schietende ogen van meneer Ross te lezen. 'Maar dat was hoogstwaarschijnlijk niet voor zaken. Uw vader heeft nooit veel hart voor het bedrijf gehad, ben ik bang. Hij heeft het bedrijf alleen maar geërfd omdat Ralph, zijn oudere broer, in de oorlog is omgekomen. Ik weet niet wat hij in Londen deed, maar ik denk niet dat het iets met Craxton te maken had.'

Kijk aan. Haar vader was tijdens Thea's schoolvakanties ongeveer twee keer per maand naar Londen gereisd om een bezoek te brengen aan een volkomen fictief kantoor. Patrick had een paar opties geopperd. 'Misschien dat Hugh kantoorruimte in Londen gehuurd had. Of misschien dat hij een bureau in zijn club of in een bibliotheek had.' Maar Thea kon in de papieren nergens vinden dat haar vader huur had overgemaakt of dat hij ooit lid was geweest van een club. En hij was niet het type voor een bibliotheek geweest.

Ze ging op bed zitten en liet haar blik op de dossiermappen rusten. In de maanden na de dood van haar vader had ze werkelijk elk stukje papier bestudeerd. Ze had geen enkele verwijzing, geen adres, telefoonnummer of dagboeknotitie gevonden met betrekking tot de vriend met wie hij ging jagen en vissen, Malcolm Reid. Er had na de kerst ook geen Malcolm Reid gebeld om te vragen waarom Hugh Craxton niet in zijn stulpje of kasteel of wat dan ook in de Hooglanden was komen opdagen. Er was geen brief van Malcolm Reid gekomen om naar de gezondheid van zijn oude vriend te informeren. Thea had geregeld dat de post vanuit Glasgow naar Londen zou worden doorgestuurd, maar er was nog steeds niets gekomen. Er begon bij haar een vermoeden te groeien, een stem die haar influisterde dat Malcolm Reid, net als het kantoor in Londen, helemaal niet bestond.

Waarom? Waarom had hij dit gedaan? Waarom had hij een bedrijf en een vriend verzonnen? Ze kon alleen maar bedenken dat de reisjes naar Londen en de uitstapjes naar de Hooglanden een handig excuus waren, die haar vader aanwendde om... om iets te verhullen. Ze moest opeens weer aan mevrouw Torrance denken, die als een klein in het zwart gekleed standbeeld naast een met sneeuw bedekte grafsteen stond. Ze was in een opwelling een postkantoor in South Kensington binnengewipt om het telefoonboek te raadplegen. Maar er had geen mevrouw Torrance in gestaan. Het kon natuurlijk zijn dat mevrouw Torrance geen telefoon had.

Terwijl Thea door *De reis van de Beagle* bladerde, naar waar ze gebleven was, bedacht ze dat er grote delen van het leven van haar vader waren – weken en maanden, alles bij elkaar opgeteld jaren – waar ze niets over wist. Het was alsof ze had gedacht dat ze een boek uit had, maar er naderhand achter was gekomen dat ze hele hoofdstukken had overgeslagen.

Thea's eerste baantje was dat van assistente van een waarzegger en helderziende, Monsieur Pierre geheten. Ze moest de telefoon aannemen en brieven beantwoorden. Het betaalde slecht: eenentwintig shilling per week. 'De assistentes van Monsieur Pierre blijven meestal niet erg lang,' had mevrouw Forrester van het uitzendbureau haar met een bedenkelijke blik gewaarschuwd. 'Het laatste meisje heeft het er maar een maand uitgehouden. Denk eens na over werk in een winkel. Het is moeilijk om geschikt werk te vinden voor een jonge vrouw zonder diploma's.'

Hiermee bedoelde ze dat Thea geen steno en typen beheerste. Mevrouw Forrester had haar aangeraden eerst een cursus bij Pitman's te volgen, maar daar had Thea geen zin in, want ze wilde liever meteen aan de slag. Ze moest geld verdienen, want ze moest zich zien te bevrijden uit de situatie waarin ze verzeild was geraakt.

Ze was Rowans boodschapper, de tussenpersoon die brieven van Rowan naar Simon Pemberton bracht, en omgekeerd. Ze deden allebei alsof ze gewoon vrienden van elkaar waren. Thea wist dat ze dat door haar medeplichtigheid konden volhouden. Ze schaamde zich ervoor dat ze Patrick bedroog en voelde zich schuldig dat ze meehielp een relatie in stand te houden waarvan ze vermoedde dat Rowan er op een dag spijt van zou krijgen, en dat alles maakte haar ongelukkig. Toch zou ze haar zus nooit iets hebben geweigerd. Rowan en zij hadden elkaar altijd gesteund.

Thea hoopte diep in haar hart dat Rowan, als zij haar mond maar hield, bij zinnen zou komen of dat de verhouding met Simon Pemberton zou uitdoven. Maar noch het een, noch het ander was tot nog toe gebeurd, en de enige manier om zichzelf los te maken van de rol die ze speelde bij de ondergang van het huwelijk van Rowan en Patrick was door ergens anders te gaan wonen. Ze moest eigen woonruimte zien te vinden. Ze kon niet eindeloos bij Patrick en Rowan blijven wonen; ze wilde onafhankelijk zijn. En daarom moest ze sparen.

Monsieur Pierre en zijn vrouw hadden vaak akelige, luidruchtige ruzies; na een voorval waarbij de vrouw van Monsieur Pierre hem een botervloot naar het hoofd gooide, nam Thea ontslag en ging terug naar het uitzendbureau.

Mevrouw Forrester vond een baan voor haar als serveerster in de Ginger Cat aan Earl's Court. Het café zat in een benauwd, akelig souterrain, maar ze kreeg meer betaald – vijfentwintig shilling per week, plus fooien. Als Thea 's middags vrij had, nam ze de metro naar Russell Square en ging ze naar het British Museum. Ze was vaak te vinden op de afdeling waar de vondsten uit Ur waren tentoongesteld, en daar tuurde ze ingespannen in de vitrines met de dikke terracotta zeug met de kleine oogjes, het Koningsspel en de zilveren lier. Ze las dat Leonard Woolley het bordspel had uitgegraven door een wasdoek over het bord en de pionnen heen te leggen en dat hij een replica van was had gemaakt om de enige overblijfselen van de lier, de bevestigingspunten en de snaren, te ondersteunen. Ze vond dit wonderbaarlijke voorwerpen, aangezien ze de herinnering aan allang vergeten mensen en de plekken waar zij ooit hadden gewoond met zich meedroegen. Soms had ze het gevoel dat het mistgordijn tussen haar en de antieke wereld zou optrekken en ze terug kon gaan in de tijd als ze zich maar hard genoeg concentreerde.

De eigenaar van de Ginger Cat, mevrouw Woolfit, een weduwe van in de zestig, bakte de moedeloze scones en krentenkoekjes die er geserveerd werden zelf. De klanten waren voornamelijk vrouwen – vrouwen van middelbare leeftijd met afgetrapte schoenen, gestopte gaatjes in de boord van hun vest en dikke, afgezakte, bruine kousen. Ze bleven vaak wel een uur zitten met een pot thee en een krentenkoekje. Thea moest hun verbieden om er een boek te lezen of een ansichtkaart te schrijven – 'Als je dat goedvindt, zitten ze hier de hele dag, liefje,' legde mevrouw Woolfit haar met een zucht uit. 'En dan is het einde zoek.'

In het café leerde Thea Peggy Garland kennen. Peggy studeerde aan de Slade-kunstacademie en kwam altijd in de Ginger Cat ontbijten met koffie en een gekookt ei. Ze was lang, dun, praatte graag, droeg een groengeruite schortjurk met daaronder een stoffige donkerblauwe katoenen broek die ze zelf had genaaid. Haar steile donkerblonde haar was in een botte pony geknipt, die haar vriendelijke lichtbruine ogen omlijstte. Ze vertelde Thea dat ze in een souterrain in een logement in Bloomsbury woonde en dat ze een vriend had, Gerald geheten, die ontdekkingsreiziger was.

Thea en Peggy raakten al snel bevriend. Thea ging naar een feestje bij Peggy thuis. Een donkere knappe Spanjaard, die tijdens de Slag om Guadalajara zijn rechtervoet had verloren, speelde gitaar. Iedereen danste en dronk bier. Zo nu en dan was Peggy's hese lach boven de weemoedige muziek uit te horen.

Toen Thea op een ochtend bij het café aankwam, was de voordeur op slot en hing er een met de hand geschreven briefje: TOT NADER ORDER GESLOTEN. Mevrouw Forrester deed navraag, maar mevrouw Woolfit was onvindbaar. Ze was met de noorderzon vertrokken, terwijl Thea nog een week salaris van haar tegoed had en het uitzendbureau zijn percentage.

'Heel kwalijk van haar. Heel kwalijk,' klaagde mevrouw Forrester terwijl ze haar neus ophaalde. Ze had een zomerverkoudheid. 'Terwijl ik dacht dat u daar goed zat, mevrouw Craxton. Op het moment hebben we niet veel vacatures, ben ik bang.' Ze ging met haar vinger een lijst langs. 'Tandartsassistente... gezelschapsdame... journalist in opleiding – daar komt u niet voor in aanmerking, want daar moet u steno voor beheersen. Bezorger bij een kruidenier, maar die willen vast een jongen... medewerker bij een verzekeringsmaatschappij...'

'Waarom willen die vast een jongen?'

Mevrouw Forrester schoof haar hoornen bril wat beter op haar neus en richtte haar blik op Thea. 'Fietsen. Weer of geen weer. Zware zakken bloem en dozen koekjes bezorgen.'

'Dat wil ik wel doen.' Buiten scheen de zon. Het leek haar heerlijk om hard door de straten van Londen te fietsen en boodschappen te bezorgen. 'Ik kan goed fietsen.'

'Als u het zeker weet...' De bedenkelijke blik deed zijn best in een bemoedigende glimlach over te gaan. 'Zullen we het er dan maar op wagen?'

De man op wie Sophie verliefd was geworden en met wie ze was getrouwd, die de vader van haar zonen was en met wie ze meer dan negentien jaar had samengeleefd, was voor haar onherkenbaar geworden. God mocht weten waar Hugh nog meer over gelogen had. Misschien had hij nog wel meer echtgenotes gehad, verspreid over het hele land, een heel bataljon.

Ze was voortdurend op haar hoede, bedacht op nog meer choquerende ontdekkingen, en dat was dodelijk vermoeiend. Het vermoeide haar ook dat haar gedachten voortdurend naar Hugh en zijn dochters afdwaalden. Ze kwelde zichzelf door zich Hugh met zijn gezin uit Glasgow voor te stellen, maar ze kon het geen halt toeroepen. De vraag of Hugh zijn leven in Glasgow fijner had gevonden dan zijn leven in Londen was een obsessie voor haar geworden, net zoals de gedachte dat hij misschien wel meer van zijn dochters had gehouden dan van zijn zonen. Áls hij al van hen gehouden had. Ze kon uren zitten prakkiseren over hoe hij de praktische problemen had getackeld die zo'n dubbelleven met zich meebracht. Hoe had hij verklaard dat hij zo vaak weg was? Met wat voor excuus had hij in vredesnaam uitgelegd waarom hij met kerst niet thuis in Glasgow kon zijn? Hoe had hij de verjaardagen kunnen bijhouden, de sportdagen van school en alle plotselinge noodgevallen die zich met kinderen opeens kunnen voordoen, zonder alles door elkaar te halen en zichzelf daarmee te verraden?

Ze wist wel hoe hij dat gedaan moest hebben. Hij had zakelijke afspraken verzonnen, en collega's die hij moest spreken. Hij had natuurlijk op Great North Road een lekke band gekregen of was toen hij door Shap reed in een sneeuwstorm terechtgekomen. Toen ze op een middag cakebeslag stond te maken, bedacht ze dat hij 's avonds natuurlijk helemaal niet uit rusteloosheid een wandeling ging maken, maar om vanuit een telefooncel zijn dochters te kunnen bellen. Hij had het altijd vervelend gevonden als ze zijn studeerkamer binnenkwam, want daar had hij zijn brieven aan Rowan en Thea zitten schrijven.

Toen ze Hughs boeken in dozen stond in te pakken, om ze aan een tweedehandswinkel te verkopen, bedacht ze opeens dat hij zijn dochters vast naar kostschool had gestuurd. Dat gaf hem de kans om gedurende het semester naar Londen te reizen. Terwijl ze op handen en knieën woedend thrillers in dozen zat te stoppen, vroeg ze zich af of Hugh zo van dit genre had gehouden omdat hij zijn eigen leven ook als een thriller had beschouwd. Al die boeken van Erskine Childers en John Buchan hadden hem misschien op gedachten gebracht.

Ze mocht waarschijnlijk van geluk spreken dat Hugh erop had gestaan dat ze een eigen bankrekening nam. Ze zag inmiddels wel in dat hij haar dat met opzet had aangeraden. Hugh moest er diep in zijn hart rekening mee hebben gehouden dat er in zijn ingewikkelde leven – levens – iets verkeerd kon lopen, want hij had ook het huis op haar naam gezet. Hij had daar iets vaags over gezegd, iets over de belastingaanslag, maar daar had ze niet echt goed naar geluisterd. Ze was heel goedgelovig. Ze had op dat moment al moeten weten dat er iets niet in de haak was.

Doordat Hugh zo vaak van huis was geweest, had zij altijd hun dagelijkse financiën geregeld. Ze was dus niet zo'n vrouw die in paniek raakte bij het zien van een overschrijvingenboekje. Ze deed heel zuinig, maar haar spaargeld slonk toch. Duncan was van school. Hij had geweigerd om aan Cambridge te gaan studeren en werkte nu voor een verzekeringskantoor aan Lime Street. Elke week droeg hij een deel van zijn loon aan haar af. Sophie vond het verschrikkelijk dat ze financieel afhankelijk van haar zoon was geworden. Ze moest de eindjes aan elkaar knopen om de glazenwasser te kunnen betalen, terwijl die twee meiden in luxe leefden. De zussen Craxton droegen mooie kleren, en haar zonen verstelde overhemden met gekeerde kragen. Het was allemaal zo onrechtvaardig. Ze vond dat zij ook ergens recht op had.

Toen ze op een regenachtige dag door de straten van Chelsea wandelde, keek ze goed om zich heen of ze Hughs oudste dochter met het rode haar ergens zag. Was dat haar, die rijzige vrouw met de lange zwarte jas? Woonde ze soms in dat leuke huisje met de blauwe deur en de erkerramen?

De regen drupte van de rand van haar hoed en de baleinen van haar paraplu. Ze rilde, en heel even was het alsof ze zichzelf van een afstandje op de stoep zag staan, doornat en koud. Wat was ze in vredesnaam van plan? Hughs dochter de waarheid vertellen? Een deel van haar erfenis opeisen? Was ze soms gek geworden?

5

Juli 1938

Toen Thea haar fiets tegen het hek achter het huis zette, zag ze Patrick in de deur van de bijkeuken staan. Hij stond met zijn handen in de zakken van zijn crèmekleurige linnen broek en door zijn open boord was een v-vormig stukje gebruinde huid te zien.

Hij schermde zijn ogen af en keek naar haar op. 'Wat ben jij nog laat aan het werk, Thea,' zei hij. Het was al over achten, en de lucht was op deze prachtige avond in juli stralend saffierblauw. 'Of moest je een briefje voor Rowan wegbrengen?'

Haar hart klopte in haar keel. Ze kon niet tegen hem liegen, zelfs niet omwille van Rowan. Ze knikte en liep het trapje naar het souterrain af.

'Wat het een briefje voor Simon Pemberton?'

'Ja.' Ze voelde dat ze rood werd.

'De schoft. De luie, parasiterende schoft.'

Hij wendde zich van haar af, maar Thea zag nog net hoe hij keek – een mengeling van woede, schuldgevoel en spijt.

Maar hij zei alleen: 'Weet je waar ze nu is?'

Ze schudde haar hoofd. 'Nee. Echt niet, Patrick.'

Hij zweeg even en fronste zijn voorhoofd. 'Heb je al gegeten?' vroeg hij toen.

'Nee, nog niet.'

'Kom, laten we dan maar even ergens iets gaan eten. Gwen heeft een stoofschotel in de oven gezet, maar die ziet er niet erg smakelijk uit.'

Ze merkte wel dat hij zijn best deed om zijn stem luchtig te laten klinken, en dat vond ze akelig. Ze gingen naar binnen. 'Die rotkraan ook,' zei Patrick, en hij draaide de kraan in de bijkeuken, die drupte, hard dicht.

Boven friste Thea zich op en trok een schone jurk aan. Ze zag tegen de avond op. Toen ze door Mallord Street liepen, kon zelfs de aanblik van een buddleja vol vlinders haar niet verstrooien. Toch repte Patrick verder met geen woord over Rowan. Thea concludeerde verdrietig dat hij blijkbaar alles al wist wat er te weten viel. In plaats daarvan informeerde hij naar haar baan – boodschappen bezorgen bij welgestelde huishoudens in Knightsbridge en Mayfair. Ze deed haar best om het gesprek gaande te houden, maar dat viel haar zwaar nu haar hart in een ijsklomp was veranderd.

'Ik wilde dat ik weer zeventien was, Thea, net als jij,' zei hij toen ze in het restaurant zaten. 'Toen was alles een stuk eenvoudiger. Sorry, ik ben een beetje somber. Neem me niet kwalijk dat ik zulk saai gezelschap ben. Rowan en ik... nou ja, je zult wel hebben gemerkt dat het tussen ons niet goed gaat.' Toen was het alsof hij zich vermande en zei hij opnieuw: 'Neem me niet kwalijk dat ik zo vervelend ben. Ik heb vandaag gehoord dat een vriend van me, Colin Slater, naar Singapore vertrekt. Ik zal hem missen. Slater en ik zaten bij elkaar op school. We waren samen de nieuwkomers daar. Ik weet niet hoe ik het zonder hem had gered. Ontzettend leuke vent, een keurige kerel.'

Het eten werd gebracht, op grote porseleinen borden die bijna het hele tafeltje in beslag namen. Patrick schonk hun wijnglazen bij en vertelde verder over zijn vriend. 'Slater was getuige op ons huwelijk. Hij is een paar keer komen eten toen Rowan en ik net getrouwd waren, maar ze konden het niet goed met elkaar vinden. Vreemd, want ik dacht dat de twee mensen van wie ik het meest hou geweldig met elkaar zouden kunnen opschieten.' Hij zag er opeens doodongelukkig uit. 'Ik vind het een vreselijke gedachte dat hij straks aan de andere kant van de wereld woont. Vreselijk zoals de tijd maar voortjaagt en je uiteindelijk de mensen van wie je houdt verwaarloost.'

'O, Patrick, wat erg voor je.' Ze vond het naar voor hem van Colin Slater, maar ze schaamde zich ook vreselijk over haar eigen rol in de affaire van Rowan met Simon Pemberton.

En dat leek Patrick te begrijpen, want hij zei: 'Het is niet jouw schuld, Thea. Jij kunt er echt helemaal niets aan doen.' Hij keek haar met een verdrietige glimlach schuins aan. 'Het is mijn eigen schuld. Ik heb haar niet gelukkig gemaakt. Integendeel, ik heb er een gruwelijk zootje van gemaakt.'

Na het eten liepen ze terug naar huis, waar Patrick een hamer en een moersleutel ging halen. Uit de bijkeuken klonken geluiden; hij probeerde de druppende kraan te repareren. Thea hoorde een paar harde knallen, waarschijnlijk doordat Patrick met de hamer op de kraan sloeg. Maar toen hij klaar was, drupte die nog steeds.

De week daarop gaven Rowan en Patrick een etentje. Rond twaalf uur verlieten de laatste gasten het huis, nadat er druk afscheid genomen en gezoend was. Kort daarna ging Patrick naar bed; Thea en Rowan trokken hun hoge hakken uit en ruimden de glazen en koffiekopjes op, zodat Gwen daar de volgende ochtend niet over zou zeuren.

In de keuken wasten ze af, en daarna zette Thea melk op. Rowan, in een feloranje zijden jurk met blote rug, ging op een kruk staan en zette de schone glazen in een hoog kastje.

Peggy Garland had Thea die middag gevraagd of ze niet bij haar wilde komen wonen in de kamer die ze huurde. Thea wist niet hoe ze dit onderwerp moest inleiden en zei dus maar onomwonden: 'Peggy's huisgenootje verhuist naar Brighton en nu heeft ze gevraagd of ik bij haar wil komen wonen.'

Rowan wankelde even en keek op haar neer. 'Maar dat ga je toch niet doen, hè?'

'Ik heb ja gezegd.'

Rowan sprong van de kruk. 'Thea, je mag niet weggaan, echt niet.'

Ze had tegen dit gesprek opgezien, maar nu ze eraan was begonnen, kon ze niet meer terug. Ze probeerde het uit te leggen. 'Ik heb genoeg gespaard. Patrick en jij zijn ontzettend lief voor me geweest. Denk nou alsjeblieft niet dat ik niet waardeer wat jullie allemaal voor me gedaan hebben, want dat doe ik juist wel. En neem het me alsjeblieft niet kwalijk, dat zou ik vreselijk vinden. Ik moet gewoon een eigen plek hebben, meer niet. Ik kan niet eeuwig bij Patrick en jou blijven wonen.'

'Maar zonder jou ben ik vreselijk eenzaam!'

'Straks heb je je logeerkamer terug. En ik kom zo vaak langs dat je schoon genoeg van me krijgt, heus.'

Thea nam de pan van het vuur. Ze zette de bekers met warme chocolademelk op een dienblad en liep ermee de woonkamer in. Rowan dribbelde achter haar aan.

'Dat gaat je een vermogen kosten, Thea. Ik snap niet waarom je dat zou doen, als wij hier toch een logeerkamer hebben. Wil je er niet nog eens over nadenken? Alsjeblieft?'

Ze had gehoopt om de andere reden voor haar vertrek niet te hoeven noemen, maar zag nu wel in dat dat laf van haar was. Ze zette het dienblad op de tafel.

'Kijk, weet je,' zei ze zacht, 'ik kan er niet tegen. Ik voel me net het beleg op een sandwich. Er wordt van beide kanten in me gebeten.'

'Thea...?'

'Simon.' Ze fluisterde het, vanwege Patrick, die boven was.

'Simon en ik...' Rowan haperde.

'Ga me nou alsjeblieft niet vertellen dat jullie gewoon goede vrienden zijn. Ik ben niet op mijn achterhoofd gevallen.'

Rowan ging zitten. 'Sorry,' mompelde ze. 'Ik had jou er nooit bij moeten betrekken. Maar ik was ten einde raad. Neem het me alsjeblieft niet kwalijk.'

Thea doopte een koekje in haar warme chocolademelk. 'Patrick weet het van Simon,' zei ze.

Rowan fronste haar voorhoofd. 'Nee, Thea, hij weet het niet.'

'Hij heeft het me zelf verteld.'

'O god. Echt?'

Thea knikte. De ene na de andere emotie schoot over Rowans gezicht: schaamte, angst, opstandigheid. En nu wist Rowan dat Patrick het wist, en dat betekende dat Thea er verder niets meer mee te maken hoefde te hebben. Ze had opgelucht moeten zijn, maar voelde zich juist slecht en ellendig.

'Patrick heeft tegen me gezegd dat jij een van de twee mensen bent van wie hij het meest houdt,' zei ze.

Rowan bracht haar hoofd met een ruk omhoog. De tranen blonken in haar ogen. 'Nee. Dat kan hij niet gezegd hebben. Dat is niet eerlijk!'

'Rowan, hij houdt van je.'

Hoewel iedereen dacht dat Rowan, die mooi, sprankelend en talentvol was, een zelfverzekerde vrouw was, wist Thea diep in haar hart dat ze dat helemaal niet was. Thea hoopte maar dat ze, als Rowan inzag dat Patrick echt van haar hield, hun huwelijk nog zouden kunnen redden.

Maar Rowan nam een sigaret uit de koker die op tafel lag. 'Patrick verlangt niet meer naar me,' zei ze onomwonden. 'Ik geloof dat hij dat ook nooit gedaan heeft. Toen we trouwden, dacht ik nog van wel, maar dat was niet zo.'

Thea wist zich hier geen raad mee. Ze wist niets over hartstocht of verlangen. Ze had zelfs nog nooit met een jongen gezoend.

'Ik hou dit niet langer vol.' Rowan knipte haar aansteker aan. 'Ik denk echt dat ik zou zijn doodgegaan als ik Simon niet had gehad. Ik hou van hem, Thea. Het was niet mijn bedoeling om verliefd op hem te worden, maar dat is gebeurd en daar is niets meer aan te doen.'

Thea vroeg zich af of het ooit de bedoeling van een vrouw was om op een man verliefd te worden. Ze wist niet zeker of ze het kon vragen, maar deed het toch: 'En Simon is ook verliefd op jou?'

'Dat weet ik wel zeker.' Rowan verfrommelde haar oranje zijden rok tot een prop en nam ondertussen trekjes van haar sigaret. 'Je vindt me vast een afschuwelijk mens, dat ik Patrick bedrieg. Het is ook heel slecht van me, dat weet ik. Ik wílde een gelukkig huwelijk. Het is nooit mijn bedoeling geweest dat het zo zou lopen. Ik wilde het echt beter doen dan mama, en moet je me nu eens zien...'

Thea legde haar hand op die van Rowan. 'Je scheurt je jurk zo nog,' zei ze zacht. 'Papa en mama waren toch gelukkig met elkaar?'

'Híj was gelukkig, ja... of hij zou gelukkig gewéést zijn... Het was háár schuld!' barstte ze uit. 'Ik heb nooit zoals zij willen zijn!'

Thea wist al heel lang dat Rowan hun moeder er de schuld van gaf dat ze met die storm het water op was gegaan. Als Sigrid niet zo onbezonnen en onbesuisd was geweest, zou ze niet zijn verdronken en dan hadden zij nog een moeder gehad en was hun vader niet kapot geweest van verdriet over het verlies van zijn vrouw. Rowan was bang dat ze de roekeloosheid van haar moeder had geërfd.

Thea wreef troostend over Rowans voet, met de knalrood gelakte teennagels. Rowan probeerde te glimlachen.

'Sorry. Let maar niet op mij. Besteed maar geen aandacht aan me. Ik ben van streek.' De spelden waren uit Rowans haar gevallen, zodat het in een golvend koperkleurig gordijn voor haar gezicht viel. 'Ik heb er een zootje van gemaakt, hè?' zei ze zacht. 'Thea, weet je dat ik heel lang heb gedacht dat het aan mij lag, dat Patrick niet normaal van me hield omdat er met mij iets mis was? Maar Simon houdt wel van me, dus ik weet dat het niet aan mij gelegen kan hebben.'

Rowan had alleen maar even bij haar naaister aan Blandford Street langs willen gaan om de tennisjurk en tennisrokken die ze besteld had op te halen. Ze voelde zich niet goed en had wat hoofdpijn, dus overwoog ze even om de afspraak af te zeggen. Maar ze móést de deur uit, dus stond ze nu in Edwina's perzikroze kleedkamer de grijze crêpe voor in de stad te passen, het lichte wollen tweed voor op het platteland en het pastelkleurige gestreepte glanskatoen voor aan zee. Edwina kwam zelf kijken of de pasvorm goed was en Artemis Wilton, Rowans vriendin, die ook klant was bij Edwina, keek vol bewondering toe.

'Jij wordt ook geen gram zwaarder, hè Rowan?' riep Artemis uit, die erg van eten hield en rond haar middel flink was uitgedijd. 'Ik ben jaloers op je!'

Vooral de grijze crêpe stond haar mooi; Rowan bekeek zichzelf in de spiegel en haar somberte nam iets af.

Edwina rolde stoffen op de tafel uit. 'Deze zijn net gisteren binnengekomen. Prachtig toch? Ik heb een geweldig nieuw mannetje ontdekt dat alles rechtstreeks uit Parijs haalt.'

Rowan en Artemis bewonderden de rollen zijde en satijn. Ze glansden en golfden zo mooi dat ze bijna leken te leven.

'Irene Waterford laat een jurk maken van dit groene changeant, met een biesje van paarsblauwe tafzijde,' vertrouwde Edwina de dames toe terwijl ze de stof tussen duim en wijsvinger door liet glijden. 'Even onder ons, maar die kleur zou jou beter staan, Rowan. Mevrouw Waterford kan zo'n sterke kleur niet goed hebben. Maar ze wil niet luisteren, dus tja. En is dit geelgroene zijdesatijn niet beeldig? Echt een zomerse kleur.'

Rowan zag zichzelf al in groene zijde met Simon dansen. Of ze zag het contrast van dat geelgroen met haar haar, en haar arm door de zijne, terwijl ze op een tuinfeest over een gazon liepen. Als je maar de juiste kleren droeg, kon het leven heel mooi zijn.

Edwina stak haar vinger op. 'Ik heb een beeldig jasje voor je weggehangen, Rowan. Elsie, pak dat witfluwelen avondjasje eens even, dat ik voor mevrouw De la Haye heb gemaakt.' De assistente dook snel een kast in, en Edwina liet haar stem dalen. 'Louise besloot het toch niet te nemen, de arme schat. Geldproblemen. Je mag het met twintig procent korting hebben. Het zou je schattig staan en het is echt een heel handig jasje, dat overal goed bij past.'

Uiteindelijk bestelde Rowan twee avondjurken, een van de groene zijde en de andere van het geelgroene satijn. Het jasje kocht ze ook, in een vlaag van opwinding en opstandigheid. Terwijl Elsie de maten controleerde en het fluwelen jasje in vloeipapier wikkelde, vertelde Edwina over de laatste verwikkelingen in de zich voortslepende moeizame affaire met haar getrouwde minnaar, Reynaud, die in Zuid-Frankrijk woonde.

Uiteindelijk verlieten Rowan en Artemis Edwina's winkel met in bruin papier gewikkelde pakjes in de hand, met uitgebreide afscheidszoenen en kreten als 'Ik ben zo benieuwd!'.

'Je gaat onwillekeurig toch denken dat die goddelijke Reynaud een gemene oplichter is,' zei Artemis toen ze eenmaal op veilige afstand van de winkel van de naaister waren. 'Ik ben benieuwd hoeveel maîtresses hij nog meer heeft, verspreid over heel Europa.'

Opgepept door de nieuwe aankopen besloten ze bij Selfridges te gaan lunchen. Artemis hield een taxi aan. Terwijl ze in het restaurant op hun bestelling zaten te wachten, hadden ze het over Artemis' dochter Elizabeth. Toen de ober weg was en het onderwerp van Elizabeths overdreven aanhankelijkheid wel zo'n beetje besproken was, keek Artemis Rowan met een meelevende blik aan en zei: 'Wat is er, lieverd? Je maakt een aangeslagen indruk. Is er iets gebeurd?'

'Patrick weet het van Simon.'

Artemis zette grote ogen op. 'O, nee toch.'

'Hij heeft het me vanochtend verteld, voordat hij naar zijn werk ging.' Toen Rowan weer aan Patricks onverbloemde verdriet dacht, werd ze overspoeld door een ellendig gevoel. Ze had tranen in zijn ogen gezien.

'O, kind, wat erg,' zei Artemis. 'Hoe is hij erachter gekomen?'

'Ik neem aan dat hij ons samen heeft gezien op feestjes en dergelijke,' zei Rowan vaag. 'Hij moet gezien hebben hoe we met elkaar omgaan, hoe goed we het met elkaar kunnen vinden.' Ze vertelde er maar niet bij wat voor rol Thea bij Patricks ontdekking had gespeeld, want daar schaamde ze zich voor. Het was min van haar dat ze Thea erbij betrokken had.

'Wat ga je nu doen?'

'Wat ik ga dóén?' Rowan keek naar vriendin aan. 'Ik kan niets dóén. Het is één grote ellende.'

'Je kunt Patrick beloven dat je Simon niet meer zult zien,' zei Artemis na een korte stilte. 'Misschien vergeeft hij het je.'

Rowan prikte in haar huzarensalade. 'Dat kan ik niet. Dat kan ik gewoonweg niet.'

Er viel weer een stilte. 'Lieverd,' zei Artemis toen voorzichtig, 'er is in de liefde sprake van een zekere keuzevrijheid, net als bij de meeste andere dingen. Het doet je misschien verdriet als je Simon niet meer ziet, en het zal ongetwijfeld heel moeilijk en pijnlijk zijn, maar het is misschien wel verstándig.'

Artemis vond het heel belangrijk om verstandig te zijn. Ze hield niet van gedoe en ontwrichting, en ze bestierde haar leven zoals ze haar huizen in Londen en Hertfordshire bestierde – met soepele, onverstoorbare, vaardige hand. Artemis was getrouwd met de rijke bankier Maurice Wilton, en hoewel men er alom van uitging dat het een verstandshuwelijk was (Maurice was twintig jaar ouder dan zijn vrouw en Artemis was dol op couture, dure sieraden en cruises), wist Rowan dat de Wiltons stapel op elkaar waren.

'Ik kan Simon niet opgeven,' zei ze koppig. 'Ik hou van hem. Dat begrijp je toch wel? Als het om Maurice ging...'

Het krachtige, hoekige gezicht van Artemis kreeg een liefdevolle blik. 'Arme schat.' Ze gaf Rowan een klopje op haar hand. Toen Rowan het gezicht van haar vriendin zag, wist ze dat ze een manier zocht om haar een onaangename boodschap te brengen.

Artemis waagde het erop. 'Simon is mijn neef, ik ken hem al mijn hele leven en je bent het hopelijk met me eens dat dat me enig recht van spreken geeft. Ik ben heel erg op hem gesteld en hij is natuurlijk vreselijk charmant, maar hij is niet... o, ik weet het niet, hoor, maar hij is geen blijvertje. Hij is zesendertig en nog nooit verloofd geweest. Bij lange na niet zelfs.'

'Hij houdt van me.'

'Ja, dat geloof ik vast, en ik probeer ook heus niet te beweren dat dat niet zo is.' Artemis frunnikte aan haar aansteker en zei toen: 'Simon moet ooit trouwen, vanwege Ashleigh Place, maar ik heb geen enkele aanwijzing gezien dat hij daar nu al mee bezig is. Hij is een man, en mannen kunnen zich permitteren om te wachten.' Ze keek Rowan doordringend aan, zuchtte toen en krabbelde terug. 'Ik moet me er ook niet mee bemoeien. Wat weet ik ervan? Ik wil gewoon niet dat je gekwetst wordt.'

'Patrick en ik zijn al heel lang niet meer gelukkig met elkaar.' Ze durfde zelfs Artemis, haar beste vriendin, niet de waarheid over haar huwelijk te vertellen. Tijdens het vreselijk moeilijke gesprek dat zij die ochtend met Patrick had gevoerd, had ze gezien dat ook Patrick zich vernederd voelde.

'Het kan zo niet voortduren, Artie,' zei ze. 'Dat gaat gewoonweg niet. Dan ga ik dood.'

'Lieverd...'

'Ik weet dat Simon niet volmaakt is, ik weet dat hij een beetje egoïstisch kan zijn. Maar hij houdt van me, echt, en met hem heb ik in elk geval de kans dat ik gelukkig word.'

Artemis had wat in haar salade zitten prikken, maar was daar inmiddels mee opgehouden. Ze keek Rowan onderzoekend aan. 'Overweeg je om je van Patrick te laten scheiden?'

'Ik weet het niet.' Rowan had het gevoel dat ze ter plekke in tranen kon uitbarsten, tussen de heen en weer snellende obers, de winkeltassen en het lunchpubliek, allemaal mensen met hun mooiste hoed op.

'Zelfs als je dat niet overweegt, kan Patrick besluiten dat hij zich van jou wil laten scheiden, tenzij jij belooft dat je Simon niet meer zult zien. Sommige echtgenoten willen wel een oogje toeknijpen, maar dat zie ik Patrick niet doen.' Artemis pakte Rowans hand vast. 'Beloof me alsjeblieft dat je heel goed zult nadenken voordat je deze stap zet. Een echtscheiding is een vreselijke smet op je reputatie. Denk eens aan die arme Peony Deakin. Je hoort niemand meer over haar – niémand. Ze woont in dat vreselijke huisje in Wimbledon en moet voor Geoffreys vier kinderen zorgen als die bij hen zijn, omdat ze niet genoeg geld hebben voor een kindermeisje. Hilda Banister heeft me verteld dat ze volkomen uitgeput is.'

Rowan hield er niet van als haar de les werd gelezen, zelfs niet door iemand van wie ze zo veel hield als van Artemis, dus mompelde ze strijdlustig: 'Dat kun je niet met elkaar vergelijken. Simon is niet arm, zoals Geoffrey Deakin.'

'De sociale status van een vrouw wordt na een scheiding nooit meer wat die geweest is. Jij zou er veel meer onder lijden dan Patrick, zelfs als hij zich een gentleman betoont en de schuld op zich neemt. Dat is misschien niet eerlijk, maar het is nu eenmaal niet anders.' Artemis sloeg nu een iets mildere toon aan. 'Ik vraag je alleen maar om heel goed na te denken, lieverd. Ik begrijp heus wel dat het allemaal verschrikkelijk moeilijk is, en dat vind ik ook echt vreselijk voor je.'

Een kwartier later namen ze afscheid van elkaar – ze waren allebei van streek, al beweerden ze van niet – waarna Artemis naar haar tennisles ging en Rowan op de levensmiddelenafdeling nog iets te eten voor die avond ging kopen. Tegen de tijd dat ze in de bus naar huis zat, was haar opgetogen gevoel over de jurken die ze had gekocht als sneeuw voor de zon verdwenen. Ze vermoedde dat ze er in de geelgroene jurk flets uit zou zien en ze had er spijt van dat ze zich door Edwina had laten overhalen om het jasje te kopen. Wit fluweel was vreselijk onpraktisch. Eén vlek en het was verpest.

Het zat haar dwars dat haar vriendin haar zo ernstig voor Simon had gewaarschuwd. Artemis kende Simon al haar hele leven. Ze kon niet ontkennen dat Artemis een punt had met wat ze had gezegd over het lot van gescheiden vrouwen. Zowel de opmerkingen van Artemis als het gesprek dat ze die ochtend met Patrick had gehad zaten haar vreselijk dwars. Toch was elk gevoel van medelijden dat ze met Patrick zou kunnen hebben spoorslags verdwenen toen hij over Simon was begonnen.

'Denk je nou echt dat hij om je geeft?' had hij gezegd. 'Pemberton is alleen maar in zichzelf geïnteresseerd. Het is een zelfingenomen, hypocriete klootzak, die niet in staat is om aan iemand anders dan zichzelf te denken. Zelfs al wás je vrij, dan trouwde hij nog niet met je.'

Rowan stapte uit de bus voordat die Piccadilly Circus verliet en liep in de richting van Charles Street. Ze moest van Simon horen dat hij van haar hield. Hij moest haar in zijn armen nemen en tegen haar zeggen dat alles goed zou komen.

De conciërge van het huis aan Charles Street wenste haar een goede avond toen ze de vestibule binnenliep. Boven gekomen belde ze bij het appartement van Simon aan. De butler deed open. Toen Rowan Simons stem hoorde, stormde ze langs meneer Leach heen de salon binnen.

Op de drempel bleef ze staan; de woorden die ze had willen zeggen, bevroren op haar lippen. Simon was niet alleen: op een van de met crèmekleurige stof beklede banken zat een oudere vrouw met een kastanjebruine hoed met veren op. Naast haar zat een tenger, chagrijnig kijkend bleek kind in een roze jurkje. Op tafel stond een dienblad met thee.

Toen Simon haar zag, trokken zijn wenkbrauwen meteen in een frons. Hij stond op. 'Rowan.'

'Neem me niet kwalijk...' Ze haperde, was van slag. 'Ik wist niet dat je bezoek had.'

'Laat me je even voorstellen,' zei hij kwiek. 'Dit is mevrouw Cecil, met haar dochter, juffrouw Francesca Cecil. Mary, Francesca, dit is mevrouw Scott, een vriendin van me.'

Er werden mompelend begroetingen uitgewisseld en handen geschud, en dat gaf Rowan de tijd om zich te herpakken. Het speet haar vreselijk dat ze zomaar kwam binnenvallen... Kwamen ze van ver?

'Uit Hertfordshire,' zei mevrouw Cecil. 'We zijn vanaf Steadings met de auto gekomen,' alsof dat Rowan iets zou zeggen. Het chagrijnige meisje, Francesca, was niet zo jong als Rowan aanvankelijk had gedacht – ze was eerder achttien of twintig dan twaalf. Ze had steil, fijn vlasblond haar en een bijna paarlemoerachtige witte huid. 'Simon, ik hoop dat je eraan hebt gedacht om die kaartjes voor het theater te kopen,' zei mevrouw Cecil op een toon die erin slaagde om loom en bazig tegelijk te klinken.

Na nog wat beleefdheden over en weer pakte Simon Rowan bij haar elleboog vast en loodste haar de kamer uit, de gang op. Ze dacht dat hij haar wel zou omhelzen, zou kussen en troosten, maar in plaats daarvan siste hij haar woedend toe: 'Wat doe je hier? Je weet dat ik een hekel heb aan onverwacht bezoek.'

'Het spijt me ontzettend... Ik wist het niet.' Hij was nog nooit eerder boos op haar geweest. 'Ik móést je zien.'

'Je bezoek komt bijzonder ongelegen,' zei hij kil. 'De Cecils zijn oude vrienden van me.'

En wat ben ik dan? wilde ze schreeuwen, maar ze kon net genoeg waardigheid opbrengen om zich nogmaals fluisterend tegen hem te verontschuldigen en het appartement te verlaten. Ze voelde zich zo vernederd dat ze buiten op straat moest vechten tegen haar tranen. Ze durfde niet de bus te nemen, want ze wist dat ze, als ze eenmaal rustig zat, beslist zou gaan huilen, en dus liep ze terug naar huis, naar Chelsea, naar Mallord Street, met armen die moe waren van de pakjes die ze droeg.

Tegen de tijd dat ze haar huis binnenging, bonkte haar hoofd van de hoofdpijn. In de gang stond een koffer, in de woonkamer was Patrick bezig boeken uit de boekenkast te halen.

Rowan legde haar pakjes neer. 'Wat doe jij hier? Ik dacht dat je op de rechtbank was.'

'De zaak is mislukt. Een belangrijke getuige heeft de benen genomen, naar het schijnt.'

'Wat ben je aan het doen?'

'Mijn boeken aan het inpakken.' Hij keek haar nu voor het eerst echt aan. 'Ik ga weg, Rowan.'

'Patrick, nee.' Ze keek hem geschrokken aan.

'Het zal wel moeten.'

'Patrick, alsjeblieft... dat is toch nergens voor nodig!'

Hij bekeek haar eens goed. 'Waar ben je geweest?'

Ze wilde haar sleutel in haar tas stoppen, maar stak mis en liet hem op de grond vallen. 'Bij mijn naaister.'

'Niet waar. Ik heb Edwina gebeld en ze zei dat je voor de lunch al vertrokken was.'

Rowan raapte de sleutel op. Ze keek Patrick aan. 'Ik ben naar Simon toe gegaan. Wat had je anders verwacht, na vanochtend?'

'Niets.' Hij was wit weggetrokken. 'Ik verwacht helemaal niets van jou, Rowan. En ik vraag ook niets meer van je. Ik weet dat ik daar het recht niet toe heb.' Hij pakte nog een boek. 'Ik zou alleen willen dat je jezelf niet aan die man vergooit.'

Ze zakte neer op een stoel, voelde zich doodmoe, afgepeigerd. Er flakkerde licht aan de rand van haar gezichtsveld – het begin van een migraineaanval. 'Ik was ongelukkig en ik dacht dat ik me beter zou voelen als ik Simon zag,' zei ze. 'Maar dat was niet het geval, mocht je dat fijn vinden om te horen.'

'Nee, dat vind ik niet fijn. Ik weet dat ik je in zijn armen heb gedreven, en daar neem ik de volle verantwoordelijkheid voor. Het minste wat ik kan doen is je met rust laten en proberen het niet nog erger te maken.' Patrick deed de reistas dicht. 'Je mag zolang je wilt in dit huis blijven wonen. Ik zal het uiteindelijk wel moeten verkopen, als we gescheiden verdergaan.'

Gescheiden. Met dat woord drong de immense reikwijdte van dit moment tot haar door. 'O, Patrick,' mompelde ze.

'Ik zal natuurlijk een financiële regeling voor je treffen, maar je moet wel een besluit nemen over de vraag of je hier wilt blijven wonen.'

'Ik vind het hier vreselijk,' zei ze. Het huis was, net als haar huwelijk, een teleurstelling gebleken.

Hij hees de tas met een grimas omhoog. 'Veel te veel boeken, verdorie.'

'Waar ga je naartoe? Wat ga je doen?'

'Ik red me wel.' Hij wist een flauw glimlachje te produceren. 'Een collega van de raadkamer gaat voor een paar maanden naar het buitenland en heeft me zijn woonruimte aangeboden. Wil je een echtscheiding, Rowan, of neem je genoegen met een scheiding van tafel en bed?'

'Ik weet het niet.' Haar huwelijk had als een zware last op haar gedrukt, maar nu voelde ze zich zo ongelukkig dat het haar de adem dreigde te benemen. 'Ik heb er niet over nagedacht.'

'Dat moet je wel doen. Een echtscheiding is geen eenvoudige procedure. Zoiets vraagt tijd.' Bij de deur bleef hij even staan en keek naar haar om. 'Ik wens je alle goeds, echt. Ik hoop dat je het me op een dag kunt vergeven.'

'Patrick, alsjeblieft, ik kan het niet aan...' Maar de deur viel achter hem dicht.

Rowan bleef roerloos zitten. Even later kwam Gwen binnen, die vroeg of ze koffie moest zetten. Rowan schudde haar hoofd en Gwen ging weer naar de keuken. Er klonk gekletter van potten en pannen.

Nu was ze helemaal alleen. Thea was weg, Patrick was weg en ook haar vader was weg. Ze had het altijd vreselijk gevonden om alleen te zijn. Ze overwoog even om bij Thea langs te gaan, maar het was pas drie uur, dus die was aan het werk.

Ze liep naar boven, ging op bed liggen en hoopte dat ze, als ze heel stil bleef liggen, de golvende misselijkheid kon onderdrukken. De nieuwe kleren bleven ingepakt en liepen zo kreukels op. In het begin werd ze vooral gekweld door de herinnering aan Simons irritatie over het feit dat ze onaangekondigd bij hem langs was gegaan, en door de gedachte dat hij misschien wel niet van haar hield. Maar na een tijdje was ze alleen nog maar gelaten. Haar huwelijk was ten einde; dat wist ze al heel lang. Wat er ook gebeurde, het was niet meer te redden. Misschien had Patrick wel gelijk en was het niet haar schuld, maar was het haar wel aan te rekenen dat ze de waarheid niet onder ogen had willen zien. Patrick en zij hadden gewoon vrienden moeten blijven; het was een vergissing geweest om geliefden van elkaar te willen worden. Met Simon lag dat anders. Als hij niet van haar hield, wist ze niet hoe ze verder moest.

Ze gooide koud water tegen haar voorhoofd om haar hoofdpijn te temperen. Op dat moment ging de telefoon. Ze droogde haar gezicht en ging naar beneden.

'Het is meneer Pemberton, mevrouw,' zei Gwen afkeurend.

Rowan nam de hoorn aan. 'Simon? Waarvandaan bel je?'

'Ik ben op de club. Je weet dat ik een hekel aan die apparaten heb, maar ik wilde mijn excuses aanbieden voor mijn slechte humeur van vanmiddag.'

'Nee, het was mijn schuld, ik had niet moeten komen.'

'Vergeef je het me?'

'Er valt niets te vergeven.' Ze wond het telefoonsnoer om haar wijsvinger. 'Hou je nog van me?'

'Ik aanbid je.'

Dat was niet hetzelfde, maar ze zette haar bedenkingen daarover van zich af, ging zitten en leunde met haar hoofd tegen de rugleuning van de stoel. 'Patrick is bij me weg,' zei ze. 'Hij weet het van ons.' Ze had geen idee hoe Simon hierop zou reageren, ze had helemaal nergens meer enig idee van.

'O, wat erg voor je,' zei hij.

'Het zal uiteindelijk wel het beste zijn.'

'Ja, daar zul je wel gelijk in hebben, maar het zal nu wel vervelend zijn.'

'Vervelend?' riep ze uit. 'Vervelend? Ik heb het gevoel alsof ik me in het oog van een tornado bevind!'

'Dat snap ik, liefje,' zei hij sussend. 'Het spijt me ontzettend, je zult wel doodmoe zijn. Ruzies zijn vreselijk vermoeiend.'

'Ik barst van de hoofdpijn.'

'Arme schat. Kon ik maar bij je zijn, maar ik moet met mevrouw Cecil en Francesca naar het theater, ben ik bang. Ze stonden erop om naar een voorstelling aan West End te gaan.'

'Waar gaan jullie naartoe? Een musical?' Ze stelde zich voor dat het jonge meisje, Francesca, wel van musicals zou houden.

Maar hij zei: 'Nee, naar Shakespeare, en nog een aardig stuk ook, *De storm*, godzijdank. Dat wilde Francesca.'

'Wanneer zie ik je?'

'De komende paar dagen niet. Ik vertrek morgen naar Ashleigh Place.'

'O.' Ze voelde zich intens verdrietig.

'Denzil vroeg of ik wilde komen. Ik wil je er graag een keer mee naartoe nemen, Rowan.'

Haar somberte klaarde iets op. Simon zou haar niet mee naar Ashleigh Place willen nemen als hij niet oprecht van haar hield. 'Daar verheug ik me ook erg op.'

'Je vindt het er vast geweldig. En Denzil zal jou geweldig vinden.'

'Vertel me eens waarom je dat huis zo fantastisch vindt.'

'Ik zou kunnen zeggen dat het door de geschiedenis van het huis komt. Door de spoken die je bijna ziet verschijnen als je een kamer binnengaat die weinig gebruikt wordt. Of door de ontdekkingen die je er doet, hoe vaak je er ook geweest bent, hoe goed je het ook denkt te kennen. Initialen die in een balk gekerfd staan, een scherf aardewerk, opgegraven in een rozenperk. Of misschien komt het doordat ik me toen ik klein was meer thuis voelde op Ashleigh Place dan in mijn eigen huis.'

Terwijl hij vertelde, zag zij hem voor zich. Ze hadden in het appartement aan Charles Street een keer naar een grammofoonopname van *Così fan tutte* geluisterd, en toen had ze even iets van begeestering op zijn gezicht gezien. Dat hij in staat was tot hevige emotie was een van de redenen waarom ze van hem hield.

6

September 1938

'Ik ben bij de RAF gegaan,' deelde Duncan mee.

Het was zondag, ze zaten aan de uitgebreide lunch en waren inmiddels aan het nagerecht toe, rozijnencake. 'Vuile mazzelaar,' zei Stuart afgunstig.

Sophie liet het plakje cake vallen. Ze onderdrukte een kreet van paniek en zei: 'Duncan, bedoel je dat je je hebt íngeschreven om bij de RAF te gaan?'

Hij keek haar koeltjes aan. 'Ik heb de inschrijvingsprocedure al grotendeels achter de rug. Ik heb een paar dagen geleden een gesprek gehad op Adastral House, op mijn vrije middag. Ze hebben me een briefje meegegeven en me naar de dokter gestuurd voor een medische keuring. Iemand vertelde me dat ze je alleen een briefje meegeven als ze je echt willen hebben.'

Dat heb je me niet verteld. Dat heb je allemaal gedaan zonder het mij te vertellen. Gelukkig was Stuart haar voor.

'Moest je een wiskundeopdracht doen en alles? Ga je dan straks in een Hurricane vliegen?'

Duncan ging er niet op in. 'Je krijgt misschien een brief waarin ze jou om toestemming vragen, omdat ik nog geen eenentwintig ben. Je gaat toch niet moeilijk doen, hè, mam?'

Ze deed een bovenmenselijke poging om kalm antwoord te geven. 'Niet als jij zeker weet dat je dit echt wilt, Duncan.'

'Ik weet het honderd procent zeker. Mag ik?' Hij pakte een plakje cake en viel erop aan.

'Wanneer ga je weg?' vroeg Stuart.

'Dat weet ik nog niet. Je krijgt een brief waarin staat dat je bent aangenomen voor de pilotenopleiding en dan ga je ergens naartoe, naar een vliegschool.'

Stuart begon weer over de Hurricanes. Sophie goot wat custard over haar cake. Zo had ze even iets te doen, al wist ze dat ze er geen hap van zou nemen.

Toen ze klaar waren met eten bood Stuart aan om te helpen afruimen, maar Sophie zei dat Duncan dat wel zou doen en ze stuurde Stuart de deur uit om wat brieven voor haar op de bus te doen. Duncan was veel behendiger in afwassen en afdrogen dan zijn jongere broertje. Ze zag hem al zitten achter het bedieningspaneel van een vliegtuig, beheerst en oplettend. Het viel haar alleen wel verschrikkelijk zwaar, ondraaglijk zwaar om zich voor te stellen dat haar eerstgeborene zoiets afschuwelijk riskants en gevaarlijks ging doen als een vliegtuig besturen.

'Ik hoop niet dat je Stu de deur uit hebt gestuurd om mij een preek te geven, mam,' zei hij. 'Want dat is toch verspilde moeite.'

Het beviel Sophie niet dat hij zo'n superieure houding aannam, dat hij haar zo had overdonderd. 'Ik heb Stuart de deur uit gestuurd omdat mijn brieven op de bus moesten,' zei ze koeltjes, 'maar ook omdat ik onder vier ogen met jou wil spreken. Ik wil zeker weten dat je dit niet om de verkeerde redenen doet.'

Hij kneep zijn lichtbruine ogen iets samen – Hughs ogen. 'En wat zouden die verkeerde redenen dan wel niet moeten zijn?'

'Omdat je kwaad bent op je vader. Omdat je kwaad bent op mij.'

Tot haar verbazing en ergernis begon hij te lachen. 'Jij hebt er echt een ongelooflijk handje van om jezelf altijd in het middelpunt te plaatsen. Ik ben bij de RAF gegaan omdat ik bij de RAF wílde gaan. Ik wil vliegen.'

'Dan is het goed. Dit glas is niet schoon.' Ze gaf het hem terug. Hij dompelde het stuurs weer onder water. 'Zolang jij er maar niet voor hebt gekozen om precies datgene te doen waar ik het meest ongerust over zou zijn omdát ik daar het meest ongerust over zou zijn. Zoals ik al zei: als dat niet zo is, respecteer ik je besluit.'

'Het is een beroep, mam,' zei hij belerend. 'Geen enkele reden om daar ongerust over te worden.'

Sophie wreef uitgebreid het zilveren bestek op en legde het terug in de cassette. In haar borst zwol emotie, als een opkomend tij. 'Mijn broer Harold is in de tweede maand van de oorlog om het leven gekomen, bij de Slag bij de Marne,' zei ze. 'Hij was mijn moeders lieveling, en zij is er nooit overheen gekomen. Ik ben door hem in de verpleging gegaan, omdat ik het na de dood van Harold niet meer uithield om thuis te zitten niksen.' Duncan wilde iets zeggen, maar ze legde hem met een afgemeten gebaar het zwijgen op en zei: 'Heel veel mensen denken dat we binnen een jaar of nog eerder in oorlog zijn met Duitsland. Heb je daar wel bij stilgestaan?'

'Ja, natuurlijk.' Maar hij keek haar niet aan, en daardoor wist ze dat hij er niet echt over had nagedacht. Ze had spijt van haar bitse toon – hij was nog maar een jongen, een puber die van vliegtuigen hield, en waarom zou hij niet willen leren vliegen, waarom zou hij niet opgewonden en blij zijn omdat hij zijn ambitie kon gaan waarmaken?

'Het spijt me,' zei ze zacht. Ze legde een hand op zijn mouw. 'Ik ben niet boos op je, echt niet. Ik ben trots op je, Duncan, heus. En je mag ook heel trots op jezelf zijn.'

Dit leek hij nog vervelender te vinden dan al het andere, want hij zette een boze frons op en concentreerde zich op de afwas. Ze deden er allebei een paar minuten lang het zwijgen toe.

Duncan zette een steelpan in het afdruiprek. 'Nou ja, het kan nog wel ik weet niet hoe lang duren,' zei hij. 'Je schijnt lang niet altijd meteen een oproep voor de opleiding te krijgen.'

Ze snapte dat ze niet snel nog een keer zo'n olijftak aangeboden zou krijgen en gaf hem een klopje op zijn rug. 'Dan moeten we er intussen maar het beste van maken. Ik zal wat warme sokken en handschoenen voor je breien.'

Stuart had de brieven op de bus gedaan en was terug. De jongens vertrokken naar de Fosters, om te kijken of Michael en Thomas zin hadden in een potje voetbal. Sophie zette koffie voor zichzelf. Net op dat moment werd er aangebeld.

Het was Viola Foster. Ze had een mand bij zich. 'Ik hoop niet dat je het erg vindt dat ik je op zondag kom storen, Sophie.'

'Natuurlijk niet, kom binnen.' Sinds het overlijden van Hugh vond ze de zondagen niet om door te komen, in huis was het te stil en ze kon niet gaan winkelen om zichzelf wat afleiding te bezorgen.

'Ik was aan het opruimen en vroeg me af of jij hier iets aan hebt. Ze zijn Thomas te klein geworden.' Viola stak haar de mand toe. Daarin lag een stapel grijze schooloverhemden.

Sophie bedankte haar, hoewel ze vermoedde dat ze Stuart, die een groeispurt doormaakte, over twee maanden ook niet meer zouden passen. Ze bood Viola een kopje koffie aan, en Viola liep achter haar aan de keuken in.

'Duncan heeft ons het nieuws verteld,' zei Viola. 'Dus ik dacht, ik ga even langs om te kijken of het een beetje gaat.'

Als Duncan tegen de Fosters had gezegd dat hij bij de RAF ging, had Viola daarop vast iets gezegd in de trant van 'En wat vindt je moeder daarvan?' Waarop Duncan vast 'O, die vindt het prima' gezegd had, waarna Viola hem waarschijnlijk bevreemd had aangekeken. Zo ongeveer.

'Het was niet echt een verrassing,' zei Sophie. 'Al sinds zijn tweede is hij helemaal weg van vliegtuigen.'

Viola, een slanke den, deed drie schepjes suiker in haar koffie en zei: 'Misschien gaat hij niet eens vliegen. Misschien wordt hij wel als grondpersoneel tewerkgesteld.'

'Hij wil vliegen, dus wil ik ook dat hij gaat vliegen. Dan zal hij trots op zichzelf kunnen zijn, en dat zal hem goeddoen.'

'Je bent een heel wijze vrouw, Sophie.'

Sophie keek haar vriendin aan. 'Ik? Wijs? O, Viola, je moest eens weten!' Haar stem brak.

Viola sloeg haar armen om haar heen. Ze was lang, jongensachtig en knokig, dus was het net alsof ze door een takkenbos werd omhelsd, temeer daar alles aan Viola bruin was: steil bruin haar, lichtbruine ogen, een gelige huid en meestal bruine en crèmekleurige kleren. Als Sophie bij Viola was, voelde ze zich altijd een verzameling uitbundige rondingen.

'Je hebt ook zo'n zware tijd gehad,' zei Viola meelevend. 'Je bent ontzettend moedig geweest sinds de dood van Hugh. Je zult hem wel verschrikkelijk missen.'

'Voor geen meter.' Het was eruit voor ze het wist. Het was volgens haar Hughs schuld dat Duncan het huis uit ging. Ze rekende het hém aan dat haar zoon had besloten om bij de RAF te gaan.

'Sophie?' Viola liet haar los en keek haar aan.

'Ik mis hem helemaal niet,' zei ze. 'Ik ben blij dat hij dood is.' Het was te laat, ze kon nu niet meer terug, dacht ze fel. En als hun vriendschap dit niet aankon, dan stelde die niet veel voor.

'Viola, Hugh was met iemand anders getrouwd,' zei ze botweg. 'Ik bedoel, hij was met iemand anders getrouwd voordat hij met mij trouwde. Dus eigenlijk komt het erop neer dat we helemaal niet getrouwd waren. Heb jij toevallig sigaretten bij je?'

Viola boog haar smalle bruine hoofd en zocht in haar tas. Sophie kon haar gezicht niet zien. Ze had al jaren niet meer gerookt. Ze was ermee begonnen toen ze in de oorlog als hulpverpleegster werkte, maar Hugh had een hekel aan vrouwen die rookten, dus was ze er toen ze trouwden mee gestopt. Die herinnering bracht een nieuwe golf woede in haar teweeg omdat iemand als Hugh, iemand die zo oneerlijk en onbetrouwbaar was als hij, haar de les meende te moeten lezen. Zou er ooit een dag komen dat ze niet meer kwaad op Hugh was? Je zou denken dat je woede op een gegeven moment wel opraakte.

Viola boog zich naar voren om Sophie vuur te geven. 'Je bedoelt dat hij weduwnaar was, of gescheiden, en dat niet tegen je heeft gezegd? Toch?'

'Ik bedoel dat hij met iemand anders getrouwd was, met een Zweedse vrouw, en dat hij nog steeds met haar getrouwd was toen hij met mij trouwde.'

'Godallemachtig.' Viola toonde zich niet snel verbaasd. Ze was een opmerkelijk kalme, rustige persoon, en Sophie was er altijd van uitgegaan dat ze het een teken van zwakte vond om te laten merken dat je verbaasd of geschrokken was. Maar nu leek ze echt perplex.

'Daar ben ik aan het begin van het jaar achter gekomen, toen Hugh net was overleden. Toen hij ziek werd, was hij namelijk in Glasgow, bij zijn andere gezin. En toen stortte het hele kaartenhuis in.'

'Godallemachtig,' zei Viola weer. Haar lichtbruine ogen werden zo groot als schoteltjes en de frons op haar voorhoofd werd dieper. 'Hugh had nog een gezin? Had hij dan nog meer kinderen?'

'Ja, twee dochters.'

'O, Sophie.'

'Een van zijn dochters, de oudste, woont in Chelsea. Ze is getrouwd. Ik weet niet hoe ze van haar achternaam heet, maar haar voornaam is Rowan.'

'Ik ken haar niet. Ik ken niet veel mensen in Chelsea. Ze kunnen het soms zo hoog in de bol hebben, vind je niet, mensen die in Chelsea wonen?' Viola had een hekel aan pretenties. 'Ik heb Hugh altijd te min voor jou gevonden,' zei ze. 'Hij was natuurlijk heel knap en charmant, maar hij had altijd iets... niet echt iets onoprechts, meer iets ongrijpbaars. Je wist nooit wat hij dacht. En hij deed naar tegen jou.'

Nu was Sophie op haar beurt verbaasd. 'Hij heeft nooit zijn hand naar me opgeheven,' zei ze. Al begreep ze niet waarom nu uitgerekend zíj Hugh moest verdedigen.

'Ik bedoel dat hij er heel goed in was om jou precies te laten doen wat hij wilde. Hij wist altijd zijn zin te krijgen. Bij jou, bij iedereen. Ook bij Doug.' Doug was Viola's man.

Sophie wist meteen dat Viola gelijk had. Waarom had ze dat niet eerder gezien? Hugh had altijd zijn zin gekregen. Als hij niet meteen zijn zin kreeg, probeerde hij op je in te praten, of hij vertrok en deed toch gewoon waar hij zin in had. Ze had meer tegenwicht moeten bieden. Hugh had alle besluiten genomen. Hij had besloten waar ze gingen wonen, naar welke school de jongens gingen, waar ze met vakantie naartoe gingen en hoeveel dagen in de week mevrouw Leonard, de hulp, mocht komen. Als zij ergens bezwaar tegen had gemaakt, zou hij hebben geprobeerd haar over te halen, en als dat niet lukte toch voet bij stuk hebben gehouden. Met zowel charme als onbuigzaamheid oefende hij dan druk op haar uit.

'Ik dacht dat hij mijn grote liefde was, Vi,' zei ze. 'Ik voel me echt zo'n stomkop.'

'Het was een regelrechte klootzak,' zei Viola fel. 'Het is echt onbestaanbaar wat hij heeft gedaan. Waag het niet om jezelf daarvan de schuld te geven.'

Sophie klaarde iets op van Viola's bemoedigende woorden. Ze was bijna vergeten dat dat gevoel bestond.

'Weten de jongens het?' vroeg Viola.

'Ik heb het ze na het overlijden van Hugh verteld. Duncan heeft sindsdien amper nog met me gesproken.'

'Het was me al opgevallen dat hij vreselijk chagrijnig is. Ik dacht dat het door zijn leeftijd kwam, en doordat hij zijn vader mist. En de dochters van Hugh? Weten die van jouw bestaan af?'

'Ik denk het niet.' Als Sophie terugdacht aan dat gesprek met Thea Craxton op de begrafenis van Hugh, was ze bang dat ze niet voorzichtig genoeg was geweest. Ze kon zich niet precies herinneren wat ze gezegd had; ze hoopte maar dat ze haar mond niet voorbij had gepraat.

'Jij bent de eerste aan wie ik het vertel, op Duncan en Stuart na,' zei ze.

'Je had het me al veel eerder moeten vertellen! Wat verschrikkelijk dat je dit in je eentje hebt moeten verwerken!'

'Ik was bang dat je van me zou walgen.'

'O, Sophie, wat ontzettend verdrietig. Hoe kun je dat van me denken?'

'Hugh en ik hebben bijna twintig jaar in zonde geleefd. Daar zouden heel veel mensen van walgen.'

Viola vertrok haar mond naar één kant. Sophie vermoedde dat ze iets wilde zeggen in de trant van 'die mensen zijn jou niet waard'. Waarop zij zou zeggen dat het, zelfs al wás dat waar, niet prettig was om uitgestoten te worden.

Maar in plaats daarvan zei Viola: 'Ik kan er moeilijk bezwaar tegen maken. Ik heb zelf een minnaar. Arnold is een fantastische man, we zien elkaar twee keer per maand in een rustig hotelletje. Zo hou ik het vol met Doug. Ik heb het je niet eerder verteld omdat ik altijd dacht dat jij nogal conventioneel was.'

Viola vertelde verder en Sophie probeerde ondertussen haar

beeld bij te stellen. Arnold was klokkenmaker. Hij woonde in Bermondsey en was niet gelukkig met zijn vrouw. Raar, dacht Sophie, hoe je een beeld van iemand kon hebben dat niet strookte met de werkelijkheid. Neem Viola, zo plat als een strijkplank, nooit een spoortje lippenstift of poeder, die haar nu vertelde dat Arnold zo'n geweldige minnaar was, in tegenstelling tot Doug, wie het in bed aan fantasie ontbrak. Het was allemaal heel vreemd, maar bood haar wel enige troost.

Meneer Ludgate, wiens lezing over archeologie Thea op een avond in Conway Hall bijwoonde, was een kleine, tengere man in een ouderwetse halflange jas en een overhemd met puntboord, net als meneer Chamberlain. De meeste studenten waren man; de enige twee vrouwen waren Thea en een meisje met geelblond haar, dat achter in de zaal zat, weggedoken in een jaloersmakend chique jas van zwart suède. Naast haar zat een lange man met koperkleurige krullen. 'Max, moet je nou echt zo vreselijk verveeld kijken? Ik ben ook meegegaan naar die beestachtige bokswedstrijd van jou,' hoorde Thea het meisje tegen hem zeggen. Zo nu en dan keek ze even over haar schouder hun kant op. Tijdens het eerste deel van de lezing, waarin meneer Ludgate gangbare archeologische theorieën uiteenzette, las Max een krant; MORGEN WAARSCHIJNLIJK NIEUWE ENGELSE DEFENSIEMAATREGELEN luidde de onheilspellende kop. De lezing ging van de ontdekkingen van Flinders Petrie in Egypte naar de opgravingen in Troje van Carl Blegen, en vandaar naar de nederzetting Skara Brae op Orkney, waar Vere Gordon Childe onderzoek naar had gedaan. De krant werd weggelegd en Max sloeg zijn armen over elkaar en viel in slaap. Zijn gesnurk vormde een ritmisch achtergrondgeluid bij de stem van meneer Ludgate.

Meneer Ludgate sprak zijn toehoorders toe met 'heren'. Het was alsof Thea en het meisje in de zwarte jas onzichtbaar waren. Toen de studenten aan het eind van de lezing vragen mochten stellen, reageerde meneer Ludgate alleen op de opgestoken handen van de mannen.

Toen ze het gebouw uit liepen, kwam het meisje met de zwarte jas naar Thea toe. 'De blaaskaak,' zei ze boos. 'Ik had zin om hem iets naar zijn hoofd te gooien. Geen woord over een vrouwelijke archeoloog.'

'Zijn die er dan?'

Het meisje keek Thea minachtend aan. 'Natuurlijk zijn die er. Mijn oma is archeoloog. Mijn moeder ook. En heb je nog nooit van Dorothy Garrod gehoord? Of van Mary Kitson Clark?' Ze noemde nog een paar namen en zei toen: 'Als het je interesseert, moet je dit maar eens lezen. Ik heb het net uit.' Ze stak Thea een boek toe.

De archeologie van prehistorisch Engeland luidde de titel op het gehavende omslag, en de schrijver heette Rana Hughes. 'Weet je het zeker?' vroeg Thea.

'Tuurlijk, neem mee. Maar ik moet je wel waarschuwen: het is nogal droge kost.'

'Ontzettend bedankt.' Thea wilde net naar haar naam en adres vragen, zodat ze het boek aan haar terug kon sturen, maar het meisje had zich al omgedraaid en zei tegen haar metgezel: 'Schiet op, Max, anders komen we te laat.' Ze stiefelden samen weg, naar een motorfiets die op de stoep geparkeerd stond, stapten erop en reden weg.

Thea ging terug naar het logement in Bloomsbury en opende de deur van haar kamer in het souterrain. Peggy was er niet, dus ze had de kamer voor zichzelf. Overdag maakten ze de twee smalle bedden op met kussens en plaids, zodat het net twee banken leken. Verder stonden er een ladekast, een tafeltje en twee stoelen. Hun kleren hingen ze aan haakjes aan de muur, en daar hingen ze ook hun regenjas te drogen. Peggy's verfspullen, schetsboeken, prikborden en doeken stonden in een hoek van de kamer en Thea's boeken lagen op een hoge stapel naast haar bed. Ze deelden een keuken en badkamer met de tien andere bewoners van het logement. Soms gaven die mensen een feestje – luidruchtige bedoeningen die tot in het souterrain te horen waren. Rowan noemde de kamer 'de kast', maar Thea vond het er fijn.

In de keuken zocht ze iets te eten en luisterde ondertussen naar de radio. Als ze die aanzette, voelde ze altijd eerst angst, gevolgd door opluchting als ze tot de ontdekking kwam dat Engeland nog niet in oorlog was, maar daarop volgde onvermijdelijk weer nieuwe angst wanneer het tijd was voor het volgende nieuwsbulletin. De ontvangst in de keuken was niet best, en vaak kwam het nieuws, dat in die maand september van het jaar 1938 steevast somber en angstaanjagend was, door een nevel van ruis en stiltes tot haar.

Die avond ging het net zo. De premier, Neville Chamberlain, was met het vliegtuig naar Duitsland gegaan voor nadere besprekingen met de kanselier, Adolf Hitler, over de toekomst van Tsjechoslowakije. Gesis, gekraak. Hitler eiste dat een groot stuk van Tsjechoslowakije aan Duitsland zou worden afgestaan. Weer gekraak, en toen viel de ontvangst weg.

Er was geen brood en Thea was vergeten melk te kopen. Ze zette een beker zwarte thee en probeerde zich voor te stellen hoe ze zich zou voelen als een deel van haar land zomaar aan een ander land werd gegeven. Als Hampshire en Wiltshire bijvoorbeeld aan Frankrijk werden overgedragen. Dat was ondenkbaar.

Een andere bewoner van het logement, een lange, magere, ongezond uitziende man, Miller genaamd, kwam de keuken binnengesloft. Hij had een groezelige kamerjas en gerafelde pantoffels aan. Het nieuwsbericht kwam weer tot leven; hij hield zijn hoofd schuin en luisterde mee.

'Jezus, binnen een week zijn we in oorlog,' zei hij.

'Denk je?'

'Zo te horen wel.'

'Wil je ook thee?'

'Nee, dank je. Heb jij iets te eten?'

Thea schudde haar hoofd. 'Nee, sorry.'

'Ik heb al drie dagen niets gegeten.' Miller nam een glas water en liep met sloffende pantoffels de keuken uit.

De stem van de BBC-presentator viel opnieuw weg. Thea zette de radio uit en liep met haar beker naar het souterrain. Haar eetlust was verdwenen en ze voelde zich misselijk. *Binnen een week zijn we in oorlog*. Stel nou dat Miller gelijk had. Dan waren al haar hoop, zorgen en ambities zinloos geworden. Ze moest denken aan de krantenfoto's van Spaanse steden die door Duitse vliegtuigen waren gebombardeerd. Over een week stond Londen misschien wel in brand. Van het logement en de kamer waar zij met Peggy woonde, waren dan misschien alleen nog as en puin over.

Ze kon niets bedenken wat ze kon doen om een oorlog te voorkomen en als ze eraan bleef denken, deed ze 's nachts geen oog dicht, dus bladerde ze maar wat in *De archeologie van prehistorisch Engeland* om zichzelf wat afleiding te bezorgen en dronk ze haar thee. Op het schutblad stond *Helen Fainlight* geschreven, en dat was waarschijnlijk de naam van het meisje met de zwarte jas, wier oma archeologe was. Maar toen Thea de hoofdstuktitels langsliep, viel haar blik op nog een naam – een naam die voor haar zo beladen was dat het was alsof haar hart een slag oversloeg.

De Grijze Dansers van Corran Island. Een van de opgravingen die in het boek besproken werden, lag op Corran. De boot van haar moeder, de Iduna, was tegen de rotsen voor de kust van Corran te pletter geslagen, en haar lichaam was daar twee dagen later aangespoeld. Sigrid Craxton was op het eiland begraven, omdat dat de plek was waar ze het meest van hield, had Thea's vader haar ooit verteld. Thea kon zich zelf niets van het eiland herinneren.

Ze bladerde verder en kwam bij een pentekening van staande stenen die ruwweg in een cirkel stonden – de Grijze Dansers. Ze las vluchtig een sage over geliefden die werden gestraft omdat ze zich niet aan de rustdag hadden gehouden en daarom in steen waren veranderd, en las toen de beschrijving van de opgraving. Tussen de dertien menhirs van rood zandsteen stonden kleinere keien van grijs graniet. Ze stonden op een vlak, moerasachtig plateau, ongeveer zevenhonderd meter landinwaarts. De hoogste steen was vier meter hoog. De schrijver noemde de cirkel majestueus en opvallend, en hij dateerde uit het neolithicum.

Er drong zich een beeld aan Thea op van een reusachtige steen die zich trots verhief, met op de achtergrond een glinsterend blauwe lucht. De steen was bedekt met groen en okergeel korstmos en onder haar hand voelde ze het in de zon opgewarmde graniet. In de verte fonkelde een zee in de zon. Was dit een herinnering of een fantasie? Ze was zes jaar geweest toen haar moeder was overleden, zes jaar tijdens dat laatste noodlottige bezoek aan Corran. Ze wilde dat het een herinnering was. Ze had heel weinig herinneringen aan haar vroege jeugd en aan haar moeder. Neerhangend korenblond haar dat langs de spijlen van een ledikant streek. Een hoge, zuivere stem die een liedje in een vreemde taal zong. Een hand in de hare, terwijl ze over het zand rende, en iemand die lachte. Elke keer als ze zich wat meer in deze flarden probeerde te verdiepen, losten ze op als cacao in warme melk.

Peggy en Gerald kwamen de kamer binnen. 'We wilden even bij Ralph en Nancy langsgaan,' zei Peggy. 'Nancy heeft soep gemaakt. Kom je ook, Thea?'

Ze gingen naar boven en klopten onderweg bij Miller aan. Ralph en Nancy Wadham en hun baby, dochtertje Mollie, bewoonden vier kamers op de bovenste verdieping van het huis. Ralph, een gezette man met baard van in de dertig, was decorontwerper en gaf parttime les aan de Slade-kunstacademie. Zijn vrouw Nancy was jonger en was vroeger een studente van hem geweest.

Er waren een stuk of tien mensen, die het zich gemakkelijk hadden gemaakt op de stoelen en kleden. Nancy haalde lege soepkommen op. Ze had een zacht, knap gezicht, maar vanavond zag ze er moe en pips uit, en haar bruine krullen zaten slordig achterovergekamd onder een gerafeld paarsblauw sjaaltje.

Peggy en Thea gingen op een vensterbank zitten; Gerald op de grond, vlak naast Nancy. Er was net een verhitte discussie gaande, en de spanning was om te snijden.

'We moeten een fatsoenlijke oplossing vinden om ruzies tussen landen op te lossen, en er niet zomaar middenin springen en met wapens gaan zwaaien,' zei Ralph Wadham met luide stem.

'De Tsjechen zullen die oplossing van Chamberlain niet bepaald fatsoenlijk vinden,' zei een bleke, slim uitziende jongen, Leo geheten, die Thea al eens eerder bij de Wadhams had ontmoet.

'Tsjechoslowakije bestond een kwarteeuw geleden niet eens. Dat land is het product van een ongelooflijk gebrekkig vredesverdrag.'

'Ik geloof niet dat ik zou staan te springen als ik een Tsjech was,' zei een meisje met vlasblonde vlechten. 'Dat je opeens in een ander land woont, omdat een paar ouwe kerels een bevlieging hebben gekregen.'

'Dat kun je niet echt een bevlieging noemen. Het is bedoeld om zonder geweld een verandering tot stand te brengen, snap je dat niet? Wat heb jij dan liever? Duitsland binnenvallen omdat dat land er anders over denkt dan wij?'

'Dat heb ik niet gezegd, binnenvallen, ik bedoelde...'

'Geweld gebruiken is ondenkbaar, zowel praktisch als moreel.'

'Maar als we niet ingrijpen en Hitler zijn gang laten gaan...'

'Als wij militair ingrijpen, zijn we net zo erg als zij, dat is toch wel duidelijk?' Ralph zei het op gezaghebbende toon, en het meisje met de vlechten deed er verder het zwijgen toe.

'Kom zitten. Je ziet er doodmoe uit,' zei Peggy tegen Nancy. Ze schikten wat in op de vensterbank, om plaats voor haar te maken.

'Dank je.' Nancy ging met een zucht zitten. 'Mollie was de halve nacht wakker. Tandjes.'

'Waar blijft het toetje, Nancy?' vroeg Ralph.

Nancy stond op en liep naar de keuken. Thea en Peggy liepen achter haar aan. De kleine houten tafel en het afdruiprek stonden vol met mengkommen en keukengerei. In het grijze water in de gootsteen stonden pannen.

Nancy spoelde snel wat kommetjes onder de kraan schoon, en Thea en Peggy droogden ze af. 'We hebben er maar zes,' zei ze. 'Die met dat barstje niet aan Ralph geven, hoor, want dan gaat hij weer moeilijk doen. We zullen gebaksbordjes moeten gebruiken. O nee.' Weer een geërgerde zucht. 'Die zijn ook vuil.'

'Gewone schoteltjes dan?' stelde Thea voor.

'Ja, schoteltjes.'

In de woonkamer bood een jongen, Gwyn, aan om de taart te snijden. Thea zag hoe zijn losse donkere krullen glansden in de avondzon die gefilterd door de ramen viel. Ze keek graag naar hem, maar wist niet goed waarom. Kwam het door de stand van zijn jukbeenderen of door de neerwaartse ronding van zijn oogleden, waardoor je maar wilde blijven kijken?

Gwyn keek op en zag dat ze naar hem keek. Thea wendde gegeneerd haar blik af.

'Sst,' zei Nancy op dringende toon, en ze hield haar hoofd schuin. 'Hoor ik Mollie nou?'

'Ik ga wel even kijken, Nancy.' Roma, een lang meisje, stond op. Ze had een donkerblauwe tuinbroek en een wit overhemd aan en werkte als model op de Slade-kunstacademie.

'Als je de kinderwagen een beetje heen en weer wiegt, valt ze misschien weer in slaap, Ro.' Roma liep de kamer uit.

'Engeland heeft als een angsthaas de aanval van Duitsland en Italië geaccepteerd,' zei Leo. 'Door te weigeren om de Spaanse Republiek te bewapenen helpen we Franco aan de overwinning. De Italianen hebben in Abessinië godbetert gifgas gebruikt, en nóg doen we niets. Ik weet het even niet meer.'

'Wat voor wapens je kiest, maakt niet echt veel uit,' zei een jonge vrouw, Amy, die een kamer op de begane grond had. 'Het is allemaal even afschuwelijk.'

'Vind jij dan niet dat gifgas nog even een graadje erger is?'

'Als je dat apart noemt, zeg je dan eigenlijk niet dat het prima is om conventionele wapens te gebruiken?'

'Nee, dat is onzin, echt volslagen onzin.'

Iemand begon over de Peace Pledge Union. 'Kletspraat,' zei Leo. 'Zinloze kletspraat, alleen maar eigenbelang. Pacifisme is een manier om verzoeningspolitiek verteerbaar te maken.'

'Godallemachtig, oorlogshitser!' brulde Ralph opeens.

'Oorlogshitser?' zei Leo hem duidelijk beledigd na.

Maar Ralph keek in het kannetje. 'De custard is op. Nu is er niks meer voor Jakob.'

'Dat is niet erg, Ralph,' zei Jakob, een academicus en Duits-Joodse vluchteling. 'De appeltaart is zo ook echt heerlijk.'

'Maak nog maar wat custard, Nance.'

'Ik heb niet genoeg melk meer. De rest heb ik voor Mollie nodig.'

'We kunnen geen appeltaart zonder custard eten.'

Iedereen hoorde de baby huilen – een wanhopig geluid. Nancy klemde haar lippen op elkaar, pakte het kannetje en liep naar de keuken.

'Ralph, je praat alsof we zitten te wáchten tot er iets gebeurt,' zei Jakob nu. 'Maar het is al gebeurd, en het gebeurt elke dag weer. De ambities van de machthebbers zijn geen hypothetische problemen meer, de gruwelen hebben zich al aangediend. Alleen nog niet hier, nog niet in Engeland. Maar zelfs hier, in het veilige Londen, zijn er mensen die met Hitlers plannen sympathiseren.'

Roma kwam weer binnen. 'Mollie is klaarwakker,' zei ze. 'Nancy probeert haar weer in slaap te krijgen. Ze denkt dat het komt doordat ze tandjes krijgt.' Ze ging naast Gwyn zitten, die met zijn vingers over haar wervelkolom streek. Thea wendde haar blik af.

Ralph praatte verder. 'Mijn vader zit al sinds het einde van de Eerste Wereldoorlog in een gesticht. Al twintig jaar. Mijn moeder en ik gaan één keer per maand bij hem op bezoek. Hij zegt amper een woord. Hij weet niet wie ik ben. Ik zie al mijn hele leven wat voor gevolgen een oorlog heeft.'

Peggy tikte Thea even tegen haar elleboog, en ze gingen samen naar de keuken. Om de beurt susten ze de baby. Thea voelde hoe mollig en warm Mollie in haar armen lag; toen ze de geur van het fluweelzachte babyhuidje inademde, voelde ze zich beter en verdwenen haar zorgen naar de achtergrond. Toen nam Nancy Mollie van haar over en zong zachtjes voor haar. Peggy en Thea maakten koffie en thee voor iedereen. Ralph was de custard blijkbaar vergeten. De discussie ging verder, verstaanbaar tot in de keuken.

'Je moet altijd blijven praten.'

'Dat heeft met Franco ook succes gehad, hè? En, tjongejonge, bij Hitler boeken ze er ook goede resultaten mee.'

'Doe niet zo grappig.'

Nancy wiegde Mollie zachtjes in haar armen. De oogjes van het kindje zakten dicht en ze legde haar hoofd tegen haar moeders schouder. De stiltes tussen de snikken werden steeds langer. Thea dacht aan het boek en de pentekeningen van de stenen op Corran.

Was ze daar met haar moeder geweest? Hadden ze soms tussen de stenen door gelopen, had haar moeder haar misschien in haar armen genomen toen ze moe werd, had ze haar op haar hoofd gekust, zoals Nancy Mollie nu kuste?

Even later gingen ze weg. Gerald wilde blijven, dus gingen Peggy en Thea alleen naar beneden.

'Nancy heeft me verteld dat ze weer zwanger is,' fluisterde Peggy tegen Thea. 'Ze kan niets eten, ze houdt niets binnen.'

'Wat akelig.'

Op het gebarsten linoleum op de vloer van hun kamer viel een groenig licht, afkomstig van de laatste stralen van de avondzon die tussen de stoffige, donkere bladeren van de plataan voor het raam door naar binnen vielen.

'Nancy kan ontzettend goed schilderen,' zei Peggy. 'Haar docenten op de academie vonden haar ontzettend goed.'

'Wat voor werk maakte ze?'

'Voornamelijk olieverfschilderijen. Ze schilderde bloemen. Enorme doeken, met heel felle kleuren, echt prachtig.'

'Daar zal ze nu wel niet veel meer aan toekomen.'

'Nee, ze schildert nooit meer. Al sinds ze Mollie heeft niet meer.'

'Vind je dat je jezelf nog kunstenaar mag noemen als je niet meer schildert?'

'Nancy pakt het wel weer een keer op.'

Thea vroeg het zich af. Ze dacht aan hoe moe en gelaten Nancy had geklonken toen ze zei dat ze Ralph niet de kom met het barstje mocht geven. Want dan ging hij maar moeilijk doen. Alsof het haar taak was om haar man te sussen, net zoals ze haar dochtertje suste.

'Ralph had wel wat meer mogen helpen, vind je niet?' zei ze. 'Hij moet toch weten hoe moe Nancy is?'

Peggy snoof minachtend. 'Ralph helpt haar nooit, is je dat niet opgevallen? Hij vindt het allemaal vrouwenwerk, koken en opdienen. Niemand van de mannen heeft een vinger uitgestoken.'

'Gwyn wel, een beetje.'

'Gerald niet.'

'Ga je met hem trouwen, Peggy?'

'Ik weet het niet. Bovendien gaat hij toch binnenkort weg.'

'Waarnaartoe?'

'Naar Zuid-Amerika. Brazilië. Een vriend van hem gaat daar een expeditie leiden en heeft hem meegevraagd. Ze hopen dat ze een verdwenen stam zullen vinden.'

'Wat spannend.' Thea voelde een steek van jaloezie. Wat zou zij graag reizen, net als Gerald! Haar blik dwaalde af naar *De archeologie van prehistorisch Engeland*, dat op haar bed lag. Ze had het naar haar zin in Londen, maar ze had de laatste tijd gemerkt dat ze verlangde naar open vlaktes, naar de bergen en de zee. De kruidenier voor wie ze werkte, overwoog om de boodschappen die met de fiets werden bezorgd voortaan met een busje rond te brengen, dus het kon zijn dat ze binnenkort geen werk meer had. Ze bedacht dat ze dan naar Corran kon gaan om de rechtopstaande stenen zelf te bekijken. Ze had genoeg geld gespaard.

Peggy stak haar handen in de zakken van haar groene katoenen rok. 'Gerald zegt dat hij van me houdt, maar hij gaat wel maanden weg en schrijft me dan nooit,' zei ze.

'Ik kan me voorstellen dat dat moeilijk is als je in het oerwoud zit.'

'Hij is drie maanden naar Schotland geweest en heeft me maar één miezerige ansichtkaart gestuurd. Je zou toch denken dat ze in Schotland brievenbussen hebben, of niet soms?'

'Die hebben ze zeker, heel veel zelfs.' Thea was somber over haar eigen amoureuze vooruitzichten; ze had nog nooit vaste verkering gehad. De jongens die zij leuk vond, zoals Gwyn, waren al bezet, en tot de jongens die wel belangstelling toonden, voelde ze zich niet aangetrokken.

'Ik wilde dat ik iemand ontmoette,' zei ze. 'Ik ben bang dat ik mannen afschrik.' Misschien was ze een te erge boekenwurm; ze herinnerde zich dat Simon Pemberton dat woord had gebruikt.

'Welnee. Je hebt alleen de ware nog niet ontmoet.' Peggy deed alsof ze in katzwijm viel, en Thea moest lachen.

In september nam Simon Rowan mee naar Ashleigh Place. Weelderige heggen barricadeerden de smalle kronkelweggetjes van Suffolk en de vroege najaarszon die door de berkenbladeren viel, tekende vlekken op de berm waar hij de auto stilzette om haar te kussen. Het huis lag een paar kilometer van het dorp Hawkedon, in een park met heel oude eiken en paardenkastanjes, die donkere schaduwen op het gras wierpen. Simon was duidelijk erg blij toen ze bij haar eerste blik op Ashleigh Place een opgetogen kreet slaakte. Het huis lag aan de andere kant van een lichte helling, een onverwacht vergezicht dat voor een subtiel dramatisch accent zorgde. De geur van lavendel en buxus, de houten balken met hun verschoten, aardse tinten, de muren van rood baksteen, de voortuin met de in de vorm van schaakstukken gesnoeide taxusstruiken – alles bij elkaar vormde het een verrukkelijke aanslag op de zintuigen.

Simons oom, Denzil Pollington, was bij de begroeting een en al hartelijkheid en strooide met complimentjes. Onder Denzils kastanjebruine Turkse muts met borduursel en kwastjes stak een dunne pony van pluizig wit haar uit. Zijn lichte blauwe ogen, begraven in huidplooien en wallen, stonden scherp en alert. Geen moeite was hem te veel om het haar naar de zin te maken. Rond etenstijd legde hij een plaid over zijn knieën en vroeg het dienstmeisje om er voor Rowan ook een te halen: het was koud in het oude huis, en er was geen elektriciteit; ze moesten het doen met olielampen, kaarsen en haardvuren. Denzil zei dat Simon haar wel eens eerder had mogen meenemen en hij verleidde haar om zo nu en dan een hapje te nemen en een glas sauternes uit de kelder van Ashleigh Place te proberen.

Denzil was begin zeventig en kwakkelde met zijn gezondheid; hij excuseerde zich al vroeg van tafel en ging naar bed. Rowan en Simon waren de enige gasten; toen zijn oom buiten gehoorsafstand was verdwenen, glimlachte Simon blij. 'Hij vond je geweldig, liefje,' zei hij. 'Goed zo.'

De volgende ochtend stond Rowan vroeg op en ging naar buiten om de tuin achter het huis te verkennen. Het was koel en fris, de zon stond wit en laag aan de hemel. Haar blik ging van de wolken paarse salvia's naar de kleine wit-met-roze madeliefjes die in de kieren in de muren en tussen de flagstones van het pad opschoten. Aan de rand van een vijver waarin goudvissen heen en weer schoten, stond een beeld van een nimf, met een omgekeerde urn, waar water uit druppelde.

Ze kwam bij het eind van de tuin en keek om. Ze had zich afgevraagd of Simon wakker zou worden en achter haar aan zou komen. Ze hoopte stilletjes dat hij haar die dag ten huwelijk zou vragen, dat hij haar had meegenomen naar Ashleigh Place om het huis te zien waar zij misschien ooit zouden gaan wonen. Dat was volgens haar de reden waarom hij haar had gevraagd met hem mee te gaan. Ze kon nog niet trouwen, maar ze stelde zich voor dat Simon zou zeggen dat hij op haar zou wachten.

Maar Simon kwam niet. Ze liep een wei met stug gras door. Een roodbruine koe keek haar met haar bruine ogen met lange wimpers aan en de bladeren van de bomen en heggen waren opdringerig groen. Ze kwam langs een schuur, stallen en een vakwerkhuisje, waar een man zijn moestuin stond te wieden en zijn pet voor haar afnam. In een bosje met elzen en iepen liet een groene specht zijn schelle lach horen. Bij een beekje bleef ze staan en keek naar een oranje-met-saffierblauwe ijsvogel die recht in het water dook.

Ze liep terug door het bos en de wei. Simon stond haar in de tuin op te wachten.

'Waar bleef je nou?' Hij klonk boos. 'Je bent te laat voor het ontbijt. Denzil vroeg al waar je was. Hij heeft een afspraak, dus we blijven niet lunchen.'

Ze gaf hem een kus en zette haar teleurstelling over het feit dat ze al zo snel weer weggingen van zich af. Dat Simon haar mee naar Ashleigh Place had genomen was op zichzelf al een liefdesverklaring. Ze stak haar arm door de zijne. 'Het is hier echt prachtig, lieveling,' zei ze. 'Je had gelijk, dit is het mooiste huis ter wereld.'

Op de vrijdagavond dat Rowan bij Nicky Olivier was, keerde Neville Chamberlain terug in Londen, na zijn derde bezoek aan Duitsland. Nicky ontkurkte in zijn appartement in Belgravia een fles champagne en zette de radio aan. Samen luisterden ze naar de uitzending vanaf vliegveld Heston; de verslaggever vertelde dat de premier uit het vliegtuig stapte en het document, door hem en Hitler ondertekend, omhoogstak naar de menigte – de beloning voor zijn inspanningen. Chamberlain beweerde dat dat document een garantie was dat de twee landen nooit meer oorlog met elkaar zouden voeren.

'*Peace for our time*,' citeerde Nicky, nadat hij de radio uit had gezet. Hij proostte met Rowan en ging toen weer op de bank zitten. Er trok een cynische glimlach over zijn donkere, sombere gezicht. 'Dus ik hoef nog geen soldaat te worden. Wat een opluchting.'

7

November 1938

Thea reisde via een omweg naar het noorden om ook het Lake District aan te kunnen doen, waar ze een bezoek bracht aan de rechtopstaande stenen van Castlerigg. Na een treinreis met een aantal overstappen kwam ze in Ardrossan, aan de Firth of Clyde, en vandaar liftte ze in een bestelbusjc over een kronkelende kustweg naar een heel klein, door de wind geteisterd haventje. De veerboot naar Corran ging twee keer per dag, met post en levensmiddelen.

Toen ze op de kleine boot de zeestraat overstak, werd ze overspoeld door een golf misselijkheid en het zweet brak haar uit. Om de misselijkheid te onderdrukken concentreerde ze zich op de grijze contour van het dichterbij komende eiland. Toen ze in Portmore aan wal ging en op een laag stenen havenmuurtje neerzakte, werd ze overmand door een akelig gevoel van hopeloosheid. Ze had ontroerd, verontrust of overweldigd moeten zijn door het feit dat ze nu hier op Corran was, het eiland waar de familie Craxton ooit een vakantiehuis had en waar haar moeder begraven lag. Maar ze was alleen maar opgelucht dat ze de reis had weten te doorstaan zonder daadwerkelijk te moeten overgeven.

Op een gegeven moment kreeg ze toch weer oog voor haar omgeving. Rond de haven stonden wat stenen huizen, en vandaar liep een steile straat omhoog; die straat liep ze in, en ze kwam langs een pub, een winkel en een eenvoudige witgepleisterde kerk. Daarna hield het dorpje zo'n beetje op en stond ze tussen de akkers en weilanden.

Ze gooide haar rugzak over een houten hek en klom er toen zelf overheen. Nadat ze in het veld haar tent had opgezet, rammelde ze van de honger. Ze bereidde een maaltijd van tomatensoep en haverkoeken voor zichzelf en las tot het daar te donker voor werd; toen kroop ze in haar slaapzak en viel in een diepe slaap.

De volgende ochtend ging Thea op weg naar de stenen. Toen ze een paar kilometer had gelopen, kwam ze bij een voetpad dat van de weg af voerde. Dat liep ze op, gestaag klimmend, het binnenland in. Voordat het bos plaatsmaakte voor open terrein en het pad zich versmalde tot een spoor van platgetrapt gras en aangedrukte aarde, werd het doorkruist door een beekje, dat ze via stapstenen kon oversteken. Haar schoenen zakten weg in de modder en haar blik schoot gebiologeerd van een trosje heloranje zwammen – *Aleuria aurantia*, meende ze – naar groene varens met bladeren als messen en toen naar een eenzame wilde hyacint, heel vreemd zo in november, die in een beschut stukje gras heen en weer deinde.

Het pad werd minder duidelijk, liep tussen rotsblokken en gaspeldoornstruiken door en om keien heen die bedekt waren met een fluweelzacht laagje mos. Maar plotseling waren ze daar toch, vóór haar, de Grijze Dansers, in het gras op de open plek. Ze bleef vol ontzag staan. Het monument was zo majesteitelijk en zo gigantisch groot dat het haar de adem benam. *De stenen staan in de vorm van een afgeplatte cirkel (...). Net als bij veel neolithische vindplaatsen wordt de ingang gevormd door twee grote menhirs*: ze herinnerde zich hoe het beschreven stond in het boek van Helen Fainlight, dat ze in haar rugzak had. Ze legde een hand tegen een van de dertien rode zandstenen; verwarmd door de zon voelde het steen bijna alsof het leefde.

Ze maakte een tekening van de stenen en nam foto's, en toen at ze de reep chocola en de appel die ze eerder die dag in de winkel in Portmore had gekocht. Hadden er in de oudheid mensen in de buurt van de steencirkel gewoond, of was hij louter voor ceremoniële doeleinden gebruikt? Misschien hadden ze deze plek gekozen omdat het een vrij plat deel was van een eiland dat eigenlijk niet veel meer was dat een hoge rots. Wat moest het leven zwaar zijn geweest als alles wat je at bejaagd of geplukt moest worden of in de stenige grond verbouwd. Wat moest het zwaar zijn geweest om je tijdens de lange, donkere winters warm te houden.

Regendruppels maakten zwarte vlekken op de stenen en antracietgrijze wolken verjoegen de korenbloemblauwe lucht van die ochtend. Een vlaag regen schoof een zilvergrijs gordijn voor de steencirkel, en Thea liep het pad aan de andere kant van de open plek op, dat de heuvel af liep en door een bos ging. Onder het gebladerte van de roestkleurige bomen vond ze beschutting. Ook hier een en al overdaad: daar stond een vliegenzwam, de rood-met-witte paddenstoel uit de sprookjes, en daar een glanzende, plakkerige bruine zwam waar ze de naam niet van wist en die op het punt stond om vloeibaar te worden en weer in de grond te verdwijnen. En daar stond er nog een, geleiachtig en doorschijnend – als ze die aanraakte, gingen haar vingers er zo doorheen. *Auricularia auricula*, en een bijzonder fraai exemplaar ook. Ze ging op haar knieën op de dennennaalden zitten om hem te tekenen.

Toen ze het bos uit kwam, verwaaide de regen. Een pad kronkelde de heuvel af, tussen lijsterbessen en berkenbomen door. In de verte vormde de zee een fonkelende blauwe driehoek, boven haar in de lucht cirkelde een buizerd.

De letters op de oudere grafstenen op de begraafplaats van Portmore waren weggesleten door de wind, de regen en de tijd. Mannen waren op zee gestorven, moeders waren samen met hun pasgeboren kind overleden en innig geliefde kinderen waren aan koortsen bezweken. Thea vond het graf van haar moeder met de eenvoudige witmarmeren steen in een hoek van het perceel, onder de schaduw van een taxus. Ze las de inscriptie: SIGRID MARGARETA CRAXTON, 1892-1927, INNIG GELIEFDE ECHTGENOTE VAN HUGH CRAXTON. RUST IN VREDE.

Ze veegde wat bladeren van het graf weg en legde het takje herfstbessen erop dat ze die ochtend had geplukt. Een briesje dat naar zout en zee smaakte en naar de kou van de naderende winter, wervelde en danste over de begraafplaats. Rowan had haar verteld dat ze in de zomer van 1927 met z'n drietjes – Rowan, hun moeder en zijzelf – bijna alle weekenden naar Corran waren gegaan. Wat had Sigrid die zomer keer op keer naar deze afgelegen plek toe gedreven? Misschien verlangde ze wel naar het koude platteland van Zweden, het land waar ze geboren en getogen was, en vond ze hier op Corran iets van die verlatenheid terug. Ze snapte wel wat haar hierin gegrepen moest hebben. Thea was zelf ook verliefd geworden op het eiland.

Toch zat haar iets niet lekker. Met z'n drietjes. Sigrid was in die zomer van 1927 een paar keer met haar dochters naar het eiland geweest. Sigrid met haar dochters, maar niet met Hugh. Sigrid, die zo van zwemmen en varen hield, was misschien wel net zo iemand geweest als Rowan, een rusteloze vrouw die haar energie kwijt moest. Rowan kon niet stilzitten – misschien was Sigrid ook wel zo geweest. Rowan mocht vitaal en bedrijvig zijn, maar vanbinnen was ze ongelukkig. Misschien was Sigrid ook ongelukkig geweest en was dat de reden waarom ze hier die laatste zomer zo vaak naartoe was gegaan. Zou Sigrid zo vaak van huis zijn gegaan als ze gelukkig getrouwd was geweest? Opeens zag Thea weer de in het zwart geklede vrouw voor zich, die naast een graf stond.

Misschien was Hugh Craxton in die weekenden dat Sigrid met haar dochters naar Corran was gevaren ook niet thuis geweest. Misschien had haar vader dan wel een bezoek gebracht aan zijn fictieve vriend, Malcolm Reid, en aan zijn vermoedelijke minnares, mevrouw Torrance, zelfs toen al.

Duncan moest zich melden bij de vliegopleiding in Desford, in Leicestershire. De dagen voor zijn vertrek waren ze druk met de voorbereidingen. Sophie probeerde niets te laten merken van de aanhoudende pijn in haar hart. Al te snel diende de ochtend van zijn vertrek zich aan. Ze ontbeten samen, en daarna trok Duncan in de gang zijn jas aan. Ze omhelsden elkaar, namen afscheid, en toen vertrok hij. Bij het hek keek hij nog één keer om, glimlachte en zwaaide.

Sophie keek hem vanuit een raam op de bovenverdieping na. In zijn tred bespeurde ze zowel optimisme als ongerustheid. De gedachte dat hij nu een man was, dat de jongen voor altijd verdwenen was, sneed haar door het hart, maar ze hield haar tranen in, zodat ze hem zo lang mogelijk kon nakijken. Toen werd hij opgeslokt door de menigte; ze tuurde of ze hem nog zag, maar hij was verdwenen.

Het was wasdag, dus haalde ze samen met mevrouw Leonard de bedden af en waste de lakens. Toen Stuart 's middags thuiskwam uit school, was Sophie de logeerkamer aan het leegruimen. Ze hoorde hem de trap op rennen.

'Hé, mam.'

'Dag, lieverd.' Ze gaf hem een kus. 'Hoe was het op school?'

'Prima. Wat ben je aan het doen?'

'De ramen aan het opmeten. Wil jij die kant van het meetlint even vasthouden?' Dat deed hij. 'Ik moet geld verdienen om de rekeningen te kunnen betalen,' zei ze. 'Dus wilde ik de logeerkamer gaan verhuren.'

'Goed idee.'

Ze keek even naar hem. 'Vind je het niet erg?'

Hij schudde zijn hoofd. 'Waarom zou ik?'

'Een meter zeventig,' zei ze, en ze schreef het op. 'Deze gordijnen hangen hier al sinds we het huis kochten. En er moet ook geschilderd worden.'

'Ik help je wel, mam.'

'Dank je wel, lieverd.'

Stuart ging naar beneden om iets te eten te pakken. Sophie dacht aan het huis in Glasgow, waar Hughs dochters woonden. Ze stelde zich voor dat de muren er behangen waren met behang van Sanderson en dat er gordijnen van Liberty-stof hingen. Ondertussen moesten haar zonen en zij het doen met goedkope muurverf en glanskatoen van de legerdump.

Een kostganger leek haar de beste oplossing voor haar nijpende financiële problemen. Het enige alternatief was het huis verkopen en in een kleiner huis of een appartement te gaan wonen, en daar voelde ze niet veel voor. Ze keek naar buiten en zag weer voor zich hoe Duncan steeds kleiner was geworden en toen was opgegaan in de menigte. Over een paar jaar ging Stuart misschien ook het huis uit en dan woonde ze hier helemaal alleen. Een kostganger gaf misschien wat gezelschap. Als ze voor iemand moest zorgen had ze tenminste nog iets te doen.

Ze vroeg zich af of ze ooit nog liefde in haar leven zou vinden. Ze wist niet of ze ooit nog iemand zo zou kunnen vertrouwen dat er sprake van liefde kon zijn. En toch had ze nog steeds behoefte aan liefde, warmte, vriendschap en gezelschap. Die dingen waren net zo belangrijk voor je geluk als een gevulde maag en een brandende haard. Ze was tweeënveertig, en als ze zichzelf in de spiegel zag, vond ze dat ze er nog best mee door kon. Op straat kreeg ze nog steeds bewonderende blikken. Ze kon dat deel van haar leven niet zomaar opgeven.

Een smal voetpad, omzoomd door roestkleurige varens, kronkelde over het klif omlaag naar de kust, die bezaaid lag met rotsblokken en kiezelstenen. Van boven op het klif glinsterde de woelige Pruisisch blauwe zee als een diamant. Toen Thea het pad af liep, streken er varens en braamstruiken langs haar benen. In de baai staken de andere eilanden, kleiner dan Corran, als grijze scherven omhoog. Langs de westkust van Schotland lagen honderden eilandjes, als de kralen van een gebroken ketting.

Tijdens haar wandeling op het strand hoorde ze alleen het toestromende en schurende geluid van het water over het zand en de zee die tegen de rotsen sloeg. Ze klom op een rotsblok dat tot in zee uitstak. Toen de grootste golven ertegenaan sloegen, voelde ze hun sproeinevel. Ze bleef daar een hele tijd zitten en keek naar de jan-van-genten die messcherp en uitbundig als een pijl het water in doken.

Ze liep weer verder en rondde de landtong. De kust lag bezaaid met glinsterende bruine slierten zeewier en de doorzichtige, glibberige resten van kwallen. Haar schoenen knerpten over stenen en kiezels. In een in de klifwand uitgeholde grot verdween het geluid van de zee naar de achtergrond en maakte plaats voor een echo van druppelend water. De grot reikte tot diep in het klif; het was zo donker dat je niet kon zien tot hoe ver hij liep. Hadden de mensen uit het neolithicum die de steencirkel hadden gemaakt, in deze grotten gewoond? Thea stelde zich vuren voor die schaduwen op de rotswand wierpen.

Het begon te regenen; ze zette de capuchon van haar regenjas op en liep een steil pad op dat terug omhoog over het klif kronkelde. Toen ze omkeek, zag ze dat de zee bedekt was met een grijze nevel. De top van het klif was kaal, er stonden geen bomen die beschutting boden tegen de regen. Thea was niet echt verdwaald, maar wist ook niet goed waar ze precies was. Verderop zag ze een laag witgepleisterd huis en ze liep die kant op.

De lucht klaarde weer op en de zon kwam tevoorschijn. In de verte glinsterde een regenboog boven de zee. Het rook naar natgeregend gras en de nattehondenlucht van haar regenjas. De tuin van het huis was ommuurd, waarschijnlijk om gewassen tegen de harde zeewind te beschermen. Toen ze bij het huis aankwam, zag ze dat de tuin keurig was ingedeeld met een patroon van paden en verhoogde bedden. Takken van de gesnoeide bomen staken hun knoestige vingers uit. Over een rondlopend pad was een tunnel van wilgentenen gevlochten en van een boomstam was een opspringende vis gesneden. Op de muur zat een stenen vogel die elk moment leek te kunnen opvliegen om daarna de golven te doorklieven zoals de jan-van-genten die ze op het strand had gezien.

Er kwam een man naar buiten. Hij was van middelbare leeftijd, droeg een ribbroek met versleten knieën en een geruit overhemd.

Hij zwaaide vrolijk naar haar. 'Goedemorgen!'

'Goedemorgen.'

'Mooie dag om te wandelen.' Hij kwam bij het hek staan.

Dat beaamde ze, en toen vroeg ze hoe ze in Portmore kwam. Het was maar een paar kilometer, zei hij, en hij schetste haar met snelle handgebaren de weg.

'Bent u beeldhouwer?' vroeg ze.

De man had een krachtig gezicht, en zijn donkere ogen waren

zo helder en scherp als die van een havik. Zijn steile zwarte haar vertoonde grijze draden. 'Nee,' zei hij. 'Mijn zus, Eilidh, is hier de beeldhouwer. Ik ben tuinier en schrijf verhalen en gedichten. En jij? Wat ben jij?'

'Niks bijzonders,' zei ze eerlijk. 'Ik heb momenteel geen werk. Ik bracht boodschappen rond op mijn fiets, maar nu doen ze het met een busje.'

'Ach ja, de vooruitgang.'

'Als ik terugga naar Londen, ga ik werk zoeken. Maar ik wilde eerst naar Corran. Ik wilde de steencirkel zien.'

'En, ben je er al geweest?'

'Ja, het was prachtig.'

Hij glimlachte hartelijk naar haar. 'Ik vind het een van de mooiste plekken van het eiland. Van de hele wereld zelfs. Wacht, dan laat ik je even iets zien.'

Hij ging naar binnen en kwam even later weer naar buiten met iets in zijn hand. Toen hij hem opende, zag Thea dat het een stenen bijlblad was.

'O, wat mooi,' fluisterde ze. 'Mag ik het eens vasthouden?'

'Natuurlijk.' Hij gaf de steen aan haar. 'Die heb ik van de Grijze Dansers gekregen. Ik heb er daar al meer gevonden.'

Het bijlblad was gemaakt van grijs graniet en hield het midden tussen een ovaal en een driehoek. Thea ging met haar duim langs de gladde rondingen. Het bijlblad lag op haar hand alsof het daar hoorde, een elegant en nuttig voorwerp.

'Lorcan! Het eten is klaar!' riep een vrouw vanuit het huis.

'Ik ga maar eens.' Thea wilde hem het bijlblad teruggeven, maar Lorcan zei: 'Nee, hou maar.'

'O nee, dat kan ik niet aannemen,' zei ze geschrokken.

'Maar ik wil het graag. Neem het mee naar Londen. Dan heb je altijd iets van Corran bij je.' Hij keek haar aan en fronste zijn voorhoofd. 'Nee... wacht even.'

Hij ging weer naar binnen. Even later kwam hij terug met een boek, dat hij haar gaf. 'Dit is voor jou,' zei hij.

'Dank u wel.' Ze zag dat het een dichtbundel was met de titel

Weg van het eiland, geschreven door Lorcan Richardson. 'Wat ontzettend aardig van u,' zei ze.

Thea stopte het bijlblad en het boek in haar rugzak, nam afscheid van Lorcan en vervolgde haar weg naar Portmore.

's Nachts begon het te stormen; de wind huilde in de bomen en woei door de kieren tussen de tentflappen. De volgende ochtend regende het nog, maar de wind was iets gaan liggen. Thea liep door het weiland naar beneden. De zee was geribbeld als de rug van een draak; het water was nu eens glad, zwart en glinsterend als vuursteen en dan weer vlekkerig, dansend en levendig met witte schuimkoppen. In een draaikolk van grijs en wit meende ze een rif van rotsen te ontwaren.

Misschien was de boot van haar moeder wel tegen die rotsen te pletter geslagen. Het stormde die dag, had Rowan gezegd toen ze haar vroeg hoe het ongeluk was gebeurd. Misschien wel een dag als vandaag. Wat had Rowan nog meer gezegd? *Mama draaide haar hand niet om voor het overtochtje van het eiland naar het vasteland, dat was voor haar alsof ze een weg overstak.* Later vroegen ze zich af of ze soms niet had gemerkt dat het zo hard waaide. Of misschien was het zicht slecht door de regen en zag ze de rotsen pas toen het al te laat was. Misschien probeerde ze de boot te snel te keren toen ze zag wat er dreigde te gebeuren. Dat dacht papa althans, dat ze dwars op de golven en de wind kwam te liggen, tegen de rotsen was geslagen, water had gemaakt en was gekapseisd.

Thea huiverde. Wat voor vrouw bracht het leven van haar kinderen nu in gevaar door bij storm in een bootje met ze de zee op te gaan? Een roekeloze vrouw, dacht ze, terwijl ze terugliep naar de tent. Of een wanhopige vrouw.

Toen haar spullen waren ingepakt, liep ze naar Portmore. De zee was rustiger nu, zodat ze met de postboot terug kon naar de Mull of Kintyre. Toen Thea van de reis was bijgekomen, sjokte ze naar de weg naar Ardrossan en liftte mee met een vrouw die een wagen vol schapen vervoerde, die de hele reis blaatten. Vanaf Ardrossan nam ze de trein naar Glasgow, en vandaar de trein naar Londen. Ze viel in slaap terwijl ze het boek van Helen Fainlight zat te lezen en werd pas wakker toen de trein de voorsteden van Londen binnenreed. Bijna al haar geld was op. Ze moest werk zien te vinden, en een doel in haar leven.

Maar eerst moest ze Helen Fainlight zien op te sporen en haar haar boek teruggeven. De volgende ochtend ging ze naar de bibliotheek van Kensington. Fainlight was een naam die niet veel voorkwam; in het telefoonboek van Londen stonden maar twee mensen met die naam. Meneer W. Fainlight woonde aan Earl's Court, nogal uit de buurt, maar professor M. Fainlight woonde aan Gordon Square, niet ver van het British Museum, en dat betekende dat ze bijna buren waren. Thea besloot het eerst bij professor Fainlight te proberen.

Boven aan de trap van het huis aan Gordon Square had iemand een in bruin papier verpakt pakje neergelegd. Thea belde aan.

Een meisje in een Schots geruite rok en een zelfgebreide paarsblauwe trui deed open. 'Hallo. Wat ik voor je doen?'

'Iemand heeft dit bij jullie voor de deur neergelegd,' zei Thea, en ze gaf het meisje het pakje. 'Ik ben op zoek naar ene Helen Fainlight. Ik vroeg me af of ze hier misschien woont.'

'Wie is daar, Lucy?' klonk het door de gang. 'Is dat Stafford?'

'Nee, Grace, het is een vriendin van Helen. Sorry, hoe heette je ook alweer?'

'Thea Craxton.'

Even later verscheen er een oudere vrouw – Grace, nam Thea aan. 'Kom toch binnen,' zei Grace. 'Helen is er niet, maar ze kan elk moment thuiskomen.'

Thea liep achter de vrouw aan de gang in. Grace was heel klein, een kop kleiner dan Thea, en haar zilvergrijze haar zat opgestoken in een rommelige knot. Ze liep een beetje mank.

Op de planken en in de boekenkasten met glazen deurtjes in de gang stonden honderden fascinerende voorwerpen: fossielen, potscherven, aardewerken kralen en botten. De boeken stonden twee rijen dik en de ruimtes erboven waren gevuld met liggende boeken. Thea's blik dwaalde naar de muur ertegenover, waar foto's van piramiden en archeologische opgravingen talrijker waren dan de gebruikelijke familieportretten.

'Ben jij een Dorothea of een Althea?' vroeg Grace. 'Of misschien wel een Theodora?'

'Geen van alle. Ik heet gewoon Thea.'

Grace ging haar voor naar een kamer met een appelgroene bank, een paar stoelen en een bureau waarvan het blad bijna niet meer te zien was onder de schrijfmachine, de papieren en de kranten. In de haard brandde een vuur. Grace ging op een rechte stoel zitten en Thea op de bank. Elders in het huis ging de telefoon, blafte een hond, klonk muziek en roezemoesden stemmen.

'Ik vind het erg verstandig, die korte namen van tegenwoordig,' zei Grace. 'Mijn ouders vonden het nodig om mij Wilhelmina Hiltraud Grace te dopen. Natuurlijk heb ik mezelf zo snel mogelijk van die eerste twee namen ontdaan. Ik zie dat je een exemplaar van Rana's boek hebt.'

Thea hield *De archeologie van prehistorisch Engeland* in haar hand geklemd. 'Dat is niet van mij,' legde ze uit. 'Het is van Helen Fainlight. Ik moet het haar teruggeven.'

'Helen is mijn kleindochter.' Grace keek er stralend bij. 'Het is me altijd een waar genoegen om een van haar vriendinnen te ontmoeten.'

Het meisje met de Schots geruite rok, Lucy, stak haar hoofd om de deur. 'Zal ik thee voor ons zetten?'

'O, heerlijk.'

'Ik ga Sylvia en Russell even van Monty verlossen. Ik geloof niet dat ze de kans krijgen om rustig te eten.' Lucy liep weg.

Een oude spaniël draafde de kamer binnen en ging hijgend naast de stoel van Grace liggen. 'Monty is mijn man,' legde Grace uit. 'Heb je het boek met plezier gelezen, Thea?'

'Met heel veel plezier.'

'Rana is een goede vriendin van me. Ze schrijft geweldig over het neolithicum. Het hoofdstuk over Orkney heeft ze natuurlijk geschreven voordat Vere Gordon Childe daar zulk fantastisch werk heeft gedaan. Een archeoloog moet zich voortdurend aan de nieuwste ontwikkelingen aanpassen. Het heeft geen zin om je beledigd te voelen als je eigen theorieën door andere vervangen worden. We leven in een tijd waarin heel veel nieuwe opgravingen worden gedaan en voorwerpen worden gevonden. Ben je al eens naar Skara Brae geweest?'

'Nee, nog niet. Maar ik heb wel de Grijze Dansers gezien, op Corran, en ik ben in Stonehenge en Avebury geweest.'

'Dus je hebt echt belangstelling voor archeologie?'

'Heel erg.'

'Er zijn mensen die naar een steencirkel uit het neolithicum kijken en alleen maar een paar oude stenen zien. En je hebt mensen die zo'n plek als een toegangspoort tot een ander tijdperk beschouwen. Maar je werkt niet in de archeologie?'

'Nee, jammer genoeg niet. Ik zou het wel heel graag willen.'

'O ja?' Grace glimlachte. 'Kun je goed tekenen, Thea?'

Thea schrok ervan dat Grace opeens op een ander onderwerp overstapte en zei: 'Ja, ik geloof het wel.'

'Wat voor school heb je gedaan? Heb je je middelbareschooldiploma gehaald? Wat waren je lievelingsvakken?'

Thea gaf zo goed mogelijk antwoord. De telefoon rinkelde weer, een deur ging open. Op de gang riep iemand: 'Joan! Russell is er! Hij is ontzettend bruin!'

Een knappe oudere man met wit haar en een versleten, wijd zittend tweedpak aan kwam de kamer binnen. 'Ah, daar ben je, Monty,' zei Grace. 'Ik wil je even voorstellen, dit is Thea Craxton. Een vriendin van Helen. Thea, dit is mijn man, Monty Fainlight.'

Ze schudden elkaar de hand. 'Ik heb Stafford aan de lijn, Gracie. Hij wil jou spreken. Wordt er geen thee gezet?'

'Lucy is ermee bezig. De thee komt zo.'

'Godzijdank. Ik heb vreselijke dorst.' Hij liep weg.

'Thea, neem me niet kwalijk, maar dit gesprek moet ik even nemen.' Ook Grace liep de kamer uit.

Thea vond het fijn in de studeerkamer van Grace Fainlight. De winterzon viel mooi door de terrasdeuren en maakte waterachtige flakkeringen op de geboende houten vloer. Ze vond het fijn dat er hier altijd wel iets interessants te zien was, en genoeg boeken om te lezen. En ze vond Grace ook aardig; ze voelde zich meteen bij haar op haar gemak. Grace vond dezelfde dingen belangrijk als zij. Maar ze wist dat ze eerlijk tegen haar moest zijn. Misschien dat Helen zich haar niet eens kon herinneren.

Daar was Grace weer. Voor ze weer gestoord konden worden zei Thea snel: 'Helen is niet echt een vriendin van me. Ik vond haar ontzettend leuk toen ik haar ontmoette, daar niet van, maar we hebben elkaar maar één keer gesproken. Het was heel aardig van haar om me dit boek te lenen, maar ik heb toen niet gevraagd hoe ze heette. Dat weet ik alleen maar doordat ze haar naam in het boek had geschreven.'

Grace glimlachte liefdevol. 'Dat is Helen ten voeten uit.'

Lucy kwam binnen met een dienblad met de thee. Achter haar aan kwamen een stuk of vijf mannen en vrouwen de kamer binnen. Lucy schonk thee in en de anderen namen plaats op de bank en stoelen, of gingen op de grond zitten. Hun gesprek, over een lezing van Mortimer Wheeler, verstomde even, zodat Grace Thea aan hen kon voorstellen, en toen ging het verder over iets anders. Monty ging midden in de kamer staan, met een kopje thee in zijn hand. Toen zijn thee over de rand op het schoteltje gutste, dronk hij dat leeg. Er werden plakjes cake gesneden en scones met aardbeienjam rondgedeeld.

Toen ze de voordeur hoorden opengaan, keek Grace verwachtingsvol op. Even later kwamen Helen en Max de kamer binnen. Helens blonde haar was verwaaid en ze droeg de zwarte suède jas die Thea zich uit de collegezaal herinnerde.

'Zijn we heel erg laat, oma?' Helen bukte zich om Grace een kus te geven. 'Die stomme motor wilde niet starten. Hallo, opa.' Ze omhelsde Monty. 'Ik rammel van de honger.'

'O, lieverds, wat fijn dat jullie konden komen,' zei Grace. 'Leg even die papieren weg, Max, dan kun je op het bureau zitten. Helen, Thea is er. Je kent haar nog wel, toch?'

Helen liet haar jas op de grond vallen en nam een hap van een scone. 'O ja. Die vreselijke lezing van die vreselijke man. Hoe gaat het met je?' Ze liet zich op het kleed zakken, naast de stoel van haar oma, en streek met haar vingers over de lange, zijdezachte oren van de spaniël.

Monty begon te vertellen over een archeologische opgraving in Zwitserland, in de buurt van Basel. Russell gaf een paar foto's door.

'Wat een prachtig amfitheater,' zei iemand.

'Wel Romeins.' Helen trok een lelijk gezicht. 'Wat? Ga me nou niet vertellen dat je het niet met me eens bent. Je moet toch toegeven dat die Romeinen ongelooflijk saai waren.'

Max snoof verontwaardigd en Monty zei: 'Je kunt toch niet zomaar een hele beschaving afschrijven?'

'Ik zou niet weten waarom niet.'

'Helen is altijd heel stellig in haar meningen,' zei Max.

'Ik mag het hopen. Mensen zonder meningen zijn oersaai. Jij kunt er anders ook wat van, Max.'

'Dat klopt.' Hij wierp haar een kushand toe.

'Heb je al iets van je vader gehoord, Helen?'

'Ik heb vanochtend een brief gekregen.'

'We moeten Tobias hier een kopie van sturen. Heb jij een adres van hem in Zweden?'

Helen viste een envelop uit een zak en gaf die aan Grace. 'Hier, oma, alsjeblieft.'

'Ik doe hem wel op de bus,' bood Lucy aan.

'Fascistisch, zelfs,' zei Helen. Er vlogen wat kruimels van haar scone in het rond. 'De Romeinen. Je snapt wel wat ik bedoel. Elke keer als ik aan de Romeinen denk, denk ik aan de ergste vorm van onderdrukking door mannen. Nog erger dan Max.'

'Dank je wel, lieverd.' Hij boog even voor haar.

'Dat waren andere tijden, lieve kind,' zei Grace. 'Thea heeft je boek teruggebracht, Helen.'

'Welk boek?'

'Het boek van Rana.'

Helen nam nog een scone en smeerde er een lepel jam op. 'Je mag het wel houden, als je wilt. Afblijven, Max, dit is mijn scone. Neem er zelf maar een.'

'Thea zou graag in de archeologie willen werken,' zei Grace.

'Waarom neemt Thea dan niet de plaats van Rosemary in?' vroeg Helen.

'Daar dacht ik ook al aan.' Grace keek naar Thea. 'Ik heb iemand nodig die kan tekenen en die aantekeningen voor me kan maken. Door mijn slechte heup kan ik niet goed uit de voeten, dus ik heb een betrouwbare assistent nodig. Kun je typen?'

'Ja.' Thea's hart begon plotseling heel snel te kloppen. Ze had het gevoel dat ze op de drempel van iets geweldigs stond, maar voegde er heel eerlijk aan toe: 'Maar niet erg snel.'

'Dat maakt niet uit. Ik neem aan dat je het niet erg vindt om vuile handen te krijgen?'

'Nee hoor, helemaal niet. Dat vind ik juist fijn.'

'En je thuissituatie... geen man en kleine kinderen?'

'Hemel, nee, ik ben zo vrij als een vogel.'

'Uitstekend.' Grace keek tevreden. 'Nou, Thea, wat denk je er dan van om voor mij te komen werken?'

8

December 1938

Hoewel ze vrij waren om te doen wat ze wilden, vond Rowan toch dat ze nog maar zeer beperkt deel uitmaakte van Simons leven. Er gingen hele dagen voorbij waarop ze hem niet zag. Hij stelde haar aan sommige van zijn vrienden wel voor, maar aan andere weer niet. Hij had aan Dean Street een liefdadigheidsclub voor armlastige kunstenaars opgericht, waar ze samen konden komen en een gezonde maaltijd konden gebruiken, en zo nu en dan beloofde hij vaag om haar daar een keer mee naartoe te nemen, maar het kwam er nooit van. Ze had gedacht dat ze regelmatig naar Ashleigh Place zouden gaan, en Simon was sinds september wel een paar keer bij Denzil op bezoek geweest, maar had haar nooit meer gevraagd met hem mee te gaan. Rowan was bang dat hun verhouding een beetje begon te bekoelen.

Artemis had haar ervoor gewaarschuwd dat sommige mensen haar met de nek zouden aankijken als ze zich van Patrick liet scheiden, en daar had ze gelijk in gekregen. Rowan was nog niet eens gescheiden, ze bevond zich nog steeds in de sociale woestijn van de vrouw die gescheiden leeft van haar man, en toch had een aantal van haar vriendinnen, van wie ze er een paar als heel goede vriendinnen had beschouwd, haar al laten vallen. Op een dag zag ze in Selfridges aan een tafeltje een vriendin zitten. Rowan stelde voor bij haar aan te schuiven, maar de vrouw wendde zich af en haalde een poederdoos uit haar tas. 'Beter van niet, Rowan,' zei ze, terwijl ze haar gezicht in het spiegeltje bekeek. Meer niet. *Beter van niet*, maar het kwam hard bij haar aan.

Toen Rowan op een vrijdagmiddag in december met Dora Mottram, een vriendin van school die een moeilijke periode doormaakte, na de lunch in Macklin Street thuiskwam, overhandigde de conciërge haar een brief. Patrick had dit appartement voor haar gekocht nadat hij het huis in Chelsea had verkocht. Rowan herkende Simons krachtige zwarte handschrift, stak de brief in haar zak, ging eerst thee voor Dora zetten en maakte hem toen pas open.

Met een golf van optimisme en blijdschap las ze dat Simon haar uitnodigde om weer mee naar Suffolk te gaan. *Lieve Rowan,* schreef hij, *ben je in de gelegenheid om morgen mee naar Ashleigh Place te gaan? Denzil klaagt dat hij je al een eeuwigheid niet meer gezien heeft. Ik kom je stipt om één uur ophalen.*

De Bentley reed over wegen waar fabrieken en pakhuizen tegen elkaar aan gedrukt stonden, als beduimelde speelkaarten in een pak. Roestige brandtrappen klemden zich als spinnenwebben vast aan de muren van zwartberoete rijtjeshuizen, en naast de hoge, cilindervormige gasfabrieken oogden de winkels en treinstations heel klein. Toen kwamen ze in de noordelijke voorsteden van Londen, waar rijen twee-onder-een-kapvilla's met witgepleisterde grindstenen muren en houten gevels werden afgewisseld door garages, wegrestaurants en openbare parken.

'Het is allemaal zo vreselijk kéúrig,' zei Simon, die chagrijnig was. 'Als ik moest kiezen tussen in een voorstad wonen of in een sloppenwijk, zou ik denk ik voor een sloppenwijk kiezen. Daar is tenminste nog een beetje léven.'

'Daar is een leuke pub,' wees Rowan hem aan, om hem een beetje op te vrolijken. Voor een witgepleisterd pandje stond een primitief geschilderd uithangbord heen en weer te zwaaien, met daarop een jachthond met voor zich op de grond een dode fazant. 'Zullen we daar even iets drinken?'

'Daar hebben we geen tijd voor. In de thermosfles zit thee, als je dorst hebt. Zag je hoe die pub heette? De Dog and Gun? Twintig, dertig jaar geleden was je hier op het platteland. Honderd jaar geleden, voordat we de gemeenschapsgrond in bezit hebben genomen, moet het hier een moerasachtige wildernis geweest zijn. Vreselijk, zoals we ons land behandeld hebben.'

Op zijn knappe gezicht stond afkeur te lezen. Toen ze Braintree uit reden, het platteland met omgeploegde akkers en bosjes kreupelhout op, werden de wegen smaller.

Voorbij Castle Hedingham kregen ze een lekke band en moesten ze langs de kant van de weg stilhouden. Simon ging geïrriteerd in gevecht met het wiel; Rowan bood aan te helpen, maar dat sloeg hij af. Ze ging op een houten hek zitten en at een plakje van de citroencake die Leach, Simons bediende, had ingepakt.

Eindelijk kwamen ze aan bij Ashleigh Place, waar Simon de auto onder luid geknerp van grind op het voorterrein parkeerde. Ze werden welkom geheten door mevrouw Frostick, Denzils huishoudster, die hen naar hun kamer bracht. Meneer Pollington rustte even, zei ze; hij verwachtte hen om zes uur in de grote salon voor de borrel.

Een dienstmeisje hielp Rowan in haar geelgroene avondjurk van zijdesatijn, en toen Simon bij haar aanklopte, was ze klaar en zat ze al op hem te wachten.

'Wat zie je er beeldschoon uit,' zei hij, en hij gaf haar een kus.

Toen ze de trap af liepen, hoorden ze stemmen uit de grote salon komen, van Denzil en een vrouw. Simon bleef abrupt staan en fronste zijn voorhoofd.

'O, nee.'

'Wat is er?'

'Zíj is er. Ook dat nog.'

'Wie?' Ze trok aan zijn mouw. 'Simon, wat is er?'

Hij draaide zich naar haar toe. 'Mevrouw Farmer. Een weduwe. Ze woont hier in de buurt,' fluisterde hij sissend. 'Een afgrijselijk ordinaire vrouw. Ik hoop dat Denzil haar alleen voor de borrel heeft uitgenodigd.'

Ze gingen de grote salon binnen. Simons oom zat in een stoel naast de reusachtige stenen haard. Denzil was in smoking en er lag een plaid over zijn knieën. Naast hem stond een vrouw in een zwarte avondjurk, met een glas sherry in de hand. Aan haar voeten lag een pekinees te dutten.

'Neem me niet kwalijk dat ik niet opsta om jullie te begroeten,' zei Denzil, terwijl hij Simon de hand schudde en bij Rowan een kus op haar vingers drukte, 'want ik voel me vreselijk door die ellendige reumatiek. Simon, jij kent mevrouw Farmer al. Mevrouw Scott, mag ik u voorstellen: mijn goede vriendin, metgezel en troost op mijn oude dag, mevrouw Clarice Farmer.'

De vrouwen schudden elkaar de hand. 'Wat ontzettend leuk je te ontmoeten,' zei mevrouw Farmer. 'Zeg maar Clarice, hoor.' Rowan stelde zichzelf voor. 'Mooi! Dan zijn we nu allemaal vrienden, hè, Pooky?' zei Clarice Farmer met een tevreden blik.

Mevrouw Farmer richtte zich hierbij tot Denzil, niet tot de pekinees. Simon kromp zichtbaar ineen, maar Denzil leek geen aanstoot aan zijn koosnaam te nemen en glimlachte toegeeflijk.

'Ga toch zitten,' zei Clarice. Alsof Ashleigh Place háár huis was, dacht Rowan. Bij Simon was dit olie op het vuur.

Er werd iets te drinken ingeschonken, zodat Rowan ondertussen mevrouw Farmer kon gadeslaan. Ze was zo jong niet meer – een jaar of vijfenveertig – en ook niet erg knap. Ze was mollig en wulps; in combinatie met haar donkerbruine haar, dat een beetje slag had, verzachtte dat haar grove huid en gelaatstrekken iets. Rowan monsterde haar jurk met een ervaren oog en zag dat die ongetwijfeld duur was geweest, maar te strak om de buste en heupen zat.

Clarice Farmer vertelde uitgebreid over allerlei vervelende dingen die onlangs waren gebeurd – er was in haar voorraadkast een muizennest ontdekt, een vriendin die bij haar inwoonde, moest in allerijl weg om een nicht te verzorgen die ernstig ziek was, haar huishoudster was van haar fiets gevallen en had haar pols verstuikt.

Ze besloot haar relaas met: 'Als Denzil niet zo vriendelijk was geweest om me voor het eten uit te nodigen, had ik vanavond in mijn eentje achter een bord koude ham met brood gezeten!'

Simon wierp haar een giftige blik toe. 'Heel aardig van je, Denzil, om zo spontaan nog een gast uit te nodigen.'

'Ik ben bang dat je het verkeerd begrepen hebt.' Denzil bekeek Simon met een kille blik. 'Ik heb Clarice een paar dagen geleden al uitgenodigd. Jij bent degene die er later bij gekomen is. Overigens zijn jullie erg laat. Ik had jullie veel eerder verwacht. Ik had gehoopt het nog met je over Priest's Field te kunnen hebben.'

'Het spijt me. Mijn auto kreeg een lekke band.'

'Ik kan het niet uitstaan als mensen te laat komen,' zei Denzil. 'Dat is kleinzielig van me, maar dat is altijd al zo geweest.'

'Heeft Richards al een bod voor het stuk grond gedaan?' vroeg Simon.

Denzil maakte een korzelig gebaar. 'Ja, maar dat viel erg tegen.'

'Dan moet je het weigeren.'

'En dan al die hectaren nog een winter lang droog zien te houden?' Denzil liet een vreugdeloze lach horen. 'Hier spreekt de stadsbewoner.'

'Denzil, neem van mij aan dat het me net zo aan het hart gaat als jou.'

'Met mijn huidige gezondheid kan zo'n zorg net de laatste druppel zijn.'

Ze hoefden hier geen passend antwoord op te bedenken; dat werd hun namelijk bespaard doordat het dienstmeisje kwam zeggen dat ze aan tafel konden. Ze gingen de eetkamer binnen, een koude, spelonkachtige ruimte, die door de houten lambrisering donker oogde en waar olielampen en kaarsen hun best deden om het duister wat te verdrijven.

De eerste gang was een runderbouillon, fijn van smaak en volmaakt geklaard. Denzil had een bekwame kok in dienst. Er werd rode bordeaux bij geschonken en even leek het of iedereen zijn gespannen zenuwen en wrok achter zich zou kunnen laten, maar toen nam Denzil opnieuw het woord.

'Echt een eeuwigheid sinds je hier geweest bent, Simon. Je zult wel leukere dingen te doen hebben dan bij een zieke oude man op bezoek gaan.'

Rowan had de indruk dat hij vastbesloten was om die arme Simon te straffen, die van deze opmerking leek te schrikken en zich er gekwetst door leek te voelen. Omdat ze medelijden met hem had en omdat ze hoopte het gesprek wat luchtiger te maken, zei ze met een glimlach: ‘Gut, Denzil, hij is hier twee weken geleden nog geweest. Ik zie hem zelf soms amper.’

Denzil scheurde met zijn kleine, spits toelopende roze vingers een stukje brood af. ‘Een vrouw als u, mevrouw Scott, zal toch geen gebrek aan mannelijke volgelingen hebben, dunkt me.’

Het duurde even voordat Rowan de opmerking tot zich door had kunnen laten dringen en inzag hoe intens beledigend die was. Ze wachtte tot Simon voor haar in de bres zou springen, maar toen die niets zei, reageerde ze op luchtige toon, zonder te laten merken dat ze hier niet van gediend was, met: ‘U hebt gelijk, ik prijs me gelukkig dat ik veel vrienden heb.’

‘Ik heb zo veel vrienden dat ik niet eens genoeg tijd voor ze heb!’ deed Clarice een duit in het zakje. ‘Ik heb vrienden in Londen, nog uit de tijd toen mijn lieve Ronald en ik in Highgate woonden, en al mijn vrienden uit Lavenham. Er gaat bijna geen dag voorbij dat ik niet door iemand wordt uitgenodigd om te komen lunchen! Ik ben voortdurend brieven aan het schrijven of met oude schoolvriendinnen aan het bellen. Maar ik zorg er natuurlijk wel voor dat ik altijd tijd heb voor mijn speciale vrienden.’ Ze legde even haar hand op Denzils mouw.

De loze, zelfingenomen monoloog van Clarice Farmer was een zegen, want die gaf Rowan de gelegenheid om haar woede te laten bekoelen. Ze probeerde Simons blik te vangen, maar hij keek opzettelijk de andere kant op. Dat hij haar niet steunde, praatte ze voor zichzelf goed door te denken dat hij zich gewoon heel netjes gedroeg – ze zaten immers bij Denzil aan het diner – maar toch deed het haar pijn.

Rowan deed hierna niet veel moeite om nog aan het gesprek deel te nemen. Denzil negeerde haar min of meer; zijn aandacht ging volledig uit naar mevrouw Farmer, al zijn complimenten en verhaaltjes waren voor haar bedoeld. Zijn schimpscheuten waren grotendeels aan het adres van Simon gericht. Simon liet alleen blijken dat hij gekwetst en geïrriteerd was doordat er zo nu en dan een frons over zijn gezicht schoot en doordat zijn schouders gespannen waren, maar Rowan vermoedde dat hij het allemaal net zo vreselijk vond als zij.

De twee mannen begonnen een gesprek over de aankoop van een stuk bos dat aan Denzils landgoed grensde. De boer van wie het was, had het door de landbouwcrisis zwaar; Denzil wilde het bos kopen omdat dat stuk grond als een buffer tussen Ashleigh Place en de weg fungeerde. Simon was het met Denzil eens dat de boer er te veel geld voor vroeg.

'Ik heb Martin hoogstpersoonlijk een brief geschreven,' zei Denzil. 'Ik wist zeker dat hij met de verkoop zou instemmen, maar hij stuurde per kerende post een onleesbaar briefje terug, waarin hij mijn bod weigerde.'

'De familie Martin heeft Owlstone Wood al meer dan honderd jaar in bezit,' merkte Simon op. Het dienstmeisje serveerde een pruimentaart met een vulling van amandelcrème en serveerde er room en custard bij. 'Je hoeft alleen maar te wachten, Denzil. Als hij failliet dreigt te gaan, moet hij wel verkopen.'

'Wachten?' riep Denzil verontwaardigd uit. 'Terwijl er auto's en verhuiswagens langs mijn poort denderen?'

'Stil maar, Pooky,' zei Clarice onnozel. 'Niet zo boos zijn. Denk aan je hart.'

'Hou op met die bespottelijke bijnaam,' grauwde Denzil haar toe, en Clarice trok wit weg.

'Ik bedoelde alleen maar... Ik maak me zorgen om je.'

'Ik ook,' zei Simon. 'Je moet je gezondheid in acht nemen, Denzil.'

Maar Denzils hatelijke stemming liet zich niet sussen. Met een gemene glans in zijn doordringende blauwe ogen zei hij: 'Dan zal ik me wel vergist hebben. Ik had de indruk dat jij de dagen telde tot ik me van dit aardse ongerief ontdoe en Ashleigh Place van jou wordt. Ik dacht dat dat het doel van je gevlei was, Simon. Want als dat zo is, moet ik je teleurstellen. Ik ben van plan om nog flink wat jaren te blijven leven. Misschien verander ik mijn testament wel. Misschien ga ik zelfs wel trouwen, als ik de juiste vrouw vind.'

Hij legde zijn hand op de kleine, mollige hand van Clarice Farmer. Ze klaarde zichtbaar op.

Simon zag helemaal bleek. 'Denzil, het is echt nooit in mij opgekomen...' Hij deed er verder het zwijgen toe, ellendig en verslagen.

Even later stonden Rowan en Clarice op, om de mannen aan hun port en sigaar te laten. In de grote salon schonk Clarice koffie in en babbelde over onbenulligheden. Na ongeveer een kwartier kwam Simon binnen en zei dat Denzil naar bed was gegaan.

'O, de arme schat!' zei Clarice zenuwachtig. 'Ik ga even kijken of hij nog iets nodig heeft.'

Simon volgde haar met een cynische blik tot ze de kamer uit was. Hij wachtte amper tot Clarice buiten gehoorsafstand was verdwenen. 'Lieve hemel,' mompelde hij tegen Rowan. 'Ik denk dat ze *Pooky* even lekker wil instoppen.'

'Of iets dergelijks.'

Hij trok zijn wenkbrauwen abrupt in een frons. 'Denk je dat ze een liefdesrelatie hebben?'

'Símon. Het zou me zeer verbazen als dat niet zo is.'

'Ik ging ervan uit dat hij dat wel achter zich had gelaten.'

'Reken maar dat zij ervoor zorgt dat dat niet zo is.'

'Dat ellendige mens.' Simon ging zitten en trok zijn boord en das los. 'De brutaliteit, de schaamteloze brutaliteit! Ze beschouwt zichzelf al helemaal als kasteelvrouwe van Ashleigh Place! Hij gaat toch niet echt met haar trouwen, hè? Nee, zo stom zal hij niet zijn.'

Rowan onderdrukte een zucht. 'Lieveling, mevrouw Farmer heeft een mooi figuur en vindt blijkbaar alles wat Denzil zegt even leuk. Mannen zijn wel om minder getrouwd. Maar ik heb niet zo'n zin om het nog over ze te hebben. Ik heb voor vanavond wel genoeg blijken van genotzucht gezien. Ik wil graag een glas cognac. Een groot glas.'

Clarice Farmer kwam niet meer naar beneden. Het dienstmeisje kwam zo nu en dan even binnen om de asbakken te legen en te vragen of ze nog iets wilden drinken, of dat ze koffie wilden. Rond twaalf uur gingen Rowan en Simon naar bed. Hij bedreef in haar kamer de liefde met haar – een korte, vurige worsteling die hem enigszins van zijn wat meer gewelddadige emoties leek te verlossen, waarna hij terugging naar zijn eigen kamer.

De volgende ochtend verscheen mevrouw Farmer noch Denzil

aan het ontbijt. Toen ze klaar waren, ging Simon naar boven om te informeren hoe het met Denzil ging. Toen hij niet terugkwam, trok Rowan een jas aan en ging naar buiten. Maar de tuin had niet meer de magie die hij eerder in het jaar op haar had uitgeoefend; de zwart geworden bloemen van de herfstasters hingen in de regen nat omlaag en het fluiten van de vogels had plaatsgemaakt voor een kille, druppelende stilte. Nadat ze een half uur had gewandeld, ging ze terug naar haar kamer en pakte haar spullen in.

Eindelijk klopte Simon bij haar aan. 'Denzil is ziek,' zei hij. 'Dokter Paxman is vannacht langsgekomen en die heeft gezegd dat hij het bed moet houden. Die vrouw wilde per se voor hem zorgen, maar ik heb even met Paxman gesproken en heb hem ervan weten te overtuigen dat Denzil een professionele verpleegster nodig heeft. Het heeft geen zin dat wij hier nog langer blijven.'

Mevrouw Farmer was nergens te bekennen, en Simon opperde ook niet dat Rowan afscheid moest nemen van Denzil. Toen ze de oprit af reden, zei hij geen woord. Pas toen ze over het verregende bruine platteland reden, barstte hij los.

'Stel nou dat hij met haar trouwt.' Die mogelijkheid had hem blijkbaar niet losgelaten. 'Stel dat ze een kind krijgen.'

Rowan had schoon genoeg van dit onderwerp. 'Ik denk niet dat hij met haar zal trouwen,' zei ze. 'Hij zegt toch dat hij een hekel heeft aan vulgariteit? En misschien is ze wel te oud om nog een kind te krijgen. Maar mocht hij toch met haar trouwen en ze krijgen wel een kind, dan zul je je kaken op elkaar moeten klemmen en hem moeten feliciteren.' Ze keek hem nadenkend aan. 'Is de gedachte niet bij je opgekomen dat het hem gelukkig zou kunnen maken als hij met haar zou trouwen?'

'Gelukkig?' zei hij minachtend. 'Hoe kún je dat denken?'

'Het lijkt me anders eenzaam, in je eentje in dat grote oude huis, ver bij alles en iedereen vandaan. Als je van hem houdt, neem ik toch aan dat je het belangrijk vindt dat hij gelukkig is. En ik ga ervan uit dat je veel van hem houdt, anders zou je het niet pikken zoals hij je behandelt.'

Hij keek haar even snel aan. 'Hoe bedoel je?'

'Hij hoeft maar te kikken en jij doet wat hij vraagt, net als dat stomme schoothondje van Clarice.'

'Rowan, alsjeblieft.'

Hij klonk geërgerd, maar daar trok ze zich niets van aan. 'Hij deed gisteravond heel naar tegen je.'

'Zo is hij nu eenmaal. Dat heeft niets te betekenen.'

'Als jij ervoor kiest je door hem te laten beledigen, zijn dat jouw zaken. Maar het gaat me erom dat hij mij beledigt en jij vervolgens niet voor me opkomt.'

Hij kreeg even een bepaalde blik in zijn ogen, maar die was meteen weer weg. Irritatie? Schuldgevoel? Ze wist het niet.

'Denzil voelde zich niet goed,' mompelde hij. 'Hij had pijn.'

'Hij heeft een maaltijd van vier gangen gegeten, en ook nog extra opgeschept, dus zo ziek was hij nu ook weer niet. En hij heeft zeker vijf glazen rode wijn gedronken.'

'Ik wist niet dat jij de tel bijhield.'

'Hij is een hypochonder, dat weet jij toch ook wel? Hij windt jou en mevrouw Farmer om zijn vinger.'

'Schakel mij in vredesnaam niet gelijk met dat vreselijke mens.'

'Hoezo niet, als jullie allebei toestaan dat hij zich onbeschoft en egoïstisch gedraagt? Ik vroeg me gisteravond af of jij het niet belangrijker vindt hoe Denzil over je denkt dan hoe ik over je denk.'

'Dat slaat nergens op. Je begrijpt het niet.'

'Daar heb je gelijk in: ik begreep het niet, maar nu wel. Het gaat om het huis. Je houdt misschien wel van Denzil, maar je houdt nog meer van het huis. Ik had niet door dat je het zo graag wilt hebben. Het is maar een huis, hè.'

'Ashleigh Place is een uitzonderlijk mooi huis.'

'En Denzil is een verwende en uitzonderlijk onaangename man.'

'Hij is mijn oom,' zei Simon boos en venijnig.

Ze reden door een laag bebost dal, waar mist tussen de bomen uit kwam en de weg op dreef. Rowan was aan geen enkel huis waar ze ooit gewoond had speciaal gehecht. 'Mensen zijn belangrijker dan huizen,' zei ze. 'Ik zou een huis nooit laten prevaleren boven vriendschap.'

Met een gezicht dat op onweer stond, trapte Simon het gaspedaal hard in. 'Mag ik je er even aan helpen herinneren dat ik Denzil veel langer ken dan jou? Bovendien had hij een punt. We wáren ook te laat.'

'We hadden een lekke band. Daar kon niemand iets aan doen. Een echte vriend begrijpt dat. En die arme boer...'

'Welke boer? Waar heb je het in vredesnaam over?'

'De man wiens land Denzil probeert te kopen.'

'Dat was een zakelijk gesprek. Vrouwen hebben geen verstand van zaken.'

'Ik ben prima in staat om hebzucht en gierigheid te herkennen.'

'Gierigheid? Ik zou het voorzichtigheid noemen. Jíj kunt niet met geld omgaan, Rowan. Je geeft het uit als water, dat heb ik zelf gezien. Je omringt je met profiteurs en klaplopers.'

'Dat is helemaal niet waar!'

'Die vriendin van je, die slons...'

'Bedoel je Dora Mottram? Haar man is jong overleden aan een of andere vreselijke ziekte en heeft haar berooid achtergelaten.'

'Het is een bloedzuiger. Je neemt haar mee uit lunchen, je koopt cadeaus voor haar. Geen wonder dat ze altijd je hielen loopt te likken.'

'Dora heeft veel tegenslag gekend,' zei ze fel. 'Jij... jij, die altijd zo veel geluk hebt gehad, wat weet jij nu van een leven vol ontberingen?'

'Ik heb zelf mijn vermogen vergaard. Ik gooi geen geld over de balk en ik leef niet op grote voet, zoals jij.'

'Ik gooi liever geld over de balk dan dat ik gierig ben!' riep Rowan uit. Ze was inmiddels buiten adem van woede. 'Ik leef liever op grote voet dan dat ik altijd aan een gemene oude man moet gehoorzamen! Ik zou nooit met een man kunnen tróúwen die geen vrijgevigheid kent.'

Hij zette grote ogen op en keek even snel naar haar opzij. Er viel een pijnlijke stilte, waarin zij verbazing en zelfs verbijstering op zijn gezicht las.

'O,' zei ze, en haar stem leek te krimpen. 'O, ik snap het al.'

Het was alsof ze hem voor het eerst echt zag. Hiervoor had ze door een sluier gekeken, door een aangenaam filter van eigen makelij. 'Je hebt nooit zelfs maar overwogen om met me te trouwen, hè, Simon?' zei ze langzaam en pijnlijk.

Hij maakte een sussend geluid. 'Lieverd, alsjeblieft. Het is nu ook weer niet zo dat je vrij bent om te trouwen.'

'Nee, ik snap nu wel dat het nooit in je is opgekomen om met me te trouwen. Je houdt niet echt van me, hè? Daar ben je niet toe in staat. Jij zult nooit van iemand anders kunnen houden dan van jezelf... en van dat stomme huis. Rijd niet zo hard, verdorie, je rijdt ons nog te pletter.'

Hij remde. 'Je hebt gelijk,' zei hij op kille toon. 'Ik zal nooit met je trouwen, Rowan. Het geld zou als zand tussen je vingers lopen. En bovendien heeft Denzil bezwaar tegen gescheiden vrouwen, hij zou nooit zo iemand in de familie toelaten.'

Het landschap raasde aan hen voorbij; door haar tranen zag ze de bomen en heggen wazig. 'O, waarom zijn mannen toch altijd zo'n teleurstelling?' riep ze uit. 'Eerst Patrick, en nu jij!'

Er verscheen een wrede glinstering in zijn ogen. 'Maar Rowan, je weet toch wel dat dat huwelijk tot mislukken gedoemd was? Patrick valt nu eenmaal op jongens.'

Ergens had ze dit al heel lang vermoed. Patricks gebrek aan belangstelling in bed en zijn enorme genegenheid voor zijn vriend Colin Slater hadden haar uiteindelijk aan zijn seksuele geaardheid doen twijfelen. Ze was een avond aangeschoten geraakt met Nicky Olivier, die ook op mannen viel, en toen hadden ze het erover gehad. Tegen Patrick had ze tot dusver niets gezegd.

Ze nam het Simon kwalijk dat hij op zo'n kille en botte manier over zo'n pijnlijke kwestie sprak. 'Hou erover op, Simon,' zei ze woedend.

'Iedereen weet het.'

'Ik zei: hou erover op.' Ze greep de klink van het portier vast.

'Wat doe je?'

'Ik wil eruit.'

'Doe niet zo idioot.'

'Ik wil geen minuut langer bij jou in de auto zitten!'

'Rowan, doe niet zo hysterisch. Laat dat portier los, anders bezeer je je nog. Hier, neem een slok thee en kalmeer een beetje.' Hij gaf haar de thermosfles aan.

Woest werd ze ervan, dat hij tegen haar zei dat ze moest kalmeren, terwijl het zíjn schuld was dat ze zich zo ongelukkig voelde en zo boos was, maar ze had geen idee waar ze waren, er was geen bushalte, geen station en zelfs geen huis te bekennen, haar hart ging tekeer en ze was vreselijk van streek. Ze wrikte de dop uit de thermosfles, nam een grote slok thee en staarde naar buiten. De rest van de weg zeiden ze geen woord meer tegen elkaar.

'Ik zou ze wel willen ontmoeten.'

Duncan, die met verlof van de RAF thuis was, keek Stuart vanaf de andere kant van de eettafel aan. 'Dat meen je niet.'

'Jawel. Echt.'

Stuart had het over de dochters van Hugh. Het was tweede kerstdag, en het was een jaar geleden dat Hugh was overleden. Toen Sophie de koude ham opdiende, had Stuart gezegd: 'De dochters van papa zullen vandaag ook wel aan hem denken, hè, mam?' En toen, voordat zij antwoord kon geven of Duncan kon zeggen dat hij zijn mond moest houden, deed hij zijn sensationele mededeling.

Ik zou ze wel willen ontmoeten.

'Ze hebben niets met ons te maken,' zei Duncan.

'Het zijn onze halfzussen.'

'Ga nou niet doen alsof er sprake van een soort relatie tussen ons is, want die is er niet,' zei Duncan vol kille woede. 'Je kletst uit je nek, zoals gewoonlijk.'

'Duncan,' zei Sophie vermanend.

Aan de frons in zijn voorhoofd zag ze dat Stuart boos was. Maar hij hield vol. 'Ik loop er al tijden mee rond. Jij vindt het misschien maar niks dat we familie van ze zijn, maar dat is wel zo, en volgens mij is het juist stom om te willen doen alsof dat niet zo is.'

Duncan hield zijn hoofd schuin en lachte ongelovig. 'Stuart, het gaat niet gebeuren. Zet het maar uit je hoofd.'

Stuart draaide zich om naar Sophie. 'Vind jij dat ook, mam? Dat ik het uit mijn hoofd moet zetten?'

Ja, wilde ze zeggen. Maar ze begreep wel hoe belangrijk het voor hem was en koos haar woorden daarom zorgvuldig. 'Stuart, de kans is heel groot dat zij niet van jullie bestaan weten.'

'Wíj zijn er toch ook achter gekomen? Dan zij misschien ook wel.'

'Het zou kunnen. Maar als dat niet zo is, is het dan niet wreed om het hun te vertellen?'

Stuarts frons werd dieper. 'Ik durf te wedden dat ze wel weten dat er íéts niet klopt. En als ik hen was, zou ik het willen weten.'

'Niet iedereen is zo verpletterend naïef als jij.' Duncan stond op. 'Wat denk je dat er gebeurt? Dat ze je met open armen zullen ontvangen? Het familielid dat ze nooit gezien hebben, de verloren broer? Je snapt het nog steeds niet, hè? Wíj zijn de indringers. Wíj zijn de buitenechtelijke kinderen.'

Hij liep de kamer uit. Zijn laatste woorden leken na te galmen. Een paar tellen later ging Stuart met een wit weggetrokken gezicht achter hem aan.

Op de gang ging het verhitte gesprek verder. Ze moest eigenlijk naar ze toe om de boel te sussen, dacht Sophie vermoeid, maar ze bleef aan tafel zitten, met voor zich de rest van de kerstlunch. Op een gegeven moment hoorde ze de voordeur dichtgaan, en toen bleef het stil.

Ze wist dat ze eerder met Stuart over Rowan en Thea Craxton had moeten praten. Stuart dacht graag rustig over de dingen na. Moeilijke onderwerpen ging hij niet uit de weg, zoals Duncan. Stuart had natuurlijk over die jonge vrouwen nagedacht en had gesnapt dat ze een relatie met elkaar hadden, ook al was die nog zo ongemakkelijk en ongewenst. Ze kende Stuart en had hem moeten aanmoedigen vragen te stellen in plaats van zich in haar eigen woede en ellende te wentelen. Ze hadden allebei zo hun eigen manier om de ramp die hun gezin was overkomen onder ogen te zien of juist uit de weg te gaan.

Stuart had alle recht om zijn halfzussen te leren kennen, maar toch vond ze dat een afschuwelijk idee. Terwijl Sophie de borden opstapelde, bedacht ze dat Hugh wederom de kerst had verpest.

Het was bijna acht uur 's avonds toen Stuart eindelijk in zijn eentje thuiskwam.

'Waar is Duncan?' vroeg Sophie bezorgd, toen ze de gang in liep om hem te begroeten. 'Is alles goed met hem?'

'Ja hoor, prima. Hij moest alleen even stoom afblazen. We zijn een eind gaan wandelen en daarna zijn we naar de pub gegaan.'

De pub. Ze wilde hem er net op wijzen dat hij pas zestien was, maar toen zei Stuart, terwijl hij zijn schoenen uittrok: 'Hij is nu bij Sally.'

'Sally?'

'Zijn vriendin. Is er iets te eten, mam? Ik heb honger.'

'Ik wist helemaal niet dat Duncan een vriendin had.' Ze hoorde haar stem overslaan en liep achter Stuart aan naar de keuken.

'Ze hebben al een hele tijd iets met elkaar.'

O, dacht ze, terwijl ze de broodtrommel openmaakte. Wist ze eigenlijk nog wel iets over haar jongens?

'Wat is Sally voor iemand?'

'Ze is hartstikke leuk.' Stuart sneed een snee brood ter dikte van een stoeptegel af, legde er een plak van de overgebleven ham op en smeerde er toen een lepel piccalilly op. 'En ze is knap. Zal ik voor jou ook een boterham maken, mam?'

'Ja, graag.' Net als de jongens had ze bij de lunch niet veel gegeten, en nu had ze honger.

Ze ging aan de keukentafel zitten en probeerde deze informatie te verwerken: Duncan had vaste verkering. Stuart sneed nog twee onregelmatige sneden brood af.

'Stuart, als jij contact wilt zoeken met Rowan en Thea...' begon ze.

'Het maakt niet uit,' onderbrak hij haar.

'Ik had het eerder met jullie over hen moeten hebben.'

'Duncan dacht dat je ertegen zou zijn.'

Dat was ze niet. 'Ik heb Thea gesproken,' zei ze. 'De jongste, op de begrafenis. De oudste, Rowan, die getrouwd is, heb ik niet gesproken, maar ik heb haar wel gezien.'

'Wat vond je van ze?'

'Ze leken me best aardig,' zei ze schoorvoetend. 'Thea is ongeveer net zo oud als jij. Zij kwam na de dienst naar me toe om met me te praten. Ik denk dat het haar was opgevallen dat ik daar in mijn eentje stond.'

'Wisten ze dan niet wie je was?'

Ze schudde haar hoofd. 'Ik heb tegen haar gezegd dat ik een vriendin van Hugh was. Ik heb mijn meisjesnaam genoemd.' Ze liet een nogal gesmoord lachje horen. 'Ik weet nog dat ik vermoedde dat zij die hele uitvaart net zo verschrikkelijk vond als ik.'

Ze merkte tot haar verbazing dat ze opgelucht was dat Hughs dochters gewone jonge vrouwen waren en geen roofzuchtige monsters. En misschien had Stuart wel gelijk. Misschien vermoedden Rowan en Thea Craxton inderdaad wel dat er, zoals hij het geformuleerd had, iets niet klopte.

'Weet je wat het punt is? Als jij met hen wilt praten, willen zij misschien ook wel met mij praten,' hoorde ze zichzelf met hese stem zeggen. 'En ik denk niet dat ik dat op dit moment aankan. Misschien haten ze me wel. Als je het vanuit hun situatie bekijkt, hebben ze alle reden om me te haten. En dat kan ik er nu niet bij hebben.'

Stuart, die langer was dan zij, gaf haar een klopje op haar hoofd – precies zoals een vader een klopje geeft op het hoofd van een driftige peuter, vond ze.

'Het is niet erg, mama. Maak je er nou maar geen zorgen over. Het was zomaar een idee. Zet het uit je hoofd.'

De definitieve breuk vond plaats in de bar van het Ritz. Het was tussen kerst en nieuwjaar. Eten was niet aan de orde, en Rowan bedacht later dat Simon daar natuurlijk had willen afspreken omdat ze het wel uit haar hoofd zou laten om in zo'n verheven en schitterende omgeving een scène te maken.

Niet dat ze een scène zou hebben gemaakt. In de dagen nadat ze van Ashleigh Place terug waren, had Rowan alle tijd gehad om over hun ruzie na te denken. Simon zou nooit met haar zijn getrouwd; hij was helemaal niet uit op een huwelijk. Ze was een tijdverdrijf geweest, de zoveelste mooie aanwinst, net als de vergulde tafels en Louis xv-stoelen in zijn appartement.

Zo liet hij zich er zelf natuurlijk niet over uit. Ze was een mooie vrouw met een magnetische aantrekkingskracht, en hij wenste haar alle geluk van de wereld. Hij ging voor een paar maanden weg – dat begreep ze toch wel?

Dat begreep ze inderdaad heel goed, bedacht ze later in de taxi terug naar huis. De regen striemde tegen de ramen. Door de regen en haar tranen zag ze de lichtjes van Piccadilly Circus wazig en kregen de mensen op straat verwrongen gezichten. Ze had altijd wel geweten dat Simon egoïstisch was; ze had alleen niet beseft hoe diep het najagen van zijn eigen belangen en genoegens bij hem ingeworteld zat. Zijn leven beviel hem wonderbaarlijk goed. Dus waarom zou hij daar iets aan veranderen?

9

Januari – juni 1939

Thea's bureau stond in een kamertje tegenover de studeerkamer van Grace. Net als de andere kamers in het huis van de familie Fainlight stond ook deze vol met boeken en kasten met daarin potscherven en gekleurde aardewerken kralen. Een stenen beeld van Bastet, de Egyptische godin in de vorm van een kat, keek hooghartig vanaf een hoekkast op haar neer.

In het begin was ze vooral bezig met de telefoon beantwoorden, brieven voor Grace typen en documenten archiveren. Toen ze er zes weken had gewerkt, kreeg ze van Grace wat interessantere opdrachten: bij opgravingen gemaakte aantekeningen uitwerken, een enorme doos met foto's van een expeditie rubriceren en van etiketten voorzien. Ze raakte wegwijs in het grote huis en leerde de bewoners goed kennen. Er waren altijd veel mensen over de vloer. Studenten van Monty en collega's en vrienden van Grace kwamen langs om te lunchen en verhalen over reizen naar exotische oorden te vertellen, of ze kwamen koffiedrinken en over de meest recente archeologische theorieën kletsen.

Monty en Grace hadden één zoon, Tobias, die in Zweden woonde, waar hij in Stockholm bij het Historisch Museum werkte. Tobias was gescheiden van zijn vrouw, de moeder van Helen, die in de Verenigde Staten woonde. Helen was eenentwintig en woonde bij haar grootouders aan Gordon Square. Ze raakte snel bevriend met Thea. Grace probeerde Helen over te halen om aan de universiteit archeologie te gaan studeren, maar vooralsnog voelde die daar niets voor. 'Ik vind het niet erg om mee te gaan naar een opgraving. Dat is meestal wel leuk,' zei ze een keer tijdens de lunch tegen Thea toen ze, heel ongebruikelijk, alleen thuis waren, samen met Lucy, de huishoudster. 'Maar mijn hele leven oude graftombes opgraven? Mij niet gezien. Er zijn al genoeg archeologen in deze familie.'

Helens vriend, Max, had haar ten huwelijk gevraagd, vertelde ze Thea. Ze probeerde te bedenken of ze ja moest zeggen of dat ze daarmee een vreselijke vergissing beging. 'Maar hou je van hem?' vroeg Thea. Helen keek op van het boek waarin ze zat te bladeren. 'O ja, heel veel, al is hij soms een beetje een rare,' zei ze op nonchalante toon. Het was Thea wel duidelijk dat Max, die iets financieels deed in de City, Helen aanbad, ook al plaagde hij haar vaak.

Grace had de gewoonte om Thea aan het eind van de werkdag een boek of een artikel mee te geven dat ze moest lezen. 'Misschien vind je dit wel interessant,' zei ze dan, en dan gaf ze Thea, terwijl die haar jas dichtknoopte, *Egyptian Hieroglyphs of the First and Second Dynasties*, van Hilda Petrie. Of ze diepte een exemplaar van het bulletin van de Prehistoric Society op en zei: 'Er staan een paar uitstekende artikelen over het neolithicum in, Thea. Die vind je vast leuk om te lezen.' Als Thea het later teruggaf, maakte Grace altijd wel even tijd om het er met haar over te hebben.

De ontspannen manier waarop Monty, Grace en Helen met elkaar omgingen, vond Thea heel prettig. Onder de levendigheid en de ogenschijnlijke chaos in het huis aan Gordon Square heerste altijd orde. Thea was intens gelukkig met haar werk voor Grace. Ze wist dat ze ongelooflijk met haar neus in de boter was gevallen.

Maar het viel haar wel op dat het gezinsleven van de Fainlights totaal anders was dan het vroeger bij haar thuis was geweest. Hier was geen sprake van onvoorspelbare periodes van afwezigheid of plotselinge mysterieuze reizen. Je kon alles vragen wat je wilde, zonder bang te hoeven zijn dat iemand boos werd. Er waren geen stiltes en geen geheimen.

Helen zat op Thea's bureau een appel te eten. Ze vertelde over haar vader, bij wie ze onlangs op bezoek was geweest.

'Het was stervenskoud in Stockholm,' zei ze. 'Mijn vader is dol op sneeuw, maar ik vind het verschrikkelijk. We kregen ingemaakte vis bij het ontbijt. Ik zou liever ergens wonen waar het warm is, op een Grieks eiland of zo, jij niet, Thea?'

'Ik hou van de kou.' Thea deed een nieuw vel papier in de schrijfmachine.

'Dat komt doordat je Schots bent.'

'Mijn moeder was Zweeds, dus ik ben half Schots, half Zweeds.'

'Dan vind jij ingemaakte vis voor het ontbijt waarschijnlijk wel lekker. Mijn vader komt over een paar weken. Hij heeft een maand vrij van het museum. Dan gaat hij met ons mee naar Barbury Hill.'

'Echt? Dat zal Grace wel leuk vinden.'

Helen gooide het klokhuis in de prullenmand en ging op zoek naar koffie. Thea typte weer verder. In mei zou Grace leiding geven aan een opgraving bij Barbury Hill, een kamp met een verhoogde weg in Wiltshire. Iedereen was bij de voorbereidingen ingeschakeld, van Monty tot Lucy. Er waren vergunningen aangevraagd, sponsoren geregeld, budgetten opgesteld. Het werktuig was verzameld: pikhouwelen, troffels, kruiwagens, touwen, spades, tenten en opslagruimte voor de vondsten. Thea hielp het vervoer van deze voorwerpen te organiseren, want die moesten naar een locatie in de heuvels van Wiltshire waar ze niet in de weg stonden.

Ze maakte de brief af en bracht hem naar Grace, die hem moest ondertekenen. Toen ze binnenkwam, legde Grace net de telefoon neer.

'Dat was Russell. Sylvia en hij hebben besloten om dit jaar naar Kreta te gaan.' Grace hield haar handen recht omhoog en drukte ze tegen elkaar. 'De regering zal wel snel de dienstplicht afkondigen. Hij zei dat hij naar het buitenland wil nu het nog kan. Ik heb gezegd dat ik er alle begrip voor heb.' Ze zette haar bril af en poetste die met haar zijden sjaaltje op. 'Het is aanlokkelijk om je in het verleden te verliezen, vind je niet, Thea?' zei ze zacht. 'Om even niet over het heden en de toekomst, God sta ons bij, te hoeven nadenken.' Ze zuchtte en keek weer op de lijst die op haar bureau lag. 'Het is een tegenvaller. Ik had vast op Russell en Sylvia gerekend. Nu komen we mensen tekort.'

'Helen vertelde me dat Tobias ook voor een poosje terugkomt.'

Grace begon te stralen. 'Ja, geweldig nieuws, toch?'

'Geef mij anders een lijst met kandidaten,' bood Thea aan. 'Dan bel ik wel even voor je rond.'

'Hoef jij dan niet meteen weg?'

Het was half zeven. Ze logeerde met Peggy in het appartement van Rowan aan Covent Garden, omdat Rowan met haar nieuwe vriend, ene Bobbie Wharton, in New York was. Rowan had erop gestaan dat Thea en Peggy het appartement zouden gebruiken terwijl zij weg was, en Thea had het aanbod dankbaar aanvaard. Het was er veel fijner dan op haar kamer in het souterrain, waar in de winter zwarte schimmel groeide.

'Nee hoor, helemaal niet,' zei ze.

'Eens kijken.' Grace sloeg haar adresboek open, een groot en gehavend in leer gebonden boek, waar zo nu en dan papiertjes uit neerdwarrelden, als sneeuwvlokjes. 'Nina, je zou Nina kunnen proberen... nee, toch niet, want die heeft gezegd dat ze deze zomer voor Mortimer werkt. Geoffrey dan? Geoffrey King? De arme man heeft maar één hand, maar hij heeft bij de Somerset Levels geweldig werk verricht.'

Er werd gebladerd, er werden namen aan de lijst toegevoegd. Lucy kwam binnen met een dienblad met koffie en koekjes.

'Will Towler,' zei Grace. 'Hier heb ik zijn nummer. Misschien weet die nog een of twee mensen. Eva... het zou fantastisch zijn als Eva zou kunnen. Die is zo nauwgezet. Ze heeft de naam van haar geliefde aangenomen, al zijn ze nooit getrouwd. Hoe heette die ook alweer? Harper, ja, zo heet hij. Hij is een paar jaar geleden jammer genoeg overleden. Laurence... Die komt vanavond eten, dan vraag ik het hem zelf wel. Zeg tegen die mensen maar dat ze een pond per week betaald krijgen. Het is schamel, maar het wordt wel fantastisch. Je blijft toch wel eten, hè, Thea?'

'Nou, graag.'

De telefoon ging, een deur sloeg dicht. Monty kwam binnen met een verhaal over pikhouwelen van geweien, en Thea haalde het telefoonboek uit de gang. Ze werkte de lijst af, vinkte de mensen af die ze aan de lijn had weten te krijgen en onderstreepte de nummers die ze de volgende ochtend nog een keer moest proberen.

Toen ze bij de naam Eva Harper aankwam, schoot haar iets te binnen. *Ze heeft de naam van haar geliefde aangenomen, al zijn ze nooit getrouwd.* Ze nam een fruitsnoepje en bladerde in het telefoonboek naar de C.

Ca... Ch... Cr... Ja, daar had ze hem, onder aan de bladzijde: één enkele Craxton. Mevr. S. Craxton, om precies te zijn, op Gilbert Street 17, South Kensington.

Bobbie Wharton kon geweldig goed dansen, maar hij had geen gespreksstof en een infantiel gevoel voor humor. Hij vond het grappig om een ijsblokje achter in het overhemd van een ober te laten glijden. New York was geweldig geweest, maar tegen de tijd dat Rowan op de Queen Mary terug naar Engeland voer, was de relatie ten einde.

Tijdens de oversteek was het koud en stormde het. Ze spraken inmiddels niet meer met elkaar, maar zelfs als ze dat nog wel hadden gedaan, zou ze Bobbie amper hebben gezien, want die werd doodziek en moest in zijn hut blijven. Rowan was zelf nooit zeeziek en bracht een groot deel van de reis ingepakt in bontjas en dekens door op het promenadedek, waar ze naar de meedogenloze kracht en energie van de golven keek. De lijnboot schommelde heen en weer op de ruwe zee; zo nu en dan verhief een loodgrijze golf zich zo hoog als een klif, om vervolgens met een woedende brul neer te storten. Stewards kwamen iets warms te drinken brengen, een paar andere moedige types beenden over de dekken heen en weer, maar meestal was ze alleen en had ze dus alle tijd om na te denken.

Het ging nog erger stormen. De regen striemde tegen het dek en de wind huilde. Een enorme golf verhief zich en sloeg tegen de boeg van het schip. Rowan keek om en zag dat ze de enige passagier op het eersteklasdek was. Vanuit een deuropening stak een steward een hand op en wenkte haar om binnen te komen schuilen, maar ze nam amper notitie van de man. Ze moest denken aan Corran en aan de wilde zee in de Firth of Clyde, zoals de golven tegen de Iduna hadden geslagen, en aan de druk van het water toen ze met Thea in haar armen naar de kust probeerde te zwemmen. Ze knipperde met haar ogen alsof ze het beeld wilde verjagen.

Iemand legde een hand op haar schouder. 'Mevrouw Scott!' riep de steward boven het gebulder van de storm uit. 'U moet mee naar binnen! Het is hier niet veilig.' Rowan schrok op uit haar gedachten en ging naar binnen, naar de cocktailbar.

Twee dagen later legde het lijnschip aan in Southampton. Bobbie, die nog een beetje groen zag, bood haar een lift naar Londen aan, maar die sloeg ze af. Ze nam de trein. Toen ze thuiskwam, aan Covent Garden, was het al avond. Thea en Peggy waren weg. Peggy was in Wales met haar vriend, Gerald, en Thea was in Wiltshire, waar ze voorbereidingen trof voor een archeologische opgraving.

Uit de stapel post op de deurmat viste Rowan een met de hand geschreven briefje van Artemis, met de vraag om haar zodra ze thuis was te bellen.

Dat deed ze dan ook. 'Lieverd!' riep haar vriendin uit. 'Je bent terug! Hoe gaat het? Vond je New York niet in één woord geweldig? Ik heb je ontzettend gemist. Mag ik heel even langskomen?'

Toen Artemis aanbelde, stond Rowan net een kluwen kousen te ontwarren. Ze omhelsden elkaar. Het was koud in huis, en Artemis hield haar bontjas aan; Rowan informeerde naar Maurice en Elizabeth.

Terwijl ze voor hen allebei een gin-and-it maakte, zei Artemis: 'Had je al gehoord dat Denzil is overleden?'

Rowan schonk net de vermout erbij en keek op. 'Nee, dat wist ik niet.' Ze dacht aan de zure oude man die zijn spelletjes speelde en plannetjes smeedde. Dus hij was toch ziek geweest.

'Hij heeft Ashleigh Place aan Simon nagelaten.'

'Daar zal Simon blij mee zijn. Maar wat een teleurstelling voor Clarice Farmer.'

Artemis glimlachte en aarzelde toen even. Rowan vermoedde

daardoor meteen dat het overlijden van Denzil Pollington niet het enige nieuws was dat ze kwam vertellen. Ze deed een scheutje oranjebitter in de glazen en reikte haar vriendin er toen een aan.

'Dank je wel, schat. Mmm, heerlijk.' Artemis zette haar glas neer en slaakte een zuchtje. 'Ik vind het vreselijk om het je te moeten vertellen, maar het lijkt me beter dat je het van mij hoort dan van iemand anders. Simon is verloofd en gaat trouwen.'

Rowan keek haar met grote ogen aan. 'Simon? Verlóófd?'

'Ja, het spijt me, het moet een vreselijke schok voor je zijn.'

Schok was zwak uitgedrukt voor alle emoties die haar overvielen. Om te beginnen ongeloof. 'Artemis, weet je het echt zeker?'

'Ja, echt. De familie Cecil heeft afgelopen week een aankondiging in *The Times* geplaatst.'

'De familie Cecil?' Rowan herinnerde zich het bleekzuchtige meisje dat ze bij Simon thuis had ontmoet. 'Is Simon verloofd met Francesca Cecil?'

'Ja.'

Ze slaagde er nog net in om niet te zeggen: *Maar hij kan niet met haar trouwen, ze is nog bijna een kind* of, erger nog: *Maar hij heeft tegen mij gezegd dat hij nooit zou trouwen.* In werkelijkheid had Simon gezegd: 'Het instituut huwelijk heeft me nooit getrokken.' Toen haar ongeloof wat afzwakte en plaatsmaakte voor een ongelukkig gevoel, begreep ze dat Simon eigenlijk had willen zeggen dat hij er nooit voor had gevoeld om met háár te trouwen.

'Lieverd, je ziet lijkbleek. Ga even zitten.' Artemis loodste haar naar een stoel en duwde haar het glas in haar hand. 'Drink op.'

Gehoorzaam nam ze een slok. 'Ik dacht dat ik over hem heen was,' mompelde ze.

Artemis kwam naast haar zitten. 'De Cecils zijn in de verte familie van de Pembertons,' legde ze vriendelijk uit. 'Simons moeder was een Cecil. Ik denk dat er een soort afspraak was dat Simon en Francesca ooit zouden trouwen. Ashleigh Place slurpt geld op en Francesca is erfgenaam, dus je snapt...' Artemis gaf een klopje op Rowans hand. 'Simon is altijd op geld belust geweest. Ik heb hem verteld hoe verschrikkelijk ik hem vind. Je vraagt je af hoe dat kind het moet overleven in dat ijskoude huis. Elke keer dat ik er was, had ik bijna het gevoel dat ik dood was, zo koud was het er. En dan die leidingen, vreselijk! Je durft er bijna niet in bad te gaan. Vind jij niet dat Francesca eruitziet alsof ze tuberculose heeft?'

Rowan reageerde niet. Ze kon het niet opbrengen om woede jegens Simon of wrok jegens Francesca te voelen. In plaats daarvan was ze diepbedroefd, nu ze begreep hoe weinig ze voor hem had betekend. Het leek haar opeens zeer waarschijnlijk dat Simon al tijdens hun verhouding een relatie met Francesca had gehad, en dat maakte de vernedering voor haar nog groter. Het kon best zijn dat er tussen de moeder van Simon en die van Francesca een afspraak had bestaan, maar er moest tussen de verloofden toch ook sprake zijn van genegenheid en aantrekkingskracht. Rowan kende Simon maar al te goed. De verloving kon nooit alleen een financiële transactie zijn. Een veeleisende man als Simon verwachtte bepaalde dingen van het huwelijk. Hij wilde dat zijn vrouw mooi, elegant en cultureel onderlegd was. Hij wilde op zijn minst waardering voor haar kunnen opbrengen.

Rowan dronk snel haar glas leeg en stond toen op. 'Laten we uitgaan,' zei ze. 'Ik heb al weken geen mens gezien.'

Artemis keek haar bedenkelijk aan. 'Weet je het zeker, Rowan?'

Ja, ze wist het zeker. Ze namen een taxi naar het Savoy. In de American Bar waren al haar vrienden aanwezig: de Manninghams, de Vaughans en de Charlbury's. Rowan praatte en dronk, vertelde verhalen over het lijnschip en New York, en maakte iedereen aan het lachen.

Ze dacht dat ze het reuze naar haar zin had, tot ze in de vroege uurtjes in de spiegel achter de bar een blik van zichzelf opving. Toen vond ze dat ze er grotesk uitzag. Ze zag zo bleek dat haar gezicht groenig leek, net als Bobbie op het schip, en haar glimlach had iets van een grimas. Het was meteen gedaan met haar vrolijkheid en hoewel ze aan de tafel bleef zitten, nam ze geen deel meer aan het gesprek. Het was alsof ze aan een toneelstuk meedeed en haar tekst was vergeten.

Er daalde een gevoel van verwoesting over haar neer. Ze had

zich in heel veel dingen vergist. Ze herinnerde zich vol afgrijzen dat ze, zij het kortstondig, had gedacht dat ze verliefd was op Bobbie Wharton. De gedachte aan hoe innig ze van Simon had gehouden, was dubbel zo pijnlijk. Geen van beide mannen was haar liefde waard gebleken. En dat terwijl men haar gewaarschuwd had. Artemis had haar geprobeerd te waarschuwen, Simon had zich er zelf duidelijk over uitgesproken. Ze kon het alleen zichzelf maar kwalijk nemen. Hoe had ze zich zo kunnen vergissen? Ze voelde zich vreselijk onnozel.

Patrick had ze sinds ze uit elkaar waren een paar keer gezien om de echtscheiding te bespreken. Hun kille, keurige gesprekken konden niet verhullen dat er een diepe kloof van pijn tussen hen gaapte. Simon noch Patrick had haar de liefde gegeven waarnaar ze verlangde. Patrick had van haar gehouden, maar haar niet begeerd. Simon had haar begeerd, maar nooit van haar gehouden. Ze was bang dat ze nooit de liefde zou vinden waarnaar ze zo hunkerde, een hartstochtelijke, maar ook oprechte en onbaatzuchtige liefde.

'We moesten maar eens gaan.' Artemis stond naast haar.

'Ik ben helemaal niet moe.'

'Schat, je bent doodop.'

'Ik kan toch niet slapen,' zei Rowan koppig.

'Dan ga je met mij mee naar Belgravia Square, dan blijven we de hele nacht op en praten we eens goed met elkaar.' Artemis pakte haar bij haar elleboog en hielp haar overeind.

Toen de portier zijn hoed voor hen afnam en ze het hotel uit liepen, sloeg bij Rowan de paniek toe. Ze had min of meer verwacht dat het weer zou zijn omgeslagen terwijl zij in de American Bar zat, dat de straten bedekt zouden zijn met een laagje ijs en de Theems zou zijn dichtgevroren, hoewel het daar helemaal het seizoen niet voor was.

Maar buiten was het nog precies zoals eerder op de avond. Een paar taxi's reden langs de Embankment en je rook de duistere koelte van de nabijgelegen rivier en de zoete voorjaarsgeur van de schijnhazelaar. Uiteindelijk bleek alleen zijzelf te zijn veranderd.

De vroege ochtend was Thea's favoriete dagdeel. Ze werd wakker van de vogels die hun vrolijke ochtendkoor lieten horen. Ze waste zich en kleedde zich stilletjes aan om Helen niet te storen, die niet zo matineus was. Ze stopte een handje rozijnen in de zak van haar korte broek, verliet de tent en ging naar de opgraving.

De zon kwam door de glinsterende lucht achter Barbury Hill op, zodat de dauw op het gras fonkelde. Het vloeibare, buitelende lied van de leeuweriken was licht als kwikzilver terwijl ze over een paadje van krijtwitte kalk liep. Boven op de heuvel draaide ze zich langzaam om, nam het uitzicht in zich op en zag het nevelige groene heuvellandschap van Wiltshire helemaal in de verte met een gekneusd paarsblauwe horizon versmelten.

Die ochtend kwam ze als eerste aan bij de opgraving. Barbury Hill bestond uit een reeks enorme concentrische greppels met verhoogde wegen ertussen. Tijdens de eerste week van het werk hadden ze de drie archeologische sleuven opengelegd die nu door de verhoogde wegen en de greppels erachter heen liepen. De mannen schepten de aarde weg en brachten die met een kruiwagen naar één kant van de opgraving, waarna de vrouwen aan het werk gingen in de gleuven die in het veld waren gemaakt, waar ze zorgvuldig stukjes kalk en grond wegschraapten. Het was alsof je een bladzijde in een boek omsloeg. Je verwijderde nog een laag aarde en zag een stenen pijlpunt glinsteren. De dag ervoor waren in een deel van de sleuf waar Thea aan het werk was de punten van een pikhouweel van gewei tevoorschijn gekomen. Er zat voortdurend aarde onder haar nagels en haar knieën waren geschaafd.

Ze vond het wel een beetje jammer dat ze het prachtige landschap van Wiltshire plunderden. Ze moest zichzelf goed voorhouden dat het kamp met de verhoogde weg door de mens was gemaakt, dat Grace van mening was dat de greppels er een hele tijd later aan waren toegevoegd en dat dit heel oude landschap al vijfduizend jaar of nog langer aan veranderingen onderhevig was geweest, dus dat dit er ook nog wel bij kon. Als ze aan het eind van de zomer klaar waren met opgraven, zouden ze hun werktuigen en de voorwerpen die ze gevonden hadden inpakken, de sleuven weer vullen en de aarde terugplaatsen. Binnen een paar jaar zou de natuur de littekens op Barbury Hill hebben uitgewist.

Ze at de rozijnen op, pakte haar troffel en knielde naast de sleuf neer. Ze begon de aarde van het gewei weg te schrapen. Ze ademde de vochtige, rottende, leemachtige geur van de aarde in en hoorde in de verte stemmen. Haar collega's kwamen de heuvel op. De zon scheen op haar hoofd; het werd weer een warme dag.

Om twaalf uur pauzeerden ze even om te lunchen. Ze aten in de beschutting van een groepje eikenbomen aan de voet van de heuvel. Lucy deelde de post rond. Met haar rug tegen een boomstam at Thea een sandwich en las ondertussen de brief van Rowan.

Een ramp, schreef Rowan. *We zaten net gezellig te eten in een schattige herberg in het Zwarte Woud, en toen bekende Christopher dat hij verliefd op me was.* Thea schoof een stukje op om niet in de felle zon te zitten. *Hij is boos teruggegaan naar Engeland*, ging Rowan verder. *Ik reis nu in mijn eentje verder. Ik kan nog niet terug naar huis, Thea. Dat kan ik gewoonweg niet aan.*

Lucy ging rond met een thermoskan koffie. Thea stak de brief in haar zak. Er werd gegeten, gekletst en gedommeld, en om twee uur ging iedereen weer aan het werk. Hoewel ze een strohoed met brede rand ophad, liep het zweet haar in de nek. Ze moest eigenlijk al haar energie hierop richten, op het opdiepen van archeologische vondsten, maar haar gedachten dwaalden steeds weer af naar Rowans brief.

Ik kan nog niet terug naar huis, Thea. Dat kan ik gewoonweg niet aan. Rowan had zich diep gekwetst gevoeld door de verloving van Simon Pemberton. Ze hadden het er uitgebreid over gehad, en Thea had begrepen dat Rowan nergens anders meer aan kon denken. Ze draaide voortdurend in kringetjes rond en liep steeds tegen hetzelfde aan: dat Simon niet van haar had gehouden, dat zij zo'n vrouw was met wie mannen naar bed gingen, maar met wie ze niet wilden trouwen. Dat het allemaal haar eigen schuld was.

Vervolgens had Rowan opeens aangekondigd dat ze een rondreis door Europa wilde maken, met een vriend, Christopher Page.

‘Ik ben ontzettend somber,’ had ze Thea opgebiecht. ‘Ik moet echt weg.’ Ze had in allerijl gepakt en tickets gereserveerd, en toen had Thea haar naar de boottrein gebracht en uitgezwaaid.

De punt van het gewei was ontdaan van aarde. Thea haalde een kwastje uit haar zak en veegde het witte stof eraf. Een van de jongens, Will, die een paar jaar ouder was dan zij en al een paar zomers had meegedaan aan de opgravingen, kwam op zijn hurken naast haar zitten.

‘Dat is een flink gewei, Thea,’ zei hij.

De zon brandde op haar schouders, maar ze werkte stug door. Ze schraapte de aarde van de andere kant van het gewei, waar de eigenaar het vast moest hebben gehouden. ‘Ik heb er een vreselijk zootje van gemaakt,’ had Rowan tegen haar gezegd. ‘Ik maak altijd overal een zootje van.’ Rowan had zichzelf er de schuld van gegeven, en wat Thea ook zei, hoe vaak ze haar er ook op wees dat Simon Pemberton een afschuwelijke egoïstist was, ze leek niet tot haar te kunnen doordringen. Rowan nam zichzelf ook kwalijk dat ze met Patrick was getrouwd. Ook gaf ze Sigrid de schuld van het ongeluk voor de kust van Corran, en daardoor vermoedde Thea dat het een patroon was dat al lang geleden, in Rowans jeugd, was ontstaan. Het ongeluk met de Iduna en de verdrinkingsdood van Sigrid hadden Rowan erg aangegrepen. Zelf herinnerde Thea zich er niets van, maar alleen al het zich proberen voor te stellen hoe traumatisch Rowans herinneringen aan die dag moesten zijn, maakte haar verdrietig. Rowan had een hekel aan zichzelf. Rowan leek ook een hekel aan hun moeder te hebben, maar daar wilde ze niet over praten.

‘Bijna klaar,’ zei Will. Hij kwam overeind en wenkte Grace.

‘Kijk aan,’ mompelde Grace. ‘Goed werk, Thea.

In de tent waar ze de vondsten bewaarden, schreef Thea een etiket voor het pikhouweel van hertengewei en maakte er een notitie van in het boek waarin ze de vondsten opschreven. Toen nam ze een paar foto’s en maakte ze er in haar schrift een potloodtekening van. Ze vond het een ontzagwekkende gedachte dat zij de eerste was die het voorwerp sinds vierduizend jaar had aangeraakt. Men ging ervan uit dat dergelijke pikhouwelen door mannen waren gebruikt, maar toen Thea nog een schets maakte, merkte ze dat ze een vrouw tekende, een robuuste, gedrongen vrouw, gekleed in een dierenhuid. Ze bracht haar armen boven haar hoofd om het houweel te laten neerkomen, en daarbij viel haar zwarte haar over haar rug.

De toon van Rowans brief zat Thea niet lekker. *Ik kan nog niet terug naar huis, Thea. Dat kan ik gewoonweg niet aan.* Misschien had de reis naar Europa voor Rowan niet het gewenste effect gehad. Ze zat al een tijdje in een neerwaartse spiraal, sinds de dood van hun vader. Thea moest een manier zien te bedenken om haar te helpen. Ze had iets bedacht, en daar liep ze nu al weken over te piekeren. Haar intuïtie zei haar dat ze de stilte moest verbreken, dat ze de geheimen aan het daglicht moest brengen. Geheimen waren giftig en schadelijk, ze verdrongen het licht.

Zou die mevrouw Torrance met wie ze op de begrafenis van haar vader had gesproken soms de mevrouw S. Craxton uit Gilbert Street zijn? Moest ze erachter proberen te komen of die twee vrouwen een en dezelfde persoon waren, of kon ze het beter laten rusten?

Maar daar was het al te laat voor. Ze kon het niet laten rusten, want er was geen sprake van rust. Thea maakte zich zorgen om Rowan. Ze zou hier eigenlijk dolgelukkig moeten zijn, nu ze werk deed dat ze altijd al had willen doen, in deze schitterende omgeving, maar diep vanbinnen had ze voortdurend verdriet om Rowan. Degene van wie ze het meest hield op de hele wereld was niet gelukkig. En dat betekende dat zij zelf ook niet gelukkig kon zijn.

Ze moest de waarheid boven water zien te krijgen, omwille van Rowan en omwille van zichzelf. Ze keek nog één keer naar het gewei en deed toen het deksel op de doos. Om een rationeel beeld te kunnen hebben van het heden moest je het verleden duidelijk kunnen zien. Ze ging de sluier wegtrekken die hun het zicht op het verleden benam.

Rowan zat met haar reisgenoten, een Engels echtpaar, Fay en George Winchester genaamd, en hun vriend Lucian Cardew, een Amerikaan, te eten in een *trattoria* in een dorpje tussen Fiesole en Monte Ceceri in. Rowan had Lucian en de Winchesters twee weken geleden leren kennen in de trein van Milaan naar Florence. 's Avonds gingen ze gevieren uit eten. Na afloop gingen Rowan en Lucian terug naar hun hotel aan de Via degli Strozzi, waar ze de liefde bedreven.

Lucian was negenendertig, lang, donker en zwaarmoedig; hij was één keer getrouwd geweest. Hij hield niet van de warmte en bracht de dagen door in halfduistere salons met marmeren vloeren, waar hij zat te lezen en te drinken. Rowan vond dat ze de bezienswaardigheden van Florence moest gaan bekijken, hoewel ook zij genoeg had van de warmte, het stof, de vliegen en de mannen die achter haar aan liepen, 'Bella, bella' naar haar riepen en haar lastigvielen met hun uitnodigingen om in het restaurant van hun *nonna* te komen eten.

Het terras keek uit over een steil aflopende heuvel, waar inktzwarte cipressen versmolten met een abrikooskleurige en paarsblauwe lucht. Ze waren de stad uit gegaan om aan de hitte te ontsnappen, maar het leek wel of ze die, zwaar en verstikkend, juist met zich hadden meegenomen. Het was laat en het restaurant liep leeg. Ze waren aan de koffie en likeur toe, en het gezelschap was wat lusteloos geworden. De mannen, die behoorlijk aangeschoten waren, gooiden inmiddels de koekjes die de ober bij hun cognac had geserveerd, over de stenen balustrade en deden een wedstrijdje wie het verst kwam.

'Vreselijk, die mannen, vind je niet?' zei Fay Winchester tegen Rowan. 'George, Lucian, jullie lijken wel een stelletje kleuters.'

'Ik wil wedden om vijf pond dat je die steen daar niet raakt.'

'George, alsjeblieft.' Fays blauwe oogjes glommen begerig.

'Hè, verdorie, de koekjes zijn op. Ober!' George – gezet, een roze huid en een rond gezicht – wapperde met zijn hand. 'Breng nog eens wat koekjes!'

'Vreselijk kinderachtig,' mompelde Fay. Ze stond op en ging naast Lucian staan, met haar onderarmen op de balustrade. Lucian mikte.

Rowan bleef zitten. Ze voelde zich vanavond niet erg op haar gemak bij de anderen van het groepje. Ze had het naar haar zin moeten hebben, maar dat was niet zo, maar van de gedachte dat ze terug zouden gaan naar Florence werd ze ook al niet blij. Van haar stoffige gesjok door de Boboli-tuinen, op zoek naar een stukje gras dat niet gortdroog was, en de rondleiding door de Duomo, waar ze hoofdpijn van had gekregen, was ze niet vrolijker geworden. Ze had genoeg van Florence, ze moest verder. Maar waarnaartoe? Haar geld was bijna op.

George vloekte, gevolgd door een applausje van Fay. Rowan keek op.

'Vijf pond, mag ik even vangen, Winchester?' zei Lucian.

George zocht in zijn portemonnee. 'Ik heb alleen die stomme lires.'

'Dan moet je me een onderpand geven. Wat wordt het? Ik weet het al, geef maar een lok haar van je vrouw.'

Fay slaakte een gil en dook overdreven in elkaar, terwijl Lucian een pennenmes uit zijn zak haalde. *Lucian, je bent een monster!* De andere gasten keken hun kant op.

Met één snelle beweging sneed Lucian een lange pluk van Fays platinablonde haar af en hield die als een trofee omhoog. De pluk glansde als een zilverkleurig lint in het maanlicht.

Fay slaakte een gil en greep naar haar hoofd. 'Mijn haar...' Deze keer leek ze oprecht ontdaan.

'Je ziet er niets van,' zei Rowan in een poging haar gerust te stellen, al zag je het wel.

'Hoe durf je!' zei George nijdig.

Lucians zwarte ogen fonkelden. 'Daar hoef je toch niet kwaad om te worden, beste man?'

De gerant kwam doelgericht over het terras op hun tafeltje af gebeend. 'Laten we maar gaan.' Rowan stond op. 'Voor ze ons eruit zetten.'

De vrouwen pakten hun zijden sjaal en hun tas; Lucian gooide wat bankbiljetten op tafel. Toen ze het restaurant uit liepen, zei George: 'Wie het eerst in Florence is, Cardew. Maar nu voor tien pond. En dan wil ik die pluk haar terug.'

Lucian glimlachte loom. 'Mij best.'

Hij pakte Rowans hand en samen liepen ze de heuvel af, naar de auto's. De Winchesters liepen voor hen uit, Fays hoge hakken tikten over het plaveisel van het smalle straatje.

'Heb je een leuke avond, Rowan?'

'Niet echt.'

Weer glimlachte hij. 'Je moet gewoon doen zoals ik. Gewoon zo veel mogelijk genieten en accepteren dat je hoe dan ook gedesillusioneerd raakt. De meeste mannen zijn van nature nogal middelmatig. Verdomme, hij is al weg.'

De groene Jaguar van de Winchesters spoot in een wolk van stof het plein af. Lucian opende het portier van zijn Alfa Romeo-coupé, en Rowan stapte in. Onderweg het dorp uit werden ze door een volle maan bijgeschenen. Toen ze op de open weg kwamen die over het platteland naar Fiesole voerde, voelde ze hoe ver ze van haar metgezel af stond. Het oude Toscaanse landschap, badend in zilverachtig maanlicht, was hartverscheurend mooi, en toch voelde ze er niets bij. Ze was naar Europa gegaan om voor haar ongelukkige gevoel te vluchten, maar het leek wel alsof ze het als een zware, hinderlijke koffer met zich meezeulde.

Toen ze op een recht stuk weg zaten, zagen ze een eindje vóór hen de Jaguar. Lucian trapte het gaspedaal in, de motor van de Alfa brulde en de auto spoot vooruit. Ergens was Rowan wel blij met de afleiding die dit gevaar bood. Door hun snelheid veranderden de cipressen in de voorbij schietende beelden van een zoötroop. De duisternis aan weerskanten van de smalle lichtbundels kon net zo goed één grote leegte zijn.

Toen ze een bocht door scheurden, zag Rowan een auto op hen afkomen. 'Lucian, kijk uit!' gilde ze.

De Alfa zwenkte de berm in en Lucian wist op een haar na te voorkomen dat ze elkaar raakten. 'Leuk toch?' riep hij boven het gebrul van de motor uit. 'Vind je het niet leuk?'

Nu was ze bang. 'Niet zo hard,' smeekte ze. 'Ga alsjeblieft iets langzamer rijden, Lucian.'

Na nog een bocht zagen ze de Jaguar.

'Nou heb ik 'm, die rotzak,' mompelde Lucian.

Aan hun kant van de weg doemde opeens een diepe kuil op. Lucian gaf een draai aan het stuur om hem te omzeilen, en Rowan voelde de achterwielen wegslippen. Vloekend probeerde Lucian de macht over het stuur te houden, maar het was alsof ze in een draaikolk rondtolden. Rowan gilde het uit. De auto raakte van de weg en vloog over de berm en een greppel. Ze werd met kracht naar voren geslingerd; er volgde een dreun van verfrommelend metaal. De klap was zo hard dat hij de lucht uit haar longen perste. Toen ze raspend ademhaalde, hoorde ze de wielen draaien en de motor loeien.

Rowan deed haar ogen open. Ze was in de beenruimte geperst en er stak iets in haar gezicht. Ze veegde wat takjes weg. Ze snapte niet waarom er takjes in de auto waren. De koplampen waren uit en het was donker.

'Lucian,' zei ze hees.

Er kwam geen antwoord. Ze werkte zich omhoog op de stoel. De auto hing schuin op zijn kant. Ze bedacht dat hij misschien uit de auto geslingerd was, dat hij dood was. 'Lucian.' Haar stem beefde. Ze stak haar hand naar hem uit.

Haar vingers vonden de mouw van zijn jasje. Hij kreunde. Rowan keek radeloos om naar de weg en hoopte de koplampen George Winchesters Jaguar te zien. Maar ze zag niets dan duisternis.

Ze zocht in het handschoenenvak en vond een zaklamp. Ze scheen ermee in de auto, die bezaaid lag met bladeren en takjes. De motorkap van de Alfa zat als een harmonica in elkaar gedrukt tegen een boomstam. Als ze al gedacht had dat ze met de auto hulp voor Lucian kon gaan halen, dan kon ze dat nu wel vergeten: van de auto was niet veel meer over.

Lucian hing slap tegen het stuur. Rowan voelde aan zijn voorhoofd, en haar vingers werden nat van het bloed. Ze zette de motor uit. Door die beweging begon hij weer te kreunen.

'Ik ben bij je, Lucian,' zei ze. Ze probeerde kalm te klinken. 'Rustig maar, het komt allemaal goed.'

'Het spijt me,' fluisterde hij. 'Ontzettend stom. Het spijt me.'

'Liefje, het komt allemaal goed.'

Langzaam kwam hij overeind en leunde achterover, zijn gezicht vertrokken van de pijn. De jaap op zijn voorhoofd bloedde hevig. Rowan had een eeuwigheid geleden bij de padvinderij geleerd hoe ze eerste hulp moest verlenen. Ze zette haar tanden in de zoom van haar zijden sjaal om hem te kunnen scheuren, trok er een strook af en bond die om zijn voorhoofd. Ze voelde hoe snel zijn hartslag ging. Hij rilde, dus legde ze de reisplaid over hem heen.

De angst vloog haar naar de keel. Misschien had hij wel een schedelbasisfractuur. Het stuur kon zijn ribben hebben verbrijzeld, die misschien wel een long doorboord hadden. Hij kon inwendige bloedingen hebben en doodbloeden. Ze nam een besluit.

'Lucian, ik moet hulp gaan zoeken,' zei ze. 'Ik beloof je dat ik niet lang wegblijf. Kan ik iets voor je doen?'

'Mijn hoofd doet zo'n pijn...' fluisterde hij. 'En mijn schouder.'

'Ik weet het, liefje. Wacht, ik probeer of ik het je iets gemakkelijker kan maken.' Ze trok heel voorzichtig de takjes weg die op hem lagen en probeerde toen, geknield op de stoel ernaast, om hem in een iets andere houding te krijgen.

'Is dit iets beter?'

'Ja.' Hij kreunde weer. Zijn ogen waren dicht. 'Je bent geweldig, Rowan.'

'Ik ga nu, maar ik kom zo snel mogelijk terug.'

Ze klauterde uit de auto en liep de weg op, waarbij ze de zaklamp van links naar rechts zwaaide, in de hoop dat het licht op een boerenhoeve of een ander woonhuis zou vallen. Maar ze zag alleen maar velden, bosschages en de cipressen, als zwarte grafstenen. Ze holde naar de volgende bocht in de weg, waar ze over nog meer velden uitkeek, biddend dat er ergens een verlicht raam zou verschijnen, maar zag niets.

Ze liep terug naar de auto. 'Lucian, liefje, hoe gaat het?'

Hij was weer in elkaar gezakt. Zijn oogleden fladderden en hij murmelde wat.

'Er komt vast snel iemand voorbij,' zei ze. Ze probeerde het te laten klinken alsof ze er zelf alle vertrouwen in had. 'En dan brengen we je naar een dokter die je kan oplappen.'

Het provisorische verband was doordrenkt van bloed; ze scheurde nog een strook stof van haar sjaal af. Het rook in de auto naar benzine en bloed. Het was warm buiten, maar Lucians huid voelde koud aan. Ze sloeg haar arm om hem heen, zodat hij van haar lichaamswarmte kon profiteren. Toen ze opnieuw zijn naam noemde, kwam er geen reactie, en ze zag dat hij zijn ogen gesloten had.

Ze was alleen. Opeens zag ze Thea voor zich, heen en weer geslingerd door de golven voor de kust van Corran, haar huid wit, haar ogen dicht. Rowan was de hele tijd dat ze met Thea naar de kust had gezwommen bang geweest dat haar zusje al dood was. Ze zette de herinnering snel van zich af. Als ze nu aan Corran ging denken, zou ze instorten, en dan had Lucian helemaal niks meer aan haar. Ze ging op haar knieën op de stoel naast hem zitten en keek nogmaals hoe het verband eraan toe was. Het bloeden leek iets minder te zijn geworden.

Ze hoorde iets en keek op. Eerst zag ze niets, maar toen het geluid harder werd, besefte ze met een golf van opluchting dat ze het zachte geklepper van een paard hoorde.

'Help! Alstublieft, help me!' riep ze, en ze klauterde de auto uit en scheen met de zaklamp de weg af.

Er kwam een paard-en-wagen naar hen toe gereden; op de platte wagen stonden houten vaten. Naast hen hield hij stil. De man op de bok, een Italiaan met brede schouders en warrig zwart haar, keek naar de gecrashte auto. Hij zei iets in het Italiaans tegen Rowan; ze verstond het woord *morto*.

'Nee, nee, hij is niet dood! Hij moet naar een dokter!' Ze zocht naar het juiste woord. '*Dottore! Per favore!* Help me, alstublieft!'

De vaten werden opzijgeschoven; Rowan en de voerman hesen Lucian samen uit de Alfa. Hij schreeuwde het uit toen ze hem versleepten, verschrikkelijk om te horen, maar toen raakte hij weer buiten bewustzijn en legden ze hem op de kar. Rowan legde de reisplaid over hem heen en ging op haar knieën naast hem zitten.

Het leek wel of er geen einde aan de reis kwam; de kar legde die paar kilometer naar Fiesole hotsend en schuddend af. Ze was blij dat Lucian buiten bewustzijn was en er niets van voelde. In Fiesole hield de voerman stil voor een villa. Hij bonkte op de deur en op een gegeven moment kwam er iemand naar buiten – een bediende, nam Rowan aan.

De bediende en de voerman droegen Lucian naar binnen, door betegelde gangen naar een keuken, waar ze hem op de tafel legden. Een vrouw van in de zestig, in een fluwelen kamerjas en met krulspelden in haar haar, kwam de keuken binnen en zei in het Engels, met een zwaar accent, tegen Rowan: 'De dokter komt zo.' Toen liep ze weer weg. De bediende liep ook de keuken uit, zodat Rowan met Lucian alleen achterbleef.

Ze ging op een stoel naast de tafel zitten. Het was een grote, door olielampen verlichte keuken met weinig meubels. Lucian bloedde weer; Rowan vouwde een theedoek dubbel en drukte die tegen Lucians hoofdwond.

De bediende kwam terug, deze keer vergezeld door de dokter – een kleine, kogelronde man, in stoffig zwart gekleed. Hij keek even naar Lucian, maakte een misprijzend geluidje, schudde langzaam zijn hoofd en maakte toen zijn leren dokterstas open.

'U blijft hier.' Hij wees op Rowan. 'U bent mijn verpleegster. U gaat niet...' Hij maakte het gebaar van flauwvallen.

'Natuurlijk niet,' zei ze.

'U bent niet gewond, signora?' Hij haalde een stethoscoop uit de tas.

'Nee, ik geloof van niet.'

De dokter sprak een beetje Engels, Rowan sprak een beetje Italiaans, en ze spraken allebei redelijk Frans. De bediende bleef in de buurt en scheen de tafel bij met een olielamp. Rowan hield Lucians hoofd vast, en de dokter hechtte de wond. Toen zijn gebroken schouder in een mitella tegen zijn lichaam werd gebonden, kreunde hij.

Toen de dokter klaar was, droegen hij en de bediende Lucian naar een andere kamer, waar ze hem in bed legden. Daarna kwam de dokter terug bij Rowan.

'Gennaro blijft bij signor Cardew. Ik kom morgenochtend terug en dan kijken we hoe het met hem gaat. Misschien heeft hij inwendig letsel.' Hij wees op zijn buik en borst. 'Als het niet goed met hem gaat, zorg ik dat hij naar het ziekenhuis in Florence wordt gebracht. Maar hij is jong en sterk, dus laten we bidden dat hij erbovenop komt. Hij heeft geluk gehad, hij had wel dood kunnen zijn.' Hij glimlachte naar haar. 'U bent een goede verpleegster, mevrouw. U hebt het goed gedaan. Maar u moet nu zorgen dat u rust krijgt.'

Gennaro bracht Rowan naar een kamertje op de eerste verdieping. Ze bedankte hem, deed de deur dicht en ging op het bed zitten. Na alles wat er was gebeurd deed haar lichaam pijn van vermoeidheid. Ze keek in de ovale spiegel boven de ladekast en zag dat ze flinke schrammen in haar gezicht had.

Iemand had op het nachtkastje een dienblad met een glas rode wijn en een bord met wat koekjes gezet. Op het voeteneind lagen een handdoek en een nachthemd. Rowan doopte de handdoek in het wasbekken en probeerde bettend haar gezicht schoon te maken. De diepe schaafwonden deden inmiddels pijn. Ze dronk van de rode wijn en at een koekje. Door die koekjes moest ze aan Lucian en George denken, in de trattoria, met hun stomme spelletje. Haar handen beefden zo erg dat het haar moeite kostte om de rits van haar avondjurk open te krijgen, die gescheurd en vuil was, maar uiteindelijk lukte het haar toch. Ze trok het nachthemd over haar hoofd heen aan.

Ze ging op bed liggen, maar kon ondanks haar vermoeidheid de slaap niet vatten. De kou was in haar botten getrokken, en hoewel het een warme nacht was en ze de dekens tot aan haar kin optrok, bleef ze maar rillen.

Nu kon ze de herinneringen niet meer tegenhouden. Ze stroomden toe als het water dat door de zeestraat tussen Corran en het vasteland stroomde. Ze was weer dertien, en ze was op het eiland en schreeuwde tegen haar moeder. 'Ik heb je met die man gezien! Ik heb gehoord wat hij zei! Ik haat je! Ik haat dit eiland!' Haar woorden waren onuitwisbaar, en ze wist dat ze zich die de rest van haar leven zou blijven herinneren.

En toen waren ze aan zee en mama trok haar oliejas aan en zei tegen Thea en haar dat ze in de Iduna moesten stappen. Het regende heel hard toen de boot van Portmore vertrok, de dansende zee was gespikkeld en de golven hadden witte schuimkoppen. Sigrid bediende de zeilen en het roer, en haar lange blonde haar wapperde in de wind. Haar mooie gezicht stond vertrokken van de inspanning en het verdriet.

Het gebeurde allemaal heel snel. Ze lag in het water en de golven sloegen over haar hoofd. De schok van het ijskoude water spoelde alles weg, behalve haar angst. Ze kreeg water in haar mond en in haar neus en ze kreeg geen adem en ze zag mama en Thea niet en ze wist niet welke kant ze op moest zwemmen om boven te komen en lucht te krijgen. Ze was aan het verdrinken, en terwijl ze verdronk, weergalmden haar eigen woorden in haar oren.

Ik haat je, ik haat je.

10

Juli – augustus 1939

Sophies kostganger, een jongeman genaamd Roland Toft, was opgeroepen voor zijn opleiding voor militaire dienst. Stuart hielp Sophie om de kamer in gereedheid te brengen voor de volgende bewoner, een vrouw van middelbare leeftijd.

Ze hadden het bed afgehaald en de vloer geveegd. Stuart was een vlek in het kleed aan het schoonboenen, waar meneer Toft koffie had gemorst. Sophie was aan de ramen begonnen.

Haar blik viel op iemand aan de overkant van de straat. Haar hart werd even samengeknepen en haar hand, met daarin de zeemleren lap, viel stil. Was zij het soms? Nee, ze verbeeldde het zich vast. Maar toen bewoog de jonge vrouw en wist ze dat zij het was.

Ze moest geluid gemaakt hebben, want Stuart kwam naast haar staan. 'Wat is er, mam?'

Ze schudde even haar hoofd, maar kon haar blik niet van de vrouw losmaken. 'Daar,' fluisterde ze.

Stuart keek ook. 'Ik weet niet wat je...'

Maar toen snapte hij het, meende ze, want hij fronste zijn wenkbrauwen en zei: 'Mam?' En voordat hij haar weer aankeek, richtte hij zijn blik op de stoep buiten. Sophie zei niets en bleef als aan de grond genageld staan. Stuart legde de borstel neer en liep de kamer uit.

Ze hoorde de voordeur open- en dichtgaan, bleef naar buiten kijken en zag Stuart de straat oversteken, naar waar de jonge vrouw stond. Ze spraken even met elkaar, leek het. En toen liepen Stuart en Thea Craxton samen weg.

Toen Thea later door Covent Garden liep, dacht ze na over wat Stuart haar had verteld, over hoe vriendelijk hij was geweest en over het feit dat Stuarts moeder, Sophie Craxton of Sophie Torrance, afhankelijk van hoe je ernaar keek, meer dan negentien jaar getrouwd was geweest – in zekere zin – met haar vader, met haar en Stuarts vader. Het huwelijk was ongeldig, omdat Hugh een deel van die periode getrouwd was geweest met Sigrid, tot die was overleden. En nu was Hugh ook dood. En dat betekende dat Stuarts moeder eigenlijk niet Sophie Craxton was, maar, zonder het zelf te weten, al die tijd Sophie Torrance was gebleven.

Stuart was iemand die de dingen graag helder had, net als Thea zelf. Dat hadden ze met elkaar gemeen, net als dat andere. Dus hadden ze een hele tijd in een café gezeten, waar ze tijdstippen en data hadden uitgewisseld en alles op een rijtje hadden gezet. Hugh was in 1912 met Sigrid getrouwd. En daarna was hij in 1918 met Stuarts moeder, Sophie, getrouwd. Rowan was geboren in het jaar dat de oorlog was uitgebroken, Duncan een jaar nadat hij was afgelopen. Tussen Stuart en haar zat maar een jaar.

'Twee baby's,' had Stuart gezegd, terwijl hij zijn blauwe ogen opensperde. 'Hij moet flink heen en weer hebben gereisd.'

Ze vroegen zich even af waarom Hugh toen Sigrid in 1927 was gestorven, niet officieel met Sophie was getrouwd en orde op zaken in zijn leven had gesteld, maar het antwoord lag natuurlijk voor de hand. Hugh kon niet nog een keer met Sophie trouwen, want dan moest hij haar vertellen dat hij de eerste keer niet echt met haar was getrouwd. Ze waren het erover eens dat Hugh Craxton iemand was geweest die niet graag zijn ongelijk bekende. En misschien ging er wel een eigen kracht van deze dingen uit. Als je eenmaal begon met liegen, bleef je liegen. Je vergat om tegen de knappe verpleegster op wie je verliefd was geworden te zeggen dat je een vrouw en kind had, en op de een of andere manier bracht dat je ertoe om een kantoor in Londen te verzinnen en een vriend in de Hooglanden, die je goed van pas kwam, en om je financiële problemen en wat al niet meer te verzwijgen.

'Mijn vader en ik deden toen ik klein was altijd een spelletje,' had Stuart gezegd, voordat ze afscheid namen. 'Dan keek ik toe terwijl hij in de woonkamer iets verstopte – een muntje, een dobbelsteen, een klosje garen. Dan moest ik raden waar het was, en ik had het altijd verkeerd. Dan wist ik zeker dat het op een plank lag, maar bleek het in zijn zak te zitten, zoiets. Vingervlugheid, noemde hij dat. Daar was hij goed in, in vingervlugheid. Ik vraag me af of het niet allemaal een spel voor hem was, Thea, een groot, ingewikkeld spel, dat hem afleiding bood van alle dingen waar hij niet aan wilde denken.'

Thea liet zichzelf binnen in Rowans appartement. Peggy was er niet, en dat was maar goed ook, want ze zou niet hebben geweten wat ze tegen haar had moeten zeggen. Ze was vergeten de eieren te halen die ze voor het avondeten had willen kopen. Maar ja, dat gebeurde nu eenmaal als je uren had zitten praten met de halfbroer van wiens bestaan je niet op de hoogte was.

Ze keek in de voorraadkast, maar die was bijna leeg. Toen hoorde ze iemand de trap op komen. Ze zou die voetstappen uit duizenden hebben herkend.

Thea deed open. Rowan stond voor de deur in haar tas te zoeken. Ze had een gekreukt crèmekleurig linnen mantelpakje aan en had haar koffer naast zich op de grond gezet. Aan één kant van haar gezicht vertoonden haar wang en voorhoofd een zigzagpatroon van schrammen, genezen tot roze streepjes.

'Rowan,' zei ze, en Rowan zei op hetzelfde moment: 'O, Thea.' Ze vielen in elkaars armen.

'Je gezicht,' zei Thea. 'O, Rowan, je gezicht.'

Ze zette koffie. Er was geen melk in huis, dus leende ze wat bij een buurvrouw.

'Ik heb in Italië een auto-ongeluk gehad,' zei Rowan. 'De man met wie ik was, Lucian, zat achter het stuur en is ernstig gewond geraakt. Ik ben bij hem gebleven tot zijn zus, die in Parijs woont, naar Fiesole kon komen. Hij komt er wel bovenop, maar het zal even duren.' Ze ging met haar vingertoppen over de rechterkant van haar gezicht. 'Dit stelt niets voor. Ik hou er misschien een paar littekentjes aan over. Maar goed, zodra Patricia, de zus van Lucian, het van me kon overnemen, ben ik vertrokken. Mijn geld was bijna op, en bovendien wilde ik terug naar huis.' Ze glimlachte wrang. 'Ik had schoon genoeg van Europa, Thea. Je hebt geen idee. Dus toen heb ik een treinkaartje naar Londen gekocht. Ik was van plan om uren in de wagon-lit te gaan slapen, maar ik deed geen oog dicht doordat Lucian er zo slecht aan toe was. Ik maakte me vreselijk zorgen om hem, en ik was doodmoe. Op het station van Milaan moest ik overstappen en toen heeft iemand mijn portemonnee gestolen. Dus daar stond ik, op het perron, mijn tas en mijn koffer door te zoeken. Ik kon gewoonweg niet geloven dat mijn portemonnee weg was. Uiteindelijk heb ik alles op het perron leeggegooid, al mijn kleren, alles. Al mijn geld was weg, en mijn treinkaartje ook. Het was echt de druppel.'

'Wat heb je toen gedaan?' vroeg Thea.

'Ik ben in tranen uitgebarsten.' Rowan schonk de koffie in en gaf Thea een kopje. 'Ik ben naast mijn koffer op het perron gaan zitten en heb gewoonweg mijn tranen uit mijn kop gejankt.'

'O, Rowan.'

'Toen zag een aardige mevrouw me en die vroeg of ze me kon helpen. Ze was Engels, ouder dan ik, en ik heb gewoon in haar armen liggen huilen. Het kwam niet alleen doordat ik mijn portemonnee kwijt was, maar ook door het auto-ongeluk en, o, alles wat er mis is gegaan... Patrick... Simon... alles.'

'Arme Rowan. Gelukkig ben je nu thuis.'

Rowan roerde suiker door haar koffie. 'Veel dingen zijn mijn eigen schuld geweest,' zei ze zacht. 'Ik heb er een bende van gemaakt. Ik weet niet wat ik had moeten doen als Genevieve – zo heette die vrouw – me niet had geholpen. Ik was bang dat ik naar het Britse consulaat zou moeten. Ik zag mezelf al met mijn koffer door Milaan sjokken, waar ik met mijn beroerde Italiaans de weg zou moeten zien te vinden. En het was ook zo vreselijk heet. Ik ben erachter gekomen dat ik een hekel aan de hitte heb, Thea. Niks voor mij. Maar goed, Gen bood aan me geld te lenen, zodat ik een nieuw treinkaartje kon kopen. Ze zei dat ze die middag terugging naar Londen en stelde voor dat we samen zouden reizen.'

'Wat aardig van haar.'

'Ontzettend aardig, en ik was enorm opgelucht en dankbaar.'

Onbekenden konden soms onverwacht vrijgevig zijn. Thea dacht aan Stuart, die de straat was overgestoken om met haar te praten, aan hoe lief en attent hij was geweest. De tranen prikten in haar ogen. Het moest voor hem veel erger zijn geweest dan voor haar om erachter te komen dat hun vader een bigamist was geweest – Stuart en zijn broer waren de buitenechtelijke kinderen, niet Rowan en zij – maar toch had hij de tijd genomen en was hij vriendelijk tegen haar geweest. *Het is vast een vreselijke schok voor je om erachter te komen dat je nog ergens een paar broers hebt. Even verderop zit een café – zullen we daar anders even thee gaan drinken?*

Rowan hervatte haar verhaal. 'Het is een lange reis van Milaan naar Londen. Gen en ik hebben veel met elkaar gepraat en ik had alle tijd om na te denken. Ik heb natuurlijk over Lucian nagedacht, en over het feit dat ik mijn tijd heb verdaan aan mannen van wie ik niet eens hield. Ik weet niet eens of ik hem wel aardig vond. En ik heb over Simon nagedacht. Als ik niet op zoek was geweest naar iemand die me liefde kon geven, was het met Simon misschien wel leuk geweest. Maar ik was wel op zoek naar liefde, en dat zal ik ook altijd blijven doen, denk ik. Hij heeft mijn hart gebroken. Met Patrick had ik nooit moeten trouwen. Hij is een goed mens, maar we waren niet geschikt voor elkaar. Ik was heel jong en dacht dat het huwelijk me rust zou brengen, maar ik ben veel te onrustig voor zo iemand als hij. Bovendien kon hij me niet de liefde geven waar ik behoefte aan heb.' Rowan streek de kreukels van haar rok glad. 'En ik heb ook over mama nagedacht. Over dat voor mij alles altijd uiteindelijk terug te voeren is op mama, en op wat er op Corran is gebeurd.'

'Rowan,' zei Thea zacht, 'daar hoef je nu niet over te praten.'

'Jawel.' Rowan keek haar doordringend aan. 'Als ik het nu niet doe, durf ik het later misschien niet meer. Ik had al veel eerder een manier moeten zoeken om het je te vertellen.'

'Om mij wat te vertellen?'

'Over mama en Corran. En over jou. De waarheid. Daar heb je recht op.'

Toen Thea Rowans woorden goed tot zich liet doordringen, voelde ze ongerustheid opkomen. Er was die dag zo veel gebeurd dat ze het niet meer kon opbrengen om nog nieuwsgierig te zijn. Ze vroeg zich verward af of Rowan het soms wist van Sophie, of ze wist dat haar vader er al die tijd een ander gezin op na had gehouden – maar nee, dat kon het niet zijn, dat was niet logisch.

'Ik ben al heel lang boos op mama,' zei Rowan. 'Ik denk dat ik op haar lijk, en dat maakt me nog bozer. Ik ben rusteloos en ongeduldig, net als zij, en ik schijn me niet aan één man te kunnen binden. Maar misschien dat ik haar nu beter begrijp. Misschien dat ik kan begrijpen waarom ze het gedaan heeft. Mama had een verhouding met een man die op het eiland woonde, Thea.'

Thea probeerde iets te zeggen, maar er kwam niets. Ze had die dag al te veel choquerende dingen moeten horen, en er was een grens aan wat een mens kon verstouwen. Ze keek haar zus stilzwijgend aan.

'Die laatste dag op Corran heb ik mama met haar minnaar horen praten,' zei Rowan. 'Het was gaan regenen, dus ik had jou met de andere kinderen op het strand achtergelaten en was teruggerend om onze regenjassen te halen. Mama was niet in het huisje, dus toen ben ik haar gaan zoeken. Ze was in de tuin met een man aan het praten. Ze huilde. Het goot van de regen en ze schreeuwden tegen elkaar en zij huilde. Hij zei dat ze weg moest bij papa. Hij smééкte haar om bij papa weg te gaan. En zij zei dat ze dat niet kon, om ons, om jou en mij.'

'Dat doet er nu toch niet meer toe?' zei Thea. 'Dat is lang geleden. Het doet er nu allemaal niet meer toe.'

'Jawel, het doet er wel toe. Het doet er voor jóú toe.'

Interesseerde het haar eigenlijk wel iets dat haar moeder, volgens Rowan, een minnaar op Corran had gehad? Ze geloofde van niet. Het was lang geleden. Nog maar een paar uur geleden had Stuart haar verteld dat hun vader in 1918 met zijn moeder, Sophie, was getrouwd. Dus tegen de tijd dat ze het vakantiehuis op Corran kochten, kon Sigrids huwelijk al niet meer goed geweest zijn. Sigrid had maar kort geleefd. Het zou jammer zijn geweest als ze niet iets van geluk had weten te vinden.

‘Het doet er voor jou wel toe, Thea,’ zei Rowan nog een keer. ‘Voor jou meer dan voor mij.’ En Thea kreeg een vermoeden van wat Rowan haar probeerde te vertellen.

‘Mama zei dat ze niet om jou en mij bij papa weg kon gaan. En toen zei híj, haar minnaar: “Maar Thea is míjn dochter, niet die van Hugh.”’

Rowan zei nog iets, maar Thea hoorde het al bijna niet meer. *Thea is míjn dochter, niet die van Hugh.* Ze liep naar het raam en keek uit op het tuintje ter grootte van een postzegel, naar de was aan de lijn en naar de zwarte kat die tussen de potten met anjelieren door sloop. Ze hield zichzelf voor dat de gewone wereld doorging en dat niet alle dagen zouden zijn zoals deze dag.

Thea is míjn dochter, niet die van Hugh. Ze wilde tegen Rowan zeggen dat ze zich vast vergiste, dat ze nog maar een kind was geweest, dat het drama op Corran inmiddels meer dan tien jaar geleden was en dat je geheugen soms een loopje met je nam. Maar toen ze even nadacht, werd ze overvallen door twijfel. Rowan was lang en had rood haar, net als Hugh, en zij was klein, tenger en donker. Rowan was een kei in skiën en tennissen, altijd een graag geziene gast, en zij had een hekel aan feestjes en was nog nooit van haar leven voor een sportteam gekozen. Als iemand eerst Rowan had leren kennen en daarna haar, zei diegene altijd teleurgesteld: ‘Je lijkt helemaal niet op je zus.’ Zelfs die ellendige Simon Pemberton had dat gezegd.

‘Ik kon het je niet eerder vertellen, toen papa nog leefde,’ hoorde ze Rowan met een angstig stemmetje zeggen. ‘Dat zou hem vreselijk verdriet hebben gedaan. Dat snap je toch ook wel, hè?’ En toen: ‘Zij heeft hem bedrogen. Hij was een goed mens en zij heeft hem bedrogen.’

Thea draaide zich om. Rowan zat op de bank. De littekens op haar gezicht tekenden zich als roze krijtstreepjes af op haar witte huid. Thea dacht aan de last waaronder je gebukt ging als je een geheim had, en haar hart liep over van medelijden met en liefde voor haar zus.

Maar toen was het genoeg. ‘Nou,’ zei ze, ‘dat valt te bezien.’

Maandag ging Thea terug naar Wiltshire. Ze had behoefte aan de routine en afleiding van haar werk en aan de tijdloosheid van het landschap. Ze had behoefte aan de Fainlights en de andere mensen die aan de opgraving meewerkten, die zowel collega's als vrienden van haar waren. En ze had enorme behoefte om ergens haar tanden in te zetten, ze wilde zich verdiepen in andere beschavingen, om dat deel van haar geest bezig te houden waarin sinds haar gesprek met Rowan haar gedachten onophoudelijk hadden rondgetold.

Tijdens haar afwezigheid hadden ze in een van de verhoogde wegen nog een gleuf gegraven. Daarin waren botten aan het licht gekomen, zowel menselijk als dierlijk, alsof de kalkgrond die uitspoog. Het dijbeen van een krijger, vingerkootjes van een vrouw die zaden en bessen had geplukt om er voedsel van te maken, en de overblijfselen van een pasgeboren baby, met teenbotjes als parelachtige kraaltjes.

Rond het middaguur legden ze hun gereedschap altijd neer om in de schaduw van het eikenbosje te lunchen. Het was de zomer van 1939, en ze hadden het vaak over de ophanden zijnde oorlog. In maart hadden de legers van Hitler de in stukken verdeelde resten van Tsjechoslowakije bezet. In mei was Duitsland een militair verbond met het Italië van Mussolini aangegaan, het Staalpact.

Geoffrey, een van de archeologen, was tijdens de Eerste Wereldoorlog een arm kwijtgeraakt. Hij sprak er bijna nooit over, en het was Thea opgevallen dat hij zich bij bepaalde gesprekken afzijdig hield. Op een middag hadden ze het er tijdens de lunch over dat Hitler de Poolse corridor bij Danzig had bezet, de strook land die Polen toegang bood tot de Baltische Zee en die het grootste deel van Duitsland scheidde van het grondgebied in Oost-Pruisen.

'Het is voor hem nooit genoeg,' zei Geoffrey opeens. 'Dat soort mensen is nooit tevreden. Je geeft ze iets, en meteen willen ze iets anders. Als wij elkaar in de loopgraven weer aan flarden schieten, wil Hitler nog steeds meer.' Hij stond op en liep weg, de heuvel op, terug naar de opgraving.

Toen Thea die nacht in haar tent wakker lag, moest ze aan haar moeder denken. Sigrid had het huis op het eiland en de zeilboot, de Iduna, kort na het einde van de Eerste Wereldoorlog gekocht. Ze was waarschijnlijk boos omdat haar man zo vaak van huis was; misschien had ze hem zelfs wel van ontrouw beschuldigd. Dat zou Hugh, die een geoefend leugenaar was, hebben ontkend. Op het eiland en de boot waar ze zo van hield, had Sigrid plezier, afleiding en troost gevonden.

En ze was onverwacht verliefd geworden. Daarna was ze vaak naar Corran teruggekeerd. Als zij, Thea, de dochter was van Sigrid en haar minnaar, moest hun verhouding minstens zeven jaar hebben geduurd.

En toen was de situatie uit de hand gelopen. Misschien dat Sigrids minnaar hun verhouding niet langer geheim wilde houden of misschien wilde hij eindelijk als de vader van zijn dochter erkend worden. Hoe het ook zij, ze hadden ruzie gekregen en Rowan had alles tot overmaat van ramp gehoord.

Sigrid zou haar dochter hebben willen troosten, alles willen uitleggen. Maar Rowan dacht aan niets anders dan het verraad van haar moeder. 'Ik haat je,' had ze gezegd. 'Ik haat dit eiland. Ik wil naar huis.' En dus had Sigrid het noodlottige besluit genomen om het eiland meteen die dag te verlaten.

'We zijn die ochtend van Corran vertrokken,' had Rowan haar verteld. 'Na het ongeluk begreep niemand hoe het kon dat de boot tegen de rotsen was geslagen, hoe het kon dat mama, die ontzettend goed kon zeilen, zo'n stomme fout had gemaakt. Maar ik begreep het wel. Het kwam door wat er was gebeurd. Het kwam doordat ze er met haar gedachten niet bij was. Ze was van streek omdat ze ruzie had gemaakt met haar minnaar en met mij.'

Arme Rowan. Om zo veel jaren met een herinnering aan verraad, spijt en een tragedie te moeten rondlopen. Als ze daaraan dacht, kon Thea wel huilen.

Toen ze op een avond in Wiltshire een paar schone sokken zocht, vond ze de kasjmieren sjaal van haar vader, opgerold onder in haar rugzak. Hugh Craxton was geen goed mens geweest en zij was in werkelijkheid niet zijn dochter. Toch haalde ze de sjaal eruit en drukte hem tegen haar gezicht, voelde de zachte streling, snoof geuren op die zo vaag waren geworden dat ze hooguit nog een herinnering aan een geur waren geworden: Blenheim Bouquet en Turkse tabak, geuren waarbij ze nog steeds, ondanks alles, zijn glimlach voor zich zag en zijn hand in de hare voelde wanneer ze in de heuvels boven Loch Lomond wandelden.

Het was een mooie avond in augustus. Doordat het land elk moment in de oorlog betrokken kon worden, raakten gewone dingen bezield met een intensere schoonheid. Rowan en Thea waren op weg naar het huis van Sophie, aan Gilbert Street. Rowan vertelde Thea over het sollicitatiegesprek dat ze die ochtend in het St. Anne-ziekenhuis had gevoerd.

'Het ging wel goed, geloof ik. Je weet het nooit echt. Het hoofd zei dat ze het me zou laten weten.'

Rowan had besloten om zich tot verpleegster te laten opleiden. Ze had naar een stuk of vijf verpleegopleidingen in Londen een aanmeldingsbrief geschreven, en het St. Anne had gereageerd en haar voor een sollicitatiegesprek uitgenodigd. Ze voelde zich vrolijk en zag weer perspectief.

De dokter in Fiesole had haar op dit idee gebracht. 'U bent een goede verpleegster,' had hij tegen haar gezegd, die avond dat Lucian bijna was doodgegaan. 'U hebt het goed gedaan.' Ze vermoedde dat hij het alleen maar uit vriendelijkheid had gezegd, maar ze wilde iets nuttigs doen met haar leven. In elk geval iets anders dan achter hopeloze mannen aan rennen. Als verpleegster was je nuttig, vooral als het oorlog werd, wat inmiddels onvermijdelijk leek. Ze had besloten het een kans te geven.

Rowan en Thea haakten hun armen in elkaar. Stuart had haar een brief gestuurd waarin hij hun liet weten dat zijn moeder hen graag wilde ontmoeten. Ze hadden niets gemeen met Sophie Craxton, dacht Rowan, maar tegelijkertijd ook alles.

Ze liepen Gilbert Street in. Nummer 17 was een keurig huis van rood baksteen met een pot witte geraniums naast de voordeur.

'Als het een vreselijk mens is, verzin ik wel dat ik hoofdpijn heb, zodat we weg kunnen,' mompelde Rowan toen Thea aanbelde.

Stuart deed open. Thea stelde hem aan Rowan voor, en ze liepen achter hem aan naar binnen.

Er kwam een vrouw de gang in. Sophie Craxton had een katoenen zomerjurk aan met gebroken witte en appelgroene strepen, en ze glimlachte. Toen Rowan haar zag, merkte ze tot haar verbazing dat ze haar meteen mocht.

DEEL 2

WE WACHTEN TOT MORGEN

1940-1944

11

Juni 1940

Je hebt er te lang mee gewacht. Dat ging keer op keer door Thea's hoofd toen de trein ratelend op een station ergens in Frankrijk tot stilstand kwam. Ze kon niet zien welk station het was, want ze stond klem in het gangpad, tussen een gezette vrouw in een gele jurk en een oude man die een pijp rookte. Ze kon geen kant op.

De andere passagiers probeerden net als zij uit Frankrijk weg te vluchten. Thea was zomaar in de trein gestapt, zonder te weten waar die naartoe ging. Er was geen bestemming omgeroepen, maar het gerucht ging dat de trein naar Cherbourg ging, of naar een van de andere havens aan het Kanaal, en dus had ze zich in een rijtuig gewurmd. De trein zou haar in elk geval weghalen bij het snel oprukkende Duitse front, had ze zichzelf voorgehouden. Het duurde alleen ergerlijk lang, want de trein bleef regelmatig langdurig stilstaan op een rangeerspoor of bij een verlaten station. Door een stukje raam had Thea vliegtuigen zien glinsteren, hoog in de onverstoorbare blauwe zomerlucht. Halverwege haar reis had iemand beweerd dat hij schoten hoorde, en toen was er een golf van ontzetting door het rijtuig getrokken.

Ze ving een glimp op van een perron, vol mannen, vrouwen en kinderen met koffers, tassen en vogelkooien. Het zag er precies uit als alle andere stations waar ze langs was gekomen, en Thea vroeg zich even vol afgrijzen af of ze de afgelopen uren soms in een kringetje hadden rondgereden en ze weer terug was in Parijs. Ze keek reikhalzend of ze een bord met een plaatsnaam zag.

Een bewaker bonsde op het raam en zei dat ze op het eindstation waren aangekomen. Er steeg gekreun op bij de reizigers en een man begon luidkeels te protesteren, met een overspannen toon in zijn stem. Een portier zwaaide open, zodat er wat frisse lucht het warme rijtuig binnenkwam. De passagiers stroomden naar buiten en opeens stond Thea op het perron. Op een bordje zag ze dat ze in Alençon was, in Normandië, iets van honderdvijftig kilometer ten westen van Parijs.

Dat was goed, sprak ze zichzelf bemoedigend toe, terwijl ze het perron af liep. Ze was nu in elk geval aanzienlijk dichter bij de kust en bij een boot die haar naar Engeland zou brengen dan ze die ochtend was geweest. Ze baande zich een weg door de menigte, in de hoop dat ze een trein zou vinden die haar naar Cherbourg of Saint-Malo kon brengen. Ze kwam er bijna niet doorheen, zo veel mensen waren er. Het was vreselijk druk op de perrons, dus droeg ze haar rugzak vóór zich, stevig in haar handen geklemd. Baby's krijsten en kinderen renden om de bankjes en stapels bagage heen, terwijl hun ouders hen tot de orde riepen. Toen Thea aan een kruier vroeg waar ze een trein naar een van de havensteden aan het Kanaal kon vinden, spreidde hij zijn handen, met de handpalmen naar boven gericht, en haalde zijn schouders op.

Ze passeerde een man die door een megafoon stond te schreeuwen. Hij had het uniform van de Franse spoorwegen aan en liet iedereen weten dat er die dag geen treinen meer zouden vertrekken. De menigte slaakte collectief een zucht, maar de meeste mensen bleven staan waar ze stonden en keken met grote ogen naar de borden met de reisbestemmingen. Misschien geloofden ze hem niet, of misschien waren ze vastbesloten om het plekje dat ze op het perron hadden gevonden niet op te geven en de dag van morgen af te wachten.

Ze liep het station uit. Buiten wemelde het van de mensen, op het plein vóór het station en op straat. Het was warm op deze dag in juni, en toen ze van de drukte wegliep, voelde ze zich wat beter. Thea deed haar rugzak af, pakte haar waterfles, nam een flinke slok en liep toen verder. Ze kwam langs wat winkels en kocht appels, kaas en brood. Toen ging ze een *tabac* binnen, in de hoop daar een wegenkaart te kunnen kopen, maar de eigenaar zei dat hij geen kaarten van Frankrijk of Normandië meer had. Hij had ook bijna geen kranten meer; de paar kranten die op de toonbank lagen, brachten in grote koppen het nieuws over het Duitse leger dat in rap tempo door Noord-Frankrijk oprukte. De vijand bevond zich op de weg van Dieppe naar Parijs. De tanks waren al in Rouen.

De eigenaar wees Thea de weg in westelijke richting de stad uit, maar die aanwijzingen had ze eigenlijk niet nodig, want ze hoefde alleen maar met de stroom mee te lopen. Het leek wel of heel Frankrijk onderweg was. Iedereen verliet, net als Thea, zo snel mogelijk het land dat in een slagveld was veranderd.

Ze was in zo'n enorme stoet vluchtelingen verzeild geraakt dat die zich slechts met de snelheid van een gletsjer kon voortbewegen. De mensen kermden over de treinen, de wegen, over een familielid dat hen had opgehouden en over de andere reizigers die geen rekening met hen hadden gehouden. Vreemd genoeg sprak bijna niemand over de twee legers die ergens in het noorden met elkaar in een dodelijk gevecht verwikkeld waren. Karrenpaarden drongen tegen dure auto's aan, waarvan het gepoetste chroom en het zwarte metaal al dof waren geworden van het stof. Het was warm en droog, en de mensen raakten snel geïrriteerd. Fietsers baanden zich een weg tussen de voetgangers door, lieten daarbij dwingend hun bel rinkelen en riepen dat men uit de weg moest gaan. Baby's werden voortgeduwd in kinderwagens, en oude omatjes, geheel in zwarte doeken gehuld, in kruiwagens. Langs de kant van de weg lagen de achtergebleven resten van deze uittocht: een troep ganzen, een encyclopedie, een gebloemd theeservies, schatten die naarmate de reis van hun eigenaar langer duurde, een last waren geworden. Thea zag meerdere malen een kindje langs de kant van de weg staan, huilend om zijn moeder.

Je hebt er te lang mee gewacht, klonk de stem in Thea's hoofd op het ritme van haar voetstappen. *Je hebt er te lang mee gewacht.*

De afgelopen vier maanden had ze in Zwitserland gewoond. Samen met Grace Fainlight was ze daar in het begin van het jaar naartoe gegaan om voorbereidingen te treffen voor de opgraving die die zomer zou plaatsvinden bij het Romeinse amfitheater buiten Basel. Monty was in april ook gekomen. Ze had het gevoel gehad dat haar leven tot bloei kwam. Ze had in die tijd gedacht dat haar leven voor altijd zo zou doorgaan, dat de jaren zouden verstrijken, dat zij bij archeologische opgravingen zou werken en naar allerlei geweldige oorden zou reizen, naar Griekenland, Italië en Perzië. Ze had niet kunnen voorzien dat het raam zo abrupt zou dichtslaan en zij radeloos zou terugvluchten naar het veilige en benauwde leven dat ze achter zich meende te hebben gelaten.

Het nieuws op 10 mei dat Duitsland Nederland, België en Luxemburg had aangevallen, was hard aangekomen. Je wist dat het kon gebeuren, maar toch kon je je er niet toe zetten het ook echt te geloven. Met verbijsterende snelheid was vervolgens de strijd om Frankrijk begonnen. Zelfs toen hadden ze nog heel lang – te lang – gedacht dat het allemaal wel goed zou komen, dat het Franse leger de invasie zou weerstaan. Ze hadden gedacht dat deze oorlog een herhaling zou worden van de Eerste Wereldoorlog, dat het conflict zou plaatsvinden in het noorden, op de akkers van Vlaanderen, net als in 1914. In plaats daarvan waren de Duitse tanks en de infanterie razendsnel door de Franse verdediging heen gebroken, als water dat door gaatjes van een roestige leiding spuit.

Thea vroeg zich af of ze pas zo laat in actie waren gekomen doordat de ramp te gigantisch was om te kunnen bevatten. Wat haarzelf betrof, was er ook sprake van enig egoïsme. Ze deed werk dat ze leuk vond, samen met mensen die ze leuk vond, dus dat ging ze toch niet zomaar opgeven omwille van een of andere gestoorde dictator? En dus had ze pas eind mei, toen het Engelse expeditieleger zich van de stranden van Duinkerke terugtrok, besloten dat ze terug moest naar Engeland.

Het leek een eeuwigheid, maar in werkelijkheid was het pas twee weken geleden dat Grace haar op een avond had verteld dat Monty en zij besloten hadden in Zwitserland te blijven.

‘We hebben één oorlog meegemaakt, en we kunnen allebei niet nog een oorlog aan,’ had ze erbij gezegd. ‘Tobias heeft in de loopgraven gevochten, en ik heb gezien wat dat met hem heeft gedaan. Ik kan alleen maar dankbaar zijn dat hij heeft besloten om in Zweden te blijven.' Zweden was net als Zwitserland een neutraal land.

Ze zaten op het balkon van het appartement dat de familie Fainlight aan de rand van Basel had gehuurd. Een rozerode zonsondergang wierp zijn gefilterde licht op Grace' potten met kruiden.

'Waarom blijf je niet ook, Thea?' vroeg Grace. 'Dat zouden Monty en ik heel fijn vinden.'

'Ik kan niet blijven,' zei ze. 'Vanwege Rowan. Ik moet terug naar Engeland, voor Rowan.'

'Natuurlijk.' Op Grace' gezicht stonden zorgrimpels te lezen. 'Thea,' zei ze, 'ik maak me zorgen om Helen. Het is al drie weken geleden dat ik een brief van haar heb ontvangen. Ik heb haar inmiddels al zeker zes keer geschreven, maar ze antwoordt niet. De laatste keer dat ik iets van haar heb gehoord, was ze in Parijs. Daar zit ze vast wel veilig, want Hitler komt nooit zo ver als Parijs, maar toch... Zou jij iets voor me willen doen als je in Parijs bent? Zou je naar haar toe willen gaan en tegen haar willen zeggen dat ze hierheen moet komen, naar Basel, naar mij? Of, als ze dat liever wil, naar haar vader in Zweden?'

Thea had beloofd dat ze Helen zou opzoeken. Ze betwijfelde of iemand Helen kon overhalen om iets te doen waar ze geen zin in had, maar dat hield ze wijselijk voor zich.

'Dank je wel, lieverd.' Grace zuchtte. 'Ik maak me er zorgen over, omdat ik niet weet wat ze van plan is. Ze kan soms zo koppig zijn.' Ze legde haar hand op die van Thea. 'We zullen je missen. Wat ga je doen als je terug bent in Londen? We moeten allemaal misschien weer opnieuw beginnen en een nuttige bezigheid zien te vinden.'

'Ik bedenk wel iets,' zei Thea.

Grace stond op en liep het balkon af. Even later kwam ze terug met een envelop, die ze aan Thea gaf.

'Nicholas Grey is een vriend van me,' zei Grace. 'Hij is onderminister in de regering. Geef hem deze brief. Misschien dat hij iets voor je weet.'

De volgende ochtend namen Thea en de Fainlights op het station afscheid van elkaar. Ze deden stilzwijgend alsof de oorlog snel voorbij zou zijn en de indringer snel zou worden verdreven. Later vroeg Thea zich af of het misschien niet moediger was geweest om te onderkennen dat zich in ieders leven een ramp voltrok.

Toen ze in Parijs aankwam, nam ze een kamer in een goedkoop pension. Die eerste middag kwam ze tot de ontdekking dat Helen al was vertrokken van het adres dat Grace haar had gegeven. De conciërge dacht dat ze misschien bij een vriendin op de Rive Gauche logeerde. Die vriendin, ene Annette, was moeilijk te vinden, en toen Thea haar eindelijk had opgespoord, zei ze dat ze Helen al een maand niet had gezien.

Annette schreef de namen op van Helens andere vriendinnen in Parijs. Thea belde rond, liep door de stad en liet briefjes achter. De restaurants bleven hun heerlijke gerechten serveren, de tuinen van de Tuilerieën lagen er schitterend bij en over de Seine gleden nog steeds boten heen en weer. Toch was Parijs bedrukt en stil. Zelfs het beruchte verkeer klonk gedempt, leek het wel. De mensen hielden de schijn op van een normaal leven, maar achter die façade pleegden ze telefoontjes, bestudeerden ze landkaarten, maakten ze plannen en dwaalden ze misschien wel rond in die elegante appartementen in het zesde arrondissement, terwijl ze probeerden te besluiten wat mee te nemen en wat achter te laten.

Helen was nergens te bekennen. Thea hoorde van iemand dat ze al terug was naar Londen. Ze stuurde Grace een ansichtkaart.

Honderdduizenden Engelse en Franse soldaten hadden hun nederlaag moeten erkennen en waren vanuit de havens aan het Kanaal naar het zuiden van Engeland geëvacueerd. Hitlers legers stroomden als een zwarte getijdegolf steeds dichter naar Parijs toe, en wat eerst onvoorstelbaar had geleken, iets uit een nachtmerrie, werd nu de angstaanjagende werkelijkheid. Thea besefte vrij laat dat ze misschien niet meer terug zou kunnen als ze nog langer wachtte. En plotseling pakte zij, net als iedereen, haar tas en ging ze op weg naar het station.

Er duwde een motorkap van een auto tegen haar aan. Een vrouw stak haar hoofd uit het raampje.

'Neem me niet kwalijk!' Een Engelse stem.

Thea wreef over haar heup. 'Niet erg.'

'O hemel, het spijt me ontzettend, maar het is ook zo druk...'

'Echt, u hebt me geen pijn gedaan.'

'Kom je uit Schotland?' vroeg de man.

'Ja.'

'Stap maar in!'

Het was twee dagen geleden dat Thea uit Alençon was vertrokken, twee dagen waarin ze tergend langzaam was opgeschoten. Ze bedankte het Engelse echtpaar en stapte in. Achter in de kleine Citroën zaten drie mensen op elkaar gepropt, een man en twee vrouwen. Thea paste er alleen bij door bij een van de vrouwen op schoot te gaan zitten.

'Gelukkig dat je zo tenger bent,' zei de vrouw. 'En gelukkig dat ik goed in het vlees zit.' Ze schaterde het uit.

Ze stelden zich aan elkaar voor. De bestuurder heette Richard Collins en de donkere knappe vrouw met de kersenrode zijden jurk die voorin naast hem zat was zijn vrouw Mary. Achterin zaten de mollige Charlotte King en haar man Jim, en nog een vrouw, Joan, die wat ouder was dan de anderen. Ze gaven allemaal les aan een Engelstalige school in Parijs.

De Citroën vorderde niet veel sneller dan de voortkruipende stoet vluchtelingen. De wegen raakten gaandeweg steeds meer verstopt met in de steek gelaten voertuigen en vee; vaak kwamen ze tot stilstand in een file van auto's die allemaal claxonneerden. Maar het was fijn om even te kunnen zitten. Richard en Mary bespraken of ze in westelijke richting moesten gaan of beter naar het zuiden konden reizen. Ze zouden via Spanje of Portugal, of zelfs via Noord-Afrika terug naar Engeland kunnen reizen.

Ze gingen van de hoofdweg af en reden in volle vaart tussen weilanden en bosschages door. Hier, diep op het Franse platteland, herinnerden alleen haar blaren en het stof op haar benen Thea eraan dat ze door een land reed dat in oorlog verkeerde. 's Avonds stopten ze in een dorpje en picknickten ze in een met madeliefjes bezaaid weiland. Ze moest op het gras even in slaap zijn gedommeld, want Mary wekte haar en zei dat ze hadden besloten om toch maar naar het zuiden te rijden.

'Joan weet een villa in de buurt van Montpellier waar we waarschijnlijk wel terechtkunnen. Het is iets langer rijden, maar Richard denkt dat het op de weg wel zal meevallen. Iemand vertelde dat sommige havens aan het Kanaal al door de Duitsers zijn veroverd. Als je wilt, kun je wel met ons mee, Thea.'

Ze bedankte Mary, maar zei dat ze haar geluk in het westen ging beproeven. Voor hun wegen zich scheidden, gaf Mary haar een zak koekjes en Richard tekende een kaart voor haar in zijn schrift, dat hij op de motorkap van de Citroën had gelegd. Frankrijk werd een zeshoek, een grote stip stelde Parijs voor en een kleine stip Alençon, waar ze uit de trein was gestapt. Andere stippen langs de kust stelden de havensteden voor: Le Havre, Cherbourg, Saint-Malo, Saint-Nazaire. Ze kende Richard en Mary Collins pas een paar uur, maar toen ze wegliep, had ze het gevoel dat ze haar laatste oude vrienden verliet.

Thea liep weer mee in de lange stoet vluchtelingen. Opeens klonk er een geluid waarvan iedereen omhoogkeek. 'Stuka!' riep iemand, en de mensen stoven gillend uiteen om dekking te zoeken.

Het vliegtuig vloog bulderend laag over de weg. Ze zagen lichtflitsen en hoorden een oorverdovend geratel van machinegeweren.

Het lawaai stierf weg en Thea hees zichzelf trillend en wel uit een greppel omhoog. Ze hoorde geschreeuw en een afschuwelijk gegil. Het duurde even, maar toen begreep ze dat dat gegil afkomstig was van een paard, dat op zijn zij lag, zijn roodbruine vacht besmeurd met bloed. Er lag een vrouw roerloos op de weg, met haar armen en benen wijd en haar rok tot aan haar heupen omhooggeschoven, zodat je een lange beige onderbroek zag. Het witte jurkje van een kind kleurde rood. Een kinderwagen lag op zijn kant, zodat alles eruit was gevallen, en een vrouw zocht met opengesperde ogen en haar mond geopend in een stille schreeuw tussen de dekentjes. Een jongeman griste een fiets uit de berm en reed weg, en een man met grijs haar strompelde schreeuwend achter hem aan.

Thea liep verder, om een schokkerig lichaam langs de kant van de weg heen; van wat ooit een mens was geweest, restte nu niet meer dan een hoopje bebloede kleren, de verwondingen waren zo erg dat de man het niet zou overleven. Toen ze een gat in de haag zag, glipte ze erdoorheen, stak een paar velden over en liep toen het bos in. Onder het bladerdak en de takken was alles roerloos, schaduwrijk en stil. Ze liep nog dieper het bos in, tot ze geen velden meer zag, en ging toen op een boomstam zitten, kneep haar ogen dicht en drukte haar vuisten tegen haar voorhoofd. Ze hoorde het gegil van het stervende paard en zag het gehavende lichaam van de man. Ze had moeten blijven om hem te helpen, maar toch was ze doorgelopen. Nu ze alleen was, voelde ze zich sterker, verlost van al die klagende, angstige mannen en vrouwen, maar ze wist dat het verkeerd was geweest om weg te lopen. Ze had iets moeten doen. Maar alles in haar had haar gezegd dat ze daar weg moest.

Door het bos werd ze wat kalmer, maar ze bleef rillen. Op een gegeven moment deed ze haar rugzak weer om en ging ze verder. Ze droeg een last met zich mee van schuldgevoel en een onrustbarend besef van haar eigen tekortkomingen. Ze was niet geschikt voor de oorlog, dacht ze. Heldhaftigheid was haar vreemd.

Ze had de kaart die Richard Collins voor haar had getekend en ze had een kompas. Ze bleef in westelijke richting lopen, over heuvels, lage muurtjes, en langs beekjes, waarin ze haar waterfles vulde. Ze gaf de voorkeur aan het bos, voelde zich daar meer op haar gemak, en ze was dolblij om alleen te zijn, maar sinds ze de Stuka had gezien kon ze haar angsten niet meer goed de baas.

Engeland was in oorlog met Duitsland. Als ze er niet in slaagde om de komende week of die week daarop terug te keren naar Engeland, zou ze geïnterneerd worden. Ze wilde naar de havens, maar wist niet of die wel open zouden blijven. Mary Collins had gezegd dat sommige havens al door de Duitsers waren veroverd.

Als ze geïnterneerd werd, zou het misschien wel jaren duren voor ze weer naar huis kon. Dan zag ze Rowan misschien jaren niet. Ze wilde dat Rowan bij haar was, dat ze naast haar liep en zorgde dat ze de moed erin hield. Maar het volgende moment was ze blij dat Rowan veilig in Londen zat, in het St. Anne-ziekenhuis, waar ze werd opgeleid tot verpleegster.

Ze liep door tot de zon in zuilen van goud tussen de boomstammen was veranderd en een kerkuil laag over haar pad vloog, als een wit spook. Toen ze het voor die dag voor gezien hield, werd ze in elk geval deels in beslag genomen door haar benen, die pijn deden, en door haar blaren, in plaats van door het gillende paard en de vrouw die tussen de dekentjes van de kinderwagen zocht.

Ze had geen tent, want toen ze iets meer dan twee weken geleden haar rugzak had gepakt om met de trein van Basel naar Parijs te gaan, had ze niet gedacht er een nodig te zullen hebben. Ze at een appel en haar laatste koekje, en ze verzorgde haar pijnlijke voeten. Toen viel ze in de openlucht in een onrustige slaap, opgekruld in haar regenjas. Ze wilde wel voor altijd in het bos blijven en er nooit meer uit komen. Hier voelde ze zich veilig.

Vanuit het bos kwam ze in glooiend heuvelland. De zon stond al hoog aan de hemel en de akkers en weilanden waren van elkaar gescheiden door weelderige hagen, doorvlochten met kamperfoelie en wilde roos. Hoge populieren wierpen paarsblauwe schaduwen over de goudkleurige tarwe en de maïs.

Thea liep verder over de weg tot ze, met haar hand boven haar ogen tegen de zon, in de verte een groepje tanks door een veld zag rijden, als reusachtige metalen insecten die steeds dichterbij kropen. Zo nu en dan hoorde ze het geluid van een gevecht, het gerommel van geweren en het verschrikkelijke, maar inmiddels gruwelijk vertrouwde gesnerp van jachtvliegtuigen die omlaag doken om hun bommen te laten vallen. Ze wist niet of ze noordelijker was geraakt dan haar bedoeling was geweest of dat de vijand verder naar het zuiden was doorgedrongen. Ze vond beide gedachten onrustbarend.

Ze maakte zich zorgen om haar voeten. Ze was zo stom geweest om haar wandelschoenen in Basel achter te laten en had alleen leren sandalen bij zich. Ze had twee paar sokken, die ze afwisselde en zodra zich de gelegenheid voordeed in een beekje uitspoelde. De sokken zaten vol gaten en bleven aan haar bebloede voeten en blaren vastkleven. Ze was door haar voorraadje pleisters heen en scheurde zakdoeken in stroken om de ergste blaren te verbinden. Maar haar voeten deden vreselijk pijn, en hoewel ze die probeerde te negeren, wist ze dat ze elke dag langzamer liep, en dat baarde haar zorgen.

Ze kwam door dorpjes en gehuchten waar ze iets te eten kon kopen. Sommige dorpen waren verlaten, in andere gingen de bewoners gewoon verder met wat ze altijd deden, ogenschijnlijk niet door de oorlog verstoord. Op een dag zag ze aan het eind van de middag een stuk of tien uitgeputte Franse soldaten die onder de platanen rond een plein lagen te slapen. Thea had blote benen en droeg een korte broek. Normaal gesproken zou dat een stortvloed aan gefluit en opmerkingen hebben losgemaakt, maar deze jonge mannen toonden niet de minste belangstelling. Haar benen zaten onder de stofvegen en ze kreeg met moeite een kam door haar haar, dus ze vond het begrijpelijk dat de mannen niet reageerden. Maar toen ze met haar kaart in de hand naar hen toe liep, zag ze de doffe, doodse blik in hun ogen.

Een van de soldaten wees een plek aan op haar kaart, tussen Rennes en Fougères, ongeveer zestig kilometer van Saint-Malo. Toen vertelde hij haar dat Parijs gevallen was. Aanvankelijk dacht ze dat ze hem verkeerd begrepen had, maar toen zei hij het nog een keer. De Wehrmacht was Parijs binnengetrokken. De Franse hoofdstad, die schitterende, elegante stad, was in Duitse handen gevallen.

Ze liep verder, en de pijn in haar hart leek zich naar haar botten en longen te verspreiden. Op kostschool hadden ze 's ochtends bij aanvang van de lessen verplicht moeten bidden, maar sindsdien had ze dat nooit meer gedaan. Nu bad ze echter opnieuw; ze bad dat Helen veilig in Engeland was, dat iedereen van wie ze hield het goed maakte en dat ze thuis zou komen.

Ze kwam bij een heel klein, geïsoleerd gelegen gehucht, en ze was de eerste die daar aankwam, dus bracht zij het nieuws dat Parijs gevallen was. Ze stond bij een bakker, en de vrouw die haar hielp, keek haar aan alsof ze gek of boosaardig was, en weigerde geld aan te nemen voor het brood dat ze kocht. Ze wuifde haar weg alsof ze een besmettelijke ziekte onder de leden had.

Elke keer dat ze de top van een heuvel bereikte, speurde ze de horizon af en hoopte ze vurig dat ze in de verte de zee zou zien glinsteren. De zee kon al aan de andere kant van die volgende heuvel liggen, maar ook nog kilometers verder weg zijn. Ze had al langer dan een week niet echt goed geslapen, en al die dorpjes begonnen er hetzelfde uit te zien: dezelfde huizen met gesloten luiken, dezelfde met bomen omzoomde pleintjes en dezelfde kleine, donkere bakkerijen. Ze probeerde de angst te onderdrukken dat ze verdwaald was, dat ze, ook al had ze een goed richtingsgevoel, gemakkelijk uit koers kon zijn geraakt, doordat de paden zo kronkelig waren en de dagen en nachten zo verwarrend. Misschien liep ze wel in de richting van het uitgestrekte, rotsige Bretonse schiereiland in plaats van naar de kust. Misschien liep ze wel in kringetjes rond, een dodelijk vermoeiende helletocht die pas zou eindigen als ze in handen van de vijand viel en geïnterneerd werd. Of misschien was Saint-Malo al bezet als ze daar aankwam, of waren er geen boten meer om haar het Kanaal over te zetten.

Haar schouders waren verbrand in de zon en haar ogen zaten vol gruis. Ze had voortdurend hoofdpijn, van de hitte, vermoedde ze. Maar ze maakte zich vooral zorgen om haar voeten. Ze liep nu al zo lang dat die onder de bloedende zweren en blaren zaten. De ergste blaren waren opengegaan; uit een grote blaar aan de zijkant van haar rechtervoet kwam gelig vocht. De blaren op haar voetzolen deden de meeste pijn en maakten elke stap tot een beproeving.

Ze had tegen Grace gezegd dat ze wegging uit Zwitserland omdat ze bij Rowan wilde zijn, maar dat was niet de enige reden waarom ze naar huis wilde. Nu Hitler Noord-Europa had veroverd, zou hij zijn aandacht op Engeland richten. Thea wilde iets voor haar land betekenen. Het voorval met de stuka had haar de grenzen van haar moed doen inzien, en ze vermoedde dat ze niet veel van betekenis zou kunnen bijdragen. Maar dan nog. Om haar aandeel te leveren moest ze toch echt terug naar Engeland, maar haar voeten waren er zo erg aan toe dat ze elke dag minder kilometers aflegde. De gedachte dat ze op een gegeven moment helemaal niet meer verder kon, vervulde haar van angst.

Ze ging in het gras onder een rommelig wilgenbosje zitten en dronk wat water. Het had geen zin om zo te denken, sprak ze zichzelf streng toe. Ze keek uit over het komvormige dal vóór haar, dat werd doorsneden door een kronkelend pad vol stenen. *Kin omhoog, Thea.* Als ze de heuvel aan de andere kant van het dal op was gelopen, kon ze misschien de zee wel zien.

Ze gespte haar sandalen los, zette haar tanden op elkaar en trok voorzichtig haar sokken uit. Ze vouwde haar laatste zakdoek dubbel en bond die met een van pijn vertrokken gezicht om haar voet heen. Ze kon zich niet voorstellen dat ze nog een kilometer zou lopen, laat staan nog dertig of veertig. Ze wist niet of ze dat kon opbrengen. Maar het was fijn om hier even te zitten en de koele schaduw deed haar pijnlijke voeten goed. Ze probeerde de duistere gedachten van zich af te zetten door haar aandacht op het landschap te richten.

Ze nam nog een paar slokken water en at een stuk baguette. Ze legde haar kompas op een steen en zag de naald trillen en tot stilstand komen, waarmee ze bevestigd zag welke kant ze op moest. Ze moest verder, maar ze voelde een overweldigende behoefte om uit te rusten. Haar oogleden werden zwaar; ze liet ze dichtvallen.

Een luid geronk verstoorde het gekwetter van de vogels, en ze schrok wakker. Ze zag een kakikleurige motor haar kant op komen, over het pad door het veld. Haar angst maande haar tot snel handelen, en ze trok haar sokken aan, propte haar spullen in haar rugzak en probeerde zich achter een boomstam te verstoppen. Maar toen ze voorzichtig om de boom heen gluurde, zag ze dat de motor met het voorwiel een grote steen raakte. Hij slipte van het pad af en sloeg om, zodat de berijder op de grond geworpen werd.

Thea stond op. De zon glinsterde op de chromen handvatten van de motor, en de wielen draaiden razendsnel rond. De berijder lag inmiddels roerloos in de berm. De man droeg het kakikleurige uniform van het Engelse expeditieleger, en niet het grijs van de Wehrmacht.

Ze liep de helling af. 'Gaat het?' riep ze. 'Hallo?'

Ze knielde naast de soldaat neer en bekeek hem eens goed. Hij was jong en zijn kleren waren, net als die van haar, gescheurd en groezelig. Onder zijn kaak zag ze tot haar opluchting een ader kloppen. Hij had een gebruinde huid, wittig van het stof, een vastberaden mond, rechte zwarte wenkbrauwen boven dichte ogen met lange wimpers. Zijn oor was een volmaakt gebeeldhouwde plooi en spiraal. Ze vond hem mooi en wilde in een opwelling over zijn zwarte krullen aaien en het kuiltje bij zijn mondhoek aanraken.

'Hallo?' zei ze weer. Ze tikte hem op de schouder. 'Gaat het?'

Hij kreunde. Thea ging op haar hurken zitten. Toen hij zijn ogen opendeed, zag ze dat die net zo intens blauw waren als de korenbloemen op de akkers.

'Ben je gewond?' vroeg ze.

'Weet ik niet.' Hij kreunde weer. 'Wat stom. Wat ontzettend stom.'

'Je voorwiel kwam tegen een steen.'

Hij ging zitten.

'Je bent wel gewond,' zei ze. Uit een snee op zijn slaap sijpelde bloed en zijn handpalmen lagen helemaal open van de schuiver die hij over het pad had gemaakt. 'Hier.' Ze maakte het katoenen sjaaltje los dat ze om haar hals droeg, vouwde het dubbel en gaf het hem. 'Veeg daar dat bloed maar mee weg.'

'Bedankt.' Hij drukte het tegen de hoofdwond en gaf toen een liefdevol klapje op zijn motor. 'Ik had toch bijna geen benzine meer,' zei hij. Hij keek haar aan. 'Je bent Engels, hè?'

'Ja. Ik heet Thea Craxton.'

'Cormac Jamieson. Wat doe je hier?'

'Hetzelfde als jij, denk ik. Ik probeer terug te gaan naar Engeland.'

Thea hoorde iets, en ze keek omhoog naar de lucht, die bespikkeld was met onheilspellende zilverkleurige glinsteringen. 'Vliegtuigen,' zei ze, en ze kwam overeind. 'Ik weet niet van wie ze zijn, maar we kunnen het maar beter niet afwachten. Kom mee.'

Ze stak een hand onder zijn arm en hielp hem overeind. Samen liepen ze hinkend en sjokkend de heuvel op, naar een bosje waar ze konden schuilen. Ze bleven naast elkaar onder de bomen staan. De jachtvliegtuigen cirkelden boven hen rond. Cormac Jamieson was minstens een kop groter dan zij. Hij kneep zijn ogen iets samen en tuurde door de bomen omhoog. Misselijk van angst hoorde ze de stuka's met hun bommen loeiend opstijgen en weer omlaag duiken. Daar had je het weer, dat vreemde, verontrustende verlangen om haar hoofd tegen de borst van deze onbekende man te drukken, zodat hij zijn armen om haar heen zou slaan en haar zo stevig zou vasthouden dat ze dat gruwelijke nasale gebulder niet meer kon horen.

'Ze gaan al weer,' zei hij.

De twee jagers maakten een wijde boog en vlogen terug in de richting vanwaaruit ze gekomen waren. Thea slaakte een zucht.

'Waar ga je naartoe?' vroeg Cormac.

'Naar Saint-Malo.'

'Dan gaan we dezelfde kant op. Ik heb gehoord dat er vanuit Saint-Malo een boot vertrekt.' Hij sloeg een landkaart open en wees op een vouw. 'Volgens mij zitten we hier ergens. Dus het is hooguit nog tien, twaalf kilometer.'

Tien kilometer. Misschien zou ze nog tien kilometer kunnen lopen. Zou dat haar lukken?

Cormac veegde het gruis en de aarde van zijn uniform en hing zijn ransel om. 'Laten we maar gaan,' zei hij. 'Hoe eerder we er zijn, hoe groter de kans dat er een boot ligt.'

Voorbij het bosje lagen nog meer velden en nog meer hagen. Ze hadden nog maar een klein stukje gelopen toen hij zei: 'Je loopt mank.'

'Blaren, meer niet.'

'Ik kijk er wel even naar.'

Ze ging in de berm zitten en trok haar sokken uit. Ze hoorde hem scherp inademen. Hij had een doosje pleisters en een flesje jodium in zijn ransel. De jodium gebruikten ze samen: een paar druppels voor zijn hoofdwond, een paar druppels voor haar voeten.

Hij bood haar kakikleurige sokken aan. 'Die zijn natuurlijk veel te groot,' zei hij, 'maar er zitten in elk geval geen gaten in. Hoe lang loop je al?'

'Vanaf Alençon, ongeveer.'

Hij floot. 'Dat is nogal een eind.'

Thea verzorgde haar voeten en Cormac keek weer op de kaart. Toen ze haar sandalen had dichtgegespt, pakte hij haar rugzak en hing die over zijn schouder. Ze protesteerde en zei dat ze die best zelf kon dragen, maar daar reageerde hij niet op.

Terwijl ze verder liepen, vertelde hij haar zijn geschiedenis. Hij had bij de Engelse verbindingsdienst gezeten. Toen zijn overste hun had verteld dat het verder ieder voor zich was, hadden een paar soldaten uit zijn eenheid en hij besloten naar Cherbourg te gaan. Op een avond waren ze ergens in de buurt van Rouen in slaap gevallen, en toen ze even later wakker werden, zagen ze dat er een stuk of vijf tanks op hen af gereden kwamen. Ze hadden maar een paar seconden de tijd gehad om hun motorfietsen te pakken en waren in allerijl weggereden. Hun helmen en handschoenen hadden ze achtergelaten. De volgende dag waren ze nog een Engelse soldaat tegengekomen, die net als zij op weg was naar het Kanaal. Hij had hun verteld dat de weg naar Cherbourg door de vijand versperd was, dus waren ze naar het zuiden afgebogen om naar Saint-Malo te gaan.

'En toen, ik weet niet meer wanneer het precies was, een paar dagen geleden, kwamen we een bocht om, en daar stond de Wehrmacht. Tientallen soldaten liepen er rond.' Cormac veegde het stof en zweet uit zijn ogen. 'Ik ben de ene kant op gegaan en de rest van mijn eenheid de andere kant. Ik heb ze later nog proberen te vinden, maar ze waren weg. Ik weet niet of ze gevangengenomen zijn. De Duitsers zitten overal, achter elke boom. Je gaat een bocht om, en daar staat een tank.'

Ze liepen verder, en het geluid van schoten vormde een zacht, repeterend gemurmel, dat hun op de zenuwen werkte en hen eraan hielp herinneren dat zich elk moment een ramp kon voltrekken. Thea had gehoopt dat haar voeten beter zouden voelen met de pleisters en de nieuwe sokken, maar ze deden nu zelfs nog meer pijn. Bij elke stap was het alsof ze over glasscherven liep. Ze merkte dat Cormac zijn tempo aan het hare aanpaste. Hij was heel behulpzaam geweest, maar ze wapende zichzelf alvast voor het moment waarop hij zou besluiten om in zijn eentje verder te gaan. Zonder haar zou hij veel sneller vooruitkomen.

De weg daalde weer, en daarna strompelde ze de heuvel op, naar de top. Ze verlangde er hevig naar om de zee te zien. Als de zee maar in zicht was, dan hield ze het wel vol. Toen ze vanaf de top alleen maar weer dezelfde velden en dezelfde hagen zag, was haar teleurstelling zo groot dat ze in tranen had kunnen uitbarsten.

Het was eruit voor ze het wist. 'Ik hou jou maar op. Je hoeft niet op mij te wachten. Ik zou je groot gelijk geven.'

Cormac keek de weg af en sneed toen met zijn mes een rechte tak van een es. 'Leun hier maar op,' zei hij. 'Thea, ik laat je niet in de steek. We doen dit samen, oké?'

Ze boog haar hoofd. 'Ik weet niet of ik nog wel verder kan,' mompelde ze.

'Stap voor stap. Meer hoef je niet te doen.'

'Als ze me opsluiten hoef ik in elk geval niet meer te lopen.'

'Wat een onzin. Zo denk je niet echt. We zijn er bijna. Nog even. Morgen om deze tijd ben je thuis.'

Dat kun jij niet weten, dacht ze. Maar ze zei het niet, want ze was bang dat hij genoeg zou krijgen van haar gezeur en haar hier langs de kant van de weg zou achterlaten. Ze wilde niet meer alleen zijn en er ging een geruststellende werking uit van zijn optimisme, en ook, zij het minder rationeel, van zijn noordelijke accent. Het gezelschap van een praktische, verstandige Engelsman maakte deze vreselijke reis waar geen einde aan leek te komen een stuk draaglijker. Ze vond het bemoedigend dat hij een echte kaart had, dat hij zo'n man was die kon motorrijden en wist hoe je vijandige troepen moest ontlopen. *Morgen om deze tijd ben je thuis.* Ondanks haar zere voeten en vermoeidheid wisten zijn woorden onverwacht toch een sprankje hoop in haar te doen oplaaien.

Ze gingen weer verder, Thea leunend op de stok. *Stap voor stap.*

'Wat deed je eigenlijk in Alençon?' vroeg hij.

'Ik ben er maar een paar uur geweest. Daarvoor was ik in Parijs, en daar weer voor in Basel. Ik ben archeoloog.'

'Archeoloog? Zo, dat is niet mis.'

'Ik sta onder aan de ladder, hoor. Ik maak voornamelijk aantekeningen en voorzie voorwerpen van etiketten. Maar ik vind het hartstikke leuk,' voegde ze er eerlijk aan toe.

Ze vertelde hem over de familie Fainlight en over de opgraving bij Barbury Hill. Ze begreep heus wel dat hij met haar kletste om te zorgen dat ze de moed erin hield. De meeste mensen vonden archeologie oersaai. Maar als hij deed alsof hij het wel interessant vond, lukte hem dat aardig.

Ze vertelde dat ze naar Parijs had willen gaan om Helen te zoeken. 'Ik hoop niet dat ik haar ben misgelopen,' zei ze. 'Ik hoop dat ze terug is in Engeland, of in Zweden, bij haar vader.' Ze merkte dat ze nu al een hele tijd over zichzelf aan het praten was. 'Cormac, wat doe jij als je niet in het leger zit?' vroeg ze daarom maar. 'Of ben je beroepsmilitair?'

'Ik ben in 1938 in dienst gegaan.' Ze bleven langs de kant van de weg even staan om op de kaart te kijken. 'Vind je het goed om door te lopen?' vroeg hij terwijl hij de kaart weer opvouwde. 'Op die volgende heuvel nemen we even pauze.'

En weer verder. 'Ik had knallende ruzie met mijn vader gehad en kon niet meer terug naar huis,' vertelde hij. 'Dus leek het leger me wel iets.'

'Kunnen jullie het niet met elkaar vinden?'

'Het is een lastpak. De meeste Jamiesons kunnen om het minste of geringste in woede ontsteken, maar mijn vader is echt een wandelend kruitvat. We kregen ergens ruzie over en ik moest even bekoelen.'

'Misschien is het wel goed om je meningsverschillen uit te spreken. Beter dan dingen opkroppen.'

'Zou kunnen.' Hij glimlachte even. 'Maar zelf ben ik zo mak als een lammetje.'

Ze moest lachen. 'Mooi zo. Waar kom je vandaan?'

'Uit Crawburn, een dorp in Northumberland. De mooiste plek op aarde.' Hij zei het op een toon alsof het een onweerlegbaar feit was. 'En jij? Jij komt uit Schotland, toch? Heb je daar nog familie?'

'In Glasgow niemand meer. Allebei mijn ouders zijn dood. Ik heb een oudere zus, Rowan, die woont in Londen.'

'Ik heb een jongere zus, Nicola. Mijn moeder is overleden toen ik twaalf was. Ik neem mijn vader niet kwalijk dat hij zo is, want hij heeft het zwaar gehad.'

Ze bereikten de top van een lichte helling. Thea liet zich dankbaar in het gras zakken en Cormac kwam naast haar zitten. Ze zag zijn gezicht vertrekken.

'Doet je hoofd erg pijn?'

'Een beetje.' Hij drukte zijn vingertoppen tegen zijn voorhoofd en vertrok zijn gezicht. 'Ik moet misschien even vijf minuten slapen, Thea. Vijf minuten, meer niet. Als ik langer slaap, moet je me wakker maken. Dat moet je beloven.'

'Ik beloof het.'

Ze zag dat hij zodra hij zijn ogen sloot in slaap viel. Onder het stof had zijn bruine huid een blauwige kleur. Er kroop een vlieg over zijn gezicht; die veegde ze weg.

Hij werd stipt vijf minuten later wakker en samen aten ze het laatste beetje eten dat zij nog had. Daarna liep hij weg om de velden en paden verkennen. Ze keek naar hem, zoals hij met grote stappen over de heuvel liep en zijn ogen afschermde om de hemel af te turen. Aan zijn houding kon ze zien dat hij erge pijn aan zijn hoofd had.

Ze gingen weer verder. Naarmate ze dichter bij de kust kwamen, werd het geratel van de geweerschoten luider. Ze besloten over de grote weg te gaan lopen, in plaats van over de landweggetjes en voetpaden, zoals ze tot dan toe gedaan hadden. Dat was gevaarlijker, maar wel sneller. Thea vermoedde dat ook Cormac wist dat ze bijna aan het eind van hun Latijn waren. De spanning die ze de afgelopen dagen en weken hadden gevoeld, werd nu nog groter doordat ze voortdurend het volgende veld en de volgende haag moesten afturen naar soldaten en de lucht naar vliegtuigen. Het viel te verwachten dat de Wehrmacht en de Luftwaffe vanuit het zuiden en westen door Frankrijk zouden oprukken, met als doel de havens aan het Kanaal af te sluiten en zo te voorkomen dat nog meer geallieerde soldaten de oversteek konden maken. Cormac en zij moesten vóór de vijand Saint-Malo zien te bereiken.

Aan het begin van de avond kwamen ze aan in een dorpje met witgepleisterde huizen en stenen muurtjes waar rozenstruiken overheen hingen. Auto's en paardenkarren zaten volgestouwd met Engelse gezinnen, op weg naar Saint-Malo. Jonge mannen op fietsen bestudeerden hun kaart en gaven waterflessen aan elkaar door. De uniformen van de soldaten van het Engelse expeditieleger waren net zo haveloos en groezelig als dat van Cormac, en hun gezichten zagen zwart van het stof en waren ingevallen en donker van vermoeidheid.

De bebouwing dunde uit; een rij huisjes, een oude vrouw die een stukje grond omploegde, een hond die over het veld achter een konijn aan zat.

'Kijk,' zei Cormac.

In de verte, voorbij de velden met hier en daar dorpjes en gehuchten, lag een brede strook turquoise en azuurblauwe zee. Waar de zon erop viel, fonkelden er lichtjes op.

Haar hart maakte een sprongetje. 'O, Cormac.'

Hij stond tegen een boom geleund. Blauwe kringen onder zijn nog blauwere ogen. 'Ik zei het toch,' zei hij met iets van een grijns.

'Moet je even uitrusten?'

'Nee, het gaat wel. Laten we maar verdergaan. Of wil jij uitrusten?'

'Nee, het gaat.'

Ze liepen verder. Thea voelde zich licht in het hoofd: de hitte, de felle zon. Ze spraken niet meer, en ze merkte dat het Cormac al net zo veel moeite kostte om de ene voet voor de andere te zetten als haar.

Naarmate ze de haven dichter naderden, werd het op de geplaveide wegen, met hoge huizen erlangs, heel druk met verkeer en voetgangers. De menigte verdrong zich, iedereen ging dezelfde kant op: naar de haven. Cormac gaf haar een hand toen ze zich tussen de mensenmassa door wrongen, en ze voelde de warmte van zijn vingers. De mensen lieten hun auto en kar achter, hesen tassen en koffers en baby's van de achterbank en uit de kofferbak, en legden de rest van hun reis te voet af.

'Kijk, Thea, daar is een schip!' zei Cormac.

En toen omhelsden ze elkaar, en hij lachte, zij huilde, en hij hield haar stevig vast, en ze rook de geur van zijn huid en voelde de warmte van zijn armen. Toen verslapten zijn armen, bracht hij zijn hoofd omlaag en streek hij met zijn lippen langs de hare, droog en zoutig en warm, en haar hart liep over, zodat ze geen woord kon uitbrengen.

Ze liepen verder. Cormac hield haar hand stevig vast en baande zich een pad door de stuwende mensenmassa heen. Iemand wees hun de weg naar het Engelse consulaat, waar Thea in de rij ging staan om haar paspoort te laten zien, zodat ze een toegangsbewijs kreeg waarmee ze aan boord mocht. Zo nu en dan keek ze vanuit de rij even om naar Cormac. Hij stond tegen een muur geleund; onder het vuil was zijn bezwete gebruinde huid bleek geworden.

Overal om hen heen stonden vrouwen te huilen en mannen zachtjes mompelend te vloeken wanneer Franse burgers, die geen toestemming kregen om de oversteek naar Engeland te maken, van hun Engelse familieleden werden gescheiden. Toen Thea zelf haar bewijs kreeg, voelde ze zich helemaal slap worden van opluchting. Ze wrong zich door de menigte terug naar Cormac. Hij stond met zijn ogen dicht.

Ze pakte zijn hand. 'Gaat het?'

Zijn oogleden trilden. 'Ja hoor.'

'Hoe gaat het met je hoofd?'

'Doet pijn.' Hij legde een hand tegen zijn voorhoofd.

Ze verlieten het gebouw en gingen naar de kade. Nu moest zij hém ondersteunen. Ze voelde hem zwaar tegen haar aan leunen, en een paar keer struikelde hij.

Toen ze bijna bij het schip waren, riep iemand: 'Jamieson!' Een soldaat met blond haar en een vriendelijke, open glimlach kwam door de kakikleurige stroom heen hun kant op. 'Ik dacht dat ze je gevangengenomen hadden,' zei hij. 'Man, wat ben ik blij jou te zien!'

'Coleman,' zei Cormac. 'Goddank.'

'De anderen zijn er ook allemaal,' zei de blonde man. 'Kom mee.'

'Heel even. Thea, ga jij alvast aan boord.'

'Cormac...'

'Ik moet naar mijn eenheid.' Hij glimlachte naar haar. 'Ga nu maar, Thea. God zegene je, en kom veilig thuis.'

De matroos aan het begin van de loopplank vroeg haar ongeduldig om haar papieren, en daarna werd ze snel het schip op geloodst. Eenmaal aan dek keek ze om. Cormac stak zijn hand naar haar op. 'Ik zal je schrijven!' riep hij. 'Waar woon je?'

'Mijn zus woont aan Macklin Street!' En toen werd ze opzijgeduwd, want de laatste passagier klom aan dek en de loopplank werd gehesen. Toen ze weer omlaagkeek naar de kade, zag ze Cormac niet meer en voelde ze zich bedroefd.

Ze voelde de motor van het schip onder haar voeten ronken, en de boot voer de haven uit. Er werd wel beweerd dat je niet zeeziek werd als je aan dek bleef, en ook dat je niet zeeziek werd als je naar de horizon bleef kijken. Thea hoopte maar dat dat waar was. Maar toen het schip de baai uit voer, de open zee op, en de romp zich op de beweging van de golven verhief en weer neerstortte, kolkte de bekende misselijkheid rusteloos rond in haar buik. Ze wrong zich tussen de mensen door, op zoek naar een plekje naast het dolboord; doordat ze misselijk was, werd ze in elk geval afgeleid van de bommenwerpers die als roofvogels boven hun hoofd rondcirkelden. Net op tijd vond ze een plekje en gaf vreselijk over in de kolkende golven. In de momenten van opluchting die hierop volgden dacht ze aan Cormac, aan zijn omhelzing en zijn kus, en ondanks de uitputting, haar verbrande huid, de blaren en de misselijkheid voelde ze zich heel gelukkig. Toen keerde de misselijkheid terug en zakte ze naast het dolboord in elkaar, waar ze doodmoe in slaap viel.

12

Juni 1940

Hij was heel jong, nog maar twintig jaar. Hij was soldaat en heette Alfred Claybourn. Hij lag roerloos op het bed, onder de blauwe ziekenhuisdekens, en Rowan, die hem als verzorgster was toegewezen, kon alleen zijn bos donkerblonde haar zien, in de kleur van een mussenvleugel, en zijn blauwgrijze ogen, die hij tot spleetjes had geknepen en die wazig zagen van de morfine. De onderste helft van zijn gezicht was grotendeels weggeschoten, en wat ervan over was zat verstopt onder een groot wit verband.

Hij keek naar Rowan en maakte een keelgeluid. Ze glimlachte naar hem. 'Je vader en moeder zijn onderweg,' zei ze vriendelijk. 'Die zijn hier snel, Alfie.' Ze had hem dit al een paar keer verteld, maar kon niet zeggen of het tot hem doorgedrongen was of niet.

Weer een verstikt keelgeluid.

'Ze komen met de trein. Het duurt niet lang meer, heus.'

Alfies ouders woonden in Staithes, aan de kust van North Yorkshire. Het zou hun een dag kosten om naar het ziekenhuis in Kent te reizen, zodat ze bij hun zoon konden zijn, bij wat er nog van hem over was.

Ze bevonden zich in een hoek van de zaal, met kamerschermen afgescheiden van de andere bedden. De vertrouwde ziekenhuisgeluiden, de haastige voetstappen van de andere verpleegsters, het gekreun van patiënten, het gepiep van bedwieltjes en het geritsel van gesteven lakens leken naar de achtergrond te zijn verdwenen. Rowan had lange dagen gemaakt, waarin ze de verbrande, gewonde en uitgeputte mannen en de mannen die in shock waren, verzorgde, uit Duinkerke, Calais, Le Havre, en nu ook uit Saint-Nazaire. Ze was doodop. De zaalzuster had tegen haar gezegd dat ze Alfies hand moest vasthouden en tegen hem moest praten. Ze had altijd van zichzelf gevonden dat ze een goed gesprek kon voeren, maar waar moest je het in vredesnaam met een stervende jongen over hebben?

Door de blauwe stof van de schermen viel een waterig licht. De jongen bewoog en was onrustig. ‘Heb je nog broers en zussen, Alfie?’ vroeg ze.

Een knikje. Een van zijn armen zat in het verband; Rowan hield zijn andere hand vast. Bijna onmerkbaar stak hij drie vingers op.

‘Drie zussen?’ raadde ze. ‘Nee? Broers dan. Dat is leuk voor je. Jullie zullen wel lol hebben met zijn viertjes. Ik ben nog nooit in Staithes geweest. Het lijkt me mooi daar.’ Ze wilde hem net vragen of hij wel eens met zijn broers in zee zwom, maar bedacht zich net op tijd. Alfie was gered uit het wrak van een schip dat door Duitse bommenwerpers voor de kust van Frankrijk tot zinken was gebracht. Zijn haar was nog een beetje wittig van het zoute water uit het Kanaal.

‘Ik heb in Yorkshire op school gezeten,’ vertelde ze. ‘Als we halverwege het semester een week vakantie hadden, kwam mijn vader altijd naar ons toe en dan maakte hij met mijn zus en mij een wandeling en dronken we ergens thee, met een scone erbij. Dat waren de lekkerste scones die ik ooit gegeten heb. Maar op school vond ik het vreselijk. Ik heb het nooit prettig gevonden als ik moest doen wat iemand anders zei. Net als in het leger, denk ik. En in de verpleging.’

Hij maakte geagiteerde geluidjes en de hand die ze vasthield, schokte een beetje. ‘Ik ga kijken of ik kan zorgen dat je wat beter ligt,’ zei ze. ‘Ik schud je kussen een beetje op. Dat is zo gebeurd, zie je wel? Zo, is dat iets beter?’

Het was alsof haar stem hem iets kalmeerde. Ze vertelde over de zomervakanties en over de spelletjes die Thea en zij hadden gedaan, over de ijsjes die ze hadden gegeten en de wandelingen die ze hadden gemaakt, en daar werd hij rustig van. Maar zodra ze door haar onderwerpen heen was, begon Alfie weer onrustig te bewegen en hese, onmenselijke gromgeluiden te maken, afgewisseld met geluiden alsof hij stikte. Rowan zocht driftig naar een gespreksonderwerp, het maakte niet uit wat. Op een gegeven moment vielen zijn ogen dicht en ging zij zachter praten, maar bleef wel over zijn hand aaien. Ze mompelde steeds dezelfde woorden tegen hem, als een bezwering of een wiegeliedje, over dat alles goed zou komen, dat zijn vader en moeder onderweg waren, dat zij bij hem was en dat alles goed kwam.

Rowan werkte nu bijna negen maanden als verpleegster. Het St. Anne-ziekenhuis lag op de zuidelijke oever van de Theems. Haar eerste dag was een aaneenschakeling van schokken geweest, vermengd met verbijstering. Het was een hele schok geweest om om zes uur 's ochtends op te staan, en ook het gesteven, vervelend zittende ouderwetse uniform was een schok geweest, net als het ontbijt, bestaande uit pap en dikke sneden brood, samen met vijftig andere kwebbelende en klagende verpleegsters. En toen de zaal. Als leerling-verpleegster had ze op de opleiding de laagste rang, en terecht, want ze wist helemaal niets. Ze had er die dag het ene moment onnozel bij gestaan, omdat ze niet had geweten wat ze moest doen, en het volgende moment waren haar bevelen toegeblaft waarvan ze geen idee had hoe ze die moest uitvoeren.

Maar ondanks dat alles had ze het geweldig gevonden. Ze had die eerste avond daas van vermoeidheid de zaal verlaten, terwijl haar hoofd tolde en de minachtende stem van de zaalzuster nog in haar oren galmde. En toch was de dag in een mum van tijd voorbijgegaan, omdat ze voortdurend geïnteresseerd en aandachtig was geweest. Haar oude leven kwam haar in vergelijking hiermee heel saai voor, nutteloos en doelloos! Van dit inzicht was ze geschrokken, maar ook heel blij geworden. Op de een of andere manier had ze eindelijk gevonden wat ze zocht.

Toen in april de schemeroorlog voorbij was, werd ze overgeplaatst naar een ziekenhuis buiten Londen, in Kent, dat was ingericht om de verwachte oorlogsslachtoffers te kunnen behandelen. Zes weken later kregen de verpleegsters en portiers op een ochtend de opdracht om de zalen leeg te maken. De ambulante patiënten werden ontslagen en degenen die nog moesten aansterken werden naar een verzorgingshuis gestuurd.

En toen kwamen de ambulances aan, eindeloze konvooien die soldaten vervoerden die uit Duinkerke waren geëvacueerd. Tot die dag was de oorlog niet meer dan een krantenkop of een oninteressant verslag op de radio geweest, dat je wegdraaide omdat je liever naar dansmuziek luisterde. Af en toe was Rowan bezorgd om Thea, maar niet heel erg, want Zwitserland was neutraal, dus wist ze dat haar zus, wat er ook zou gebeuren, in veiligheid was.

Duinkerke veranderde alles. Die verminkte en in shock verkerende soldaten waren het gezicht van de terugtrekking, van de nederlaag. Rowan sneed smerige, gescheurde uniformen open en waste vuile en zoute lichamen schoon. Ze moest opeens wonden van granaatscherven verzorgen. Ze had niet geleerd hoe je granaatscherven verwijderde, maar alle volleerde verpleegsters waren druk, en iemand duwde haar een pincet in de hand en zei dat ze het maar gewoon moest doen. En dus ging ze aan de slag en diepte ze stukjes metaal uit hoofden, ruggen en ledematen op. Soms gilden de soldaten het uit als ze een diep vastzittende scherf verwijderde, maar meestal bleven ze stil en werden de stukjes bleke huid die onder de olie en het vuil zichtbaar waren nog bleker. De bespottelijke gebruiken die men er in de verpleging op na hield – de bedwieltjes allemaal zo draaien dat ze naar het midden van de zaal wezen, de koperen klinken twee keer per dag poetsen en voortdurend de kastjes schoonmaken – werden niet meer nageleefd. Er gingen een paar dagen voorbij, en bij de geur van bloed en olie voegde zich de weeë geur van gangreen. Toen het bericht kwam dat Parijs was gevallen, draaide een van de Franse soldaten zijn gezicht naar de muur en begon te huilen.

Alfies ademhaling kwam met steeds grotere tussenpozen. Ze hoorde weer het angstaanjagende geluid van zijn stokkende adem, en de zaalzuster glipte tussen de schermen door naar het bed toe. Deze verpleegster was altijd op zoek naar fouten en eiste dat alle regels streng werden nageleefd, maar nu zei ze: 'De arme jongen is dood, zuster Scott. Het is voorbij.' En Rowan zag dat ze gelijk had.

Een piloot van de nabijgelegen RAF-basis gaf Rowan en haar collega, een vrolijke meid met een blozend gezicht, Jenkins genaamd, in zijn MG een lift naar Londen. Rowan dronk nog iets met de piloot en Jenkins in een café in Covent Garden en nam toen afscheid van hen en ging naar huis.

Ze keek in haar postvakje of er brieven waren, maar er was niets van Thea. Ze liep met ingehouden adem de trap op – een oud bijgeloof uit haar jeugd. *Als ik mijn adem kan inhouden tot ik binnen ben, is Thea er.*

Maar Thea was er niet. Rowan liet zichzelf binnen in haar koele, hol klinkende kamers. Die stonden al veel te lang leeg, en er hing een muffe geur. Ze spoelde een fles met zuur geworden melk uit de koelkast schoon en zette ramen open om frisse lucht binnen te laten, terwijl ze vanbinnen teleurstelling en bezorgdheid voelde kolken. Toen zette ze de geiser aan en liet een lauwwarm bad vollopen. Ze bleef er een poosje in liggen om de geuren van het ziekenhuis kwijt te raken, stapte er toen uit en sloeg een grote handdoek om zich heen. Toen ze de ramen dicht had gedaan en de verduisteringsgordijnen had gesloten, ging ze op bed liggen. Misschien kon ze even een dutje doen.

Ze had tien dagen achter elkaar gewerkt en was die ochtend om zeven uur begonnen. Maar haar gedachten lieten haar niet met rust, herinneringen aan de afgelopen paar dagen in het ziekenhuis, aan de smekende ogen van Alfie Claybourn, aan zijn hand, die schokte in de hare. Na een poosje gaf ze het maar op en kleedde ze zich aan.

Ze zette een plaat van Cole Porter op en koos een perzikkleurige zijden beha en een vlinderbroekje. Ze stak een sigaret op. Waar was Thea in vredesnaam? Waarom was ze niet teruggekomen? Zat ze nog veilig en wel in Zwitserland? Of zat ze ergens verloren en bang in Frankrijk, waar het een chaos was en ze het gevaar liep gevangengenomen te worden? In het ziekenhuis had iemand haar verteld dat er op Alfies schip, dat gebombardeerd was, ook burgers hadden gezeten. Rowan hoopte vurig dat het niet waar was. Ze werd misselijk van de gedachte dat Thea onder de olie en het bloed zou zitten of net als die arme jongen aan flarden was geschoten, en ze drukte haar sigaret uit.

Ze ging aan de kaptafel zitten, maakte zich op en stak daarna haar haar in een gladde rol op. Toen zijden kousen, een avondjurk van koraalrood satijn en het witfluwelen jasje dat ze bij Edwina had gekocht. Haar tas, met portemonnee, poederdoos en sleutels. Ze bekeek zichzelf in de spiegel en deed oorclips in. Als je niet op haar rode, ruwe handen lette, leek ze bijna weer de oude Rowan.

Rowan verliet haar appartement. De deur deed ze niet op slot, voor het geval Thea thuiskwam. Ze liet hem vaak van het slot, zodat haar vrienden van haar huis gebruik konden maken als ze een paar nachten in Londen waren, met verlof of op doorreis. Haar huis kwam haar onderhand onbekend voor, en overal stonden dingen die mensen er hadden achtergelaten – een flesje parfum, een donkerblauwe herentrui, een paar pockets.

Artemis en Maurice Wilton zaten in de American Bar van het Savoy. Artemis omhelsde haar. 'Ik ben in bad geweest,' zei Rowan aarzelend, 'maar ik denk dat ik nog steeds naar ontsmettingsmiddel stink.'

'Helemaal niet, lieverd, je ruikt verrukkelijk, zoals altijd.' Artemis liep met haar naar een stoel 'Kom zitten. Je zult wel afgepeigerd zijn.'

Een ober schonk champagne in en ze kletsten over ditjes en datjes. Maurice werkte bij het ministerie van Bevoorrading en Artemis bij de Women's Voluntary Service. Ze had geholpen met de organisatie van de bataljons vrouwen die aan de zuidkust de overlevenden uit Duinkerke met eten en drinken onthaalden; zelf had ze honderden boterhammen gesneden en vanaf het perron bekers warme chocolademelk aan de soldaten in de treinen uitgedeeld.

'Heb je nog iets van Thea gehoord?' vroeg Artemis.

Rowan schudde haar hoofd. 'Nee, niets.'

'Je moet je geen zorgen maken.'

'Artemis. Je hebt ze toch gezien? Ik heb ze ook gezien.' Rowan kon haar bezorgdheid niet langer onderdrukken. 'Ik heb die mannen de afgelopen paar weken verpleegd. Thea probeert vast terug te komen. Ik ken haar. Ze kan wel ik weet niet waar zijn.' Ze draaide zich om naar Maurice. 'Als ze gevangengenomen is, wat gebeurt er dan met haar?'

'Dan wordt ze geïnterneerd. Dat betekent dat ze als een vijandige buitenlander gevangen wordt gezet.'

'En dan?'

'Dat weet ik niet,' zei Maurice vriendelijk. 'Het spijt me, Rowan. We kunnen alleen maar hopen dat ze zich aan de geldende internationale regels houden.'

'In het ziekenhuis vertelde iemand iets over een schip dat voor de kust van Saint-Nazaire tot zinken was gebracht… en ik vroeg me af of…'

Maurice liet zijn stem dalen. 'Rowan, er zijn ontzettend veel mensen gesneuveld, en dat is ook de reden waarom ze er niet mee naar buiten treden. Het moreel, snap je?'

'Weet jij of er burgers aan boord waren?'

'Ja, ik ben bang van wel. We weten niet hoeveel. Misschien komen we daar wel nooit achter.'

Artemis gaf haar een klopje op haar hand. 'Thea is een verstandige meid,' zei ze ferm. 'Ze is waarschijnlijk gewoon gebleven waar ze zat. Dat zou ik tenminste doen, als ik in Zwitserland zat. Denk eens aan al die heerlijke chocola en kaas.'

Rowan snapte dat Artemis erg haar best deed om haar op te vrolijken, dus glimlachte ze maar en hadden ze het verder over andere dingen.

Toen ze later die avond naar huis liep, moest ze erkennen dat ze er tot die dag niet echt rekening mee had gehouden dat ze Thea wel eens kon verliezen. Ze was ervan overtuigd geweest dat Thea uiteindelijk naar huis zou komen, ook al zou dat nog een paar weken kunnen duren. Maar ze kon zichzelf niet langer voor de gek houden. Jonge mannen en vrouwen stierven bij bosjes. Alfie was maar een jaar ouder geweest dan Thea. In de ene na de andere Franse haven waren schepen met Engelse, Franse en Poolse soldaten, en ook met Engelse burgers, gebombardeerd en tot zinken gebracht. Als de regering had besloten daar niet over naar buiten te treden, konden er wel duizenden mensen zijn omgekomen.

De wolken dreven uiteen en in een onregelmatige bundel maanlicht verscheen een grote zilverkleurige sperballon, mooi en onheilspellend, op en neer deinend in de lucht. Rowan kwam langs een plantsoentje. Het was nog warm en ze rook rozen. Ze vond het een afschuwelijke gedachte dat Thea, nadat zij haar jaren geleden voor de kust van Corran van de verdrinkingsdood had gered, misschien door de zee verzwolgen was.

Het laatste stuk naar Macklin Street liep ze stevig door. Uit gewoonte keek ze of er brieven in haar postvakje lagen, en daarna liep ze naar boven. Toen ze naar haar voordeur toe liep, zag ze dat er een smal streepje licht onderdoor scheen. Het hart klopte haar in de keel. Het kon eenieder van haar vrienden zijn, hield ze zichzelf voor toen ze de deurknop omdraaide. Nicky, of Patrick, of Davey Manningham, met verlof uit het leger en op zoek naar een overnachtingsplek.

Ze liep de woonkamer in. Op de grond stond een rugzak en op de bank lag een klein, bultig bundeltje. Ze werd overspoeld door blijdschap en opluchting.

'Thea!'

Terwijl Thea met haar voeten in een bakje warm water zat, vertelde ze Rowan over haar reis. Rowan stond in de keuken roerei met toast te maken.

'Saint-Malo was een beetje vreemd.' Thea trok met een grimas een pleister van haar grote teen. 'Je had er winkels die mooie kleren en tassen verkochten, want dat doen winkels nu eenmaal, maar de straten waren vol met vermoeide en smerige mensen. Iedereen probeerde weg te komen. Ik had geen problemen, want ik heb een Engels paspoort, maar ze stuurden ook mensen weg. En toen we allemaal aan boord waren, probeerden een paar vliegtuigen ons te bombarderen.'

Rowan stak haar hoofd om de keukendeur. 'O, Thea, wat eng!'

'Het was doodeng. De RAF heeft ze verjaagd.'

'Godzijdank.'

'Zijn alle schepen vanuit Saint-Malo erdoorheen gekomen? Weet jij dat, Rowan?'

Haar zus kwam de woonkamer binnen. 'Ik heb van een vriend gehoord dat er een tot zinken is gebracht. Heel veel slachtoffers.'

De wanhoop sloeg Thea om het hart, maar toen fronste Rowan haar voorhoofd en zei: 'Nee, dat was bij Saint-Nazaire, geloof ik, niet Saint-Malo. Ja, ik weet het zeker, het was bij Saint-Nazaire.'

Ze werd overspoeld door opluchting. Ze hoopte vurig dat Cormac met het volgende schip de oversteek had gemaakt en veilig in Engeland was aangekomen. Op de terugreis was ze tot de conclusie gekomen dat ze verliefd op hem was. Ze was nog nooit eerder verliefd geweest, en ze wist niet of je wel zo veel om iemand kon geven die je nog geen dag kende. Maar diep in haar hart wist ze dat het zo was. Haar gevoelens deden pijn, scherp en opengereten als de blaren op haar voeten. Ze was misschien wel meteen bij de eerste aanblik verliefd op hem geworden, toen ze hem bewusteloos aan de rand van een Franse akker had aangetroffen.

'Hier.' Rowan zette een beker thee naast haar neer. 'Drink op. Je eten is bijna klaar.'

'Dank je wel.' Thea waste met het washandje haar voet schoon, en het water werd grauw. 'Ik ben vreselijk zeeziek geweest,' zei ze. 'Ik dacht dat het op een groot schip wel zou meevallen, maar het was echt vreselijk. Ik dacht dat ik wel iets van affiniteit of vaderlandsliefde zou voelen toen we van boord gingen, toen we eindelijk op Engelse bodem waren, maar ik was alleen maar vreselijk opgelucht dat ik niet meer misselijk zou zijn.'

Rowan kwam binnen met een bord met roerei. 'Laat je voeten eens zien. O, arme Thea, wat zien ze eruit! Eet op. Daarna ga je lekker in bad, en als je eruit komt, verzorg ik je voeten.'

'En jij? Is met jou alles goed?'

'Prima. Ik ben dolblij dat je er bent.' Rowan ging naast haar zitten. 'We hebben een heleboel soldaten uit Frankrijk in het ziekenhuis gehad. Ik heb me vreselijke zorgen om je gemaakt.'

Thea nam een hap ei. 'Ik dacht dat ik de sigaar was, dat ik te laat vertrokken was.'

Rowan kneep in haar schouder. 'Zo te horen is het een verschrikkelijke, veelbewogen tocht geweest.'

Het was inderdaad verschrikkelijk geweest. Ze had dingen over zichzelf geleerd, ook dingen die ze liever niet geweten had. Maar achteraf gezien waren er ook momenten geweest die ze koesterde. De blijdschap toen ze de zee zag. En Cormac, die zei: 'Thea, ik laat je niet in de steek.' En zijn kus.

Maar dat vertelde ze niet aan Rowan. Ze vond het allemaal te broos en te ingewikkeld om onder woorden te brengen. En ze was echt doodop, en hoewel ze al dagen niet fatsoenlijk gegeten had, kostte het haar moeite om de vork naar haar mond te brengen.

'Ik ben zo blij om thuis te zijn. Echt zo blij.' Dat was het enige wat ze zei.

Toen ze die nacht in bed lag, was het alsof ze de deinende beweging van het schip nog voelde. Ze had haar adres nog naar Cormac geroepen, maar ze wist niet of hij het had verstaan. Misschien zou ze hem wel nooit meer zien.

Maar die gedachte was te erg. Ze moest er niet aan denken dat ze hem nu al zou kwijtraken, terwijl ze hem nog maar net gevonden had. Die gedachte moest ze van zich afzetten. Suf van vermoeidheid sloot ze haar ogen, en meteen zag ze hem voor zich, zodat ze met zijn beeld voor ogen in slaap viel.

13

Juli – september 1940

Stuart zat bij de marine, en dat betekende dat Sophie nu ruimte voor drie kostgangers had. Sinds de oorlog had ze een ander soort klanten gekregen. De handelsreizigers, de vrijgezelle juffrouwen en de weduwen in nood waren verleden tijd; in plaats daarvan had meneer Reynolds, een rustige, bescheiden man die bij de Admiraliteit werkte, in april zijn intrek bij haar genomen. Juffrouw Cornish, een collega van hem, was haar tweede kostganger. Ze was ongeveer net zo oud als Sophie zelf, lang, gezet, openhartig, opgewekt en vriendelijk. Ze hield ervan om 'een handje te helpen', zoals ze dat zelf noemde, en wilde elke avond per se helpen met afruimen.

Tot slot was kapitein Kazimierz Wajszczyk in juni bij haar ondergebracht. Kapitein Wajszczyk kwam uit Polen. Hij had in september 1939 zijn land verdedigd tegen de Duitse invasie en was vervolgens, toen ook het Russische leger was binnengetrokken en de nederlaag onontkoombaar was geworden, via Hongarije naar Frankrijk gegaan. Daar had hij in het Poolse leger van generaal Sikorski meegevochten. Na de Franse capitulatie was hij via een van de zuidelijke havensteden naar Engeland gevlucht.

Sophie schatte kapitein Wajszczyk een jaar of vijfendertig. Het was een lange man met steil donkerblond haar, en hij was heel knap, op een koele, gebeeldhouwde manier. De grijsgroene ogen hadden iets staalachtigs. Hoe Sophie haar best ook deed, ze verhaspelde steeds zijn achternaam, met al die moeilijke medeklinkers achter elkaar. Ze merkte dat hij zijn irritatie probeerde te onderdrukken. Soms maakte ze zich er gemakkelijk van af door hem met 'kapitein' aan te spreken.

Hij was netjes en keurig, en ze hoefde eigenlijk alleen maar maaltijden voor hem te bereiden, overhemden te wassen en te strijken en zo nu en dan in zijn kamer, Duncans kamer, een stofdoek over de schoorsteenmantel en vensterbanken te halen. Hij poetste zijn eigen schoenen en schuierde zijn eigen overjas en uniformjas. Hij was altijd beleefd, klaagde nooit en begroette haar steevast met een elegante buiging. Hij ging 's ochtends vroeg de deur uit en kwam 's avonds laat pas terug.

Ze had dus eigenlijk helemaal geen last van hem. Maar Sophie vermoedde dat kapitein Wajszczyk zijn huidige leven, en haar huis, beneden zijn stand achtte. Ze vroeg zich af of hij in Polen soms in een kasteel of zoiets woonde. Aan het eten kon ze niet veel veranderen. Boter, suiker, spek en vlees waren inmiddels op de bon. Sophie was er altijd trots op geweest hoe ze haar huishouden runde, maar in april was mevrouw Leonard bij haar weggegaan om in een vliegtuigfabriek te gaan werken, en dat betekende dat Sophie haar taken had moeten overnemen. Ze had ook aangeboden om op een eerstehulppost te gaan werken; ze had haar ervaring als verpleegster van stal gehaald, lessen gevolgd, waarbij ze moest oefenen op mensen die simuleerden dat ze slachtoffer waren van een luchtaanval.

Eerder dat jaar hadden de jongens een stuk van het gazon omgespit, ter uitbreiding van de moestuin. De verse groenten waren zeer welkom, maar er kwam wel uren wieden en water geven bij kijken. Al haar uren zaten van minuut tot minuut vol met allerlei karweitjes. Door het gehavende gras en de grote, lompe Andersonschuilhut zag zelfs de tuin er niet meer uit zoals vroeger. Ze was bang dat de rozen ook weg zouden moeten. Als ze soms door de ogen van kapitein Wajszczyks ogen naar haar huis keek, begreep ze wel dat hij het maar niks vond.

Toen kapitein Wajszczyk de deur uit ging, kwam Sophies goede vriendin Viola Foster net aan. In het voorbijgaan bracht hij haar een van zijn bekende extravagante groeten. In de gang zette Viola haar gasmasker af en trok haar wenkbrauwen naar Sophie op.

'Was dat nou die Poolse officier? Wat een knappe man, zeg.'

'Ja, hij is wel knap.' Viola keek haar eens aan en Sophie moest lachen. 'Hij is veel te jong voor me. Het is nog maar een jongen.'

'Hmm,' deed Viola. Ze had een mandje aardbeien bij zich en zette dat op de keukentafel. 'De vogels hebben er al aan gezeten, maar je kunt er nog wel jam van maken.'

Omdat het mooi weer was, maakten ze buiten de aardbeien schoon, naast elkaar gezeten op het lage muurtje rond het terras. Viola droeg een korte broek, zodat je haar magere, gebruinde, knokige benen zag. Sophie had een rode katoenen jurk aan, bijna dezelfde kleur als de aardbeien. Sinds kapitein Wajszczyk bij haar inwoonde, besteedde ze wat meer aandacht aan haar kleding – niet omdat de man zo knap was, heus niet, maar omdat ze niet zijn misprijzen over zich wilde afroepen.

Viola vertelde over een brief die ze van Michael, haar oudste zoon, had gekregen, die in een trainingskamp van het leger in Yorkshire zat, en Sophies gedachten dwaalden af. Ze had niet moeten zeggen dat kapitein Wajszczyk nog maar een jongen was. Hij was geen jongen, hij was een man – een man die verschrikkelijke dingen gezien en waarschijnlijk ook gedaan moest hebben.

'Sophie?' zei Viola.

Ze schrok op uit haar gedachten. 'Sorry, sorry, Vi, wat zei je?'

'Alleen dat we wel zo'n beetje klaar zijn.'

Ze gingen naar de keuken. Sophie gooide de aardbeien in een grote pan en voegde suiker en citroensap toe, terwijl Viola de ketel met water vulde en die op het vuur zette.

'Heb je nog iets van Duncan gehoord?' vroeg ze.

'Ik heb een paar dagen geleden een brief gehad, en Sally is gisteren langs geweest. Duncan had haar de avond ervoor gebeld. Ze zei dat hij goed klonk.' Duncan en zijn vriendinnetje, Sally Fleming, hadden zich in april verloofd.

'Wat lief van haar dat ze is langsgekomen.'

'Ja, heel lief.'

De hemelse, zomerse geur van het fruit vulde de keuken. Sally's ouders, de familie Fleming, woonde in Richmond-on-Thames.

Sally reisde dagelijks naar de stad voor haar werk bij de BBC. De avond ervoor was ze na haar werk langsgekomen. Sally was blijven eten; na afloop hadden juffrouw Cornish en zij per se de afwas willen doen.

Voordat Stuart het huis uit was gegaan, had hij Sophie geholpen om de twee grote bruinleren leunstoelen en een kleine met chintz beklede leunstoel in de studeerkamer te zetten, zodat die als zitkamer voor de kostgangers kon dienen. De avond ervoor had Sophie daar gezeten, met meneer Reynolds en kapitein Wajszczyk gebabbeld en theegedronken, terwijl ondertussen uit de keuken het ene lachsalvo na het andere klonk. 'Wat een leuke meid,' had juffrouw Cornish gezegd toen Sally weg was, en dat had Sophie kunnen beamen.

Er was een tijd geweest dat ze jaloers was geweest op Duncans warme band met de familie Fleming, en met name op Sally's moeder, Eva, op wie hij erg gesteld was. Maar dat was nu lang geleden. Sally maakte hem gelukkig, en dat was voor Sophie reden genoeg om altijd van haar te blijven houden en haar dankbaar te zijn.

'Als jij me de weckpotten even geeft, kook ik ze voor je uit,' zei Viola.

Sophie ging op een krukje staan en reikte haar de potten aan. 'Sally is pas eenentwintig, maar zo bijdehand als wat. Toen ik zo oud was als zij, kon ik niks en was ik ontzettend onzeker – en toen ben ik op Hugh verliefd geworden! Wat een onnozel kind moet ik toen geweest zijn!'

Viola schonk kokend water in de potten. 'Hugh was heel slim en hij heeft heel veel mensen om de tuin geleid. Niemand had ook maar enig idee wat hij uitspookte. Het is nergens voor nodig om jezelf omlaag te halen.'

Sophie klom van het krukje. Ze roerde even in de pan. 'Ik vertrouw mezelf niet meer. Ik heb geen mensenkennis.'

'Onzin,' zei Viola kordaat. 'Je moet niet door wat hij gedaan heeft bang voor mannen worden. Dat is gemakkelijker gezegd dan gedaan, maar dat moet je echt niet laten gebeuren. Hugh was charmant. Daar verschool hij zich achter. Maar in wezen was hij meedogenloos.'

Toen ze met hem getrouwd was, was Hugh allesbepalend voor haar geweest. Pas nu, met terugwerkende kracht, leek hij aan kracht in te boeten.

'Zal ik hier etiketten op doen?' vroeg Viola.

'Ja, graag.' Sophie zocht in een la naar etiketten en een pen. 'Stuart hoopt nog steeds dat Hugh een of andere aanvaardbare reden had om met mij te trouwen. Voor hij naar Portsmouth ging, vroeg hij of het misschien kon dat zijn vader aan geheugenverlies had geleden, dat hij in de loopgraven misschien een klap op zijn hoofd had gehad, zodat hij, weet ik veel, was vergeten dat hij getrouwd was of zo.'

'O, Sophie, arme Stuart, wat verdrietig,' zei Viola met een grimas.

'Ik kan hem niet zeggen wat ik echt denk. Ik kan niet zeggen dat Hugh in werkelijkheid gewoon egoïstisch en hebzuchtig was en dat hij alles nam wat hij wilde hebben. Stuart mist hem nog steeds vreselijk.'

Sophie steunde met haar handen op de rand van de gootsteen en keek de tuin in. Ze had vaak het gevoel dat ze Hughs bedrog nooit tot de bodem zou doorgronden. Toen ze Hughs dochters een jaar geleden had ontmoet, had ze van hen begrepen dat hij in een stadje in de buurt van Glasgow was opgegroeid. Hij had het bedrijf in kantoorartikelen van zijn vader geërfd. Er was helemaal geen pastorie in Devonshire geweest, geen streng gelovige opvoeding – dat was allemaal gelogen, net als de rest. Ze kon natuurlijk niet weten of datgene wat volgens Rowan en Thea de waarheid was, ook daadwerkelijk waar was. Hugh had misschien ook wel tegen zijn dochters gelogen. Misschien was hij wel in Londen of Leeds opgegroeid, of in een of andere buitenpost van het koninkrijk. Niemand die het wist. Ze hadden contact met elkaar gehouden, Rowan, Thea en zij. Dat was voor haar belangrijk, en niet alleen omdat ze hiermee de barrières omverwierp die Hugh met zo veel moeite tussen hen had opgeworpen. Thea en Stuart stortten hun hart bij elkaar uit, en het contact dat ze zelf met de jonge vrouwen had – tussen een onwettige echtgenote en de dochters van haar geliefde – mocht dan beperkt blijven tot een enkel beleefd kaartje en een korte, zakelijke brief, Sophie vond het een wonder dat er überhaupt sprake was van contact.

Ze roerde nog maar weer eens in de aardbeien. 'Heeft Duncan de dochters van Hugh al ontmoet?' vroeg Viola.

Sophie schudde haar hoofd. 'Dat wil hij niet.' Ze dacht dat Duncan zijn halfzussen misschien wel nooit zou willen ontmoeten. Dat kon ze goed begrijpen.

Sophie informeerde naar Viola's man, Doug, en naar haar minnaar, Arnold.

'Ze zijn allebei bij de Local Defence Volunteers gegaan, dus ik moet zorgen dat ik goed onthoud wie wat doet.' En toen droogjes: 'Doug heeft de tijd van zijn leven. Hij vindt het heerlijk om over Hampstead Heath rond te rennen en tegen mensen te schreeuwen, dan voelt hij zich vreselijk belangrijk. Arnold vindt het een verschrikking. Al zou zijn leven ervan afhangen, dan zou hij nog geen Duitse parachutist kunnen doodschieten, zegt hij.'

Sophie testte of de jam dik genoeg was door een lepeltje ervan op een schoteltje te laten vallen. Toen ze de rand van de klodder met haar nagel indrukte, rimpelde die. Viola schonk de jam in de weckpotten en Sophie dekte ze af met ronde stukjes waspapier. Terwijl de potten stonden af te koelen, gingen zij naar buiten om thee te drinken.

Elke avond als Sophie klaar was met haar werk, ging ze in haar eentje in de woonkamer zitten en werd ze overspoeld door een gevoel van verlies. Ze stelde het zo lang mogelijk uit om de elektrische verlichting aan te knippen, deels uit zuinigheid en deels omdat ze zich opgesloten voelde als de verduisteringsgordijnen dicht waren. Terwijl ze daar zo zat in het schemerlicht, voelde ze haar eenzaamheid en het gebrek aan zich geworteld voelen in haar bonkende hart en kreeg ze het warm van de paniekerige angst.

Ze luisterde tegenwoordig 's avonds naar muziek. Ze was te moe om te lezen, maar kroop lekker op de bank en luisterde naar Mozart of Offenbach, met de grammofoon zo zacht dat de kostgangers er geen last van hadden. Ze werkte haar hele platencollectie door. Ze verwachtte niet dat ze daar troost in zou vinden. Ze vond het genoeg om zo wat afleiding te hebben en de stilte te verdrijven.

Op een avond luisterde ze naar een plaat met sonates van Beethoven toen er op de deur werd geklopt. Ze deed open. Het was meneer Reynolds.

Ze dacht meteen dat de muziek te hard stond en wilde haar excuses al maken, maar toen zei hij: 'Neem me niet kwalijk, mevrouw Craxton, maar ik vroeg me af of u de deur misschien open zou willen laten staan. Ik hou erg van Beethoven.'

Ze nodigde hem uit om binnen te komen, en samen luisterden ze verder naar de muziek. Hij vertelde haar wat over zichzelf. Hij heette John, zijn moeder was weduwe en woonde in Aylesbury, en hij had een jongere broer bij de koopvaardij. Hij had zich aangemeld voor een tankregiment, maar was afgewezen vanwege een aandoening aan zijn wervelkolom.

In de twee weken hierna kwam ze tot de ontdekking dat John Reynolds dol was op de componisten uit de romantiek. Ze zeiden niet veel tegen elkaar, hij was niet erg spraakzaam. Juffrouw Cornish – Vera – kwam zo nu en dan bij hen zitten en keek dan heel blij en sloeg de maat van de muziek mee. Sophie merkte dat het leuker was om in gezelschap naar muziek te luisteren. Daarin vond ze wel troost.

Op een avond klopte John aan op de deur van de woonkamer. Vera Cornish was de deur uit, op bezoek bij haar getrouwde zus in Earl's Court, en kapitein Wajszczyk was 's ochtends vroeg vertrokken en was nog niet terug.

'Ik hoop niet dat ik stoor, Sophie, maar deze heb ik in een winkel aan Tottenham Court Road gevonden.'

'Deze' was een plaat van het pianoconcert van Schumann. Myra Hess was net aan het intermezzo begonnen toen Sophie de voordeur hoorde opengaan. Ze nam aan dat juffrouw Cornish terug was, en ze stond op om te vragen of ze een leuke avond had gehad.

In de gang stond kapitein Wajszczyk. Hij maakte een overdreven buiging voor haar. De mouwen en schouders van zijn uniform glinsterden van de regen. Ze groetten elkaar en toen vroeg Sophie of hij nog iets wilde eten.

'Ik heb al gegeten, dank u wel, madame.'

'Een kopje thee dan misschien?'

'Nee, dank u, ik heb dit.' Met een zwierig gebaar hield hij een bruinpapieren zak omhoog.

'Wat is dat?'

Hij deed de zak open en de geur van koffiebonen verspreidde zich door de gang.

'Koffie!' riep ze uit. 'O, wat heerlijk!'

'Een cadeautje van een vriend. Ik eh... heb een fiets gerepareerd... een...' Hij zocht naar het woord en wiebelde daarbij met zijn vingers. '*Une crevaison.*'

'Een lekke band.'

'Lekke band.' Hij zei het haar zorgvuldig na. 'Hebt u een...' Hierbij maakte hij een draaiende handbeweging.

'Een koffiemolen? Jazeker.'

'Ik zet koffie voor ons.'

Hij liep achter haar aan de keuken in. Hij was te lang, of misschien was hij te buitenissig voor het bescheiden vertrek. Hij paste er niet; de verhoudingen klopten niet. Ze vond de koffiemolen en wilde de bonen al pakken, maar hij schudde zijn hoofd.

'Ik doe het.'

'Kapitein, ik weet echt wel hoe je koffie moet zetten.'

'Maar u drinkt thee, madame.'

'Mijn man dronk altijd koffie.'

'Thuis zet ik de koffie.'

Toen begreep ze het. 'U hebt heimwee. Daarom wilt u de koffie zetten, omdat het u aan thuis herinnert.'

Er flakkerde iets in zijn fraai gevormde grijsgroene ogen. 'Ja.

Heimwee.' Hij legde een vuist tegen zijn borst. 'Pijn, hier. Ik denk u ook, madame. U doet alsof u gelukkig bent, u lacht, maar u bent niet gelukkig.'

Ze kreeg een kleur. 'Ik maak me zorgen om zijn zonen,' zei ze bits.

'Ach, ja.'

Ze ging aan tafel zitten en hij maalde de bonen. Ooit was ze bang geweest dat Duncan te hard zou fietsen en onder een vrachtwagen zou komen. Of dat hij een ongeschikt meisje zou tegenkomen of aan de drank zou raken. Of dat hij, net als Hugh, van huis zou weglopen en in Spanje zou gaan vechten. Al deze zorgen kwamen haar sinds afgelopen zomer als onbelangrijk voor. Duncan vloog in een Spitfire voor de RAF. De Luftwaffe voerde dagelijks aanvallen op Zuid-Engeland uit, bombardeerde radarstations en jachtvliegvelden, ter voorbereiding op de invasie. Het gevecht dat in de lucht boven de zuidelijke graafschappen werd gevoerd, bepaalde of het Verenigd Koninkrijk zijn vrijheid zou kunnen behouden. De deelnemers aan dat gevecht, aan die smalle luchtmachtblauwe verdedigingslinie, waren jonge mannen van negentien, begin twintig, jonge mannen zoals Duncan. Die hoorden cricket te spelen of naar de universiteit te gaan, of op een dansfeest met meisjes te dollen, maar in plaats daarvan stelden zij dag in, dag uit hun leven in de waagschaal. Ze stortten in het Kanaal en verdronken of ze verbrandden levend in een vuurzee op een akker in Kent. O, reken maar dat ze pijn in haar hart voelde.

Kapitein Wajszczyk trok keukenkastjes open. Hij zocht iets. 'Van koffie knapt u wel op,' zei hij. 'Van koffie knapt iedereen op.'

Hij pakte een pannetje en een koffiefilter, zette die op het pannetje, deed de gemalen bonen erin en schonk er kokend water op. Sophie zette de koffiekopjes, roze met een gouden randje, een huwelijksgeschenk van haar moeder, op een dienblad en pakte melk en suiker. Kapitein Wajszczyk bracht het blad naar de woonkamer.

Gedrieën dronken ze koffie en luisterden naar het laatste deel van het concert. Sophie zat op de met roze-met-groene chintzen beklede bank, met de stille John Reynolds aan de ene kant en de flamboyante kapitein Wajszczyk aan de andere. Terwijl Myra Hess haar vingers over de toetsen liet razen, trommelde de Poolse kapitein met zijn vingers op de armleuning. Sophie zag wat goudblonde haartjes op zijn pols en op zijn gebruinde, pezige hand. Zo nu en dan kwam haar schouder tegen de zijne, een heel licht, maar geladen contact dat haar aandacht abrupt van de muziek afleidde.

Toen de plaat afgelopen was, stond hij erop het dienblad met de koffiekopjes naar de keuken te brengen. Hij bood aan om af te wassen, maar dat weigerde ze pertinent, en toen wenste hij haar welterusten en ging naar boven.

John vroeg of ze pianospeelde. 'Ja, maar niet erg goed,' zei ze.

'En ik ben een niet erg goede tenor,' zei hij. 'Dus dan moet het samen lukken.'

Ze begonnen met een boek met Engelse en Schotse volksliedjes en gingen daarna verder met 'Linden Lea' en 'All in the April Evening', en daarna met Gilbert en Sullivan. John Reynolds had een lichte, prettige tenor. Sophie vond het leuk hem te begeleiden. Zo nu en dan zongen ze een duet.

Op een avond namen Sophie en John 'Fair Moon to Thee I Sing' onder handen, met Vera als publiek. Toen ze halverwege de aria waren, zong vanaf de gang opeens nog een stem mee. In de deuropening stond kapitein Wajszczyk. Hij zong met een rijke, onverwachte bariton, zijn frasering was uitstekend en zijn dictie was ernstig. De twee stemmen vlochten zich ineen, en er ontstond iets wat je hart deed smelten. Sophie vergiste zich in een paar noten.

Ze sloeg het laatste akkoord aan. 'Jeetje, kapitein Wajszczyk,' zei ze. 'Ik wist niet dat u zo goed kon zingen.'

'Mijn vader hield erg van de opera's van Gilbert en Sullivan. Ik zing deze liederen al van jongs af aan. Als u mij toestaat...' Hij kwam naast haar staan, boog zich over haar heen en sloeg de bladzijden van de partituur om tot hij een aria uit *Iolanthe* had gevonden.

'Deze misschien, madame?'

Ze speelde 'Spurn Not the Nobly Born'. De mannen zongen samen. Toen het lied uit was, applaudisseerde Vera.

'Prachtig!'

Ze waren net aan 'Take a Pair of Sparkling Eyes' begonnen toen Sophie een sleutel in de voordeur hoorde. Ze tilde haar handen op en hield ze trillend boven de toetsen. Toen rende ze de gang in.

'Duncan!'

Haar oudste zoon liet zijn plunjezak op de grond vallen. 'Achtenveertig uur verlof,' zei hij. 'Ik dacht, kom, ik ga naar huis.'

Ze sloeg haar armen om hem heen. Hij stond te tollen op zijn benen. Ze liet hem los, deed een stap achteruit en zag hoe bleek hij was.

Voorzichtig streek ze zijn haar van zijn voorhoofd. 'Eerst iets eten of meteen naar bed?'

'Naar bed, mam. Ik ben te moe om te eten.'

Ze had niet gemerkt dat kapitein Wajszczyk stilletjes naar boven was gegaan, maar nu kwam hij de trap af, met wat van zijn spullen onder zijn arm. 'Ik slaap beneden,' zei hij.

'Kapitein...'

'De kamer is vrij.' Hij knikte naar Duncan.

Veel Poolse piloten, landgenoten van de kapitein die ook in ballingschap waren, hadden net als Duncan aan de Battle of Britain deelgenomen. 'Dank u wel,' zei ze zacht. 'Heel aardig van u.'

Ze liep samen met Duncan naar boven. Terwijl Duncan in de badkamer was, verschoonde Sophie het bed. Hij kwam terug, liet zich als een gevelde boom op het bed vallen en viel ogenblikkelijk in slaap. Ze maakte zijn schoenen los, zette ze naast hem neer en trok toen een deken over hem heen. Ze herinnerde zich opeens dat hij toen hij een of twee jaar was geweest ook altijd zo plotsklaps in slaap kon vallen, net als nu. Dat ze er heel bedreven in was geraakt om hem in zijn bedje neer te leggen zonder dat hij daar wakker van werd en dat ze hem dan altijd heel voorzichtig had laten zakken. Ze dacht aan zijn volmaakte gezichtje, aan de bleke huid met een vleugje roze en de doorschijnende, dooraderde oogleden.

Ze pakte een kussen en een deken uit de kast en nam die mee naar beneden. John en Vera waren naar bed en kapitein Wajszczyk zat in de zitkamer van de kostgangers. Hij had zijn uniformjasje uitgetrokken en de bovenste knopen van zijn overhemd opengemaakt. Zijn blote voeten zagen er bleek en kwetsbaar uit.

'Gaat u maar op de bank in de woonkamer slapen,' zei ze.

Hij nam de deken en het kussen van haar aan. 'Ik denk dat ik daar te lang voor ben. Ik slaap wel hier op de grond.'

'Dank u wel. Heel vriendelijk van u dat u uw kamer hebt afgestaan.'

Hij schudde zijn hoofd. 'Niet mijn kamer, uw zoons kamer.' Hij keek haar aan. 'Volgens mij bent u vanavond gelukkig, mevrouw Craxton. Fijn om u gelukkig te zien. Als u gelukkig bent, bent u heel mooi.'

Ze bloosde in het halfduister. 'Welnee.'

'Echt waar.' Hij draaide zich om en liet het kussen op het vloerkleed vallen.

Die nacht kon ze de slaap niet vatten. De blijdschap en opluchting dat Duncan veilig thuis was, al was het maar voor achtenveertig uur, waren overweldigend. Hoe blij ze ook was, ze zag er nu al tegen op dat hij weer terug moest. Ze wilde maar dat de oorlog voorbij was, dat Hitler tegen zichzelf zou zeggen: *Het is de moeite eigenlijk niet waard,* en dat alles dan weer werd zoals vroeger.

Ze dacht aan kapitein Wajszczyk, die op het kleed in de zitkamer voor de kostgangers lag. Ze vroeg zich af of hij op de harde vloer lag te woelen, of dat hij als een echte soldaat overal kon slapen. Ze vroeg zich af waar hij over droomde. Over wie hij droomde. Ze dacht aan het v-vormige stukje gebruinde huid onder de open boord van zijn overhemd en aan de hoek van zijn kaak en hals. Ze vroeg zich af hoe het zou zijn om met hem naar bed te gaan en wat voor minnaar hij was. Ze vermoedde dat hij lief en aandachtig zou zijn en dat hij een vrouw genot zou kunnen schenken.

Duncan sliep veertien uur aan één stuk, werd toen met dikke ogen wakker en at de hele voorraadkast leeg. Het was mooi weer en 's middags gingen ze in de tuin zitten. Ze hadden het over van alles en nog was, en zo nu en dan doezelde hij weg in het zonnetje. Hij praatte niet over de oorlog of over zijn werk, waarvoor hij in allerijl de lucht in moest en met vijandige toestellen de strijd moest aanbinden. Hij sprak ook niet over de vrienden die hij was verloren.

Na haar werk kwam Sally langs, ze aten met zijn drietjes en daarna gingen Duncan en Sally ergens dansen. De volgende ochtend spitte Duncan nog een stuk gazon om voor de uitbreiding van de moestuin. Daarna vertrok hij naar Richmond, om bij de Flemings te gaan eten.

De volgende dag vertrok hij al heel vroeg uit Gilbert Street. Aan de claxon hoorden ze dat de man die hem een lift zou geven voor de deur stond. Toen Sophie de voordeur opendeed, woei de kou naar binnen.

Hij omhelsde haar. 'Zwaai me maar niet uit, mam,' zei hij. 'Ik wil niet dat je me ziet wegrijden.'

Dus deed ze dat niet. Ze ging terug naar de keuken, waste zijn ontbijtboel af en zette een pot thee. Ze liep naar buiten en ging op de terrasmuur zitten, frisjes in haar mouwloze zomerjurk, met haar armen om haar knieën geslagen. De nieuwe moestuin vormde een verse wond in het gras; in de verte, hoog in de lucht, deinden de gezwollen zilverkleurige gevaartes van de sperballonnen op en neer. Ze dronk haar thee, maar had het gevoel alsof iemand een lepel tussen haar ribben had gestoken en haar hart eruit had geschept.

John was voor zijn werk naar het noorden en Vera was naar een bijeenkomst van de kerk. Sophie had in de eetkamer voor kapitein Wajszczyk gedekt en diende hem daar zijn avondmaaltijd op.

Toen hij klaar was, bracht hij zijn bord en glas naar de keuken. 'Ik doe of ik Vera ben,' zei hij, en hij zette zijn spullen in de gootsteen.

Sophie glimlachte. Het was niets voor hem om zo'n humoristische opmerking te maken. Meestal leek hij zichzelf en de wereld erg serieus te nemen. Begrijpelijk.

Hij rolde zijn mouwen op en waste de borden af. Sophie droogde af. 'Vera drinkt na de vaat altijd nog een kopje thee met me,' zei ze toen ze klaar waren. Ze zei het luchtig, maar bespeurde niettemin enige spanning tussen hen.

Met opgetrokken lip liet hij haar weten wat hij van thee vond.

'Maar ik heb ook cognac, hoor, kapitein Wajszczyk.'

'Kazimierz.'

'Casimir,' probeerde ze.

Een grijns. 'Zeg anders maar Kaz.'

'Spreek ik het niet goed uit?'

'Hmm.' Aan zijn gezicht las ze af dat hij vooral tactvol probeerde te zijn. 'Het klinkt leuk, maar het is niet goed, nee. Kaz is beter. Gemakkelijker voor Engelsen.'

'Als ik je Kaz moet noemen, kun je mij misschien Sophie noemen. "Madame" is te formeel.'

Hij keek haar van opzij eens aan. 'Sophie,' zei hij, om te horen hoe het klonk. 'In het Pools: Zosia.'

Zoh-sja, of iets dergelijks. Ze vond het iets zorgeloos, iets frivools hebben. Zou Zosia meer plezier hebben dan Sophie?

Ze gingen naar de woonkamer. Ze vroeg of hij naar muziek wilde luisteren, en hij koos een plaat met mazurka's van Chopin.

'Mijn vader speelde deze vroeger altijd,' zei hij. 'Dan dansten mijn moeder en ik de mazurka.'

'In jullie kasteel in Polen?'

'Kasteel?' Hij keek haar geamuseerd aan. 'Nee, geen kasteel.'

'Een gewoon huis dan, zoals dit?'

'Nee, niet zoals dit. Wat grond... een boomgaard, een visvijver.'

'Een landhuis.'

'We waren niet rijk, moet je begrijpen, Zosia, het was niet...' Hij wiebelde weer met zijn vingers. '... niet... hoe zeg je dat?'

'Opzichtig? Jullie liepen er niet mee te koop?'

'We liepen er niet mee te koop. Maar het was een fijn huis. Een mooi huis.' Zijn gezicht betrok. 'Ik geloof dat er nu Russen wonen.'

'Wat is er met je ouders gebeurd?'

'Mijn moeder is overleden toen ik veertien was. Mijn vader...' Hij trok zijn schouders op. 'Ik weet het niet. Ik hoop dat hij in Hongarije zit.'

'Is hij daar veilig?'

'Ik hoop het. We hebben vrienden in Boedapest.'

De muziek klonk, snel, opzwepend en klaaglijk. Het was heel anders om met Kaz naar muziek te luisteren dan met John. Met Kaz kon ze zich niet ontspannen. Ze voelde zich gespannen en bespeurde bij hem een nauwelijks verhulde, onderdrukte emotie.

'En jij, Zosia,' zei hij, 'heb jij het zwaar zonder je man?'

Onwillekeurig maakte ze een geringschattend geluid.

Hij trok zijn dunne wenkbrauwen op. 'Niet?'

'Kaz, echt, ik ben beter af zonder hem.'

'Was hij...' Hij tikte tegen zijn cognacglas.

'Hugh dronk graag, maar nee, dat was niet het probleem.'

'Dan had hij een minnares.' Hij legde zijn arm achter haar over de rugleuning van de bank. 'Dus hij was niet goed bij zijn hoofd.'

Ze had geen zin meer om uit te leggen wat Hugh had gedaan, maar nog veel minder zin om dat allemaal steeds uit de weg te moeten gaan. Ze raakte ervan in de knoop. Misschien vond Kazimierz haar onnozel of lichtzinnig – het interesseerde haar niet.

'Hugh had twee echtgenotes,' zei ze. 'Tegelijkertijd, snap je, Kaz? Ik was de tweede.'

Hij stond op om de cognacfles te pakken. Hij stond fronsend over haar heen gebogen en schonk haar er wat van in. 'Mag dat in Engeland, twee echtgenotes?'

'Nee, natuurlijk niet.'

'Hij heeft tegen je gelogen.'

'Nou en of. Voortdurend.'

'En is hij nu dood?'

'Hugh is tweeënhalf jaar geleden overleden.'

'Heb jij...' Hij maakte een gebaar met zijn hand. 'Jij hebt hem met een... hoe zeg je dat? Met *une pelle* op zijn hoofd geslagen.'

'Met een schep. Een spade.'

Hij keek even naar de achterkant van het huis. 'En toen heb je die... die *Hoe* in de tuin begraven.'

Ze lachte, en niet alleen omdat hij Hughs naam zo raar uitsprak. 'Nee, sorry. Misschien had ik dat moeten doen. Maar nee, hij is aan longontsteking overleden.' Ze wees op haar borst, voor het geval hij het niet begreep.

Hij glimlachte. 'Je hebt een spannend leven, Zosia. Je bent geen gewone vrouw.'

'Tja, dat is ook een manier om ertegenaan te kijken.'

'Een goede manier?'

Ze dacht er even over na. 'Wie weet. Maar ga zitten, Kaz. Anders moet ik zo tegen je opkijken. Daar word ik zenuwachtig van.'

'Neem me niet kwalijk.' Hij zette de cognacfles terug op het dressoir en kwam naast haar zitten.

Ze voelde iets van de spanning uit zich wegvloeien. Ze wist niet of dat kwam doordat ze eindelijk eens om Hugh (*Hoe*) had kunnen lachen, of door de cognac. Door allebei misschien wel. In de maanden na Hughs dood had ze elke avond een paar glazen van het een of ander gedronken, omdat ze anders niet kon slapen. Maar op een dag was ze daarmee gestopt, omdat ze wel inzag dat Duncan en Stuart het er niet ook nog bij konden hebben dat hun moeder voortdurend aangeschoten was.

'Grappig wat het leven je brengt, hè?'

'Grappig?'

'Ik bedoel vreemd. Raar. Het heeft geen zin om daarover te gaan zitten piekeren.'

'*Il faut chercher la consolation où l'on peut.*'

'Ja, precies.'

'Wat heb je prachtig haar, Zosia.' Hij ging met de rug van zijn hand heel voorzichtig over haar blonde krullen. 'Net zijde.'

Ze begreep dat hij haar wilde verleiden – dat had ze overigens al een tijdje door. Zelf wilde zij dat ook; ze had immers zelf voorgesteld om een glas cognac te drinken. *Je moet troost putten waar het kan.*

Ze hoorde de voordeur open- en dichtgaan. Vera stond in de gang en mopperde dat de bus te laat was gekomen. Sophie bood aan een beker warme chocolademelk voor haar te maken.

Vera ging met de chocolademelk naar boven. Sophie ruimde op en keek even in de woonkamer. Kaz was weg, op de salontafel stonden hun twee glazen nog.

Ze ging naar haar slaapkamer. Ze trok een lichtblauw zijden nachthemd aan dat ze al heel lang niet meer had gedragen, ging op bed zitten en wachtte tot de geluiden in huis waren verstomd. Kaz vond haar bijzonder; heel even was ze bang dat hij zich vergiste, dat ze juist heel gewoon was, een lafaard die bang was voor wat het leven haar te bieden had. Ze hield haar adem in, wankelend tussen het ene leven en het andere, terwijl ze niet goed wist welke kant ze moest kiezen. Maar toen deed ze voorzichtig de deur open en liep de gang op.

Ze hoefde niet bij hem aan te kloppen. Hij had waarschijnlijk op haar gewacht, want hij kwam de overloop op gelopen. Hij streek over haar armen en ze zag een glinstering van genot en verlangen in zijn ogen. Toen hij de deur van haar kamer achter hen dicht had gedaan, mompelde hij: 'Mijn mooie Zosia.' Hij streek met zijn lippen zacht langs haar borsten, een lichte beweging als van de vleugel van een vogel. De bandjes van haar nachthemd gleden van haar schouders, de blauwe zijde fladderde naar de grond.

Daarna kwam hij elke avond naar haar kamer. Er ontstond een vast patroon. Klaterend geluid uit de badkamer, de wc die werd doorgetrokken, Vera of John die naar haar of zijn kamer terugliep – en dan, stilte. Heerlijk voelde die stilte, vol opwinding en verwachting, waarin ze allebei volgens een wederzijdse, onuitgesproken afspraak bleven wachten. En dan de deur die openging. Hij was er heel bedreven in om een deur muisstil open en dicht te doen.

Hij was ook heel bedreven in andere dingen, ontdekte ze. Ze bedreven de liefde geen twee keer op dezelfde manier. Ze deden allerlei dingen die ze nooit met Hugh had gedaan. Na afloop lag ze moe en verwilderd in zijn armen en fluisterden ze over van alles en nog wat. Hij vertelde dat hij tweeëndertig was en dat zijn ouderlijk huis in het oosten van Polen stond. Hij had rechten gestudeerd; er was ooit sprake geweest van een verloving, maar die had zijn verloofde verbroken. Ze spraken over de oorlog. 'Nu komt de invasie,' zei hij op een avond. 'Eerst vernietigen ze de luchtmacht, dan bombarderen ze Londen, dan komen de troepen. Net als in Warschau.'

Ze gingen nooit samen uit; hij ging nog altijd 's ochtends vroeg de deur uit en kwam 's avonds laat terug. Ze had geen idee wat hij in die tussentijd deed. Maar door hun verhouding kreeg ze het gevoel dat ze weer leefde, dat ze weer jong was. Ze genoot weer van de blauwe luchten, van een weelderige klimroos en van een teder loopje in een muziekstuk. Haar hart sprong op als ze Kaz thuis hoorde komen, als ze zijn voetstappen in de gang hoorde. Wanneer hij nu voor haar boog, zag ze in zijn ogen een vleugje humor en iets samenzweerderigs. Ze vond het leuk om beleefd naar zijn dag te informeren wanneer ze hem zijn maaltijd serveerde. Ze genoot van zijn antwoorden, zijn accent, van hoe hij fronste wanneer hij geconcentreerd probeerde beter Engels te spreken.

Ze wist dat het eindig was – dat had ze ook altijd geweten – maar hun verhouding was niet alleen maar een manier om wat afleiding te hebben van haar zorgen om Duncan en Stuart. Voor zover ze op dat moment in staat was om van iemand te houden, hield ze van Kaz. Hij was ernstiger beschadigd dan zij, en daarin wilde ze hem tot troost zijn. Hij was niet alleen zijn ouders, maar ook zijn land kwijtgeraakt. Hij wist hoe het was om een deel uit je leven weggerukt te zien worden, in de as gelegd, uitgevlakt alsof het nooit had bestaan.

Al enige tijd vonden er af en aan op klaarlichte dag luchtaanvallen op Londen plaats, maar in de tweede helft van augustus werd het aantal nachtelijke bombardementen opgevoerd. Op een nacht begon, toen ze in bed lagen, de sirene te loeien. Ze maakten snel af waar ze mee bezig waren en toen trok Sophie heel onhandig haar kleren aan.

John en Vera waren al op de overloop. Ze keken slaperig uit hun ogen, John had een lichtbruine kamerjas met een geruite kraag aan, Vera droeg over haar nachthemd een glanzend roze, doorgestikt bedjasje. Sophie klopte omstandig bij Kaz aan en toen gingen ze allemaal naar beneden, naar de schuilhut. Toen ze er alle drie in zaten, kwam Kaz ook beneden. Ze zaten op klapstoeltjes, met een deken om zich heen geslagen. Een paar uur later klonk het signaal dat het weer veilig was en ging iedereen terug naar bed.

Er trad een ander vast patroon op in haar leven: terwijl ze het eten voor de kostgangers bereidde, maakte ze een thermoskan thee, en ze bracht dekens, een zaklamp, bekers en lepels, een boek en een breiwerk naar de schuilhut, voor het geval dat. De spuit en de emmer met zand, voor het geval er iets brandbaars op het huis viel. Een gasmasker en een oude aktetas met daarin belangrijke documenten, geboorteaktes, verzekeringspapieren en dergelijke, maar ook geld, sleutels en een toilettas met vlugzout, aspirine, reinigingslotion, lippenstift, poeder en een kam. Ze had alles zo neergelegd dat ze niks kon vergeten. Een paar avonden bleef het rustig, en dan bedreven Sophie en Kaz in efficiënte, waakzame stilte de liefde, en ook op een prachtige middag, toen hij vroeg thuiskwam en er verder niemand thuis was. Eén keer in een hotel: toen ze zich uitkleedde, genoot ze van de clandestiene, enigszins morsige opwinding van het armoedige kamertje. Op kantoren zaten mensen te typen, in winkels deden mensen inkopen, maar zij was hier, met haar minnaar. Het was ongelooflijk.

Op de nachten die door luchtaanvallen werden verstoord, volgden dagen waarop je daas was van vermoeidheid. Dan herinnerde je je dat je iets moest doen, maar was je het meteen weer vergeten. Sophie maakte lijstjes: aardappelen kopen, tomatenplanten water geven, niet de brandbomoefening vergeten. Iedereen had daar last van, je zag de vermoeidheid op de bleke, weggetrokken gezichten van de passagiers in de bus en van de vrouwen die bij de groenteboer in de rij stonden.

Op een avond zaten ze in de schuilhut toen er twee straten verderop een bom in een huis insloeg. Ze voelden de grond schokken. John maakte een geluidje en Vera zei heel zacht: 'Lieve God.' In het donker pakte Kaz Sophies hand vast en met de nagel van zijn duim trok hij zacht een figuur in haar handpalm. Een hartje, dacht ze.

Op een avond hadden ze de liefde bedreven en lagen ze stil in elkaars armen. 'Ik heb iets voor je, Zosia,' zei Kaz.

Hij haalde een stoffen buideltje uit de zak van zijn uniformjas en gaf het haar. Sophie maakte het open en haalde er een ketting uit, een zilveren ketting van fijn filigrein, bezet met diamantjes en granaten.

'O, Kaz, wat mooi.'

'Van mijn moeder geweest.'

Ze gaf hem de ketting terug. 'Die kan ik niet van je aannemen, dat weet je best. Dat is een erfstuk.'

Hij legde zijn hand op de hare, met de ketting eronder. 'Ik had de ketting aan Klara, mijn verloofde, gegeven. Toen zij onze verloving verbrak, heeft ze hem aan mij teruggegeven. Ik geef hem nu aan jou.'

Sophie ging met haar duim over een geslepen granaat. 'Ik zal hem goed voor je bewaren. En als je na de oorlog thuiskomt, geef ik je hem terug.'

'Thuis?' Zijn grijsgroene ogen keken misprijzend de kamer rond en hij tuitte zijn mond. 'Dit is niet mijn thuis.'

'Ik bedoel, als je aan het eind van de oorlog teruggaat naar Polen,' zei ze.

Hij stak een sigaret op en doofde met een felle polsbeweging de lucifer. 'Ik weet niet of er nog wel een thuis is waar ik naartoe kan gaan. Ik weet niet of ik nog wel een lánd heb waar ik naartoe kan gaan. Misschien houden de Russen hun veroverde gebieden wel.' Hij klonk verbitterd, nam een trek en lachte toen droogjes. 'Het gerucht gaat dat ze de Polen naar Schotland willen sturen, om de oostkust tegen een invasie te verdedigen. Dus lieve Zosia, ik wil graag dat jij mijn ketting omdoet. En als ik over een of ander koud, grijs strand loop te patrouilleren... of als ik, als God het wil, weer voor mijn land kan vechten... dan sluit ik mijn ogen en zie ik mijn ketting op jouw mooie...' Hij legde zijn hand tegen haar borst. 'Hoe zeg je dat?'

'Boezem,' zei ze ferm. 'Het nette woord is "boezem".'

Kaz maakte de sluiting vast en de zilveren ketting gleed tussen haar borsten. 'Heel mooi,' zei hij zacht. 'Je ziet er prachtig uit.'

En toen werd het 7 september. Sophie was alleen thuis. Ze stond in de keuken wortels schoon te schrapen toen ze het trillende gejammer van het luchtalarm hoorde. Ze had een cake in de oven, liet die daar staan en ging naar buiten, naar de schuilhut, waar ze in het halfduister bleef zitten wachten tot het signaal klonk dat het weer veilig was. Na bijna een uur waagde ze het erop en rende ze snel de keuken in om de cake te redden, maar toen zag ze buiten de reusachtige opbollende zuil van rook opstijgen naar de lucht.

Sophie ging naar boven. Boven Londen was een bleke gloed neergedaald, oranje als van een mandarijn. De rook kwam uit oostelijke richting en daaruit maakte ze op dat de haven geraakt was. Ze bleef roerloos voor het raam van haar slaapkamer staan kijken, verbijsterd, als aan de grond genageld. Het snerpende, ronkende gedreun van de bommenwerpers hield aan.

Om zes uur klonk het sein veilig. Toen Sophie uit de schuilhut kwam, rook ze steengruis en karamel. Vera kwam een half uur later thuis, en John Reynolds even later ook. Vera vertelde hun dat de gasfabriek Beckton was geraakt. Kaz was er nog niet, en uiteindelijk diende Sophie voor hen drieën het eten op. Toen ze de afwas stond te doen, ging het alarm opnieuw en kwamen de vliegtuigen terug. Sophie, Vera en John gingen naar de schuilhut, waar ze tot half vijf in de ochtend bleven zitten. Terwijl het koor van gegil, sirenes en explosies voortduurde, en ze tegen haar eigen angst vocht, dacht ze aan Kaz, ergens in de stad, en bad ze dat hij een veilig heenkomen had weten te vinden.

De volgende ochtend hoorde ze dat de bommenwerpers de havens en loodsen van het East End hadden geraakt. De boten van Tate & Lyle op de Theems, met hun ladingen suiker, een rubberfabriek en een graanopslag – alles was in vlammen opgegaan en in zwart uitgeslagen geraamtes veranderd. Een houten aanlegsteiger bij de Surrey Commercial Docks had voor een vlammenzee gezorgd van wel honderd meter hoog. Uit de nasmeulende resten stegen nog rookpluimen op.

Toen Kaz die avond niet thuiskwam, hield Sophie zichzelf voor dat hij waarschijnlijk meehielp met puinruimen, in de nasleep van de aanval. De hele avond en nacht klonken er waarschuwingen en sein-veiligsignalen.

'Ik hoop dat de kapitein niets is overkomen,' zei John Reynolds.

'Ja, dat hoop ik ook,' zei Sophie, maar verder zeiden ze er geen van beiden veel over. De angst had zich onder haar ribben genesteld, zwaar en zuur, en wat ze ook deed, hij liet zich niet verdrijven.

De volgende middag bracht ze door bij een opvangcentrum van de Women's Voluntary Service, waar ze thee en broodjes aan dakloze gezinnen uitdeelde. Toen ze Gilbert Street weer in liep, zag ze een soldaat bij het hek van haar voortuin staan. Ze herkende zijn uniform, want Kaz droeg er precies zo een. Ze herkende de kleine buiging die hij voor haar maakte, want Kaz begroette haar ook altijd zo. En aan de blik in zijn ogen zag ze dat er iets heel ergs was gebeurd.

De Poolse soldaat stelde zich voor als majoor Kaminski. Sophie liet hem binnen. In haar woonkamer, in de kamer waar ze samen met Kaz had gezongen, waar ze hem over Hugh had verteld en waar hij over haar haar had geaaid, hoorde ze dat Kaz dood was, dat het kantoor waar hij had zitten werken zaterdagavond vroeg door een verdwaalde bom was geraakt en dat hij op slag dood was geweest. Majoor Kaminski vertelde haar nog veel meer, bijvoorbeeld dat kapitein Wajszczyk een held en een echte patriot was geweest en dat hij zijn taken moedig, onbaatzuchtig en volhardend had uitgevoerd. Maar daar had ze ook nooit aan getwijfeld.

De majoor vertrok. Sophie ging naar boven, naar haar kamer. Met bevende handen haalde ze Kaz' ketting uit het stoffen buideltje en maakte hem vast om haar hals. De diamanten en granaten glansden tegen de lichte stof van haar blouse. Ze liep weer naar beneden en ging achter de piano zitten. Ze zette de partituur van Gilbert en Sullivan op de standaard en bladerde naar 'Take a Pair of Sparkling Eyes'. Ze speelde de melodie, maar toen de tranen uit haar eigen ogen stroomden, merkte ze dat ze de noten niet meer kon lezen.

Kaz was ontzettend veel verloren: zijn ouders, zijn land, zijn toekomst. Ze hadden elkaar begrepen, Kaz en zij. Ze waren allebei hun verleden kwijtgeraakt en hadden met niets opnieuw moeten beginnen. En op de een of andere manier hadden ze in de verwoeste resten van hun levens toch nog hartstocht en liefde weten te vinden.

14

Oktober 1940 – oktober 1941

Na een periode van besluiteloosheid, waarin ze niet kon bedenken wat ze moest doen (in een land dat elk moment binnengevallen kon worden, was er niet veel vraag naar een archeoloog), vond Thea, onder in haar rugzak, de verfrommelde brief die Grace Fainlight haar had meegegeven. De geadresseerde, ene meneer Nicholas Grey, een ambtenaar, werkte voor het ministerie van Bevoorrading. Ze schreef hem een brief en kreeg uiteindelijk een baan als receptioniste/typiste aangeboden.

De Blitz duurde in Londen inmiddels al een paar weken, en haar afdeling werd naar Wiltshire verplaatst, uit de buurt van de bommen. Hun nieuwe onderkomen, Whiteridge House, was een groot, niet erg bijzonder landhuis uit de achttiende eeuw, aan de rand van Salisbury Plain. Thea en de andere meisjes sliepen op zolder, waar de verduisteringsgordijnen nooit goed sloten, zodat ze 's avonds als ze naar bed gingen, zo snel mogelijk hun zaklamp uitdeden en hun kaars doofden. Als ze naar de wc moesten, ging dat op de tast en kletterden er wekkers, glazen water, stompjes lippenstift, vlekkerige poederdonzen en ingelijste foto's van geliefden in uniform op de grond.

Thea had geen vriend, dus had ze geen foto op de bruine leren koffer staan die als nachtkastje dienstdeed. Cormac Jamieson had haar wel gekust, maar ze had geen foto van hem en hij was niet haar vriendje. Ze had heel vaak geprobeerd hem te tekenen, maar het leek nooit echt goed. Ze was bang dat ze zou vergeten hoe hij eruitzag.

Op Thea's nachtkastje lagen een stapel boeken en het stenen bijlblad van Corran. Een van haar kamergenoten, een meisje dat

Davina heette, pakte het bijlblad op een ochtend op. 'Wat is dit voor stuk steen, Craxton?'

'Dat is een bijlblad. Ongeveer tienduizend jaar oud.'

'Jemig.' Davina was naar zo'n chique, maar nutteloze meisjeskostschool geweest, waar je een beetje moest tekenen en tuinieren en waar je leerde hoe je in en uit een auto moest stappen zonder dat je onderbroek te zien was. Ze gaapte en legde het bijlblad weer op de koffer. 'Schiet op. Als we niet voortmaken is de toast straks al koud.'

Thea bewaarde het bijlblad naast haar bed, zodat ze er altijd aan werd herinnerd wie ze was en dat het niet haar bedoeling was om acht uur per dag samen met twintig andere meisjes in een koude salon op een typemachine te zitten rammen. Reken maar dat ze ooit, ergens in de toekomst, hoe lang het ook mocht duren, het leven weer zou oppikken waaraan ze nog maar net begonnen was. Ondertussen eigende ze zich in het huis een rol toe. Zij was degene die de spinnen uit de slaapkamers haalde. Er waren heel veel spinnen in Whiteridge House. Sommige meisjes gingen gillend op hun bed staan terwijl Thea de arme beestjes voorzichtig in haar tot een kommetje gevormde handen nam en naar beneden bracht. Ze liet ze altijd los in de warmte van de bijkeuken en keukens, maar dat vertelde ze niemand.

Ze vond het best te doen in Whiteridge House. Ze was op haar zesde voor het eerst naar kostschool gegaan en was gewend aan de kou en het gebrek aan privacy. Ze wandelde graag in het park, vond het fijn om het natte gras langs haar schoenen te voelen strijken en hield van de aardse geur van dode bladeren en paddenstoelen. Ze leerde de roestige bankjes kennen die her en der verspreid over het terrein stonden, waar vermoedelijk ooit mannen met een breedgerande hoed en een lang vest aan vrouwen in een volumineuze geborduurde zijden jurk het hof maakten. Binnen was bijna geen rustig plekje te vinden, dus als ze even een uurtje vrij had, zocht ze een vochtig bankje, de herten en de roeken op.

Hier las ze dan haar brieven. Brieven van Rowan, eerst vanuit het hospitaal in Kent en daarna, nadat ze weer was overgeplaatst naar het St. Anne-ziekenhuis, vanuit Londen, waar ze slachtoffers van de Blitz verzorgde. Brieven van Peggy, die in Cornwall woonde, in een kunstenaarskolonie. Brieven van haar archeologenvrienden. Het oude team was uitgezwermd. Monty en Grace waren in Zwitserland gebleven, maar Lucy woonde nog in Londen en werkte als secretaresse bij het ministerie van Informatie. Will Towler, die had meegedaan aan de opgraving bij Barbury Hill, was bij de luchtmacht gegaan en vloog nu in watervliegtuigen. Geoffrey King was blokhoofd bij luchtaanvallen in Bristol, de stad waar hij woonde.

Brieven van Helen, die veilig was teruggekeerd uit Frankrijk en daarna bij de Auxiliary Territorial Service was gegaan. Max zat ook bij het leger en was in het noorden van Engeland gestationeerd. Ze wilden voor het eind van het jaar trouwen. Helens brieven en die van Thea's andere vrienden en vriendinnen die bij het leger zaten, waren aanvankelijk met tussenpozen bezorgd. Het duurde even voor men de tienduizenden brieven van eenzame mannen in legerkampen, vliegvelden of aan boord van schepen efficiënt wist te versturen aan hun tienduizenden al net zo eenzame vriendinnen, echtgenotes en vrienden. Maar op een gegeven moment moest iemand toch iets georganiseerd hebben, want in december kwam er een stroom aan brieven, hoewel de posterijen nog steeds te kampen hadden met gebombardeerde posttreinen en postdepots.

Ze kreeg brieven van Stuart, die op een mijnenveger zat die langs de oostkust patrouilleerde. Thea en Stuart hadden afgesproken dat ze broer en zus waren, ook al waren ze dat helemaal niet. Stuarts moeder was Sophie – de vriendelijke, lieve Sophie – en Hugh Craxton was zijn vader geweest. Thea's moeder was Sigrid, Zweeds, koppig en mooi, en op vijfendertigjarige leeftijd verdronken, en haar vader was... nou ja, ze wist eigenlijk alleen maar dat hij in de jaren twintig op Corran had gewoond. Dus er was helemaal geen sprake van een bloedband. Maar toch, ze mocht Stuart graag, en hij haar, en broer en zus zijn was eenvoudiger dan bedenken hoe ze hun band dan wel moesten noemen.

Stuart was een van de weinige mensen die vrijuit met haar over haar vader spraken, dat wil zeggen, over de man die Thea nog steeds als haar echte vader beschouwde, die haar had opgevoed en van wie ze ondanks alles nog steeds hield. Stuart had er net als zij behoefte aan om er iets van te begrijpen, waarom Hugh gedaan had wat hij had gedaan, en dat gold ook voor haar. Maar zij had er Sigrid nog bij als extra complicerende factor. Voordat Rowan haar over Corran en de minnaar van haar moeder had verteld, en voordat ze zelf achter het bestaan van Sophie, Duncan en Stuart was gekomen, was ze ervan uitgegaan dat haar ouders van elkaar hadden gehouden. Want dat hoorde zo, toch? Sigrids voortijdige verdrinkingsdood, Hughs verdriet: die grote, tragische liefdesgeschiedenis had het fundament gevormd van haar jeugd en haar puberteit. Alleen was het zo helemaal niet geweest. Al haar aannames waren onjuist. Ze nam het Hugh of Sigrid niet kwalijk, zo gingen de dingen nu eenmaal. Maar ze wilde wel meer weten. Ze probeerde de lacunes op te vullen, en dat gold ook voor Stuart, want hij had ook van zijn vader gehouden. Stuarts versie van Hugh Craxton was in sommige opzichten dezelfde als die van haar en in andere opzichten weer heel anders.

De enige die haar meer over Sigrid zou kunnen vertellen, de enige die meer wist over de verhouding waaruit zij geboren was, was Sigrids minnaar. Als het geen oorlog was geweest, was ze misschien teruggegaan naar Corran om daar een beetje te graven, om te kijken wat ze kon opdiepen, om naar scherven te zoeken in aarde die nu al zo lang koud was. Maar dat was op dit moment uitgesloten.

Ze kreeg geen brieven van Cormac. 'Ik zal je schrijven,' had hij vanaf de kade geroepen toen zij aan boord van het schip was gegaan. Maar dat had hij niet gedaan. In het begin, toen Thea nog in Rowans appartement woonde, had ze gretig naar zijn brieven uitgezien. Elke keer als ze in de hal in het postvakje keek, had haar hart in haar keel geklopt. Het had lange, verdrietige weken geduurd voor ze kon accepteren dat er geen brieven zouden komen.

Het was lawaaierig en chaotisch in Saint-Malo geweest en misschien had Cormac haar adres niet goed verstaan. Voor zover zij wist waren alle schepen die van Saint-Malo waren vertrokken, heelhuids in Engeland aangekomen. Dus als hij daar aan boord van een schip was gegaan, zou hij veilig moeten zijn teruggekomen, en dat was eigenlijk het enige wat ertoe deed. Maar er kon natuurlijk ook iets anders zijn gebeurd. Misschien had Cormacs eenheid wel opdracht gekregen om naar een andere haven te gaan. Misschien was er niet genoeg plek voor hen geweest op de andere boten die van Saint-Malo vertrokken. Er waren schepen uit andere Franse havens tot zinken gebracht, met veel slachtoffers tot gevolg. Daar probeerde Thea maar niet aan te denken, en ze bleef ook niet te lang stilstaan bij de hoofdwond die Cormac had opgelopen. Ze had Rowan over Cormac verteld, maar niet over de omhelzing en de kus. Ze wist niet goed waarom niet, maar misschien omdat ze ergens begon te vrezen dat het voor Cormac niet zo veel had betekend als voor haar. Rowan had haar trouwens verteld dat hoofdwonden onvoorspelbaar en levensbedreigend konden zijn. Ook daar probeerde ze maar niet te veel aan te denken.

Misschien was Cormac wel van gedachten veranderd over dat hij haar zou schrijven. Misschien was de kus wel meer een uiting geweest van opluchting en blijdschap over het feit dat hij het schip in Saint-Malo had zien liggen.

Maar voor haar was die kus heel belangrijk geweest. Ze kon hem analyseren en het belang ervan proberen weg te wuiven, maar dat werkte gewoonweg niet. Er was tijdens die tocht iets met haar gebeurd, iets wat andere mensen misschien zouden afdoen als een gevolg van die intense, angstige tijd, maar Thea niet. Ze had een jongen ontmoet en was verliefd op hem geworden. Ze dacht dag en nacht aan hem. Ze verlangde naar hem, om hem weer te zien, te kussen, zijn hand vast te houden, of om alleen maar even een glimp van hem op te vangen.

Grace had haar ooit twee potscherven van een drinkbeker laten zien. Die had ze naast elkaar gelegd en toen laten zien dat ze precies in elkaar pasten. Zo had ze zich met Cormac ook gevoeld.

Alsof ze een deel van zichzelf had gevonden waarvan ze niet eens had geweten dat het ontbrak.

Thea was met kerst in Londen, in het huis van Rowan. Rowan had een groot deel van Thea's driedaagse verlof dienst, dus ging Thea bij vrienden langs. Peggy en Gerald waren voor de oorlog uit elkaar gegaan, maar waren nu weer samen. Helen en Max waren getrouwd. Beide stellen leefden het merendeel van de tijd gescheiden van elkaar, want door de oorlog waren ze allemaal in een ander deel van het land verzeild geraakt. Peggy en Gerald logeerden tijdens de kerst bij Geralds ouders, en Helen en Max brachten hun verlof door in het huis van de familie Fainlight in Bloomsbury.

Haar vrienden waren verdergegaan met hun leven, terwijl het hare stil was blijven staan. Haar carrière was tot stilstand gekomen en ze had nog nooit echt een vriendje gehad – een schamele staat van dienst, vond ze zelf. Nu ze zo dicht bij Salisbury Plain woonde, ging ze soms met groepjes meiden uit Whiteridge House naar dansfeesten en gezellige avondjes in de legerkampen. Ze babbelde en danste, en soms zat ze in een hoekje van de hangar of het buurthuis, en dan wilde ze alleen maar weg of wilde ze dat ze een boek had meegenomen, maar ze wist dat haar vriendinnen haar dan maar raar en ongezellig zouden vinden. Ze hoorde een keer een groepje soldaten over haar praten. 'En anders dat donkere meisje?' had een soldaat tegen zijn vriend geopperd. 'Bedoel je die platte?' had de ander geantwoord, waarbij hij haar een geringschattende blik toe had geworpen. Dus misschien had Simon Pemberton ook wel gevonden dat ze mooie ogen had, maar dat dat in combinatie met kleine borsten niets voorstelde. Ze probeerde zich er niets van aan te trekken, maar de opmerking deed toch pijn.

Eerlijk gezegd had ze geen van de jongens die ze had ontmoet leuk gevonden. Ze vergeleek ze automatisch met Cormac, en daar haalden ze het niet bij. Misschien was het niet eerlijk dat ze al die andere mannen onaantrekkelijk en oninteressant vond, maar het was nu eenmaal niet anders. Ze hield zichzelf voor dat ze niet zo stom moest doen, dat ze Cormac uit haar hoofd moest zetten, maar dat lukte niet. Ze kon hem niet vergeten. Hij had haar hart doorboord als een doorn de huid, en ook al deed het pijn, ze wilde er in alle eerlijkheid toch geen afstand van doen. De pijn van de herinnering en het verlangen was te verkiezen boven helemaal niets voelen.

Op de dag dat Thea terugreisde naar Wiltshire was Londen in de greep van een bijtende vrieskou. Er brandde geen verwarming in de trein, die op een rangeerterrein tot stilstand kwam en daar drie kwartier bleef staan. Door de stroken tape op de ramen van het rijtuig, die ervoor moesten zorgen dat ze bij een explosie niet aan diggelen gingen, hadden de westelijke voorsteden van Londen een iriserende glans, een gloeiende kilte. Dakpannen en wegen hadden een ijzige, ondoordringbare glanslaag en de lucht was zo bleek en hol als de binnenkant van een schelp. Een half jaar geleden had ze over zondoorstoofde Franse landweggetjes en wandelpaden gelopen, omgeven door rijp koren en lommerrijke bossen, en de zon had fel op haar schouders gebrand en het zweet in stroompjes over haar armen doen lopen. Ze kon zich nu geen warmte meer voorstellen. Dat leek allemaal tot een ander tijdperk te horen. Aan deze winter leek geen einde te komen.

Iedereen in het rijtuig moest het knarsende gebrom van de vliegtuigen gehoord hebben, maar niemand zei iets. Thea dacht aan de stuka die vanuit de lege lucht over was komen gieren en op de stoet vluchtende mensen had geschoten. Ze dacht aan de hand van Cormac Jamieson in de hare, terwijl ze zich in Saint-Malo een weg door de menigte baanden. De trein kwam weer in beweging en de knoop in haar buik ontspande een beetje.

Ze herinnerde zich dat Cormac 'Thea, ik laat je niet in de steek' had gezegd. Ze vroeg zich af waar hij nu was. Of hij zijn tijd zat te verlummelen in een of ander koud legerkamp in Northumbria of Yorkshire, of dat hij was uitgezonden naar de slagvelden van Noord-Afrika. Ze bad in stilte dat hij nog in leven was en het goed maakte. Ze vroeg zich af of hij ook aan haar dacht, waar hij ook was, in de heuvels of de woestijn. En of hun tocht in Frankrijk voor hem net zo veel had betekend als voor haar. Steeds vaker kwam de gedachte in haar op dat ze hem misschien wel nooit meer zou zien.

De winter ging voorbij, de sneeuw smolt en het voorjaar brak aan. Ze had niet gedacht dat ze de oorlogsperiode zou doorbrengen met formulieren invullen voor het ministerie van Bevoorrading, maar op de een of andere manier was dat toch gebeurd. Om de verveling van Whiteridge House te verdrijven ging Thea op zondag altijd fietsen in de omgeving, met een meisje dat Claudia Daniels heette. Zij was lang, broodmager, en had karamelkleurig kroezend haar en grote, lichte bijziende ogen. Ze hield enorm van lezen en had een vurige belangstelling voor fossielen. Claudia's nachtkastje lag vol met ammonieten en belemnieten, die ze op de stenige akkers en in de steengroeven van Wiltshire had gevonden.

Ze fietsten naar Cley Hill, waar de verhoogde aardwallen en greppels nog uit de ijzertijd zouden stammen. Binnen de concentrische cirkels vond Thea een paar kuilen en holtes die deden vermoeden dat daar graven lagen. Ze herinnerde zich de graven bij Barbury Hill, de botten die door de tijd een bronskleur hadden gekregen, en de opwinding die ze had gevoeld toen ze het houweel van hertengewei had opgegraven. Er stak een gemene wind op, en het gras op de heuvel huiverde en werd platgedrukt. Het zacht glooiende landschap van Wiltshire lag aan hun voeten, en vanwaar Thea stond, zag ze dat de velden bezaaid lagen met betonnen tankvallen, als grijze keien die uit een vulkaan waren geslingerd. Een boerin leidde een paard-en-wagen over een smal landweggetje. Thea vroeg zich af hoe het was om boerin te zijn. Vast minder saai dan typiste voor het ministerie van Bevoorrading, maar er kwam wel veel meer modder, kou en aardappelen rooien bij kijken.

Toen ze op de terugweg door een dorpje fietsten, stak Claudia opeens haar arm in de lucht.

'Lekke band!' riep ze.

Ze remden en stapten af. Claudia bukte zich om in de band te knijpen. 'Ik ben zo terug.'

Thea zette haar fiets neer en liep een eindje de weg af op zoek naar een brievenbus om de brieven te posten die ze die ochtend was vergeten op de bus te doen. Ze kwam langs een kerk, een smidse en een garage, en langs wat rietgedekte huisjes, in meer of mindere staat van verval. Toen ze de brievenbus had gevonden, haalde ze haar verfrommelde brieven onder uit haar rugzak en probeerde ze nog wat glad te strijken. Even verderop had een legertruck stilgehouden, waardoor de doorgang op de smalle weg grotendeels werd geblokkeerd. Vrouwen van het ATS-leger in kaki rok en jasje liepen om de truck heen, druk met elkaar pratend, een sigaret rokend of tegen een stenen muurtje geleund.

Claudia kwam naast haar staan. 'We kunnen wel verder,' zei ze. 'Het is maar een klein gaatje. Ik heb hem opgepompt, dus we zouden het ermee moeten redden.' Ze bleef even stil en vroeg toen: 'Overweeg jij wel eens...'

Thea volgde de blik van haar vriendin naar de ATS-vrouwen, die weer in de truck klommen. 'Het lijkt me verschrikkelijk.'

'Inderdaad.'

Sporten op een ijskoude geasfalteerde binnenplaats, een sadistisch gymjuffrouwachtig mens dat tegen je schreeuwde en het minst flatterende uniform van het vrouwenleger – verschrikkelijk was nog zacht uitgedrukt. Ze moest er niet aan dénken om bij de ATS te gaan.

Ze fietsten terug naar Whiteridge House. Grappig dat je zo'n idee dan bijna niet meer uit je hoofd kreeg. Het bleef kriebelen, net als wanneer je tijdens het eindeloze typen en formulieren invullen iets in je oog kreeg wat er niet uit ging. En Thea herinnerde zich opeens dat ze, toen ze een jaar of zeven, acht was geweest, een keer met opzet een bosje brandnetels in was gerend, omdat ze wilde weten hoe dat voelde. Het had natuurlijk verschrikkelijk geprikt en pijn gedaan. Vrijwilliger bij de ATS worden was vast precies zo, dacht ze.

Maar dan had ze het in elk geval geprobéérd. En dan kreeg ze in elk geval weer het gevoel dat ze leefde.

Op 11 januari werd het metrostation Bank door een voltreffer geraakt. De explosie golfde over roltrappen en trappen omlaag en doodde of verminkte iedereen op haar weg, zowel reizigers als mensen die in het ondergrondse gangenstelsel voor het bombardement schuilden. De gewonden werden over de ziekenhuizen verdeeld en kwamen ook in het St. Anne terecht. Rowan sneed verschroeide, gescheurde kleren los en legde die apart om later ter identificatie te kunnen dienen.

Die nacht veranderde haar voorgoed. Toen haar dienst er eindelijk op zat, ging ze naar de eetzaal van het zusterhuis, maar kreeg geen hap door haar keel van het ontbijt dat voor haar werd neergezet. Ze hield de geur van verbrand vlees in haar neus. Een paar dagen later proefde ze hem nog steeds in haar keel, hoeveel kopjes koffie ze ook dronk of sigaretten ze rookte.

Het triagesysteem waar men in het St. Anne-ziekenhuis gedurende de eerste dagen van de Blitz mee begonnen was, liep inmiddels gesmeerd. De gewonden werden door studenten geneeskunde op een brancard gelegd en naar onderzoekkamers gebracht, en vandaar naar speciaal toegeruste afdelingen, operatiekamers of reanimatiekamers in het souterrain van het ziekenhuis. Toen er op een avond in maart een aanval begon, had Rowan al de hele dag dienst gehad, maar ze nam alleen even pauze om een schoon uniform aan te trekken en ging daarna meteen terug naar de afdeling. Er leek geen einde aan de stroom slachtoffers te komen, voornamelijk mensen met brandwonden en wonden opgelopen door rondvliegend puin – een dwarsdoorsnede van de veranderende bevolking van Londen. Medische teams regelden bloedtransfusies en zoutinfusen, en artsen in opleiding verzorgden wonden. Rowan was in de spoelkeuken aan het werk toen iemand haar kwam vertellen dat het Café de Paris, aan het West End, was getroffen en dat veel nachtclubgasten waren gedood, onder wie de leider van de vaste swingband, Ken 'Snakehips' Johnson.

Ze had geen tijd om zich af te vragen of er soms ook vrienden van haar waren omgekomen of gewond geraakt, want de slachtoffers bleven maar binnenstromen. Vroeg in de ochtend stond het ziekenhuis op zijn grondvesten te schudden. Vlakbij was een bom gevallen. De elektriciteit viel uit en het was pikkedonker op de afdeling. Vanuit een operatiekamer even verderop riep een van de verpleegsters: 'Hierheen, Scott. Hou vast.' Rowan kreeg een zaklamp in haar hand geduwd en scheen ermee op de operatietafel, waar een chirurg een buikwond aan het opereren was. Net als iedereen was ze er heel bedreven in geraakt om niet te laten merken dat het hart haar in de keel klopte van de angst.

De noodaggregaten schakelden in en het licht in de operatiekamer ging aan. Een blad met chirurgische instrumenten was in het donker op de grond gevallen, dus Rowan raapte ze op en liep weg om alles opnieuw te steriliseren. Dat deed ze op een primusbrander. Daarna ging ze terug naar de afdeling, waar ze een vrouw van middelbare leeftijd verzorgde die een verbrande arm had en onbeheersbaar lag te trillen. Rowan herkende inmiddels de verschillende soorten shock. In de ernstigste vorm, wanneer hij het gevolg was van een verwonding of operatie, was een shock heel gevaarlijk en moest er meteen medisch worden ingegrepen. Een milde shock kon je met warmte, rust en kopjes thee met suiker behandelen. 'Sirenestress' noemden sommige artsen zo'n shock. Rowan dacht wel eens dat iedereen, zowel patiënten als artsen en verpleegsters, aan sirenestress leden. Je zei 'Prima' wanneer iemand je vroeg hoe het met je ging, want iedereen zat in hetzelfde schuitje. Als je echt een verschrikkelijke, angstige nacht vol bombardementen had gehad en als je je vrienden en familie zo erg miste dat het pijn deed in je hart, dan zei je hooguit: 'Ik voel me een beetje minnetjes.'

's Ochtends om vijf uur was de stroom gewonden stilgevallen. Toen Rowan een paar uur later klaar was met werken en naar huis ging, zag ze een en al verwoesting om zich heen. Londen was heel lang haar veilige haven geweest. Ze was op haar achttiende naar de stad gevlucht en had zichzelf met romantiek, glamour en dansen afleiding bezorgd. Na haar mislukte huwelijk met Patrick was het appartement in Covent Garden haar toevluchtsoord geworden. Ze vond het verschrikkelijk om de stad waarvan ze was gaan houden in puin te zien liggen. Ze was zo daas van vermoeidheid dat ze goed moest nadenken welke kant ze op moest om terug te gaan naar het zusterhuis.

Binnen was een hulp bezig de poederige puinresten van de vloer te vegen. Toen Rowan de trap op liep, riep iemand haar.

'Zuster Scott!'

Rowan draaide zich om. Onder aan de trap keek het hoofd van het zusterhuis boos naar haar op.

'Ja, zuster?'

'U weet volgens mij best dat u in de slaapkamer geen schoenen op de vloer mag laten staan.'

Rowan greep de leuning stevig vast. Ze had tweeëntwintig uur gewerkt en kreeg nu een reprimande over haar schoenen. Op het puntje van haar tong balanceerden onvergeeflijke woorden.

Ze was even stil en wist toen een lieve, schuldbewuste glimlach op te zetten. 'Ja, zuster. Het spijt me ontzettend, zuster.'

'Zorg dat het niet nog een keer gebeurt.'

Ze ging naar haar kamer en trok haar uniform uit. Ziedend schopte ze haar schoenen uit en liet toen haar jurk, ceintuur, kapje en zwarte kousen op de grond vallen. Ze ging in haar ondergoed op bed liggen en sloot haar ogen. Beelden van de afgelopen avond flitsten aan haar voorbij: de chirurg die de buik van de man dichtnaaide, de vrouw met de verbrande arm die trilde als een espenblad. En de doden uit het Café de Paris, hun zwierende jurken grijs van de as en het stof, bevroren in hun laatste dans, terwijl de muziek stierf.

Duncan en Sally trouwden in juni 1941. De huwelijksceremonie vond plaats in de kerk waar de Flemings altijd heen gingen, in Richmond-on-Thames. Duncan zag er heel knap uit in zijn luchtmachtuniform, en Sally was beeldschoon in de witkanten jurk die haar moeder, Eva, voor haar had gemaakt. De kerk was versierd met witte en gele bloemen uit Eva's tuin. Eva Fleming was een vaardige, aantrekkelijke en sociale vrouw; ze was Sophie enorm dankbaar toen die had aangeboden voor de taart te zorgen.

Sophie droeg een jurk en een jasje van lichtblauwe shantungzijde, die ze voor de oorlog had gekocht. Ze maakte een hoedje voor zichzelf van restjes lint en gaas. De ketting van Kaz glinsterde weelderig om haar hals. Zo nu en dan voelde ze even aan de steentjes en bracht ze zichzelf in herinnering dat iemand haar begeerlijk had gevonden. Dan dacht ze aan Kaz en glimlachte ze stilletjes. Toch waren er gedurende de dag ook momenten waarop ze zich overbodig voelde, een van de vele gasten. Sally's vader, Giles, zwierde heel groothartig een paar keer met haar de zaal rond, ook al vermoedde Sophie dat hij een hekel aan dansen had, dus dat was lief van hem. Maar was er een situatie waarin het nog pijnlijker was om geen man naast je te hebben dan op de bruiloft van je kind? Duncan was een trotse man, en het was vast heel moeilijk voor hem geweest om aan de ouders van Sally te vertellen dat zijn vader zaliger een bigamist was geweest. Maar als Sophie al minachting en medelijden in de blije glimlach en het vastberaden goede humeur van Eva Fleming meende te bespeuren, dan wist ze dat ze het zich waarschijnlijk verbeeldde.

In de zomer en het najaar die op de bruiloft volgden, merkte ze dat ze sterker werd. Ondanks het verdriet dat ze natuurlijk na de dood van Kaz had gevoeld, werd ze zelfverzekerder. Ze dacht minder aan Hugh. Ze had vaak de indruk dat ze deze verandering bij zichzelf aan Kaz te danken had.

Ze had het de laatste tijd te druk om lang bij het verleden stil te staan. Ze stond voor dag en dauw op om het huishouden te doen, in de tuin te werken en brieven te schrijven aan Stuart, die op zijn mijnenveger voor de oostkust zat, en Duncan, die nu in Lincolnshire was gestationeerd. Ze draaide het hele jaar regelmatig een dienst op de eerstehulppost, waar ze hielp bij de eerste opvang van gewonden. 's Middags deed ze vrijwilligerswerk bij de WVS en dan bracht ze thee en broodjes rond in opvangcentra en zocht ze tweedehandskleren uit om aan daklozen uit te delen. Via de WVS kwam ze in contact met vrouwen uit andere sociale klassen. Van vrouwen die hun huis, al hun bezittingen en soms verschrikkelijk genoeg ook een of twee kinderen waren verloren, leerde ze veel over veerkracht en geduld.

En dan waren haar kostgangers er nog. Vera Cornish woonde nog aan Gilbert Street, maar John Reynolds was naar een ander deel van het land verhuisd. De kamer van Kaz was na zijn overlijden een paar maanden leeg blijven staan, maar nu woonde daar een voormalige collega van Sally, een aardige jonge vrouw, Heather genaamd, die bij de BBC werkte. Op de derde kamer woonde een marineman, luitenant Walker, die bij de Slag om de Atlantische Oceaan een arm en een oog was kwijtgeraakt en die nu een functie bij de Admiraliteit had.

Het kostte haar steeds meer tijd om de kostgangers maaltijden te kunnen voorzetten, en haar tuin werd nu bijna in zijn geheel in beslag genomen door een moestuin met zacht fruit en groenten. Voor de oorlog had ze alleen in de zomer groenten verbouwd, maar dat was nu het hele jaar door nodig. Groenten inleggen en chutney en jam maken, zodat ze de hele winter te eten hadden, kostten ook veel tijd.

Zo leerde ze haar mannetje te staan. 'Hugh deed naar tegen jou,' had Viola een keer tegen haar gezegd. 'Hij was er heel goed in om jou precies te laten doen wat hij wilde.' Sophie was niet van plan om zich ooit nog door een man te laten commanderen. Nooit, maar dan ook nooit meer.

15

Februari – oktober 1942

De trein van station King's Cross in Londen naar York zat bomvol en het rook binnen naar sigaretten en de muffe houtgeur van natte legeruniformen. Toen Thea die middag, na een verlof van achtenveertig uur van de ATS, uit Rowans appartement vertrok, had het keihard geregend. De locomotief maakte vaart en reed onder de overkapping van het station uit, waarna de regen tegen de ruiten van de rijtuigen striemde. Thea wurmde zich door de gangen naar voren, verontschuldigde zich mompelend, stapte over plunjezakken en koffers heen en tuurde bij de coupés naar binnen, al had ze niet veel hoop ergens nog een zitplaats te vinden.

Toen ze een van de rammelende, rubberachtige verbindingsstukken tussen twee rijtuigen uit kwam, sloeg de schrik haar opeens om het hart. Heel even dacht ze dat ze het zich verbeeldde. Pal voor haar stond Cormac Jamieson, met zijn zwarte, licht krullende haar, zijn gebruinde gezicht en die blauwe, blauwe ogen.

'Nee maar! Thea!' riep hij uit.

'Cormac. Jij bent het toch wel echt, hè?'

Hij sloeg zijn armen om haar heen en drukte haar stevig tegen zich aan. O, de gelukzaligheid! Tussen deze omhelzing en die ene, zo lang geleden nu, had ze het gevoel gehad dat ze maar half leefde.

'Jeetje,' zei hij, terwijl hij een stap achteruit deed en haar eens goed bekeek. Net als bij haar was de glimlach niet van zijn gezicht te slaan. 'Ik kan het gewoonweg niet geloven. Ongelooflijk. Jeetje, Thea. Sorry, ik ratel maar door, maar ik ben ook zo blij om je te zien. Hoe gaat het met je?'

'Prima hoor.'

'Met je voeten alles goed?'

Ze moest lachen. 'Ja hoor. En met jouw hoofd?'

'Prima.' Er wilden een stuk of vijf matrozen langs, die luidkeels klaagden dat er geen zitplaatsen meer waren, dus trok hij haar dichter naar zich toe. Toen ze de ruwe stof van zijn uniform voelde en de geur van zijn huid rook, was ze meteen weer terug in het gedrang in Saint-Malo, waar ze zich hand in hand een weg naar het schip baanden.

'Ik wist niet of je veilig teruggekomen was,' zei ze.

'Ik had de volgende boot.'

Ik heb niets van je gehoord. Waarom heb je me niet geschreven? Maar toen zei hij: 'Ik ben min of meer ingestort. Die arme Phil moest me zo ongeveer naar de boot drágen.' Hij kneep zijn ogen iets samen. 'Je hebt me toch je adres verteld, Thea?'

'Ja.'

'Ik ben aan boord flauwgevallen en een dag later wakker geworden in een ziekenhuis in Southampton. Ik wist het niet meer. Ik kon me niet herinneren wat je tegen me had gezegd.'

'Het is niet erg.' En dat was het ook niet meer.

'Ik kon me niet eens de naam herinneren van het schip waarop jij zat. Dat hele laatste deel van de reis was in mijn hoofd één grote warboel.'

Ze kreeg een droge mond. 'Maar je herinnerde je mij wel?'

Hij keek haar fronsend aan. 'Thea, jou zou ik nooit vergeten,' zei hij eenvoudigweg.

Haar hart kreeg vleugels, en ze wist dat ze zich niet meer hoefde in te houden, misschien wel nooit meer. 'Ik jou ook niet,' zei ze.

De glimlach keerde terug op zijn gezicht. 'Wat een wonder dat ik je hier nu zie,' zei hij. 'Ik was bang dat ik je nooit meer zou zien. En nu sta je hier opeens voor mijn neus. Je zus zal wel blij geweest zijn dat je terug was uit Zwitserland.'

'Ja, heel blij. Ze werkt in het St. Anne-ziekenhuis. En jouw zus, Cormac?'

'Met Nicola gaat het goed. Ze is thuis, op de boerderij, bij mijn vader. Ze zullen wel vaak knallende ruzie hebben, denk ik. Nicola is nogal opvliegend, en mijn vader ook.'

'Heb je de ruzie met je vader bijgelegd?'

'Dat je dat nog weet.'

Vroeger zou ze hierom hebben moeten blozen, maar ze was in het leger wat harder geworden. Na de zware training bij de ATS die ze het afgelopen half jaar had gevolgd, was er niet veel meer over van haar verlegenheid.

'Natuurlijk weet ik dat nog,' zei ze. 'Ik weet alles nog van onze tocht.'

Ze gingen opzij om nog meer reizigers langs te laten. De trein, die kilometers van welk station dan ook tot stilstand was gekomen, kwam met een harde schok weer in beweging.

'Grappig, hè, je zou denken dat je het allemaal zou willen vergeten,' zei Cormac. 'We waren er allebei slecht aan toe, bang dat we Engeland niet meer zouden halen. Het had een verschrikking moeten zijn waaraan je liever nooit meer wilde denken, maar ik heb er juist nog heel vaak aan gedacht.'

En in het drukke, rammelende rijtuig, midden in de ellendige Engelse oorlogswinter, dacht Thea terug aan de warme Franse zon, aan hoe het rook naar stof en het droge gras. Ze was hem heel vaak bijna kwijt geweest, dacht ze. Die middag in Frankrijk had ze ook gewoon kunnen doorlopen, had ze ook best níét de moed kunnen hebben gehad om hem op de been te helpen, terwijl de vliegtuigen boven hen rondcirkelden. Ze hadden gevangengenomen kunnen worden of bij aankomst in Saint-Malo tot de ontdekking hebben kunnen komen dat de haven belegerd was of dat alle boten waren vertrokken. En na hun afscheid had het ook best gekund dat ze elkaar nooit meer hadden teruggezien.

Maar ze zou hem niet nog een keer kwijtraken. Nu ze zo dicht bij hem stond, zich bewust van zijn fysieke aanwezigheid en van haar eigen verlangen om hem aan te raken, om door hem vastgehouden te worden, wist ze dat ze hem moest laten weten wat ze voor hem voelde. Ze mocht zich nu niet terugtrekken in die geslotenheid die ze van huis uit, door het gereserveerde, gebroken gezin waaruit ze kwam, had meegekregen en waar ze soms al te snel haar toevlucht toe nam.

'Ik geloof niet dat het alleen maar door de oorlog kwam. Door de angst en de omstandigheden. Dat zeggen mensen wel. Maar voor mij was het veel meer.'

'Voor mij ook.' Hij keek haar weer aan, met gefronst voorhoofd. 'Toen ik jou eenmaal was tegengekomen, kon ik weer verder, Thea. Ik was er slecht aan toe, mijn hoofd deed vreselijk veel pijn en ik wist niet hoe snel ik thuis moest komen, maar toen jij bij me was, was het goed. Het was alsof ik de weg weer gevonden had.' Hij bracht zijn hand omhoog naar haar gezicht, alsof hij haar wilde aanraken, alsof hij wilde kijken of ze wel echt was.

De matrozen waren in de gang neergestreken en een van hen zag het gebaar dat Cormac maakte en stootte zijn kameraad aan. Er werd gefloten en geroepen.

'Kappen nou!' zei Cormac niet onvriendelijk tegen de matrozen, en tegen haar glimlachte hij verontschuldigend.

Ze besloten door te lopen en een rustiger plekje te zoeken. Ze kwamen bij de restauratiewagen en Cormac bood aan een kopje thee voor haar te halen. Het was er stampvol, maar een piloot schoof een eindje op, zodat Thea kon gaan zitten. Het begon donker te worden, tijd om te verduisteren, dus de rolgordijnen werden neergelaten.

Cormac kwam van de counter terug met twee thee en iets te eten.

'Dus je bent tot de Royal Artillery doorgedrongen,' zei hij met een blik op haar witte tres.

Ze zat bij een antiluchtaanvalseenheid, vertelde ze. 'Ik ben gestationeerd in een trainingskamp. Ik bedien de cinetheodoliet.' Het was interessant werk, en ze wist dat ze van geluk mocht spreken dat ze het toegewezen had gekregen. 'En jij, Cormac? Ben je met verlof?'

'Ja. Ik ga voor een paar dagen terug naar Northumberland en dan vertrek ik naar Schotland, op oefening. Het is weer goed tussen mijn vader en mij. Hij moet het werk op de boerderij nu helemaal alleen met Nicola doen.' Hij roerde in zijn thee. 'De mannen die voor ons werkten, zijn bij het leger gegaan. Dat betaalt slecht, maar werken op de boerderij is erger.'

'Waar had je nou ruzie over met je vader?'

'Over de boerderij.' Hij schoof wat op om plaats te maken voor een bejaard echtpaar dat achter aan de steeds langer wordende rij voor het buffet aansloot. 'Ik heb tegen mijn vader gezegd dat ik niet van plan was boer te worden en toen werd hij razend. Ik ben de enige zoon, dus hij verwacht van mij dat ik Crawburn overneem. Dat heeft hij ook gedaan, en zijn vader vóór hem ook. Maar ik ben niet van gedachten veranderd. Hij denkt van wel, en ik hou me gedeisd omdat ik verder geen ruzie wil, maar na de oorlog wil ik op een andere manier mijn brood verdienen.'

Toen ze hun thee en cake ophadden, liepen ze helemaal naar het achterste deel van de trein, nog steeds op zoek naar een zitplaats. Cormac liep voorop en baande zich een weg door de overvolle gang. In het achterste rijtuig zaten de minste mensen. Een matroos zat op zijn plunjezak te dommelen, en op de grond zaten twee soldaten gehurkt een potje te kaarten. Cormac en Thea schoven op een open plekje naast het hokje van de conducteur.

'Ik weet niet, toen de oorlog net begonnen was, dacht ik dat hij wel snel voorbij zou zijn, binnen een half jaar of zo,' zei ze. 'Ik hoopte maar dat iedereen zou inzien dat het een heel slecht plan was. Maar nu zie ik niet hoe dit moet aflopen, Cormac. Iemand zei laatst dat het misschien nog wel tien jaar kan duren. Tíén jaar.'

'Wat mis je meest?'

Ze leunde met haar rug tegen het raam van de coupé. Er waren heel veel dingen die ze miste. Sinaasappels en fatsoenlijke koffie en verlichte straten en een winkel binnen kunnen lopen en naald en draad kopen om een kledingstuk te repareren. Tijd hebben om een boek te lezen. Tijd met vrienden en dierbaren kunnen doorbrengen. Zich geen zorgen hoeven maken dat Rowan tijdens haar werk in het ziekenhuis misschien door een bom werd weggevaagd.

'Ik mis mijn werk,' zei ze daarentegen. 'Ik mis de archeologie. Ik mis het voortdurend. Ik heb het gevoel dat ik nog maar net begonnen was en er toen al meteen mee moest stoppen. Is dat heel slecht van me? Er zijn zo veel mensen die familie en vrienden zijn kwijtgeraakt. Toen ik voor Grace Fainlight ging werken, was het net alsof ik het ontbrekende stukje van een legpuzzel had gevonden.'

'Maar je pakt het na de oorlog toch weer op?'

'Als het kan. Maar dat is misschien niet aan mij. Misschien komen Grace en Monty wel niet terug. Misschien besluiten ze dat ze in Zwitserland willen blijven. Misschien gaat Grace wel met pensioen, al kan ik me dat niet voorstellen. Of misschien zijn er, als de oorlog is afgelopen, wel niet genoeg banen, en gaan de banen die er wel zijn naar de mannen. Misschien moet ik wel weer helemaal onderaan beginnen.'

'Maar dat zou je wel doen.'

'Ja.' De zomer op Barbury Hill was de gelukkigste zomer van haar leven geweest. Ze vond er vast wel iets op.

Ze vroeg aan Cormac wat hij dan miste. 'Thuis,' zei hij eenvoudigweg. 'Ergens zijn waar ik thuishoor.'

Zelf voelde ze zich ontworteld. Zij hoorde nergens thuis, dacht ze.

De trein hield stil op een station en de reizigers stroomden het perron op. In een coupé vlak bij hen kwamen nu een paar stoelen vrij, dus gingen ze snel zitten. De trein zette zijn haperende reis naar het noorden voort, en ze praatten honderduit, over van alles en nog wat.

'Ik dacht dat je misschien iemand anders had ontmoet,' zei hij toen.

Ze keek naar hem op. 'Nee.'

'Godzijdank. Dan heb ik tenminste nog een kans. Kom, leg je hoofd maar tegen mijn schouder.'

De trein reed piepend en ratelend verder. Cormacs schouder was een stevig, warm kussen. Ze zou op dat moment nergens anders willen zijn dan hier met Cormac Jamieson in een koude trein, in de duistere krochten van de oorlog. Ze had zich maandenlang afgevraagd of ze hem ooit nog zou zien, en toen ze hem dan eindelijk zag, had ze meteen geweten dat ze zich intens tot hem aangetrokken voelde. Het duurde bij haar vaak heel lang voordat ze zich bij iemand op haar gemak voelde, maar niet bij hem. Ze had niet het gevoel dat ze zich anders hoefde voor te doen dan ze was.

Toen de trein het station van York binnenreed, maakte hij haar wakker. Nog slaperig zocht ze haar spullen bij elkaar. Voor ze het rijtuig verliet, gaf hij haar voorzichtig een kus op haar wang en vroeg haar of hij haar mocht schrijven. 'Ja, graag,' zei ze, en ze gaf hem haar adres. Ja, dat zou ze heel fijn vinden.

Hun verloven vielen nooit samen, leek het wel, en dus leerden Cormac en Thea elkaar in het begin via hun brieven kennen. Zij schreef hem meteen in het begin al een lange brief, waarin ze hem over Corran en haar moeder vertelde, en over de minnaar van haar moeder. *Ik weet niet wie hij was. En daar zal ik ook wel nooit achter komen.* En over haar vader, Hugh. *Hij raakte wel eens in de put, maar als hij vrolijk was, was hij een heel leuke vader. Sophie (echtgenote nummer twee) zegt dat ook. Ik ben een paar keer bij haar langs geweest, toen ik in Londen was. Ik mag haar graag, en hoewel veel mensen er vreemd van opkijken, vind ik het fijn om met iemand te praten die mijn vader goed gekend heeft – voor zover dat mogelijk was, tenminste.*

Hij vertelde haar over zijn ouderlijk huis, Crawburn. *Van achter de boerderij kun je de Cheviots zien*, schreef hij. *Die zijn blauw of bruin of oranje of groen of wit, afhankelijk van de tijd van het jaar, en het lijkt wel of ze elkaar overlappen, helemaal tot boven in de lucht. Toen we klein waren, waren we de hele dag buiten in de heuvels. Dan bouwden we dammen in beekjes en probeerden we vissen te vangen, en pas als het donker was, gingen we terug naar huis. Mijn vader ging altijd tegen ons tekeer omdat we te laat buiten bleven, maar daar trokken we ons niets van aan.*

Eindelijk viel de laatste dag van Thea's verlof samen met de eerste dag van Cormacs achtenveertiguursverlof. Hij was in Yorkshire en zij logeerde in Londen, in het appartement van Rowan. Nadat ze kaarten en treintijden hadden bestudeerd, kozen ze voor een klein station aan het traject Londen-Leeds, ergens halverwege, waar ze elkaar konden treffen.

In de trein telde Thea de stations af. Uit angst voor een invasie had men de naamborden weggehaald, zodat je niet goed wist waar je was, maar het was gelukkig zomer, en ze kon alles goed zien, doordat het zomerlicht helder was en er geen mist hing. Bij elk station dat ze aandeden, bakkeleiden de reizigers in haar coupé erover welke plaats dit nu precies was. Vaak ging iemand uit het raam hangen om de stationschef te roepen en navraag te doen. Toen ze haar bestemming naderde, werd de gespannen knoop onder haar ribben nog strakker.

Cormac stond haar op het perron op te wachten. Na opgewonden begroetingen en kreten – haar trein was niet zo laat als ze gevreesd had, en ze hadden elkaar godzijdank gevonden – pakte hij haar hand en voelde ze het geluk in zich omhoogborrelen. Toen kuste hij haar.

Het was haar eerste echte kus. Het was verrukkelijk, en dat vond hij duidelijk ook. Ze kusten elkaar weer, en weer, in de beschutting van de overkapping, zonder zich rekenschap te geven van de reizigers die zich langs hen heen repten.

Op een gegeven moment lieten ze elkaar los en liepen ze arm in arm het dorp in op zoek naar een pub. Ze konden allebei niet ophouden met glimlachen. Ook toen ze met een glas bier en een sandwich voor zich zaten te praten, bleven ze elkaars hand vasthouden. De paar uurtjes die ze samen hadden, leken in een flits voorbij te gaan en Thea vreesde al voor het moment waarop ze afscheid van hem zou moeten nemen. Ze rekten hun laatste minuten samen, terug op het station, waar ze op het perron plannen maakten voor een volgende keer. Ze hoopte maar dat de trein die haar terug zou brengen naar het kamp vertraging zou hebben, maar uitgerekend die keer kwam hij ellendig genoeg op tijd. 'Daar is-ie,' zei hij, en ze keek het spoor af en zag de trein aan komen rijden.

Bij het perron hield hij stil. De deuren gingen open en de mensen die uitstapten werden door een wolk stoom aan het zicht onttrokken. Cormac kuste haar weer, zijn mond heel licht tegen haar voorhoofd en toen op haar mond. Zijn handen lagen op haar heupen. Ze sloot haar ogen en verloor zich in hoe hij proefde en voelde. Ze namen afscheid en ze stapte in. In één dag tijd was alles veranderd.

Voor het station bleef Sophie even staan om te kijken waar ze was en om haar bagage van haar ene hand naar de andere over te brengen. Toen liep ze in de richting van Church Street, waar Duncan en Sally woonden. Het dorp lag in een laaggelegen deel van Lincolnshire. Voorbij de school en de huizen van mooi rood baksteen en voorbij de kerk zag Sophie velden en bosschages, grijs in de naderende schemering en met een sluier van herfstnevel. Donkergrijze bomen tekenden zich glinsterend af tegen de duisternis, en vanuit hun takken riep een uil. Duncan leidde piloten op, op de luchtmachtbasis van Lincolnshire. Hij was kwaad geweest toen hij hierheen moest, omdat hij het als een degradatie beschouwde, dus had Sophie maar niet laten blijken dat zij er enorm opgelucht over was. Sally ook, vermoedde ze. Voordat Duncan naar Lincolnshire was gestuurd, had hij een paar keer achter elkaar een luchtweginfectie en keelontsteking gehad. Het was Sophie wel duidelijk dat zijn jaren als gevechtspiloot in oorlogstijd hem zowel lichamelijk als geestelijk hadden uitgeput. Ze vermoedde dat zijn overste dat ook wel had ingezien.

Ze was die ochtend al heel vroeg vertrokken. In haar rieten mand en koffer, die sinds ze ze de avond ervoor in Londen had ingepakt alleen maar zwaarder leken te zijn geworden, zaten gebreide kleertjes, eten en cadeautjes van Viola en van oude en nieuwe kostgangers. Haar kleindochter was drie weken geleden geboren. Duncan en Sally hadden haar Rosalind Eva Sophie genoemd. Dat ook haar eigen naam erbij zat, had ze ongelooflijk ontroerend gevonden.

Eva Fleming was ten tijde van de geboorte bij haar dochter geweest en had Sophie geschreven dat Sally en haar kleindochter het goed maakten. Viola had aangeboden om voor de kostgangers te koken, zodat Sophie weg kon. Vera Cornish had haar zorgen luchtig weggewoven. 'We redden ons heus wel, Sophie. Ik zal een rooster maken voor de afwas en het afstoffen. Ga jij nu maar.'

In de trein had ze zich gespannen gevoeld, maar tegelijkertijd ook verheugd. Ze moest denken aan de geboorte van haar zonen, aan de dwingende eisen van het lichaam en de emoties die in enorme golven over haar heen waren gekomen. Toen Duncan geboren werd, was Hugh op zakenreis geweest, dus was Sophies moeder komen helpen, maar ten tijde van Stuarts geboorte was hij wel in Londen geweest. Toen de vroedvrouw zijn zoon in zijn armen had gelegd, had Hugh gehuild. Dat herinnerde Sophie zich, dat hij had moeten huilen. De afgelopen jaren had ze die tranen wel eens als nep afgedaan, maar nu ze bijna bij het huis van Duncan en Sally was, een klein, modern huis, twee-onder-een-kap, durfde ze onder ogen te zien dat Hughs tranen echt waren geweest.

Ze deed het hekje open. Iemand schoof een gordijn opzij, en daar stond Sally. Ze zwaaide naar haar, met in haar armen een wit bundeltje. Toen Sophie haar kleindochter zag, werd ze overmand door verlangen en blijdschap. Ze liep snel het pad op. De voordeur ging open en Sally en zij omhelsden elkaar op de stoep al. Ze ging naar binnen, zette haar koffer en mand neer en trok haar jas uit, en toen legde Sally de baby in haar armen. Sophie keek naar het bleke, volmaakte gezichtje. 'O, Sally,' begon ze, maar toen kon ze geen woord meer uitbrengen. De tranen stroomden over haar gezicht, maar het waren vreugdetranen. Sally gaf haar een klopje op haar schouder, liet haar even alleen, zodat ze haar kleindochter kon leren kennen, en ging thee voor hen zetten.

16

Maart – september 1943

Op een avond eind maart zaten ze met een man of tien rond de tafel toen Rowan de nachtclub binnenkwam. Uit de verschillende gesprekken die tegelijkertijd gaande waren, koos ze Nicky Olivier, die op luide toon dogma's over poëzie zat te debiteren.

'De vorm bepaalt uiteraard de inhoud.'

'Vind je?' Dat zei een man in legeruniform, die tegenover Nicky zat. Hij had dik, steil, bruin haar, kleine diepliggende ogen en een lange neus die in een bolle ovale punt eindigde. Een gezicht waarin de verschillende onderdelen niet echt bij elkaar pasten, vond Rowan. Maar wel een sympathiek gezicht.

'Is het niet eerder omgekeerd?' vroeg de man.

'Helemaal niet.'

'Als ik een gedicht zou schrijven, zou ik eerst bedenken wat ik wilde zeggen en daar dan de meest geschikte vorm bij kiezen.'

Nick boog zich naar hem toe. 'Ben je dan dichter?'

'Nee. Jij wel?'

'Nee, absoluut niet.' Nicky tuitte zijn mond. 'Ik veracht poëzie.'

Rowan stond vlak naast hem en woelde door zijn haar. 'Nicky schrijft óver poëzie,' zei ze tegen de militair. 'Hij is een beroemd criticus.'

'Dat is een oxymoron, Rowan.' Nicky gaf haar een klopje op haar hand. 'Kan een criticus beroemd zijn? Volgens mij niet. Vraag een gewone man of hij één criticus kan noemen en het antwoord is nee.'

'F.R. Leavis,' zei Denis Charlbury.

'Jij bent geen gewone man, Denis. Jij gaat met vakantie naar Sankt Moritz en je rijdt in een Morgan. Je hebt een appartement in Belgravia en volgens mij ook een huis buiten – in Hampshire, of een soortgelijk gelukzalig oord. Aangezien ik zo ongeveer geen penny bezit, heb ik veel meer recht om mezelf een gewone man te noemen dan jij.'

Denis snoof. 'Gloucestershire. Mijn huis staat in Gloucestershire. Daar wonen momenteel allemaal bejaarde familieleden en honden.'

'Rowan, wat zie je er beeldschoon uit.' Nicky legde een arm om haar middel.

'Dank je wel, lieverd.' Ze zwaaide ter begroeting even naar haar vrienden en stak toen haar hand uit naar de man met wie Nicky aan het discussiëren was. 'Rowan Scott.'

'Alex Moore. Aangenaam. Ik haal even iets te drinken voor je.'

'Niet naar hem luisteren, hoor, Alex,' zei ze, terwijl ze op een stoel schoof. 'Hij doet het alleen maar om aandacht te trekken.'

'Hoe kun je nu poëzie recenseren als je er niet van houdt?'

'Ik zei niet dat ik er niet van hield.' Nicky stak zijn kin naar voren. 'Ik zei dat ik poëzie veracht. Dat is iets heel anders. Het is namelijk gemakkelijk om over dingen die je veracht te schrijven, dan kom je goed op dreef. Onverschilligheid verlamt je juist. Bovendien, hoe kun je nou zeggen dat je "van poëzie houdt"?' Hij zette er een lusteloze lispelstem bij op. 'Het is net alsof je zegt: "Ik hou van eten." Sommige dingen vind je toch mooi en andere vreselijk? Bijvoorbeeld: ik ben dol op inktvis en ik heb een hekel aan appels.'

'Nicky, hoe gaat het met je?' vroeg Rowan.

Hij trok een somber gezicht. 'Diep in de put, schat. Ze hebben me tot luitenant bevorderd, dat is toch niet te geloven? Luitenant Olivier. Dan hebben ze zeker niet gezien hoe slecht ik ben in heen en weer marcheren en door de bergen rennen en al die andere vreselijke dingen die je moet doen. Het leger boezemt me afkeer en weerzin in. Het is dat een militaire gevangenis me nog meer afkeer en weerzin inboezemt, anders zou ik deserteren.'

Rowan mompelde wat troostende woorden. Een ober kwam nog een fles champagne brengen. Davey Manningham vroeg haar ten dans. Ze gingen naar beneden, naar de dansvloer, waar de kleurige jurken van de dames de achtergrond vormden voor het kaki en blauw van de heren. Davey kon goed dansen, ze dansten altijd fijn samen; als ze danste, vergat ze het ziekenhuis en alles wat er die dag was gebeurd. Na afloop werkte ze op de damestoiletten haar gezicht bij. De helft van de peertjes deed het niet, waardoor het aanbrengen van lippenstift en poeder met wisselend succes verliep.

Toen ze terugkwam op de dansvloer, zag ze dat Davey met Bobbie Wharton stond te praten. Rowan ging naar boven, maar niet terug naar hun tafel. Ze bleef in haar eentje aan de zijkant van het balkon staan, waar ze met haar armen op de balustrade naar de dansers en de swingband beneden keek. Het leek inmiddels wel een eeuwigheid geleden dat ze een verhouding met Bobbie Wharton had gehad, een slecht gekozen, maar uiteindelijk onbelangrijk intermezzo.

'Is het goed als ik even bij je kom staan?' hoorde ze iemand zeggen.

Rowan keek om. Uniform, brede schouders, geloken ogen en haar zo roodbruin als herfstbladeren. Hij was hooguit een paar jaar ouder dan zij. Hij had iets waakzaams over zich.

'Ja, natuurlijk.'

Hij kwam naast haar op het balkon staan. 'Jij bent toch Rowan Scott, hè? Ik heet Josh Makepeace.'

'Hallo, Josh. Hoe weet je hoe ik heet?'

Hij glimlachte. 'Aan Alex gevraagd.'

'Is Alex Moore dan een vriend van je?'

'We kennen elkaar al jaren. We hebben elkaar op mijn eerste dag op kostschool leren kennen, ik was veertien. Alex heeft me toen onder zijn hoede genomen.'

'Hij lijkt me heel aardig. Blijf je lang in Londen?'

'Alleen vanavond. Jij woont hier, toch?'

'Je hebt al aardig wat informatie ingewonnen, Josh.'

Hij legde zijn armen op de balustrade, naast die van haar. 'Dat is het verstandigst. Ken uw vijand, dat werk. Hoewel ik niet hoop dat wij vijanden worden.'

Rowan voelde een oude opwinding opvlammen. Dat had ze niet zien aankomen; het was lang geleden dat ze zo'n directe klik met een man had gevoeld, die aantrekkingskracht, die drang.

'Nee, ik hoop het ook niet.'

'Wat doe je voor werk?'

'Ik ben verpleegster.'

'Woon je intern?'

'Niet meer, gelukkig. Het was eerst verplicht, voordat ik mijn examens had gehaald, maar ik ontsnapte zo vaak mogelijk naar mijn eigen huis.'

Hij trok zijn wenkbrauwen op. 'Ontsnapte? Kwamen daar regenpijpen en badkamerraampjes bij kijken?'

'Ja, inderdaad, maar het was niet zo gevaarlijk als het klinkt. Het was een raam op de begane grond.'

'Wat was er dan mis met het zusterhuis?'

'Als je ooit had moeten aanhoren hoe vijf vrouwen over hun spataderen zitten te klagen, zou je dat wel weten.' Ze keek eens naar hem; in het schemerige licht kon ze niet goed zien wat voor kleur ogen hij had, maar ze dacht groen. Ze zag dat hij, ondanks het feit dat hij rood haar had, net als zijzelf, gebruind was. Dat deed vermoeden dat hij geen kantoorbaan had.

'Ik neem aan dat jij wel op beroerdere plekken hebt moeten slapen,' zei ze.

'Een paar keer. Maar soldaten kunnen ook heel goed over hun kwaaltjes zaniken, hoor.'

'Waar ben je gestationeerd, Josh?'

'O, hier en daar. Ik reis een beetje rond.'

Het klonk laconiek, maar ze wist wat dit antwoord betekende. *Ik kan je niet vertellen waar ik gestationeerd ben of wat ik doe.* Iets geheimzinnigs dus.

Hij vroeg waar ze woonde; in Covent Garden, vertelde ze. 'Mijn vrienden logeren daar vaak als ze in Londen zijn. Ik ben altijd blij om ze te zien. Er is niets zo fijn als het gezelschap van je oudste, liefste vrienden, toch?'

'Zal ik je dan maar terugbrengen naar je tafel?'

'O, nee, zo bedoelde ik het helemaal niet.' Rowan keek omlaag naar de dansvloer, waar de paren op 'I've Got You Under My Skin' dansten. 'Eerlijk gezegd voel ik me vanavond een beetje asociaal,' gaf ze toe. 'Ik ben niet echt in de stemming voor een avondje uit, denk ik.'

'Dus ik kan je niet verleiden om met me te dansen?'

'Nee, liever niet, al is dit wel een van mijn lievelingsnummers.'

'Ik hou mijn mond, dan kun je ernaar luisteren.'

En dat deed hij toen ook. Dat vond ze nogal opmerkelijk. Heel veel mannen voelden zich altijd verplicht om een stilte op te vullen.

Dat zei ze ook tegen hem toen het nummer was afgelopen. Ze besloten uit Signorelli's te vertrekken en een restaurant te zoeken. Ze haalde haar regenjas op uit de garderobe.

'Ik ben de laatste tijd nogal vaak alleen geweest. Ik was bang dat ik het verleerd zou zijn om een gesprek te voeren.'

Het viel niet mee om ten tijde van oorlog in Londen alleen te zijn. Iedereen was voortdurend onderweg, en dat was ook de reden waarom Rowan haar vrienden die toevallig in de buurt waren en een overnachtingsplek nodig hadden, hun hoofd liet neervlijen in haar appartement aan Macklin Street. Het gebeurde wel eens dat ze thuiskwam en er wel vijf mensen lagen te slapen, op de bedden, op de bank of op de grond.

'Ik ben bang dat mijn kwaliteiten als gesprekspartner ook niet meer zijn wat ze geweest zijn. Ik kan eindeloos over ondersteken en verband praten, maar erg interessant wordt dat niet.'

'Vind je niet dat alles interessant kan zijn, als je maar de juiste persoon tegenover je hebt?' Hij hielp haar in haar regenjas en raakte even licht haar schouder aan. Het was alsof er een elektrisch vonkje oversprong, en ook toen ze naar buiten liepen, bleef dat nog voelbaar.

Hoewel de nachtelijke luchtaanvallen allang verleden tijd waren, viel Londen nog steeds vaak ten prooi aan bombardementen. Rowan keek automatisch naar de lucht. Ze merkte dat Josh dat ook deed. Het miezerde, waardoor het puin op de plekken waar een bom gevallen was en de beschadigde wegen en het plaveisel nat werden. In de ondoorzichtige duisternis baande Josh Makepeace zich vlot een weg om allerlei obstakels heen. De kwaliteiten die ze al eerder bij hem had opgemerkt, oplettendheid en waakzaamheid, leken hier op straat nog sterker te worden.

Hij nam haar mee naar een restaurantje aan Piccadilly Circus. Een ober bracht hen naar een tafeltje in een hoek, uit het zicht. 'Uw favoriete tafel, kapitein Makepeace,' zei hij, waarna hij hun de kaart gaf en hen alleen liet.

'Dit is een van mijn vaste stekjes,' legde Josh uit. 'Als ik in Londen ben, ga ik hier vaak eten. Het ziet er misschien een beetje armoedig uit, maar het eten is uitstekend.'

Dat was inderdaad zo, maar ze kreeg geen hap door haar keel. Ze schoof de visfilets met haar vork wat rond op haar bord en schaamde zich vreselijk. Ze hoopte maar dat hij het niet zou merken en nam zichzelf de verspilling en haar stomme gedrag erg kwalijk.

Maar hij legde zijn hand op de hare en zei zacht: 'Wil je misschien liever weg?'

'Ja, graag.' Ze werd vuurrood.

Hij sprak even met de ober, en toen stonden ze op. 'Het spijt me ontzettend,' zei ze, eenmaal op straat. 'Er is geen land met me te bezeilen vanavond.'

'Dat maakt helemaal niets uit.'

'Ik zou het je niet kwalijk nemen als je nu niets meer met me te maken wilt hebben.'

'Helemaal niet.' Hij bleef even staan en draaide zich om, zodat hij haar kon aankijken. Er vielen schaduwen over zijn voorhoofd en in de groeven langs zijn krachtige, welgevormde mond. 'Rowan, ik ga niet vaak bij een vrouw recht op mijn doel af. Ik wil niet beweren dat ik van nature verlegen ben, verre van dat, maar ik heb de laatste tijd niet veel anders kunnen doen dan werken. Misschien is dat voor jou ook wel zo. Het is vast heel zwaar werk, de verpleging. Misschien heb je daar op dit moment genoeg aan, en in dat geval laat ik je verder met rust.'

'Nee.' Ze legde een hand op zijn mouw. 'Nee, dat wil ik niet.'

'Gelukkig.' Hij nam haar arm en ze liepen verder. 'Toen ik je vanavond in de nachtclub zag, dacht ik...'

'Wat dacht je?'

'Ik vond je heel mooi. En je leek me iemand die ik beter zou willen leren kennen. Zullen we naar mijn huis gaan? Wil je dat? Het is niet ver.'

Onderweg vertelde hij haar over zijn familie. Toen hij klein was, had de familie Makepeace in het buitenland gewoond, eerst in Oostenrijk, toen in Italië en daarna in Frankrijk. Het klonk als een interessant, rondreizend bestaan, dat werd bepaald door het werk van zijn vader, die diplomaat was. Zijn moeder had het reizen leuk gevonden; het sociale leven van een ambassadeursvrouw had goed bij haar gepast. Josh en zijn twee oudere broers, Peter en Ronald, hadden veel vrijheid genoten. Hun moeder was van mening geweest dat een leven zonder een al te strak keurslijf goed was voor jongens, en tot ze in de puberteit kwamen, gingen Josh en zijn broers altijd gewoon naar de plaatselijke school.

Ze vroeg waar zijn broers nu waren.

'Peter vaart op onderzeeërs,' zei hij. 'En Ronald zit ergens in het Midden-Oosten. Egypte, denk ik.'

'En je ouders? Wonen die nog steeds in het buitenland?'

'Nee, gelukkig niet. Ze hebben een huis in Suffolk. Met wat grond eromheen, zodat mijn moeder haar hobby's kan uitoefenen. Ze houdt erg van tuinieren en paarden. En jij, Rowan, heb jij familie?'

'Ik heb een ex-man, Patrick.' Ze wilde zo snel mogelijk openheid van zaken geven. De mening over scheiden was aan het veranderen, aangezien het aantal gestrande huwelijken in oorlogstijd opliep, maar de afkeurende houding was nog steeds niet helemaal verdwenen. Ze dacht niet dat hij haar zou veroordelen, maar je wist maar nooit.

'Dat moet zwaar geweest zijn,' zei hij.

'Ja, dat was het ook, vreselijk zwaar. Ik vertel je er nog wel een keer over, maar niet nu. Het is voorbij en ik heb het achter me gelaten.'

Ze liepen door de wirwar van smalle straatjes achter de Strand. 'Mijn ouders zijn allebei overleden,' zei ze, 'maar ik heb wel een zus, Thea, van wie ik zielsveel hou. En ik heb twee halfbroers; de een zit bij de marine en de ander bij de RAF. Ik ken ze niet echt. De oudste heb ik zelfs nog nooit ontmoet. Ik ben pas een paar jaar geleden achter hun bestaan gekomen, vlak voor de oorlog.'

Josh opende de deur van een huis en liet haar binnen. De hal stond vol fietsen en er lagen allemaal vergeelde poststukken. De tegels waren gebarsten en stoffig en het tapijt op de trap die ze op liepen was in het midden versleten.

Hij woonde op de bovenste verdieping. Toen hij binnen haar jas aannam, zei hij: 'Mijn opa van vaderskant, Frederick Makepeace, was een losbandige kerel. Hij had een minnares in Parijs. Of misschien wel een paar minnaressen, wie weet? Als mijn oma hem begon te vervelen, en dat was vrij vaak, ging hij naar Frankrijk. Mijn oma vond het maar niks en liet dat weten ook. Ik heb gehoord dat ze hem van alles naar het hoofd heeft gegooid – Sèvres-porselein, koetsiersklokjes, dat werk. Er wordt gezegd dat dat de reden is waarom we in de familie niet veel erfstukken hebben. Dat is vast overdreven; het lijkt me waarschijnlijker dat ze dingen verkocht hebben om hun schulden te betalen. Maar goed, Sarah Makepeace stond bekend om haar schoonheid. John Singer Sargent heeft haar nog geschilderd. Ik heb altijd vermoed dat ze op de bekende manier wraak heeft genomen. Mijn vader lijkt namelijk totaal niet op zijn broers.'

Rowan glimlachte. 'Fijn om eens een keer iemand te ontmoeten met net zo'n onfatsoenlijke familie als ik.'

'Ik vermoed dat de meeste families onfatsoenlijk zijn, als je onder het oppervlak peutert. Kom, ga zitten, Rowan. Wil je iets drinken?'

'Graag.'

De kamer waarin ze zaten, was netjes opgeruimd, de boeken stonden keurig in een kast met glazen deur, op een bijzettafeltje lag *The Times* opgevouwen, met een pen ernaast en de kruiswoordpuzzel ingevuld. Maar het pand zelf was ernstig beschadigd. In het pleisterwerk op de muren zaten diepe scheuren, en een van de ramen was dichtgetimmerd met board.

Josh gaf haar een glas calvados. 'Dit huis heeft het bij een bombardement in mei 1941 flink te verduren gehad,' legde hij uit. 'Het huis achter ons is helemaal weggevaagd. Als de bom een paar meter dichterbij was gevallen, zou er niet veel van dit huis over zijn gebleven.'

Rowan nam een slokje calvados; hij smaakte goddelijk zacht en oud. 'Was je thuis?'

'Nee, godzijdank niet.'

'Sorry van daarnet in het restaurant. Zo stom van me. Dan denk ik dat ik me goed voel, dat ik honger heb, en dan merk ik opeens dat dat niet zo is. Een paar jaar geleden was het veel erger. Na het bombardement op metrostation Bank kwamen de gewonden bij ons binnen. Het was verschrikkelijk, Josh, echt verschrikkelijk, en daarna kreeg ik geen hap meer door mijn keel. Dan denk ik dat ik eroverheen ben, en dan krijg ik het weer, op de meest ongelukkige momenten. Heel stom.'

'Nee, dat is helemaal niet stom,' zei hij lief. 'Dat was ook afschuwelijk. Shock kan vreemde dingen met een mens doen, dat heb ik met eigen ogen gezien. Je bevindt je in de frontlinie, Rowan, en dat maakt het zo zwaar.'

'Ik zou er alle begrip voor hebben gehad als je de benen had genomen, met een vrouw tegenover je die niet opgewassen is tegen schol *à la meunière*.'

'O, maar zo gemakkelijk kom je niet van me af, hoor.' Hij glimlachte loom en ontspannen naar haar. 'En nu ga ik iets te eten voor ons maken. Je mag het opeten als je wilt, maar als je het niet wilt, is het ook goed. Mijn moeder heeft me een pond spek gestuurd. Ze houdt tegenwoordig varkens.'

Terwijl Rowan rondliep en Josh' spullen bekeek, dreef er een heerlijke geur de kamer binnen. Opeens rammelde ze toch van de honger. Ze zag dat er wat boeken in andere talen bij stonden: Frans, Duits en Italiaans.

'Zeg, spreek jij die talen allemaal?' riep ze naar de keuken.

Hij stak zijn hoofd om de deur. 'Ja. Als je jong bent, pik je die talen snel op. En zodra je er een of twee spreekt, gaan de andere vanzelf.'

De kamer had een sobere, mannelijke uitstraling, en ze vermoedde dat hij er niet erg vaak was. Op het eerste gezicht leek de kamer haar niet veel over hem te vertellen, maar ze vond toch wat aanwijzingen voor wie Josh Makepeace was.

Hij zette een bord sandwiches met spek op de salontafel. 'Vertel eens wat meer over je werk,' zei hij. 'Waarom ben je in de verpleging gegaan? Wat vind je er leuk aan?'

'Voornamelijk de patiënten. Die hebben het zo zwaar te verduren, maar toch kunnen ze nog lachen. En ik vind het ook fijn om dingen te doen, en als verpleegster maak je je nuttig, vooral nu, en dat vind ik prettig.'

'Het maakt niet uit wat je doet, maar doe het zo goed je kunt – dat is mijn motto.'

'Precies. Dus dan kun je net zo goed iets nuttigs doen. Het is best zwaar geweest. In mijn eerste jaar bakte ik er niets van.'

Hij pakte de fles en schonk hen allebei bij. 'Vertel me eens waar je bang voor bent, Rowan.'

'Hoe weet jij dat ik ergens bang voor ben?'

'Iedereen is ergens bang voor. Ze doen misschien alsof ze dat niet zijn, maar het is wel zo.'

Hij had zijn arm over de rugleuning van de bank gelegd. Ze was zich zeer bewust van zijn nabijheid. Als ze een paar centimeter zouden opschuiven, zouden ze elkaar aanraken. Als ze zich naar hem toe boog, zou hij haar kussen. Nu kon ze zien wat voor kleur ogen hij had. Het was een aparte kleur groenig bruin, bijna bronskleurig, met spikkeltjes goud erin.

'Ik hou bijvoorbeeld niet van benauwde ruimtes,' zei hij. 'Ik zou dus nooit bij een tankeenheid kunnen dienen.'

Waar was zij bang voor? 'Vroeger ben ik wel bang geweest dat alles in duigen zou vallen,' zei ze langzaam. 'En dat ik er nooit achter zou komen wat ik met mijn leven moest. Maar nu... Als ik me verveel, heb je echt niets aan mij, Josh, zo veel is zeker. Misschien ben ik daar wel het bangst voor: verveling. Toen ik net in de verpleging werkte, probeerde ik geloof ik tegenover mezelf te bewijzen dat ik iets kon volhouden. Maar toen kwam ik erachter dat ik het echt leuk vond. Bovendien was het flauw om de handdoek in de ring te gooien, want dat was veel te voorspelbaar geweest. Verpleegsters dreigen er voortdurend mee dat ze ontslag nemen.' Het afgelopen najaar had ze haar examens gehaald. Ze was nu gediplomeerd verpleegster.

'Gewoon doorbuffelen, dat is het beste.'

'Precies.' Rowan zag dat ze, bijna zonder het te merken, een sandwich had gegeten.

'Het geeft vast veel voldoening, mensen helpen.'

'Vaak wel. Maar ik wilde dat we meer voor de patiënten en hun arme familieleden konden doen. We lappen ze op, en als ze het redden, sturen we ze weer weg en moeten ze het verder zelf zien te redden. Meisjes die zulke erge littekens hebben dat ze nooit meer aantrekkelijk zullen zijn en jongens die op krukken moeten lopen of de rest van hun leven in een rolstoel zitten. En ook de nabestaanden. We hebben amper tijd om hen te troosten. We lenigen de ergste nood, meer kunnen we niet doen, en dan moeten ze verder zelf leren omgaan met hun verdriet. Dat voelt niet goed.'

'Je doet je best, meer kun je niet doen. Dat geldt voor ons allemaal.' Hij grinnikte zacht. 'Dat klinkt wel heel erg afgezaagd, hè? Misschien moet ik rubrieken voor de zondagskranten gaan schrijven, om het moreel op te peppen.'

Hij pakte een foto van een plank. Het was een foto van een baai, van een licht zandstrand, omgeven door hoge rotsen.

'Toen ik zeventien was, besloot ik dat ik naar Kreta wilde lopen,' zei hij.

'Kan dat dan?'

Hij grijnsde. 'Nee, niet helemaal.'

'Hoe lang heb je erover gedaan?'

'Bijna een half jaar. Ik had geen zin meer in school en ben vertrokken. Ik had het wel van tevoren tegen het schoolhoofd gezegd, dus er was niets stiekems aan.' Zijn ogen fonkelden. 'Het gaf wel veel gedoe, dat zul je begrijpen. Mijn moeder was woedend. Ronald zat in het leger, Peter werkte in de City, allebei verstandige jongens, en ik zwierf rond door Europa. Ze heeft Peter achter me aan gestuurd om me over te halen terug te komen.'

'Maar dat is hem niet gelukt.'

'Nee, echt niet. Ik was een koppig ettertje. Ik heb het uiteindelijk gehaald, maar sommige stukken waren verschrikkelijk zwaar. Ik heb voedselvergiftiging opgelopen, waardoor ik twee weken het bed moest houden in een of ander Frans stadje; toen heb ik het bijna opgegeven. Alleen de gedachte dat mijn familie dan zou zeggen "we hebben je nog zo gewaarschuwd", hield me op de been. Ik heb onderweg gewerkt, maar toch raakte ik een paar keer door mijn geld heen. En één keer heb ik het een paar dagen zonder water moeten doen, wat echt een verschrikking was, en ook ongelooflijk stom van me. Het ergste was toen ik ergens door de heuvels trok, viel en mijn arm brak. Ik was *in the middle of nowhere* en moest uiteindelijk twee dagen lopen voordat ik een dokter vond die mijn arm kon spalken. Maar ik had het voor geen goud willen missen. Het heeft me de ogen geopend. Wanneer ik in een of ander arm gehucht ergens in de bergen kwam waar nog nooit een mens van had gehoord, was er altijd wel iemand die me uitnodigde voor het eten en me een slaapplaats aanbood. Dan besef je dat de meeste mensen heus wel deugen, als ze maar een kans krijgen om dat te laten zien.'

Ze zag hem al voor zich, zeventien jaar, koppig, door afgelegen streken trekkend, waar oude gebruiken golden en bijna vergeten talen werden gesproken. 'Waarom heb je het gedaan? Om te kijken of je het kon?'

'Ja, daar komt het wel op neer. Om mezelf op de proef te stellen. En om de wereld te zien, natuurlijk.'

'Wat was het leukst?'

'Het landschap... de mensen.' Hij zette de foto terug. 'Toen ik eindelijk op Kreta was, vond ik dit beschutte strandje en toen heb ik mijn kleren uitgetrokken en ben ik de zee in gelopen. God, wat was dat heerlijk.' Hij keek haar met lachende ogen aan. 'Mijn arm zat nog in een mitella.'

'Ik zie het al helemaal voor me, Josh, jij, die de Middellandse Zee in loopt met alleen een mitella aan.'

'Ja, dat moet een mooi gezicht geweest zijn,' gaf hij toe. 'Ik was vuil en had een felrode baard. Maar goed, toen ik terug was in Engeland, ben ik naar een repetitor gegaan, heb mijn eindexamen gedaan en ben gaan studeren. Iedereen dacht dat het toen wel uit mijn systeem was. Maar ik denk dat zo'n aandrang nooit echt helemaal verdwijnt.'

Terwijl hij zo zat te vertellen, kneedde hij met zijn vingers de onderkant van haar nek. Weer voelde ze de elektriciteit knetteren. 'Zie je nou wel dat je nog best een gesprek kunt voeren, Josh?'

'Dat doet me deugd.'

Toen kuste hij haar. Zijn kus raakte haar tot diep in de kern van haar wezen en maakte daar oude verlangens wakker.

Er bonkte iemand op de deur. 'Kapitein Makepeace! Kapitein Makepeace!'

'Verdomme,' mompelde Josh.

'Wie is dat?'

'Mijn buurman, meneer Lyons. Hij is er sinds die bom slecht aan toe.' Hij ging met zijn vingertoppen langs haar wang. 'Sorry, Rowan, ik moet even naar hem toe.'

Ze stond op. 'Ik ga maar naar huis.'

'Moet je echt weg?' Hij fronste zijn wenkbrauwen.

Er werd weer geklopt. 'Kapitein Makepeace, Poppy is weg!'

'Doe nou maar open, Josh.'

Terwijl Josh zijn buurman te woord stond, keek Rowan waar ze haar tas had gelaten. Ze moest verstandig zijn, hield ze zichzelf voor. Ze kende Josh Makepeace pas een paar uur. Ook zij was impulsief, en in het verleden waren haar impulsen haar soms duur komen te staan.

De buurman, meneer Lyons, klonk overstuur. Terwijl Rowan in het spiegeltje van haar poederdoos keek hoe ze eruitzag, maakte ze uit het gesprek dat op de gang werd gevoerd op dat Poppy een kat was. Voetstappen op de trap, daarna een luid protesterend gemiauw. Kort daarop hoorde ze Josh weer. 'Rustig maar, meneer Lyons, ik heb haar,' zei hij.

Meneer Lyons bedankte hem omstandig. Josh kwam terug en deed de deur achter zich dicht.

'Arme man, dat stomme beest gaat nooit ver weg, maar dan raakt hij in paniek. Weet je het zeker, Rowan?'

'Ik moet echt gaan. Het is al laat.'

'Natuurlijk.' Hij pakte haar jas. 'Ik moet morgen weg, maar ik hoop dat we elkaar weer zullen zien.'

'Dat lijkt me heel leuk.'

Hij hielp haar in haar jas. Toen ze een arm in een mouw stak, rook ze de zilte, citroenachtige geur van zijn huid. Plotseling kwam haar terughoudendheid haar onzinnig en kinderachtig voor. Ze wist zeker dat ze hem weer wilde zien, dus waar wachtte ze op? Josh Makepeace was een linguïst die een paar Europese talen vloeiend sprak. Hij was gezond en avontuurlijk, en wilde liever niet over zijn werk praten; op grond daarvan concludeerde ze dat hij met zijn kwaliteiten hoogstwaarschijnlijk bij de inlichtingendienst werkte. Als ze daar gelijk in had, deed hij waarschijnlijk gevaarlijk werk en was de kans groot dat hij naar het buitenland zou worden gestuurd. Misschien zou ze hem wel nooit meer zien. Waarom zou ze in vredesnaam wachten, waarom zou ze bedeesd doen, waarom zou ze spijt op spijt stapelen?

Op de een of andere manier – ze wist niet goed hoe het gebeurde – kwam ze tegen hem aan toen ze haar jas aantrok. En toen kusten ze elkaar weer, heftige, vurige, behoeftige kussen, waarna ze met een ruk haar jas uittrok en hij haar tegen zich aan drukte, met zijn vingers langs haar wervelkolom ging en de rits van haar oranje zijden jurk opentrok.

En zo begon het, de liefdesgeschiedenis die haar leven veranderde. Om vijf uur 's ochtends werden ze wakker en bedreven ze opnieuw de liefde, langzaam en overvloedig. Na afloop lagen ze in elkaars armen na te praten. Boven hen zag Rowan door het beschadigde plafond heen de dakspanten en tussen de dakpannen zag ze kleine reepjes van de sterrenhemel.

Ze vertelde hem haar verhaal. 'Patrick en ik dachten dat we van elkaar hielden, maar dat was niet zo. We wisten volgens mij geen van beiden wat dat inhield. Ik was pas twintig. Je denkt dat je het weet, maar dat is niet zo. Patrick is een goed mens, maar we pasten niet bij elkaar en we maakten elkaar alleen maar ongelukkig.' Een half jaar geleden was ze Patrick toevallig tegengekomen; hij zat tegenwoordig bij de marine. Hij had haar verteld dat zijn oude schoolvriend Colin Slater na de val van Singapore door de Japanners gevangen was genomen. Patrick maakte zich verschrikkelijk zorgen om hem.

Ze vertelde over Simon en over haar reis door Europa met Christopher Page. En over Lucian en het auto-ongeluk – die hele pijnlijke episode, die ze zichzelf op de hals had gehaald. Ze vertelde over een reis die ze als jong meisje met haar moeder had gemaakt, naar Zweden, en over de spaarzame herinneringen aan een groot, licht huis op het platteland, en aan haar grootouders, rustige, vriendelijke mensen. Ze had het gevoel dat Josh Makepeace iemand was tegen wie ze alles kon zeggen, een man die net zo dacht en voelde als zij, en die net als zij het leven echt ten volle wilde leven.

Ze vroeg of hij ooit verloofd of getrouwd was geweest. Hij had ooit wel iemand gehad, zei hij. Ze hadden het over trouwen gehad, maar uiteindelijk was er niets van gekomen en waren ze uit elkaar gegroeid. Zijn vriendin had een huis en kinderen gewild. 'Ze vond dat ik niet serieus was,' voegde hij er wrang aan toe, terwijl hij twee sigaretten opstak. 'En ze had nog gelijk ook. Ik geloof dat ik daarna pas serieus geworden ben, maar dat ik het toen inderdaad niet was.'

Ze vielen weer in slaap en werden halverwege de ochtend pas wakker. Nadat hij ontbijt voor haar had gemaakt, bracht hij haar naar haar huis, in Covent Garden. Ze kusten, drukten zich tegen elkaar aan, wilden elkaar niet loslaten, en toen bleef ze alleen achter op de stoep en keek ze hem na tot hij door de stroom voetgangers werd opgeslokt.

Het leven ging verder, ze ontwikkelden een vaste routine, waar ze aan gewend raakte. Het telefoontje of het briefje dat op haar adres werd bezorgd, gevolgd door een korte, haastige ontmoeting. Een uur in een rustig restaurantje of een paar gestolen momenten, waarin ze door de verwoeste straten van Londen liepen. En daarna de leegte, waarin ze hem miste en zich zorgen om hem maakte. Op een avond was ze bij Signorelli's met Davey Manningham aan het dansen. Davey glimlachte quasi-bedroefd en liet haar los, waarna Josh, die ze al maanden niet had gezien, haar in zijn armen nam. De band begon weer te spelen: 'I've Got You Under My Skin'. Terwijl ze dansten, legde ze haar wang tegen de zijne en snoof zijn koude buitengeur op. Ze vond hem er mager en afgetobd uitzien. De andere mensen wervelden om hen heen, en zij kusten elkaar.

Wolken trokken langs de donkere lucht en de sigarettenpeuken in de goten woeien op in de stevige wind. Thea liep het station van Salisbury uit. Het hotel waar zij met Cormac zou eten lag aan het eind van de straat. In de foyer bracht een portier haar via bochtige, modderkleurige gangen naar het restaurant. Het was een grote zaal met een hoog plafond, en de meeste tafeltjes waren al bezet. Thea keek rond of ze Cormac zag.

Er kwam een ober naar haar toe, en ze legde hem uit dat soldaat-korporaal Jamieson een tafel had gereserveerd. Hij bladerde door het boek met reserveringen.

'Weet u of hij er al is?'

'Ik geloof van niet, mevrouw.'

Hij bracht haar naar een tafeltje bij een raam, trok de stoel voor haar naar achteren en gaf haar de menukaart. Ze sloeg hem open en deed alsof ze las, maar bleef de deur in de gaten houden. Het was al over achten. Cormac had gezegd dat hij er om half acht dacht te zullen zijn.

De afgelopen twee maanden was hij in Bulford gestationeerd geweest, waar hij deelnam aan oefeningen op Salisbury Plain. Ze bevonden zich geografisch gezien nu dichter bij elkaar, maar afspreken bleef ingewikkeld. De treinen hadden vertraging of reden niet, of zijn verlof of het hare werd op het allerlaatste moment ingetrokken. Thea was zich ervan bewust dat het ironisch was: als ze nog in Whiteridge House had gewoond, hadden ze elkaar veel vaker kunnen zien.

De ober kwam terug. Wilde mevrouw misschien iets drinken? Nee, dank u.

Ze begon een hekel aan deze oubollige restaurants te krijgen, waar men bleef vasthouden aan de formaliteiten van vóór de oorlog, ondanks het tekort aan personeel en voedsel. Ze wist dat Cormac er ook een hekel aan had. Ze spraken er af omdat je zeker wist dat elk stadje of dorp, op de kleinste en armoedigste na, wel een Station Hotel of Railway Inn had, of in elk geval een cafetaria met broodjes zonder boter en één theelepel voor algemeen gebruik, die met een kettinkje aan de counter vastzat.

Thea nam een slokje water. De deur van het restaurant ging open; ze zag in een flits een kaki uniform, en haar hart maakte een sprongetje. Maar het was iemand anders. Ze keek weer op de kaart. Kalfskoteletjes, gegrilde vis, koude kip en ham. Een echtpaar, de vrouw in een met bont afgezette jas en met een groen hoedje op, de man in marine-uniform, kwam het restaurant binnen. Thea vroeg zich af of ook zij treinstations door het hele land kenden: de drukke overstapstations in Londen, de provinciale stations met houten overkappingen en goed onderhouden bloemborders en de kleine stationnetjes in moeras- en heidegebied, waar de treinen maar twee keer per dag stopten en je geen sterveling tegenkwam.

Half negen. Ooit zou ze zich doodgeschaamd hebben om in een restaurant op een man te moeten zitten wachten, zou ze hebben gevoeld hoe ongemakkelijk haar situatie was en zou ze gedacht hebben dat de andere gasten haar aanstaarden. Dan zou ze haar boek open hebben geslagen en hebben geprobeerd om haar zenuwen en twijfels te onderdrukken door te gaan lezen, hoewel ze zich er niet op had kunnen concentreren. Maar dat was verleden tijd, en nu verlangde ze er alleen maar heel erg naar om Cormac te zien. Ze twijfelde nooit aan hem. Ze kénde hem; ze dacht vaak dat ze hem al kende sinds ze op een Franse landweg naast hem op haar knieën was gaan zitten en was gevallen voor het geloken oog, de spiraal van een oor. Ze moest eraan denken dat ze ooit – het leek nu heel lang geleden – ernaar had verlangd om een man te begeren. Ze had toen niet geweten hoeveel pijn je dat ook kon doen, dat ze door dit soort avonden een verkillende eenzaamheid zou ervaren.

Er kwam een koude tocht door het raam binnen. De wind wakkerde aan, het verduisteringsgordijn rammelde tegen de ruit. De ober, die er oud er vermoeid uitzag, kwam weer naar haar toe.

'Wilt u misschien wat soep, mevrouw?'

Of Cormac nog zou komen of niet, ze moest die avond toch echt terug naar Londen. Ze had nog maar een paar shilling op zak en had al sinds die middag niet meer gegeten, dus ze had honger. Ze keek even op de menukaart. Een kom dikke groentesoep kon ze wel betalen, die kostte een sixpence. Ze bestelde de soep en bedankte de ober. Aan de andere kant van de zaal zat een groepje van vijf mannen te schateren. Ze riepen dat er nog meer bier moest komen. Aan een tafel in een hoek zat nog een jonge vrouw, in het uniform van de Women's Auxiliary Air Force en net als Thea in haar eentje. Ze keken elkaar aan en de vrouw glimlachte waterig naar Thea.

Negen uur geweest. Ze besloot bij de receptie te gaan vragen of er een bericht voor haar was binnengekomen. Ze liet haar boek en pet op tafel liggen en liep naar de foyer. Bij de receptie stond een rij; Thea sloot achteraan aan. In een van de leren stoelen zat een RAF-officier – hangsnor, bovenste knoop van zijn uniformjasje nonchalant open – met een drankje voor zijn neus. Thea voelde dat hij haar van top tot teen monsterde.

De receptionist zei dat er geen boodschap voor haar was binnengekomen. 'Hij heeft je laten zitten,' zei de RAF-officier toen ze langs hem liep. 'Wil je wat te drinken van me?'

'Nee, dank u,' zei ze beleefd.

Op de dames-wc waste ze haar handen en fatsoeneerde vlug haar haar. Als ze maar lang genoeg wegbleef, zat Cormac misschien wel aan hun tafeltje te wachten als ze terugkwam. Dat soort dingen gebeurde, je wachtte en wachtte, en als je de hoop bijna had opgegeven, was hij er opeens.

Cormac was er niet. Thea at de soep op. Het afspraakje van de vrouw die bij de WAAF werkte, was gearriveerd: een roodharige soldaat. In de Engelse stadjes en dorpen verzamelden zich steeds meer Amerikaanse militairen, die op de heuvels en stranden van Engeland militaire oefeningen deden. De strijdmacht van Engeland was door de Amerikaanse soldaten enorm in aantal toegenomen, en iedereen bereidde zich voor op het ophanden zijnde gevecht waarmee Europa bevrijd moest worden. Ooit.

In het najaar van 1942 had de tweede Slag bij El Alamein een keerpunt voor de geallieerden betekend. De reeks nederlagen die ooit eindeloos had geleken, maakte nu plaats voor een reeks overwinningen, om te beginnen in Noord-Afrika en daarna in Italië, waar het leger van de geallieerden na zware gevechten eindelijk voet op Europese grond kon zetten. In februari 1943 was Stalingrad heroverd en begon Rusland zijn ingenomen steden te heroveren. De overwinning was niet langer een onbereikbare droom, maar een echte en aanlokkelijke mogelijkheid.

Zoetjesaan verlieten er al gasten het restaurant. De wijzers van de klok schoven onverbiddelijk naar half tien. Thea's laatste trein ging om tien over tien. Ze voelde haar hevige verlangen en haar teleurstelling steken. Dit waren de momenten waarvoor ze leefde, en als die niet goed uitpakten, voelde ze de pijn vanbinnen branden. Ze deed maar alsof ze opnieuw de kaart bekeek. Ze had het zich heel anders voorgesteld. Ze had niet gedacht dat de liefde haar zo radeloos kon maken als ze zich nu voelde.

De ober vroeg of ze nog een hoofdgerecht wilde bestellen en voegde eraan toe dat de keuken bijna ging sluiten. Thea vroeg om de rekening. Ze betaalde de sixpence en legde nog wat muntjes neer voor de ober. Daarna ging ze naar de foyer om haar jas te halen. Ook andere mensen trokken hun jas aan, betaalden de rekening en informeerden naar taxi's en bussen. Toen ze een arm in een mouw stak, ging de deur open en zag ze Cormac binnenkomen.

Haar hart sprong op, ze vielen elkaar in de armen. 'O, gelukkig dat je er nog bent,' zei hij. 'Heb je mijn bericht gekregen?'

Thea schudde haar hoofd. 'Nee, niets.'

'Hè, verdomme, ik heb gebeld. De trein reed niet. Ik moest een lift regelen, achter op een motor.'

Toen ze naar buiten liepen, sloeg hij zijn arm om haar middel. 'Ik was bang dat je niet zou komen,' zei ze.

Op de donkere stoep bleven ze staan, en hij nam haar gezicht in zijn handen en kuste haar. 'Daar hoef je nooit bang voor te zijn,' mompelde hij. 'Ik kom hoe dan ook altijd naar je toe, ik zal er altijd voor je zijn, waar je ook bent. Ik zal je nooit in de steek laten. Ik hou van je.'

'En ik hou ook van jou. Heel erg.'

De dode bladeren in de goot woeien op in een koel briesje. Thea sloot haar ogen en ze kusten elkaar.

Tot Sophies immense vreugde stond Stuart ineens onaangekondigd bij haar voor de deur, net toen ze het eten voor haar kostgangers opdiende: een groentetaart en een nepabrikozenvlaai toe. In werkelijkheid waren de abrikozen wortels en in het deeg zat aardappel, maar het alternatief zou een pudding van aardappelmelk zijn geweest, en dat ging haar net even te ver. Stuart bood aan te helpen opdienen. Vera zei dat zij het wel wilde doen, zodat Stuart en Sophie even met elkaar konden praten, maar Stuart wilde per se helpen.

Toen ze weer in de keuken kwam, nadat ze de kostgangers een kopje thee had gebracht, stond hij af te wassen. Ze voelde dat hij gespannen was.

'Ik moet je iets vertellen, mam.'

Vera wilde net de keuken binnenkomen, maar draaide zich meteen om en sloot zachtjes de deur achter zich.

Sophie pakte een theedoek. 'Brand los.'

Ze zag dat hij zijn rug rechtte, alsof hij zich schrap zette voor een klap. 'Mam, ik ben getrouwd,' zei hij.

Het lukte haar net om het glas dat ze stond af te drogen niet te laten vallen. Ze keek hem met grote ogen aan. 'Getrouwd. Bedoel je dat je gáát trouwen?'

'Nee, mam. Ruby en ik zijn afgelopen zaterdag getrouwd.'

Ruby? Wie was Ruby is vredesnaam? Ze had nog nooit van die hele Ruby gehoord. Voorzichtig zette ze het glas neer.

'Ik dacht, laat ik je het maar meteen komen vertellen,' zei Stuart vlug.

'Getrouwd,' zei ze weer.

'Ik hou van haar, mam. Ze is zo mooi en lief. Ik hou heel veel van haar. We zijn in Liverpool getrouwd, daar woont ze. Alleen wij en een paar mensen van straat, als getuige.'

'Maar waarom?' riep ze uit. 'Vanwaar die haast? En waarom heb je het me niet verteld?' Hoe was een of andere grijpgrage harpij erin geslaagd haar Stuart in haar klauwen te krijgen? Ze stond te tollen op haar benen van de schrik. *Getrouwd.*

Stuart keek omlaag in het sop. 'Het is namelijk zo: Ruby is in verwachting.'

Sophie ging aan de keukentafel zitten. 'O, Stuart,' zei ze zacht.

'Ben je niet blij dat we een kindje krijgen?' vroeg hij boos. 'Over Rosalind was je wel blij.'

Dat is toch heel iets anders! Ze wist nog net op haar tong te bijten. Ze wist dat ze als ze nu iets verkeerds zei, hem voor altijd kwijt kon raken. Stuart dacht dat hij van deze vrouw, van die Ruby, hield.

Ze spande zich bovenmenselijk in. 'Natuurlijk ben ik blij. Ik ben dol op baby's en het lijkt me heerlijk om nog een kleinkind te krijgen, Stuart, echt waar. Het is alleen zo plotseling. Ik moet het even verwerken.'

Hij haalde zijn kletsnatte handen uit het afwaswater. 'Zal ik even thee voor ons zetten?'

'Ja, lekker.'

Ze keek naar hem, haar jongen, eenentwintig nog maar, terwijl hij water in de fluitketel liet lopen en hem opzette. Hij had haar temperament en haar goudblonde haar en blauwe ogen, en ze waren altijd heel hecht met elkaar geweest. Ze had zich wel eens afgevraagd met wat voor meisje hij zou trouwen. Iemand zoals zij, iemand met wie ze kon praten. Ze kon wel janken.

'Wanneer is ze uitgerekend?' vroeg ze toen maar.

'Maart.'

Sophie rekende even snel en wist dat dit meisje – Stuarts vróúw – dus al drie maanden zwanger moest zijn.

'Weet Duncan het al?' vroeg ze.

'Ik heb hem gebeld. Hij zei dat ik het jou persoonlijk moest vertellen.'

Dus een van haar zonen had in elk geval nog een béétje gezond verstand. Stuart maakte thee en zette een beker voor haar neer. Sinds hij bij de marine zat, was hij in allerlei dingen heel bedreven geworden. Hij was natuurlijk niet meer haar kleine jongen, hij was een man, een man die in staat was om zwaar en gevaarlijk werk te verrichten. Maar dan nog. Vorig jaar had hij met kerst geprobeerd een zeemansbaard te laten staan, maar het was een vlassig geval geworden en Duncan had hem er zo mee geplaagd dat hij hem had afgeschoren. En hij had ook nog een paar jeugdpuistjes.

Hij deed de deur naar de tuin open; frisse lucht woei de keuken binnen. Hij leunde tegen de deurpost en haalde een pakje sigaretten uit zijn zak. Sophie had maar één gedachte en dat was dat hij zijn toekomst vergooide.

'Hoe lang kennen Ruby en jij elkaar?'

'Een half jaar.' Stuart gooide de gedoofde lucifer in een bloempot. 'We hebben elkaar een half jaar geleden ontmoet, maar als je alles bij elkaar optelt, zijn we maar negen dagen samen geweest.' Hij zei het alsof het iets wonderbaarlijks was, iets prijzenswaardigs zelfs.

'Hoe oud is ze?'

'Negentien.'

Negentien. 'En wat vinden haar ouders ervan? Ik neem aan dat ze nog ouders heeft?'

'Haar vader zit bij de koopvaardij. Haar moeder heeft haar het huis uit gezet. Ze slaapt nu bij haar zus op de bank.'

Sophie wist dat ze eigenlijk 'Het arme kind' of iets dergelijks had moeten zeggen, want dat zou Stuart van haar hebben willen horen, maar ze kreeg het niet voor elkaar. Ze voelde juist een golf van afkeer.

Stuarts gezicht kreeg een zachtere uitdrukking. 'Ik wist meteen toen ik haar zag dat zij de ware was. Jij vindt haar ook vast geweldig, mam, ik weet het zeker.'

'Ja hoor, dat geloof ik zeker.' Dat had ze dan toch maar over haar lippen gekregen.

'Een van de kamers staat nu toch leeg, hè, mam?' vroeg Stuart onhandig en bedrukt.

Ze keek hem met grote ogen aan. 'Het punt is,' zei hij er snel achteraan, 'dat Ruby nergens naartoe kan. Ze kan niet naar huis. Dus ik dacht dat ze misschien hier kon komen wonen.'

Lieve hemel, dus nu werd er van haar verwacht dat ze dit meisje onderdak bood... Sophie schraapte haar keel. 'Je vrouw is hier altijd welkom, Stuart.' Het woord 'vrouw' voelde vreemd, hobbelig en onbekend.

Nu kon er voor het eerst bij Stuart een glimlachje af. 'Dan ga ik haar halen, oké?'

'Haar halen?' zei ze hem verbijsterd na.

'Ja, ze zit in de Blackbird Tea Rooms op me te wachten.' Hij vloog de deur uit.

Sophie had zich een uitgekookte brutale meid voorgesteld, ordinair gekleed en heel tevreden over het feit dat ze Stuart in haar netten had weten te strikken, maar zo was Ruby helemaal niet. Ze zag er nog jonger uit dan negentien en ze was klein en heel erg mager. Op haar kinderlijke, stralende gezicht zat geen spoortje poeder of lippenstift. Ze had een kersenrode jurk met witte manchetten en een witte kraag aan, die wijd om haar smalle lichaam zat, en ze droeg een baret van bruin vilt, waarvan Sophie vermoedde dat het haar mooiste hoofddeksel was en dat ze die speciaal voor de ontmoeting met haar schoonmoeder had opgezet. Onder de baret kwamen de punten van haar steile donkere haar uit. Ze deed Sophie aan Olijfje denken.

Het eerste wat ze tegen Sophie zei was: 'Heel leuk om kennis met u te maken, mevrouw Craxton, maar ik geloof dat ik moet overgeven.'

Stuart trok haar snel mee naar de wc. Er klonken akelige geluiden. Stuart kwam terug naar de keuken. 'Ze moet voortdurend overgeven. Voortdurend, mam.'

'Het arme kind.' Deze keer was het gemeend. 'Dat hebben sommige vrouwen nu eenmaal. Zet nog maar even water op.'

Ruby kwam met een wit gezicht, maar wel glimlachend terug van de wc. 'Het spijt me ontzettend, mevrouw Craxton.'

'Dat is helemaal niet erg. Ik pak even wat crackers voor je, dat helpt meestal wel. Kom in de tuin zitten. Frisse lucht zal je goeddoen.'

Ruby en zij gingen naar buiten. Stuart zette thee en Sophie haalde de tuinstoelen tevoorschijn. Ruby liep door de tuin. 'Wat een schattig tafeltje!' riep ze uit. 'Jee, wat een mooie tuin. En hier staan zelfs echte frambozen, mevrouw Craxton!'

'Sophie. Zeg maar Sophie, hoor. Kom, ga zitten, kind. Je zult wel doodmoe zijn van de reis.'

Ruby zeeg neer op een stoel. 'Er kwam geen eind aan. Ik moest de hele tijd naar de wc rennen. Een meneer stond voor me op. Dat was heel aardig van hem.'

Stuart kwam naar buiten met de crackers en de thee. Ruby nam er meteen een. 'Alles wat ik eet komt er weer uit,' zei ze knabbelend. 'Ik snap niet hoe het die baby lukt om groter te worden.'

Onder de plooien van de kersenrode jurk was geen bolling te bekennen. Stuart ging naast Ruby zitten. Ze hielden elkaars hand vast.

'Ontzettend aardig van je dat ik hier mag blijven, Sophie,' zei Ruby. 'Ik beloof dat je geen last van me zult hebben. Stuart vertelde dat je kostgangers hebt. Ik kan in het huishouden helpen en met koken. Dat kan ik heel goed, echt.'

Ze keek Sophie aan met grote donkerbruine ogen, waarin tranen blonken. Stuart sloeg zijn arm om Ruby heen en drukte haar tegen zich aan. 'Het komt goed,' zei hij zacht. 'Toch, mam? Het komt goed.'

Ze gaf Ruby een klopje op haar smalle, knokige hand. 'Natuurlijk komt het goed.'

Haar angst zakte. Haar hart smolt toen ze zag dat Ruby zo bekommerd was om Stuarts geluk en hij op zijn beurt om dat van haar. Haar denkbeeldige schoondochter, het meisje met wie ze Stuart in gedachten ooit had zien trouwen, verdween naar de achtergrond en was vergeten.

Zodra Stuart de kamer binnenkwam, begon Ruby te stralen. Hij was bezorgd om haar, bracht haar kopjes thee en zocht kussens voor in haar rug. Als ze samen waren, hielden ze elkaars hand vast en sloegen hun armen om elkaar heen. Stuart nam haar graag op schoot, en dan legde ze haar hoofd tegen zijn schouder.

Het was een goed stel samen, dat zag Sophie ook wel. Stuart leek zekerder van zichzelf, nu hij met Ruby was. Hij was altijd een gevoelige en zorgzame jongen geweest, en misschien was het dus wel goed voor hem dat hij zich om Ruby kon bekommeren. Ze was misschien niet echt knap, maar ze had wel iets aardigs, iets charmants. Je moest wel heel hardvochtig zijn om lang tegen Ruby's hartelijkheid en enthousiasme bestand te zijn. Bovendien had ze zelf ook niet echt lang en goed nagedacht voordat ze met Hugh was getrouwd, bedacht ze.

Toen Stuart weer naar zee was, ging Sophie met Ruby naar de kliniek, waar ze gewogen en gemeten werd en levertraan en sinaasappelsap kreeg, en ze ging met haar naar haar huisarts, die haar, nogal onzinnig, gewoon eten en slappe thee aanraadde, wat er bij Ruby allemaal weer uit kwam. Sophie zorgde ervoor dat Ruby nadat ze had overgegeven meteen weer iets at, wat ze ook maar door haar keel kreeg, in de hoop dat ze toch iets binnen zou houden. Misschien dat het hielp, want na een poosje hield het hevige braken op en kreeg Ruby een klein, maar onmiskenbaar buikje.

Het was anders in huis nu Ruby er woonde. Ze was Sophie oneindig dankbaar dat ze haar in huis had genomen en was vol van zowel het huis als de tuin. Ze was altijd vrolijk en een wervelwind van energie. Ze hielp graag in huis, en hoewel Sophie haar smeekte om toch wat rust te nemen, drong op een gegeven moment tot haar door dat Ruby liever bezig was. Ze was de op een na oudste in een gezin van zeven broers en zussen, gewend om met het huishouden te helpen, en ze was er vlug en bedreven in. Ze zoefde op handen en knieën over tegelvloeren en ging dan op haar hurken haar werk zitten bewonderen. 'Kijk, zo glanst hij weer mooi,' zei ze dan. Ze schilde aardappelen en schrapte wortels in recordtempo, en haar koude handen waren zeer bedreven in pasteideeg maken. Na een paar weken kon Sophie zich het huis al niet meer zonder haar voorstellen.

Ruby zag er breekbaar uit, maar Sophie bespeurde een zekere taaiheid bij haar, die het gevolg was van de gevechten die ze op zeer jonge leeftijd al had moeten leveren. 'Mijn moeder heeft het gewoon opgegeven,' vertrouwde ze Sophie op een dag toe toen ze de voorraadkast aan het uitruimen waren. 'Zeven kinderen in tien jaar – ik kan het haar ook niet echt kwalijk nemen.' Een pot ingelegd zuur leek zijn langste tijd gehad te hebben. 'Als mijn zus Angie en ik uit school kwamen, lag mijn moeder in bed en lag de kleine Frank in zijn ledikantje te huilen. We gingen om de beurt thuis langs om voor hem te zorgen. Zo wil ik niet worden. Ik krijg twee kinderen en meer niet. Daar is Stuart het mee eens. En we nemen een mooi huis met een tuin en een hond en een kat. We worden een echt gezinnetje.'

17

Oktober 1943 – maart 1944

In oktober ging Thea naar Northumberland om kennis te maken met Cormacs vader en zus. Hij wachtte haar op het station van Hexham op en vandaar gingen ze verder met een boemeltrein. Ze keek naar buiten en zag heuvels, paars van de hei of roestbruin van de varens, de toppen in wolkenflarden gehuld. Op een klein stationnetje stapten ze uit en wachtten op de bus. Die bracht hen naar het dorpje Lawton. Ze liepen hand in hand Lawton uit, over een smalle weg het open land in, met steile heuvels en donkergroene dalen.

Ze kwamen langs een groot stenen huis, een eindje van de weg af gelegen. Tegen de gevel groeide een vuurrode wingerd, die een paar ramen versluierde. Aan weerskanten van het huis wierpen cipressen en buxussen donkere schaduwen op een gazon waarop meer distels en kruiskruid dan gras leken te groeien. Op het voorplein en de oprit van grind lagen gele waterplassen; aan een zijkant lag een berg flessen en verroeste blikjes. De naam van het huis, Langhill House, stond in een stenen plaquette, naast het verroeste smeedijzeren hek.

'Dat is het huis van de familie Greville,' zei Cormac. Thea herinnerde zich dat Cormac haar had verteld dat de familie Greville een groot deel van de grond rond Crawburn in bezit had, waaronder het akkerland dat zijn oom en tante bewerkten.

Na Langhill werd de weg steeds smaller, tot het een karrenspoor werd dat verder de heuvel op liep. Toen ze een bocht om liepen, zag Thea een fiets over het pad op hen af komen denderen. De wielen hotsten ratelend over het spoor en de donkere krullen van de berijdster sprongen op en neer.

'Mijn zus,' zei Cormac. Hij zwaaide. 'Nicola!'

De fiets kwam met piepende remmen tot stilstand en Nicola Jamieson sprong eraf. Ze was een paar centimeter langer dan Thea, slank en pezig, met hetzelfde knappe donkere voorkomen als haar broer. Haar ogen waren lichter en groener dan die van Cormac, een lichte groenblauwe kleur die mooi afstak tegen haar gebruinde gezicht.

'Dan ben jij vast Thea,' zei Nicola. 'Cormac heeft al alles over je verteld.' Ze sloeg grijnzend haar ogen ten hemel. 'Echt, álles. Heel uitgebreid.'

'Hou op, Nicola,' zei Cormac quasi-boos.

Zijn zus keek hem plagerig aan. 'Op grond van zijn beschrijving had ik een combinatie van Mona Lisa en Marie Curie verwacht. Slim én mooi.'

'Let maar niet op haar, Thea. Hoe gaat het hier?'

'Goed hoor. Pa is in een goed humeur.'

'Om een speciale reden?'

Nicola haalde haar schouders op en duwde haar fiets over het pad omhoog. 'We hebben weer een brief gehad van het ministerie van Landbouw, waarin staat dat we op Whin Fell tarwe moeten verbouwen. Ik heb gezegd dat daar alleen maar gaspeldoorn en gras groeien. Als ze dat bemoeizuchtige mens nog een keer langs-sturen, springt pa uit zijn vel.'

'Hoest hij nog erg?'

'Dat is iets beter. Het gaat best goed met hem, Cormac. Hij kan niet meer zo veel als vroeger en dat irriteert hem, maar dat is alles. Je kent hem.'

'Hoe gaat het op de boerderij? Red je het een beetje?'

'Natuurlijk red ik het,' zei Nicola gepikeerd. 'Als niemand me lastigvalt, gaat alles prima.' Toen werd haar blik iets zachter. 'Ik ben blij dat je er bent. Misschien dat pa dan wat minder op me moppert, die ouwe zeurpiet.'

'Het is fijn om thuis te zijn.' Cormac kneep in Thea's hand. 'Kijk, dat is Crawburn.'

In de verte stond een witgepleisterde boerenhoeve tegen de helling van een heuvel genesteld, als een boek dat keurig op een plank is gezet. Aan één kant had het huis een puntgevel en aan de andere kant lagen wat bijgebouwen en schuren. Het huis had een aantal grijze leien daken, van verschillende hoogtes, allemaal met een hoge witte schoorsteen erop. De ramen met verticale raamstijlen en zwarte kozijnen keken uit op een rommelige tuin, bestaande uit een reeks terrassen die met smalle sintelpaden en stenen trapjes met elkaar waren verbonden. Op een van de lagergelegen terrassen woekerde een klimroos om een appelboom heen. Wat hogerop, naast een stenen bankje, stonden terracotta potten met daarin de laatste rode geraniums van die zomer.

'Wat mooi,' zei Thea. En dat was het ook. Ze had maandenlang in legerkampen gewoond, maar hier kreeg ze het gevoel dat ze weer kon ademen. Hier wist ze weer wie ze was. Artillerist Thea Margaret Craxton kon hier een paar stappen achteruit doen.

'De tuin was het terrein van mijn moeder,' zei Cormac. 'Nicola houdt hem bij.'

'Mijn vader is een aanhanger van de brandcultuur als het op tuinieren aankomt.' Nicola zette haar fiets tegen de muur van een bijgebouw. 'Hij mag er van mij niet komen. Dat mens van het ministerie van Landbouw zei dat ik de terrassen voor erwten en bonen moet gebruiken. Ik heb gezegd dat ze zich met haar eigen zaken moest bemoeien.'

De voordeur ging open en twee zwart-met-witte bordercollies vlogen over de flagstones op Cormac af. Daarna kwam er een man naar buiten.

'Hallo, pa!' Cormac stak ter begroeting een hand naar zijn vader op.

Robert Jamieson was lang en fors. Zijn doordringende blauwe ogen keken onder een warrige bos grijs haar nieuwsgierig de wereld in. Hij knikte naar Cormac en draaide zich toen om naar Thea.

'Welkom op Crawburn, meid.'

Er werden beleefdheden uitgewisseld, en toen richtte Robert Jamieson zich tot zijn zoon. 'Oom John en tante Cathy zijn er. Ze hebben zichzelf voor het eten uitgenodigd, zodat ze jou konden zien.'

'Ze zijn hier heus niet om Cormac te zien, pa.' Nicola keek even plagerig naar Thea. 'Iedereen wil de vrouw zien voor wie onze Cormac dan eindelijk gevallen is.'

Cormac wierp haar een boze blik toe. Nicola zei iets over dat ze moest gaan kijken of het eten niet aangebrand was en liep snel naar binnen. Robert Jamieson vroeg hoe Thea's reis was geweest. Prima, zei ze. Terwijl ze naar binnen liepen, spraken Cormac en zijn vader over de boerderij.

De keuken was een groot vertrek met een ontspannen, gemoedelijke sfeer. Op de vloer lagen grijze leitegels, uitgesleten door de voetstappen die er jarenlang overheen waren gegaan. Het lage plafond werd ondersteund door grote zwarte balken, en aan hoe diep de ramen lagen, kon je zien dat de muren meer dan dertig centimeter dik waren. Aan haken aan het plafond hingen ijzeren theepotten en pannen, en er was een reusachtige schouw met een ouderwets zwart fornuis, waarop Nicola aan het koken was. Op de enorme buffetkast stonden rijen blauw-wit Delfts aardewerk en in een hoge kast met glazen deurtjes stonden koperen schenkkannetjes en aardewerken kruiken. Op de grote, ronde zwarte tafel stonden zes prachtige oude glazen met de kleur van cranberry's.

Het getik van de staande klok in een hoek van het vertrek was door al het roeren in potten en pannen en door het gekwebbel van de familieleden bijna niet te horen. Toen iedereen aan elkaar was voorgesteld, ging Nicola weer voor het fornuis staan, roerde in een stoofpan en riep instructies naar Cormac, die de tafel aan het dekken was.

Oom John was magerder dan zijn oudere broer, Cormacs vader, maar had wel dezelfde kleur haar en dezelfde gelaatstrekken als de rest van de familie. Zijn vrouw, tante Cathy, was een kleine, slanke vrouw met een gezicht dat zo rood en doorgroefd was als een verschrompeld appeltje. Thea werd bestookt met vragen. Waar kwamen haar ouders vandaan? Wat vond ze van Northumberland? Was ze hier al eens eerder geweest? Waar was ze gestationeerd? Bij welk regiment zat ze en wat was een cinetheodoliet en hoe lang had het geduurd voor ze er een kon bedienen?

'Ik zei toch dat die vriendin van Cormac een slimme tante was,' zei Nicola, terwijl ze met een mes in een aardappel prikte.

Er volgden nog meer vragen, nu over Londen, de Blitz en Rowan. 'Waar hebben jullie elkaar ontmoet?' vroeg tante Cathy toen.

'In Frankrijk,' zei Cormac. 'In 1940.' Hij legde lepels op tafel. 'Zonder Thea was ik nooit thuisgekomen.'

'O, onzin.' Thea bloosde. 'Dat is niet waar. Jij hebt míj juist op de been gehouden. Zo was het en niet andersom.'

'Niet waar. Als jij er niet was geweest, was ik waarschijnlijk pas bijgekomen als een of andere Duitse soldaat tegen me aan had geschopt. En dan zat ik nu in een kamp.'

Nicola stond de borden te tellen en onderbrak de volgende stortvloed aan vragen. 'Laat Thea even haar kamer zien, Cormac. Het eten is bijna klaar en ik denk dat ze zich wel even wil opfrissen.'

Cormac pakte haar plunjezak en Thea liep achter hem aan het huis door. De kamers van Crawburn liepen in elkaar door, zonder gangen ertussen. De vloeren hadden verschillende hoogtes, net als de plafonds. Zo nu en dan trok Cormac zijn hoofd in om te voorkomen dat hij het tegen een deurlijst stootte, een beweging die zo vloeiend ging dat Thea de indruk had dat hij er niet eens meer bij na hoefde te denken.

'Er werden gewoon een paar kamers bijgebouwd als de mensen daar zin in hadden,' vertelde hij. 'Dus sommige delen van het huis zijn een paar honderd jaar oud en andere zijn vrij nieuw. In de zeventiende eeuw, toen dit net gebouwd was, stonden beneden dieren, waar nu de keuken is.'

Ze liepen een smalle, bochtige trap op, naar de bovenverdieping. Toen Cormac haar haar kamer liet zien, glimlachte hij verontschuldigend. 'Sorry van dat vragenvuur.'

'Wees maar blij dat je een echte familie hebt.'

Ze kusten elkaar, en Thea wreef met het kussentje van haar duim over zijn nek en de springerige krulletjes. Ze was het liefst voor altijd met hem hier gebleven, in zijn armen, in deze stille kamer, maar beneden riep iemand hem al.

'Ik moet naar beneden,' zei hij met een grijns. 'Ik beloof je, lieveling, dat we ooit helemaal samen zullen zijn, met verder niemand erbij.' Hij kuste haar weer. 'Over een minuut of tien gaan we aan tafel. Als je de keuken niet meer kunt vinden, ga je maar gewoon op het lawaai af.'

Terwijl Thea een jurk uit haar tas haalde en de kreukels eruit schudde, dacht ze na over deze familie. Ze had ze meteen erg aardig gevonden, vooral Nicola, en van de zenuwen die ze gevoeld had over de kennismaking met Cormacs familie, was niets meer over. Het was haar opgevallen dat het geen mensen waren die elkaar knuffelden. Zowel Cormac als zij had ter begroeting van zijn vader, oom en tante een hand gekregen. Nicola had de broer die ze al maanden niet had gezien begroet met een klopje op zijn arm. Maar onder al het geplaag en de grapjes had Thea wel oprechte genegenheid en warmte bemerkt.

Ze waste zich, kleedde zich om en keek ondertussen de kamer rond. Die was klein en gezellig en keek uit op de voortuin. Het raam stond helemaal scheef – eigenlijk leek de hele kamer met alles erin schots en scheef te staan. Twee poten van het bed waren op houtblokken gezet, waarschijnlijk om te voorkomen dat degene die erin lag te slapen eruit zou rollen, en de vloer liep schuin af naar een grote nis met daarin een ladekast, een wastafel en een kan water met zeep en een handdoek. Iemand had op de wastafel en de ladekast een jampotje met wat bloemen erin neergezet – Nicola, vermoedde Thea.

Thea voelde dat het huis doortrokken was van het verleden. Het zat in de verschoten, doorgestikte katoenen bloemetjessprei, het gerafelde vloerkleed en de versleten, sierlijke voorwerpen die ze in de kasten in de keuken had zien staan en die waarschijnlijk al generatieslang waren gekoesterd en gebruikt.

Toen ze klaar was, ging ze naar beneden. Er was lamsstoof met aardappelpuree en appeltaart toe. Eerst ging het gesprek vooral over de boerderij. Robert Jamieson liep rood aan toen hij Cormac vertelde over de regels die het ministerie van Landbouw had opgelegd in zijn streven om de opbrengsten te verhogen, zodat het land in de oorlog zelfvoorzienend kon zijn. Er volgde wat gekibbel tussen oom John en zijn broer over het gebruik van een stuk grond, Nicola en haar tante waren het oneens over de vraag of appels nu wel of niet eerst even kort gekookt moesten worden voordat ze in een taart gingen.

'Hij is in elk geval heerlijk,' zei Thea, maar ze wist niet of iemand haar gehoord had.

'Die ouwe Greville maakt het niet lang meer, schijnt,' zei Cormacs vader toen.

Cormac keek op. 'Is Charles Greville ziek dan?'

'Hij gaat dood, zeggen ze. De dokter gaat elke dag op Langhill langs.'

Nicola gaf een kannetje custard rond. 'Ik hoorde van Marian Kerr dat mevrouw Greville Rufus heeft laten komen.'

'Die zit toch in het leger?'

'Hij is gestationeerd op Salisbury Plain, net als jij, Cormac.' Nicola zette de taart op het aanrecht en ging zitten. 'Misschien komen jullie elkaar wel een keer tegen.' Ze gniffelde.

'Rufus is de zoon van Charles Greville,' legde Cormac aan Thea uit. 'Hij is een paar jaar ouder dan ik. Langhill is dat huis waar we daarstraks langs zijn gekomen, weet je nog?'

'Rufus is inmiddels getrouwd,' zei tante Cathy. 'Met een meisje uit Londen. Wanneer zijn ze ook alweer getrouwd, John?'

'Hoe moet ik dat weten?' zei John Jamieson ongeïnteresseerd.

'Vijf, zes maanden geleden,' zei Nicola. 'Ze heet Madeline. Ze heeft blond haar en grote blauwe ogen en ze ziet eruit alsof ze zo weg kan waaien.'

'Ze is nog niet zwanger,' zei tante Cathy.

'Geef ze even een kans,' mompelde oom John.

Tante Cathy tuitte haar mond. 'Ze keurde me geen blik waardig toen ik haar laatst in het dorp zag.'

'Misschien wist ze niet wie je was.'

'Iedereen weet wie ik ben. Ze heeft het hoog in de bol.' Tante Cathy nam wat van de custard. 'De Grevilles schijnen zo ongeveer aan de grond te zitten, en dat zou de reden zijn waarom Rufus met dat meisje getrouwd is. Ze heeft geld ingebracht.'

'Charles Greville kon het nooit laten om op paarden te wedden,' beaamde John.

'Ze hebben dat huis totaal verwaarloosd.'

'De weg is er slecht aan toe,' zei Cormac.

Robert fronste zijn voorhoofd. 'Ik heb Greville erover geschreven, maar hij heeft niet geantwoord.'

'Maar als hij ziek is, pa...'

'Zij had toch het fatsoen kunnen hebben om erop te reageren, of niet soms?'

In een overduidelijke poging op een ander onderwerp over te stappen informeerde Cormac naar zijn neven, Francis en Jack, de tweeling van John en Cathy, en het gesprek ging verder. Het licht viel door de ruitjes en vormde trillende vierkanten op de leistenen vloer.

Toen ze klaar waren, bood Thea aan om af te wassen. Cormac en tante Cathy boden ook aan te helpen, maar Nicola zei dat ze het liever alleen met Thea deed.

'Tante Cathy zegt altijd dat ik het niet goed doe,' legde ze Thea uit toen de anderen naar de woonkamer waren vertrokken. 'En zo kan Cormac ervoor zorgen dat mijn vader en oom John elkaar niet de hele tijd in de haren vliegen.'

Thea waste af en Nicola zette een grote pot thee, die ze naar de woonkamer bracht. Toen ze terugkwam, deed ze de deur achter zich dicht.

'Jij ook een peuk, Thea?'

'Nee, dank je.'

'Thee dan maar.' Nicola vulde de fluitketel nog een keer en zette hem op het vuur. Ze stak een sigaret op, nam een trek en leunde met een zucht van verlichting tegen de deur. 'Goed gedaan. Je hebt het tot nu toe overleefd. Let maar niet op mij. Mijn vader zegt altijd dat als ik mijn mond opendoe, er alleen maar onzin uit komt.'

'Het lijkt me zwaar, om hier de boel draaiend te houden.'

'Er is altijd wat te doen. Mijn vader kan niet veel meer op de boerderij en daar wordt hij chagrijnig van. Niet dat hij in huis ooit geholpen heeft. Voor de oorlog kwam een meisje met wie ik op school heb gezeten altijd helpen, maar zij is naar het zuiden vertrokken om in een fabriek te werken. Daar verdient ze twee keer zo veel als wij haar hier kunnen betalen.' Nicola legde haar sigaret op een schoteltje en begon de glazen af te drogen. Ze wreef ze flink en efficiënt op. 'Vooral de winters zijn zwaar, als we ingesneeuwd zitten. Maar ik zou nergens anders willen wonen.' Ze zette de glazen in de kast en zei toen stijfjes: 'Bedankt dat je je in Frankrijk over Cormac hebt ontfermd.'

'Nee, ik meende het echt: ik heb eigenlijk niet veel voor hem gedaan.'

'Cormac verzint dat soort dingen niet. Als hij zegt dat jij hem hebt geholpen, dan héb je hem geholpen. Mijn vader zou het niet overleefd hebben als hij jarenlang in een kamp had gezeten.' Nicola legde het bestek in een la. 'Is je kamer naar je zin?'

'Ja, heel fijn.' Thea glimlachte. 'Luxe hoor, als je een nissenhut gewend bent. Heb jij die bloemen neergezet?'

'Ja.'

'Heel mooi. Dank je wel. Ik ben blij dat ik jullie nu eindelijk heb ontmoet. Cormac heeft me zo veel over jullie verteld.'

'Hij is stapel op je, Thea.'

'En ik hou heel erg veel van hem.'

'Mooi zo.' Nicola keek er fel bij. 'Want ik zou je vermoord hebben als ik de indruk had dat je een loopje met hem nam. Cormac heeft altijd goed op me gepast. Laat die pan maar, Thea, die moet even in de week. Kom, dan nemen we onze thee mee naar buiten. Is het voor jou warm genoeg? Ik heb geen zin om bij die ouwe kletsmeiers te zitten. Laat tante Cathy zich voor de verandering maar lekker tegen Cormac aan bemoeien.'

Ze trokken hun jas aan en gingen met hun beker thee naar het hoogstgelegen terras. Nicola ging met een zucht op het stenen bankje zitten.

'Fijn om eens met een andere vrouw te kunnen praten,' zei ze. 'We hebben veel te veel mannen in deze familie. Volgens mij heeft mijn vader de helft van de tijd niet door dat ik een vrouw ben.'

'Heb je wel vriendinnen hier in de buurt?'

'Een paar.' Nicola keek uit over de terrassen. 'Tegenwoordig niet meer zo veel. Een heleboel zijn vertrokken om in dienst te gaan of in een fabriek te werken. En bovendien heb ik door de boerderij en mijn vader geen tijd voor vriendinnen.'

'En een vriendje?'

Nicola snoof minachtend. 'Kijk hoe ik eruitzie.' Ze gebaarde naar haar geelbruine broek en oude geruite overhemd. 'Ik zie er niet eens meer uit als een vrouw. Waarom zou een jongen nog naar me omkijken?' Ze glimlachte zo'n beetje. 'De laatste keer dat ik Madeline Greville in Lawton zag, had ze een witkanten jurk aan en een roze hoedje op. Wit kant! Wat zou ik met een witkanten jurk moeten? Die zou maar vies worden als ik de varkens te eten geef of de stallen uitmest.' Ze stak nog een sigaret op. 'Een paar jaar geleden zeurde Lennie, die idioot, me steeds aan mijn kop omdat hij met me naar de film wilde.'

'En ben je gegaan?'

'Een of twee keer. Zijn familie woont in het dal. Lennie is best aardig. Maar hij zit nu in Italië, geloof ik. Als hij terugkomt, zal hij me wel vergeten zijn, na al die mooie Italiaanse meiden.'

Cormac kwam naar buiten en ging bij hen op het terras zitten. Nicola bedacht opeens dat ze binnen iets moest doen, pakte de lege bekers en liep snel de tuin door.

Cormac sloeg zijn arm om Thea heen. 'Alles goed?'

'Alles goed.' Ze kuste hem.

'Zullen we een eindje gaan lopen? Ik moet iets met je bespreken.'

'Vertel.'

'Zo meteen.'

Een hek in de stenen muur achter het terras gaf toegang tot een weiland. Cormac wees herkenningspunten aan: velden, heuvels, beekjes en dalen, met in een daarvan Bane Rigg, waar John en Cathy woonden. Het bos waarmee de heuvel begroeid was, heette Low Chase. Ze namen het pad het bos in. Het was er betoverend mooi; het licht viel prachtig door het gebladerte van de berkenbomen met hun lichte stam en het rook er koud en scherp naar schimmels, gevallen bladeren en vochtige aarde. In dit deel van

Northumberland had je niet veel bossen, vertelde Cormac, maar Low Chase bestond al eeuwen. In het voorjaar groeiden er daslook en bosanemonen op de aardwallen en open plekken. Het verhaal ging dat tussen de bomen de resten van een heel oude nederzetting verborgen lagen.

'Het stenen tijdperk of de ijzertijd, dat weet ik niet meer,' zei Cormac. 'Dat is jouw afdeling, Thea. Hier ga ik naartoe als ik moet nadenken. Toen ik klein was, kende ik hier alle bomen. Low Chase is van de familie Greville, maar wij namen dit pad altijd als we naar Bane Rigg gingen, het huis van oom John en tante Cathy.'

Ze kwamen uit de schaduw van de bomen. Cormac wees haar Langhill House aan, beneden in het dal.

'En, wat vind je van Crawburn?'

Ze glimlachte naar hem. 'Prachtig.'

'Zou je jezelf hier kunnen zien wonen?' Zijn toon was anders, hij keek onzeker en haalde iets uit zijn zak.

'Trouw met me, Thea,' zei hij. 'Wil je met me trouwen?'

Thea zag het doosje. Hij maakte het open. Er lag een verlovingsring in, met een kleine smaragd met diamantjes eromheen.

Ze aarzelde geen moment. 'Ja,' zei ze. 'Ja, ik wil met je trouwen.' Ze kusten elkaar en het was alsof haar hart uit elkaar zou springen van geluk.

Zes weken later trouwden ze voor de burgerlijke stand, met een eenvoudige ceremonie. Thea had een crèmekleurige zijden jurk aan en een jas van roze fluweel die ooit van Rowan was geweest en die Rowan voor haar had laten vermaken. Cormacs vader en Nicola kwamen uit Northumberland over en Rowan had een dag vrij gekregen van het ziekenhuis. Tot Thea's grote vreugde kon ook Helen de ceremonie bijwonen. Ze had Sophie, Stuart en Ruby ook uitgenodigd. Toen ze het gemeentehuis uit kwamen, gooide Thea haar boeket van winterbesjes de lucht in, en Rowan ving het keurig op.

Rowan leende hun haar appartement voor hun huwelijksreis van twee dagen. De eerste keer dat ze de liefde bedreven was heerlijk. Thea was best gespannen, maar kon zich al snel in Cormacs lieve omarming ontspannen, en de tweede keer was het zelfs nog fijner. Het was zelfs hemels. En de derde en de vierde keer ook.

Op hun laatste ochtend liepen ze naar Victoria Station. Ze namen afscheid op het perron en Cormac wachtte tot ze was ingestapt. Hoewel ze nu artillerist Thea Margaret Jamieson was, ging het leven hierna gewoon verder, was het nog net zo ingewikkeld om elkaar te zien en ging hun afspraak vaak op het laatste moment niet door. Het leger hoorde er eigenlijk voor te zorgen dat echtelieden op hetzelfde moment verlof kregen, maar dat lukte niet altijd.

Met kerst waren ze drie dagen samen. Ze logeerden in een pension in Surrey, vlak bij het trainingskamp waar Thea gestationeerd was, en daarna ging Cormac terug naar zijn regiment. In het nieuwe jaar begon Thea zich niet goed te voelen. Aanvankelijk dacht ze dat ze iets verkeerds gegeten had. In het leger kreeg je volop te eten, maar het was slecht bereid en smaakte nergens naar – brood, gekookte ingeblikte ham en stukgekookte kool. Maar toen ze er in een brief aan Rowan over schreef, antwoordde die per ommegaande. *Zou je niet zwanger kunnen zijn, Thea?* En ze dacht aan hun huwelijksreis, toen ze alleen de deur uit waren gegaan als ze eten moesten kopen. Stom dat ze daar niet eerder aan had gedacht.

Cormac en zij kregen een kindje, en dat was wonderbaarlijk en geweldig, maar behalve opwinding en blijdschap bespeurde Thea ook de nodige ongerustheid bij zichzelf. Ze hadden geen woonruimte, geen eigen huis. Ze zouden vast wel iets vinden als de oorlog was afgelopen, hield ze zichzelf voor. Tot het zover was, zou ze weer bij Rowan intrekken.

Ze was dol op baby's, maar had er weinig ervaring mee. Ze was nooit zo'n meisje geweest dat bij een kinderwagen met een baby erin stond te kirren. Ze moest denken aan de eerste keer dat ze Grace Fainlight had ontmoet. Grace had naar haar thuissituatie geïnformeerd. *Geen man en kleine kinderen?* Alsof ze als ze getrouwd was en kinderen had, geen carrière in de archeologie kon nastreven. De meeste getrouwde vrouwen werkten niet buitenshuis. Ze wilde dit kind, Cormacs kind, heel graag, maar ze wilde ook nog steeds graag archeoloog worden. Het leek soms wel alsof haar oude ambities naar de achtergrond waren verdwenen, bijna alsof de Fainlights en Barbury Hill in het leven van iemand anders voorbij waren gekomen. Thea had altijd bewondering gehad voor het huwelijk van de Fainlights, voor de gezamenlijke interesses en doelen van Grace en Monty en voor hoe ze elkaar steunden. Grace had een gezin én een carrière. Ze hield zichzelf voor dat je die twee dingen best kon combineren.

Zwangerschap was de enige reden waarvan je zeker wist dat je erom uit de ATS werd gezet. Ze ploeterde nog een paar weken door en dacht dat ze haar misselijkheid heel handig wist te verbergen, maar op een ochtend nam haar meerdere haar apart en vroeg botweg of ze soms in verwachting was. Twee dagen later had Thea haar gewone kleren weer aan en kreeg ze in een legertruck een lift naar Londen, terug naar Rowans huis.

Hoewel Londen de hele oorlog lang door luchtaanvallen geteisterd werd, werden die tijdens de 'kleine Blitz' in de koude eerste maanden van 1944 veel frequenter en heviger. In februari leenden Rowan en Josh een huisje van een vriendin van hem, Diana Clare. Het lag weggestopt in een bos in Hampshire, op de top van een lage heuvel, en je kwam er via een modderig paadje van vierhonderd meter lang, een afslag van een landweg. 'Lieve hemel,' mompelde Josh terwijl zijn sportauto rammelend over het bevroren spoor hotste. 'Mijn banden.'

Rowan deed de voordeur open en Josh laadde de koffers uit. Het huisje was gelijkvloers en was gemaakt van allerlei verschillende materialen, alsof degene die het had gebouwd gewoon had gebruikt wat er voorhanden was: baksteen, hout, kalksteen en zelfs een paar metalen reclameborden, een voor Bisto en een voor Champion-bougies, die om bescherming te bieden tegen het weer tegen de muur waren gespijkerd. Er waren vier kamers, maar geen badkamer. In de keuken hing een tinnen badkuip aan een spijker, en na enig zoeken ontdekte Rowan achter het huis een ijskoud hokje met daarin een wc, in de grond. In een hoek van de woonkamer lag een stapel speelgoed en in een van de slaapkamers stonden twee bedjes en hingen over een kledingrek lakentjes en dekentjes. Mevrouw Clare had op tafel een briefje met uitleg neergelegd. *Water haal je uit een put in de tuin. Soms vriest die dicht, maar dan giet ik er kokend water in en dat is meestal wel genoeg, maar je moet altijd een paar emmers reserve hebben, voor de zekerheid. In de schuur achter het huis ligt hout. Het zou fijn zijn als jullie alles vervangen wat jullie gebruiken, want ik moet de kamers warm kunnen houden voor de kleintjes.*

Josh haalde water uit de put en Rowan maakte de haard in de woonkamer aan en stak het fornuis aan. Hij bracht een emmer water naar de keuken. Ze stond bij de gootsteen aardappelen te schillen.

'Zo wordt je mooie jas nog vies,' zei hij.

Ze had nog steeds haar jas van gebroken witte kasjmier aan, die ze in betere tijden in Parijs had gekocht. 'Maar als ik hem uittrek, bevries ik,' zei ze. 'Ik had mijn verpleegsterscape moeten meenemen. Heb je honger?'

'Ik rammel echt,' zei hij zacht. Hij stak zijn handen onder de kasjmieren jas en legde zijn mond voorzichtig tegen de hare. Het verlangen laaide meteen in haar op. Maar toen ze, nadat ze de aardappelen op had gezet, naar de woonkamer ging, lag hij te slapen op de bank.

Hij had de vorige dag onaangekondigd bij haar voor de deur gestaan. Hij kwam altijd onaangekondigd. Het was echt een ongelooflijk toeval geweest dat haar week verlof voor de verandering eens samenviel met zijn week. Ze ging naast hem zitten. Ze keek graag naar hem als hij sliep, ze vond het fijn om naar zijn op- en neergaande borst te kijken en naar de uitdrukkingen die over zijn gezicht schoten. Ze ging met haar vingertoppen over zijn voorhoofd en probeerde de zorgrimpels eruit te strijken, maar toen deed hij zijn ogen opeens open.

'Hallo, Josh,' zei ze lief.

'O, ben jij het,' mompelde hij. 'Ik ben zo blij dat jij het bent.' Hij nam haar in zijn armen en woelde door haar haar. En toen viel hij weer in slaap.

Hij sliep het grootste deel van de eerste dag. Zo nu en dan werd hij even wakker, zei dat het hem speet dat ze niks aan hem had en stelde voor om een wandeling te gaan maken, maar tegen de tijd dat Rowan haar jas had aangetrokken, sliep hij alweer. Ze vond het niet erg. Ze vond het al genoeg dat hij er was en niets mankeerde. Ze kookte en dan werd hij wakker, at en sliep weer verder.

Rowan trok haar jas aan, deed haar muts op en haar sjaal om, ging naar buiten en wandelde door het kleine bos, waarbij haar schoenen op de dode bladeren knerpten, die allemaal een wit berijpt randje hadden. Het was windstil en ijskoud en de omgeploegde akkers rondom het huisje zagen wit van de vorst. Er heerste vooral stilte in het donkere hart van de winter, maar één keer zag ze een konvooi legertrucks over de smalle weggetjes van Hampshire rijden. En zo nu en dan vloog er een formatie vliegtuigen over, vermoedelijk op weg naar het Kanaal. Toen ze het te koud kreeg, ging ze terug, legde hout op het vuur en las een van de historische romans die Diana Clare had staan.

De volgende dag werd Josh echt wakker, dus trokken ze hun jas en schoenen aan en liepen het smalle paadje af. Aan de overkant van de weg liep een lange, met paardenkastanjes omzoomde oprit een park in. Voor hen lag een elegant palladiaans huis, afgezet met prikkeldraad. Er kwam een soldaat naar hen toe, maar toen Josh hem zijn identiteitsbewijs liet zien, salueerde de man en liet hen door.

'Was het heel erg?' vroeg ze.

'Ja, nogal, deze keer,' zei Josh. Hij keek haar niet aan, maar slofte met zijn schoenen door de dode berkenbladeren. Toen ze weer iets wilde zeggen, onderbrak hij haar. 'Laten we het er niet over hebben. Ik wil niet vertellen wat ik allemaal gezien heb. Ik vergeet het liever. Ik wil jou daarbij vandaan houden.'

Ze vroeg verder niets. Zijn wangen waren ingevallen en in het afnemende winterlicht zagen zijn ogen er grauw uit. Ze legde haar hoofd tegen zijn bovenarm en ze liepen verder.

Ze gingen terug naar het huisje. Rowan kookte en Josh ging in de schuur achter het huis hout hakken voor de haard. Ze hoorde de bijl keer op keer neerkomen, alsof hij iets uit zijn systeem probeerde te krijgen.

Na het eten gingen ze naar bed. Dat was de enige plek in huis waar je het warm kon krijgen. Hij bedreef heel voorzichtig en aandachtig de liefde met haar en na afloop lag ze volmaakt tevreden en gelukzalig naast hem. Ze waren waarschijnlijk allebei ongeveer tegelijk in slaap gevallen. Zij sliep diep en zonder te dromen, zoals ze voor de oorlog, voor ze verpleegster was geworden, ook had gedaan, maar Josh lag te woelen, schreeuwde en moest zelfs een keer huilen. Ze aaide over zijn wang, kuste en suste hem tot hij weer in slaap viel.

De volgende ochtend reden ze naar een dorpje even verderop. Ze vroeg zich af waar hij de benzine vandaan had. En hoe hij de mand met eten en wijn had weten te bemachtigen die ze mee naar het huisje hadden genomen. En op wat voor hels oord hij de afgelopen drie maanden had doorgebracht.

Ze kochten melk en brood, slenterden nog wat en snuffelden rond in een rommelwinkel, waar ze het uitschaterden om wat ze allemaal vonden. Josh kocht twee koperen haardijzers en een oude leren aktetas met een gescheurd handvat dat hij wilde repareren. En voor haar kocht hij een ketting van cultivéparels. Ze deed hem om en bewonderde zichzelf in een gespikkelde spiegel.

In de dorpskerk vonden ze een graf met de beeltenis van een lord en lady uit het elizabethaanse tijdperk. Naast hen lagen hun zeven kinderen op een rij, als miniatuurversies van hun ouders.

'Ze lijken allemaal precies op elkaar,' zei Rowan.

'Zullen wij zeven kinderen nemen?' vroeg Josh.

'Acht, misschien. Een even aantal is beter. En als we doodgaan, nemen we zo'n prachtig graf.' En toen: 'Tijdens mijn huwelijk met Patrick ben ik nooit zwanger geraakt. Dat is tussen ons nooit goed geweest, misschien kan ik wel geen kinderen krijgen.'

‘Ik vind het niet erg,’ zei hij. ‘Geen kinderen of acht kinderen, het maakt mij niet uit. Ik hou van jóú, Rowan.’

Ze liepen hand in hand naar buiten. Ze lunchten in een pub. Later, in de auto, begon hij voordat hij de motor startte tegen haar te praten.

‘Rowan, het werk dat ik doe...’ Hij fronste zijn voorhoofd. ‘Daardoor kan ik geen stappen zetten. Ik zou dingen tegen je willen zeggen, je dingen willen vragen, maar dat kan niet, niet zolang ik dit leven leid. Het zou tegenover jou niet eerlijk zijn. Maar ik ben bang dat het op deze manier ook niet eerlijk is.’

Ze kneep in zijn hand. ‘Lieverd, ik begrijp het volkomen. En maak je om mij alsjeblieft nooit zorgen. Zorg alleen dat je niets overkomt, dat is het enige wat ik van je vraag.’

Weer thuisgekomen ging Rowan koken. Na het eten zaten ze bij het vuur te lezen. Ze vond het heerlijk om zich zo volkomen op haar gemak te voelen bij een man, om zo gezellig in stilte bij elkaar te zitten, een stilte die alleen werd verstoord door het geknetter van de vlammen en het omslaan van een bladzijde. Ze kende haar eigen gebreken, haar rusteloosheid en haar behoefte om elk stil moment op te vullen met praten of bedrijvigheid, maar met Josh leek dat er allemaal niet toe te doen. Ze vond het fijn om naar hem te kijken; vaak voelde hij dat en dan keek hij glimlachend naar haar op.

De volgende dag was het een paar graden warmer. De kou beet niet meer in haar gezicht als ze naar buiten ging. ’s Ochtends liepen ze het park weer in en praatten ze over het gezin waar ze uit kwamen en over de plekken waar ze allemaal geweest waren. Over de toekomst hadden ze het niet.

Ze gingen terug naar het huisje. Na de lunch ging Josh naar buiten om nog meer hout te hakken. Toen Rowan stond af te wassen, hoorde ze een motor. Ze liep naar de bosrand en keek de helling af. Een grote zwarte auto reed het pad op. Ze werd overspoeld door wanhoop. Misschien was het iets anders, hield ze zichzelf voor. Misschien was het wel de huisbaas die zijn huur kwam ophalen of misschien was het een bestelauto. Achter het huis hoorde ze de bijl steeds weer neerkomen.

De auto hield aan het begin van het pad stil en er stapten twee mannen uit. Een van hen was in uniform, de ander in burger, met een grijze jas aan en een slappe vilthoed op.

De Grijze Jas veegde met een zakdoek zijn voorhoofd af. 'Wat een rammelbak,' zei hij met een boze blik. 'Dat stomme platteland ook.' En toen Rowan naar hen toe kwam: 'Mevrouw Scott? Wij komen voor kapitein Makepeace.' Hij tikte ongeduldig met zijn voet op de grond en haalde een sigarettenkoker tevoorschijn.

Het is te vroeg, hij mag nog niet met jullie mee, hij is te moe, snappen jullie dat dan niet?

De man in uniform glimlachte verontschuldigend. 'Het spijt me ontzettend, mevrouw Scott. Ik ben majoor Drummond. We wilden u eigenlijk niet storen, maar het is dringend.'

Ze vroeg hun bij de auto te blijven wachten. Ze sloeg haar armen om zichzelf heen en liep naar achteren. Ze riep Josh niet meteen, maar bleef even tussen de bomen naar hem staan kijken. Hij was de houtblokken aan het opstapelen. Ze kende zijn lange, goedgebouwde lichaam heel goed, zijn roodbruine haar met de kleur van berkenbladeren, zijn houding, die op het eerste gezicht ontspannen leek, maar altijd een ingehouden energie verried. Ze wilde het uitschreeuwen.

'Josh?' zei ze zacht, en hij keek om en zag haar staan.

'Wat is er?'

'Er zijn twee mannen...' zei ze. 'Ene majoor Drummond en nog iemand...' Ze maakte haar zin niet af, beet op haar lip en keek naar de grond.

Ze begon te huilen en hij nam haar in zijn armen. Na een poosje wist ze haar tranen te bedwingen. Hij veegde het tranenspoor met een vingertop weg en toen kusten ze elkaar en namen zonder andere mensen erbij afscheid van elkaar. Ze liepen terug naar voren. De mannen groetten elkaar en schudden elkaar de hand; Josh ging naar binnen en kwam met een tas weer naar buiten, binnen een mum van tijd, leek het wel.

'Charles brengt je met de Morgan terug naar Londen, lieveling,' zei hij voordat hij in de zwarte auto stapte.

'Zal ik u een uur de tijd geven om u klaar te maken, mevrouw Scott?' vroeg majoor Drummond.

'Nee, dat hoeft niet, ik heb maar tien minuten nodig.'

Ze zag de zwarte auto de helling af rijden en steeds kleiner worden. Toen ging ze naar binnen om te pakken.

Majoor Drummond bracht Rowan terug naar Londen. Ze hoorde niets van Josh, maar dat verwachtte ze ook niet. In het ziekenhuis had ze dagdienst op een vrouwenafdeling, maar als er een erg zwaar bombardement was geweest, werkte ze ook 's nachts.

Half maart liep ze op een dag toen haar dienst erop zat door de gangen van het St. Anne te kletsen met een van de hoofdzusters, Florence, die op de kinderafdeling werkte. Florence kon heel goed andere mensen imiteren en deed net een van de specialisten na, die zich altijd heel gewichtig gedroeg. Toen ze de hoek om gingen, zagen ze diezelfde specialist hun kant op komen en ze moesten allebei meteen vreselijk giechelen.

Toen ze in de hal voor de poliklinische patiënten kwamen, waren ze nog steeds aan het lachen. Rowan zag Alex Moore, een vriend van Josh, lopen.

Ze zwaaide naar hem. 'Hé, Alex! Je bent toch niet ziek, hoop ik?'

'Nee hoor, helemaal niet.'

Ze wilde hem net aan Florence voorstellen toen tot haar doordrong hoe hij erbij keek. Haar glimlach bestierf op haar gezicht en haar hart maakte een vreemde neerzakkende beweging die haar de adem benam.

'Rowan, kan ik je even ergens onder vier ogen spreken?' vroeg hij.

En toen wist ze het. De schrik joeg door haar lijf. Het moment waarvoor ze sinds ze verliefd was geworden op Josh Makepeace had gevreesd, was aangebroken. En het was ondraaglijk en verkeerd.

'Er is iets met Josh, hè? Vertel me wat er is, Alex!'

'Het spijt me ontzettend, Rowan,' zei hij zacht. 'Maar Josh is als vermist opgegeven.'

18

Maart – juli 1944

Sophie, Ruby en Viola zaten bij Sophie thuis in de woonkamer vierkante lapjes te breien voor een deken. 'Doug en ik hebben op de laatste dag van zijn verlof vreselijke ruzie gehad,' vertelde Viola. 'Hij heeft expres het hele boterrantsoen op zijn toast gesmeerd, alleen maar om mij dwars te zitten.'

'Hoe gaat het met Arnold?' vroeg Sophie. Arnold, Viola's minnaar, had twee weken geleden zijn woonruimte in Bermondsey moeten verlaten, omdat het huis gebombardeerd was. 'Woont hij nog op de werkplaats?'

Viola beet een eindje wol af. 'Hij wast zich in een emmer en moet de wc delen met de winkel eronder. Hij klaagt nooit. Mij lijkt het verschrikkelijk. Als ik ergens naartoe kon, ging ik bij Doug weg.'

'Je bent hier altijd welkom.'

Dit gesprek hadden ze al vele malen gevoerd. Viola klaagde wel over Doug, maar Sophie vermoedde dat ze zich verplicht voelde om bij hem te blijven tot de oorlog voorbij was.

Ruby slaakte een gilletje en liet haar breiwerk zakken. 'Ik moet naar de wc,' zei ze, en ze liep op een drafje, voor zover ze dat nog kon, de kamer uit.

Viola keek naar Sophie. 'Het arme kind, ze lijkt wel een rijpe peul die elk moment open kan springen.'

'Ik ga even kijken of alles goed met haar is.'

Sophie liep de gang op en ging op de onderste tree van de trap zitten. Ze kreeg het opeens bloedheet, haar gezicht brandde er helemaal van, en ze trok haar vest uit en wapperde met haar blouse. Ze zat in de overgang, zo veel was wel duidelijk. Dat kon er ook nog wel bij, op die eindeloze lijst ongemakken en ergernissen van het leven vandaag de dag, zoals niet genoeg zeep of tandpasta hebben, kousen die vol gestopte gaatjes zaten, niet genoeg warm water, doordat er bijna geen kolen te krijgen waren.

Toen Ruby niet van de wc af kwam, klopte ze op de deur en riep: 'Ruby, gaat het, lieverd?'

De deur ging open en Ruby kwam naar buiten met een onderbroek in haar hand geklemd. 'Ik geloof dat mijn vliezen gebroken zijn.'

Viola belde een ambulance en Sophie hielp Ruby iets schoons aan te trekken. Toen ging ze Ruby's koffer halen, die ze al gepakt had. In het ziekenhuis zei de verpleging dat Sophie niet hoefde te blijven wachten, want dat het nog uren, misschien wel dagen, kon duren voordat de baby geboren werd, maar Sophie zei dat ze hoe dan ook bleef wachten. Behalve met opvliegers ging de overgang ook gepaard met koppigheid en woede.

Ze was blij dat ze het advies van de verpleegsters niet had opgevolgd, want Ruby's zoontje werd om twee uur 's nachts geboren, nadat ze zes uur weeën had gehad. Sophie had het ook aan haar koppigheid te danken dat ze buiten het bezoekuur nog even bij Ruby en haar kersverse kleinzoon langs mocht gaan.

Ruby lag in bed, en haar gezicht had ongeveer dezelfde kleur als het kussensloop. In het wiegje naast haar lag een pasgeboren wurmpje, in witte doeken gebakerd.

'O, Ruby, wat een prachtig jongetje.' Sophie pakte haar hand vast. 'Goed gedaan, hoor. Hoe voel je je, lieverd?'

'Ik heb het gevoel dat ik binnenstebuiten ben gekeerd,' zei Ruby schor. 'Hij heet Kenneth. Wat een knapperd, hè?'

En dat was hij ook. Sophie aaide zacht met een vingertop over het donzige hoofdje. Kenneth tuitte zijn rode mondje, op zoek naar melk. Er ging één oog open, donker en versuft van de reis die hij achter de rug had. En de wereld leek tot stilstand te komen, oorlog, verlies en bedrog waren vergeten, het bestaan versmalde zich tot een uitgeputte moeder en een pasgeboren baby in een wit kamertje.

Sophie had een nieuwe kostganger, een man genaamd Ed Willoughby. Hij liep een beetje mank, en dat viel extra op toen ze hem de lege kamer wilde laten zien en hij achter haar aan de trap op liep. Ze hoorde het onregelmatige *ta-dom, ta-dom* van zijn voetstappen achter haar aan over de overloop.

Ed was een reus van een vent, in de vijftig, schatte Sophie. Hij had lieve bruine ogen, warrig bruin haar, grijzend op de slapen, en een vriendelijke glimlach. Je kon niet echt van hem zeggen dat hij knap was, maar hij had wel een aardig gezicht. Hij was altijd een beetje onverzorgd, een beetje slonzig. Zijn kleren waren netjes, maar oud – maar iedereen droeg tegenwoordig oude kleren. Het was een stille man, maar niet verlegen of onvriendelijk. Ze had hem gewaarschuwd dat er een baby in huis was, haar kleinzoon, die 's nachts wakker werd, maar Ed verzekerde haar dat hij dol was op baby's en dat hij overal doorheen sliep. Hij was het grootste deel van de tijd weg, want hij werkte bij een onderzoeksbureau van de overheid, maar één keer was Ed thuis toen Kenneth 's avonds last van krampjes had en toen legde hij de baby tegen zijn schouder en liep met hem de kamer rond. Kenneth leek de boodschap te begrijpen, want hij viel heel braaf meteen in slaap. Dat kenden ze niet van hem.

Met drie maanden was Kenneth een grote, hongerige baby. Hij werd steeds dikker en Ruby steeds magerder. Hij was mollig, blond, en had blauwe ogen, en hij was onmiskenbaar de belangrijkste persoon in huis. Iedereen in het huis aan Gilbert Street was dol op hem en was vol bewondering als hij weer iets nieuws had geleerd. Als hij moeilijk stil te krijgen was, gaven ze hem van de een aan de ander door en probeerde iedereen hem op zijn beurt te troosten.

Als het mooi weer was legde Sophie Kenneth 's middags op een deken in de tuin, onder de oude perenboom. Ruby deed dan een dutje. Ze ging naast hem zitten, maakte de groenten schoon voor het avondeten van de kostgangers of schreef brieven. Hij probeerde zich dan om te rollen, wat niet lukte doordat hij te dik was, en dan probeerde hij het nog een keer, terwijl hij tevreden over zichzelf tegen haar pruttelde. Vaak waren de wortels nog niet geschrapt en bleven de brieven ongeschreven doordat ze zich veel te veel door haar prachtige kleinzoon liet afleiden.

Sophie ging met Kenneth uit wandelen in de grote, oude donkerblauwe kinderwagen die ooit van Duncan en Stuart was geweest. Hij keek graag naar de zonnestralen die door de op en neer wippende franje van de kap vielen. Dat voorjaar hing er een vreemde sfeer in Londen. Er werden opnieuw zware luchtaanvallen uitgevoerd, en daardoor was iedereen gespannen en dacht men terug aan die eerste donkere dagen van de oorlog. Aan het eind van de middag stonden vrouwen, kinderen en ouderen weer in de rij voor de metrostations, om daar te kunnen schuilen. Er deden allerlei geruchten de ronde: dat het Tweede Front eraan zat te komen, dat er in Zuid-Engeland een leger van onvoorstelbare omvang in stelling was gebracht om de oorlog terug te brengen naar Frankrijk, dat hele stukken van het zuiden en oosten van Engeland waren afgezet en uitsluitend voor militaire doeleinden mochten worden gebruikt. De cafés zaten vol met buitenlandse soldaten, onder wie veel Amerikanen, en die hingen ook op de bankjes in de parken. Legertrucks baanden zich een weg door smalle straten en steegjes, en buiten de steden waren de legereenheden voortdurend onderweg en namen deel aan oefeningen.

Hierdoor kreeg het mooie lenteweer een extra lading. Het leek wel of de bloemen in de Kensington Gardens kleuriger waren dit jaar, vond Sophie, en of de lucht van een diepere, meer glinsterende kleur blauw was. Er stond iets bijzonders te gebeuren, en hoe ze haar best ook deed om zichzelf daarvan af te leiden, haar gedachten schoten steeds terug naar de toekomst die op hen af gestormd kwam. Ze had in de vorige oorlog een broer verloren en hield haar angstige gedachten voor zich. Stel dat het verkeerd afliep. Stel dat de geallieerden van de stranden van Frankrijk werden verdreven. Hoe moesten zij verdergaan als er grote verliezen geleden werden en als ze wisten dat de oorlog nog eindeloos voort zou duren?

Toen Sophie tijdens de Eerste Wereldoorlog als vrijwilligster in de verpleging werkte, was ze wel eens met herstellende officieren naar de Kensington Gardens gegaan. Ze had hen in een rolstoel over deze paden geduwd of hen begeleid wanneer ze op krukken moesten leren lopen. Ze had hen naar een bankje gebracht als ze te moe waren om nog verder te lopen. Jonge mannen, verwoeste mannen, wier leven nooit meer hetzelfde zou zijn. Ze dacht aan Duncan en Stuart, werd overspoeld door angst en duwde de kinderwagen nog sneller voor zich uit.

Ze had eigenlijk moeten breien, vermoedde Thea, maar ze moest iets doen om haar geest bezig te houden, dus ging ze, terwijl haar zwangerschap vorderde, in die uitzonderlijk mooie maand mei van het jaar 1944 steeds vaker naar Green Park, waar ze zich samen met een paar van haar oude archeologieboeken op een bankje nestelde.

Haar gedachten dwaalden af. Naar Rowan, die niets meer van Josh had gehoord. Thea deed boodschappen en kookte voor hen, stopte Rowans kousen, probeerde het appartement op orde te houden als Rowans vrienden kwamen logeren en luisterde avond aan avond naar Rowans verhalen over Josh. Ze deed alles om het haar zus gemakkelijker te maken. En toch was ze bang dat ze haar nergens mee kon helpen. 'Ik stort heus niet in,' had Rowan die eerste avond trillend van de schrik op de bank tegen haar gezegd nadat Alex Moore haar had verteld dat Josh vermist werd. 'Als hij thuiskomt, moet ik sterk voor hem zijn.' Thea wist dat Rowan hoopte dat Josh zich ergens in Frankrijk verstopt had. Het was een radeloze, smachtende hoop, en ze vermoedde dat Rowan dacht dat het ook zou uitkomen als ze het maar vurig genoeg wilde. Als het Tweede Front Frankrijk bevrijd had, zou Josh gevonden worden, veilig en wel, en zouden ze weer gelukkig zijn: Rowan had het niet met zo veel woorden gezegd, maar Thea wist dat ze hierom bad.

En dan Cormac. Het prachtige weer hield aan en de warmte daalde als een zachte deken over Londen neer. Eind mei belde hij om te zeggen dat hij een paar uur verlof had. Ze trof hem op Waterloo Station. Er stapten nog honderden andere soldaten uit de treinen. Dit was hun inschepingsverlof, vertelde Cormac toen ze het station uit liepen, en ondanks het warme weer sloeg de angst Thea om het hart.

De restaurants en pubs waren afgeladen met mannen in uniform die afscheid namen van hun vrouw of liefje. Thea en Cormac zaten in een stoffig parkje, de enige plek die ze konden vinden waar ze even met elkaar alleen konden zijn. Ze pakte zijn hand en legde die op haar buik. 'Voel eens,' zei ze. Ze had de bewegingen van de baby eerst maar heel vaag gevoeld, als de zwiepende staart van een vis, maar de afgelopen paar weken waren ze duidelijker geworden.

Hij glimlachte. 'Thea, ga alsjeblieft naar Crawburn als je moet bevallen. Daar zijn jullie allebei veilig.'

Ze schudde haar hoofd. 'Dat kan niet. Ik moet bij Rowan blijven.'

Hij nam haar handen in de zijne. 'Ik weet niet hoe lang ik weg ben. Het kunnen maanden zijn, maar het kan ook een jaar duren. Ik zou me beter voelen als ik wist dat je op Crawburn was. Nicola en mijn vader willen ook dat je komt.'

Ze kuste hem. 'Ik kan Rowan niet in de steek laten, niet nu, niet na Josh. Dat begrijp je toch wel?'

Ze hadden nog nooit ruziegemaakt, en dit vond ze vreselijk. Even later moesten ze afscheid nemen. Cormac hing uit het raampje om naar haar te zwaaien en zij keek vanaf het perron de trein na tot die uit het zicht was verdwenen. Ze bleef daarna nog een hele tijd staan; de andere vrouwen waren allang langs haar heen gedraafd om het perron te verlaten.

Ze kreeg nog één brief van hem, en daarna werd het stil. De legers zaten afgezonderd in hun kampementen, afgesneden van vrouw en familie. De treinen reden niet meer; een paar dagen daarvoor was het nog druk geweest op de grote stations van Londen, maar nu was het daar galmend stil. Op 5 juni kwam het bericht dat Rome door de geallieerden was veroverd. De volgende ochtend kreeg het Engelse volk te horen dat de parachutisten in

Frankrijk waren geland. De hele dag stond in winkels en cafés onafgebroken de radio aan. Waar je ook kwam, iedereen viel stil zodra het nieuws van de BBC begon. De hele ochtend en middag berichtten de nieuwslezers over de landing van duizenden geallieerde soldaten op de Franse kust tussen Le Havre en Cherbourg.

De mensen waren opgelucht dat het eindelijk begonnen was, maar ook angstig over wat dit allemaal betekende. Thea dacht aan Cormac, die opgesloten in een schip met honderden andere soldaten het Kanaal overstak, om aan de andere kant op een Frans strand gelost te worden. De BBC liet weten dat familieleden een kaart zouden ontvangen van de soldaten die op D-Day naar Frankrijk waren vertrokken. Thea wachtte. Ze kon zich niet meer op de archeologieboeken concentreren en bij het breien liet ze steken vallen.

In die koude, bewolkte, treurige maand juni werd Londen bestookt door een nieuw wapen, de V1-raketwerper. De zenuwen van eenieder hadden het nu dubbel te verduren, door het dagelijkse nieuws over de gevechten in Europa en Rusland en door het onheilspellende gegons van de raketten die zich dag en nacht in Londen boorden.

Op een dag trof Sophie bij thuiskomst in Gilbert Street Ed Willoughby in de keuken aan. Hij was een stoel aan het repareren, die hij omgekeerd op de grond had gezet.

'Ik hoop niet dat je het erg vindt,' zei hij. 'Ik heb in de kast onder de trap wat gereedschap gevonden.

'Die stoel wiebelde al drie jaar, dus ik ben juist blij dat je hem maakt.'

'Zo.' Hij zette de stoel recht, duwde ertegenaan, en hij bleef weer stevig staan. Sophie bedankte hem. Ed vroeg of hij soms ook even naar de servieskast moest kijken. Het was een kast in de stijl van een Franse *armoire* en hij stond al scheef sinds Duncan en Stuart hem een keer tijdens het stoeien, terwijl ze daar eigenlijk al te oud voor waren, omver hadden gestoten.

'O, heel graag,' zei ze.

Ze haalden de borden en schalen eruit, en Ed droeg de kast naar buiten en legde hem neer op het terras. Het viel haar op dat hij de grote, oude kast optilde alsof die niets woog. Sophie pakte haar boodschappen uit, zette thee voor hem, maakte een sandwich en bracht alles op een dienblad naar hem toe.

'Jeetje, hij staat helemaal niet meer scheef.'

Hij deed een stap achteruit. 'Dat is beter, hè?'

'Doe je dit soort werk voor de kost?'

'Vroeger wel, voor de oorlog.' Hij bedankte haar voor de thee. 'Ik had een werkplaats. Ik restaureerde oude meubels en maakte nieuwe van oud hout, en ik maakte speciale dingen in opdracht. Als je wat verf hebt, knap ik deze voor je op.'

'Ik heb alleen wat blikken met restjes.'

'Dat is prima. Daar kan ik wel wat mee.'

'Maar ik wil geen beslag op je leggen, Ed.'

'Dat doe je ook helemaal niet.' Hij streek over de kast. 'Ik vind het juist leuk.'

Ze ging aan het smeedijzeren tafeltje zitten. 'Wat doe je tegenwoordig voor werk?'

'Camouflage,' zei hij. 'Ik laat dingen er als iets anders uitzien. Dat verschilt niet eens zo heel veel van wat ik vroeger deed. Ze wilden me hierom niet in het leger hebben.' Hij gaf een klopje op zijn been.

'Wat is er gebeurd?'

'Ik ben neergeschoten. In 1918.' Hij glimlachte wrang. 'In de laatste week van de oorlog. Het was bijna voorbij en toen slaagde ik er nog in om een paar kogels in mijn bovenbeen te krijgen.'

'Mijn man, Hugh, is indertijd bij de Slag om Picardië in zijn arm gewond geraakt.'

'Is hij goed hersteld?'

'Zijn arm is wel genezen, min of meer.' Ze dacht even na. 'Als je dat bedoelt. Ik heb me wel altijd afgevraagd of hij erdoor veranderd was. Of hij voor de oorlog een ander mens was.'

'O,' zei hij voorzichtig, 'ik denk dat we voor de oorlog allemaal een ander mens waren.'

Op de een of andere manier wist Ed met een paar niet erg veelbelovende restjes verf een prachtig resultaat te bereiken. De kast, die vlekkerig bruin was geweest, werd lichtblauw met gebroken wit, met boven de boogdeurtjes een slinger van rozen en kamperfoelie. In een kelkje van de kamperfoelie zoemde een dikke bij. Sophie stond ervan versteld dat zo'n grote man als Ed zulk fijn werk kon maken.

'O, Ed,' zei ze, toen hij de kast de keuken binnendroeg en weer op zijn plaats zette.

'Echt prachtig,' zei Ruby vol bewondering. Ze had Kenneth op haar arm en stond te tellen hoeveel bestek ze nodig had.

'Graag gedaan.' Hij liep de keuken uit.

Ruby trok haar wenkbrauwen naar Sophie op. 'Hij vindt je leuk,' fluisterde ze.

'Ach, welnee,' zei Sophie gegeneerd. 'Hij wil gewoon helpen.'

Ruby pakte de lepels. 'Hij vindt je leuk.'

Een paar dagen later vroeg Ed of ze zin had om iets te gaan drinken.

Sophie wilde eerst beleefd weigeren, maar toen zei hij: 'Eentje maar. Een half uurtje. Ik weet dat je het druk hebt.' Ze dacht aan de stoel en de kast. Het was lang geleden dat ze uit was geweest.

Sophie trok een jurk aan en kamde haar haar. Ze had geen lippenstift meer, maar schraapte het laatste beetje poeder uit de hoekjes van haar poederdoos om haar gezicht iets matter te maken. Een paar druppels Je Reviens uit het flesje, en toen bekeek ze zichzelf in de spiegel. Haar haar moest nodig gewassen worden en ze had sproeten op haar neus. Nou, het moest maar zo.

Ze gingen naar een pub in de buurt. Ed vond een tafeltje en ging bier voor hen halen. Ze hadden het over hun familie; Sophie vertelde over Stuart en over Duncan, Sally en Rosalind in Lincolnshire. Ed liet haar een foto zien van een lachende vrouw met krullend haar en twee jongetjes: zijn dochter Bridget, die in Lancashire woonde, en zijn kleinzonen, een tweeling, Max en Lewis. Zijn vrouw, Jenny, was acht jaar geleden aan kanker overleden. 'Het is een zware tijd geweest,' zei hij. 'Je raakt eraan gewend, hè, je kunt heus weer gelukkig worden, maar zo'n gebeurtenis hakt je leven in tweeën.'

Hij vroeg waar Hugh aan was overleden. Longontsteking, zei ze, en toen vertelde ze hem opeens het hele verhaal, over Hughs andere gezin, over zijn dochter Rowan, die verpleegster was, en over Thea, die getrouwd en in verwachting was. Ze vertelde hem zelfs over Sigrid, en over Sigrids minnaar, die de vader van Thea bleek, en hij leek het allemaal goed in zich op te nemen en vroeg haar geen enkele keer of ze iets wilde herhalen omdat hij het niet snapte, en dat vond ze best bijzonder. Ze was helemaal niet van plan geweest om hem deze ingewikkelde familiegeschiedenis uit de doeken te doen, maar op de een of andere manier was het er toch van gekomen. Misschien doordat Ed zo gemakkelijk in de omgang was, of misschien doordat ze de situatie met Hugh eindelijk in perspectief zag. Alles wat ze sinds zijn dood had gedaan – de kostgangers, haar werk op de eerstehulppost, het vrijwilligerswerk, haar lieve Kaz en natuurlijk haar schoondochters en kleinkinderen – had Hughs verraad naar de achtergrond gedrongen.

'Stuart denkt dat Hugh aan shellshock moet hebben geleden,' zei ze.

'Dat zou best kunnen. Dat geldt tot op zekere hoogte voor ons allemaal.'

'Hij zegt dat Hugh niet helemaal bij zijn verstand moet zijn geweest toen hij met mij trouwde.'

Ed fronste zijn voorhoofd. 'Sophie, niemand die uit de loopgraven kwam, geloofde nog in dezelfde dingen als voor de oorlog. Een heleboel mensen geloofden nergens meer in. Iedereen heeft zich er zo goed en zo kwaad als het ging doorheen gesleept. Ik ken mannen die het niet meer zo nauw namen, die gelogen en gestolen hebben. Die gedaan hebben wat volgens hen nodig was om in leven te blijven. Ze hadden het gevoel dat ze bedonderd waren en zaten er niet mee om de boel op hun beurt ook te bedonderen.'

Op de terugweg vroeg hij wat ze na de oorlog wilde gaan doen.

'Een beetje hetzelfde, denk ik,' zei ze. 'Met mijn familie... de kostgangers. En jij?'

'Ik begin weer een bedrijf.'

'Meubelrestauratie?'

'En huizen opknappen. Ik denk dat er veel werk zal zijn. Het maakt een groot verschil wat voor kleur je een kamer schildert en wat voor meubels je erin zet, vind je niet?'

Ze was eraan gewend geraakt om Ed om zich heen te hebben. Na vijf oorlogsjaren zag het huis er bepaald afgeleefd uit. Maar Ed repareerde een losse plint en deed iets ingenieus waardoor de schuilhut bij regen niet meer onderliep. Toen de snijbonen na een storm tegen de grond lagen, hield hij ze omhoog, terwijl zij ze aan de staken vastbond. Als hij vroeg thuis was en de kostgangers en Kenneth verzorgd waren, gingen ze een eindje wandelen of even iets drinken. Iedereen liep voortdurend op zijn tandvlees. Het ene moment was je natuurlijk vermoeider dan het andere, maar het kwam nooit voor dat je níét moe was. De nieuwsberichten over de geallieerden die vechtend door Normandië oprukten, gaven nu eens aanleiding tot hoop, dan weer tot vrees, en die afschuwelijke schommelingen waren op zich al dodelijk vermoeiend. En daar kwam al het andere nog bij.

Ed vertelde Sophie dat hij uit Londen wegging om in Southampton te gaan werken. Het was na het avondeten en ze waren aan het opruimen. Vera waste af en Sophie droogde. Vanuit de woonkamer hoorden ze Ruby, die de krijsende Kenneth probeerde te troosten.

'O, Ed,' zei ze.

'Wanneer vertrek je?' vroeg Vera.

'Overmorgen.'

Sophie zette een bord in Eds kast. Ze beschouwde hem tegenwoordig als Eds kast. 'We zullen je missen,' zei ze.

'En ik jullie. Heel erg.'

'Weet je hoe lang je wegblijft?'

Hij schudde zijn hoofd. 'Weken, maanden, geen idee. Verhuur de kamer maar.'

Hij leek nog iets te willen zeggen, maar toen deed Ruby de deur open. 'Hij voelt erg warm,' zei ze. 'Wat denk jij, Sophie? Moet je zijn gezichtje zien, helemaal rood.'

De telefoon ging. 'Ik neem wel even op, oké?' zei Ed.

Ruby en Sophie gingen met Kenneth naar boven, om te kijken of een badje hem goed zou doen. Toen Sophie weer beneden kwam, was Ed weg.

Een dag later was Vera naar haar koor en legde Ruby net Kenneth in bed, die een oorontsteking bleek te hebben. Ed bood aan Sophie in de keuken te helpen. Terwijl ze een bord afwaste, zei ze: 'Je bent een enorme steun geweest, Ed.'

'Daar ben ik blij om.' Hij zette bakvormen in een hoog keukenkastje. Daar kon hij gemakkelijk bij; zelf moest ze ervoor op een krukje gaan staan. 'Ik heb de afgelopen jaren op zo veel adressen gewoond dat ik de tel ben kwijtgeraakt,' zei hij. 'Sommige waren oké, andere een verschrikking. Maar nergens was het zo fijn als hier.'

'Heel lief van je. Ik denk altijd dat mijn kostgangers hun familie wel vreselijk zullen missen, dus probeer ik ervoor te zorgen dat ze zich hier een beetje thuis voelen.'

'Het komt door jou,' zei hij, terwijl hij het kastdeurtje sloot. 'Dat ik hier gelukkig ben geweest komt door jou, Sophie.'

De bel ging en Sophie ging opendoen. Het was een vriendin van het vrijwilligerswerk, met een gezinnetje in haar kielzog: een moeder, mevrouw Wright, en twee kinderen in de schoolgaande leeftijd. Die middag was hun huis gebombardeerd. Konden ze vannacht misschien bij Sophie slapen? Dat deed ze zo nu en dan om mensen uit de brand te helpen. Ze maakte provisorische bedden in de zitkamer van de kostgangers, kookte wat eenvoudigs en zocht wat spulletjes voor hen bij elkaar uit een zak met tweedehandskleren die ze voor dit doel in huis had. Toen alles klaar was, was het al over negenen. Sophie zette thee voor zichzelf en liet zich in een leunstoel in haar eigen woonkamer zakken. Het volgende moment schrok ze in het donker wakker, met de thee nog naast zich en de verduisteringsgordijnen nog niet gesloten. Ze dronk de koude thee in het donker, regelde toen de verduistering en ging naar boven, naar bed. Op de klok in de gang zag ze dat het al over elven was. Ze keek naar Eds deur. Ze hadden hun gesprek nog niet afgemaakt, vond ze. Ze overwoog even om aan te kloppen, maar besloot toen dat het daar te laat voor was. Misschien sliep hij al.

Toen ze de volgende ochtend het ontbijt stond klaar te maken, kwam Ed binnen. Hij was in pak en had een stropdas om, maar toch slaagde hij erin om er onverzorgd uit te zien, dacht ze liefdevol.

'Ik wil je bedanken dat je zo goed voor me hebt gezorgd,' zei hij.

'Ed, jij hebt voor óns gezorgd.'

Ze namen afscheid en hij vertrok. Haar stemming kelderde. Toen ging de deur weer open. Ze keek op.

Hij stond in de deuropening. 'Ik kan dit niet,' zei hij. 'Ik kan hier niet zomaar weggaan, Sophie. Ik wil je weer zien. Wat denk je?'

'Ik weet het niet.' Plotseling sloeg de paniek toe.

Ze zag zijn gezicht betrekken. 'Ik begrijp het, natuurlijk,' zei hij.

Ze probeerde het uit te leggen, in horten en stoten. 'Het is niet dat ik je niet graag mag... ik mag je juist heel graag... alleen... ik weet niet... ik weet niet of ik... of ik er wel weer... aan toe ben.'

Ed haalde een pen uit zijn zak en schreef iets op een stukje papier. 'Dit is mijn adres,' zei hij. 'Ik zou het heel fijn vinden als je me zou schrijven, Sophie. En als ik niets van je hoor is het ook goed, dan accepteer ik dat en val ik je verder niet lastig.'

Hij was de deur nog niet uit of ze werd overmand door spijt. Waarom had ze niet gezegd: ja, laten we alsjeblieft contact houden, want ik mag je ontzettend graag en het zal hier niet meer hetzelfde zijn zonder jou, en ik wilde dat je niet wegging.

Ze vouwde het stukje papier op waarop Ed zijn adres had geschreven, liep naar boven en borg het op in de bovenste la van de kast in haar slaapkamer. Ze zette een hoed op, deed een sjaal om, en even later ging ze met Ruby, Kenneth en het dakloze gezin de deur uit. Sophie vergezelde mevrouw Wright en haar kinderen naar de gemeentekantoren en Ruby ging met Kenneth naar het ziekenhuis. Mevrouw Wright moest allerlei formulieren invullen, en Sophie liet haar alleen en ging boodschappen doen. Toen ze bij de slager stond, hoorde ze de eerste V1-raket van die dag zoemen, vlak daarna gevolgd door het demonische geloei van de sirenes. Ze liep de rij uit en rende met alle andere mensen naar de schuilkelder in een nabijgelegen metrostation. Terwijl ze daar zo zat in de stoffige duisternis, liet ze in gedachten het gesprek met Ed de revue nog eens passeren. Ze had er als een zoutpilaar bij gestaan en amper een woord gezegd. Hoewel ze zichzelf dat kwalijk nam, was ze ook hoopvol. Ze zou hem die middag een brief schrijven. Ze zou proberen uit te leggen waar haar aarzeling vandaan kwam en waarom haar angst haar had belemmerd te spreken, haar angst om weer van iemand te gaan houden.

Eindelijk klonk het sein veilig. Ze vroeg zich af of ze weer naar de slager moest gaan, weer in de rij, maar toen hoorde ze iemand zeggen dat er in South Kensington een V1 was neergekomen. Het lukte haar niet haar angst te onderdrukken en ze liep op een holletje terug naar huis. Ze had Ruby en Kenneth de stad uit moeten sturen. Het was voor hen in Londen niet veilig meer. Stom en egoïstisch van haar om ze bij zich te willen houden.

Toen ze bijna op de hoek van Gilbert Street was, zag ze de rookpluim en hoorde ze de brandweerlieden schreeuwen. Ze begon te rennen. *O God, laat ze alstublieft niet terug naar huis zijn gegaan, o God, alstublieft.*

Ze sloeg de hoek om. In de rij huizen waar haar huis had gestaan, gaapte een gat, en ze sloeg haar handen voor haar mond. Ze kon niet eens meer bidden. Toen ze naar voren wankelde, hield iemand van de brandweer haar tegen.

'Mijn kleinzoon... mijn schoondochter...' De tranen stroomden over haar gezicht.

'Dat zijn ze toch, daarginds?'

Ze keek op, en daar stond Ruby met de kinderwagen, aan de overkant van de straat. Haar knieën begaven het, ze kreeg het bloedheet, van top tot teen, en ze leunde tegen een muur en sloot haar ogen.

Een krater in de straat gaf aan dat er een voltreffer op het huis van Sophies buren was gevallen. Van haar eigen huis waren het dak en een groot deel van de bovenverdieping er in één haal af gesneden, alsof iemand een scherp mes gehanteerd had. Rondom haar huis lagen stoffige, rokende bergen bakstenen, kapotgeslagen hout en tegels, alles drijfnat van het blussen.

Ze troostte zich met de gedachte dat Ruby en Kenneth ongedeerd waren. Daarmee, en met alle steunbetuigingen van vrienden. Ze werd gebeld, ze kreeg telegrammen. Buren sloegen de handen ineen om luiers en kleertjes voor Kenneth te verzamelen. Vera Cornish ging met haar van het opvangcentrum naar het gemeentehuis naar de bank, hield haar gezelschap in de rijen, terwijl zij formulieren invulde om verloren gegane bonnenboekjes, identiteitskaarten en chequeboekjes te vervangen en overheidssteun aan te vragen. Viola kocht treinkaartjes, en Ruby en Kenneth reisden af naar Lincolnshire, waar ze bij Duncan en Sally veilig waren. Die hadden maar twee slaapkamers, terwijl ze nu drie volwassenen en twee baby's onderdak moesten bieden, dus Sophie bleef in Londen en logeerde bij Viola. Restanten van haar vroegere leven werden uit de puinhopen gered en naar haar teruggebracht: een encyclopedie, waarvan de bladzijden door het water en stof aan elkaar geplakt zaten, haar schrijfmap en de ketting van Kaz. Bij Viola thuis spoelde ze het vuil er in de gootsteen af. De sluiting was verwrongen, maar verder had de ketting de ramp overleefd.

Een paar dagen later ging ze terug naar Gilbert Street. Een overbuurvrouw gaf haar een kopje thee en nog een zak spullen die uit het puin van de kamers op de bovenverdieping waren gered. Daarna stak Sophie over om te kijken wat er over was van het huis waarin ze haar kinderen had grootgebracht. Het beschadigde huis was met hekken van de straat afgeschermd. De benedenverdieping leek min of meer ongeschonden, maar de bovenverdieping lag volledig in puin.

Sophie nam de ravage in zich op. Ze zag een poot van haar kaptafel liggen, en even verderop een in tweeën gebroken keramische wastafel. Scherven van gekleurde glazen potjes uit de badkamer lagen als stoffige juwelen over het puin gestrooid – en daar lag het hoofdeinde van Kenneths ledikantje, met de schildering van het konijntje er nog op. Bloedstollend. Wat stroken stof, misschien van kleren of gordijnen, te nat en te vies om dat goed te kunnen zien, lagen in rozebruine plooien over wat er van haar huis over was: niet veel meer dan een berg puin. Van de kast in haar slaapkamer was niets over. Het papiertje waar Ed zijn adres op had geschreven was voor altijd verloren. 'Als ik niets van je hoor is het ook goed, dan accepteer ik dat en val ik je verder niet lastig,' had hij gezegd. Dus dat was het dan, dacht Sophie.

Bij Viola gingen ze aan de keukentafel zitten en keken ze wat er allemaal in de zak zat die de buurvrouw haar had meegegeven. Sophie haalde er een lege poederdoos uit. Toen een kamerjas, geel van het stof. Verder een paar boeken en een houten lampvoet.

Daaronder lag nog iets. Sophie slaakte een smartelijke kreet. Het was de laatste strohalm.

'Wat heb je daar?' vroeg Viola.

'Mijn fotoalbum.' Sophie haalde het uit de zak. 'O, Vi,' zei ze, en ze veegde een traan weg. 'Dat ze uitgerekend dát uit al die troep gered hebben!'

Rowan moest denken aan wat Josh had gezegd over dat het niet uitmaakte wat je deed, als je het maar zo goed mogelijk deed. Dus probeerde ze haar werk goed te doen en ervoor te zorgen dat Thea, die zeven maanden zwanger was, gezond bleef, en hield ze contact met de vrienden en vriendinnen die in Londen waren gebleven. 'Gewoon doorbuffelen,' had Josh ook gezegd, dus deed ze dat maar, hoewel zich in haar hart een gapend gat had geopend.

Er was iets misgegaan bij de dropping, had Alex gezegd, die avond dat hij haar het nieuws was komen vertellen. 'Ik mag het je eigenlijk niet vertellen, maar Josh is met een parachute in Frankrijk geland. Onze mensen zouden hem van de plaats van de dropping ophalen, maar daar was hij niet. De piloot zei dat het slecht weer was geworden en dat het was gaan waaien, dus misschien dat hij daardoor uit koers is geraakt.'

Het kon best zijn dat zijn parachute door de wind in een rivier of een meer was gewaaid. Misschien was Josh wel slecht terechtgekomen en gewond geraakt. Als hij gevangengenomen was, hadden ze hem vast als spion doodgeschoten. Over dat soort dingen probeerde ze maar niet na te denken. Als ze een goede dag had, lukte haar dat min of meer wel, maar in een slechte nacht zag ze zijn parachute als een paardenbloempluisje langs de donkere hemel naar beneden zweven en door de wind in de takken van een boom verstrikt raken.

Ze vóélde nog steeds niet dat hij dood was. Hij was vermist geraakt vier dagen nadat ze afscheid hadden genomen bij het huisje. Ze was inmiddels alweer aan het werk en toch had ze niets gevoeld. Op die goede dagen wist ze zeker dat ze het wel gevóéld zou hebben als er iets met Josh was gebeurd. Ze vertelde het verder aan niemand, aan Alex niet, aan Artemis niet en zelfs aan Thea niet, want al zouden die haar niet tegenspreken, ze was toch bang om medelijden in hun ogen te zien. De enige tegenover wie ze haar overtuiging uitsprak, was Josh' moeder, die er net zo over dacht.

Ze kreeg een brief van Julia Makepeace. *Josh heeft me voor hij vertrok uw adres gegeven. Ik zou u graag willen ontmoeten, mevrouw Scott.*

Ze spraken af om samen thee te drinken in de stad. Julia Makepeace was een ontzagwekkende vrouw: ze was mooi, charmant, welopgevoed en goed gekleed, in een lichte wollen rok en een vestje van beige kasjmier, maar niettemin ontzagwekkend. Ze schonk de thee in en reikte Rowan een kopje aan.

'Josh is slim, verstandig en inventief,' zei ze. 'Die houdt zich gedrukt tot het veilig genoeg is om uit zijn schuilplaats tevoorschijn te komen.' Ze sprak op felle toon en keek Rowan met haar goudbruine ogen – de ogen van Josh – dreigend aan, alsof ze wilde zeggen: waag het eens om me tegen te spreken.

'Hij kan goed zien in het donker,' beaamde Rowan.

Julia Makepeace grinnikte. 'Inderdaad. Dat heeft hij ook altijd goed gekund, de deugniet. Wil je er een?' Ze hield Rowan een schaal met cakejes voor.

'Nee, dank u.'

'Geen eetlust? Ik ook niet. Ik doe ze wel even in een servetje, dan kun je ze meenemen voor je vriendinnen. Verpleegsters hebben altijd honger, heb ik gehoord.'

De geallieerden wonnen terrein in Frankrijk, en Rowan volgde hun voortgang op een kaart. Julia had gelijk, dacht ze: Josh was inderdaad slim en verstandig. Als iemand een dropping op vijandig grondgebied kon overleven, was Josh het wel.

Als ze een slechte nacht had, zei het stemmetje in haar hoofd dat je nog zo inventief kon zijn, maar dat je je tegen het noodlot niet kon wapenen.

Ze had zo haar gewoontes, haar bijgeloof. Als ze níét keek of ze hem ergens zag als ze het ziekenhuis uit kwam... als ze níét op een brief of een telefoontje hoopte... als ze zelfs helemaal nérgens op rekende... dan zou hij het redden. Josh had er zelf ook een handje van om dingen af te kloppen. Daarom had hij tegen haar gezegd: 'Ik zou dingen tegen je willen zeggen, maar dat zou tegenover jou niet eerlijk zijn.' Ook hij had niet te veel hoop durven koesteren.

Alex was inmiddels terug in Engeland, waar hij herstelde van de verwondingen die hij in Normandië had opgelopen. Rowan bezocht hem in het ziekenhuis, zat aan zijn bed en zag wat een verwoesting de granaatscherven op zijn ooit zo aardige en onopvallende gezicht hadden aangericht. Nadat hij ontslagen was, kwam hij een of twee keer per week bij haar langs. Hij bewoog nog voorzichtig, vanwege zijn gebroken ribben. Ze hadden het vaak over Josh.

Rowan probeerde niet te denken aan het leven dat ze niet gehad hadden. Ze probeerde niet te denken aan het thuis dat ze samen zouden hebben gecreëerd en aan de jaren die ze samen zouden zijn geweest. En ze probeerde het niet erg te vinden dat ze niet zwanger was, zoals Thea. Maar als ze weer eens een slechte nacht had, dacht ze dat toch allemaal. Als ze zwanger van hem was geweest, zou ze iets van hem gehad hebben wat ze tegen haar hart kon drukken en wat haar door de donkere maanden en jaren die haar nog te wachten stonden heen zou helpen.

Sophie wist niet wat ze met zichzelf aan moest. Rusteloos was zwak uitgedrukt. Doug had verlof en was thuis, en ze wilde niet in de weg lopen, dus ging ze overdag de deur uit.

Soms ging ze bij een vriendin langs, maar meestal doolde ze doelloos door de straten. 'Wat ga je na de oorlog doen?' had Ed haar gevraagd. 'Een beetje hetzelfde. Met mijn familie... de kostgangers.' Nu niet meer, hield ze zichzelf somber voor. Het huis was onbewoonbaar, de kostgangers waren naar andere adressen verhuisd, haar schoondochter en kleinzoon naar Lincolnshire vertrokken. Haar bezittingen, die van de begane grond van het huis waren gered en die vies en gruizig waren van het stof, lagen her en der verspreid in schuren en garages van vriendelijke buren. Sophie bezat alleen nog de kleren die ze aanhad, wat dingen die ze van Viola had gekregen, een gebarsten poederdoos, een ketting met granaten en diamanten, een lamp die het waarschijnlijk nooit meer zou doen, een encyclopedie die grotendeels onleesbaar was geworden en een fotoalbum dat ze al jaren niet meer had opgeslagen en waarvan ze vaak had overwogen om het maar in het fornuis te gooien. Maar je kon toch geen babyfoto's van je pasgeboren zoontjes weggooien?

Ze zou opnieuw moeten beginnen. En toch leek ze er de puf niet voor te hebben. Ze was ontheemd. Dat woord had ze de hele oorlog lang maar al te vaak gehoord; daarmee werden vluchtelingen en mensen die door een bombardement dakloos waren geworden bedoeld, en mensen als Kaz natuurlijk, maar ze had nooit echt begrepen wat het betekende. Tegenwoordig had ze nooit het gevoel alsof ze zich daar bevond waar ze hoorde te zijn. Het was alsof ze altijd op zoek was naar een andere plek, maar die niet kon vinden.

Soms voelde ze zich vreemd licht in haar hoofd. Er viel geen huis schoon te maken, geen tuin te wieden, geen baby te verschonen. De afgelopen zesenhalf jaar had het werk haar dag en nacht in beslag genomen; na het overlijden van Hugh had ze opeens in haar eigen levensonderhoud moeten voorzien, en daarna was de oorlog uitgebroken. Maar nu was er niets meer. Door de shock, het verdriet en de verwarring sijpelde iets van opluchting heen.

Het fotoalbum zat haar niet lekker, als iets wat onafgemaakt was, een overblijfsel dat haar bespotte vanaf zijn plek in haar kamer (de kamer van Viola's zoon Tom, met oude dinky toys, jaarboeken van school en een cricketslaghout). Ze herinnerde zich opeens dat ze kort na Hughs overlijden had geprobeerd om hem uit een foto te knippen. Ze was zo kwaad geweest dat de schaar was uitgeschoten, met tot gevolg dat ze door Stuart, als baby, heen had geknipt, en daar had ze zich vreselijk rot over gevoeld.

Op een van haar wandelingen kwam ze langs het St. Anneziekenhuis. Bij een kiosk kocht ze een ansichtkaart, ze schreef er iets op en vroeg aan een portier of hij die aan Rowan Scott wilde bezorgen. De volgende dag kwam er een brief voor haar, op het adres van Viola. Rowan nodigde haar uit bij haar langs te komen.

Rowan deed open. Thea, hoogzwanger, stond op uit een leunstoel om haar een kus op haar wang te geven. Sophie informeerde naar Thea's gezondheid en ze hadden het even over Thea's man, die militair was en ergens in Frankrijk aan het vechten was. Terwijl Rowan in de keuken thee aan het zetten was, fluisterde Thea Sophie toe dat Rowans geliefde werd vermist en dat ze er niet over wilde praten, dus toen Rowan weer binnenkwam met het dienblad met de thee, begon Sophie over iets anders en vertelde hun wat er in Gilbert Street was gebeurd.

'O, je mooie huis,' zei Thea meelevend toen Sophie haar verhaal had gedaan. 'Wat vreselijk voor je, Sophie.'

'Als je nergens heen kunt, kom je maar hiernaartoe,' zei Rowan. 'Ik kan altijd wel plaatsmaken.'

Er waren al veel mensen lief voor haar geweest, maar Sophie stond er versteld van dat de dochter van Hugh haar een slaapplaats aanbood, alsof het de normaalste zaak van de wereld was om de in nood verkerende minnares van je vader te helpen, en ze was bijna in tranen. Ze bedankte Rowan met gesmoorde stem, haalde het album uit haar tas en legde het op tafel.

'Dit hebben ze weten te redden,' zei ze. 'Het enige wat wat mij betreft ook in de vlammen op had mogen gaan. Ik wist nooit wat ik ermee moest doen, dus heb ik er uiteindelijk maar niks mee gedaan.'

Thea sloeg het fotoalbum open en glimlachte. 'O, Sophie,' zei ze, terwijl ze erin keek. 'Dat is papa, hè?'

Een foto van Hugh Craxton in uniform. Sophie stond naast hem in een witte jurk met kanten kraag.

'Ik was daar nog heel jong,' zei ze. 'Net eenentwintig. Hugh wilde een foto van me, om mee naar Frankrijk te nemen. Ik werkte in de verpleging. Ik was vrijwilligster, het laagste van het laagste.'

'Ondersteken legen en verband verschonen,' zei Rowan. Ze zette een kop-en-schotel voor Sophie neer.

'En poetsen.' Sophie pakte het kopje op. 'We waren altijd aan het poetsen. Ik weet ook niet meer waarom. Het echte werk mochten we niet doen. De vrijwilligsters die naar Frankrijk werden gestuurd deden wel alles, maar ik werkte in een particulier verpleeghuis. We waren veredelde dienstmeisjes... en de zaalzusters waren vreselijk. Er was er één bij die me regelmatig aan het huilen wist te maken. Zelfs de mannen, patiënten én bezoekers, sidderden voor haar.'

'Sidderde mijn vader ook?' vroeg Thea.

Sophie schudde haar hoofd. 'Nee, Hugh niet. Niemand kreeg Hugh aan het sidderen. Hij was nergens bang voor en deed altijd precies wat hij wilde.' Ze zuchtte. 'Ik heb een paar foto's voor Stuart apart gehouden. Ik zeg het niet tegen Duncan, want die weigert erover te praten en wil die foto's niet eens bekijken. Maar ik dacht dat jullie ze misschien wilden zien. Ik weet niet wat ik ermee moet. Ik vind het niet prettig dat ik dat stomme album overal mee naartoe moet zeulen, maar ik krijg het ook niet over mijn hart om het weg te gooien.'

'Ik bewaar het wel voor je, als je wilt,' zei Thea.

'O, zou je dat willen doen?'

'Ja. Het is in zekere zin ook onze geschiedenis.'

Thea sloeg de bladzijden om. Sophie zag Hugh voorbijkomen: in de tweedbroek die hij altijd droeg als hij ging wandelen, met Duncan in zijn armen, op een strand naast een zandkasteel.

'Ik vraag me af of hij echt van iemand van ons gehouden heeft,' zei Rowan.

Thea draaide zich naar haar om. 'Jawel, Rowan. Hij hield van ons allemaal. Denk je eens in wat een moeite het hem gekost moet hebben: twee gezinnen, en die uit elkaar proberen te houden. Waarom zou hij al die moeite gedaan hebben als het hem niets interesseerde? En dat deed hij echt niet alleen maar omdat hij niet ontmaskerd wilde worden. Zoals Sophie al zei: papa was nergens bang voor.'

'Hmm,' zei Rowan. 'Zou kunnen.'

Thea sloeg nog een bladzijde om. Sophie was opgelucht dat ze het album had doorgegeven. Had Thea gelijk, had Hugh inderdaad van hen allemaal gehouden? Ze wist het niet.

Rowan dacht voortdurend aan Josh; ze volgde in de krant en op de radio de opmars van de legers in Normandië en had thuis een kaart van Frankrijk waarop ze de slagvelden opzocht. Ze probeerde niet te veel hoop te hebben toen het gebied dat de geallieerden in Frankrijk bezetten steeds groter werd en de oorlog in Europa eindelijk een keerpunt had bereikt, maar dat lukte niet. Ze zouden hem vast snel vinden. Elke dag als ze het ziekenhuis via de polikliniek verliet, was ze gespannen. Ze zocht in de mensenmassa of ze Alex zag – dat kon ze niet laten. Hij had beloofd dat hij wanneer hij nieuws had, het haar zo snel mogelijk zou laten weten. Ze zou aan zijn gezicht meteen zien of het goed of slecht nieuws was.

In het ziekenhuis behandelden ze slachtoffers van de aanvallen met V1-raketten. Er was ook een mazelenepidemie. Rowan had nachtdienst op de afdeling waar kinderen met koorts werden geïsoleerd, in een apart gebouw, los van het ziekenhuis zelf. Samen met een leerling-verpleegster had ze de zorg voor tweeëndertig vlekkerige, niezende, hoestende, snuivende, zeer besmettelijke kinderen, baby's in zuurstof- en stoomtenten, kinderen van vijf en zes met bronchitis, longontsteking en hoornvliesontsteking. Als er 's nachts een luchtaanval was, moesten alle kinderen naar de schuilkelder worden gebracht. Ze moesten de oudere kinderen wakker maken en ze een deken omslaan, de ernstig zieke baby's haalden ze uit hun zuurstoftent en droegen ze in hun armen naar beneden.

Toen op een avond het sein veilig had geklonken en ze de kinderen net weer op de zaal in bed hadden gestopt, ging de sirene opnieuw. Rowans jongere collega, Trevelyan, een mager meisje uit Cornwall met een bril, dochter van een dominee, trok haar wenkbrauwen op. 'Wat een ellendige nacht,' zei ze.

Ze sloegen de kinderen weer een deken om en gingen met ze naar de kelder. Rowan ging terug naar de zaal om een heel zieke baby op te halen, die de afgelopen drie dagen met ademhalingsmoeilijkheden in een zuurstoftent had gelegen. De bekende kakofonie brak uit: de bommen, het gedreun. Het was inderdaad een ellendige nacht, dacht ze, en ze voelde zich ook ellendig. Ze had hoofdpijn en was bang dat het migraine zou worden. Ze waren zwaar onderbemand, want veel verpleegsters hadden zich aangemeld om naar Frankrijk te gaan om daar de gewonde soldaten te verzorgen. Niemand kon het zich permitteren om zich ziek te melden.

Net op het moment dat ze de baby uit de tent tilde, sloeg er vlakbij een bom in en schudde het gebouw op zijn grondvesten. Rowan viel op de grond, maar slaagde erin de baby in haar armen te houden. Ze krabbelde geschrokken overeind en rende naar de kelder. Toen ze daar zat, in die ruimte zonder ramen, met de baby in haar armen, deed haar hoofd pijn en prikte haar keel. Plotseling zonk de moed haar in de schoenen en kwam de duistere gedachte in haar op dat al haar hoop vergeefs was geweest. Als Josh zich ergens verstopt had, hadden ze hem vast al gevonden. Het gebied waarboven hij was gedropt, was inmiddels al bevrijd. Ze kon beter onder ogen zien dat hij dood was, in plaats van het zichzelf zo moeilijk te maken. Ze had maandenlang hoop gehouden, maar ze was nu te moe om nog langer te hopen. Haar hart stak en de tranen prikten in haar ogen.

Twee uur later klonk het sein veilig en brachten ze de kinderen opnieuw terug naar de zaal. Er kwam een karretje met eten langs, maar Rowan kreeg geen hap door haar keel. Het duurde nog heel lang voor haar dienst erop zat. Ze wilde haar hoofd op haar bureau leggen en slapen. Toen ze eindelijk klaar was met werken, deed ze haar cape om en verliet de afdeling. Ze liep naar het dichtstbijzijnde metrostation, stapte in een wagon en zakte op een stoel in elkaar. Ze wist dat ze zich wat moest oppeppen voordat ze thuiskwam, bij Thea, maar die avond lukte het haar niet. Toen ze op Covent Garden uitstapte en naar Macklin Street liep, had ze het warm en voelde ze zich rusteloos en uitgeput. Ze deed haar cape af.

Thea had haar waarschijnlijk horen binnenkomen, want ze kwam de gang in. 'Rowan,' zei ze, en ze pakte haar hand en trok haar mee naar de woonkamer.

Daar zat Alex Moore. 'Rowan, luister,' zei Thea lief, en ze kneep in haar hand.

Rowans hart klopte in haar keel. 'Hij leeft, Rowan. Ze hebben Josh gevonden, hij leeft en het komt goed,' zei Alex.

De kamer werd donkergroen en wazig; ze stond op haar benen te zwaaien en zou gevallen zijn als Alex haar niet had opgevangen.

Toen ze haar ogen opendeed, lag ze op bed. Alex zat naast haar. 'Thea maakt even iets te eten voor je,' zei hij.

'Vertel,' fluisterde ze. De tranen stroomden over haar wangen.

'Het komt goed,' zei Alex weer. Hij glimlachte. 'Hij heeft bij de dropping zijn been gebroken en heeft het zwaar gehad, maar hij komt naar huis, Rowan.' En toen, op schuldbewuste toon: 'Ik heb je aan het schrikken gemaakt. Het spijt me.'

Ze voelde zich licht in het hoofd van geluk en tegelijkertijd ellendig. Ze schudde de kussens op, maakte een manchet los en keek naar haar arm.

'Jou valt niets te verwijten, Alex,' zei ze. 'Jij hebt me het beste nieuws ter wereld verteld.' Thea kwam binnen, en Rowan keek op. 'Thea, hebben wij de mazelen gehad? Nee, blijf daar staan, niet dichterbij komen, lieverd, ik ben misschien wel vreselijk besmettelijk. Weet jij dat, Thea, of wij ooit de mazelen hebben gehad?'

De soldaat die in het rijtuig tegenover Thea zat, tilde haar koffer uit het bagagerek en deed de deur voor haar open. Ze bedankte hem. Op het perron, ver weg op het platteland van Northumberland, ademde ze zoete, warme lucht in.

Ze liep het station uit om buiten bij de bushalte te gaan wachten. Langs een heldere blauwe lucht dreven wolkenflarden die op de lichtgroene heuvels in spiegelbeeld olijfkleurige vlekken maakten. Rowan lag met mazelen op de isolatieafdeling van het ziekenhuis, en aangezien ze zich geen van beiden konden herinneren of zij, Thea, de ziekte ooit gehad had, hadden ze haar snel naar Northumberland gestuurd, waar ze op Crawburn bij Cormacs familie kon verblijven.

De bus kwam, ze stapte in en kocht een kaartje. Toen ze zat, legde ze een hand op haar buik en voelde ze haar baby bewegen. Hij of zij zou hier geboren worden. Haar zoon of dochter zou op dezelfde plek opgroeien waar Cormac was opgegroeid, en daar was ze blij om. Haar kind zou hier wortelen en onderdeel zijn van een grote, liefdevolle familie. En er zouden geen geheimen meer zijn.

DEEL 3

WEG VAN HET EILAND
1945-1946

19

Oktober 1945 – januari 1946

De bovenste verdieping en het dak van het huis aan Gilbert Street waren hersteld, en Sophie, Stuart, Ruby en Kenneth waren er twee weken geleden weer ingetrokken. Stuart was die middag aan het werk, Ruby was met Kenneth bij vrienden langs en Sophie was de ramen aan het opmeten, voor de gordijnen. In de kamers boven hing nog de nattehondengeur van het stuken. Omdat verf en behang slecht te krijgen waren, waren de meeste muren nog onbewerkt rozebruin.

De oorlog was afgelopen, maar veel was nog op de bon. Er was een tekort aan alles. Ze wist dat ze van geluk mochten spreken dat ze weer een dak boven hun hoofd hadden, terwijl zo veel gezinnen dakloos waren of bij familieleden hadden moeten intrekken, waar iedereen elkaar op de lip zat, en dus zei Sophie tegen niemand dat het huis voor haar niet meer hetzelfde voelde. Maar ze kon de overtuiging dat er iets verloren was gegaan niet van zich afzetten. Alleen de kamers beneden leken haar herinneringen te herbergen. Ze liep met een meetlint, pen en opschrijfboekje in de hand door het huis. In de gang had ze Ruby voor het eerst gezien, van wie ze meteen was gaan houden. In Hughs werkkamer, nu de zitkamer van de kostgangers, was haar gaan dagen hoe vreselijk hij haar bedrogen had. In de woonkamer had die lieve Kaz over haar haar geaaid. *Wat heb je prachtig haar, Zosia. Net zijde.*

Sophie ging naar de keuken en klom op het aanrecht om het raam aan de achterkant van het huis op te meten. De tuin had ook betere tijden gekend. Van de oude perenboom, die in de zomer bij een storm was omgevallen, waren alleen een litteken in het gras en de houtblokken die Stuart ervan had gezaagd over. Vorige week hadden Stuart en Duncan de oude schuilhut ontmanteld en de golfplaten in de schuur opgestapeld, buiten bereik van Kenneth. Sophie had de herfstbladeren bij elkaar geveegd en Stuart had de moestuin omgespit. Van vrienden en buren had ze zaailingen voor wintergroenten gekregen, en die had ze geplant. Als ze tegenwoordig in de tuin aan het spitten was, raakte ze met haar spade bakstenen en stukken van tegels. Ze hadden ze tegen een muur opgestapeld. Stuart wilde ze gebruiken om een zandbak te maken voor Kenneth en zijn broertje of zusje, dat over een half jaar geboren zou worden.

De keuken, een vertrek vol licht en herinneringen, was altijd het middelpunt van het huis geweest. Hier had ze Viola over Hugh verteld, en hier had Viola haar tot haar schrik verteld dat ze een minnaar had. Hier had Viola haar, toen de oorlog in Europa ten einde was, verteld dat ze Doug had verlaten en bij Arnold was gaan wonen. En hier had Viola, gisteren nog, een pluk van haar grijs wordende bruine haar achter haar oor gestreken en gezegd: 'Het zijn moordzuchtige maanden geweest, Sophie, echt moordzuchtig. Ik wist niet dat de jongens het zo erg zouden vinden. Maar ik moest weg bij Doug en ik heb er geen spijt van.'

Het tweede dochtertje van Duncan en Sally, Isobel, was inmiddels een half jaar. Duncan was weg bij de RAF en werkte nu op het vliegveld van Croydon. Het gezin woonde zolang bij de familie Flemings in Richmond, tot ze zelf een huis hadden gevonden. Stuart werkte momenteel in een hotel als manusje-van-alles, maar in september ging hij aan de universiteit werktuigbouwkunde studeren.

Sophie klauterde van het aanrecht omlaag. Nog één raam, een kleintje, in de bijkeuken. Toen ze langs Eds kast liep, ging ze er met haar nagels langs. Die had de explosie wonder boven wonder overleefd. Ze zag Ed nog in de deuropening van de keuken staan, die dag dat hij uit Gilbert Street was vertrokken, die dag dat de V1-raket het buurhuis had weggevaagd. Ze mijmerde weg bij de herinnering, mooi en verdrietig. *Ik kan hier niet zomaar weggaan, Sophie. Ik wil je weer zien.* Telkens wanneer ze langs een rommelwinkel kwam, ging ze er naar binnen, in de hoop dat ze Ed daar zou zien, bezig hout te polijsten of te beschilderen met een prachtige bloemenslinger. Maar dat was nooit gebeurd. Misschien was hij wel naar Lancashire verhuisd om dichter bij zijn dochter en kleinzonen te zijn. Misschien had hij wel iemand anders ontmoet. Misschien was hij wel getrouwd. Hij was haar waarschijnlijk al vergeten.

Thuisgekomen trok Rowan haar uniform uit en een tweedrok en parelgrijs truitje aan. Ze trok haar jas aan, deed een sjaal om en ging de deur uit. Ze had met Josh afgesproken in een pub aan de Strand.

De pub was ingericht met donker hout en had ramen met gedecoreerd melkglas. Sommige waren gebarsten en met tape vastgezet. De haard brandde niet en de deur wapperde open als er mensen binnenkwamen of naar buiten gingen. Ze zette zich automatisch schrap toen ze keek of ze Josh ergens zag zitten, en dat nam ze zichzelf meteen kwalijk. Ergens hoopte ze altijd dat het deze keer leuk zou zijn, dat hij een goede dag had, dat hij weer de oude was. Maar de laatste tijd was er van haar hoop niet veel meer over. Josh was een jaar geleden teruggekomen uit Frankrijk en in dat jaar had ze geleerd om zodra ze hem zag zijn stemming te peilen. Als hij een erg slechte dag had, zou hij helemaal niet gekomen zijn.

Ze zag hem zitten aan een rond tafeltje. Hij zag er bleek en vermoeid uit en zat met een lucifer iets in een plasje gemorst bier te tekenen. Ze zette een glimlach op en liep naar hem toe.

'Hallo, schat.' Ze gaf hem een kus op zijn wang en ging zitten.

Bij wijze van glimlach vertrok hij even zijn mond. 'Hoe was je dag?' vroeg hij.

'Ging wel. Druk. Ik was blij dat ik klaar was.'

'Gin-tonic?'

'Graag.'

Hij ging naar de bar. Soms lukte het haar om hem uit de duisternis waarin hij zich bevond te trekken. Ze probeerde niet naar hem te kijken toen hij in de rij stond, want ze wist dat hij het vervelend vond als ze zich zorgen om hem maakte, maar dat deed ze toch, want ze wist dat hij een hekel aan drukte had. Ze wilde dat ze een rustigere pub had voorgesteld.

Hij kwam terug bij hun tafeltje. Toen hij het glas voor haar neerzette, zag ze dat zijn hand niet beefde. Dat was een goed teken.

Hij ging zitten. 'Ik heb ontslag genomen,' zei hij.

De moed zonk haar in de schoenen. Josh had de afgelopen twee maanden voor een vriend in de City gewerkt. 'Dat is niet erg,' zei ze opgewekt. 'Er is werk genoeg.'

'Natuurlijk is dat wel erg,' zei hij met een ondertoon van woede. 'Ik voel me volkomen nutteloos.'

Voor de oorlog had Josh voor een wijnhandelaar gewerkt en veel door Europa gereisd. Sinds hij terug was in Engeland, had hij allerlei kantoorbaantjes aangenomen. Geen was van lange duur geweest.

'Sorry,' zei hij zacht, en hij pakte haar hand. 'Het is mijn eigen schuld. Maar ik kon er niet meer tegen.'

'Het was niet goed voor je, lieverd, meer niet. Je vindt vast snel iets leukers.'

'Ik kreeg er hoofdpijn van.' Hij tikte tegen zijn slaap. 'Hier.'

'Heb je daar nog steeds last van?'

'Zo nu en dan. En nou niet zeggen dat ik weer naar dokter Clayton moet gaan,' zei hij er snel achteraan. 'Die denkt dat het allemaal psychisch is, dat merk ik aan alles.'

'Ik wilde heel saai en voorspelbaar zeggen dat je genoeg water moet drinken en dat je moet zorgen dat je frisse lucht krijgt.'

Deze keer bereikte zijn glimlach ook zijn ogen. 'Heb je nog over de bruiloft van Alex nagedacht?' vroeg ze. Eind november ging Alex trouwen met een verpleegster die hij had ontmoet toen hij in het buitenland gestationeerd was.

'Dat moet ik doen, ja,' zei Josh. 'Alex is altijd heel goed voor me geweest.'

'Ik zou er graag heen gaan. Dat is toch leuk, een weekendje weg? Ik zal kijken of ik mijn verlof kan verzetten.'

Een potige man baande zich met twee glazen bier een weg tussen de tafeltjes door en stootte tegen Rowan aan. Het bier gutste uit de glazen.

Josh sprong op. 'Kijk uit je doppen, pummel!'

'Noem je mij nou een pummel?' De man keek Josh boos aan. Josh had zijn vuisten gebald.

'Het is niet erg,' zei Rowan om de man te sussen. 'Het spijt me, er is niets aan de hand. Rustig nou maar, Josh.'

'Ik zou maar een beetje op mijn woorden passen als ik jou was,' zei de potige man, en hij liep weg.

'Het is me hier te druk,' mompelde Josh. 'Vind je het erg als we gaan?'

Rowan stond op en veegde het bier van haar rok. Heel even hadden ze een normaal gesprek kunnen voeren, maar dat was nu voorbij. Na zo'n voorval duurde het altijd een poosje voordat Josh weer in balans was. Toen ze de pub uit liepen, had ze zin om met haar hoge hak de potige man op zijn voet te trappen, maar ze hield zich in.

Ze liepen naar de Embankment. Hun beste gesprekken hadden ze vaak tijdens het wandelen. Ze had laatst moedeloos bedacht dat dat kwam doordat ze elkaar dan niet hoefden aan te kijken. Ze hoorde zichzelf weer van wal steken op die opgewekte toon die ze vaak tegen hem aansloeg.

'Fijn om buiten te zijn. Ik heb de hele dag binnen gezeten. Een van de andere stafverpleegsters had zich ziek gemeld, dus ik moest ook tijdens mijn pauze doorwerken.'

Josh zei niets. Rowan deed nog een poging tot een gesprek, waarop hij niet reageerde, en toen liepen ze zwijgend verder. Boven de Theems hing een wassende maan, waarvan de weerspiegeling over het olieachtige water glibberde en de schepen en kolenschuiten verlichtte die bij de holle ruïnes van de pakhuizen aangemeerd lagen.

'Heb je nu ook nog hoofdpijn?' vroeg ze.

'Nee, niet meer.' Hij draaide zich als gestoken naar haar om. 'Niet de verpleegster tegen mij uithangen, Rowan. Daar kan ik niet tegen.'

Ze was moe en prikkelbaar, en voor ze het wist, was het eruit, bits en bijtend: 'Heb je soms liever dat ik helemaal mijn mond hou?'

Hij haalde zijn schouders op. 'Maakt mij niet uit.'

'Heb je meneer Hennessy gebeld?'

'Of ik meneer Hennessy heb gebeld... Godsamme, Rowan, nou doe je het weer!'

'Niet dus?'

'Nee.' Hij draaide zich naar haar toe. 'Waarom zou ik weer naar zo'n stomme psychiater gaan als ik aan de eerste twee helemaal niks heb gehad?'

'Misschien is deze wel anders. Misschien kan hij je wel helpen. Zou je er alsjeblieft over willen nadenken, Josh?' Toen hij geen antwoord gaf, zei ze: 'Hij schijnt heel goed te zijn. Hij heeft vaker gewerkt met mannen als...' Ze maakte haar zin niet af en formuleerde het snel anders. 'Hij heeft vaker met militairen gewerkt.'

Maar Josh reageerde bits. 'Met mannen zoals ik,' zei hij verbitterd. 'Gekken. Malloten. Dat wilde je toch zeggen, Rowan?' Er lag een zweem van een glimlach rond zijn mondhoeken, alsof hij er in elk geval van genoot dat hij haar doorhad.

'Nee, Josh.' Ze sloot haar ogen. 'Dat wilde ik helemaal niet zeggen.' Plotseling kon ze er niet meer tegen. 'Ik denk dat ik maar naar huis ga. We zitten elkaar vanavond alleen maar dwars. Ik bel je morgen wel.'

Ze gaf hem een kus op zijn wang en liep weg. Toen ze omkeek, zag ze hem door haar tranen wazig. Hij stond nog op dezelfde plek, tegen de muur geleund. Ze kreeg de akelige gedachte dat hij die avond misschien iets stoms zou doen, dat hij zich in de zachte bruine modder in de diepte zou gooien of dat hij ruzie zou zoeken. Maar ze liep door.

In juli 1944, toen de strijd om Normandië nog in volle gang was, hadden geallieerde soldaten Josh gevonden in een kleine ondergrondse ruimte onder een schuur. Daar had hij twee maanden gezeten; de moedige boer van wie de schuur was, had hem eten gebracht. Terwijl iedereen wachtte tot de geallieerden dat deel van

Normandië zouden bevrijden, kon hij alleen 's nachts uit zijn schuilplaats komen.

Vijf maanden daarvoor, in februari, had een Franse vrouw hem gevonden nadat de dropping per parachute verkeerd was afgelopen. Hij lag in een greppel, hij ijlde en zijn rechterbeen was gebroken. De vrouw had hem in het holst van de nacht achter op een boerenkar meegenomen naar het dorp waar ze woonde. Er was een dokter gekomen, die het gebroken been naar beste kunnen had gezet en toen contact had gezocht met zijn vrienden van het verzet. In de tweeënhalve maand daarna was Josh van de ene schuilplaats naar de andere overgebracht, naar allerlei bijgebouwen, kelders en zolders, tot hij in de ruimte onder de schuur was beland.

Dit wist ze allemaal van Alex Moore. Josh had er zelf nooit met één woord over gerept. Rowan had de kriebels gekregen toen Alex haar over de ondergrondse ruimte had verteld. Ze wist nog dat Josh haar ooit had verteld dat hij een hekel had aan kleine ruimtes.

Even verderop zag ze iemand uit Middle Temple Lane komen. Ze herkende de man en riep: 'Patrick! Patrick, ben jij het?'

Hij draaide zich om. 'Lieve hemel, Rowan.'

'Hallo, Patrick.' Ze gaven elkaar een kus.

'Nog net zo mooi als altijd.'

'Hmm. Je overdrijft. Ik voel me vreselijk afgeleefd. Maar jij maakt het goed, zo te zien.' In het licht van de straatlantaarn zag ze dat Patricks blonde haar grijs werd en inhammen vertoonde en dat hij een web van lijntjes om zijn ogen had.

'Waar ga je naartoe?' vroeg ze.

'Naar station Waterloo. Ik woon tegenwoordig in Guildford, bij mijn vader. Loop anders met me mee. Wat fijn om je te zien, Rowan.'

'Guildford... Maar Elaine dan?' Elaine was Patricks zus. Zij had altijd voor hun ziekelijke vader gezorgd.

'Elaine is getrouwd,' zei hij tot haar verbazing, want ze had altijd gedacht dat Elaine een verstokte ouwe vrijster was. 'Ze heeft een kind, een zoontje van twee.'

'Is ze gelukkig?'

'Heel erg.'

Ze liepen langs de Embankment, in de richting van Waterloo Bridge. 'Wat fijn voor haar,' zei ze. 'En je vader? Hoe gaat het daarmee?'

'Hij is momenteel erg broos. Maar hij houdt zich goed, hoor. En jij, nog steeds in de verpleging?'

'Ik ben stafverpleegster. Nu mag ik de leerling-verpleegsters vertellen wat ze moeten doen.'

'Je bent vast een heel goede verpleegster.'

'Denk je dat echt, Patrick?' Ze keek hem eens aan. 'Dat snap ik niet. Ik was geen goede echtgenote.'

'We waren allebei niet erg goed in het huwelijk, toch?'

'Nee, dat klopt.'

'Heb je nog geen nieuwe liefde gevonden?'

'Nee.' Ze aarzelde, maar zei toen: 'Er is wel iemand. Ik hou erg van hem, maar het ligt nogal moeilijk. En jij?'

Hij schudde zijn hoofd. 'Nee, niemand. Colin... Herinner je je Colin?'

'Colin Slater, die schoolvriend, ja.'

'Hij is overleden. Hij zat in een Japans krijgsgevangenenkamp. Ik ben een biografie over hem aan het schrijven. Hij was een heel bijzonder mens en ik vind het een vreselijke gedachte dat straks niemand hem meer kent. Als niemand het wil uitgeven, doe ik het in eigen beheer. Ik denk dat op zijn minst zijn familie en de school wel een exemplaar willen hebben.'

Ze legde haar hand op zijn mouw. 'O, Patrick, wat erg. Wat akelig voor je. Je hebt gelijk, hij was inderdaad een heel bijzonder mens.'

'Lief van je. Je went eraan, hè?'

Dat wist ze zo net nog niet. Ze was woest over wat er met Josh was gebeurd. Vanavond had ze zich kunnen inhouden. Al dat hopen en verlangen, toen hij vermist was... en toch was het hierop uitgelopen, op dit gehalveerde leven, op dit beschadigde overblijfsel van de man van wie ze hield. Ze had wel eens momenten dat ze bang was dat hij nooit beter zou worden. Zoals vanavond bijvoorbeeld.

Ze keek naar Patrick. 'Vroeger had je het moeilijk met je vader,' zei ze.

'Misschien ben ik milder geworden. Of misschien begrijp ik hem beter. We kunnen het goed samen vinden. Er is voor mij veel werk in Guildford te doen en ik vind het ontzettend leuk om oom te zijn.'

Bij Waterloo Bridge scheidden hun wegen zich. Ze beloofden elkaar contact te houden, maar Rowan wist dat ze daar geen van beiden gevolg aan zouden geven. Ze liep verder over de Embankment.

Josh was eerder dat jaar, in januari 1945, op medische gronden uit het leger ontslagen. Lichamelijk was hij min of meer hersteld. Zijn rechterbeen was wel ruim twee centimeter korter dan het linker, maar zijn conditie was nog steeds goed en hij was actief. Geestelijk ging het echter nog altijd slecht met hem. Hoe je het ook noemde – shellshock, sirenestress of een zenuwaandoening – hij had het vreselijk moeilijk. Rowan had zo veel slachtoffers met een shock ten gevolge van de Blitz in het ziekenhuis behandeld dat ze de symptomen goed kende. Josh had een hekel aan mensenmassa's. Hij werd snel moe, had vaak hoofdpijn en sliep rusteloos en met onderbrekingen. Hij kon zich moeilijk concentreren en was permanent op zijn hoede. Een voorval zoals die avond in de pub, als er sprake was van een plotselinge beweging, plotseling geluid of onbesuisd gedrag van iemand die hij niet kende, kon hem aan het schrikken maken en ervoor zorgen dat hij opsprong alsof hij voor zijn leven moest vechten.

Ze had altijd geweten dat het lang zou duren. Ze had hem voorzichtig aangemoedigd toen hij weer aan het werk had willen gaan, hoewel ze diep in haar hart had geweten dat hij daar nog niet aan toe was. Ze had geprobeerd hem zover te krijgen dat hij naar een psychiater ging, maar met weinig succes. Ze vermoedde dat hij bang was dat een psychiater hem zou dwingen de gruwelen onder ogen te zien die voor hem onverdraaglijk waren. Josh probeerde het verleden af te sluiten, probeerde moeilijke emoties weg te duwen, maar ze drongen steeds weer door zijn verdediging heen. Hij probeerde zijn ziekte zelf te bedwingen, terwijl hij daar in feite te ziek voor was. Hij was echt zo iemand van de stiff upper lip, uit een familie die het egoïstisch vond om om hulp te vragen en onwaardig om je zwakte te tonen. De familie Makepeace redde zichzelf wel. Het punt was alleen dat Josh het niet zelf redde.

Ze liep naar zijn huis en belde aan. Meneer Lyons deed open en liet Rowan binnen. Ze liep de trap op en klopte bij Josh aan.

Hij deed open. Toen hij haar zag, slaakte hij een zucht en omhelsde haar. Zo bleven ze een hele tijd staan, met de armen om elkaar heen.

Ze gingen naar binnen. Zijn woning zag er nog net zo uit als de eerste keer dat ze hier was, die avond dat ze Josh bij Signorelli's had ontmoet. De kamers waren nog steeds spaarzaam ingericht en netjes, maar er was niets gerepareerd. Rowan had de indruk dat de woning, net als Josh zelf, was blijven stilstaan in de tijd, bevroren, niet in staat verder te gaan met het leven.

'Neem het me alsjeblieft niet kwalijk, lieveling,' zei ze. 'Ik voelde me ellendig. Ik heb nogal een zware dag gehad.'

'Nee, het was mijn schuld. Jij kunt er niets aan doen, nooit.' Hij aaide haar over haar haar.

'Schenk maar een kopje koffie voor me in.'

Hij zette een kopje voor haar neer en ging naast haar op de bank zitten. Hij drukte zijn vingertoppen tegen zijn voorhoofd. 'Soms heb ik het gevoel dat er elk moment een granaat kan afgaan,' zei hij. 'Een granaat in mijn hoofd. De pijn vind ik nog niet eens zo erg, maar wel het wachten, het gevoel dat er iets vreselijks gaat gebeuren.'

Zo openhartig was hij nog nooit eerder tegen haar geweest, en dat gaf haar een sprankje hoop. 'Je bent ziek, Josh,' zei ze. 'En je wordt weer beter, dat beloof ik je. Ik weet dat iedereen dat tegen je zegt en dat je dat onderhand niet meer kunt horen en ook niet meer gelooft, maar het heeft gewoon tijd nodig.' Terwijl ze dat zei, vroeg ze zich af of het wel de waarheid was. In sommige grote psychiatrische ziekenhuizen zaten nog steeds patiënten met een shellshock van de vorige oorlog, de Eerste Wereldoorlog. Ze onderdrukte een huivering.

'Ik ga niet naar weer een andere psychiater,' zei hij. 'Jij zult het wel onzinnig vinden, maar ik kan het echt niet. Dan sla ik gewoon dicht. Dat is tijdverspilling.'

Ze vlocht haar vingers door de zijne. 'Oké. Het is niet onzinnig. En ik begrijp het echt wel, lieverd. Het heeft bij mij ook meer dan tien jaar gekost voordat ik met iemand over mijn moeder kon praten. Dus het record staat nog steeds op mijn naam.' Ze zweeg even en zei toen: 'Wil je niet overwegen om een tijdje bij je ouders in Suffolk te gaan wonen? Je weet dat Julia en Bill dat fijn zouden vinden.'

'Dat klinkt als een allerlaatste poging om mij met mezelf in het reine te laten komen.'

Hij klonk verbitterd en ze moest haar best doen om niet ineen te krimpen. 'Nee, Josh, zo bedoelde ik het helemaal niet,' zei ze. 'Maar ik denk echt niet dat je al in staat bent om te gaan werken en ik denk oprecht dat je in de provincie beter af bent. Gewoon een paar maanden, tot je je weer wat beter voelt.'

'Wat moet ik daar dan doen? Wat moet ik daar zonder jou?'

'Ik vind wel iets in de buurt. Er is vast wel een klein ziekenhuis of een verpleeghuis waar ik kan werken.'

Hij zag er doodmoe uit, de huid rond zijn ogen was grauw en zag eruit als crêpepapier. 'Dat kan ik niet van je vragen.' Er viel een lange stilte, en toen zei hij: 'Ik zou je ten huwelijk willen vragen, Rowan, maar hoe moet ik dat doen als ik niet eens geld kan verdienen?'

Ze was uiteraard bereid om voor hen allebei het geld te verdienen. Maar in de familie Makepeace waren de mannen kostwinner. Ze wist dat hij het niet eens in overweging zou willen nemen. 'We hebben geen haast,' zei ze dus maar.

'Ik ben verdomme een wrak. Ik ben bang dat ik altijd een wrak zal blijven.'

'Nee, dat gebeurt niet.' Ze drukte haar gezicht tegen zijn borst.

Maar ook zij voelde zich moedeloos, en opnieuw sprongen de tranen haar in de ogen. Ze mompelde iets over dat ze meer melk in haar koffie wilde en ging naar de keuken.

Hij kwam achter haar aan. 'Ik hou van je,' zei hij. 'Ik hou zielsveel van je.'

'Ik hou ook van jou.'

En toen begaven ze zich struikelend naar de slaapkamer, de koffie was vergeten, ze trokken elkaar de kleren uit en verlangden hevig en onweerstaanbaar naar elkaar. Op deze manier konden ze het best met elkaar communiceren, met deze woordloze samensmelting van lichaam en geest, wanneer ze hun liefde voor elkaar met aanrakingen, druk en streling tot uitdrukking konden brengen. Ze was wel eens bang dat dit het enige was wat hun nog restte.

Toen Thea in het dorp Lawton brieven op de bus deed, zag ze Madeline Greville aan de overkant van de straat. Madeline was een rijzige vrouw met een fijn gezicht, en haar steile hoogblonde haar had bijna dezelfde kleur als haar muts van wit vossenbont. Het gerucht ging dat Madeline in verwachting was; haar slanke lichaam ging vooralsnog schuil onder haar wijde geruite jas. Thea vond de vete tussen de familie Jamieson en hun naaste buren, de familie Greville, vermoeiend en vooral nutteloos, maar dat zei ze natuurlijk niet hardop, zeker niet nu er onlangs weer allerlei verwijten waren opgerakeld. Ze riep goedemorgen en mevrouw Greville keek haar eerst geschrokken aan en zei haar toen op haar beurt mompelend gedag.

Thea liep achter de kinderwagen het dorp uit, over de weg van Langhill. Polly was onrustig en spartelde omdat ze uit de wagen wilde. Ze was nu vijftien maanden en begon net te lopen. Thea gaf haar dochter haar sleutels, zodat ze daarmee kon spelen, en Polly gooide ze in een plas. Om haar af te leiden wees Thea haar een kraai, een paar schapen en de bordercollie die ze bijeendreef aan en maakte daarbij de bijbehorende dierengeluiden. 'Papa komt snel weer thuis, Poll,' zei ze. Polly stak haar handje weer uit naar de sleutels en beet op de metalen ring. Haar blauwe gebreide muts zakte af, zodat je haar wilde donkere krullen zag. Thea was blij dat haar dochter de krullen van Cormac had en niet haar eigen steile haar. Het weer was die nacht omgeslagen en het was ijskoud, het gras op de heuvel zag grijs van de vorst en Thea overwoog even om de muts weer omlaag te trekken, maar dan richtte ze er de aandacht op, en dat moest ze zien te voorkomen, want dan trok Polly hem meteen helemaal af. 'Papa komt thuis,' zei ze nog een keer. 'Over een paar daagjes.' Ze lachte, en Polly lachte ook. Cormac was nu anderhalf jaar weg, en die afwezigheid vormde een scherpe pijn – soms op de achtergrond, maar altijd aanwezig. Ze gaf de grote, oude kinderwagen een flinke zet om over een stuk weg met wel erg veel kuilen heen te komen.

Haar route voerde langs Langhill House, waar de familie Greville woonde. Op het smeedijzeren hek zat een veeg rode verf, die wel een bloedrode uitdaging, een belediging leek. Thea beet op haar lip, keek ernaar en liep door. De familie Jamieson vond Madeline Greville afstandelijk, maar Thea vroeg zich af of ze niet gewoon verlegen was. Charles Greville, Madelines schoonvader, was in de oorlog overleden. Toen de oorlog in Europa afgelopen was, was zijn weduwe uit Langhill vertrokken en in het zuiden gaan wonen, in de buurt van haar dochter. Charles' erfgenaam, Rufus, en zijn vrouw, Madeline, waren toen definitief op Langhill gaan wonen. Dat had Thea allemaal van de tante van Cormac gehoord, Cathy, die alles wist. Tante Cathy had haar ook verteld dat Madeline Greville in Londen was opgegroeid en dat haar vader eigenaar van een bank was. Als Madeline Greville een echt stadsmeisje was, zo eentje dat van winkels, restaurants en theaterbezoek hield, zou ze zich dan niet eenzaam voelen op Langhill? Thea was ook in een stad opgegroeid, maar had zich altijd thuis gevoeld in de provincie en had geen moeite gehad met haar verhuizing naar dit afgelegen deel van Northumberland. Er waren wel dingen die ze miste: musea, bibliotheken, haar vriendinnen en Rowan natuurlijk. En haar werk.

Ze was lid van een grote, twistzieke familie geworden... en het had wel even geduurd voordat ze dáároaan gewend was. Het was in huize Jamieson luidruchtig en druk, en iedereen wilde altijd met je praten en je vertellen wat je moest doen. Doordat ze op kostschool en in het leger had gezeten, was ze er wel aan gewend om voortdurend mensen om zich heen te hebben, maar niet aan de lange discussies of de lawaaierigheid die de Jamiesons aan de dag legden. De persoonlijke vragen, de opmerkingen over hoe je een taart bakte of een luier verschoonde; daar had Thea de nodige moeite mee gehad. Ze wist heus wel dat hun nieuwsgierigheid en de adviezen die daarmee gepaard gingen – de Jamiesons verstrekten graag nuttige adviezen – vriendelijk bedoeld waren, maar zelfs Nicola, die het gelukkigst was als ze op de tractor zat of met een baal hooi sjouwde, had het de eerste tijd nodig gevonden om commentaar te leveren op hoe Thea voor haar dochtertje zorgde. Dat vond ze niet zo erg, want ze wist dat Nicola dol op Polly was, alles voor haar overhad, bijna als een tweede moeder voor haar was en met alle plezier de zorg van haar overnam als Thea een nacht slecht had geslapen of even wat tijd voor zichzelf nodig had. En bovendien was Nicola nu zelf met Lennie getrouwd, die in 1944 uit het leger was ontslagen nadat hij in Italië gewond was geraakt. Ook zij hadden een dochtertje, Janet, van net zes weken.

Behalve Robert Jamieson woonden nu ook Nicola, Lennie en Janet, en Thea en Polly op Crawburn. Robert had de grote slaapkamer waar hij vroeger met Cormacs moeder sliep aan Nicola, Lennie en Janet afgestaan. Thea en Polly sliepen in de kamer met de hellende vloer en het uitzicht op de tuin.

Thea voelde een intense en onwankelbare liefde voor haar dochtertje. Vanaf het moment dat Polly geboren was, in een kamer op Crawburn, in september 1944, had ze alles voor haar willen doen, had ze zonder ook maar een moment te aarzelen haar leven voor haar willen geven. Ze kon er helemaal in opgaan om naar haar slapende kindje te kijken, verrukt over de ronding van een roze wangetje en de schaduw die haar wimpers op haar satijnzachte huid wierpen. Dat soort liefde sterkte je, maar deed je ook pijn. Van veel dingen omtrent zwangerschap, bevalling en moederschap was ze erg geschrokken. Ze had tijdens haar zwangerschap braaf van alles gelezen over de geboorte en babyverzorging, maar was al snel tot de ontdekking gekomen dat ze heel slecht was voorbereid. Ze vond de boeken ontwijkend, op het oneerlijke af zelfs. De pijn van de weeën werd omschreven als 'onprettig'. Ze hadden haar niet verteld dat het pijn deed als haar baby huilde en dat het nog veel meer pijn deed als ze er niet achter kwam waarom ze huilde. Dat je van de nachtvoedingen verschrikkelijk moe werd, was slechts vluchtig aangestipt. Toen ze zich vier weken na de bevalling eindelijk in staat had gevoeld om naar Lawton te lopen, had ze alle boeken aan een rommelwinkel gegeven.

Ze had zich het moederschap heel anders voorgesteld. En ze miste Cormac verschrikkelijk. Het was allemaal veel draaglijker geweest als ze haar vreugde en vermoeidheid met Cormac had kunnen delen, als hij iets van het werk en de zorgen van haar had kunnen overnemen.

Ze had niet geweten dat zo'n minuscuul mensje zo veel tijd in beslag kon nemen. Ze had de pasgeboren Polly gevoed, verschoond en in slaap gebracht, toen de troep opgeruimd, en tegen de tijd dat ze daarmee klaar was, moest Polly alweer gevoed worden. Polly kon pas met vijf maanden met een nachtvoeding minder toe en in het eerste half jaar was er in de verste verte nog geen vast ritme. Thea verkeerde tegen die tijd permanent in een toestand van verwarring en vermoeidheid. Ze droeg twee verschillende sokken, nam een slok thee en vergat dan waar de beker stond. Als ze wonder boven wonder eens tien minuten rust had en een boek kon pakken, merkte ze dat ze dezelfde zin steeds opnieuw las. En zelfs dan begreep ze nog niet wat er stond. Niet één van de banen uit haar oude leven, dat nu oneindig ver weg leek, viel te vergelijken met de zorg voor een pasgeboren baby – secretaressewerk niet, de bediening niet, archeologie niet en zelfs het leger niet, ook al had ze al die bezigheden indertijd heel zwaar gevonden.

De eerste keer dat Polly op haar borst in slaap was gevallen, een vredig warm bundeltje, en het eerste vluchtige lachje waren keerpunten geweest. Ze deed dus blijkbaar toch iets goed, had ze geredeneerd. Polly volgde haar met haar ogen als ze door de kamer liep, alsof ze iets wonderbaarlijks was. Thea ervoer het als een enorm gunstige speling van het lot dat Polly zo'n mooi, vrolijk meisje was. De wilde Jamiesons en de rusteloze Sigrid hadden in combinatie met elkaar ook een heel ander eindresultaat kunnen opleveren. In Thea's stamboom gaapte uiteraard een groot gat. Misschien dat de opa van Polly, de minnaar van Sigrid, wel een vrolijk type met zwart haar en blauwe ogen was, net als Polly.

Polly was vijftien maanden, maar had haar vader nog nooit gezien. Cormac zat in het leger van de geallieerden en had van de kust van Normandië tot aan Berlijn doorgevochten. Toen in mei 1945 de oorlog in Europa ten einde was, was hij in Berlijn gebleven, waar hij had geholpen om in de stad, die in puin lag en waar honger heerste, de broze vrede te bewaren. Hij had het eerste lachje, het eerste stapje en het eerste woordje van zijn dochter gemist. Thea had twee dagen geleden bericht gekregen dat hij uit het leger zou worden ontslagen. Hij kwam eindelijk naar huis.

Ze liep met de kinderwagen de binnenplaats op. Nicola liep haar tegemoet. Ze nam Polly in haar armen. 'Dag, schatje van me,' mompelde ze. 'Hoe gaat het met mijn mooie meissie?'

Ze gingen naar binnen. Thea vroeg hoe het met Janet ging, en Nicola vertelde dat ze lag te slapen. Nicola bood aan om Polly naar boven te brengen om een dutje te gaan doen, terwijl Thea de groenten voor het avondeten sneed. In de woonkamer werd met stemverheffing gesproken.

'Ze was meteen onder zeil,' zei Nicola toen ze terugkwam in de keuken.

'Dank je wel.' Thea knikte in de richting van de woonkamer. 'Wat is er aan de hand?'

'Oom John is langs geweest.'

'En Jack en Francis?' Jack en Francis waren de zonen van oom John en tante Cathy, een tweeling van begin twintig. Het waren heetgebakerde jongens, brutaal, met zwart haar en blauwe ogen, die graag kattenkwaad uithaalden en een biertje dronken. Thea mocht ze graag, ze kon er niets aan doen, al waren het geboren lastpakken. Maar als ze nu aan de jongens dacht, voelde ze een vermoeide ergernis.

'Die zijn er godzijdank niet,' zei Nicola.

'Zal ik de soep maken?'

'Laat maar, dat doe ik wel. Trek je jas uit, Thea, het is hier veel te warm om hem aan te houden.'

'Misschien ga ik wel even een eindje lopen, als jij het niet erg vindt om Polly in de gaten te houden.'

'Tuurlijk. Met alle plezier, dat weet je. Dat hoef je niet te vragen.' Nicola keek eens even naar Thea. Haar frons trok weg en ze leek enigszins te ontdooien. 'Gaat het een beetje?'

'Ja hoor, best.' Ze stak haar voeten weer in haar schoenen. 'Ik kan gewoon niet stilzitten, lijkt het wel.'

Nicola gooide wat boter in een hete pan. 'Ik krijg ook de kriebels van dat wachten,' zei ze, terwijl Thea naar buiten liep.

Thea liep tussen de terrassen door de heuvel op. Ze wilde een echte wandeling maken, door het gras en de bomen, en niet dat langzame gesjok achter een kinderwagen aan. Ze moest de spanning die ze voelde stijgen binnen zien te houden. Sinds ze Cormacs brief had gekregen, bruiste ze van opwinding. Maar de opwinding en blijdschap gingen ook gepaard met enige ongerustheid. Cormac moest door alles wat hij had meegemaakt wel veranderd zijn, dat kon niet anders. Ze waren geen van beiden meer dezelfde personen die anderhalf jaar geleden op een perron afscheid van elkaar hadden genomen. Als je de tijd dat ze samen waren geweest bij elkaar optelde, kwam je op... hoeveel? Vier weken... vijf?

Het gebeurde wel dat een huwelijk nadat een soldaat thuis was gekomen verslechterde of op de klippen liep. Dat wist iedereen. Thea hoefde maar aan Rowan te denken om zich bewust te zijn van de hindernissen die haar te wachten stonden. Josh was vorig jaar teruggekomen in Engeland en Rowan en hij waren nog steeds niet verloofd of getrouwd, en ze woonden ook nog niet bij elkaar. Ze hielden van elkaar, dat zag Thea ook wel, maar konden ze de kloof overbruggen die de oorlog tussen hen had geslagen?

De hele oorlog lang had ze Cormac elke dag een brief geschreven. Zelfs op de dag van Polly's geboorte was het haar gelukt om een paar regels te schrijven. Soms ging er wel een week of langer voorbij zonder dat er een brief van Cormac op de boerderij werd bezorgd, en dat waren angstige tijden, maar dan viel er opeens een hele lading post op de mat. Ze had twee schoenendozen vol brieven van hem, en daarin vertelden ze elkaar waarop ze hoopten en waarvoor ze bang waren. Cormac had haar geschreven dat een andere soldaat uit Northumberland, die ook in zijn regiment zat, ene Phil Coleman, die Thea meer dan vijf jaar geleden in Saint-Malo heel even had ontmoet, hem een baan had aangeboden in zijn technische bedrijfje aan de rand van Hexham. Phil repareerde motoren en maakte er onderdelen voor. Cormac had zijn vader nog niet over zijn plannen verteld.

Thea had ervoor gezorgd dat ze sinds ze op Crawburn was komen wonen, haar steentje had bijgedragen. Ze had zich consciëntieus in huishoudkunde verdiept en kon inmiddels veel beter koken dan vóór haar huwelijk. Maar ze vermoedde dat ze er nooit echt een kei in zou worden. Nicola kon als een razende in de keuken tekeergaan, maar wist wel verrukkelijk luchtige cakes en heerlijk brood te produceren, terwijl die van Thea meestal de neiging hadden om in te zakken. Tante Cathy had daar vaak commentaar op. Thea vond de nietige, zich steeds herhalende handelingen van het huishouden diep in haar hart iets afstompends hebben. Het was noodzakelijk en belangrijk, maar het schonk haar geen voldoening, het was niet waar haar hart lag.

Ze nam het pad dat door het knisperende berijpte gras van het weiland het bos in liep. Ze hield van de wilde verlatenheid rond Crawburn, en vooral van het bos bij Low Chase. De donkere, koele stilte deed haar denken aan het bos in Normandië, waar ze in 1940 doorheen was gekomen toen ze uit Frankrijk wegvluchtte. Ze had de plek gevonden met de overblijfselen van de oude nederzetting waarover Cormac haar had verteld op de avond dat hij haar ten huwelijk had gevraagd. Grote stenen, fluwelig van het mos, op een kleine open plek diep in het bos, vormden grofweg een ronde omheining. Ze zou graag een kleine geul hebben gegraven om onderzoek te doen en haar theorie bevestigd te zien dat het bouwwerk uit de ijzertijd stamde, maar deze grond was geen eigendom van de familie Jamieson. Low Chase was in handen van Rufus Greville. Dus had ze alleen een schets van de omheining gemaakt en was ze begonnen aan een nauwgezette plattegrond. Soms nam ze haar troffel mee en schraapte ze wat aarde weg op een plek die vanaf het pad niet te zien was. Ze was van plan om een beschrijving te maken en die naar Grace te sturen.

Ze ging op een van de bemoste stenen zitten. Grace en Monty Fainlight waren kort nadat de oorlog afgelopen was teruggekeerd naar Londen. Helen en Max woonden in het huis in Bloomsbury bij hen in, samen met hun driejarige zoontje Rafe. Helen en Max hadden nog geen eigen woonruimte kunnen vinden. Na de gigantische verwoestingen die in de oorlog waren aangericht, was er vooral in de steden een groot gebrek aan woningen.

Iedereen had ook geldgebrek. Grace had Thea geschreven dat ze geld bij elkaar probeerde te krijgen voor een opgraving in Wiltshire, komende zomer. Door de beperkte financiën zou het maar een bescheiden onderneming worden, waarbij ze een kleine opgraving waaraan Grace en Monty al eerder hadden gewerkt opnieuw zouden onderzoeken. Grace had haar nog geen werk aangeboden, maar Thea vermoedde dat ze dat op een gegeven moment wel zou gaan doen. En dan zou ze moeten weigeren. Ze kon Polly toch niet alleen laten en dan zo ver weg gaan? Dat was uitgesloten. Ze had nog niemand over de opgraving verteld, Nicola niet en Cormac niet, en ze probeerde het uit haar hoofd te zetten.

Als ze naar het stenen bijlblad van Corran keek, dat ze nog steeds zorgvuldig bewaarde, en aan haar carrière dacht, voelde ze de laatste tijd wel eens een vlaag van paniek. Ze had het er nooit over met de Jamiesons, die heel lief voor haar waren, en ze schaamde zich er vaak voor dat ze het zo erg vond dat de archeologie uit haar leven was verdwenen. Moest je haar nu zien, getrouwd met een man van wie ze zielsveel hield, de moeder van een innig geliefde, mooie en gezonde dochter, wonend in een heerlijk huis in een schitterende landelijke omgeving. De oorlog was voorbij en ze zou dus tevreden moeten zijn. Maar het werk dat ze ooit gedaan had, was haar zo angstaanjagend vlot uit handen geglipt dat ze bang was dat het nooit meer terug zou komen. Kon je jezelf nog als archeoloog beschouwen als je al zes jaar lang niets meer aan archeologie had gedaan?

Ze liep het bos uit en de velden in. Hier bleef ze even staan om achterom te kijken naar Langhill House. Sinds Rufus Greville het had geërfd, had hij er het een en ander aan veranderd. Zijn energie dwong bewondering af. Het huis legde het grijze, groezelige schild af dat het had gekregen in de tijd dat Charles Greville de eigenaar was geweest en vond de elegantie terug die het kwijt was geraakt. De oprit en het terras waren gewied, het gras gemaaid, in de borders stonden bloemen en de struiken waren gesnocid. Icmand moest ergens een blik witte verf hebben weten op te diepen, want de kozijnen en de terrasdeuren glansden. Tegen het eind van de zomer had Thea, toen ze langs het hek van Langhill kwam, gezien dat Rufus zelf het roestige ijzer stond te schuren.

Twee maanden geleden had Rufus Greville Cormacs oom John laten weten dat zijn pacht van de grond van Greville in Bane Rigg niet zou worden verlengd wanneer die verlopen was. Rufus' brief had in het leven van de familie Jamieson het effect gehad van een brandende lucifer op droog brandhout. John Jamieson had Greville gevraagd er nog eens over na te denken, maar dat had hij geweigerd, en afgelopen week waren John en Cathy de hectaren kwijtgeraakt waar zij tientallen jaren hun gewassen op hadden verbouwd. De neven van Cormac, de tweeling Jack en Francis, waren onlangs uit het leger ontslagen, hadden niets omhanden en waren daardoor uit op kattenkwaad. Als reactie op deze gebeurtenis hadden ze rode verf over het glanzend witte hek van Langhill House gegooid. Dat was twee dagen geleden op een avond gebeurd. Thea vond het vreselijk dat ze zoiets gedaan hadden vlak voordat Cormac werd terug verwacht. Ze vond het vervelend dat zijn thuiskomst misschien door ruzies en zorgen zou worden overschaduwd.

Ze keek langs Langhill House naar de weg. Daar liep iemand. Ze zag het poppetje in de verte over de bochtige weg lopen, zo nu en dan achter een talud of een verhoging van het terrein verdwijnen en dan weer tevoorschijn komen. Ze wist dat ze terug moest naar de boerderij; het was etenstijd en Polly zou zo wakker worden. Toch kon ze haar blik niet losmaken van die man daar op de weg.

Er trok een rilling over haar rug. Ze balde haar vuisten en nam beverig een diepe teug lucht. Ze rende de helling af en het pad aan de andere kant van Langhill op. Haar schoenen sloegen tegen de graspollen.

Toen ze met bonkend hart op de weg aankwam, buiten adem van blijdschap, riep ze: 'Cormac! Cormac!'

Hij zag haar en begon ook te rennen. Toen hij bij haar was, tilde hij haar op. Hij overlaadde haar gezicht en mond met kussen. Meteen voelde ze zich weer de oude, er was iets op zijn plaats geschoven wat ze zo lang had moeten missen dat ze bijna niet meer merkte dat het er niet was.

Polly werd wakker van haar middagdutje en Thea bracht haar naar beneden, naar de kleine woonkamer. Ze was nog slaperig en zat bij Thea op schoot met haar duim in haar mond, terwijl ze deze vreemde man, haar vader, zo nu en dan eens van opzij bekeek. Op een ladekast stond een dienblad met thee, buiten bereik van Polly, en Nicola deelde kopjes rond. Janet, de kleine van Nicola, lag in een rieten mandje naast de bank te pruttelen. Thea keek net als haar dochter steeds weer even naar Cormac. Hij was vertrouwd, maar tegelijk ook niet, want hij was gehard door alles wat hij had meegemaakt en door de verantwoordelijkheid die hij had gedragen. Hij had een plek weten te bemachtigen op een eerder transport terug naar Engeland, had hij haar verteld. Hij had alle bureaucratie die hem officieel uit dienst ontsloeg zo snel mogelijk doorlopen en was de dag ervoor tot aan York gekomen. 'Ik kon niet wachten,' had hij gezegd. 'Ik moest je zien. Het is zo lang geleden.'

Robert, John en Nicola zaten tegen Cormac te praten. 'Bane Rigg is zonder die grond niets waard,' zei John Jamieson, terwijl hij woedend in zijn thee roerde. 'Ik zeg niet dat ik het goedkeur wat ze gedaan hebben...'

'De stomkoppen,' zei Nicola.

'Weet je zeker dat zij het gedaan hebben?'

'Ik heb ze nog niet gezien. Ze zijn niet teruggekomen, Cormac.'

'Ze houden zich schuil.'

'Heeft Rufus Greville al iets gezegd?'

'Nog niet.'

'Idioten.'

Polly dronk het flesje warme melk leeg dat ze na haar dutje altijd kreeg, en toen kikkerde ze een beetje op. Ze liet zich van Thea's schoot glijden en liep toen met onvaste stapjes naar haar speelgoedkist. Ze liep net en stond nog niet zo stevig op haar beentjes. Cormac pakte Thea's hand.

'Jullie redden het voorlopig wel even in je oude kamer, toch, Cormac?' vroeg Nicola.

'Prima, hoor.' Cormac keek naar Polly, die een lappenpop uit de kist haalde.

'Het is een beetje krap met z'n drieën. In de groene kamer is het dak lek en regent het naar binnen, anders hadden jullie die kunnen nemen,' zei Nicola.

'Het is maar voor even. Thea en ik gaan een eigen huis zoeken.'

'Dat is nergens voor nodig,' zei Robert. 'Hier is ruimte zat.'

'Dat weet ik, pa, bedankt, dat waardeer ik zeer, maar Thea en ik hebben nu een eigen plek nodig. Ik heb onderhand te lang in tenten en nissenhutten gewoond, en in greppels of de openlucht moeten slapen.' Terwijl hij dit zei, streelde hij met zijn duim over haar handpalm, en ze voelde haar verlangen oplaaien.

'Je bent hier nodig, zoon, op de boerderij,' zei Robert.

'Ik kom niet op de boerderij werken, pa.'

'Onzin.'

'Geef Crawburn maar aan Nicola. Zij heeft de boel hier tijdens de oorlog draaiende gehouden.'

'Lennie doet het ook goed,' zei Nicola.

'Als je mensen tekort hebt, kom ik natuurlijk helpen.'

'Toe maar, aardig van je,' gromde Robert.

'Ik heb een baan, pa, in Hexham, bij een vriend van me die een machinefabriek heeft.'

'Waarom zou je daar in vredesnaam gaan werken?' zei Robert met stemverheffing.

Janet begon te huilen. 'Pa, alsjeblieft,' zei Nicola boos. Robert mompelde dat het hem speet en Nicola wiegde het rieten mandje heen en weer.

Cormac kneep hard in Thea's hand en begon over iets anders. 'Ik heb iets gemaakt voor Polly.'

Uit zijn plunjezak haalde hij een kleurig beschilderde houten eend aan een touwtje, die komisch hobbelde als je eraan trok. Cormac trok de eend over het kleed heen en weer, en Polly keek toe. Toen stak hij zijn dochter het touwtje toe. Er gebeurde een hele tijd niets, Polly zag het eerst even aan en drentelde toen naar hem toe, pakte het touwtje en lachte voor de allereerste keer naar haar vader.

Rowan was op een avond bij een vriendin en zat op de bank een boekje door te bladeren dat bedoeld was voor vrouwen die in verwachting waren. Haar vriendin, Caroline Jenkins, was de vrolijke jonge vrouw met het blozende gezicht die tegelijk met Rowan in 1940 in het ziekenhuis in Kent als leerling-verpleegster was begonnen. Ze heette nu geen Jenkins meer, maar Caroline Ross, en ze was getrouwd met een chirurg uit het St. Anne-ziekenhuis, had een zoontje van drie en was zwanger van de tweede. Maar ze had nog wel een blozend gezicht en ze was nog steeds vrolijk.

'Allemaal onzin,' zei Caroline over het boekje over zwangerschap. 'Ik snap niet waarom ze dat de tweede keer nog uitdelen.'

Rowan las over symptomen die op zwangerschap kunnen wijzen. Vermoeidheid... misselijkheid... gevoelige borsten... uitblijvende of heel lichte menstruatie. Ze las de lijst nog een keer. En toen nog een keer.

Opeens drong tot haar door dat Caroline iets tegen haar zei. Ze keek op.

'Gaat het, Rowan?'

'Ja hoor, prima. Sorry, ik heb een lange dag gehad.'

'Ik snap niet waarom je in het St. Anne blijft werken. Ik had er schoon genoeg van. Ik kon niet wáchten tot ik daar weg kon.'

Rowan glimlachte flauwtjes. 'Wat zul je blij zijn dat er nog een baby komt. Zo fijn voor Alan en jou.'

Er volgde wat geklets over baby's, en Rowan deed haar best om verstandige dingen te zeggen. Toen vroeg Caroline of ze nog een kopje koffie wilde.

'Nee, dank je. Ik ga maar eens.'

Boven klonk een brul van Carolines zoontje. Ze trok haar wenkbrauwen op. 'Och, hemel. Hij heeft een snotneus, de arme schat. Het zal wel weer een zware nacht worden.'

Caroline liet haar uit en Rowan liep naar de bushalte. Terwijl ze op de bus stond te wachten, schoten haar gedachten alle kanten op en ze nam de lijst uit het boekje van Caroline nog eens door. Ze vertoonde stuk voor stuk alle tekenen die erop wezen dat ze zwanger was, al weken. Ze was doodsbang. Ze was dolgelukkig. Ze kon het Josh niet vertellen. Ze móést het Josh vertellen. Ze kon niet zwanger zijn. Ze wist dat ze het wel was.

De bus kwam. Toen Rowan uitstapte, liep ze naar de Strand. Ze moest het hem vertellen, het had geen zin dat nog langer uit te stellen. Het moest, dus ze kon het maar beter meteen doen. Ze merkte dat ze geen idee had hoe hij zou reageren. Ze was bang dat hij zich in het nauw gedreven zou voelen.

Toen ze aankwam, kwam net een van de andere bewoners naar buiten, dus glipte Rowan na hem naar binnen. Boven klopte ze bij Josh aan.

Hij liet haar binnen en kuste haar. 'Ik had je niet verwacht. Ik dacht dat je naar Caroline toe was.'

'Ik ben niet lang gebleven. Vind je het erg dat ik langskom?'

'Nee, natuurlijk niet, ik ben blij je te zien. Wil je iets drinken, liefje?'

'Nee, dank je. Een kopje koffie misschien? Nee, doe ook maar niet.' Ze werd al misselijk bij de gedachte. 'Doe alleen maar een glas water.'

Hij liet de kraan even lopen. 'Ik ben blij dat je er bent,' zei hij, terwijl hij het glas vulde. 'Misschien heb je wel gelijk, misschien kan ik beter een tijdje bij mijn ouders gaan wonen.'

'Wie weet doet het je goed.' Ze wist dat dit een heel moeilijk besluit voor hem geweest moest zijn.

'Ik kan zo niet doorgaan, dat besef ik zelf ook wel. Ik moet íéts doen. Ik heb het gevoel dat ik je teleurstel.'

'Nee, Josh, dat is niet zo.' Ze wreef over zijn arm.

'Ik zal je vreselijk missen.'

'Misschien moet ik met je meegaan.'

'Daar hebben we het al over gehad, Rowan.'

'Ik denk dat ik zwanger ben.'

Hij keek haar met grote ogen aan. 'Zwanger...'

'Ja, ik denk het. Ik weet het zelfs zeker, verdorie. Ik voel me al een paar weken een beetje raar.'

Hij zei niets, en ze werd overspoeld door teleurstelling. Snel praatte ze verder. 'Heel stom dat ik het niet eerder doorhad... en ik ben nog wel verpleegster! Maar ik dacht niet dat ik zwanger zou kunnen worden.'

'Lieveling, ik ben dolgelukkig.' Ze keek naar hem en zag dat hij het meende. 'Wat een geweldig nieuws!'

'Ja, hè?' zei ze beverig. Er blonken tranen in haar ogen.

'Ga zitten,' zei hij. 'Weet je zeker dat je verder niets wilt?'

'Ja, heel zeker. Maak je om mij nou maar niet druk, Josh.'

Hij keek haar aan met in zijn blik even iets van de oude, grappige Josh, en ze glimlachte wrang. 'Ja, ik weet het. De pot verwijt de ketel, enzovoort. We moeten ons er maar bij neerleggen dat we ons om elkaar druk maken, in elk geval tot de baby er is. Daarna kunnen we ons over hem druk maken.'

'Hem?'

'Ja, in de familie Makepeace worden alleen maar zonen geboren, schijnt.' Josh' oudere broer, Ronald, had drie zonen; de middelste broer, Peter, had er twee.

'Ik dacht dat je je werk in het ziekenhuis niet zou willen opgeven,' zei hij.

Ze zuchtte. 'Weet je, Josh, ik heb eigenlijk schoon genoeg van het ziekenhuis. Heel raar, maar sinds de oorlog voorbij is, is de verpleging niet meer wat het geweest is. Ik bedoel niet dat ik niet blij ben dat de oorlog afgelopen is en ik wil ook echt niet beweren dat ik terug zou willen naar al die ellende, maar ik voel me steeds vaker… lusteloos, geloof ik.'

'Daar heb je niks over gezegd.'

'Ik dacht dat het wel over zou gaan. Maar ik kan er niet meer hetzelfde enthousiasme voor opbrengen. Alles is anders. De leerling-verpleegsters op mijn afdeling zijn ook allemaal zo jóng, Josh. En onnozel, de meeste. Ze kijken naar mij alsof ik een overblijfsel uit vervlogen tijden ben.'

Soms was ze bang dat ze haar maar een ouwe trut vonden, met vastgeroeste gewoontes. Ze vond het deprimerend om in de voetstappen te treden van uitgerekend die mensen om wie zij vroeger zelf moest lachen, toen ze net in de verpleging werkte. Een paar dagen geleden had ze met een paar leerlingen over wat technieken staan praten die ze tijdens de Blitz had toegepast, en toen had er iemand staan gapen.

'De mensen willen liever vergeten,' zei hij. 'De jonge mensen willen niet over de oorlog nadenken.'

'Ja, dat weet ik.' En ze begreep het vanuit hen gezien ook wel.

'Ik denk er net zo over als jij,' zei hij. 'Wat heb ik nog aan de vaardigheden die ik heb geleerd? Ik ken mannen die naar de andere kant van de wereld zijn gegaan om zich daar in armzalige oorlogen te mengen. Die willen weer die spanning in hun leven. Ze kunnen niet zonder. Dat kan ik met mijn zenuwen niet meer aan, maar ergens begrijp ik ze wel.' Hij pakte haar hand. 'Je wilt dit kind toch wel, hè, Rowan?'

'Ja, heel graag.'

Maar ze kon er met haar verstand nog niet bij. Het wilde nog niet tot haar doordringen. Ze had zich er al enige tijd geleden bij neergelegd dat ze nooit moeder zou worden.

'Ik ben wel vreselijk oud om voor het eerst moeder te worden,' zei ze. 'Ik ben tweeëndertig. En een kind opvoeden schijnt hartstikke zwaar te zijn.'

'Je wordt vast een fantastische moeder.'

Zou het? Je kon er met de beste bedoelingen aan beginnen en er dan nog niets van terechtbrengen. Kijk naar Sigrid: die was er waarschijnlijk ook met de beste bedoelingen aan begonnen.

Hij gaf haar een kus op haar hoofd. 'We gaan gewoon naar Suffolk. En dan zien we daar wel verder. Maak je nou maar nergens zorgen over. Maar we moeten wel trouwen, vind je niet?'

'Ja, dat is misschien wel verstandig.' Ze was opnieuw bijna in tranen. 'Ja... ja, graag, Josh.' Hij nam haar in zijn armen en kuste haar weer.

Het eerste huis op hun lijstje was al verkocht voordat ze het hadden kunnen bekijken, weggegrist door een zeskoppig gezin. In de weken daarna bekeken Thea en Cormac elk huis dat ze konden betalen, huur of koop, in het gebied rond Hexham. Ze bekeken de woning boven een fish-and-chipszaak, waar het naar vet rook, en het huisje buiten, waarvan de slaapkamers zo'n laag plafond hadden dat Cormac er niet rechtop kon staan. Ze bekeken een ijskoude bungalow met zwarte schimmel op de muren. De flat waar ze de ruzie van de buren woordelijk konden volgen, het stenen huisje in een dal, aan een beekje, dat geen wc, geen stromend water en geen elektriciteit had. En nog een handvol andere huizen, allemaal koud, deprimerend en onmogelijk.

Ze bekeken een rijtjeshuis in een dorp tien kilometer van Hexham. In de tuin lag de rotzooi hoog opgetast – een gescheurde, doorweekte matras, een leunstoel waar de vulling uit de stoffering puilde, natte kartonnen dozen en bergen blikjes en flessen. Thea vond het eruitzien alsof er een bom op gevallen was, hoewel er geen aanwijzingen waren dat dat hier ooit daadwerkelijk was gebeurd. Een man in een vieze ribbroek en een sigaret in zijn mondhoek liet hun het huis zien. Op een bank in de woonkamer lag een puber onder versleten dekens te slapen. Toen zijn vader de gordijnen openschoof, trok hij de dekens over zijn hoofd. Overal rook het naar zure melk en katten.

Ze vertrokken zonder een woord tegen elkaar te zeggen. Op de motor scheurden ze het dorp uit. Op een smalle, bochtige weg hield Cormac stil en Thea liet zich van de duozit af glijden.

'Zeven jaar in het leger,' zei hij verbitterd. 'Godallemachtig. En dan hebben we de keus tussen in een krot wonen of bij mijn familie blijven. Terwijl mannen als Rufus Greville nog steeds de dienst uitmaken.' Toen hij zich naar haar omdraaide, zag ze hoe woedend hij was. 'Zo wil ik het niet, Thea. Niet voor ons en niet voor onze dochter.'

Omdat Rowan een gescheiden vrouw was, konden Josh en zij niet voor de kerk trouwen. Rowan voelde de afkeuring daarover: in de familie Makepeace trouwde je niet voor de burgerlijke stand. Niettemin was het in het allerlei opzichten een opluchting voor haar. Een korte, rustige ceremonie was voor Josh veel minder vermoeiend en voor haar een minder pijnlijke herinnering aan haar eerste huwelijk. Omdat de familie Makepeace een dergelijk huwelijk nogal bedenkelijk vond, konden ze het gewoon in Londen doen in plaats van in het afgelegen Suffolk, zodat het voor hun vrienden ook gemakkelijker was om erbij aanwezig te zijn. Bovendien was het huwelijk en alles eromheen voor de familie Craxton een gevoelig punt, mijmerde Rowan, denkend aan haar vader, evenals de vraag hoe vaak een mens redelijkerwijs in zijn leven in het huwelijk kon treden.

'Ik ben bang dat Josh het van begin tot eind verschrikkelijk zal vinden,' zei Rowan tegen Thea.

'Niet iedereen vindt bruiloften leuk,' beaamde Thea. 'Ik was zelf ook enorm opgelucht dat het voorbij was.'

Het was de dag van Rowans huwelijk. Thea was haar bruidsmeisje. Rowan bekeek hen in de spiegel van de kaptafel. Ze had haar haar opgestoken en er een kobaltblauw lint doorheen gevlochten, van dezelfde kleur als haar jurk en jas van geribbelde zijde. Thea had haar donkere haar kort geknipt, met plukjes rond haar gezicht, en ze droeg een hoedje van hetzelfde paddenstoelkleurige satijn als haar jurk met lange mouwen, die Rowan voor haar had uitgekozen in de winkel van Edwina.

Rowan stond op en bekeek zichzelf van opzij in de spiegel. Je zag nog bijna niet dat ze zwanger was. Julia Makepeace had een enorm boeket van winters blad en winterse besjes voor haar gemaakt, waarmee ze haar iets uitgedijde taille kon verhullen.

Bill Makepeace zou haar weggeven. Thea ging het boeket ophalen en toen Rowan alleen was, moest ze aan haar vader denken. Dat hij voor de eerste oorlog verliefd was geworden op het mooie Zweedse meisje dat hij in Parijs had ontmoet en dat hij negen jaar later in een verpleeghuis in Londen opnieuw verliefd was geworden. Dat had ze met haar vader gemeen: ze werden vaak verliefd. Maar ze wist dat het deze keer, met Josh, voor altijd was.

Ze namen een taxi en reden door de straten van Londen. In een wachtkamer hielp Thea Rowan om de kreukels in haar bruidsjurk glad te strijken. Rowan haalde diep adem en Thea kneep in haar hand.

'Wat zie je er mooi uit, lieverd,' zei Bill Makepeace. 'Josh zal trots op je zijn.'

Hij gaf Rowan een arm en samen liepen ze het vertrek in waar de gasten zich hadden verzameld. Rowan zag Josh staan, naast Alex, zijn getuige, en haar hart ging iets sneller slaan. Toen Josh zich naar haar omdraaide, stroomde ze over van liefde voor hem en wist ze zeker dat haar huwelijk deze keer stand zou houden.

20

Februari – mei 1946

Thea liep vanuit Lawton met de kinderwagen naar huis. Ze paste op Janet, het kindje van Nicola, en op Polly, want het was lammertijd en Nicola was van 's ochtends vroeg tot 's avonds laat bezig op de boerderij. Tegen de tijd dat ze weer op Crawburn aankwamen, was Janet in slaap gevallen, dus tilde Thea Polly uit het zitje, spande het netje over de kinderwagen en parkeerde hem bij de keukendeur, in de schaduw van het uitstekende dak. Het had gemotregend, en de tegels van de binnenplaats glommen. Ze droeg Polly naar boven, legde haar in haar bedje voor haar middagdutje en bracht toen de boodschappen naar binnen om ze op te bergen. Ze sneed groenten fijn voor een stoofgerecht, mengde eieren, boter en bloem voor een nagerecht en zette alles op het vuur. John, Jack en Francis waren ook op Crawburn om te helpen bij het lammeren, dus moest ze een grote hoeveelheid eten bereiden. Ze schilde aardappelen, vloog toen als een tornado de keuken rond om alles op te ruimen en ging even bij Janet kijken. Daarna zette ze thee voor zichzelf en ging ermee in de kleine woonkamer zitten. Ze sloeg het boek open dat ze in de bibliotheek van Hexham had besteld, over de opgraving van Mortimer Wheeler van Maiden Castle in Dorset, en begon te lezen.

Ze was net onder aan de eerste bladzijde aangekomen toen ze gehuil hoorde. Ze deed het boek dicht en tilde Janet uit de kinderwagen. Toen ze haar flesje warm stond te maken, hoorde ze van boven gehuil komen. In de slaapkamer, op de rand van het bed, gaf ze Janet de fles, terwijl ze tegelijkertijd Polly uit een plaatjesboek voorlas. Ondertussen dacht ze aan haar vriendinnen. Ze had die ochtend een brief van Peggy ontvangen. Peggy had haar verteld dat Ralph en Nancy Wadham, die in hetzelfde huis in Bloomsbury hadden gewoond als Thea en Peggy, inmiddels drie kinderen hadden. Nancy bracht meer tijd door bij haar moeder in Wales dan in Londen bij Ralph, schreef Peggy. Zelf woonde ze nog steeds in Cornwall. Ze was gescheiden van Gerald. Thea zou graag bij haar op bezoek zijn gegaan, om te kijken of het wel goed met haar ging, maar het was naar St. Ives, waar Peggy woonde, een reis van zevenhonderd kilometer, dus dat was uitgesloten. Claudia Daniels, met wie Thea bij de ATS was gegaan, woonde in York, niet zo ver bij haar vandaan. Misschien dat ze daar een keer met de trein naartoe kon. Maar ze zette het meteen weer uit haar hoofd: ze zag het niet zitten om met een peuter en een kinderwagen en alle spullen die ze nodig had – eten en drinken, luiers, schone kleren – een trein, of een paar treinen, te moeten nemen om bij Claudia op bezoek te gaan, die met een vriendin op een kleine kamer woonde. Claudia werkte in een bibliotheek. Thea zag haar al voor zich, terwijl ze boeken sorteerde en afstempelde, en ze voelde een steek van jaloezie.

Toen Janet haar flesje leeg had, gaf Thea allebei de kinderen een schone luier. Ze had nog maar drie luiers; ze had ze eerder moeten wassen. Ze zette de vuile luiers in de bijkeuken in de week. Ze plantte Janet in haar stoeltje en Polly aan tafel met krijtjes en papier, en ging kijken hoe het met het eten stond. Polly was onhandelbaar – ze was aan het eind van de middag nooit op haar best – en moest huilen toen een van haar krijtjes brak. Thea zette haar op het aanrecht en spoelde ondertussen een deel van de luiers uit. Met Polly op één heup probeerde ze de tafel te dekken, maar toen begon Janet te huilen. De aardappelen kookten over en de luiers moesten over het droogrek naast het fornuis worden gehangen, dicht bij de warmte, anders had ze straks geen schone meer, dus zette ze Polly in de box, draaide het vuur laag onder de pan en spoelde toen snel de rest van de luiers uit. Allebei de kinderen zetten een keel op.

Net toen Thea Janet aan het troosten was, kwam Nicola binnen. 'Laat maar, ik geef haar wel even de borst,' zei ze. Ze ging zitten, knoopte haar blouse open en nam de baby van haar over. Ze zag er moe uit.

'Hoe ging het?'

'We hebben twee lammeren verloren. Pa en ik hebben gedaan wat we konden, maar we hebben ze niet kunnen redden.' Toen ze Janet aanlegde, verstomde het gehuil. 'Heb je pa al gezien?'

'Nog niet.'

'Dus je hebt het nog niet gehoord?'

'Wat dan?'

'Rufus heeft een hek om het bos gezet.'

Thea hing de luiers over het droogrek en draaide zich naar Nicola om. 'Om Low Chase?'

'Ja. Een paar mannen zijn de hele dag bezig geweest en hebben een hek tussen ons weiland en het bos gezet.'

'Dat kan hij niet maken.'

'Natuurlijk wel, Thea, het is zíjn grond. Het staat hem vrij ons de toegang te belemmeren. Het komt door wat Jack en Francis gedaan hebben. Rufus Greville houdt er niet van om voor gek gezet te worden. Iedereen die langs Langhill kwam heeft die rode verf op zijn hek gezien. Er schijnen opmerkingen over te zijn gemaakt toen Rufus in Lawton was, hij werd achter zijn rug uitgelachen, dat werk. Dat zal hij niet leuk gevonden hebben.'

De deur ging open en Robert, Lennie, John en Cathy kwamen de keuken binnen. 'Ik steek dat klotehek in de fik,' zei Robert.

'Pa!' fluisterde Nicola. 'De kinderen.'

'Sorry, lieverd. Maar ik doe het, hoor. Ik steek dat hek in brand.'

'En wat los je daarmee op?'

'Wat wil je dan dat ik doe?' Robert verhief zijn stem. 'Dat ik zeg: ja, meneer Greville, doe maar, meneer Greville, wij vinden het niet erg om anderhalve kilometer te moeten omlopen?'

'De klootzak,' zei Francis Jamieson. De tweeling stond in de gang hun natte, modderige oliejekker en laarzen uit te trekken. 'Wie denkt die vent wel dat hij is? We hebben dat pad altijd gebruikt.'

Janet begon weer te huilen. 'Stil maar, schatje,' zei Nicola zacht, en ze probeerde haar weer aan te leggen.

'Ga haar anders binnen voeden, Nicola,' zei tante Cathy. 'Waar het een beetje rustig is. Ik help Thea wel met het eten.'

De familie ging aan tafel en Thea en Cathy dienden op. Thea bracht Nicola een bord eten in de kleine woonkamer. Nicola trok haar wenkbrauwen naar haar op. 'Hij doet het nog ook, hoor,' mompelde ze. 'Ik zie mijn vader ertoe in staat om dat hek af te branden. Je had hem buiten tekeer moeten horen gaan. Razend was hij.'

Toen ze aan het nagerecht zaten, kwam Cormac thuis uit zijn werk. Thea had Polly op schoot, dus pakte hij zijn bord eten uit de oven en wurmde zich ook aan tafel, naast haar.

'Ik geef u de lucifers wel aan, oom Robert, als u wilt,' zei zijn neef Jack.

'Je blijft van dat hek af.' Cormacs stem overstemde het luide gepraat van de anderen. Zijn koude en harde ogen gingen van de ene helft van de tweeling naar de andere. 'Jij blijft eraf... en jij ook. Jullie bemoeien je er niet mee, begrepen?'

Francis Jamieson fronste zijn voorhoofd. 'Ik zie niet in waarom we dit zomaar zouden moeten pikken,' zei Jack.

'Ik ga wel bij Rufus Greville langs. Pap, oom John, bemoeien jullie je er verder maar niet mee, oké?'

Er klonken nog meer protesten. Thea had geen zin meer in die gesprekken en de hoofdpijn die er de hele dag al aan had zitten komen, bonkte nu in haar slapen, dus ging ze naar boven met het excuus dat Polly in bad moest. Ze liet het badje vollopen, kleedde Polly uit en deed haar luier af.

Cormac kwam binnen en sloot de deur achter zich. 'Gaat het de hele dag al zo?'

'Geen idee. Ik ben met de kinderen bezig geweest.'

'Laat mij maar even. Jij hebt zo te zien al genoeg gedaan.' Hij pakte de spartelende, blote Polly van haar aan en liet haar voorzichtig in het badje zakken.

Thea haalde haar schouders op en streek haar pony uit haar ogen. 'Al die discussies... vreselijk, Cormac.'

'Ik weet het. Het spijt me.' Hij zeepte Polly in en keek naar Thea op. 'Ik vind heus een huis voor ons, liefje, echt, binnenkort, ik beloof het je.'

'Jij kunt er toch niets aan doen.'

Ze ging naar beneden om luiers te halen. Toen ze ze in de bijkeuken stond op te vouwen, was het alsof ze zichzelf zonder een woord te zeggen tussen de andere tierende familieleden aan tafel zag zitten. Ze was veranderd en herkende zichzelf amper. Ze was iemand geworden die geen bladzijde kon lezen zonder in slaap te vallen of gestoord te worden. Iemand die aan luiers en recepten dacht in plaats van aan potscherven en pikhouwelen van hertengewei. Iemand die het over spenen en luieruitslag had in plaats van tot in detail te discussiëren over de problemen waarmee het dateren van nederzettingen uit de ijzertijd gepaard ging. Iemand die altijd moe was en er geen vertrouwen meer in had dat er ook dingen waren die ze wel goed kon.

Ze keek door het raam van de bijkeuken naar buiten. Het regende nog steeds. Ze zag de natte tegels van het terras voor zich, en het smalle pad van donker platgetrapt gras door het weiland. En ze stelde zich een hek voor, dat de grond van Crawburn scheidde van dat van Rufus Greville. Ze dacht aan de omheining uit de ijzertijd die ze in het bos had gevonden, aan de bemoste oude stenen en greppels, en aan de schetsen en het onderzoek waarmee ze begonnen was om inzicht te krijgen in wat hier ooit gestaan moest hebben. Het werk had haar leven hier betekenis gegeven, maar kwam haar nu zinloos voor, tijdverspilling.

Sally was met de meisjes langsgekomen; ze waren in Sophies woonkamer met Ruby en Kenneth aan het spelen. In de keuken stond een van de kostgangers, een vervelende man, meneer Nuttall geheten, tegen Sophie te klagen over het eten.

'Mevrouw Craxton, ik heb toen ik de kamer nam toch duidelijk gemaakt dat ik een teer gestel heb? Een stukje gebakken vis... een zachtgekookt eitje... dat is toch niet te veel gevraagd?'

Sophie had vis noch eieren in huis, maar ze beloofde dat ze haar

best zou doen om die avond iets aanvaardbaars op tafel te zetten.
'Heel graag, mevrouw Craxton,' zei meneer Nuttall, die handelsreiziger was. Toen trok hij zijn wenkbrauwen op in de richting van de woonkamer en zei: 'Mijn hemel, wat een kabaal.'

Om te voorkomen dat ze zou zeggen dat kleine kinderen nu eenmaal lawaai maakten, pakte Sophie haar boodschappentas, bonnenboekje en portemonnee. Ze knoopte haar jas dicht, zette kordaat haar hoed op en ging de deur uit. Het was een barre winter geweest en het voorjaar had zich in horten en stoten aangediend. Die dag was het mistig gebleven. Sophie zette de lege melkflessen recht en wreef even met haar mouw over de koperen deurknop. Toen sloot ze het hek achter zich.

Ze keek de straat af en zag iemand uit de mist opdoemen en naar het huis toe lopen. Het was een man, lang, brede schouders, met een donkere jas aan en een blauwe sjaal om. De wazige figuur veranderde in Ed Willoughby.

Ze bleef roerloos staan. 'Ed!' riep ze. 'Nee maar, Ed!' Ze keek hem aan. Ze dacht bijna dat hij weer in de mist zou oplossen.

Hij glimlachte van oor tot oor. 'Komt het ongelegen?'

'Nee, helemaal niet.' Ze hield haar boodschappentas omhoog. 'Ik moet wel even weg; ik moet vis kopen voor het avondeten van mijn kostganger.'

'Is het goed als ik met je meeloop?'

'Heel graag.'

Ze liepen naar de winkels. Toen ze bij de visboer in de rij stonden, zag ze dat hij veranderd was. Er zat wat meer grijs in zijn haar, aan de zijkant en op de slapen, en hij had wat meer rimpels rond zijn bruine ogen. Maar zijn glimlach was nog hetzelfde, vrolijk, lief en gul.

Ze slaagde erin een stukje koolvis en een paar gerookte haringen te kopen; hij wilde per se de tas voor haar dragen. 'Verderop is een tearoom,' zei hij. 'Als je tijd hebt...'

Ze gingen er naar binnen. Ed bestelde voor hen. 'Sophie, hoe gaat het met je?' vroeg hij.

'Heel goed. En met jou?'

'Ja, ook goed, dank je. En met de familie?'

'Ik heb er nog een kleindochter bij. Isobel, de dochter van Duncan en Sally, echt een schatje. En Ruby krijgt over drie maanden haar tweede.'

Ed feliciteerde haar en zei dat hij blij voor haar was. Hij informeerde naar de kostgangers.

'Vera Cornish is afgelopen augustus vertrokken,' zei Sophie. 'Ze is bij haar zus in Birmingham gaan wonen. Ze geeft les op een meisjesschool. We schrijven elkaar regelmatig. Dus ik heb een paar nieuwe kostgangers moeten nemen.' Ze had de vierde slaapkamer liever aan Stuart en Ruby gegeven, voor hun kinderen, maar ze had het niet breed. Ze ontving een kleine bijdrage van Stuart, omdat die daarop stond, maar zijn werk in het hotel betaalde niet best en hij moest sparen, zodat Ruby en hij ooit op zichzelf konden gaan wonen. Maar Ruby was zo'n enorme hulp in huis dat Sophie vaak bedacht dat zij háár eigenlijk zou moeten betalen.

De serveerster kwam een pot koffie brengen. 'De nieuwe kostgangers halen het niet bij Vera en jou, Ed,' zei ze, terwijl ze inschonk. 'Meneer Nuttall heeft overal wat over te klagen en is erg zelfingenomen. En verder hebben we juffrouw Kerridge. Die beweert dat ze balletdanseres is. Ze komt bij nacht en ontij thuis en is vreselijk slordig.' Op de kamer van juffrouw Kerridge, die Sophie dagelijks moest schoonmaken, was het één grote bende, met op de grond gegooid zijden ondergoed, groezelige kousen en gemorst gezichtspoeder.

Ze zette haar kopje neer. 'Het lukt me gewoon niet om ze aardig te vinden, Ed,' zei ze met een zucht. 'Tijdens de oorlog was ik erg op mijn kostgangers gesteld. Ik beschouwde Vera, John, jou en de meeste anderen als vrienden. Meneer Nuttall beweert dat hij om medische redenen niet in dienst hoefde. Die man heeft iets weeks. En je vraagt je toch af waar juffrouw Kerridge haar make-up en haar kousen vandaan heeft. O, verdorie.' Ze grijnsde verontschuldigend. 'Ik moet niet zo oordelen, hè?'

Hij bood haar een sigaret aan; ze stak er een op. 'Ik heb direct na de oorlog naar je gezocht,' zei hij. 'Ik wist niet of ik bij je langs moest gaan, na wat we hadden afgesproken, maar toen dacht ik: ik ga toch. Ik wilde in elk geval weten hoe het met je ging. Toen ik zag wat er met het huis was gebeurd, was ik bang dat jullie allemaal iets ergs was overkomen. Maar toen vertelde een van de buren me dat jullie het goed maakten. Ze wisten alleen niet waar je woonde.'

'We hebben her en der gewoond,' zei ze. 'Het was een zware tijd. Maar het had veel erger gekund, Ed. We hebben vreselijk geluk gehad.'

'Ik ben daarna nog een paar keer teruggegaan. Ik kom niet zo vaak in Londen, maar als ik er was, ging ik in Gilbert Street langs.' Hij zweeg even, en ze merkte dat hij zijn woorden zorgvuldig koos. 'Als je er vandaag niet was geweest, had ik het waarschijnlijk niet nog een keer geprobeerd. Na mijn vertrek, indertijd, hoopte ik dat je me zou schrijven. Het heeft lang geduurd voordat ik kon accepteren dat je dat bewust niet deed. Maar als je blijft hopen, lijkt het op een gegeven moment net alsof je om verdriet vraagt. Alsof je het wilt aantrekken, als het ware.'

'Het is gebeurd op de dag dat jij wegging.' Sophie sprak snel, alsof ze opeens bang was dat ze niet genoeg tijd zou hebben. 'De V1. Ik was van plan je die middag een brief te schrijven.'

Hij fronste zijn voorhoofd. 'Diezelfde dag nog?'

'Ja. Je had je adres op een papiertje opgeschreven en dat heb ik boven in mijn ladekast opgeborgen en toen ben ik de deur uit gegaan. Toen ik terugkwam, was de bovenste verdieping van het huis verdwenen. En alles was verbrand of door het bluswater van de brandweer drijfnat geworden en verpest.'

Hij wreef met een vinger over de twee diepe groeven tussen zijn ogen, alsof hij die probeerde uit te vlakken. 'Als je me wel geschreven had, wat had je dan gezegd?'

'Dat het me speet dat ik geaarzeld had. En dat ik je heel graag mag. Echt heel graag.'

Ze zag dat hij zijn blik afwendde, alsof zijn adem in zijn keel stokte. Het kon wel eens te laat zijn, bedacht ze. 'Misschien heb je iemand anders ontmoet,' zei ze voorzichtig.

'Nee.' Hij schudde zijn hoofd. 'Nee, Sophie. Jij bent niet de enige die spijt heeft. Ik had je kunnen schrijven. Ik had je eerder kunnen komen opzoeken. Het is erg pijnlijk om afgewezen te worden, snap je? Ik wilde je persoonlijk zien, omdat ik dacht dat ik dan je gevoelens aan je gezicht kon aflezen. Ik dacht dat ik dan zou weten hoe je over me dacht. Wie weet of ik, als je de deur opendeed... o, weet ik veel... of ik dan misschien wel ergernis op je gezicht zou zien. In dat geval zou ik een beleefd praatje met je hebben gemaakt en er snel vandoor zijn gegaan.'

'Wat maken we het onszelf toch moeilijk,' zei ze zacht.

'Ja, zeg dat wel.'

Ze waren waarschijnlijk allebei op hetzelfde moment in beweging gekomen, want hun handen raakten elkaar. Aanraken was gemakkelijker dan praten. Het hielp de misverstanden de wereld uit. Nu haar hand in zijn grote warme hand lag, zag ze opeens geluk in het verschiet liggen.

'Ik heb het altijd moeilijk gevonden om verder te gaan met mijn leven, door Hugh,' zei ze. 'Dat heeft heel lang geduurd.'

'Niet alle mannen zijn zoals Hugh. Ik ben niet zoals Hugh.'

'Dat weet ik, Ed. Maar toen Hugh dood was, moest ik leren om het in mijn eentje te rooien. Dat was moeilijk, maar het is me gelukt. Ik heb fantastische mensen leren kennen, heel veel vriendelijke, lieve mensen.'

'Waarom heeft hij het gedaan, denk je?'

Ze dacht aan Hugh – de knappe, charmante, beschadigde Hugh. 'Omdat hij het kon,' zei ze. Ze had er lang over kunnen nadenken. 'Omdat de kans zich voordeed. Vrouwen voelden zich tot hem aangetrokken.'

De serveerster ruimde de tafels af, de koolvis voor meneer Nuttall lag in haar tas warm te worden en ze was al laat voor het avondeten van de kostgangers. Ed betaalde en ze vertrokken. Toen ze terug naar haar huis liepen, stak ze haar arm door de zijne en vroeg ze of hij haar over zijn vrouw, Jenny, wilde vertellen, die bijna tien jaar geleden was overleden. Hij had zielsveel van haar gehouden, zei hij. Ze hadden elkaar ontmoet bij een bijeenkomst van de kerk, toen ze allebei achttien waren. Hij beschreef haar als een opgewekte, energieke vrouw, die graag tenniste en danste.

'We gingen altijd samen dansen,' zei hij. 'Ik bakte er niet veel van, maar zij kon heel goed dansen en sleurde me altijd mee. Sinds de dood van Jenny heb ik niet meer gedanst. En ik dacht dat ik nooit meer van iemand zou houden. Ik dacht niet dat ik het in me had. Jij bent niet de enige die opnieuw heeft moeten leren leven, Sophie. Het heeft bij mij ook een tijd geduurd.'

Er hing een ongemakkelijke sfeer op de boerderij. Cormac was bij Rufus Greville langs geweest om met hem over het hek te praten, maar Rufus had voet bij stuk gehouden, dus het hek bleef staan, als afscheiding tussen de grond van Crawburn en die van Langhill. Een paar dagen eerder was Robert Jamieson op een middag in Bane Rigg bij John langsgegaan. De broers hadden een paar borrels gedronken. Toen Robert naar huis liep, was het slecht weer en had hij het pad door Low Chase genomen. Hij had geprobeerd in het donker over het hek te klimmen, maar was uitgegleden en had in zijn been een spier gescheurd. Hij was langzaam naar huis gestrompeld en daarbij drijfnat geworden van de regen. In de dagen daarna was de bronchitis, waar hij altijd gevoelig voor was, teruggekomen. Zijn toestand was verslechterd en die ochtend was hij opgenomen in het kleine streekziekenhuis.

Nicola vertelde het Cormac toen hij die avond thuiskwam. 'Ik ga naar hem toe,' zei hij, en hij trok zijn natte jas weer aan.

'Zal ik niet gaan?' vroeg Nicola.

'Nee, blijf jij maar hier.' Hij gaf Thea en Polly snel een kus en vertrok weer.

Thea legde Polly in bed en ruimde toen samen met Nicola de keuken op, terwijl Lennie de haard in de kleine en de grote woonkamer aanstak. Het kwam met bakken uit de hemel, de regen striemde tegen de ruiten. Het streekziekenhuis had tussen zeven en acht bezoekuur. Het was inmiddels negen uur en Cormac was nog steeds niet terug. Thea, Nicola en Lennie zaten in de kleine woonkamer. Ze waren die avond voor hun doen erg stil en staakten hun pogingen tot een gesprek al snel. Ze maakten zich allemaal zorgen om Robert, en hoewel niemand dat zei, vermoedde Thea dat ze ook allemaal bang waren dat Cormac in het ziekenhuis was gebleven omdat de toestand van zijn vader verslechterde.

Om half tien ging Thea naar bed. Ze viel in slaap, maar werd zo nu en dan wakker van het geluid van de wind en de regen. Net op het moment dat ze in een diepere slaap wegzakte, hoorde ze de deur opengaan. Cormac kwam de kamer binnen.

'Hoe is het met je vader?' fluisterde ze.

'Stabiel, volgens de dokter.' Hij trok zijn kleren uit. 'Maar wel zwak. Hij kon amper rechtop zitten. Vreselijk om hem zo te zien.'

Ze zag dat hij een handdoek pakte en zijn haar droogwreef. 'Je bent drijfnat.'

'Het regent.'

'Wat was je lang weg.'

'Ik moest iets doen.'

Polly pruttelde in haar slaap en Cormac ging even bij haar kijken. Toen stapte hij in bed en nam Thea in zijn armen. Ze kromp ineen, zo koud was hij, en viel weer in slaap.

De volgende ochtend haalde Cormac Polly uit bed, zodat Thea kon uitslapen. Toen ze beneden kwam, was Cormac al naar zijn werk. Nicola vertelde dat ze naar het ziekenhuis had gebeld. Robert had een rustige nacht gehad. Ze legde Janet in de kinderwagen en vertrok naar het dorp.

Thea maakte een pastei voor het avondeten, met een potje pruimen erbij, die ze afgelopen zomer hadden ingemaakt. Polly zat in haar kinderstoel naast haar met afsnijdsel van het pasteideeg te spelen. De post kwam. Er was een brief bij van Grace. Thea las hem en borg hem toen boven op, achter de spiegel van de kaptafel.

Er werd aangeklopt. Ze deed open. Voor de deur stond een politieagent. 'Mevrouw Jamieson?' zei hij.

Toen de man weg was, zette Thea de pastei in de oven, raapte stukjes pasteideeg van de grond op en maakte Polly schoon. Daarna gaf ze Polly te eten, een hapje van gehakt en aardappelpuree, en bracht ze haar naar boven voor haar middagdutje. Nicola kwam terug van Lawton en Thea vertelde haar over de politieagent die langs was geweest. Rufus Greville had aangifte gedaan, omdat het hek van Low Chase vernield was. Iemand was het met een bijl te lijf gegaan.

'Vast de tweeling weer,' zei Nicola boos. 'Dan zwaait er wat. Stelletje stomkoppen.'

Thea zei niets. De politieagent had gevraagd of zij enig idee had wie het hek vernield kon hebben. Nee, daar wist ze niets van, had ze gezegd, min of meer naar waarheid. Nicola had vast gelijk: Jack en Francis hadden het hek van Rufus Greville vast in stukken gehakt. Echt iets voor hen. Maar ze wilde dat ze de gedachte aan Cormac uit haar hoofd kon zetten, die zo laat thuis was gekomen, zijn natte haar had drooggewreven, met kleren die zo drijfnat waren geweest dat ze vanochtend, toen ze ze in de was deed, nóg vochtig waren.

Zo stom was Cormac niet, hield ze zichzelf voor. En toch had ze de laatste tijd afstand gevoeld. De kou sloeg haar om het hart toen ze bedacht dat ze zich niet kon herinneren wanneer ze voor het laatst een echt gesprek hadden gevoerd. Vroeger konden ze eindeloos over van alles en nog wat praten.

Hij had het vast niet gedaan. Zo stom was hij niet.

's Middags ging Nicola bij haar vader op bezoek. Thea zorgde voor de kleintjes en maakte het eten klaar. Ze dacht aan de brief van Grace en ze dacht aan Cormac, zoals hij zijn zwarte krullen had staan droogwrijven. *Wat was je lang weg... Ik moest iets doen.* Angst lag als een steen op haar maag.

Nicola kwam terug uit het ziekenhuis. Het ging iets beter met Robert, zei ze. Hij was uit bed en spraakzaam. Ze had hem niet over het hek verteld. Dat kreeg hij nog wel te horen, waarschijnlijk van Cathy of John, maar het had geen zin om hem daar nu ongerust over te maken. Na het bezoek aan haar vader had Nicola met een van de verpleegsters gesproken en die had gezegd dat de behandeling goed aansloeg.

Voor Cormac die ochtend naar zijn werk was vertrokken, had hij hun verteld dat hij in Hexham zou blijven en 's avonds bij zijn vader op bezoek zou gaan. Ze aten en Thea bracht Polly naar bed. Ze ging op haar knieën naast het ledikant zitten en zong zoals elke avond slaapliedjes voor haar: 'Golden Slumbers' en 'Twinkle, Twinkle Little Star', dat ze eindeloos herhaalde, steeds zachter, tot Polly sliep. Ze wilde dat ze zich het Zweedse slaapliedje kon herinneren dat haar moeder voor haar had gezongen. Zou Sigrid ooit op haar knieën naast het ledikant van haar dochtertje gezeten hebben, met een knoop in haar buik van angst, terwijl ze zich afvroeg wat haar man had uitgespookt? Of hij een andere man was gebleken dan de man met wie ze getrouwd was?

Polly's oogjes vielen dicht. Thea kwam overeind, nog steeds zachtjes zingend, en las nog een keer de brief van Grace. Grace bood haar werk aan, voor later dat jaar, in de zomer. Ze nam zo veel mogelijk mensen van het oude team in dienst, voor een opgraving op de plek van een langwerpige grafheuvel in Wiltshire. Thea probeerde haar verlangen te onderdrukken. Ze moest de brief eigenlijk verscheuren, vond ze, en vergeten wie ze ooit geweest was.

Ze kon het niet aan om naar beneden te gaan en bleef op haar kamer op bed zitten lezen. Van beneden hoorde ze stemmen; ze herkende de stem van Cormac.

Hij kwam de kamer binnen. 'Slaapt ze?' fluisterde hij.

'Net. Hoe ging het met je vader?'

'Iets beter, godzijdank.' Hij trok zijn jas uit en hing die over de rugleuning van een stoel.

Ze wachtte tot hij nog iets zou zeggen, maar er kwam niks. Nicola of Lennie had hem vast verteld dat het hek vernield was. Vreemd dat hij er niet over begon. Thea keek naar hem terwijl hij zijn das losknoopte, oprolde en op de ladekast legde. Hij had haar nog niet echt aangekeken. Het was net alsof ze elkaar niet goed kenden, vond ze.

'Heb jij het gedaan, Cormac?' vroeg ze.

Zijn hand, die net het bovenste knoopje van zijn overhemd wilde losmaken, bleef stil liggen. 'Hij mag dat bos helemaal niet afscheiden,' zei hij toen zacht.

Ze drukte haar knokkels tegen haar mond. Nu keek hij naar haar.

'Ja, hij heeft een papier waarop staat dat het van hem is, maar jij en ik weten best dat zulke oude stukken grond van ons allemaal zijn. Rufus Greville heeft Low Chase in beheer, meer niet.'

Ze streek haar pony uit haar gezicht. Ze moest nodig naar de kapper. Ze moest zichzelf op orde zien te krijgen, haar leven op orde zien te krijgen. 'Je hebt het niet tegen me gezegd. Je hebt het gedaan zonder het mij te vertellen.'

'Ik wilde niet dat je je zorgen zou maken.'

'Onzin. Je vertrouwde me gewoon niet.'

'Dat is niet waar. Rufus Greville heeft het recht niet. En toen ik mijn vader zo in het ziekenhuis zag liggen...'

'Daar gaat het niet om.' Haar stem was klein en hard. 'Wij horen elkaar in alles te betrekken. Wij moeten eerlijk tegen elkaar zijn. Na alles waar we hard voor gewerkt hebben, alles wat we hebben, heb jij zomaar dat hek vernield? Hoe durf je onze toekomst zo op het spel te zetten?'

'Onze toekomst?' Nu waren zijn ogen twee scherfjes blauw ijs. 'Welke toekomst? En wat hebben wij dan samen? Wat hebben wij nadat we jarenlang van elkaar gescheiden zijn geweest? Niéts. We hebben niet eens een eigen huis!'

'We hebben elkaar. We hebben Polly. Dat kun je toch niet niéts noemen?' Ze wilde huilen en dat vond ze vreselijk van zichzelf, dus kneep ze haar ogen stijf dicht om de tranen terug te dringen.

Hij ging bij het raam staan, met zijn rug naar haar toe, en schoof het gordijn een klein stukje opzij. 'Ik had me mijn thuiskomst anders voorgesteld. Ik heb je teleurgesteld.'

Ze keek naar hem. 'Helemaal niet.'

'Het is mijn taak voor jullie te zorgen, en moet je ons nu zien: verstrikt in de ruzies van andere mensen.' Hij draaide zich naar haar om. 'Je bent niet gelukkig, hè, Thea?'

Natuurlijk wel. Maar de woorden bleven steken in haar keel en ze wendde haar blik af. Een paar tellen geleden had ze nog 'Wij moeten eerlijk tegen elkaar zijn' gezegd.

'Ik hou van je,' zei ze. 'Ik hou van Polly.'

'Dat weet ik. Maar je bent niet gelukkig.'

Ze bleef even stil. Toen zei ze met een klein stemmetje: 'Ik zou gelukkig moeten zijn. Ik heb Polly. Ik heb jou. Ik heb een dak boven mijn hoofd.'

'Je vindt het huishouden stomvervelend, dat merk ik heus wel.'

Ze kneep de patchworksprei tussen haar vuisten tot een bal. 'Maar het moederschap zou ik toch niet stomvervelend moeten vinden?'

Ze werd overspoeld door schaamte. Ze dacht: mijn moeder heeft ons meegenomen op een boot, de storm in, en het is aan Rowan te danken dat ik niet verdronken ben. Misschien was het moederschap voor Sigrid ook niet genoeg geweest. En moet je zien wat er toen gebeurd is.

Cormac kwam naast haar op bed zitten. 'Thea, je houdt van haar, en dat is het voornaamste,' zei hij lief. 'De rest... dat hoef je allemaal niet leuk te vinden.'

'Er zijn genoeg vrouwen die het wel leuk vinden.'

'Maar dat betekent nog niet dat jij het leuk vindt. Als ik met een vrouw had willen trouwen die het prima vond om alleen maar te koken en schoon te maken, had ik dat wel gedaan.'

Ze deden er allebei een poosje het zwijgen toe. Thea dacht aan de envelop die ze achter de spiegel van de kaptafel had gestopt. *Wij horen elkaar in alles te betrekken.*

'Ik heb een brief van Grace gekregen,' zei ze.

'Wat schreef ze?'

'Ze heeft me een baan aangeboden, van de zomer, in Wiltshire.'

'Dan moet je die aannemen.'

'Maar hoe zou dat moeten?'

'We vinden er wel iets op. Nicola kan voor Polly zorgen, dat weet je. En tante Cathy. En dan neem ik wel een tijdje vrij.'

'Dat verwacht ik echt niet van je.'

'Waarom niet? Ik ben haar vader.' Hij legde zijn hand op de hare, hun eerste lichamelijke contact sinds hij de kamer binnen was gekomen. 'Dat werk voor Phil is voorlopig prima, maar ik blijf daar niet. Ik ben tot de conclusie gekomen dat het niks voor mij is om de hele tijd binnen te zitten.'

'Dat hoor ik voor het eerst.'

'Ja.'

'We bakken er niet veel van, hè?'

'Dat valt wel mee.' Een flauwe glimlach. 'We proberen er gewoon achter te komen wat voor ons werkt. Toch?'

Ze knikte. Hij pakte haar hand vast. 'Thea, ik wil niet iemand zijn die jou beperkingen oplegt. Ik wil niet iemand zijn die jou dwingt om iets te worden wat je niet bent. Ik vind al een tijdje dat we het eens over verhuizen moeten hebben.'

'Van Crawburn?'

'Ja.'

'Dat zou ik nooit van je vragen. Ik weet hoe heerlijk je het hier vindt.'

'Ik leer heus wel om het ergens anders ook heerlijk te vinden.'

Ze dacht er even over na en zei toen: 'Waar gaan we dan heen?'

'Ergens waar we opnieuw kunnen beginnen. Op Crawburn raak je helemaal ingekapseld. Dat is misschien niet goed. Het is fijn, hoor, zo'n plek die je dierbaar is, maar niet als je erdoor wordt afgeremd. Ik kan hier geen stappen zetten, lijkt het wel. Het maakt me niet uit waar we naartoe gaan, zolang jij bij me bent zal ik het er naar mijn zin hebben. Dat is het enige wat telt.' Hij liet zijn blik door de kamer gaan en eindigde bij haar. 'Gisteravond ben ik kwaad geworden. Ik heb je nooit verteld wat er gebeurde toen ik naar Rufus Greville ging om over het hek te praten. Na afloop voelde ik me heel stom, omdat ik dacht dat ik hem op andere gedachten zou kunnen brengen. Hij behandelde me als een bediende, als zijn mindere. Hij liet me een half uur wachten en toen hij me eindelijk wilde ontvangen bood hij me niet eens een stoel aan. Ik moest blijven staan, met mijn pet in mijn hand, terwijl hij achter zijn bureau zat.'

'O, Cormac.'

Ze gingen naast elkaar op bed liggen. Ze vond het vreselijk dat hij had verzwegen dat hij zo vernederd was, dat hij het niet met haar had kunnen delen. Ze vond het vreselijk dat het hun al een tijdje niet meer lukte om met elkaar te praten. Rufus Greville ging misschien wel aangifte doen, had de politieagent gezegd. Ze vond het een vreselijke gedachte: Cormac voor de rechter. Thea voelde nog steeds haar hart bonken en haar buik zich van angst samenknijpen. Cormac streek met zijn hand over haar ribbenkast en middel, over de opgaande lijn van haar heup, een liefdevolle, geruststellende streling. Na een poosje kalmeerde ze door de geluiden in de kamer – Polly's zachte ademhaling, krakend hout en de regen die tegen de ramen striemde – en vond ze in zichzelf het krachtige besef dat zolang zij samen, écht samen waren, ze alles aankon. Ze kroop dichter tegen hem aan en knoopte zijn overhemd open, en ze bedreven stil en hartstochtelijk de liefde.

De hele volgende dag verwachtte ze dat er op de deur zou worden geklopt. Van een beweging buiten op het erf of voetstappen op de flagstones schrok ze op, klopte haar hart in haar keel en vloog ze naar het raam om naar buiten te kijken. Maar de politieagent kwam niet terug. 's Avonds kwamen John en Cathy langs, nadat ze bij Robert waren geweest. Cathy wist te vertellen dat Madeline Greville eerder die dag was bevallen, dat het een moeilijke bevalling was geweest en dat Madeline en het kindje, een meisje, met spoed naar het ziekenhuis waren gebracht. De baby zou ernstig ziek zijn. Toen Cormac het nieuws hoorde, werd hij stil. Later, toen Thea en hij alleen waren, nam hij haar in zijn armen. 'Wat ben ik stom geweest,' zei hij. 'Ik schaam me dat ik ooit jaloers ben geweest op Rufus, de arme man. Ik heb een mooie, gezonde dochter, en ik heb jou. Ik heb heel veel om dankbaar voor te zijn.'

Het was zondagmiddag, ten huize van de familie Makepeace, en tijd voor de lunch. Freddie, het twee jaar oude neefje van Josh, een kind met een tomeloze energie, sloeg voortdurend met een lepel op de metalen leuning van zijn kinderstoel. 'Niet doen, liefje,' zei zijn moeder, Mary. Freddie bleef maar met de lepel slaan.

Mary's man, Ronald, de oudste van de twee broers van Josh, zei op lijzige toon: 'Kijk maar uit waar je aan begint, Josh. Knettergek word je van die kinderen.'

Josh stond op. 'Ik ga even een eindje lopen,' zei hij. Hij griste een jas mee van een stoel en liep naar buiten.

Rowan wilde ook opstaan, maar Julia, de moeder van Josh, legde haar hand op haar arm om haar tegen te houden. 'Mary, Ronald,' zei Julia. 'Waarom gaan jullie niet even met de jongens naar boven, dan kunnen ze met de trein spelen.'

Mary en Ronald gingen met hun drie zoontjes naar boven, naar de zolder, waar Bill Makepeace zijn modeltrein had staan.

'Ronald is altijd de minst tactvolle van al mijn zonen geweest,' zei Julia, terwijl ze de schalen opstapelde.

'Ik ga even achter hem aan,' zei Rowan. 'Even kijken of alles goed met hem is.'

'Laat hem nou maar. Josh heeft gewoon even wat tijd voor zichzelf nodig. Zo is hij altijd geweest – heel gezellig, maar opeens gaat hij er stilletjes vandoor om even alleen te zijn.' Rond de kinderstoel en de tafel lagen allemaal spetters pudding op de grond. Julia schraapte ze met een lepel weg. 'Een mens kan wel eens heimwee hebben naar de tijd dat kinderen gewoon in de kinderkamer bleven,' zei ze.

Rowan en Josh woonden nu al drie maanden bij de familie Makepeace in. The Sandlings was een groot huis van rood baksteen, op een stuk grond van zesduizend vierkante meter, in het dorpje Wintlesham. Achter de wei waar Julia haar paard en een pony voor haar kleinzonen had staan, strekte zich een landschap van zand, berkenbomen en gaspeldoorn uit, dooraderd met een netwerk van kronkelende paden die naar de afbrokkelende kust van Suffolk en de zee voerden. Rowan wist dat Josh daar nu liep. Dat had hij elke dag gedaan sinds ze op The Sandlings waren komen wonen. Hij koos een route die hij nog nooit eerder had genomen, want dat deed hij het liefst. Zijn zucht naar avontuur mocht hem nog zo beschadigd hebben, Josh bleef niettemin een echte ontdekkingsreiziger. Hij liep vast met zijn hoofd omlaag tegen de striemende regen, maar zou er zoals gewoonlijk niets van merken.

Meestal ging Rowan met hem mee. Soms praatten ze met elkaar, maar het kwam ook voor dat ze bijna niets zeiden, alleen zo nu en dan iets over wat ze zagen. Hun wandelingen behoorden tot de routine van hun leven op The Sandlings. Het leven van de familie Makepeace liep op rolletjes, volgens een vaste indeling die door Julia was uitgedokterd. Josh had er baat bij gehad, was Rowan opgevallen, want het hield hem bezig zonder dat er al te veel van hem werd gevraagd. Maaltijden op vaste tijdstippen; tuinieren en voor de paarden, varkens en kippen zorgen, en tussen de maaltijden ging Julia naar bijeenkomsten van Women's Institutes en ging Bill golfen. Een paar keer per week speelde hij ook een partijtje met Josh. Op zondag gingen ze 's ochtends naar de dienst in de mooie dorpskerk, werd er met de buren sherry gedronken en om één uur geluncht. Dan schoven vaak de broers van Josh met hun gezin aan. Het tempo van dit leven was na Londen en na het ziekenhuis een enorme verandering geweest. Rowan had het gevoel alsof ze heel lang hard had gerend en plotseling tot stilstand was gekomen. Ze zou zich eigenlijk moeten vervelen, maar deed dat niet, nog niet althans.

'Hij heeft het al een tijdje niet gedaan,' zei ze. 'Zomaar de deur uit lopen.' Ze berustte erin, maar voelde zich wanhopig.

'Het komt wel goed.' Julia gaf haar een klopje op haar schouder. 'Iedereen zou hoorndol worden van die drie van Ronald. Ik ben hun oma en ik ben stapel op ze, maar zodra ze weg zijn grijp ik nog steeds naar de gin.' Ze ging met de borden naar de keuken, en Rowan liep achter haar aan.

'Josh is aan de beterende hand,' zei Julia. 'Dat moet jij toch ook gemerkt hebben, Rowan.'

'Soms denk ik dat het beter met hem gaat, maar dan valt hij toch weer terug.'

'Dat zie je toch wel vaker bij ziektes?'

'Ja, dat is zo.'

'Sinds de eerste week dat jullie hier wonen heeft hij geen hoofdpijn meer gehad. En ik weet van jou dat hij beter slaapt.'

'Tegenwoordig word ík steeds wakker. Van dat kleintje, dat in mijn buik beweegt.' Rowan legde een hand op de lichte bolling van haar buik. Ze was zes maanden zwanger.

'Hij wordt beter,' zei Julia ferm. 'Hij zei tegen mij dat hij zich op de baby verheugt. Ik heb altijd al gedacht dat Josh een geweldige vader zou zijn. Ga maar lekker in de serre zitten, Rowan, dan breng ik je een kopje thee. Je weet dat de dokter heeft gezegd dat je meer rust moet nemen.'

'Ik help wel met afruimen.'

'Ach kind, vroeger, toen Bill en ik in Ooty woonden, draaide ik mijn hand niet om voor een etentje voor dertig man. Dit is zo gepiept. Ga nu maar.'

Rowan deed wat haar gezegd was en ging naar de serre. In deze krakkemikkige aanbouw van hout en glas aan de achterkant van het huis was het steevast koud, maar het licht viel er altijd zo mooi naar binnen. Bill en Josh hadden geprobeerd allebei de gaten in het dak te repareren, maar bij regen lekte het er nog steeds.

Aan de muren van The Sandlings hingen portretten van illustere leden van de familie Makepeace. Ze hadden in koloniale oorlogen gevochten, ze hadden carrière in de politiek gemaakt, het waren reizigers of rebellen geweest. Sommige voorouders van Josh waren in rood militair uniform of rok afgebeeld; anderen, wellicht van bedenkelijker allooi, waren uitgedost in fantasierijke klederdracht, met een tulband op of djellaba aan. Rowan vermoedde dat geen van die voorouders zijn hand had omgedraaid voor een maaltijd voor dertig man in Ooty – waar dat hele Ooty ook mocht liggen. De familiegeschiedenis straalde zelfverzekerdheid en iets van onfeilbaarheid uit. Ze dacht wel eens dat dat een deel van Josh' probleem was.

Maar Julia had gelijk, bedacht ze. Het ging inderdaad beter met hem. Doordat zijn herstel heel geleidelijk was gegaan, zag je de verbeteringen snel over het hoofd. Hij was minder schrikachtig en werd niet meer zo snel moe. Het was Rowan wel duidelijk dat het buitenleven Josh goeddeed. Tijdens hun lange tochten over hei en kiezelstranden had ze gemerkt dat hij zijn somberheid probeerde weg te wandelen.

Ze dronk de thee die Julia haar had gebracht, en daarna moest ze in slaap zijn gedommeld. Ze werd wakker doordat iemand de achterdeur opendeed. Ze ging rechtop zitten.

Josh kwam binnen. Zijn jas was drijfnat en zijn haar was donker van de regen. 'Hallo, lieverd,' zei hij. 'Heb je zin in een wandeling?'

'Nu?'

'Ja. Ik heb een heel mooie plek gevonden. Die wil ik je graag laten zien.'

Rowan trok haar regenjas en laarzen aan en liep met Josh naar buiten. Het was niet meer zo zwaar bewolkt en tussen de buien door scheen de bleke voorjaarszon zo nu en dan op het natte gazon en de grijze takken van de beukenhagen. Ze liepen de achtertuin door en langs het weiland naar de hei. Aan de ene kant stond gaspeldoorn en aan de andere kant stonden berkenbomen in het gelid. Als ze in haar eentje in deze uitgestrekte wildernis was geweest, was ze misschien hopeloos verdwaald, maar Josh had een richtingsgevoel als een op huis aan koersende duif.

Hij ging langzamer lopen om zich aan haar tempo aan te passen, pakte haar hand en waarschuwde haar voor de boven de grond uitstekende wortels en de konijnenholen die dit terrein verraderlijk maakten. Rowan was heel blij dat ze een kindje kreeg, maar ze was tot de ontdekking gekomen dat ze niet zo'n vrouw was die het leuk vond om zwanger te zijn. De zwangerschap legde haar beperkingen op, en dat vond ze vervelend. Het ergerde haar dat haar dokter haar dringend adviseerde om het rustig aan te doen, maar het feit dat hij gelijk had ergerde haar nog veel meer. Ze was de laatste tijd snel moe.

Het pad liep door een bos met buksbomen, met verdraaide lichtgele stammen en leerachtige donkere bladeren, en daarna stonden ze opeens weer op de hei. Na een meter of vierhonderd veranderde het landschap weer en maakten gaspeldoorn en berken plaats voor bladverliezende bomen. De wind was gaan liggen en de motregen viel in zachte druppels op het struikgewas.

'Kijk,' zei hij.

Een vage indruk van baksteen, vuursteen en de glinstering van een ruit. Hier, waar het land uitliep in de zee, leek het huis dat voor hen lag wel te flakkeren.

'O, Josh,' zei ze glimlachend, en ze keek naar het huis. 'Sprookjesachtig mooi.'

'Ja, hè?'

Ze liepen de helling af, naar de muur van baksteen en vuursteen die om het huis heen stond. In de muur zat een poort. Josh trok de klimopranken los die de poort dichthielden.

'Nee, Josh, niet doen!' Ze fluisterde, alsof er om de hoek iemand stond mee te luisteren. 'Straks komt er iemand aan.'

'Het staat leeg.' Hij deed de poort open. 'Ik heb daarstraks al goed rondgekeken.'

Ze was zo nieuwsgierig dat ze hem toch volgde, en opeens stond Rowan in een ommuurde tuin. Wat ooit een gazon was geweest, was nu dertig centimeter hoog gras, vol wilde narcissen. De oude bloembedden waren overwoekerd door struiken en klimplanten. Het huis had zo te zien een L-vorm, met een trapgevel aan de korte kant van de L en daaraan grenzend een lange vleugel met twee verdiepingen. In de hoek van deze twee vleugels bevond zich een terras.

Ze liepen over natte tegels, vlekkerig van het mos. De regen spetterde in een rechthoekige vijver waar dode bladeren in dreven; een reusachtige klimroos klauterde tegen de achtermuur op, tot aan het dak. Openslaande deuren gaven toegang tot een kamer die uitkeek op het terras. Josh probeerde de klink, en Rowan slaakte een gil om hem ervan te weerhouden. De deuren zaten op slot. Ze gluurden naar binnen.

Ze liepen om het huis heen, naar de andere kant. Een moestuin, een kas met een glazen dak waarvan de helft van de ramen ontbrak en waardoor het naar binnen regende. Een schuur met ernaast een overstromende waterton, en een bakstenen bouwsel met een paar stukken omheind terrein ervoor.

'Kennels,' zei Josh. 'Voor waakhonden. Het huis zal tijdens de oorlog wel gevorderd zijn. Misschien door de RAF, hier in Suffolk.'

Ze zagen een zijdeur, waar de groene verf afbladderde. Josh probeerde ook of deze deur open was. Toen haalde hij zijn zakmes tevoorschijn.

'Josh!' siste ze hem toe.

Hij draaide het smalle mes in het slot en de deur ging open.

'Josh, dat kunnen we niet maken!'

Hij glimlachte over haar schouder naar haar. 'Kom, we gaan even binnen kijken.'

Ze bevonden zich in een smalle hal. Over een zwart-witte tegelvloer dwarrelden stukjes van droge bladeren. Aan een jashaakje hing een kakikleurige waterfles en op een laarzenrek lag een hondenriem, als een slang opgerold.

Achter de hal lag een gang waar verschillende lege kamers op uitkwamen. Voor de ramen hing de verduisteringsstof in rafelige plooien naast gordijnen van verschoten brokaat en chintz. Rowan zag al voor zich hoe bij mooi weer het zilverachtige licht van de kust van Suffolk in deze kamers zou schijnen, die vierkant en ruim waren, maar niet overdreven groot.

Josh ging met een vinger door het stof op een schoorsteenmantel. 'Ik denk dat het al een hele tijd leegstaat.'

'Ik ben benieuwd wat het voor de oorlog voor soort huis was. Misschien wel een hoeve. O, Josh, kom eens kijken.'

Ze stond in de deuropening van een kamer die ze vanaf het terras al had gezien. Behang met een patroon van verkleurde groene ruiten met gestileerde klimopranken weerspiegelde de donkergroene bladeren van de klimroos rond de ramen.

'Stel je voor dat je hier in de zomer zit! Twee lekkere zachte banken – geel en groen, ja, ik zou deze kamer in geel en groen inrichten. Twee banken en een paar leunstoelen.'

'Dat is helemaal jouw afdeling, de stoffering,' zei hij, terwijl hij rondliep. 'Dan neem ik de gin-tonics voor mijn rekening.'

Ze verkenden de rest van de begane grond. Op een deur die klemde zaten schoenafdrukken, waarschijnlijk door RAF-officieren opengetrapt. Op de muur van een gang zagen ze boven de lambrisering namen en data staan. De oude houten vloeren oogden dof en zaten onder een laag vuil en stof; in een muur zaten, in cirkelvorm, allemaal gaatjes: daar moest een dartbord gehangen hebben. Er stonden nog een paar meubels, akelig harde metalen stoelen waarvan Rowan aannam dat de RAF die hier had neergezet. De andere meubelstukken waren ingebouwd. Tegen een keukenmuur stond een servieskast, kobaltblauw geschilderd. In de rij piepkleine laatjes aan de voorkant zaten allerlei rommeltjes: veiligheidsspelden, een stompje potlood, een leeg luciferdoosje, een klosje garen.

En knopen. Ze nam er een handjevol uit. Ze waren gemaakt van kristal en gekleurd glas, en schitterden op haar hand. 'Josh, kom eens kijken,' riep ze. 'Sommige lijken me echt heel oud.'

Geen reactie. Ze keek om. Hij was niet in de keuken. 'Josh?' riep ze weer. Ze legde de knopen terug in het laatje en ging kijken waar hij was.

Ze vond hem in een gang buiten de keuken. Een luik in de vloer lag open. Een trap voerde naar een pikzwarte kelder. Ze hoorde hem moeizaam ademhalen; toen ze opnieuw zijn naam noemde, keek hij op, maar ze had niet de indruk dat hij haar zag. Ze wist dat hij aan de ruimte onder de schuur in Frankrijk dacht, waar hij zich verscholen had gehouden.

'Josh?'

'Ik heb het verkloot.'

'Josh, stil maar, ik ben bij je.'

'De dropping, Rowan. Ik heb het verkloot.' Hij keek haar met een angstige blik aan.

Hij had haar nooit over die laatste, rampzalige missie naar bezet gebied in Frankrijk verteld. De paar keer dat ze er met hem over was begonnen, had hij het onderwerp kwaad afgedaan. Ze pakte zijn hand en loodste hem weg bij de kelder, terug naar de keuken. Op de servieskast stond een tinnen beker; die spoelde ze af, ze deed er water in en gaf hem aan Josh.

Hij keek strak naar de druppels die over het raam naar beneden gleden. 'Het regende,' zei hij. 'Erger dan nu.'

'In Frankrijk.'

'Ja. Toen we uit Engeland vertrokken was het weer goed. Een rustige avond, geen wind. Maar de weersvoorspelling moet ernaast hebben gezeten, want tegen de tijd dat we het Kanaal over waren, was het weer omgeslagen.'

'Dat zal het moeilijker gemaakt hebben.'

'Ja.' Hij liet zijn hoofd zakken. 'Het is helemaal misgelopen, Rowan.' Hij kneep zijn ogen dicht.

'Neem een beetje water.'

Hij nam een paar slokjes en zijn ademhaling leek rustig te worden. Hij veegde zijn mond met de rug van zijn hand af. 'Ik ben door de wind uit koers geraakt.' Hij sprak zacht, en ze verstond hem bijna niet. 'Door die ellendige regen had ik slecht zicht. Ik reageerde niet snel genoeg. Bij het afdalen raakte ik de hoek van een dak. Een of ander krakkemikkig hutje in the middle of nowhere. Ik had het moeten zien, maar ik zag het niet. Als ik het gezien had, had ik het misschien kunnen ontwijken. Als ik maar een meter verder was geland, was er niks aan de hand geweest.'

'Het was niet jouw schuld, Josh.'

Hij richtte zijn ogen op haar, hij knipperde niet. 'Het was wel mijn schuld. Ik dacht dat die stomme parachute niet reageerde, dat daar iets mee was, en toen ik omhoogkeek, raakte ik die hut.'

Hij sloeg zijn handen voor zijn gezicht. 'Met elke fout die je maakt breng je tientallen andere mensen in gevaar. Ik ben de tel kwijt van de mensen die hun leven hebben geriskeerd om mij te helpen, en allemaal omdat ik niet geconcentreerd genoeg was en een stomme fout maakte. Er was een meisje, een schoolkind nog, zestien, zeventien jaar, klein, met staartjes en een bril. Zij bracht me altijd eten toen ik me ergens in een schuur verstopt had, toen mijn been er slecht aan toe was. En plotseling kwam ze niet meer. Ik heb niet gevraagd wat er met haar gebeurd was. Dat wist ik zo ook wel.'

Toen ze zijn hand pakte, voelde ze zijn spieren trillen als een te strak gespannen snaar. 'Josh, luister,' zei ze lief. 'Het was donker, het regende en je was bang dat er iets met de parachute was. Het had iedereen kunnen gebeuren.'

'Ja, maar het gebeurde míj. Alleen míj.'

'Misschien wás er ook wel iets met die parachute. Je weet niet zeker dat er niets mee was. De weersvoorspelling was onjuist, dat heb je zelf net gezegd. Het vliegtuig kan uit koers zijn geraakt door de wind. Dus het lag niet alleen aan jou.'

Hij maakte een hopeloos gebaar. 'Ik ben uiteindelijk degene die er schuld aan heeft. Degene die verantwoordelijk is, is altijd degene die er schuld aan heeft.'

'Ja, dat begrijp ik, maar Josh, als het Alex was geweest, als precies hetzelfde Alex was overkomen, wat zou je dan tegen hem gezegd hebben?'

Hij fronste zijn voorhoofd. 'Hoe bedoel je?'

'Als Alex bij slecht weer een kleine beoordelingsfout had gemaakt, zou je hem daar dan om veroordeeld hebben?'

Hij keek naar zijn handen en mompelde: 'Dat weet ik niet.'

'Dat weet je volgens mij best. Ik denk dat je tegen hem zou hebben gezegd dat mensen nu eenmaal fouten maken en dat hij het zichzelf niet kwalijk moet nemen. Ik denk dat je het hem vergeven zou hebben. Misschien moet je het jezelf ook maar eens gaan vergeven.'

Hij bleef even stil. Toen schudde hij snel met zijn hoofd, alsof hij het leeg wilde maken. 'Ik ben in paniek geraakt, Rowan. Ik wist altijd waar het noorden lag. Ik wist dat ik die nacht zwaargewond was geraakt. Mijn been deed helemaal niks meer. Ik wist dat ik de parachute los moest maken, maar zodra ik me bewoog, verging ik zo erg van de pijn dat ik dacht dat ik buiten westen zou raken. Eindelijk wist ik het harnas los te snijden, maar het leek wel uren te duren. Ik verstopte de parachute bij de muur van die schuur. Je moet zo'n ding eigenlijk begraven, maar dat kon ik niet. Ik wist dat ik daar weg moest, maar ik had geen idee welke kant ik op moest en ik kon mezelf alleen maar over de grond slepen. Ik had de indeling van het droppingsgebied uit mijn hoofd geleerd, maar doordat ik door de wind uit koers was geraakt wist ik gewoon niet...' Hij ging met zijn tong langs zijn droge lippen. 'Ik had geen idee waar ik was. Ik dacht dat ik ter plekke zou doodgaan, in een of andere van God verlaten uithoek van Frankrijk, moederziel alleen, in de regen.'

'Arme schat.'

Hij ging met een nagel over een groef in de afdruipplaat. 'Al die tijd in Frankrijk had ik geen idee waar ik was,' zei hij zacht. 'Ze brachten me telkens ergens anders naartoe. Ik kon alleen bij donker naar buiten. Of het kwam doordat ik nooit zon zag, weet ik niet, maar ik kon me gewoon niet oriënteren. Ik probeerde aan de stand van de sterren af te leiden waar ik zat, maar ik had geen idee.' Hij liet een nog langere stilte vallen en zei toen: 'En sindsdien kost het me moeite om de draad weer op te pakken.'

'We komen er samen wel uit, liefje.' Ze sloeg haar armen om hem heen en legde haar hoofd tegen zijn schouder.

Ze bleven een paar minuten zo staan en toen zei hij: 'Ik had het je niet kwalijk genomen als je het had uitgemaakt.'

Ze streelde zijn gezicht. 'Ik hou van je. Ik hou van je zoals je bent.'

'Ik weet niet of ik nog terug kan naar mijn oude leven.'

'Dat hoeft ook niet, Josh.'

'Ik geloof niet dat ik het nog aankan om in Londen te moeten werken.'

'Dat is niet erg. Dan blijven we hier.'

'Maar dan denk ik: ik moet iets vinden wat ik kan doen. Ik kan niet niets gaan zitten doen.'

'Dat gebeurt ook niet. Ik ken je. Je vindt wel iets. Maak je daar nu maar geen zorgen over. Kom, dan gaan we boven kijken.'

Toen ze de trap op liepen, zei hij: 'Jij en mijn ouders... ik weet niet wat ik zonder jullie had gemoeten. Ik mag van geluk spreken.'

Van geluk spreken, dacht ze, en ze wilde het wel uitschreeuwen van woede bij de gedachte aan alles wat hij had moeten doorstaan: de lichamelijke pijn en de geestelijke kwelling. Maar ze drukte haar hoofd tegen zijn arm en zei: 'Ik hou ook van jou.'

'Ik heb het gevoel dat ik te veel van je vraag als ik jou je hier diep in het donkere Suffolk laat begraven.'

Eindelijk brak de zon door, en de stralen vielen trillend op de eikenhouten vloer van de overloop. 'Misschien ben ik ook wel toe aan verandering,' zei ze.

'Kun jij je voorstellen dat je hier blijft?'

'Om te wonen?' Ze dacht even na. 'Ja, waarom niet?'

'Omdat je een stadsmeisje bent. Omdat je dan heel ver weg woont van je vrienden en van Thea.'

'Als we iets voor onszelf zouden vinden, kunnen die komen logeren. Jouw vrienden natuurlijk ook.'

'Er zijn er wel een paar die ik zou uitnodigen om langs te komen als we een eigen huis hadden. Mannen die er beroerd aan toe zijn, net als ik.'

'Dat is een goed plan.'

'Om ons huis goed te gebruiken.'

'Die zagen we in het ziekenhuis vaak,' zei ze langzaam. 'Mannen die bij het leger hadden gezeten en op de spoedeisende hulp binnenkwamen. Omdat ze dronken waren en in de kou buiten hadden moeten slapen, verkleumd tot op het bot. Of omdat ze bij een gevecht betrokken waren geraakt. Ik probeerde altijd met ze te praten, om erachter te komen of ik ze op een of andere manier kon helpen, maar we konden nooit veel voor ze betekenen.'

Er doemde vaag een plan op; ze kreeg er nog niet goed vat op. Ze keek naar buiten door het raam van de grootste slaapkamer en zag de zee glinsteren, een meter of zevenhonderd bij haar vandaan.

'Moet je dat uitzicht zien, Josh. Moet je kijken.'

'Ja, ik weet het. Je kunt er zo verliefd op worden.' Hij keek naar de zee. 'Zou dit huis te koop zijn?'

Ze keek hem aan. 'Daar moeten we misschien eens navraag naar doen. Maar kunnen we het betalen?'

'Ik heb een beetje geld. Een erfenis van mijn opa. Het lijkt me een fijne plek om een gezin te stichten, toch?'

Inderdaad, dacht ze. Zou ze hier kunnen wonen, zo ver weg van het leven dat ze gewend was? Ze had tegen hem gezegd dat ze behoefte had aan verandering. Zou ze zo'n gigantische verandering aankunnen?

'Het is een prachtige grote tuin,' zei ze. 'En het strand zo dichtbij.'

'Ja.'

'Het huis is wel in slechte staat. Er moet veel aan gebeuren.'

'Dat kan ik wel. Dat lijkt me leuk.'

De gedachte lachte haar toe, en ze reikte ernaar alsof het een stofje was dat in het zonlicht zweefde. 'We kunnen er een herstellingsoord van maken,' zei ze. 'Ex-militairen die ziek zijn geweest, kunnen dan bij ons komen aansterken. We zouden met jouw vrienden kunnen beginnen. We bieden ze een vredige, mooie plek, en dan krijgen ze de kans om te herstellen. Dan neem jij het huis voor je rekening en ik de verzorging. Als het nodig is, nemen we mensen in dienst. Jij bent niet de enige die iets omhanden wil hebben. Ik krijg natuurlijk een kind, maar mijn hersens moeten ook iets te doen hebben. Ik moet al die jaren dat ik in de verpleging heb gewerkt niet verloren laten gaan.'

'Een herstellingsoord...' Hij fronste zijn voorhoofd.

'Wat denk je?'

Hij trok haar tegen zich aan. 'Ik vind het een fantastisch idee.'

Rowan keek de kamer rond. Ze zag hem al voor zich, ingericht in zachtblauw, grijs en goudgeel, als een echo van het landschap om hen heen. En ze zag ook vazen met ridderspoor in de grote voorkamer, kindervoetjes op de trap en de openslaande deuren naar het terras, waardoor de geur van rozen naar binnen dreef.

'Zouden we hier kunnen wonen? Is het niet een volslagen gestoorde gedachte om dit huis te willen kopen?' zei hij.

Sophie ging op bezoek bij Ed, in de buurt van Lewes. De hagen van Sussex waren doorvlochten met wilde rozen en kamperfoelie. Aan de schuur hing een bord met daarop E. WILLOUGHBY, MEUBELMAKER EN MEUBELRESTAURATEUR. De houten buitenbekleding van de schuur was zwart gebeitst; in één kant zaten twee hoge deuren, waardoor waarschijnlijk ooit karren en landbouwmachines naar binnen waren gereden.

Eds woonruimte bestond uit een keuken, woonkamer en twee

slaapkamers, en lag aan de achterkant van de schuur. In de keuken, die hij had ingericht met kastjes van sloophout, zette hij een pot koffie. Ze gingen de werkplaats in, een grote, lichte ruimte aan de voorkant van de schuur, waar het naar hars en zaagsel rook, en Ed liet Sophie zijn meest recente opdrachten zien: een schommelstoel met een gewelfde rugleuning, een ronde tafel, gemaakt van hout met een zachte goudbruine kleur.

Er kwam een klant langs met een vraag over een bestelling. Sophie liet Ed even alleen en ging op een bankje op een grasveld aan de zijkant van de schuur zitten. Dit was een van haar lievelingsplekjes. De zon viel in glinsterende groene zuilen door de takken van de iepen, en overal groeide fluitenkruid, als roomkleurig schuim. Het was warm en het rook scherp naar brandnetels.

In Eds werkplaats stond een lange bank met daarop verf, papieren, jampotten met kwasten. Hij had haar verteld dat hij hier zijn decoraties maakte. Sophie herinnerde zich dat ze vroeger op school erg van tekenen had gehouden. Daar was ze ook goed in geweest. Ze had naar de kunstacademie gewild, maar toen was de oorlog uitgebroken en was die arme Harold gesneuveld, waarna ze maar verpleegster was geworden. Ze had met de jongens, toen die klein waren, gekleurd en getekend, maar sindsdien was ze zelf qua schilderen niet verder gekomen dan muren en kozijnen. Ed vond dat ze het weer moest oppakken.

Zes weken geleden was Ruby's tweede kindje geboren, een meisje, Leah. Meneer Nuttall en juffrouw Kerridge waren op de hoogte gebracht dat het pension ging sluiten. Ruby wilde er later wel mee verdergaan, als de kinderen ouder waren.

Na maanden zoeken hadden Duncan en Sally een huis in de buurt van vliegveld Croydon gevonden, waar Duncan werkte. Het was een mooi vrijstaand huis met aan de voorkant erkerramen; er moest het een en ander aan gebeuren, maar ja, waaraan niet? Sophie had het er met Duncan over gehad dat ze het ouderlijk huis aan Stuart wilde geven. 'Prima, mam, maar waar ga jij dan wonen?' had Duncan gezegd. Ze was over Ed begonnen, hoe lief en betrouwbaar hij was, zo'n grote steun, zo eerlijk, en dat ze erg van elkaar hielden, maar Duncan, die bezig was boekenplanken in de woonkamer van zijn nieuwe huis te installeren, had haar onderbroken. 'Prima, mam. Als jij maar gelukkig bent, dat is het enige wat telt. Gaan jullie trouwen?' Ze was een beetje van slag, doordat het gesprek, waarvan ze had gedacht dat het moeilijk zou zijn, zo verrassend soepel ging en had gezegd dat ze dat inderdaad van plan waren, in het najaar. Ze had er maar niet bij verteld dat ze vermoedelijk al eerder bij Ed zou intrekken, en dat ze dus in zonde zou leven, want ze vermoedde dat Duncan dat zelf ook wel kon bedenken.

Toen Eds klant was vertrokken, lunchten ze samen buiten en maakten daarna een wandeling. De schuur lag aan de rand van de South Downs; vanaf de heuveltop keken ze omlaag naar Lewes, een paar kilometer verderop. Sophie zag zichzelf al op een mooie dag naar Lewes lopen om wat boodschappen te doen. Ze zag al voor zich hoe ze samen in de lichte, open ruimte van de schuur zouden wonen.

En daar, tussen de wilde rozen en de kamperfoelie, kuste hij haar. Ze kreeg, heel vervelend, een opvlieger en moest haar blouse uit haar tailleband trekken om zichzelf wat frisse lucht toe te wapperen. 'Dat is de leeftijd,' zei ze, maar dat wist hij wel, hij was eraan gewend en liep al naar binnen om een glas water voor haar te halen. Ze dronk het leeg, de opvlieger ging over, en toen kusten ze elkaar weer. Toen draaide hij in de werkplaats het bordje met GESLOTEN om en gingen ze naar binnen en naar bed.

Thea duwde Polly, die ze had omgekocht met een koekje, in de kinderwagen de weg van Langhill op. Polly liep liever, maar dat duurde een eeuwigheid, want dan wilde ze elk kiezelsteentje en grassprietje inspecteren of ze stond een half uur naar een paar schapen op een veldje te kijken. Maar vandaag had Thea niet zo veel tijd en moest ze snel terug naar Crawburn, om in te pakken.

Even verderop zag ze een vrouw lopen achter een kinderwagen. Aan het vlasblonde haar zag ze dat het Madeline Greville was. De familie Jamieson had niets meer van de politie gehoord; Rufus

Greville had blijkbaar geen aangifte gedaan. Het vernielde deel van het hek was ook niet gerepareerd. Thea nam aan dat de hele kwestie vergeten was in de nasleep van de dramatische bevalling in april van Rufus' dochter, nu zes weken geleden.

'Hallo!' riep Thea.

Madeline Greville draaide zich om. 'Goedemorgen, mevrouw Jamieson.'

'Mag ik even naar haar kijken?'

'Ja... ja, natuurlijk.'

Thea bewonderde het kindje in de wagen. 'Wat een mooi meisje,' zei ze.

'Dank u wel.'

'Ik hoop dat het inmiddels goed met haar gaat.'

'De dokter zegt dat ze een hartruisje heeft. Hij gelooft niet dat we ons er zorgen over hoeven te maken, maar Venetia ademde niet toen ze net geboren was...' De woorden haperden. Madeline streek langs het gezichtje van haar dochter, alsof ze wilde voelen hoe warm haar huid was.

'Wat zullen jullie bang geweest zijn,' zei Thea.

'Ik maak me voortdurend zorgen,' zei ze op fluistertoon.

'Dat is normaal, als je net een kindje hebt. En gaat het met u zelf goed?'

'Ja hoor, dank u wel.' Madeline had paarse wallen onder haar lichtblauwe ogen. 'Maar ik ben wel erg moe. Ze was maar vijfenhalve pond toen ze geboren werd, en ze moet aankomen.'

'Die voedingen 's nachts slopen je, hè?'

'Zeg dat wel. Hoe oud is uw dochtertje nu, mevrouw Jamieson?'

'Polly wordt in september twee.'

Madeline glimlachte. 'Wat een mooie krullen.'

'Ja, hè? Ze boft maar. Zullen we een eindje samen oplopen?'

Ze liepen naast elkaar verder. Toen ze langs een kudde schapen kwamen, maakte Polly blaatgeluiden. 'U komt niet hier uit de buurt, hè?' zei Madeline Greville opeens.

'Nee, ik ben geboren in Glasgow.'

'Hoe vindt u het om hier te wonen? Ik vind het zelf erg stil.'

'Cormac en ik gaan verhuizen. We hebben een huisje in Wiltshire gevonden, dat we kunnen huren.'

'Ik hoop...' Madeline maakte haar zin niet af en kreeg een blos op haar bleke gezicht. Ze had iets willen zeggen, maar bedacht zich, leek het wel. 'Ik hoop dat jullie daar gelukkig zullen zijn,' zei ze. 'Ik zou liever terug naar Londen gaan. Rufus weet nog niet wat hij wil. Ik denk dat we in Londen betere zorg voor Venetia kunnen krijgen. Maar we houden Langhill House natuurlijk altijd aan. Dan komen we hier in de zomer.'

'Het is een prachtig huis.'

'Ja.'

Ze waren aangekomen bij het hek van Langhill House. 'Het lijkt me leuk als onze dochtertjes hier samen zouden spelen, op de velden en in het bos. Het lijkt me leuk als ze in de toekomst vriendinnetjes zouden worden.'

Madeline maakte het hek los. 'Ja, dat hoop ik ook.'

Ze namen afscheid en Thea liep verder over de landweg. De volgende dag zouden Cormac, Polly en zij de trein naar het zuiden van Engeland nemen. Ze zouden een nachtje in Londen blijven, in het appartement van Rowan, en de volgende dag doorreizen naar Wiltshire, en in het huurhuis trekken. Als Thea voor Grace werkte, zou Cormac voor Polly zorgen. De opgraving was maar een paar kilometer verderop, en daar kon ze gemakkelijk op de fiets naartoe. Cormac had beloofd dat hij haar zou leren motorrijden. Ze hadden gehoord dat ze het huis in de toekomst wellicht konden kopen. Als dat allemaal lukte, had Cormac er al allerlei plannen voor, dus Thea duimde maar dat het doorging.

21

September – oktober 1946

De receptie werd gehouden in de schuur. Toen Sophie en Ed de plannen voor hun bruiloft maakten, hadden ze afgesproken om alleen naasten uit te nodigen, maar toen ze hun familie en vrienden bij elkaar optelden, kwamen ze uit op meer dan tachtig gasten. Het huwelijk werd voltrokken op het gemeentehuis van Lewes; na afloop arriveerden de gasten druppelsgewijs bij de schuur, met de auto, de bus of een taxi. Degenen die geen bezwaar tegen een buitje hadden, liepen er vanuit Lewes door de velden naartoe. Ed had de grote deuren aan de zijkant van de schuur opengezet, en daar ontvingen Sophie en hij hun gasten. Het waren allemaal mensen van wie ze hield, bedacht Sophie toen ze hen zo bij elkaar zag. Eds dochter, Bridget, en haar gezin, Duncan en Stuart, ook met hun gezin. Vrienden van Ed, en haar eigen vrienden, Viola en Arnold, de vrouwen van de WVS en de eerstehulppost. En de kostgangers natuurlijk. Vera en haar vriendin Mavis waren uit Birmingham gekomen, John Reynolds kwam uit Manchester.

En Rowan en Thea, ieder met hun gezin. Sophie had 'm in het gemeentehuis even geknepen toen Rowan zich aan Duncan voorstelde, maar hij had alleen maar geglimlacht en haar een hand gegeven. Nu stonden ze aan de rand van de groep gasten, allebei met een kind op de arm, Rowan met Jamie, en Duncan met Isobel, en spraken ze met elkaar alsof het normáál was, alsof ze elkaar al jaren kenden. Wat in zekere zin ook zo was, al hadden ze elkaar die ochtend pas voor het eerst gesproken.

Het gesprek was aanvankelijk een beetje stroef verlopen, maar toen Rowan over het huis begon en vertelde wat voor plannen ze ermee hadden, was Duncan, die haar qua uiterlijk griezelig veel aan haar vader deed denken, ontdooid en had belangstelling getoond.

'Wat een goed plan,' zei hij.

'Hopelijk geeft het ze wat ademruimte. We gaan vaak maar door, hè, zonder onszelf de tijd te gunnen om de dingen eens goed op een rijtje te zetten. Schatje van me,' zei ze tegen Jamie, die de hik had. Hij was acht weken en het mooiste baby'tje ter wereld, met zijn donkerblauwe ogen en dunne waas van vuurrood haar. Ze legde hem tegen haar schouder.

'Waar staat dat huis?'

'Vlak bij de kust, in Suffolk, een kilometer of zes van Dunwich. We weten allebei niet hoe we het zullen noemen. Het is bij de plaatselijke bevolking bekend als White's Farm, maar dat vinden we een beetje saai. Josh wilde het Het Laatste Toevluchtsoord noemen, maar ik heb gezegd dat me dat niet bevorderlijk lijkt voor het moreel van de mannen. Huize Hulst vind ik mooi. Voor het huis staat namelijk een enorme hulstboom.' Ze keek automatisch of ze Josh ergens in de schuur zag; hij stond aan de andere kant van de ruimte met Cormac te praten. 'Momenteel logeert een van Josh' vrienden bij ons,' zei ze. 'Hij is onze eerste gast. Een ontzettend leuke vent.'

'Bij de RAF had ik zo'n knul in mijn squadron,' zei Duncan. 'Nogal een triest geval. Ik ga zo nu en dan bij hem langs.'

Jamie was aan het spartelen en jengelde omdat hij honger had, dus Rowan excuseerde zich en sprak Sophie aan. Die bracht haar naar een rustige slaapkamer waar een gemakkelijke stoel stond, zodat Rowan hem kon voeden. Jamie bleek een gemakkelijke baby, wat Rowan, gezien zijn ouders, een wonder vond. Hij dronk en sliep, dronk en sliep.

Voor de huwelijkslunch namen ze plaats aan de schraagtafels die Ed in de werkplaats had neergezet. Sophie en Ruby hadden het eten gemaakt. Ruby had de afgelopen twee dagen met Stuart en de kinderen bij hen gelogeerd, om te kunnen helpen. Bij wijze van uitzonderlijk royaal huwelijkscadeau hadden ze van Rowan en

Josh een paar dozen wijn gekregen, opgediept uit de voorraad van de familie Makepeace. Op de tafels, die gedekt waren met eenvoudige witte lakens, stonden allemaal kannen met herfstbladeren en -bessen.

Overal om hen heen werd luidkeels geconverseerd. Ed pakte haar hand. 'Heb je het naar je zin?'

'Heel erg,' zei ze. 'En jij?'

'Totaal. Al moet ik toegeven dat ik niet kan wachten tot iedereen weg is, zodat ik je voor me alleen heb.'

Ze slaakte een zuchtje. 'O, ja. Ik weet wat je bedoelt. Ik geniet enorm, maar ik ben het helemaal met je eens.'

Thea trof Rowan in een hoek van de werkplaats, waar ze stoelen stond te bekijken. 'Ik vroeg me af of Ed niet wat eetstoelen voor ons zou kunnen maken,' zei Rowan. 'We hebben nu thuis nog stoelen uit het leger staan. Julia zegt steeds dat ze ons van die vreselijke gestoffeerde gevallen uit The Sandlings gaat geven.'

'Waar is Jamie?'

'Die ligt te slapen in zijn wagen. Josh houdt een oogje in het zeil.'

'Je hebt maar geluk met zo'n rustige baby.'

'Ik weet het,' zei Rowan tevreden.

'Hoe gaat het met Josh?'

'Heel goed. Verbazingwekkend goed. Hij doet alle praktische dingen die er in huis moeten gebeuren, en dat gaat hem goed af. Ik heb gezegd dat hij altijd nog een carrière als loodgieter of elektricien kan beginnen, wanneer hij met ons huis klaar is.' Ze keek naar Thea. 'Wat is er, lieverd?'

'Ik heb iets gevonden,' zei Thea.

'Bij die opgraving?'

Het werk aan de opgraving had onderhand klaar moeten zijn, maar op de een-na-laatste dag van augustus hadden ze aan één kant van de lange grafheuvel een kleine geul gegraven en daar de overblijfselen van een cirkel van hout ontdekt. Het was Grace gelukt om toestemming te krijgen om nog wat meer onderzoek op de site te doen. Thea hielp met het nauwgezet verwijderen van laagjes aarde en registreerde de voorwerpen die ze vonden: een versleten tand, stukjes bot, een schraper van vuursteen. Ze had de hele zomer drie dagen per week voor Grace Fainlight gewerkt. Als ze aan het werk was, zorgde Cormac voor Polly. Ze waren allebei goed te spreken over deze ongebruikelijke taakverdeling en konden het huisje kopen dat ze tot dan toe hadden gehuurd. Het was een klein vrijstaand huis van rood baksteen, uit de jaren dertig, op een groot perceel dat aan een beekje grensde.

'Nee, ik bedoel niet bij de opgraving,' zei Thea. Ze keek de drukke werkplaats rond. 'Ik wil even met je praten. Maar niet hier.'

Het regende niet meer, maar er rukten nog wel pittige windvlagen aan de bladeren van de iepen. Op een grammofoon werd muziek gedraaid, en er waren wat mensen aan het dansen. Thea en Rowan liepen het pad op, weg van de schuur, en de melodie werd zachter.

Thea had hetzelfde aan als op Rowans bruiloft. Ze probeerde niet met haar grijsbruine satijnen schoenen door de modder te lopen. 'Weet je nog dat je, toen je je appartement aan het leegruimen was voor de verkoop, die oude rugzak van mij hebt gevonden?'

Rowan fronste haar voorhoofd. 'Ja, die lag onder in een kast.'

'Ik had hem al jaren niet meer gebruikt. Een van de schouderbanden was doorgesleten, dus toen heb ik van mijn eerste salaris van Grace een nieuwe gekocht. Ik dacht vast dat ik hem helemaal leeg had gehaald toen ik hem in die kast opborg. Toen ben ik voor Grace gaan werken en die rugzak helemaal vergeten. Hoe dan ook, toen jij hem naar me toe stuurde, heb ik de vakken nog eens nagekeken en vond ik dit.' Thea haalde een boek uit haar tas. Rowan keek even wat het was.

'*Weg van het eiland*,' las ze – de titel.

'Ja. Het is een dichtbundel. Die heb ik jaren geleden, nog voor de oorlog, gekregen toen ik naar Corran ging. Maar ik heb hem nooit gelezen en moet hem in die rugzak gestopt hebben en hem toen helemaal zijn vergeten.'

Thea herinnerde zich het lage, witgepleisterde huis en de man in de tuin, die haar de weg naar Portmore had gewezen. En de stenen jan-van-gent en de springende vis die van een boomstam was gesneden. Lorcan Richardson had haar verteld dat hij dichter en hovenier was. Maar wat was hij nog meer geweest?

'Dat boek heb ik van deze man gekregen, Lorcan,' zei ze, wijzend op de naam van de auteur. 'Hij heeft me ook een stenen bijlblad gegeven.'

'Wat leuk,' zei Rowan op een toon die bedoeld was om Thea verder te laten vertellen.

'Alle gedichten gaan over Corran.'

Rowan bekeek het boek nu voor het eerst eens goed. 'Heb je ze gelezen?'

'Ja. Er is er één bij die "De Grijze Dansers" heet. Vernoemd naar een opgraving uit het neolithicum op Corran. Daar ben ik indertijd geweest.'

Ze was benieuwd geweest wat Lorcan Richardson over de steencirkel had geschreven en had het gedicht opgezocht. De rillingen hadden over haar rug gelopen, als ijskoude vingers die haar vanuit het verleden hadden gewenkt.

Ze zocht het gedicht op het liet het aan Rowan zien. 'O,' zei Rowan heel zacht. Het klonk als een zucht.

Boven 'De Grijze Dansers' stond een opdracht: *Voor Sigrid.*

'O, Thea.'

'Het is een liefdesgedicht. Over liefde en verlies.'

Rowan las de bladzijde snel door en keek toen naar Thea. 'En nu denk jij...'

'Inderdaad. Zijn leeftijd klopte. Hij had steil donker haar, net als ik.'

'En als hij mama's minnaar was...'

'Zou hij mijn vader kunnen zijn.'

Ze gingen naast elkaar tegen een hek staan vanwaar ze uitkeken over een veld. Vragen zweefden als vallende bladeren door de lucht, maar ze zeiden geen van beiden een woord. Het gedicht van Lorcan Richardson beschreef het moment waarop de dansers op Corran in steen waren veranderd. Armen en benen werden zwaarder, een hand haperde in zijn beweging. Huid nam de glinstering van zandsteen en graniet aan en voeten raakten vastgeklonken aan de aarde. De hartslag vertraagde, stolde, hield op. Dansen en verdrinken, dacht Thea. Eerst was er beweging en daarna roerloosheid.

In de maand daarna gingen ze met zijn drieën naar Corran. Ze logeerden in een pension in Portmore; de volgende ochtend liepen ze door de smalle straatjes achter de haven. Al snel waren ze buiten de bebouwde kom, in open land. Glazige met riet omzoomde bergmeertjes weerspiegelden de wolkenflarden die rond de zacht paarsgrijze heuvels hingen. Cormac had Polly op zijn schouders en beende door de graspollen.

Thea zag het huis al liggen. Erachter lagen het groene klif en de saffierblauwe zee. Ze zag dat er een man in de tuin bezig was. Hij verwijderde oude bonenstaken en trok verwelkte zwarte ranken weg. Toen ze naar het huis toe liep, draaide hij zich om en zag haar.

Bij het hek bleef ze staan wachten. Lorcan Richardson liep over een van de smalle kronkelpaadjes naar haar toe en bleef toen staan. Hij keek haar lang aan. 'Thea?'

'Dat gedicht heb ik lang geleden geschreven,' zei Lorcan. 'Vijf jaar nadat jullie moeder is overleden. Toen ik jou een exemplaar van *Weg van het eiland* gaf, was het voor mij net alsof ik een briefje in een fles deed.'

'Het heeft heel lang geduurd voordat ik het vond,' zei ze.

'Ja. Maar ik ben blij dát je het gevonden hebt.'

Ze zaten in de woonkamer van Lorcans huis. Op de lange, diepe vensterbank lagen stukjes wrakhout, steentjes met een gat erin, kristallen en de schedel van een vogeltje, van flinterdun bot. De kamer was wit geschilderd, net als de buitenkant van het huis. De zon viel door de ramen op verschoten kleden met de blauwgroene kleur van de zee en op een bureau vol stapels papier.

Lorcan ging tegenover haar aan de lage tafel zitten. Zijn zus, Eilidh, had een dienblad met koffie gebracht, maar die lieten ze beiden onaangeroerd. Cormac was met Polly naar het strand met de grot en de duikende jan-van-genten gegaan.

'Wil je weten wat er gebeurd is?' vroeg hij.

Ze knikte. 'Graag. Ik wil het graag horen.'

'De eerste keer dat ik je moeder zag, was in 1920. Ze trok haar zeilboot het strand op. Ze was sterk, lang en mooi, en haar haar had de kleur van ruwe zijde en wapperde als een vaandel in de wind. Ik geloof dat ik toen verliefd op haar geworden ben. Daar heb ik ook een gedicht over geschreven, over dat ik Sigrid en de Iduna bij de zee zag, maar dat heb ik nooit gepubliceerd, en dat ga ik ook nooit doen. Ik ging naar haar toe om haar met de boot te helpen, en we raakten aan de praat. Zo is het begonnen.' Hij keek naar buiten. 'Ik ging 's avonds naar haar toe, als je zus in bed lag. Dat kun je verkeerd van ons vinden. Maar het enige antwoord dat ik daarop heb, is dat het niet verkeerd vóélde als we bij elkaar waren.' Hij glimlachte even. 'Sommige mensen geloven niet in liefde op het eerste gezicht. Die denken dat dat verzonnen is door sentimentele dichters als ik. Maar ik weet dat het echt kan gebeuren en dat het niet iets zachts is, maar juist hard en meedogenloos, als een bijlslag.'

Thea dacht aan een soldaat die aan de rand van een stoffige Franse akker van een motor viel. Toen ze naast hem neerknielde, raakte ze in vervoering door de welving van een kaaklijn, de ronding van een ooglid. 'Ja, u hebt gelijk,' zei ze.

'Ach, is het jou ook overkomen?' Deze keer was zijn glimlach voor haar bedoeld, en ze voelde meteen een band met hem, alsof ze doordat ze hem nu gevonden had, zichzelf misschien beter zou leren begrijpen.

'Veel mensen zouden ons erom veroordelen,' ging Lorcan verder. 'Sigrid was getrouwd en had een kind. Ze had het huis op Corran en de Iduna gekocht met geld dat ze van haar grootouders had geërfd omdat ze een plek voor zichzelf nodig had. Ze hield van varen, zwemmen en wandelen. Ze vertelde me dat ze graag buiten was, dat ze als ze buiten was meer het gevoel had dat ze leefde en dat ze zich in de stad, in Glasgow, gevangen voelde.' Hij liet zijn stem dalen en wendde zijn blik af, keek naar buiten. 'Ze was heel ongelukkig, Thea. Het was geen gelukkig huwelijk.'

'Mijn vader was ontrouw. Hij had in 1918 iemand anders ontmoet.'

Lorcan keek haar weer aan. 'Aha. Sigrid heeft het nooit zeker geweten. Ik vraag me af of het gemakkelijker voor haar geweest zou zijn, of het anders zou zijn gelopen als ze het zeker had geweten.' Zijn gezicht betrok. 'Het was niet alleen maar egoïstisch van mijn kant, om met een vrouw als Sigrid te willen zijn. Ik zag heus wel hoe ze onder haar huwelijk leed. Ik zag dat het haar beperkte en belemmerde. Dat vond ik moeilijk om te zien, Thea. Ik dacht dat ik haar een leven kon bieden dat beter bij haar paste – dat was misschien arrogant van me, maar dat dacht ik echt, dat ik haar gelukkig kon maken. Ik wilde dat ze hier bij me kwam wonen, op Corran.'

'Ze hield erg van het eiland, hè?'

'Ja, heel erg.' Zijn ogen zochten de hare. 'Maar ze hield vooral van haar dochters, van Rowan en jou. Je mag nooit vergeten dat jullie het belangrijkste in haar leven waren.'

Thea keek omlaag naar haar verstrengelde handen en klemde haar lippen op elkaar. Lorcan gaf haar even een paar tellen om tot zichzelf te komen en ging toen verder.

'Thea, zodra ik je zag, wist ik dat je mijn dochter was. Ik zag het gewoon. En Sigrid wist het ook. Ik heb nog geprobeerd haar over te halen om bij Hugh weg te gaan, maar dat wilde ze niet. Ik denk dat ze zich verscheurd voelde. Op de dag dat ze is gestorven hadden we daar ruzie over. Ik smeekte haar om bij Hugh weg te gaan, maar dat weigerde ze. En Rowan heeft ons gezien. God sta me bij, dat zal ik mezelf nooit vergeven.' Hij schonk koffie in en reikte haar een kopje aan. 'Maar die ochtend... Ik was kwaad. Ik liep weg en ging terug hierheen. Ik woonde hier indertijd alleen; Eilidh is hier pas later komen wonen. Later die dag kwam ik erachter wat er was gebeurd. De boot was op het rif geslagen en Sigrid was te water geraakt. Ze dachten dat ze met haar hoofd op de rotsen was gekomen. Ze heeft geen schijn van kans gehad.'

'Arme mama,' zei Thea zacht.

'Ja.' Hij bleef een hele tijd stil en zei toen: 'Het is waarschijnlijk heel snel gegaan. Ze zeggen wel dat het een zachte dood is, verdrinken. Maar indertijd vond ik het heel wreed. Ze was altijd zo energiek. Het was afschuwelijk dat ze zo uit het leven werd gerukt.' Hij zuchtte diep. 'Ik heb het mezelf jarenlang kwalijk genomen. Sigrid had al vaker tegen me gezegd dat ze het wilde uitmaken. Maar dan kwam ze terug naar het eiland en dan begon het weer van voren af aan. Ik had moedig genoeg moeten zijn om het uit te maken, ik had van het eiland weg moeten gaan in plaats van haar tot een keuze te dwingen die ze niet kon maken. Zo dacht ik erover.'

Er stonden weer tranen in Thea's ogen. 'Maar het moet voor u ook moeilijk geweest zijn,' zei ze zacht. 'U hield van haar.'

'Zielsveel.'

'Waarom hebt u mij niet proberen te zoeken toen mijn moeder dood was?'

Hij schudde langzaam zijn hoofd. 'Dat wilde ik wel. Niets liever. Maar daar waren allerlei redenen voor. Misschien dat je het me kwalijk had genomen, misschien dat je me zelfs zou haten. Je zus in elk geval wel, denk ik.'

'In het begin wel, ja,' zei Thea. 'Maar nu niet meer. Rowan zou het nu wel begrijpen.'

Rowan en zij hadden geleerd wat liefde was, dacht ze. Dat die je onverwacht kon overkomen. Dat die je afranselde en soms verried. Dat je er, als je eraan vasthield, een ander mens door kon worden.

Lorcan begon weer te praten. 'Bovendien zou het niet eerlijk zijn geweest tegenover Hugh: om op zo'n manier je vrouw te moeten kwijtraken, en dat ik dan opeens voor de deur zou staan en zou zeggen dat ik de vader van een van zijn kinderen was. Nee, dat zou niet goed geweest zijn. Maar ik heb altijd hoop gehouden. Hoop dat je hier ooit zou terugkomen.'

'Toen ik hier de vorige keer was, wist u toen dat ik het was?'

'Nee.' Hij hield zijn hoofd schuin en glimlachte naar haar. Hij had een mooie glimlach, vond ze. Was het vreemd om haar eigen gelaatstrekken in die van iemand anders weerspiegeld te zien? Werd ze door hem aangetrokken? Hij was familie van haar. Zij maakte deel van hem uit.

'Misschien is de gedachte wel even in me opgekomen,' zei hij. 'Misschien dat ik een vermoeden had. Zoals ik al zei: ik heb altijd hoop gehouden. En ik geef niet snel een bijlblad weg.' Hij bood haar een schaal koekjes aan; ze nam er een. 'Het is een hele troost om te zien dat het zo goed met je gaat, Thea, dat je zo gelukkig en mooi bent, net als je moeder. Sigrid was een levendige, fantastische vrouw. Ik heb nooit meer van een vrouw gehouden als van haar. Ik heb heel lang verdriet om haar gehad. Ze is nog steeds bij me, en ik ben om haar op Corran blijven wonen. Ik zie haar door de heuvels lopen. Ik zie haar op het strand lachen naar de golven.'

Ze dronken hun koffie op, praatten nog wat en liepen toen naar het klif, naar Cormac en Polly. Ze hadden het over zijn werk en over haar werk, over de opgraving en over het huis in Wiltshire en het bedrijf dat Cormac daar wilde beginnen, een kwekerij. De wind beukte tegen hen aan en maakte witte koppen op de golven. Ze liep in gelijke tred met deze man, haar vader. Het leek haar leuk om hem te leren kennen. Ze had het gevoel dat ze de draad kon oppakken van een verhaal dat lang geleden was begonnen en dat ze die mee zou nemen de toekomst in.

Boven op het klif keek Thea vanaf het pad omlaag naar het strand, waar Cormac en Polly speelden. Zo moest Sigrid ook steentjes in het ijskoude water hebben staan gooien. Sigrid zou Rowan en haar de namen hebben verteld van de bloemen die dansten in de wind en van de vogels die van de rotsen opstegen. Sigrid had haar dingen geleerd die haar altijd waren bijgebleven en die zij nu op haar beurt aan háár dochter leerde. Sigrid had geprobeerd van Corran weg te gaan, maar was er uiteindelijk voor altijd gebleven. Je kunt wel van het eiland weggaan, dacht Thea toen ze het pad naar het strand op liepen, maar het bleef vanbinnen altijd bij je, het trok je steeds weer naar zich toe.

Dankwoord

Mijn grote dank gaat uit naar:

Clare Foss van Headline, mijn gevoelige en inspirerende redacteur.

Maggie Hanbury van Hanbury Agency, die mij al jarenlang steunt en aanmoedigt.

Piper Verlag, al twintig jaar mijn uitgever voor de Duitstalige markt. Bettina Feldweg is al die tijd mijn redacteur geweest – bedankt voor je vertrouwen.

Iain, voor al die geweldige reizen naar de Schotse eilanden. Ik hoop dat er nog vele zullen volgen.